Über das Buch

Felipe Boso und Ricardo Bada, spanische Schriftsteller und Kenner sowohl der deutschen wie der spanischen Szene, informieren mit dieser breit angelegten Anthologie über spanische Literatur der Gegenwart. Der Band, der in drei Teile gegliedert ist, stellt 17 Prosaschriftsteller, 19 Lyriker und 6 Autoren experimentellen Schreibens vor. Jedem Text ist eine ausführliche bio-bibliographische Anmerkung über Autor und Übersetzer vorangestellt.

KiWi 245

Ein Schiff aus Wasser

Spanische Literatur der Gegenwart

Herausgegeben von Felipe Boso
und Ricardo Bada

Kiepenheuer & Witsch

Gesamtherstellung Clausen & Bosse, Leck
ISBN 3 462 02138 9

Inhalt

Das Experiment

Vorwort

Zur Neuauflage von 1991

Mit der Anthologie »Ein Schiff aus Wasser«, die 1981 erschien, erhielt das deutsche Lesepublikum zum ersten Mal einen Überblick über das Spektrum der zeitgenössischen spanischen Literatur und lernte durch exemplarische Beispiele aus den Gattungen Prosa, Lyrik und Experiment die wichtigsten spanischen Autoren der Gegenwart kennen. (Zwei der in der Anthologie vertretenen Autoren sind seit der Erstveröffentlichung gestorben, Carlos Barral 1989 und Jaime Gil de Biedma 1989).

Diese Anthologie öffnete eine Tür, war in der Bundesrepublik der Beginn einer intensiveren Auseinandersetzung mit der spanischen Literatur. In den 10 Jahren, die der Veröffentlichung der Anthologie folgten, kamen im deutschsprachigen Raum eine Vielzahl von Übersetzungen aus dem Spanischen heraus, wurden Autoren zu Lesungen und Vorträgen in die Bundesrepublik eingeladen – ein neues Literaturland war entdeckt worden. Die meisten der in den 80er Jahren hier veröffentlichten Autoren waren bereits in »Ein Schiff aus Wasser» vertreten, Bestätigung und Erfolg und Beweis für die bleibende Aktualität der vorliegenden Auswahl. Das ist vor allem das Verdienst von Felipe Boso, der 1983 starb. Von ihm stammte das Grundkonzept der Anthologie, er setzte bei der Auswahl von Autoren und Texten die entscheidenden Akzente.

Vorwort

Schon seit langen Jahren spielt die zeitgenössische Literatur Spaniens im deutschsprachigen Raum eine mehr als untergeordnete Rolle. Nur einige wenige Autoren haben in jüngster Zeit dazu beigetragen, daß sie nicht gänzlich übersehen wurde, allen voran der Dichter Vicente Aleixandre als Nobelpreisträger für Literatur des Jahres 1977. Eine gewisse Verbreitung hat auch der Romancier Juan Goytisolo erreicht, der von seinem freiwilligen Exil in Paris wirkt. Jorge Semprún wäre noch zu nennen, wenngleich seine Präsenz in deutschen Buchläden nicht allein auf rein literarische Gründe zurückzuführen ist; zudem schreibt er teilweise in französischer Sprache. Und die »jüngsten« Anthologien moderner spanischer Literatur (Davi und Rötzer) erschienen in der Bundesrepublik bereits 1968 bzw. 1969. Das ist im wesentlichen alles, und dies angesichts eines Landes wie Spanien mit einer Jahrhunderte alten reichen literarischen Tradition, wo jedes Jahr etwa 7000 literarische Titel erscheinen, die fast 30 % der gesamten Buchproduktion des Landes ausmachen.

Worauf ist diese verschwindend kleine Rolle der heutigen spanischen Literatur im deutschsprachigen Raum zurückzuführen? Auf eine vierzigjährige Diktatur vielleicht, die nationalistische Selbstgenügsamkeit zum Prinzip erhob und sich damit allgemeiner wachsender Nichtachtung aussetzte? Auf eine einseitige Orientierung der spanischen Verlage auf die spanischsprachigen Märkte außerhalb Europas? Oder etwa auf den »Ersatzeffekt« des Booms der lateinamerikanischen Literatur in den deutschsprachigen Ländern, der gerade von Spanien aus lanciert wurde?

Wie aber ist andererseits das vermeintliche fehlende Interesse des deutschsprachigen Lesers für jenen Teil der spanischen Wirklichkeit zu erklären, den die Literatur darstellt, wenn alljährlich Millionen Deutsche, Österreicher und Schweizer Spanien besuchen oder auf vielfache Weise Kontakt mit jenen Hunderttausenden von Spaniern haben, die jahrelang in ihren Ländern arbeiten und mit ihnen zusammenleben? Nicht zu vergessen die steigende Zahl von Spanischlernenden an Gymnasien und Hochschulen im deutschen Raum. Man denke auch daran, daß Deutschland – zusammen mit der Sowjetunion und Spanien – eines der großen »Übersetzungsländer« der Welt ist.

Offenbar ist es dem Durchschnittsleser heutzutage unmöglich, auch nur einen Teil dessen kennenzulernen, was in anderen Ländern geschrieben wird. Schon aus dieser Publikationsfülle leitet sich die zwingende Notwendigkeit ab, dem Leser den Zugang zu den Literaturen anderer Länder zu »rationalisieren«. Denn diese Literaturen bestehen nicht wie früher aus einzelnen herausragenden Autoren, sondern vielmehr aus kollektiven Erscheinungen – Gruppen, Bewegungen, Schulen und Tendenzen in einer außerordentlichen Vielfalt und in engem Zusammenhang mit der Weltliteratur.

Eine derartige Möglichkeit der »Rationalisierung« bietet sich in Form von Sondernummern der literarischen Zeitschriften und wurde von den Herausgebern bereits mit Erfolg durch das AKZENTE-Heft *Spanien* (5/78) wahrgenommen. Eine erweiterte und fundierte Möglichkeit wird durch Anthologien geboten, wie diese, die die »Spanische Literatur von heute« zum Thema hat.

Die Anfänge dieses »Heute« der spanischen Literatur liegen in der Zeit, in der die »Kinder des Krieges« – die Autoren, die den spanischen Bürgerkrieg als Kinder erlebten – literarisch volljährig wurden. Das war gegen Ende der fünfziger Jahre, als die Nachkriegszeit endgültig vorüber war. Auszunehmen sind vielleicht ein derart frühberufener Dichter wie CLAUDIO RODRIGUEZ oder diejenigen, die ihrer Zeit voraus waren und solche Kühnheit mit literarischer Ächtung und zum Teil völliger Vergessenheit bezahlen mußten. Dazu zählen CARLOS EDMUNDO DE ORY, MIGUEL LABORDETA, JOAN BROSSA und bis zu einem gewissen Grad ANGEL CRESPO und FRANCISCO PINO. Sie sollen hier, soweit das nicht bereits geschehen ist, in ihrer tatsächlichen Bedeutung gewürdigt werden.

In diese Zeit gehört die *Lyrik* der »poetas humanos« ANGEL GONZALEZ, JAIME GIL DE BIEDMA, JOSE ANGEL VALENTE, CLAUDIO RODRIGUEZ, FELIX GRANDE wie auch der magische Realist ANGEL CRESPO, die die zweite Generation der sogenannten »poetas sociales« sind. Mit weniger Strenge und einem stärkeren Gewicht auf dem Lyrischen führen sie das poetische Engagement der vierziger und teilweise der fünfziger Jahre weiter, vertreten durch Namen wie Gabriel Celaya, Blas de Otero, Victoriano Crémer, Leopoldo de Luis, José Hierro, María Beneyto, Ramón de Garciasol, Eugenio de Nora etc. Gleichzeitig werden sie von einem Teil der Lyriker der ersten Nachkriegsgeneration (u. a. Luis Rosales, Luis Felipe Vivanco, Juan und Leopoldo Panero, José García Nieto, Carlos Bousoño, José Luis Hidalgo, José María Valverde, Julio Maruri) beeinflußt, die sich durch ihren »christlichen« Humanismus auszeichnen. Gerade das trifft allerdings für die »poetas humanos« nicht zu, denn sie verstehen sich als Gegensatz zu den »poetas divinos«. Formales Unterscheidungsmerkmal dieser zweiten Lyrikergeneration ist der fast ausschließliche Gebrauch des freien Verses, was im Gegensatz zur mehr oder weniger strengen Metrik der »sozialen«

wie »christlichen« Dichter steht. In diesen chronologischen Kontext gehört auch die 1957 gegründete katalanische Gruppe um die avantgardistische Zeitschrift DAU AL SET, an der JOAN BROSSA maßgeblich beteiligt war.
Bei der spanischen *Prosa* hingegen ist der Beginn des literarischen »Heute« Anfang der sechziger Jahre anzusiedeln. Der »neue Roman«, der in dieser Zeit erstmalig hervortritt, bricht mit dem Schema des bis dahin dominierenden sozialen Romans, der nicht nur deshalb literarisch arm war, weil er glaubte, die Sprache zugunsten der Botschaft vernachlässigen zu müssen, sondern auch, weil er die modernen Erzählstrukturen ignorierte, die andere Literaturen seit Beginn des Jahrhunderts entwickelt hatten. Er blieb vorwiegend in einem überholten Naturalismus in der Art des 19. Jahrhunderts verhaftet. Alle sozialengagierten Erzähler, die in diese Anthologie aufgenommen wurden, haben jene Periode des platten sozialen Realismus überwunden, den sie teilweise in ihren Anfängen selbst vertreten hatten. Sie widmen der Sprache größere Aufmerksamkeit, so beispielsweise JOSE MANUEL CABALLERO BONALD, oder eignen sich moderne Erzählstrukturen an, wie etwa LUIS GOYTISOLO, CONCHA ALOS, DANIEL SUEIRO, ISAAC MONTERO und ANA MARIA MOIX.
Zwei Autoren allerdings distanzieren sich gänzlich von dem bis etwa 1960 vorherrschenden Erzählmuster. Den Beginn machte der frühverstorbene LUIS MARTIN-SANTOS mit seinem Roman *Tiempo de silencio* (*Zeit des Schweigens*, 1961), in dem sich soziale Kritik in adäquaten Formen ausdrückt. 1967 erscheint JUAN BENETS Roman *Volverás a Región*, der die Abwendung noch konsequenter vollzieht. Beide Werke, das erste wegen seiner leichteren Zugänglichkeit und dem folglich größeren Publikumserfolg wohl noch stärker, machten den ironisch sogenannten sozialen »Infrarealismus« endgültig unmöglich. Dieser hatte seinen tiefsten Punkt mit so bezeichnenden Titeln wie *Kraftwerk* (1957) von Jesús López Pacheco; *Die Spitzhacke* (1959) von Antonio Ferres; *Das Bergwerk* (1960) von Armando Pérez Salinas oder *Der Graben* (1961) vom frühen Alfonso Grosso erreicht. Mit MARTIN-SANTOS und BENET beginnt darüber hinaus eine neue Epoche der spanischen Erzählkunst, die von Namen wie Joyce, Faulkner, Dos Passos, auch von Kafka und den Autoren des Nouveau Roman geprägt wird. Herausragende Beispiele für diese radikale Kehrtwende sind in den siebziger Jahren J. LEYVA und JULIAN RIOS, bei denen sich eine weitere Abwendung von den Formen auch ihrer direkten Vorgänger feststellen läßt. Diese vier Autoren sind bis heute die neueren spanischen Romanciers, die ein von Anfang an geschlossenes Werk aufweisen. Damit haben sie den spanischen Roman der letzten 20 Jahre entscheidend bestimmt.

Die übrigen Prosaautoren der Anthologie sind literarisch jünger. Mit ihrem spezifischen Beitrag runden sie das Bild der heutigen Literatur Spaniens ab: CARLOS BARRAL als Chronist seiner Generation; PABLO ANTOÑANA demgegenüber mit dem historischen Roman moderner Prägung; ANTONIO F. MOLINA mit ländlichen-iberischem Surrealismus; VICTOR CANICIO mit surrealem Humor; MARIANO ANTOLIN RATO mit Science-fiction auf Beat-Hintergrund; IGNACIO GOMEZ DE LIAÑO, den man mit seiner Darstellungsweise von Geschichte als linguistischer Fiktion als Gegenpart zu ANTOLIN RATO ansehen könnte; und ESTHER TUSQUETS als Beginn einer Frauenliteratur, die nicht nur für Frauen geschrieben scheint. Sie alle zeugen für ein Phänomen, das allen ästhetischen Ausdrucksformen unserer Zeit gemein ist: die Koexistenz der vielfältigsten Stilformen und Tendenzen.
Die Linie der spanischen *Lyrik* von heute wird ebenfalls zu Beginn der sechziger Jahre von einem deutlichen Richtungswechsel bestimmt. Er zeigt sich zunächst in der zaghaften Rehabilitierung des ersten Erneuerers der Dichtung in der frühen Nachkriegszeit: CARLOS EDMUNDO DE ORY veröffentlicht 1963 seinen ersten Gedichtband, obwohl er bereits ein Vierteljahrhundert lang hauptsächlich als Lyriker galt und als solcher hervortrat. Zweites markantes Ereignis dieser Zeit ist die Publikation von PERE GIMFERRERS erstem Buch, das die »Oda a Venecia ante el mar de los teatros« enthält. Er begründet damit eine poetische Richtung, die man nach Titel und Geist dieses Gedichtes zunächst »Venetianismus« nennt; später setzt sich allgemein die treffendere Bezeichnung »Kulturalismus« durch. Außerdem pflegt sie, was Susan Sontag »camp«-Geist genannt hat. Sie wird weiterhin von einer langen Reihe von Autoren verfochten, unter denen GUILLERMO CARNERO und ANTONIO COLINAS sich durch den Eigenwert ihrer Lyrik hervorheben.
Ebenfalls im Jahr 1963 veröffentlicht MIGUEL LABORDETA, ein weiterer der neu gewürdigten Lyriker, eine Reihe Gedichte, die mit der üblichen Diskursivität brechen und das Aufkommen einer Art von »Protokonkretismus« darstellen. Schließlich gründete der uruguayische Dichter Julio Campal kurz vor der Jahreswende 1962/63 von der Madrider Vereinigung »Juventudes Musicales« aus die Gruppe »Problemática-63«, aus der dann unmittelbar der – anfänglich konkrete – spanische *Experimentalismus* hervorgehen sollte. IGNACIO GOMEZ DE LIAÑO und FERNANDO MILLAN, damals junge Philologiestudenten, wurden zu Campals Lieblingsschülern. Von ihnen gehen die entscheidenden Impulse für die experimentelle Bewegung aus, sowohl durch ihr Werk wie durch ihre Aktivitäten. 1964 konstituiert sich, ebenfalls in Madrid, die literarisch-musikalische Gruppierung »zaj«. Aus ihr geht JOSE LUIS CASTILLEJO hervor, jener experimentelle Autor von unverwechselbarer Eigenheit. FRANCISCO PINO, FELIPE BOSO und J.

C. Jimenez Aberasturi sind wie die letzte Konsequenz der so begonnenen Bewegung.
»Die kulturelle Öffnung der letzten zehn Jahre« – so Castellet – findet 1970 mit dem Erscheinen der von ihm herausgegebenen Anthologie *Nueve novísimos* ihren Höhepunkt. Fünf der dort vertretenen Autoren (Gimferrer, Carnero, Sarrion, Panero, A.M. Moix) erscheinen auch in dieser Anthologie. Tatsächlich bilden die »Neun Neuesten« ein heterogenes Konglomerat, das nur eins gemeinsam hat: den Bruch mit der vorausgegangenen spanischen Lyrik, und zwar in ihrer Gesamtheit, wenngleich man sich auf Aleixandre oft beruft, und den Bruch mit dem »Spanischen« ganz allgemein. Vielfältig sind auch die Vorbilder: von Kavafis, Eliot, Pound, Perse, Pessoa, Paz, auch Borges, wenngleich das niemand eingesteht, bis zu den großen französischen Surrealisten, den italienischen Hermetikern und der »Beat-Generation« San Franciscos.
In ähnlicher Weise gehören trotz ihrer Verschiedenheit auch die letzten Lyriker dieser Anthologie zusammen. Hierzu zählen der soziale Kulturalist Antonio Martinez Sarrion, Jaime Siles mit seiner metaphysischen Lyrik in fast syllogistischen Formen, der zum Teil völlig eigenständige Neosymbolismus von Andres Sanchez Robayna wie auch von dem späten Eugenio Padorno, der objektive Intimismus Alvaro Pombos, der »bodenständige« Experimentalismus von Jose Miguel Ullan, die alogischen Verzerrungen von Leopoldo Maria Panero wie auch der höchst originelle naive Surrealismus von Pureza Canelo.
Als allgemeine Merkmale könnten folgende gelten: Das Nebeneinander eines intellektuellen Hangs zum Ländlichen (kein Populismus) (Crespo, Molina, Rodriguez, Ullan, Canelo) und eine Weltoffenheit, wie sie sich bei den Kulturalisten zeigt, aber auch bei Rios, Panero oder Castillejo, sowie das fast gänzliche Verschwinden von Begriffen wie »Spanien« oder »Gott«, so symptomatisch für die spanische Literatur bis zu den 50er Jahren. Auch wird man kaum auf nennenswerte Orientierung an deutschen Vorbildern treffen.
Gemeinsames soziolitterarisches Kennzeichen wäre auch die Tatsache, daß alle Autoren bis auf zwei eine Hochschulbildung genossen haben und daß wiederum nur zwei als »freie Schriftsteller« zu bezeichnen wären. Andererseits gibt es unter den 42 Autoren der Anthologie nur ein Arbeiterkind. Es überwiegt sonst die ländliche oder städtische Mittelschicht. Nicht zuletzt sei gesagt, daß praktisch alle Regionen Spaniens hier durch dort geborene Autoren vertreten sind, aber nicht alle Sprachen des Landes. Dies wäre ein undurchführbares Unterfangen gewesen, daß sowohl qualifizierte Übersetzer wie auch die entsprechenden Sprachkenntnisse seitens der Herausgeber erfordert hätte.

Die Liste der Auslassungen ist naturgemäß entsprechend lang – in dem Maße, in dem jede Anthologie nicht allein qualitative, sondern ebenso quantitative Auswahl bedeutet. Es wäre daher nicht falsch, viele der hier zusammengestellten Autoren als stellvertretend anzusehen, denn andere könnten ihren Platz genauso einnehmen.

Darüber hinaus dürften einige der neuesten Entwicklungen im literarischen Panorama Spaniens vermißt werden. Dies beruht auf einem Entscheidungskriterium, das nicht allein Qualität und Bedeutung eines Werkes berücksichtigt, sondern ebenso Reife und/oder Umfang des Gesamtwerkes. Das betrifft etwa die von Burroughs beeinflußten Erzähler der »Nova Expressión Narrativa Española«, sowie die Vertreter der Gegenkultur im Umkreis der Zeitschrift AJOBLANCO und der »Equipo La Cloaca«. Gleiches gilt für die äußerst zahlreichen Experimentellen der »Neuen Welle«, unter denen Javier Maderuelo, Pedro Miguel Lucía, Rafael de Cózar, José Antonio Sarmiento, Pablo del Barco, Rafael G. Colomer und J. M. Calleja genannt werden sollten. Aber auch die experimentellen Autoren der von Angel Cosmos herausgegebenen Reihe «Nueva Escritura«, die Gruppe »Texto Poético«, diejenige um die Zeitschrift NEON DE SURO, die Gruppen aus Tarragona, von der «Universitat Nova« aus Barcelona, »Rompente« aus Vigo und viele andere. Ebensowenig sollten die neueren Hauptvertreter der »Erlebnislyrik« vergessen werden, von denen wichtige Bücher 1979 und 1980 erschienen sind; so etwa César Antonio Molina, José Luis Jover, Andrés Trapiello und José Luis García Martín.

Absichtlich wurde eine sehr junge Tendenz der Epik außer Acht gelassen, nämlich der Hang zum Abenteuerroman mancher Autoren von Rang, so der Gewinner der letzten »Planeta«- und »Nadal«-preisen (Ende 1980). Aber auch der letzte Roman eines so anpassungsfähigen Autors wie Alfonso Grosso (»El correo de Estambul«), wo Handlung, Geheimnis, Erotik und Spionage als Hauptingredienzen des Romans gepriesen werden. Diese neue Modalität des Eskapismus übertrifft bei weitem die der Formalisten und ist wohl als merkantile Antwort auf den Siegeszug anderer Medien (Fernsehen) zu verstehen.

Die Herausgeber möchten an dieser Stelle allen Autoren, die in dieser Anthologie vertreten sind, ihren Dank für die großzügige Genehmigung zur Veröffentlichung ihrer Texte aussprechen und mehr noch den Übersetzern, Autoren in Wirklichkeit, da sie diese Zusammenstellung so vor dem Leser erscheinen lassen, wie sie ist: auf deutsch.

Dieses Buch hätte zudem ohne die entschiedene Unterstützung und das Engagement von José Antonio San Gil nicht realisiert werden können, genausowenig ohne die Bemühungen und Opfer von René Strien und Harald Bieck in der letzten und entscheidenden Phase seiner Verwirklichung. Die Herausgeber möchten ihnen hierfür danken.

Prosa

Luis Martín-Santos

Sein Vater war Militärarzt in Larache im damaligen spanischen Protektorat Marokko. Dort wurde er im Jahre 1924 geboren. 1929 zieht die Familie nach San Sebastián um, der Stadt, der Martín-Santos Zeit seines Lebens verbunden blieb. Er fühlte sich als Baske; im Baskenland endete auch am 21. Januar 1964 sein Leben, als er in Vitoria bei einem Autounfall starb. Von 1940 bis 1946 studierte er Medizin in Salamanca. Bis 1949 war er dann in Madrid, wo er die Facharztausbildung (Psychiatrie) mit der Promotion abschloß. Während dieser Zeit bekam er Kontakt zur literarischen Welt der spanischen Hauptstadt und veröffentlichte sein erstes Buch: ein heute vergessenes Lyrikbändchen. Nach einem Studienaufenthalt in Heidelberg wurde er 1951 Leiter der Heilanstalt der Provinz Guipúzcoa in San Sebastián. Dort begann auch gleichzeitig seine publizistische und politische Betätigung. Als Mitglied der – damals im Untergrund befindlichen – Spanischen Sozialistischen Arbeiterpartei (PSOE) wird er mehrfach vor Gericht gestellt und viermal inhaftiert (1957, 1958, 1959 und 1962). 1961 veröffentlicht er (aus Zensurgründen in Mexiko) seinen ersten Roman *Tiempo de silencio*. Die erste spanische Ausgabe erscheint 1962 in einer von der Zensur leicht gekürzten Fassung. Trotz des schon im Titel (*Zeit des Schweigens*) zum Ausdruck kommenden politischen und vor allem sozialen Engagements stellt dieser Roman keine Fortsetzung des sozialen oder objektiven Realismus dar, der für die spanische Literatur der fünfziger Jahre repräsentativ ist. Neu waren bei Martín-Santos besonders die Romantechnik und die Handhabung der Sprache in einer in der spanischen Tradition nicht verwurzelten Art. Er durchbricht die kulturelle Isolation seines Landes und verwirklicht literarisch das, was Carlos Barral als Verleger versucht. Den von Palley ausführlich untersuchten Einfluß des *Ulysses* auf *Tiempo de silencio* hat sein Autor nie bestritten. Die durch Martín-Santos eingeleitete literarische Wende verschaffte ihm den Titel eines »Begründers der neuen spanischen Romankunst«. Sein Erstlingswerk erreichte bis jetzt allein in Spanien über sechzehn Auflagen. Die letzte ist auch die erste mit den 1961 von der Zensur gestrichenen Stellen. Es wurde in 7 Sprachen übersetzt. Sein unvollendeter, 1975 postum veröffentlichter zweiter Roman *Tiempo de destrucción* verwendet verstärkt die Kunstmittel des »strukturellen Romans«.

Werke

Dilthey, Jaspers y la comprensión del enfermo mental, Madrid 1955 (Essays) – *Tiempo de silencio*, Seix Barral, Mexiko 1961 (Roman) – *Libertad, temporalidad y transferencia en el psicoanálisis existencial*, Seix Barral, Barcelona 1964 (Essays) – *Apólogos*, Seix Barral, Barcelona 1970 (Fiktion und Essays) – *Tiempo de destrucción*, Seix Barral, Barcelona 1975 (unvollendeter Roman, postume Ausgabe).

Der Übersetzer

Hans Leopold Davi, geboren am 10. 1. 1928 in Santa Cruz de Tenerife/Spanien. Buchhändlerlehre in Zürich, seit 1953 als Buchhändler in Luzern. Veröffentlichte Lyrik (in deutsch und spanisch), Aphorismen, Kurzgeschichten, übersetzte spanische Lyrik der Gegenwart (Jiménez, Aleixandre, Alberti, Dámaso Alonso, Guillén) sowie Prosa (Erzählungen, A. M. Matute).

Zerstörung

Zerstörung, Abscheu, Problematik der vollständigen Bedeutungslosigkeit des Erfundenen, das ausdrückt, was der Mensch ist, was der Mensch haßt, Notwendigkeit schon jetzt am Kragen gepackt von dieser klanglichen Form, syntaktisch, milieubehaftet, hinter der ich, kaum ich oder ein Gewissen oder ein Ding, das schlägt, das kaum zu schlagen aufhört zerstört, fällt, sich bewegt sich aufregt sich stürzt, im Versuch beginnen sich kennenzulernen, wissen, seit wo, seit jenseits der kleinen lauen Milieubehaftetheit, in die ich geflüchtet, in der ich voll von Haßgefühlen zucke, mit dem Wissen, daß ich unwiderruflich vernichtet bin, handlungsunfähig, daß sie mir gegenüber Rechte auf Liebe geltend machen, Rechte auf Präsenz, nächtlich-täglichen Besitz, bewohnbaren Alltag immer greifbare Vervielfältigung, stets jüngst erahnte, Fieber eines schmalen Körpers, ganz nah und unmittelbar an mich gerückt, näher noch als wo ich bin und ich bin dabei, meine Worte zu erschöpfen, die Worte, die mich hören möchten und die nicht mehr wissen, nicht mehr können, nicht mehr versprechen welche rundherum lachen mit ihren Rechten auf all meinen Aufstand, eingeengt, zusammengepreßt auf das nächste Schlagen von dem was sie Herz nennen und das nicht das ist sondern entrissener Wunschknoten, der mich glauben läßt, daß ich jetzt fast ein andrer bin, schon das ganze Leben welch Gewöhnlichkeit ein neues Leben hier schlägt wenn ich über meinen Haß den schmierigen Honig auszubreiten weiß, den süßen Honig den meine Zunge aufnimmt ganz langsam derweil sie die Form entdeckt von dem, was sie aus mir gemacht hat, daß man sagen könnte, was mich verrückt gemacht hat, aber wozu das sagen da die Zerstörung in meinem Wesen einer gewaltsameren Notwendigkeit entspringt nicht diese Form ist die meine Zunge durchläuft die diese Zerstörung anordnet, ich bin zu nah, ich kann nicht genau sehen, die weit ausgedehnte Form, gefallen, von ihr selbst hingelegt, von ihr selbst ausstudiert, auch gewirbelt hingesetzt damit ich sie mühevoll durchlaufe weil ich nicht weiß, wo er aufhört, wo er endet wo der Beginn dieses Wunsches liegt, der nicht Poesie ist, nicht Poesie ist reiner Haß ist oder zerstörte Liebe wieder über mich hereingebrochen über meine schlaflosen Nächte stets leerer jeden Tag jede Nacht leerer welche große Verachtung gegen all das was ich mir vorgenommen habe als ob das Gesetz oder die Ordnung oder der Unheil verkündende Rhythmus des Pochens wirklich angelegt sind damit er unterbrochen werde so angelegt damit er eines Tages aufhöre und nicht wie ich ihn höre blödsinnig verblüfft hoffend, daß er nie nie ende da ich ihn höre und mich ausruhe über diesen Knoten der weiterhin wandert derweil die Form die sie an meiner Seite ausgedehnt hat erzittert verschwindet lacht, lacht vielleicht selbst wenn es nicht sicher ist zu sagen ob sie lacht oder ob sie nur beweisen will, daß sie dort ist daß der Wunsch und die Kraft und die Macht mehr als Jemand, weiter oben als Jemand der männliche, borstige Mensch hart aufgerichtet mehr mehr nach oben derweil die ausgedehnte Form nicht endet, nicht herausfordert da sie lang ist sondern den unmöglichen Abschied weil sie gekreuzigt, kreuzt, zurückhält, Fleisch mit Fleisch kreuzigt, du weißt nichts mehr hattest früher noch gelernt männlicher Mensch, daß du dich streckst, als ob du noch wachsen wolltest und du wirst stets weicher stets weicher wenn dir der Haß in diesem Knoten nicht den letzten endgültigen Kitzel verursacht, in dem du erraten kannst, wo das Leben beginnt, wo es endet, wo es zerrinnt, das dort ausgebreitet das Leben in Form einer Form ist ausgebreitet mit einem langen immer mehr ermüdeten Rükken immer glorreicheren Weiß auf dem nicht gesät werden kann weil nichts Frucht bringt weil du was auch immer du säst glaubst daß es Früchte trägt dann täuschest du dich, es ist nicht Frucht ist etwas anderes daß du kleines rundes hartes Rot nicht mehr siehst gestreichelt durch dieses Schicksal das zu sagen wagt daß du es nicht gemacht hast daß du Mensch bist der durch den Haß das grausamste Schicksal schafft dieses Rot das du wie einen Knoten spürst den du wieder spüren möchtest und der dir den leeren Bauch preßt wie den einer Frau der sich dir geöffnet und dich leer gelassen hat und den du mit irgend etwas füllen mußt ehe dich der Haß wieder im Stiche läßt der gekommen ist du weißt nicht weshalb von dieser ausgedehnten Form gekreuzigt von dir zu dir ausgestreckt von Arm zu Arm wo die Nägel ihre wunderschönen roten Löcher machen und wo die Nähe der enthaarten Achselhöhlen Tropfen für Tropfen fallen lassen wie Blut oder Schweiß oder einen Geruch nach Bisam, der durch dich die geöffneten Poren des Hasses durchdringt welch Blödsinn, welch Dummheit, weshalb Haß wenn es doch Liebe ist, positives Licht, vollkommene Hellseherei was dich erschüttert, dich freut dich von Leben erfüllt jenseits all jener Hoffnungen die du nähren konntest ausgestreckter Mensch hier mit deinem weißen Knoten auf dem ausgebreiteten gekreuzigten Raum wo niemand mehr versteht als du der von hier nach dort geht von deinem Finger zu deiner Hand von der geöffneten Leere deines Bauches wie den einer Frau bis zur vollen Leere des Bauches die dort ausgestreckt liegt wie gekreuzigt die deine Zunge ganz langsam lernen will und die erkennen muß daß sie jenseits ist auf der anderen Seite daß sie daran nicht mehr interessiert ist weil das Wort Interessiertsein kein Interesse mehr erweckt sondern das wichtigste was du von dir gibst oder dem Nichts dem entleerten Gipfel eines Seins von dem aus du hartnäckig darauf bestehst die Gefühle weiterhin anscheinend zu ordnen wie hier Liebe sagend, hier Haß, hier Scham, hier dieses neuplatonische Gefühl, hier was die fahrenden Ritter, hier was die prov ... Troub ... im 12. Jahrhundert entdeckten welche Dummheit, welcher Blödsinn, deine unvollkommene Gelehrsamkeit Urwüchsiger ausgestreckt wenn die lange weiße ausgedehnte Form die du nicht erkennst die du allmählich kennenlernst dich plötzlich füllt, dich durchdringt, dich zu Boden wirft und es steht selbstverständlich fest, daß es nichts ist, was durch Worte geordnet, vorläufig bezeichnet werden könnte da du doch im Begriffe stehst zu beweisen, daß nicht die Rede, daß nicht die Sprache, daß das was sie Sprechweise nennen, die die überperfektionierte Syntax, die in die Tiefe des Dings taucht und ihren Kern emporhebt ihre schillernde Kugel und sie vor das zerlegende Auge setzt, die wir für Wissenschaft halten wenn auch ohne Grund sie so zu nennen denn du weißt es schon und bist im Begriffe, es dir selbst zu beweisen nein daß die Freude jedem Ding einen genauen Namen zu geben nicht etwas ist, was zu einer Lösung führt da der Knoten von dem aus du jetzt kotzest all das was du drin hattest mit ihrem gefährlichen Haß oder mit ihrer kühnjungfräulichen Last oder mit ihrer Entdeckung eines Waldes mit tiefen Pfaden auf denen du gehst oder gehen wirst oder du dir vorstellst daß du gehst hat nichts zu tun steht in keinem Zusammenhang ist vollständig losgelöst von dem was du fühlst oder weinst oder was von deinem leeren armen Seminaristenbauch hervorkeimt geschleift von einer Feuerzunge bis zu diesem so übermäßig bequemen oder breiten oder kaputten Bett oder mit einem Loch selbst im Federgestell wo du auch nicht den Namen Bett gebrauchen kannst das nicht genug ist für Brautbett, für Bedeckung, für erbärmliche Kreuz-Wohnung, selbstverständlich von der er gekreuzigt sie gekreuzigt du schließlich verstehst was das Kreuz bedeuten konnte das nicht die schändliche Folter war noch die öffentliche Zurschaustellung von denen die schändlicherweise ertappt worden sind beim schändlichen Laster oder bei der Sünde jenseits der Homosexualitäten, Hersteller leerer Bäuche oder von Ehebrüchen wo man es hier wieder errät, daß das Wort nichts aussagt denn was sagt das Wort Ehebruch schon aus es handelt sich ja nicht darum sondern um eine ausgedehnte Form die du nicht begreifst die du nicht begreifst von der du begreifst daß sie jenseits von all dem liegt was du benennen wolltest die dich besitzt die dich schon ganz besitzt und daß das Wort das die prov ... Troub ... zu verwenden begannen erfanden in jenem Jahrhundert das du in Erinnerung haben müßtest wenn du nicht mit diesem Knoten wärest der es dir vielleicht nicht erlaubt etwas erklären könnte auf das wesentliche Kügelchen hinweisen könnte es dir erlauben könnte zu wissen ob du dich verschluckt hast oder ob der Knoten, der Adamsapfel, der borstige Kehlkopf nichts anderes als eine Art männliche Regel ist, die sich dir im Mund herumdreht auf ihm auf der lahmen Zunge wo deine Zunge schon aus Feuer schon auf dem Honig keine Wörter mehr schreiben kann weil wir uns geeinigt haben daß die Wörter zerstört worden sind und weil du schon überdrüssig bist dich selbst zu wiederholen daß du ich bist daß du nicht mehr weißt warum du mit dir sprichst da du ich bist du ich und bist ich und bin ich ich ich so ist's recht laß die Wiederholung sie nützt nichts laß die Zerstörung such' wieder das Wort vielleicht hilft es dir wenn du das Wort findest wirst du zu deinen Morgengebeten finden, wirst du deine Seele zu Gott erheben und ihn um Gefälligkeiten bitten die wenn er sie dir gewährt dich in den heiligen Zustand der Seminaristengnade aufnehmen möge, die du kaum kennst kenne ich sage ich ich kenne kaum die Blutkreislaufkunde, die Heiligenkunde, die orsianische Engelskunde zusammengesetzte Albernheit Liebe Liebe dieses Wort das aufblüht es flattert über den Dächern als wären sie Engel mit ihren versetzten, erschütterten, gekreuzigten Formen, von einer Sonne gewärmt die man nicht jenseits der Gemälde sieht warum sage ich so oft jenseits jenseits wenn das was ich will was du willst das Zeitwort verfehlt schneller noch schneller noch hebt die Bindewörter, Verhältniswörter auf ist die Sprache zu zerstören damit schließlich auf der anderen Seite des so viel Gesagten wir uns schließlich verstehen und ich dir sagen kann mir wiederhole nicht die selbe Wirkung im Wechsel der Personen die nicht genügend Infinitiven Infinitiven zerstört Negersprache ist's was wir nötig haben wer könnte schwarz sein mit den großen Lippen mit der dicken rotschwarzen Zunge die so vollkommen, so zärtlich aufnimmt und studiert, Töl ... pel philisterhaft versinkst du versinke ich versinken wir in Pedanterie mangels des guten schwarzen Geistes, der weiß hitzig den aussaugenden Mund auf die genaue Form anzuwenden und sie in Fleisch des ursprünglichen Menschen zu modeln viel früher, viel näher als all das was ich genau sage wo ich sein möchte um schließlich zu erklären einmal zerstört was der Knoten ist die Form der saugende Mund über die Kreuzigung die man schließlich versteht was sie war sie war nicht diese Demütigende es ist nicht genügend zerstört man muß an den Füßen zerren, bis die Löcher der Hände sich öffnen um zu sehen ob sie leer sind Folter sondern ein anderer störender Einschub von dem was hier liegt hier ja wo ich vorhin sagte daß ein Knoten war daß es selbstverständlich ist daß man es nicht Knoten nennen kann sondern leerer Bauch eines verlorenen Wassers das ausläuft und das all die Negerzungen nie gut aufnehmen würden gekreuzigter Bauch Liebe nein wir wissen schon daß es nicht die Liebe ist daß es nicht die Einordnung eines Gefühls ist das ich als Seminarist regelrecht verstehen kann seit der aufmerksamen Lektüre der Abhandlung über die Leidenschaften denn sie sind nicht mehr als ein motu cordis als ob das Herz etwas mehr wäre als ein Knoten sondern ein Impuls zu einer Zerstörung hin die zu vollbringen nicht möglich ist auf diesem Bett das nicht mehr das ist was es war sondern Kampfplatz, was es ist was es war was man war daß man es war das vergeht welch griesgrämige Hysterie denn es ist auch nicht das was ich sagen wollte was du nicht ausdrücken wolltest was er möchte vielleicht wenn sie ihm ganz die Hände ausreißen bei der Kreuzigung das was er denkt obwohl es scheint als wär's nur eine Form derweil der Raum so gedrängt ist, so gedrängt, so warm daß wir uns hier ganz wohl fühlen wie wohl mein Leben ist nicht so mein glühendes Leben von dem was nicht ist daß es nicht so ist daß ich sein werde daß ich zu lernen beginne im Mund zu spüren im Geruchssinn in der Zunge des Negers die da liegt auf dieser ausgebreiteten mondartigen Ausdehnung wie ich sagen möchte daß es so sei aber du kannst nicht du wirst vielleicht besser wissen tu als ob du dich bewegen wolltest oder tu so als ob du nicht diesen Knoten hättest daß es nicht so sei tu als wüßtest du was ich im Begriffe bin zu zerstören mach daß ich jenseits sehe ja jenseits, mehr hierher wo du vielleicht sein müßtest lauer eingemummter Seminarist wo du denkst oder betest oder vielleicht spuckst sehr unglückselig den Armen deiner Mutter entrissen armer Seminarist um an ein einsames Holz gelegt zu werden durch Negerarme die heftig willkürlich von deiner Schwarz-Zungen-Natur abweichen daß du dich verschluckst daß du dich daß ich dich zwinge die Zunge zu schlucken und schweig doch endlich plappernder Zerstörer Erneuerer Bilderstürmer beuge dich zu dieser außerordentlichen leeren Form die dir den Knoten der teuersten Seele zerstört als hättest du Seele sie läßt dich glauben als hättest du keine Seele aber man weiß nicht welche diese genaue Wirklichkeit ist diese Wirklichkeit von der du glaubst daß es sie gibt visibilia omnia et invisibilia die durchs Loch der Bettmitte auf die leere Jungfräulichkeit des Bauches fällt sprich nicht von dir weil ich es bin der Gefallene der schon verfallend fällt zu den gefesselten Prometheen die aufrücken in der Ruchlosigkeit des Charakters du bist Neger ich bin Neger hitziger Schwarzer der ein heißes Herz bläst einen roten Wirbelsturm entzündet du gehst weiter einmal mehr weiter als diese engen auserlesenen zarten Grenzen wo du dich befindest du dich unterhältst dich zerstreust sprich nicht sprich nicht schweig du sprichst in der Tat viel zuviel stets von dir selbst armer Dummkopf der du noch nicht das Wort gefunden hast womit du sagen möchtest was ist was geschieht auf welche Art und Weise du gekreuzigt worden bist und wie gut wie gut dich der ganze Körper schmerzt all das was du Körper nennst deine Ausdehnung so angeordnet vor dem Erstaunen dieser ausgedehnten langen gekreuzigten Form die du auch nicht berühren kannst die du beginnst zu berühren verrückter Seminarist von der du sprichst auch wenn sie stumm bleibt stumm stumm wenn auch Freundin der Zunge.

Aus: *Tiempo de destrucción.*

Die Interpunktion orientiert sich an dem aus dem Nachlaß stammenden Manuskript.

Juan Benet

Er wurde am 7. Oktober 1927 in Madrid geboren, ging dort zur Schule und studierte Ingenieurwissenschaften. Seit 1954 ist er Dipl.-Tiefbauingenieur, ein Beruf, den er bis zum heutigen Tag ausübt; er baut Kanäle, Tunnel und Talsperren. Seine naturwissenschaftliche Bildung sowie ein starkes Interesse für Musik machen sich in seinem Werk bemerkbar (kompositorische Strukturen, genaue Beobachtung und Beschreibung der Naturgegebenheiten). Benet beginnt verhältnismäßig früh zu schreiben; der 1951 beendete Erstlingsroman blieb allerdings unveröffentlicht. 1961 erscheint als erstes Buch sein Erzählungsband *Nunca llegarás a nada*, bleibt zunächst aber unbeachtet. Neben der erzählenden Prosa entstehen Essays mit Reflexionen über das künstlerische Schaffen. Sein Beruf führt ihn oft in abgeschiedene Gegenden, wodurch er zeitweise ein sehr auf sich gestelltes Leben in engem Kontakt zu ursprünglicher Natur führen kann. Seinen 1967 erschienenen Roman *Volverás a Región* beginnt er etwa während des Baus der Porma-Talsperre in den Bergen Nordwestspaniens (León) zu schreiben. 1969 erhält er für *Una meditación* den »Biblioteca Breve«-Preis, wodurch er auch zumindest in den literarischen Kreisen Spaniens sich einen Namen macht. Im Grunde ist seine Lesergemeinde auch heute noch klein, wenngleich er inzwischen zu den bedeutenden Vertretern der zeitgenössischen spanischen Literatur gerechnet wird. Ebensowenig wie das Werk MARTIN-SANTOS, LEYVAS und anderer experimenteller spanischer Romanciers, wäre auch Benets Schaffen ohne die bedeutenden nichtspanischen Neuerer wie Kafka, Dos Passos, Virginia Woolf, die Autoren des Nouveau Roman, und vor allem Faulkner nicht denkbar. Benet selbst bekennt, sich gerade Faulkners stilistischen Eigentümlichkeiten bedingungslos unterworfen zu haben. Entgegen den Tendenzen des »sozialen Romans« spanischer Prägung erklärt Benet offen seine apolitische Haltung. Auch der immer wieder in seinen Romanen vorkommende spanische Bürgerkrieg führt bei ihm nicht zu einer Parteinahme, sondern tritt ebenso wie die Landschaft fast wie eine eigenständige, handelnde Person auf, während die Personen im eigentlichen Sinne eher den Hintergrund abgeben. Ort und Zeit der Handlung bleiben fast immer topographisch wie historisch fixierbar, wirken jedoch meist »entwirklicht«, was Benet etwa durch perspektivische Verschiebungen oder den Vorrang des psychologischen vor dem chronologischen Erzählablauf erreicht. 1980 überraschte er mit der Teilnahme an dem hochkommerziellen »Planeta«-Wettbewerb, bei dem sein Kriminalroman *El aire de un crimen* den zweiten Platz belegte. Trotz dieser Konzession an den Publikumsgeschmack stellen alle Werke Benets einschließlich seiner Essays und Theaterstükke Bausteine zu ein einzigen benetianischen »Uni-versum« dar. Er übt einen nicht zu übersehenden Einfluß auf einen bedeutenden Teil der jüngeren spanischen Prosaautoren (Guelbenzu, Fernández de Castro, Azúa, Trías, Marías, Alemany etc.) aus.

Werke

Nunca llegarás a nada, Tebas, Madrid 1961 (Erzählungen) – *La inspiración y el estilo*, Revista de Occidente, Madrid 1966 (Essay) – *Volverás a Región*, Destino, Barcelona 1967 (Roman) – *Una meditación*, Seix Barral, Barcelona 1970 (Roman) – *Puerta de Tierra*, Seix Barral, Barcelona 1970 (Essay) – *Teatro*, Siglo XXI, Madrid 1971 (Theater) – *Una tumba*, Lumen, Barcelona 1970 (Roman) – *Un viaje de invierno*, La Gaya Ciencia, Barcelona 1971 (Roman) – *5 narraciones y 2 fábulas*, La Gaya Ciencia, Barcelona 1973 (Erzählungen) – *Sub rosa*, La Gaya Ciencia, Barcelona 1973 (Erzählungen) – *La otra casa de Mazón*, Seix Barral, Barcelona 1973 (Roman) – *Qué fue la guerra civil*, La Gaya Ciencia, Barcelona 1976 (Essay) – *En ciernes*, Taurus, Madrid 1976 (Essay) – *El ángel del Señor abandona a Tobías*, La Gaya Ciencia, Barcelona 1976 (Essay) – *Cuentos completos*, Alianza Editorial, Madrid 1977 (gesammelte Erzählungen) – *En el Estado*, Alfaguara, Madrid 1977 (Roman) – *Del pozo y del numa*, La Gaya Ciencia, Barcelona 1978 (Erzählungen) – *Saúl ante Samuel*, La Gaya Ciencia, Barcelona 1980 (Roman) – *El aire de un crimen*, Planeta, Barcelona 1980 (Roman).

Der Übersetzer

Helmut Frielinghaus, geboren am 7. 1. 1931 in Braunschweig, Buchhändler (1952–1957 in der Librería Buchholz, Madrid), seit 1962 Verlagslektor, übersetzte spanische und lateinamerikanische Erzählungen, Romane und Hörspiele (Max Aub, Jesús Fernández Santos, Juan Goytisolo, Rafael Sánchez Ferlosio, Carlos Edmundo de Ory, Carlos Droguett, Severo Sarduy), lebt in Hamburg.

Ein Thema von gestern

»Lug und Trug! Die Wahrheit ist, daß ich schändlich entjungfert wurde – oder entehrt, wenn Ihnen das lieber ist – am Tage meiner Ersten Kommunion. Ich will es erklären: Sowohl vom Vater als auch von der Mutter her komme ich aus illustren Familien von uraltem Adel – noble Häuser, erhabene Titel, Throngeschlechter, Erbfolgekämpfe, Verrätereien, Simonie, Meineid, von allem etwas: Hochmut der Standesherren, Perfidie der Kirchenmänner, Bauernaufstände. Die Familie meines Vaters, savoyardischen Ursprungs, dehnte ihre Besitzungen über alle Gestade des Mittelmeers aus, dieses scheinbar sanftmütigen, aber unruhigen, winkelreichen und vielgestaltigen Binnenmeeres, dieser flüssigen Zunge, die beim Penetrieren, bei der Eroberung und der Besiegelung der tiefen Invaginationen, zu denen die Trennung der drei historischen Kontinente führte, im Innern jedes Busens und jedes Golfes die köstlichsten und perversesten, verführerischsten und verderblichsten Wonnen erzeugte, deren unsere moribunde Zivilisation sich zu rühmen vermag. Nun denn, wie ich schon sagte, die Familie meines Vaters besaß weit ausgedehnte Ländereien, unzählige Herrensitze, Landgüter aller Arten, Hunderte von Erbgütern und Jagdrevieren, weitläufige Weiden von Hunderten von Posturas, tausend und abertausend Posturas, Tausende von Fanegas, Zehntausende, Hunderttausende, Tausende von Tausenden von Hunderttausenden, Millionen von Fanegas, von Acres, von Tschetwerts, von Morgen, von Tagewerken, von Jahrhundertwerken, würde ich sagen, ganz zu schweigen von den Desjatinen, den Tausenden von Desjatinen, den Hunderttausenden, ja vielleicht Millionen von Desjatinen, die eines Tages in meine Hände übergehen würden, denn – wie Sie vermutlich schon erraten haben – von der mütterlichen Seite her floß eine Mischung slawischen Blutes in meinen Adern, ruthenisches, montenegrinisches ...«

»Zirkassisches?«

»Nein, zirkassisches nicht. Ich sagte, ruthenisches, montenegrinisches ... Wie ein großes Flußbett, daß all die wilden Wasser ferner, zwischen den Wolken verlorener Bergketten in sich aufnimmt, so hatte der Leib meiner Mutter das Blut der Goten, der Gepiden, der Alanen empfangen, der Heruler, der Akarier, der Thüringer, der Markomannen – von denen ich die Tiefe und die Stetigkeit im Blick ererbte –, der Slavonen, der Skiren, der Rugier, der Langobarden mit ihrem safrangelben Haupthaar, der Thraker – grausam und prahlerisch –, der Albaner, der Wallonen, der Arnauten – von denen ich die festen, schmalen Knöchel habe –, der Inguschen – die mir ihre Kälte vererbten –, der Ostgoten mit ihrer Liebe zu Steinen und Schmuck, der Ingrier, der Livländer, der Permier – immer seßhaft –, der Wogulen, der Wotjaken, der Tschermissen – Schmeichler, gute Händler –, der Mordwinen, der Ostjaken, der Kolchiden, der Kimbern, der Massageten, in deren Ebenen das Eis golden glänzt. Kurz und gut, wozu fortfahren? Aber selbstverständlich kein zirkassisches. Da wäre ich nicht hier. Das hätte gerade noch gefehlt. Zirkassisches! Was glauben Sie eigentlich? Was fällt Ihnen ein? So eine Unverschämtheit! Ich sage es noch einmal: es waren große ruthenische, paphlagonische und skythische Geschlechter, nicht aber zirkassische, die sich nach und nach zu einem explosiven Gemisch vereinten. Heiße, leidenschaftliche Temperamente in harten, kalten Leibern, die sich nie den Schwächen des Fleisches beugten, noch den Verirrungen der Gesellschaft. Ich spreche von der Fleischeslust, über die ich mir wegen des Rassengemischs meiner Vorfahren nie eine klare Meinung zu bilden vermochte. Die Oberhand behielt jedoch eine Herrschsucht ohne jede Hemmungen, ein satanischer Stolz, eine grenzenlose Hingabefähigkeit, ohne die geringste Spur von Mitleid mit dem Besiegten. Illustre Geschlechter, Kalamitäten ohne Zahl. Schreckliche Dürren, Überschwemmungen, die ganze Dörfer von der Landkarte tilgten, Brände, Plünderungen. Notzucht, blutschänderische Liebschaften. Väter, die tobend vor Zorn über den Verrat und den Undank ihrer Söhne ins Grab sanken; Söhne, welche die Betten der Geliebten ihrer Väter entweihten; die Annona, dann die Sklavenbefreiungen, die Religionskriege, die Peitsche, der Umsturz. Bedrängte und verfolgte Frauen, die Zuflucht suchten in ummauerten feuchten Klöstern, nahe jenem See, wo Chopin jede Nacht die glänzenden Lichter einer unter den schwarzen Wassern begrabenen Stadt erblickte. All dies aufwühlende Dinge, unter deren Zeichen ich geboren wurde, die aber dem modernen Ohr, so scheint es, wenig oder nichts mehr sagen. Man kann nun nicht behaupten, daß die Savoyarden von Natur aus feurig und gar lüstern gewesen wären im Gegensatz zu manchen, einzig auf Plünderung und Grausamkeit bedachten Samojeden. Sie waren zur Hälfte dies und zur Hälfte das. Sie alle steuern ihre typischen Züge bei, die in der entsprechenden Mischung und mit widersprüchlichen und unvorhersehbaren Folgen meinem Wesen einverleibt sind: im allgemeinen eher kalt, bin ich ein Sturm in meinen seltenen Momenten der Ekstase, ebenso geizig und grausam, wenn es um Liebe geht, wie großzügig, freigebig und begeistert, wenn es um Geschäfte geht. Wie ich Ihnen schon sagte, ich wurde entehrt am Tage meiner Ersten Kommunion. Ich war noch ein Kind, ja, ein Kind, sehr klein und sehr zart; noch kündigte sich kaum die zukünftige Frau in den schüchternen Wölbungen der Brüste und in den spärlichen blonden Schamhaaren an, als es der Natur gefiel, mit einer dunklen, roten Tönung jenes strahlende Geflecht zu färben, das dazu berufen war, seine Wärme an eine Generation weiterzugeben, die ihre Züge bewahren würde ...«

»Ihre zirkassischen Züge?«

»Verflucht, woher denn zirkassisch! Zirkassisch! Unsinn, nichts dergleichen, ich habe es Ihnen doch gesagt. Woher haben Sie das eigentlich? Vielleicht hätte es mir mehr genützt, wenn ich es jetzt so bedenke, aber das war nichts dergleichen, ich habe mit diesem Volk nichts zu tun. Ich wollte sagen, die Züge der künftigen großen Dame, zarte, noble, jungfräuliche Züge, jene, die im Verein mit einem wißbegierigen Geist – ein wenig rigoleur, ein bißchen wetterwendisch – diese exquisite Unschuld und diese geringe Konzentrationsfähigkeit verrieten, die, wie es scheint, eine so große Anziehungskraft auf Sadisten, Perverse und Maniaken ausüben. Ja, ein sehr kleines Kind noch, ohne die geringste Kenntnis der Geheimnisse und Leidenschaften, die das Lieben umschließt. Die stummen Stimmen des Instinkts in meinen Adern waren noch nicht erklungen, und noch nie war ich dem Ruf des Komplotts gefolgt ...«

»Des Komplotts?«

»So habe ich gesagt: des Komplotts. Also wirklich, Sie überraschen mich. Kurz und gut, ein Schulmädchen. Übrigens wurde ich in der Schweiz erzogen, in einem der großen Internate in Neuchâtel, die den jungen Damen aus den höchsten Kreisen vorbehalten sind, der *crème* Europas und vielleicht hier und da einer amerikanischen Stahlhändlerstochter, einer Farmerstochter aus der Pampa oder Prinzessinen von der Hohen Pforte. Meine Eltern hatten zwar mit großer Sorgfalt das Etablissement gewählt, versäumten es jedoch, vielleicht infolge ihrer häufigen Streitigkeiten und Querelen über die Paraphernalgüter, sich um die Erfüllung der österlichen Pflicht ihrer einzigen Tochter zu kümmern, die sie immer nur in kurzen Ferienwochen sahen. So feierte ich die Erste Kommunion etwas spät, wenngleich ich noch ein kleines Mädchen war, das unschuldige, frühlingshafte Geschöpf, in dem – trotz alledem – der scharfsichtige Beobachter die Züge und Charaktereigenschaften der künftigen Astaroth geahnt hätte, die neue Leto, die moderne Kallipygos – die mit dem schönen Hinterteil, die ihren Rock hochhält –, die zweite Tochter des Phanes, des zweigeschlechtlichen inzestuösen Monstrums, die blonde Aphrodite Morpho, die vielgestaltige, und – wenn Sie mich denn drängen – die Ambologera des 20. Jahrhunderts, die das Altern hinauszögert. Ein Wunderkind, ein wahres Wunder von einem Mädchen. Von Neuchâtel wurde ich mit allem Pomp – doch ohne daß viel Aufhebens davon gemacht wurde, und ohne übertriebene Hast – zu einem Schloß der Familie meiner Mutter gebracht, einem die fruchtbaren Niederungen der Theiss beherrschenden Felsennest in den Ausläufern der Karpaten, damit ich dort – dem Rat des Internatsgeistlichen folgend – im Schoße der Familie, die sich aus diesem Anlaß versammelt hatte, die österlichen Pflichten verrichtete. Es war ein großer Festtag für die ganze Provinz, ein Tag des Jubels und der Amnestie, denn angesichts der besonderen Stellung meiner Eltern innerhalb ihrer jeweiligen Familien kam der Einführung der ersten geistliche Speise in den Leib ihrer einzigen Tochter die Bedeutung einer Versöhnung zu, wie sie Kanzleien, Patriarchate und Diözesen seit den Religionskriegen und, wer weiß, womöglich schon seit den Streitigkeiten des schismatischen Ignatius immer wieder gefordert hatten. Es kamen Leute aus allen Gegenden Europas, von der heiteren und geheimnisumwobenen Adria, aus dem fernen, eisigen und spitzigen Gdansk, aus der unbekümmerten, leichtsinnigen Walachei, aus dem lärmenden Brabant, aus der immer unwirschen und aggressiven Franche-Comté, es kam der Woiwode von Makedonien, begleitet von seinem Generalstab, und es kamen die verschiedensten Kirchenfürsten und Heerführer aus den Steppengebieten ...«

»Den zirkassischen etwa?«

»Nein, ich sagte Ihnen doch schon: Nein! Unterbrechen Sie mich bitte nicht immer. Es kamen Freunde aus Barcelona, lebenslange Freunde und sehr angenehme Leute. Sie ist eine Fontcuberta – immenses Vermögen, der Familie gehört die halbe Provinz. Jedes Jahr laden sie mich ein, ermuntern mich, ein paar Wochen bei ihnen zu verbringen – sie haben ein herrliches Haus oben in der Neustadt und eine Finca in Cambrils – ein wahres Juwel. Mir gefällt Barcelona sehr, und wenn ich dort war, habe ich mich immer sehr wohl gefühlt, denn – Sie können sich nicht vorstellen, *wie* aufmerksam und anregend sie sind. Sie kennen alles, was Rang und Namen hat, und haben jeden Abend Leute zum Diner da. Das Schlimme ist, daß ich seit langem nicht mehr hinfahre, seit über vierzig Jahren! Keine Ahnung, was aus ihnen geworden sein mag. Die Armen! Sie hätten wahrhaftig etwas anderes verdient, aber was soll man tun ... So ist das Leben. Und man muß weitermachen, was bleibt einem anderes übrig? Es ist eine Pest! Ich habe sehr gute katalanische Freunde gehabt, und ich habe mich in Barcelona immer herrlich amüsiert. Aber es sind Freunde fürs Leben, und sie wissen zu bewahren, was sie haben. Das Land ist sehr schön, auch wenn das Wasser knapp ist und ein bißchen hart. Kurz, es geht ihnen sehr gut, und sie haben eine große Vorliebe für die Berge und für die Gesangvereine. Wie ich schon sagte, sie kamen aus allen Gegenden Europas und Kleinasiens ...«

»Und für die *vihuela*, für die spanische Laute!«

»Wieso für die *vihuela*?«

»Für die *vihuela* ganz allgemein. Wußten Sie nicht, daß man in Barcelona ganz allgemein eine große Vorliebe für die *vihuela* hat?«
»Nein, das wußte ich nicht, darauf habe ich nie geachtet. Allerdings bin ich auch nur sehr selten dort gewesen und immer nur auf der Durchreise. Aber es wundert mich überhaupt nicht, denn es sind sehr gebildete Leute, die zu bewahren wissen, was sie besitzen, vor allem in den Finanz- und Akademikerkreisen.«
»Was sind das für Kreise?«
»Ah, das werden Sie doch wissen. Sie sind doch auch einer von diesen Typen, die glauben, sie wüßten alles, oder etwa nicht?«
»Nein, das glaube ich nicht. Aber dabei fällt mir ein Witz ein, der hier genau paßt und wirklich komisch ist.«
»Erzählen Sie.«
»Er geht so: Der Finanzier heiligt die Wirtschaft. Na, ist der nicht komisch, wirklich komisch? Gut, nicht?«
»Ich sehe nicht, was daran komisch sein soll, beim besten Willen nicht. Ich weiß überhaupt nicht, was das alles soll und was Sie eigentlich im Schilde führen, daß Sie mich ständig bei meiner Geschichte unterbrechen.«
»Ich wollte nur darauf hinweisen, daß man vielleicht gerade in den Akademikerkreisen von Barcelona eine größere Vorliebe für die *vihuela* hat.«
»Daran zweifle ich nicht. Die Leute dort wissen all das zu bewahren und haben großen Respekt vor ihrer Kultur. Es gibt dort gebildete Leute, sehr gebildete Leute. Es fehlt nicht an Vorträgen noch an Konzerten, und sie verstehen es, Geld auszugeben, einerlei ob für eine Kathedrale oder für eine Villa in Tiana.«
»Eine zirkassische?«
»*Immer* dasselbe! Was ist das für eine fixe Idee! Wer hat denn irgend etwas von zirkassich gesagt? Ich werde es schon sagen, wenn ich es sagen muß. Ich begreife einfach nicht, was Sie davon haben, wenn Sie mich ständig bei meiner Geschichte unterbrechen. Ich will Ihnen dazu etwas sagen: Sooft ich sie erzählte, stets habe ich bei meinen Zuhörern ein so lebhaftes Interesse geweckt, daß ich mich nur mit Mühe und Not und unter Vorschub aller möglichen Unpäßlichkeiten – Erschöpfung, Gedächtnisschwäche, Heiserkeit – der Bitte um Wiederholung entziehen konnte. Dabei fällt mir ein, daß ein guter Freund und großer Bewunderer von mir, aus einer Familie von zirkassischer Abstammung ...«
»Was ist? Warum zögern Sie jetzt?«
»Nun gut, ich habe mich wieder einmal geirrt – ich glaubte Sie mit mehr Scharfsinn begabt. Im übrigen handelt es sich um eine ganz belanglose Anekdote. Aber ich vertraue darauf – ach, es war eine Illusion! –, daß Sie mit Ihrer Neugier für gewisse Details, die hier nichts

zur Sache tun, sich dafür interessieren könnten. Wie ich schon sagte, es war ein denkwürdiges Fest. Zweifellos wollte meine Familie damit frühere Irrtümer auslöschen und sich den Völkern und Stämmen, die sie unterjocht hatte, von einer gütigeren Seite zeigen. Das Sakrament war aller Wahrscheinlichkeit nach nicht viel mehr als ein Vorwand, und oft habe ich gedacht, daß von dergleichen Heuchelei – wie Doktor Pernochta sagen würde – meine infantile Aversion gegen die Fellatio herrührt. Ich will Ihnen sagen, es ist weniger Aversion als Widerwille, auch wenn ich mir – um nun alles zu sagen – oftmals vorstelle, daß solcherlei Ekel eine gesellschaftlich bedingte und instinktive Reaktion auf die ungeheure Anziehungskraft ist, die diese abartige Praktik auf meinen *Geist* ausübt. Und sie hat mich auch, wie Sie sogleich erfahren werden, in meine gegenwärtige demütigende Lage gebracht, mich zu den abscheulichsten, wenngleich unfreiwilligen Verbrechen getrieben, in die schwärzeste und erschreckendste Einsamkeit, zur Verachtung der erotischen Beteiligung, es sei denn mit meinem anderen Ich, und in mir den absolutesten und unüberwindlichsten Mangel an Solidarität und Kommunikation mit meiner Umwelt erzeugt. Nein, nicht daß ich sie vermißte. Ich weiß zur Genüge, *was* mir fehlt, Sie brauchen mich nicht daran zu erinnern mit Ihren schmutzigen Anträgen und in der unanständigsten Sprache, die mir seit Jahren zu Ohren gekommen ist. Und Sie müssen wissen, ich habe Dinge gehört, Dinge, die ein ganzes Regiment von Sappeuren zum Erröten brächten, die meisten davon provoziert durch die wogende Bewegung, die meine Brüste schwellen ließ und mit der ich häufig die Gespenster der Lust zu stillen versuchte. Und ich will Ihnen noch etwas sagen: ich habe den Eindruck, daß uns beiden dasselbe fehlt, und wenn ich damit auch nicht sagen will, daß Ihnen gänzlich die Eigenschaften fehlen, die den Mann kennzeichnen, so gestatte ich mir doch die Vermutung, daß Sie weit davon entfernt sind, jenen gerechten und billigen Lohn bieten zu können, dessen Winken mehr als alles andere die Lust anregt. Mit anderen Worten, Sie sind nicht mein Typ, weil Sie es schon gewesen sind ... aber sei's drum. Es war ein prächtiges Fest. Der päpstliche Nuntius für Mähren, ein Onkel meiner Mutter, zelebrierte die Messe, und danach wurde im Park das Frühstück serviert. Man veranstaltete für die Kinder – die von ihren Erziehern und Ajas beaufsichtigt wurden, während die Eltern sich ins Schloß zurückzogen, um über Erbschaften, Vermächtnisse und Schenkungen, das ganze krause Geflecht der Testamentspolitik zu sprechen – ein Fest im Freien mit allen erdenklichen Spielen und Wettkämpfen, zu denen meine Mutter aufrief; denn da ich den meisten anderen Mädchen körperlich und geistig überlegen war, hatte sie die Absicht und den Wunsch, daß ich als der größte und hellste Stern der ganzen ausgedehnten Familienkonstellation erglänzte. Doch ehe ich die strengen weißen Gewänder gegen ein festlicheres Kleid tauschte, mußte ich hineingehen, um den Schloßherrn zu begrüßen und ihm ein Heiligenbild zur Erinnerung an das Ereignis zu überreichen. Er war ein greiser Onkel meines Vaters, der kaum noch das Tageslicht wahrnahm, der sich nur von Limonade ernährte, der, ein Krüppel fast, sich an seinen Rollstuhl gefesselt sah und der, von seinen Kräften verlassen, nur dank seines Furors und Ingrimms noch lebte, dank aller möglichen Bosheiten, deren er sich in seiner despotischen und launischen Art bediente, um seine sämtlichen Angehörigen mit Drohungen, seine letztwillige Verfügung betreffend, zu unterjochen und einzuschüchtern. Darum habe ich oft den Verdacht gehabt, daß hinter dieser ganzen unschuldigen Ephemeride, hinter den kindlichen Spielen im Park insgeheim zahlreiche und unaussprechliche Absichten standen, die, als sie nicht die ersehnten Früchte brachten, der Seele des Kindes die abgrundtiefe, schwer in Worte zu fassende Angst einflößten, daß alles unbekannten Ursachen gehorchte. Daß, was in Wahrheit unsere Welt bewegt, nie zum Vorschein kommt und daß, was sichtbar wird, weder das Schillern noch die Kraft der Wirklichkeit hat. Daß jede Erfahrung mit einem Schleier bedeckt ist und daß, wer ihn zu zerreißen begehrt, hinter dem Loch nichts als Finsternis entdecken wird: dumpfe, summende, beängstigende und verlockende, tückische Finsternis. Daß jeder Traum nur das Vorspiel eines anderen, tieferen und dunkleren Traumes ist und daß richtig nur leben wird, wer der Kenntnis des Lebens den Rücken kehrt. All dies sehr passende Gedanken – ohne das Bild vom Schleier zu verachten, vielleicht das geeignetste für so eine Gelegenheit – für einen Tag solcher mystischer Entrückungen.«

Aus: *En el Estado.*

Carlos Barral

Geboren 1928 in Barcelona, wo sein Vater und sein Onkel Mitbesitzer einer Druckerei mit Schul- und Sachbuchverlag waren (Seix y Barral Hermanos). Carlos Barral besuchte das Jesuitenkolleg in Barcelona, verließ es aber vor dem Abitur; 1950 schließt er ein Jurastudium ab. An der Universität Barcelona gehörte er einer Gruppe junger Literaten an, deren Mitglieder (die Lyriker GIL DE BIEDMA, Costafreda, Ferrán und Ferrater, danach auch die Gebrüder GOYTISOLO sowie die Kritiker Castellet und Sacristán) heute herausragende Persönlichkeiten der spanischen Literaturszene sind. Kristallisationspunkt war die Studentenzeitschrift LAYE (24 Nummern, 1950–1953), Plattform der jungen katalanischen Intelligenz mit dem Drang nach Innovation und Öffnung. Barral veröffentlicht dort Lyrik und Essays. Reisen durch Frankreich, Italien und Deutschland. Hier lernt er MARTIN-SANTOS kennen. Später publiziert er die erste spanische Version der *Sonette an Orpheus* (*Sonetos a Orfeo*, Adonais, Madrid 1954) von Rilke. Ende 1950 tritt er in den Familienverlag ein und initiiert dort 1955 die literarische Reihe »Biblioteca Breve«, von der mittlerweile fast vierhundert Titel vorliegen. Hier veröffentlicht er Werke der wichtigsten neuen nichtspanischen Autoren wie Eliot, Svevo, Robbe-Grillet, Duras, Henry Miller, Butor, Pavese, Frisch und Böll, dazu Essays, Lyrik und Gesellschaftswissenschaften. Der Erfolg der Reihe führt immer wieder zu Schwierigkeiten mit der Zensur, so etwa bei der ersten Ausgabe von *Tiempo de silencio* von MARTIN-SANTOS. Carlos Barral schafft den »Biblioteca Breve«-Preis, den als erster 1958 LUIS GOYTISOLO bekommt. Durch diesen Preis wird auch der Boom der lateinamerikanischen Literatur in Spanien eingeleitet: als vierter Autor erhält ihn 1962 der junge, fast unbekannte peruanische Schriftsteller Mario Vargas Llosa für *La ciudad y los perros*. 1959 beruft Barral erstmalig das »Internationale Romankolloquium« in Formentor (Mallorca) ein, aus dem im folgenden Jahr die bedeutenden Preise »Prix international de littérature« und »Prix Formentor« hervorgingen. 1969 trennt er sich von Seix Barral und gründet den eigenen Verlag »Barral Editores«, der eine ähnliche, aber noch fortschrittlichere Richtung verfolgt. Er hat Kontakte zur spanischen KP, trotz deutlich elitistischer Haltung. Seine rege publizistische Tätigkeit in und außerhalb Spaniens übte einen großen Einfluß auf die spanische literarische Entwicklung aus. Seit 1957 veröffentlichte er mehrere Lyrikbände, die trotz ihrer Eigenständigkeit keine breite

Wirkung erzielten. Der erste Band seiner Memoiren (*Años de penitencia*, 1975) erregt jedoch großes Aufsehen. 1978 erscheint der zweite Band (*Los años sin excusa*), als eine der letzten Veröffentlichungen seines Verlages, den er kurz darauf schließen muß. Mit diesen Memoiren, die zweifellos literarischen Eigenwert besitzen, wird Barral Chronist seiner Generation und damit eines großen Teils der in dieser Anthologie vertretenen Autoren. Zur Zeit lebt er zurückgezogen in Calafell bei Tarragona und schreibt am dritten Band seiner Memoiren.

Werke

Metropolitano, Cantalapiedra, Torrelavega 1957 (Lyrik) – *19 figuras de mi historia civil*, Colliure, Barcelona 1961 (Lyrik) – *Usuras*, Poesía para todos, Madrid 1965 (Lyrik) – *Figuración y fuga*, Seix Barral, Barcelona 1966 (Lyrik) – *Informe personal sobre el alba y acerca de algunas auroras particulares*, Lumen, Barcelona 1970 (Lyrik) – *Usuras y figuraciones*, Inventarios provisionales, Las Palmas de Gran Canaria 1973 (Lyriksammlung) – *Años de penitencia*, Alianza, Madrid 1975 (Memoiren) – *Metropolitano y poemas 1973–1975*, Ambito literario, Barcelona 1976 (Lyrik) – *Los años sin excusa*, Barral Editores, Barcelona 1978 (Memoiren) – *Usuras y figuraciones*, Lumen, Barcelona 1979 (Lyriksammlung, erweiterte Ausgabe der von 1973).

Die Übersetzerin

Gisela Wahrlich, geboren am 24. 7. 1944 in Sielbeck/Eutin. Studium am Dolmetscher-Institut der Universität Heidelberg, Englisch und Spanisch, Abschluß als Diplom-Übersetzerin. Seit 1969 journalistische Tätigkeit in Köln, ferner verschiedene freiberufliche Übersetzungsarbeiten – Filme, Theater (Arrabal).

Süden

Wer sich damals als Student für die ›Milicia Universitaria‹ als Ersatz für den allgemeinen Wehrdienst entschied, mußte zweimal drei Sommermonate nacheinander in einem Ausbildungslager verbringen – und danach, wenn alles gutging, sechs Monate als Leutnant der Reserve in irgendeiner Garnison oder Truppenabteilung des Landes, unmittelbar nach Beendigung des Studiums. Die militärische Ausbildung bei der ›Milicia Universitaria‹ begann nach dem zweiten Semester und dauerte, wie ich schon sagte, normalerweise zwei Sommer, wenn man allerdings einmal durchfiel, drei, wobei das zweite Jahr im Militärjargon ein ›Faller‹ hieß. Jeder Universitätsdistrikt hatte sein eigenes Lager. Wir Studenten aus Katalonien und von den Balearen begannen unsere Ausbildung zunächst in Santa Fe del Montseny, an dem Amethystenberg des katalanischen Jugendstils. Aber mit diesem Standort war es zuende; es war sein letzter Sommer. Den Sommer darauf hatten wir überhaupt kein Lager, und ein Jahr später brachte man uns nach Ronda, in ein Lager namens Montejaque, das nun tatsächlich aussah wie das von Santa Fe bei der Eroberung Granadas, und wo wir alle sehr viel lernten.

Dort war alles ganz anders. Es war wirklich anders, besonders aufgrund der Begegnung mit einem neuen aufregenden Land, mit einer Landschaft und Menschen von wunderbarer Unberührtheit, die auf unzerstörbare Weise eins mit sich selbst zu sein schienen. Sogar das Lager war anders, oder so schien es zumindest, wegen seiner gewaltigen Ausmaße. Wir waren sehr, sehr viele, nicht nur aus Katalonien und von den Balearen, sondern auch von den Universitäten Zaragoza, Valencia, Sevilla und Granada. Man hörte die verschiedensten Dialekte, ethnische Unterschiede sprangen unmittelbar ins Auge. Irgendwo in der Explanade sah man eine Kavallerieabteilung exerzieren, oder man stieß beim Marschieren auf schwere alte Kanonenwagen, die von echten ›Percherons‹ gezogen wurden (Avez-vous vu Guy au galop ...). So hätte man sich das Afrika-Heer vorstellen können, das die Ankunft des Generals Prim erwartete, oder auch das Vorzimmer im ersten Kapitel von *La Charteuse*. Durch die Größe des Lagers war unsere vertraute Clique aus Barcelona auseinandergerissen worden; diese Größe zwang uns auch, mit neuen Kameraden zusammenzuleben, was aufgrund unserer gesellschaftlichen Unerfahrenheit wiederum interessant war.

Und die Gegend, das Land, war gleichermaßen einladend wie aufregend. Ich war bei einem Artillerieregiment vorwiegend zusammen mit Katalanen, wenn auch nicht aus meinen Kreisen. Unsere Kompanie hatte alte Hotchkiss-Geschütze, die auseinandermontiert, auf dem Rücken von Maultieren transportiert wurden. Diese Geräte, die so sehr an alte Fahrräder erinnerten, wurden sorgfältig in ihre Einzelteile zerlegt, und mit dieser Last auf unseren Schultern zogen wir dahin, während der Schwächste eines jeden Trupps ein störrisches Maultier am Halfter hinter sich herzerrte. Eine außerordentlich rustikale Übung, der etwas Antikes anhaftete. Und dabei ging es über schmale Pfade, die sich durch uralte, endlose Steineichenwälder schlängelten, mit mächtigen Stämmen und sehr wenig Grün. Die Bäume waren alle hohl, und in jedem Stamm wohnte unweigerlich eine jener Smaragdeidechsen mit ihrem langen, peitschenartigen Schwanz, der wie nasse Bronze grüngolden phosphoreszierend in der Sonne schimmerte. Es war köstlich, während der Wache im Feld die langsamen und majestätischen Bewegungen dieser schönen und anscheinend harmlosen Tiere zu beobachten. Damals wurde mir klar, warum die Saurier ein so beliebtes Wappentier sind.

Das Ausbildungslager Montejaque lag allen Gesetzen der Logik zum Trotz am Fuße der Stadt Ronda – wohin man über steile Pfade in einer halben Stunde gelangte – und weit entfernt von dem gleichnamigen Dorf, an der heißesten, unfruchtbarsten Stelle der kahlen Gebirgslandschaft. Nicht weit davon entfernt, etwa zwölf Kilometer weiter, gab es grüne Täler und Wasser im Überfluß; wir im Lager dagegen hatten Wasserprobleme wie in der Sahara. Schankwirte wurden beauftragt, das kostbare Naß zu transportieren. In wahrhaft afrikanischen Krügen schleppten sie es mehrmals täglich zu jedem Zelt. Das Klima war furchtbar; den ganzen Tag über war die Anlage der glühenden Sonne ausgesetzt, ständig traten Fälle von Ruhr auf, häufig auch Sonnenstiche. In der Mittagssonne das Lager zu durchqueren – wenn man zum Beispiel aus der Kantine kam (in dieser nicht so schulmäßig organisierten Einheit wie Montseny war das Mannschaftsessen übrigens nicht obligatorisch) –, war unmöglich oder fast unmöglich, wenn man nicht ein feuchtes Tuch auf den Kopf legte und sehr langsam ging. Und dieser Weg war unvermeidbar, egal, ob man nun aus der Kantine kam oder aus einer der wenigen armseligen Dorfschänken der Umgebung. Diese Schänken – ich weiß noch, eine hieß El Pilondino – waren fast wie Höhlen, meistens tief in den Sandstein gehauen. Mehr noch als an die Höhlen von Almería erinnern sie mich heute an bestimmte Behausungen in der Wüste Tunesiens. Obwohl die hungrigen Offiziersanwärter ein gutes Kundenpotential darstellten, bekam man im Pilondino wie auch in den übrigen Lokalen der Umgebung nie mehr als ein paar Spiegeleier mit Bratkartoffeln, hin und wieder auch einige Scheiben Speck. Dazu einen süßlichen Weißwein, der im Hals kratzte. An Obst gab es das ganze Jahr über den sogenannten Pero, eine Art tropischer Apfel, den ich noch nie gesehen hatte. Die Leute vom Lande, die dort herumlungerten – Händler mit Zinkeimern voll dubioser Limonaden, mit Wasserkannen, aus denen der Schluck soundsoviel kostete, oder auch mit Schmalzgebackenem –, waren reizend. Wie bezaubernd waren die Menschen, denen ich in Ronda begegnete, von einem Charme, der das Elend, das bittere Elend, vor allem auf dem Lande, weniger abstoßend erscheinen ließ. Die Kinder von Setenil oder Montejaque selbst, diese Kinder mit ihren entzündeten Augen und aufgeblähten kleinen Bäuchen – ich werde sie niemals vergessen. Jener Charme, den zu beschreiben ich bemüht bin, schien mir eine seltene Mischung aus Würde und Anmut, und heute meine ich, daß diese besondere Eigenschaft im Osten Andalusiens häufiger anzutreffen ist als im Westen, was mit dem Volkscharakter des von Kastilien nicht so stark beeinflußten Königreiches Granada zusammenhängen mag.

Im Mittelpunkt meiner Erfahrung stand in jenem Sommer nicht so sehr die Wiederholung der militärischen Episode – anonymer diesmal, weil die meisten meiner Kameraden aus der Großstadt fehlten – als vielmehr Ronda. Ronda, wo mir wie in vielleicht keiner anderen Stadt Spaniens überraschende ästhetische Eindrücke zuteil wurden, eine Stadt, die selbst die Bescheidenheit ihres Schmuckes noch adelte.

Die Disziplinarvorschriften im Lager waren nicht allzu streng, sie lagen etwa zwischen denen einer Militärakademie und einer Rekrutengarnison. Wenn man Glück hatte, begann das Wochenende bereits am Samstagabend, und gegen Ende der sommerlichen Ausbildung standen uns zehn Tage fast völlig zur freien Verfügung. Ich habe den Eindruck, daß es dort mehr Feiertage gab als in Katalonien. Jedenfalls gingen wir häufig in die Stadt, eine Stadt, die nebenbei wie geschaffen schien, sich dort spazierengehenderweise die Zeit zu vertreiben. So jedenfalls war es für mich. Wenn ich jedoch meine Freizeit mit Oliart – dem einzig wirklich persönlichen Freund in jenem zweiten Sommer beim Militär – und anderen Kommilitonen verbrachte, dann war immer der Schlendrian daran schuld, wenn wir keine ›literarischen‹ oder sonstige unschuldig hedonistischen Erfahrungen sammelten. Die Zeit verging beim Aperitif, bei endlosen Mahlzeiten, wo immer wieder die gleichen Witze erzählt und belacht wurden; im unvermeidbaren, frustrierenden Zeremoniell der Kameradschaft. Aber ich war nicht ständig mit ihnen zusammen. Hin und wieder allein, oder auch in Gesellschaft neuer Freunde, gelang es mir eher, in das Wesen dieses seltsamen Volkes einzudringen. Mit einem meiner neuen Freunde – einem außerordentlich kultivierten jungen Mann, der bis vor wenigen Jahren in Orán gelebt hatte, wo sein Vater am Konsulat beschäftigt war, und nun in Granada wohnte, in einer Straße mit dem haarsträubenden Namen ›Zum Beginenhaus Jesu‹ – suchte ich immer wieder nach den Spuren Rilkes in dieser Stadt. Ich weiß noch, wie ich Jaime Gil de Biedma begeisterte Briefe schrieb, in denen ich ihm von meinen Nachforschungen berichtete. Aber unsere Hypothesen – meine und die meines Freundes aus Orán – waren völlig abwegig. Wir stellten uns vor, wie der Dichter – erschreckt, wie er schreibt, vom geheimnisvollen Ton der Triangel und des Tamburins (obwohl ich fürchte, daß er diese Instrumente eher bei seinem kurzen Aufenthalt in Toledo gehört hat) – in irgendeinem Gasthaus der Altstadt wohnte oder, noch besser in einem der großen Häuser mit den Gittertüren und geschwungenen Gittern vor den Fenstern, was seiner Neigung zu Schlössern und Burgen entgegengekommen wäre; und so fragten wir die alten Pensionswirtinnen aus, die entweder unsere Erklärungen nicht verstanden oder unserer Neugier mit Mißtrauen begegneten. Die einfachste Lösung – die aber unserem Dichtermythos wohl am wenigsten entsprochen hätte – wäre uns nicht im Traum eingefallen: daß nämlich Rilke im vornehmsten Hotel des Ortes abgestiegen war, in jenem Hotel Victoria, in dem wir unseren Aperitif einzunehmen pflegten (niemals wieder habe ich einen Barkeeper gesehen, der den Gin-Fizz derartig meisterhaft zubereitete) und das dem Dichter einige Jahre später ein Standbild im Garten errichten sollte. Dieses Hotel schien uns ausschließlich für die Weekends der britischen Garnisonsoffiziere aus dem benachbarten Gibraltar bestimmt. Ein anderer meiner neuen Freizeitgefährten kam aus Málaga, sah aus wie ein Berber, hatte sehr aristokratische Manieren und erwies sich als ausgezeichneter Kumpel bei allen möglichen Ausschweifungen. Er war ständig in Sorge, weil seine Braut in der Provinz wegen ich weiß nicht welch pittoresker Familienangelegenheit abends zwischen acht und neun allein das Haus verlassen mußte, was anscheinend ihre Tugend dauernd aufs höchste bedrohte. Für mich, der ich in jenen Breiten geradezu nordisch anmuten mußte, war das Überraschendste an der Altstadt Rondas jenes eigentümliche Klima von Promiskuität in den winzigen gepflasterten Patios seiner Tavernen und bescheidenen Bordelle; das natürliche Zusammenleben zwischen alten Frauen mit einer Handarbeit auf dem Schoß, Betrunkenen, gelegentlichen Flamencotänzern und Prostituierten. Man wollte ein Mädchen besuchen, das man eine Woche zuvor kennengelernt hatte, aber ehe man mit auf ihr Zimmer ging, mußte man unbedingt die neuesten Katzengeschichten ihrer Tante anhören oder die kleinen Neffen bewundern, die da mit einem Reifen herumtollten. All dies in einem Patio mit hellgrünen, gelbgeblümten Fliesen, Korbstühlen, Rechen und Kanarienvögeln. Und ohne die geringste Eile. Das Familiengespräch war wichtiger Bestandteil des Ritus. Auch in der Taverne hätte man es sehr übel vermerkt, wenn einer gegangen wäre, ohne jedenfalls einen Teil des Repertoires über sich ergehen zu lassen, das ein Betrunkener mit der Gitarre im Arm zum besten gab – unter dem Gelächter von zwei oder drei Kunden und einer schwangeren Frau, die durch die mehr oder minder melodischen Schluchzer neugierig gemacht, eigens aus ihrer Wohnung herabgestiegen war. All dies geschah mit einer schwebenden Leichtigkeit, wie in Zeitlupe; und da bekamen auch Nebensächlichkeiten eine liebevolle Bedeutung.

In zärtlicher Erinnerung ist mir ein Mädchen – sie hieß Amparo, das ich häufig sonntags zur Siestastunde besuchte. Sie hatte eine sehr dunkle Hautfarbe, stark andalusisch geprägte Züge, dazu blonde Haare, und war bildhübsch. Mit ihrer schlanken Gestalt, den langsamen und harmonischen Bewegungen, hatte sie, meine ich, vor allem etwas vornehm Graziöses. Auch war sie – obwohl sie sich gelegentlich pervers geben konnte – geradezu lächerlich prüde. Es dauerte ewig, bis sie sich entschließen konnte, auch noch das letzte ihrer schlichten Wäschestükke abzulegen, ein mit Schleifen versehenes Höschen – zweifellos ein erfolgloses Modell der katalanischen Textilindustrie, das als Ladenhüter seinen Weg in diesen Winkel der Halbinsel gefunden hatte. Amparo teilte Haus und karges Gewerbe mit einem anderen Mädchen – diese eher dunkel und raubtierhaft –, und die beiden lebten zusammen mit einer älteren Dame, die sie Tante nannten und die offensichtlich mit Amparos Freundin verwandt war. Zumindest um diese Stunde traf ich dort auch immer eine zweite, äußerst liebenswürdige Dame an, die über Gott und die Welt Bescheid wußte und sich als ›eine Nachbarin‹ vorstellte. Als Prolog zu der ausgedehnten Siesta mit Amparo war es, wie ich schon sagte, unvermeidlich, anstandshalber längere Zeit bei den alten Frauen zu bleiben – vielleicht waren es auch nur Frauen in den besten Jahren –, ehe wir uns unter umständlichen Entschuldigungen in das Zimmer des Mädchens zurückzogen. Eines der üblichen Gesprächsthemen waren die Unannehmlichkeiten, die sich daraus ergaben, daß das Lager so nahe am Ort lag. »Man hätte doch etwas weiter weg gehen können, Richtung Benaoján, wo es Wasser gibt und nicht so heiß ist – was meinen Sie?« Das war absolut richtig. Ein kleiner Bruder Amparos und andere Kinder hatten sich im Winter verletzt, als sie im Übungsfeld für Granatwerfen spielten. Vielleicht hatten sie Granatzünder gesammelt, die sie, wie sie mir erzählten, an einen Lumpensammler verkauften. »Was der nur damit machte? Wieso ließ man diese gefährlichen Dinger einfach so herumliegen? Der Bürgermeister ...« Das Übungsfeld lag auf halbem Wege zwischen dem Lager und den letzten Häusern des Ortes. Wenn wir gegen Abend ins Lager zurückkehrten, mußten wir unmittelbar an dem verwahrlosten Stacheldrahtzaun vorbei. Einmal, es war am späten Sonntagabend, sahen wir, daß sich dort eine riesige Menschenmenge angesammelt hatte. Lichter irrten hin und her, man hörte Schreie und Befehle, und einige Posten wiesen uns an, einen anderen Weg zu nehmen. Es handelte sich, wie wir später erfuhren, um die Bergung der Leiche eines Offiziersanwärters, dem seine Sammelleidenschaft für Granatteile zum Verhängnis geworden war. Er hatte einen ganzen Berg von Granaten zusammengetragen, und die oberste war an seiner Brust explodiert. Die Bergung war anscheinend äußerst schwierig, da immer weitere Granaten an seinem Körper detonierten und das Bergungsseil mehrmals riß. Um den Toten zu identifizieren, wurde der entsetzlich zugerichtete Leichnam später im Licht einiger nackter Glühbirnen aufgebahrt, und eine lange Reihe Schaulustiger zog glotzend an ihm vorbei, unter ihnen sein wahrhaft zu Tode erschreckter Bruder, der ihn dann auch erkannte. Unvergeßlich war der Abstieg nach Ronda hinab ins Lager, der sinkenden Sonne entgegen. Wenn die Strahlen des Abendlichtes die weißgetünchten Wände der vor den Toren der Stadt verstreuten Häuser vergoldete – dies und die Hüften der schlafenden Amparo waren neben der Schönheit der Smaragdeidechse die stärksten Eindrücke jener Monate.

Ich nutzte die drei freien Tage nach der Ablegung des Fahneneides, um nach Málaga zu fahren; ich wollte unbedingt ans Meer. Die meisten meiner Kameraden aus Barcelona machten, wie man uns empfohlen hatte, einen Ausflug zur Alhambra, und einige wenige, die nicht vor den Schwierigkeiten einer solchen Reise zurückschreckten, wagten sich bis Tetuán. Ich hatte schon mehrmals das Wochenende in Algeciras verbracht. Nach Málaga war es weiter und die Namen seiner Badeorte klangen vertraut nach Mittelmeer. Málaga, das damals noch ein reizendes Provinzstädtchen war, interessierte mich nicht so sehr. Auf jeden Fall weniger als Ronda. Und Marbella und Torremolinos, damals noch unberührt, waren für mich eher eine Enttäuschung. Am Abend meiner Ankunft, direkt nach dem Essen, machte ich mich auf die Suche nach einem Bordell, nach der Amparo Málagas. Man empfahl mir ein etwas abgelegenes Haus, das sich als ein riesiges, nahezu verfallenes Gebäude erwies. In seinem großen Patio waren zahlreiche Gitarrenspieler und Mädchen versammelt. Schüchtern suchte ich mir eine aus. Sie führte mich in ihr nahe gelegenes Zimmer, das zum Patio hin offen war und wo man die Musik genauso laut hörte wie draußen. Wir waren schon ausgezogen und hatten mit dem Liebesspiel begonnen, als ich das Mädchen fragte, wie lange der Lärm draußen gewöhnlich dauere, da ich die Nacht über bleiben wolle. »Schlafen?« Ach so, das sei etwas anderes. Da müsse man umziehen. Aber es sei nicht weit, nur um die Ecke. Ich brauche mich deswegen nicht wieder ganz anzuziehen. So verließen wir das Haus, ich im offenen Hemd, sie barfuß, in der einen Hand einen Handleuchter, in der anderen einen Nachttopf. Und dann begann eine unglaubliche Odyssee durch endlose ungepflasterte Straßen, an Nachbarn vorbei, die vor ihrer Haustür sitzend die Abendluft genossen. Das Mädchen schwenkte von Zeit zu Zeit grüßend den Nachttopf: »Gute Nacht!« Ich verging fast vor Scham an ihrer Seite, hielt mich krampfhaft an meinem Jackett fest, das ich über die Schulter geworfen hatte, und wagte nicht, die Augen vom Erdboden zu heben. Endlich erreichten wir ein flaches, einstöckiges Häuschen, das nur eine Tür und ein Fenster hatte. Das Mädchen öffnete, ließ mich einen Augenblick warten und leuchtete mir dann mit dem Handleuchter. Im einzigen Raum des Hauses standen neben Bett und Nachttischchen nur noch ein paar Stühle. Der hintere Teil des Raumes war mit einem Vorhang verdeckt. Als wir im Bett lagen, fragte das Mädchen, ob ich zu einer bestimmten Zeit aufstehen wolle. »Um neun«, antwortete ich, um überhaupt etwas zu sagen. »Tante«, rief sie da plötzlich mit lauter Stimme, »der Herr möchte bitte um neun geweckt werden.« Inzwischen hatte eine Frau, die offensichtlich hinter dem Vorhang gelegen hatte, ihren Kopf herausgestreckt. Sie grüßte mich mit großer Gelassenheit und sagte, ich solle mir darum keine Sorgen machen. Noch ein Lächeln zum Abschied, dann zog sie den Vorhang wieder zu, der sicherlich direkt vor ihrem Kopfkissen hing. Mein erster Gedanke war fortzugehen, aber dann übermannte mich die Müdigkeit, so daß ich mich schließlich mit meiner seltsamen Lage abfand. Auf alle Fälle muß ich gestehen, daß die Ereignisse meine Triebe etwas gedämpft hatten und daß ich mich bei dieser Gelegenheit nicht gerade als feuriger Liebhaber erwies. Ich wette, daß sich das Mädchen meinen fehlenden Enthusiasmus nicht recht zu erklären wußte.

Aus: *Años de penitencia.*

José Manuel Caballero Bonald

Geboren am 11. November 1926 in Jerez de la Frontera, sein Vater war Kubaner, seine Mutter Französin. Wie CARLOS EDMUNDO DE ORY studiert er Nautik und Astronomie in Cádiz, danach Philologie in Sevilla und Madrid. Er gehört zur zweiten oder »kritischen« Nachkriegsgeneration Spaniens. Ab 1956 arbeitet er als Redaktionsleiter der einflußreichen literarischen Zeitschrift PAPELES DE SON ARMADANS, die Camilo José Cela in Palma de Mallorca herausgab. (Sein Nachfolger wurde ANTONIO F. MOLINA.) In dieser Zeitschrift trug er entscheidend zur Förderung der jungen katalanischen Schriftsteller und der »Biblioteca Breve« CARLOS BARRALS bei. 1959 bekam er den Boscán-Preis für seinen Lyrikband *Las horas muertas*, nachdem er bereits 1951 einen Sonderpreis im Adonais-Wettbewerb erhalten hatte. 1960/61 ist er Professor für spanische und hispanoamerikanische Literatur an der Universidad Nacional de Colombia, anschließend Lehrtätigkeit an französischen und amerikanischen Universitäten. 1961 erhält er den »Biblioteca Breve«-Preis für seinen ersten Roman *Dos días de setiembre*, der »Sozialroman des andalusischen Weinbaus«, den er in Kolumbien schrieb (Übersetzungen ins Französische, Tschechische und Rumänische). Damit beginnt die Zeit des andalusischen Romans. Bonald hielt sich lange in Kuba auf. Dann übersiedelt er nach Madrid, wo er im Verlagswesen arbeitet. Sein zweiter Roman (*Agata ojo de gato*) bekam den zweiten und letzten Barral-Preis 1974, den Caballero Bonald zurückwies, weil nicht die Mehrheit für ihn gestimmt hatte. 1975 bekommt er den Kritikerpreis für diesen Roman, den er 1978 für seinen Lyrikband *Descrédito del héroe* erneut erhält. Er unterscheidet nicht scharf zwischen Lyrik und Prosa; so sind seine Romane oft ausgesprochen lyrisch. Sie werden dem »sozialen Realismus« zugeschrieben (der Autor zieht die Bezeichnung »Naturalismus« vor), der für den spanischen Roman der fünfziger Jahre charakteristisch war. Abgesehen vom sozialen Engagement zeichnen sich seine Romane durch eine Rhetorik in der Art des späten 19. Jahrhunderts aus, der auch seine Lyrik prägt. Gegenwärtig schreibt er an einem neuen Roman (*Toda la noche vieron pasar pájaros*), der wieder im Süden Spaniens angesiedelt ist. Wie FELIX GRANDE hat er auch folkloristische Studien veröffentlicht, vor allem auf musikalischem Gebiet. Augenblicklich ist Caballero Bonald Vorsitzender des spanischen PEN-Klubs.

Werke

Poesía (1945–1948), Selbstverlag, Sevilla 1948 (Lyrik) – *Las adivinaciones*, Adonais, Madrid 1952 (Lyrik) – *Memorias de poco tiempo*, Cultura Hispánica, Madrid 1954 (Lyrik) – *El baile andaluz*, Noguer, Barcelona 1957 (Essay) – *Las horas muertas*, Instituto de Estudios Hispánicos, Barcelona 1959 (Lyrik) – *El papel del coro*, Mito, Bogotá 1961 (Lyriksammlung 1955–1960) – *Dos días de setiembre*, Seix Barral, Barcelona 1962 (Roman) – *Cádiz, Jerez y los Puertos*, Noguer, Barcelona 1963 (Reisebeschreibungen) – *Pliegos de cordel*, Colliure, Barcelona 1963 (Lyrik) – *Narrativa cubana de la Revolución*, Alianza, Madrid 1968 (Essay) – *Vivir para contarlo*, Seix Barral, Barcelona 1969 (Lyrik) – *Agata ojo de gato*, Barral Editores, Barcelona 1974 (Roman) – *Lucès y sombras del flamenco*, Lumen, Barcelona 1975 (Essay) – *Cuixart*, Rayuela, Madrid 1977 (Essay) – *Descrédito del héroe*, Lumen, Barcelona 1977 (Lyrik) – *Poesía (1951–1977)*, Plaza & Janés, Barcelona 1979 (Lyriksammlung).

Die Übersetzerin

Maralde Meyer-Minnemann, geboren am 22. 7. 1943 in Hamburg, Studium der Romanistik in Hamburg. Übersetzung aus dem Hispano-Amerikanischen (Mario Vargas Llosa).

Zwei Septembertage

Die Erde roch, als hätte man ihr den Bauch geöffnet. In der Luft, unter jedem Stein roch es nach abgestorbener Hefe und gärendem Saft. Es war ein drückender Pestgeruch, der aus dem Zusammenfließen aller anderen Gerüche zu entstehen schien. Aus den Rebstöcken, dem weißen rissigen trockenen Kreideboden stieg ein dichter klebriger Dunst auf, ein entnervender Platzregen ungesunder, wimmelnder Keime, der sich ausgebreitet hatte wie ein kopflos gewordener Heuschreckenschwarm. In den sauren Schlieren des Mostes erscheint manchmal eine Art schleimiger Schimmer als würde irgend etwas im Uterus der Erde gezeugt. Wenn der Most zu gären beginnt, sickert säuerlich eine Ahnung von Sperma, Fruchtwasser, von eben erst befruchtetem Leib durch das Holz des Fasses. Riecht man diesen Geruch stundenlang, weiß man schließlich nicht mehr, wonach es riecht. Die Luft wird allmählich von einer Art embrionalem Rauschzustand gesättigt, der durch alle Poren in den Körper dringt und in der Erinnerung den unbestimmten Ursprung der Gerüche zurückläßt. Und so riecht es nach Moder und rohem Wachs und nach Kupfersulfat und verfaultem Obst und pflanzlichen Eierstöcken. Von den Traubenpressen erhebt es sich wie ein stinkendes und wahnsinniges Gewirr von Vögeln, die sich auf der übelriechenden Wurfstelle der Erde niederlassen.

»Es stinkt nach Most...«

In einem Raum der Schenke »La Damajuana« hatte Joaquín gespürt, wie dieser Überfall der Gerüche begann. Anfangs hatte er es nicht so sehr beachtet, aber bald begann er ein trockenes Kitzeln im Rachen zu fühlen. Er hatte Mostgeschmack im Mund, und der dickflüssige Speichel, den er schluckte, verursachte ihm ein heftiges Durstgefühl, das sich in den Schläfen festsetzte, einen unerträglichen Drang, den Kopf in einen Bottich zu stecken, um das Wasser ganz in sich hineinzulassen, es durch die Haut aufzunehmen. Die Schenke hatte einen gepflasterten Treppenaufgang vor der zur Straße liegenden Mauer. In der Mitte erhob sich ein niedriger Brunnen mit einem dicken Rand aus Granit. Er war weiß getüncht mit jenem bläulichen Schimmer, den die Aggressivität des Kalks hervorbringt. Von einem Eisenträger hing ein Blecheimer herab, dessen Rand rundherum schartig war. Joaquín hatte den Raum verlassen müssen.

»Verzeihung, einen Augenblick...«

Es war erstickend heiß. Joaquín bewegte sich wie ein Schlafwandler.

Er beugte sich über den Brunnen und hatte das Gefühl, als stiege von da unten eine Welle im Faß brodelnden Mostes herauf. Es gab in dieser Gegend keinen Weinberg, so daß es wenig wahrscheinlich war, daß die krankmachenden Ausdünstungen der Weingärung bis zur Schenke reichen würden. Es mußte ein Nachgeschmack der Magensäure sein.
»Es stinkt nach Most«, hatte er gesagt, bevor er den Raum verließ.
»Nach Most?« fragte Julián Cobeña.
»Merkst du es nicht?«
»Hast wohl aufgestoßen ...«
Joaquín beugte sich so weit er konnte über den Brunnenrand. Das Wasser auf dem Grund glänzte matt, kräuselte sich um den grünlichen Stein wie eine weiche Klinge aus Asbestzement. Joaquín zog ein bißchen am Tau und ließ es dann durch das eigenen Gewicht heruntergleiten. Das Tau war feucht, und beim schnellen Gleiten durch die Finger löste sich der Hanf. Der Eimer dröhnte schwach beim Eintauchen ins Wasser, als wäre er gegen das nasse Fell einer Trommel gestoßen; dann versank er seitwärts. Joaquín begann ihn langsam hochzuziehen, ohne das gebrochene Halbdunkel des Grundes aus den Augen zu lassen. Die Rolle quietschte in regelmäßigen Abständen, fast im Takt mit den Grillen. Als der Eimer oben war, stellte er ihn auf den Brunnenrand und steckte den Kopf ins Wasser. Der schartige Blechrand hinterließ ein paar Schrammen bei ihm. Joaquín trank gierig, stürzte das Wasser in großen Zügen hinunter; es lief ihm über die Schultern und kam durch das durchnäßte Hemd bis an die Haut. Er dachte plötzlich, daß auf dem Grund des Eimers eine Kröte säße, die ihm mitten ins Gesicht gespuckt hatte. Er blickte einen Augenblick vor sich hin, hob dann den Kopf und atmete die Luft ein, als wittere er einen weinschlammgewürzten Windstoß. Das Wasser troff ihm aus dem Haar, er fuhr mit der Hand darüber, um es abzuwischen und schüttelte die Hand danach in der Luft. Er sog den Duft des heißen Heus ein, des Efeus, der an der Mauer des Treppenaufgangs rankte, des Stallmists, der neben der Tränke angehäuft war. Die Unterhaltung aus dem Raum drang nun ganz deutlich zu ihm und wurde durch die dunklen Grenzen der Nacht noch verschärft. Das Echo kam vom Weg her.
»Du, mach das Fenster auf.«
»Mit zweihundert Faß macht man schon Gewinn. Damit kann man eine Kellerei retten.«
»Das ist eine Gitarre. So eine wird schon nicht mehr hergestellt. Wie ich die bearbeite – und nie was damit gehabt!«
»Eine Kellerei? Haben Sie nicht schon genug ...«
»Ja, man braucht sie nur zu hören, wie ein Klavier!«
»Es gibt eben welche, die fallen immer auf die Füße.«
Joaquín ging wieder hinein. Die Stimmen drängten ihn in den altbe-

kannten trostlosen Raum zurück. Am Tor angekommen hielt er noch einmal inne. Ihm schien wieder der Mostgeruch in der Luft zu liegen. Er stützte eine Hand auf den wurmstichigen Türpfosten. Es flimmerte ihm vor den Augen, und er dachte, er würde ohnmächtig werden. Dann spürte er wie ein langsam wandernder Schauer ihm die Lenden zusammenzog und schmerzhaft zwischen Oberschenkel und Hüfte kreiste. *Es stinkt nach Most, und es gibt weit und breit keinen Weinberg.* Und er atmete mit offenem Mund, kniff die Augen zu, sah im Schwarz seiner Augenhöhlen für Bruchteile von Sekunden rote Feuer aufblitzen. Joaquín verharrte noch geraume Zeit in dieser Haltung, trank den Atem der Nacht, den teigigen Staubgeschmack; dabei fühlte er, wie seine Eingeweide rebellierten, seine Kiefer die verstopften Speichelgänge, zu stechen begannen. Von drinnen kam eine stammelnde Stimme.

»He, *Guita*. Wo steckst du, verdammt noch mal.«

Joaquín antwortete nicht. Er hörte, wie jemand mit gedämpften Schritten näher kam, und Don Gabriel erschien auf der Schwelle. Er hatte die Hände in den Hosentaschen und fuhrwerkte darin herum, schob dabei den Bund hoch und bewegte den Körper, um den Gummigürtel wieder an seinen Platz zu schieben.

»Na, suchst du Kröten?« sagte Don Gabriel.

Joaquín sah ihn an, als wäre er gerade aufgewacht und die Sache ginge ihn nichts an. Don Gabriels Augen waren glasig, die hängende Unterlippe preßte sich auf die Oberlippe, die stark durchbluteten Wangen waren geröteter als sonst.

»Sie sehen es doch«, antwortete Joaquín, ohne ihn anzusehen, »ich schnappe ein bißchen frische Luft.«

»Komm rein, ich langweile mich.«

»Verzeihen Sie, Don Gabriel, aber da drinnen bekommt man keine Luft ... Ich fühle mich nicht gut.«

»Hast du dich übergeben?«

»Nein, warum?«

»Also dann übergib dich und ab nach drin.«

»Wie?«

»Oder glaubst du, ich hätte dich zum Spaß mitgenommen?«

Joaquín schluckte bitter und folgte Don Gabriel. Er nahm sich zusammen, wie er sich wahrscheinlich noch nie zusammengenommen hatte. Wenn er sich beherrschte, wurde er krank vor Wut, verschlimmerte sich in ihm noch das Gefühl der Demütigung. Es war immer so, er kannte es schon auswendig. Er dachte an den Bürgermeister seines Dorfes. Don Gabriel war aus demselben Holz geschnitzt. Jetzt hätte er alles darum gegeben, noch ein letztes Restchen Schneid zu haben wie in der vorangegangenen Nacht in der Bude von Miguel, als er grundlos

Streit gesucht hatte, um sich an der selbst auferlegten Feigheit zu rächen. *Ich bin der letzte Dreck, genau das bin ich.* Und schon traten sie ein. Der Raum war voller Rauch. Jemand hatte das winzige Fenster geöffnet, aber der Rauch zog nicht ab, blieb störrisch an den schmierigen Wänden aus roter Erde hängen.
»Hat sich dir der Magen umgedreht, Junge?« fragte Julián Cobeña.
Joaquín blickte ihn ohne zu antworten herausfordernd an. Um den Tisch herum, dessen lange Platte vom Abschrubben ausgebleicht war, saßen sechs Personen: zwei Frauen und vier Männer. Joaquín wandte sich an Don Gabriel.
»Wenn Sie weiter nichts befehlen«, warf er hin, »zieht sich Ihr gehorsamer Diener zurück.«
»Wie bitte?«
»Ich glaube, ich gehe, Don Gabriel, ich fühle mich nicht wohl, das habe ich Ihnen schon gesagt.«
»Trink ein Glas, Junge«, sagte eine der Frauen.
»Du bleibst hier, bis ich es dir sage«, unterbrach Don Gabriel und knöpfte den Kragenknopf auf.
»Aber ich ...«
»Nichts aber ich. Du bleibst hier, und es wäre besser, wenn du den Mund hieltest.«
»Aber ich fühle mich nicht wohl, mir ist es nicht bekommen ...«
»Los, setz dich.«
Joaquín war blaß. Er setzte sich hinten neben dem Fensterchen auf einen Stuhl. Das Flechtwerk des Stuhls hatte sich unten gelöst und Joaquín riß ein verfaultes zerfasertes Stück Binsenschnur heraus. Er steckte es in den Mund und betrachtete in Augenhöhe einen Fleck an der Wand. Es mußte ein kürzlich entstandener Fleck sein, denn eine dünne nasse Spur schien aus ihm herunterzulaufen. Das Binsenstück begann sauer zu schmecken, und in seinem Mund bildete sich ein Speichelkloß. Er fühlte sich schwindlig und ließ den Stuhl nach hinten kippen, bis er am Fenstervorsprung lehnte. Es fiel ihm schwer, über das nachzudenken, was er machen würde.
»Los, raff dich auf«, sagte der Gitarrist, »du siehst ganz weggetreten aus.«
»Kümmer dich um deinen Kram«, antwortete Joaquín.
»Das fehlte gerade noch, daß wir darauf warten müssen, bis du in Stimmung bist.«
Eine der Frauen, die jüngere, sprach mit Don Felipe, indem sie ihm sichtlich aufdringlich und berechnend schmeichelte. Don Felipe war im Casino gewesen, als Don Gabriel Leute für die Zechtour zusammentrommelte. Eine Zechtour allein ist nicht dasselbe wie eine mit

mindestens zwei Teilnehmern. Don Andrés war in letzter Minute ausgefallen.
»Ich bin sehr zärtlich«, sagte die Frau, »du kennst mich nicht.«
»Das sieht man dir an.«
»Drängel nicht so, es wird schon werden.«
»Bleibst du mit mir zusammen?«
Don Felipe Gamera war schon über das Alter hinaus, aber er tätschelte seine Gefährtin hier und da, als erfülle er ein vorgeschriebenes Ritual. Die Frau war noch ziemlich jung. Sie bewegte sich gehemmt, ihre Haltung war steif; ihre fettigen Nasenflügel bebten; sie schien immer auf dem Sprung zu sein; in ihren Augen brannte kaum merklich ein Funken vorsätzlicher Gewalt, als wolle sie sich schon im voraus gegen etwas wappnen, das geschehen könnte. Don Felipe nahm einen langsamen Schluck aus seinem Glas Anis.
»Weißt du, wie lange ich schon dabei bin?« fragte die Frau.
»Keine Ahnung«, antwortete Don Felipe, »seit heute?«
»Stell dir vor, noch nicht mal zwei Monate.«
Die andere Frau war schon älter und artikulierte beim Sprechen nicht das »R«. Die Geziertheit, mit der sie sich bewegte, war aufgesetzt. Sie hatte das Haar safrangelb gefärbt, lachte fortwährend ohne Grund und klatschte dabei heftig in die Hände. Bei den Lachanfällen gerieten ihre üppigen Formen in Wallung. Julián Cobeña stand auf und fuhr ihr im Vorübergehen auf dem Weg zu Don Gabriel mit der Hand in den Ausschnitt. Don Gabriel war an der Tür des Zimmers stehengeblieben.
»Die Hände schön brav«, warnte die mit dem Safranhaar.
»Hör mal«, sagte Don Gabriel.
»Ja?« fragte Cobeña.
»Bist du blind?«
»Wieso?«
»Wie hast du dir diesen Ladenhüter, den *Guita*, eingehandelt?«
»Das wundert mich wirklich«, sagte Cobeña und zuckte mit den Achseln, »Sie haben ihn ja schon öfter erlebt. Der Junge hält seine Abmachungen.«
»Aber heute geht er mir auf die Nerven. Ich schicke ihn jetzt zum Teufel.«
»Ich weiß nicht, das ist natürlich dumm, er wird schon wissen, was er hat.«
Don Gabriel nahm sein Glas vom Tisch.
»Ach, du, hab' ich dir das von Onofres Sohn erzählt?«
»Nein.«
»Was glaubst du wohl, womit der herauskam?«
»Weiß der Teufel.«
»Daß er niemals Aufseher bleiben würde, wo hat der Junge bloß seinen

Kopf?«
»So?«
»So ... wir reden noch darüber.«
»Aber, Don Gabriel, Sie wissen doch, was ich dazu gesagt habe.«
Der mit der Gitarre wischte sich mit einem riesigen bedruckten Tuch den Schweiß von den Händen, rieb sie abwechselnd daran ab. Es war ein dicker grämlicher Mann, der schon in die Jahre gekommen war. Seine Haut war grünlich und glänzte wie eine Flasche. Hin und wieder steckte er einen Finger zwischen die Backenzähne, betrachtete ihn aufmerksam und lutschte ihn wieder ab. Dabei nagte er mit den Zähnen die Speisereste ab, die am Fingernagel hängengeblieben waren. Er sprach jetzt mit dem Zigeuner, der als bezahlter Unterhalter fungierte.
»Der *Guita*, dieser magere Hecht, wird uns noch das Geschäft verderben, warte mal ab.«
»Wieso, weshalb? Wir halten uns an unseren Kram.«
»Don Gabriel wird sauer, guck mal, wie der schon aussieht. Wer hatte denn bloß die Idee, diesen Versager mitzubringen?«
»Ihr da, seid nicht blöd«, fiel die mit dem Safranhaar ein.
»Nein, klar, die Nacht lasse ich mir nicht entgehen.«
»Darum geht es ja auch nicht«, erläuterte der Zigeuner.« Was haben wir denn damit zu tun, daß dieser Fips nichts vertragen kann.«
Joaquín lehnte weiterhin mit dem Stuhl am Fenstervorsprung. Sein Blick war leer. Die Spiralen der von Rauch und Hitze gesättigten Luft wurden immer dichter. Gelangweilt sah Don Gabriel alle mit übertrieben herausfordernder Unverschämtheit an. Er schwankte, als er sich seitlich gegen die Wand fallen ließ.
»Hör mal, du, spiel was«, befahl er dem mit der Gitarre.
Der mit dem Instrument begann die Saiten gewissenhaft und aufmerksam zu stimmen, indem er die Wirbel anzog und lockerte. Er spuckte sich zwischen die Beine, trank ein Schlückchen aus seinem Glas, befestigte den Kapodaster am dritten Bund, trank noch ein Schlückchen und begann zu spielen. Der Gitarrenkoffer stand aufrecht halboffen hinter dem Stuhl. Er sah wie ein unförmiger leerer Sarg aus. Joaquín sah ihn an. *Darin schlägt sich dieser Grabgeruch nach Most nieder*. Der plötzliche Klang der Musik zersprang in einem Wirrwarr von Akkorden, und der Gitarrist gab Joaquín mit dem Kopf den Einsatz. Ihm lief ein Rinnsal Schweiß über die Wange. Alle warteten darauf, Joaquín singen zu hören. Aber der blickte jetzt aus dem Fensterchen, als bemerke er überhaupt nichts.
»Jemand hat Most gekotzt«, sagte er. »Es stinkt nach Most.«
Der Gitarrist unterbrach das Spiel, wischte mit dem Handrücken unter der Nase entlang und zog den Tropfen unter der Nasenspitze hoch.

Wieder spuckte er vor seinen Birnenbauch.
»Na, so was . . .« brummte er und schüttelte den Kopf.
Don Felipe knöpfte die Jacke auf und sah Joaquín an. Er hatte gelbstichiges weißes Haar, ein derbes und herausforderndes Auftreten und den schäbigen Blick eines Mannes, der immer recht hat. Er roch immer gleich nach Eau de Cologne und Anis.
»Was ist los?« fragte er und umfaßte ein Knie mit den Händen. Er sprach trocken näselnd, als wolle er sich über die Schwerfälligkeit seiner alkoholisierten Stimme hinwegsetzen.
»Was ist los?« wiederholte er.
»Ich fühle mich nicht wohl«, sagte Joaquín. »Mir geht es schlecht.«
Don Felipe wandte sich, ohne zu antworten seiner Begleiterin zu. Das Licht flackerte, als hätten sich die Drähte in der Glühbirne gelöst. Don Gabriel leerte sein Glas mit einem Zug und schenkte sich, die Flasche am Hals packend, noch eins ein. Seine Hand wurde dabei naß, und er wischte sie sich hinten an der Hose ab. Niemand sagte etwas. Die Luft schien immer knapper zu werden. Der Zigeuner eröffnete das Feuer.
»Und wie wäre es, wenn wir etwas gebratenen Fisch äßen? Das wäre ja vielleicht das erste mal, daß der da was Heißes ißt.«
Don Gabriel antwortete nicht gleich. Seine Bewegungen waren unbeholfen, und im schwankenden strohfarbenen Licht des Raumes leuchteten die Äderchen auf seinen Wangen. Er stammelte leicht.
»Du hältst den Mund.« Er wandte sich langsam Joaquín zu. »Und du, was fällt dir ein? Ich habe die Nase voll! Hast du verstanden?«
»Ich fühle mich nicht gut, Don Gabriel, ich habe es Ihnen doch schon gesagt. Was soll ich denn machen?«
Don Gabriel klatschte in die Hände, und der Wirt tauchte auf. Er schien hinter der Tür gewartet zu haben.
»Hat jemand gerufen?«
Der Wirt war ein glatzköpfiges, unruhiges, hageres Männlein mit dem ängstlichen Blick einer bedrängten Eule. Er trug ein dreckiges kragenloses Hemd, das am Kragenbündchen von einer Metallspange zusammengehalten wurde. Von der braunen Gürtelschärpe, die bis zur Brust hochgezogen war, hing ein Küchentuch herab. Er trocknete sich damit die Hände ab, während er darauf wartete, daß Don Gabriel ihm etwas sagen würde. Don Gabriel sah ihn nicht an.
»Haben Sie Lakritz?«
»Wie bitte?« fragte der Wirt.
»Ob Sie Lakritz haben.«
»Nein, Lakritz habe ich nicht, mein Herr.«
»Wieso nicht?«
»Sie meinen richtiges Lakritz, nicht?«
»Klar, was denn sonst?«

»Also nein, mein Herr, mit Lakritz kann ich nicht dienen, tut mir leid.«

»Dann muß jemand in der Apotheke Lakritz holen.«

»Jetzt, Don Gabriel?«

»Sag, es ist dringend«, fiel Don Felipe ein, »da sei jemand krank.«

Der Wirt rückte etwas von Don Gabriel weg und sah die anderen mit halbgeöffneten lidlosen Augen fest an, als suche er den Kranken. Er wußte nicht, ob er lachen sollte. Er wollte gerade etwas sagen, aber Don Gabriel unterbrach ihn, indem er den Kopf mit einer Drehung nach vorn schob.

»Bring erst mal noch zwei Flaschen.«

»Und noch eine halbe Anis«, fügte Don Felipe hinzu.

»Sofort«, gab der Wirt zurück. »Soll ich noch ein bißchen Schinken abschneiden?«

»Schneid ab, was du willst, nun mal los.«

Der Wirt verschwand mit kleinen Sprüngen. Joaquín erhob sich vom Stuhl, indem er sich mit den Händen auf der Rückenlehne in einer gezwungenen, unentschlossenen Haltung aufstützte. Er sprach mit noch vorgebeugtem Körper, den Blick auf die Fliesen fixiert.

»Mit Verlaub, ich werde gehen ...«

Don Gabriel sah ihn nun von vorn an.

»Los, auf die Straße. Und komm nicht wieder rein, laß dir das ja nicht einfallen.«

Joaquín ging fast taumelnd auf die Tür zu. Mit einer schnellen unvorhergesehenen Drehung wandte er sich grotesk schwankend um. Er stolperte über die Beine des Mädchens, das seit zwei Monaten im Gewerbe arbeitete.

»Du, hast du keine Augen im Kopf?«

Don Gabriel packte ihn am Arm. Er versuchte mit einer angeekelten Grimasse zu lachen.

»Hast du keine Augen im Kopf?«

Joaquín sah ihn nicht an. Er fühlte, wie ihm das Blut würgend in den Adamsapfel schoß, als würde ihm ruckartig eine schmerzhafte Wut in der Brust aufsteigen. Die Beine des Mädchens hatten die flüchtige Besserung seines Zustands gestört. Er spürte wieder eine Art Schwindel, der ihn aus der Realität löste und ihn aus Zorn feige machte. Er dachte an sein Messer, und es war, als hätte sich allein durch diesen Gedanken tatsächlich jedes Gelenk verhärtet. Das Stück eines Salzblockes, die Kröte aus dem Brunnen, die das Stroh seiner Alpargatas fraß, ein Mann mit herausquellenden Gedärmen, der an einem Baum hängt. Er wollte jetzt nur noch dort herauskommen. Aber Don Gabriel ließ ihn nicht los. Er fühlte, wie er ihm fest mit der Hand unter die Achsel griff. Die Frau mit dem Safranhaar bot ihm ein Glas an.

»Nimm, vielleicht bringt dich das wieder auf die Beine.«
»Laß ihn, er soll gehen und uns nicht noch weiter belästigen, es reicht«, sagte der Gitarrist.
»Was für ein Typ«, flüsterte der Zigeuner.
Die Frau stellte das Glas wieder auf den Tisch und zuckte mit den Achseln. Julián Cobeña näherte sich Don Felipe, der noch immer widerlich sabbernd an seiner Gefährtin herumfummelte. Die Frau stützte einen Ellenbogen auf sein Knie.
»Bleibst du bei mir?«
»Mit diesem Körper ...«
»Dem Jungen geht es schlecht«, unterbrach Julián Cobeña.
»Er soll abhauen«, sagte Don Felipe.
»Ich verstehe das nicht, ich habe ihn noch nie so gesehen. Daß ein Mensch so weit kommen kann...«
Der mit dem Instrument sprach leise mit dem Zigeuner, der in kleinen Schlucken wie ein Vögelchen trank und dabei hin und wieder die Kehle nach oben reckte. Er warf eine Haarlocke zurück. Don Gabriel blickte wieder zu Joaquín.
»Laß dir ja nicht einfallen wiederzukommen. Das war für dich das letzte Mal.
»Hier gibt es kein Futter«, kommentierte der Zigeuner und lächelte zu Don Felipe herüber, als wolle er sich bei ihm einschmeicheln. Joaquín riß sich, den Arm schüttelnd, los und ging hinaus, ohne sich zu verabschieden. Er traf mit dem Wirt zusammen, der zwei Flaschen in der einen und eine halbe Flasche Anis und einen Teller mit Schinken in der anderen Hand trug. Als er auf dem Treppenabsatz angelangt war, hörte er den Lärm aus dem Raum, die Stimme der Frau mit dem Safranhaar und die des Gitarristen lauter als die der anderen. Ein Käfer kletterte auf einem fauligen Brett herum.
»Ich habe gern Umgang mit gebildeten Menschen, so wie hier ...«
»Der ist aber abgeschrieben, nach so einem Theater.«
»Mit Ihrer Erlaubnis werde ich den Herren jetzt echten Flamenco singen.«
Und von der Gitarre kamen die ersten Takte. Joaquín ging wieder zum Brunnen. *Laß dir ja nicht einfallen wiederzukommen, komm nicht wieder her.* Jeder Schlag der Gitarre schien ihm wie ein gnadenloser Beilhieb das weiche Holz der Nacht zu spalten. Der Eimer stand noch auf dem Brunnenrand. Joaquín steckte wieder den Kopf hinein, trank mit derselben Gier wie vorher und dachte daran, wie er sich eingebildet hatte, daß die Kröte gallertartig herankröche. Der Gesang rann wie verpesteter Krötenspeichel aus der Schenke. *Es stinkt nach Most.* Und er wälzte sich über den Brunnenrand, übergab sich mit heftigen krampfartigen Stößen. Dann spülte er den Mund aus, warf sich das schwar-

ze Wasser aus der Tränke ins Gesicht und trocknete sich mit den Hemdzipfeln ab. Ohne es zu merken, trat er in den Misthaufen. Mit nassen Augen sah er, daß die vordere Wand der Schenke einen schwankenden Winkel mit dem schlammigen Pflaster bildete. Der Zigeuner hatte aufgehört zu singen, aber die Gitarre griff weiterhin den Körper der Nacht mit feierlich klagendem Schnauben an.
»Gut gesungen, wie es sich gehört!«
Joaquín ging durch den Torbogen mit den grünen Brettern auf den Weg hinaus. Der Mond schien wie eine Fackel hinter der Wolkendecke zu strahlen. *Ihr Lachen ist safrangelb gefärbt.* Es mußte schon nach eins sein. Man hörte das tiefe trunkene Röcheln der Nacht, die runde Schwärze des Sumpfes, der das letzte wilde Echo der Gitarre verschluckte. Ihm dröhnten die Ohren, als würde sich in seinem Kopf die Schnur eines Kreisels immer schneller abwickeln. *Ich bin der letzte Dreck.* In der Ferne blitzten über der niedrigen Baumreihe der Allee die ersten entfernten Salven des Gewitters. Joaquín wußte nicht genau, wo er langging.

Aus: *Dos días de setiembre.*

Concha Alós

Sie wurde am 22. Mai 1926 in Valencia geboren. Als Kind zieht sie mit der Familie nach Castellón de la Plana. Dort besucht sie die Pädagogische Hochschule. Sie heiratet einen Journalisten, mit dem sie nach Palma de Mallorca geht, wo sie einige Jahre als Volksschullehrerin tätig ist. Heute wohnt Concha Alós in Barcelona. Ihr erster Roman (*Los enanos*, 1962) gewinnt gleichzeitig zwei der bedeutendsten kommerziellen Literaturpreise Spaniens, da sie das Buch unter verschiedenen Titeln eingereicht hatte. Sie entscheidet sich für den Preis «Selecciones de Lengua Española«. 1964 bekommt sie auch den zweiten, den »Planeta«-Preis für *Las hogueras*. Es folgt eine Reihe weiterer Romane, in denen sie den »sozialen Realismus« weiterführt. Sie beschreibt vor allem Wirren und Leiden des Bürgerkriegs und die graue, trostlose Nachkriegszeit. Ihre Prosa aus dieser Zeit ist sehr eingängig, so daß einige der Romane inzwischen schon zwanzig Auflagen erreicht haben. Mit dem Vordringen des experimentellen Romans und der damit einhergehenden Abwertung des sozialen Realismus verläßt sie jedoch Anfang der siebziger Jahre das Gebiet des gehobenen Unterhaltungsromans und seiner konventionellen, nur geringfügig aktualisierten Technik. Ende 1972 präsentiert der Verlag Barral Editores mit großem Aufwand ihren Erzählungsband *Rey de gatos* als Beitrag zu einer Reihe neuer spanischer Erzählkunst (»Hispanica Nova«). Damit schlägt Alós eine intimistische Linie ein. Sie seziert das Seelenleben einer Frau, die zwar in ihrer Zeit steht, aber ihre innere Wirklichkeit über die farcenhaften Abläufe des rein äußeren Geschehens stellt. In die gleiche Richtung zielt *Os habla Electra* (1976), eine Vision vom Untergang des Menschengeschlechts, der von der letzten Überlebenden erzählt wird. In diesem Roman fügte Alós die unabhängig davon entstandene Geschichte ein, mit der sie hier vertreten ist. Sie arbeitet schon seit längerem an einem neuen Roman *Argeo Vilache, que está en el cielo*.

Werke

Los enanos, Plaza & Janés, Barcelona 1962 (Roman) – *Los cien pájaros*, Plaza & Janés, Barcelona 1963 (Roman) – *Las hogueras*, Planeta, Barcelona 1964 (Roman) – *El caballo rojo*, Planeta, Barcelona 1966 (Roman) – *La madama*, Plaza & Janés, Barcelona 1969 (Roman) – *Rey de gatos*, Barral, Barcelona 1972 (Erzählungen) – *Os habla Electra*, Plaza & Janés, Barcelona 1975 (Roman).

Die Übersetzerin

Genoveva Dieterich, geb. am 18. 12. 1941 in Madrid, Studium der Romanistik, Germanistik und Theaterwissenschaften. Lebt als Journalistin und Übersetzerin in Madrid. Übersetzungen ins Spanische (Hesse, Frisch, Handke u. a.) und aus dem Spanischen (Vicens Vives, Juan E. Cirlot).

El pí tot sol

An jenen fernen – heißen – Sommernachmittagen besaß vielleicht jener bestimmte Schatten, der ganz in schwarze Schleier gehüllt mit schwereloser Sicherheit daherkam, die größte Realität. Er erschien auf dem von der Sonne versengten Weg zwischen den Tamarinden, die zum Wald führten – zum Waldweg, der vom und zum Dorf führte –, und in diesen stillen Stunden des Hauses, in denen fast alle Siesta machten, ging er entschlossen auf die große Saaltür zu, die sich zur Terrasse hin öffnete. Er blieb einen Augenblick wie zögernd vor dem alten Store stehen, der vor der Tür hing und in Bewegung gebracht eine unerwartete Frische zugleich mit einem ungebetenen und einsamen Sonnenstrahl einließ. Hinter dem Store wartete immer, unbeweglich und gespannt, meine Mutter.

Niemand sprach je über diese Erscheinung, und das war seltsam, denn in der Abgeschiedenheit, in der wir lebten, wurde das unbedeutendste Ereignis bis zur Erschöpfung beredet, und der banalste Besuch wurde mit prüfender Strenge durchleuchtet; lange danach wurde ausgiebig über die Gründe, über das Ja und das Nein der Fremden, mit denen wir gelegentlich verkehrten, spekuliert. Dies war um so verwunderlicher, denn der Besuch kam wenigstens zweimal im Monat, am hellichten Tag, und jedesmal sah er sich gezwungen, den Garten zu durchqueren, wie auch die Terrasse, wo in einer Reihe an der Mauer gegenüber der Balustrade unter Rohrgeflecht Zierspargel, Drachenlilien, Farnkräuter und geflecktes Immergrün vor der unerträglichen Hitze geschützt wurden. Dort auf der Terrasse, unter der unbarmherzigen Sonne, schmorten die filigranartigen Korbsessel mit hoher Lehne – verwahrlostes Spitzenwerk eines vergessenen Handwerkers –, der eiserne Tisch, der zu dieser Stunde nicht anzufassen war, glühte sicherlich. Hinter dem Store wartete bewegungslos meine immer so aktive Mutter. Mit trockenem Mund, die Arme über der Brust gekreuzt, die Augen auf die Tür geheftet, von ich weiß nicht was für Tam-Tam-Trommeln alarmiert. Abwartend.

Jenes Wesen – die Gestalt mit den Schleiern – hielt immer einen Brief in der Hand. Von meinem Versteck aus lernte ich, mein Zittern zu beherrschen und meine Aufmerksamkeit auf jene großformatigen Umschläge zu konzentrieren, die mit exotischen Briefmarken, die ich nicht erkennen konnte, frankiert waren. Das weiße Papier in den Händen jener Erscheinung; zwischen den Fingern mit langen und gepflegten Nägeln, die ich in meiner Erinnerung überlang und ganz mit Ringen bedeckt sehe. Reiche, alte und überladene Ringe. Sie blieb eine gute Weile bei meiner Mutter. Man hörte das Gemurmel ihrer Stimmen – diese gedämpften Gespräche zur Siestastunde. Seltsam ist, daß Mama nie wie sonst immer klingelte, damit Tonina oder Maruja Kaffee, Tee oder ein Gläschen Anis servierten. Sie empfing jenen Besuch ohne alles, wie sonst niemand. Danach ... verschwand die Erscheinung. Nie erfuhr ich, wie. Obwohl ich meine fieberhafte Wachsamkeit verdoppelte, sah ich sie nie weggehen. Ich weiß, ich wäre ihr gefolgt, auch wenn ich dabei gestorben wäre. Aber sie verschwand, und plötzlich alles andere auch: das Haus, meine Mutter, Señor Altaba de Poison – elegant, im Leinenanzug, ohne je die Jacke abzulegen, mit jenen auffälligen Krawatten, die er zu jeder Saison aus einem chinesischen Dorf empfing – er hatte ein blühendes Geschäft mit Seidenraupen, ich glaube in der Nähe von Siapú, er war mager, hatte eine ledrige Haut, hustete verkrampft. Tonina, Fosca, Alejandro Magno, Maruja, Chantal und all die anderen wurden verschwommen und unwirklich. Nur die Gestalt mit den Schleiern und mein ferner, unbekannter Vater. Mein Kapitän. Waren wirklich. Und sie sind es auch heute noch, jetzt wo fast alle verschwunden sind. Natürlich ist das eine Art sich auszudrücken, denn der Tod ist ja nur eine Veränderung. Und sie sind hier, sind da. An meiner Seite. Wohl etwas unscharf. Aber so unfassbar wie damals, als ihre Gegenwart außerdem noch Geruch, Form, Stimme war. Das, was wir Realität nennen.

Ich entsinne mich gut an jenen Nachmittag – das erste Mal, das mich jemand eine Bastardin nannte –, als Chantal, die sich für eine Tochter des Señor Altaba de Poison hielt und mit der ich mich gerade um einen Angelhaken oder eine bunte Kugel zankte, mir verachtungsvoll zurief, sie schäme sich meinetwegen, weil ich meinen Vater nicht kenne. So mit dieser brutalen und plötzlichen Einfachheit enthüllte sich mir der Grund so vieler abgebrochenen Gespräche, einiger unverständlicher Sätze, des stockend geführten Geflüsters der Dienstmädchen und der unerklärlichen, abweisenden Pausen. Ich entsinne mich, daß der Ausspruch mich wie ein Schlag traf und daß ich – als ich in der Sicherheit meines Zimmers später darüber nachdachte – nicht begriff, wie ich es fertig brachte, nicht wie vom Blitz getroffen umzufallen, noch wie ich den Drang beherrschte, in die weite Welt zu fliehen und mich der ersten vorbeiziehenden Sippe anzuschließen, um Zigeunerin zu werden. Jedenfalls verstand ich, obwohl tief getroffen, daß ich den Stoß aufhalten und mir nichts anmerken lassen durfte, damit mein Bastardentum nicht zu einem üblichen und ständigen Schimpf werde. Darum befreite ich mich, so gut es ging, von dem Knoten, der sich in meiner Kehle gebildet hatte, und antwortete bedächtig und, wie ich glaube, auch mit einem Anschein von Ruhe: »Mein Vater ist mehr als deiner. Damit du das weißt; viel mehr.« – »Und wo ist dein Vater, du Blödian?« – »Mein Vater ist auf einer Insel und sucht Hölzer, um eine Arche zu bauen. Denn die Welt wird untergehen. Und nur Mama und ich, ein Paar jeder Tierart und die Menschen, die ihr und mir passen, werden sich retten. Du wirst ertrinken wie ein Schwein. Du und Madame la Baronne ... und alle.«

Meine prophetische Kraft entwaffnete sie, und es dauerte einige Sekunden, bis sie antwortete. Dann sagte sie: »Eine Arche? Wie Moses? Du schwindelst!« Und dennoch traf alles ein. Chantal ertrank eines Tages im August, und die Arche ist eine Tatsache. Es gibt sie. Ich weiß nicht, ob jene Worte, die ich als Kind sagte, irgendeine Kraft hatten – vermutlich werde ich das nie herausfinden –, aber ich habe das sichere Gefühl, daß das, was wir ganz fest glauben und über alles in der Welt wünschen – ohne Angst vor der Hölle, ohne Feigheit und ohne Zugeständnisse – sich erfüllt. Unerbittlich.

Seit jenem Septembernachmittag nahm mein Vater verschiedene Gestalten an. Manchmal blieb ich bleich, zitternd und voller Erwartungen vor irgendeinem Fremden stehen, der mit unzähligen Koffern beladen oder zu Pferd – ein hochgewachsener, wortloser Reiter – im Dorf auftauchte und mich keines Blickes würdigte. Alles, was ich liebte, die Dinge, die mir irgendwelche Freude bereiteten, verwandelten sich in ihn. Und so war mein Vater nacheinander Segelschiff, Baum, Meer, Sonne und Gott. Seine Gestalt war vor allem im Traum faßbar. Er erschien, wenn ich ihn am wenigsten erwartete: sehr schlank, verloren im vibrierenden Zirpen der Grillen, zwischen felsigen, mondartigen Kratern, auf die ich atemlos zulief, um ihn zu umarmen. Die vergoldeten Knöpfe seiner Kapitänsuniform drückten sich mir ins Fleisch und verletzten schmerzhaft meine Brüste.

Papa: so weit entfernt in meiner Kindheit. Abwesend und doch unglaublich lebendig in mir. Auch in der Stimme meiner Mutter, wenn sie mir in die Augen schaute und sagte: »Kobaltblau« – die Farbe meiner Augen –, mit jenem präzisen Tonfall, als wäre sie nicht normal, diese Farbe. Oder der Satz, mit dem sie mich empfing und fragte, wenn ich erschöpft vom Schwimmen oder Bäumeklettern, vollkommen durchnäßt vom Schweiß, Meerwasser oder Regen, mit Somormujo heimkehrte, jenem hinkenden Jungen, der damals mein Freund war; zusammen verschlangen wir alles Obst und Brot, das wir fanden, und wir verschluckten uns vor Gier und vor Lachen, die Hände schmutzig von Erde oder totem Fisch. Dann: »Der Apfel fällt nicht weit vom Stamm, Kind!« Worte, von denen ich nie wissen werde, ob sie Stolz oder Vorwurf bedeuteten.

Wir bewohnten damals »El Salt des ca«, das Landgut ihres Mannes,

Señor Altaba de Poison. Im Hintergrund, nach Westen hin, erhob sich jene kahle Bergkette – ich sage, erhob sich, weil sie jetzt nicht mehr da ist, die herrliche Landschaft verwandelte sich in Wolkenkratzer-Blökke, die das Meer verdecken, und auf einem der Berge, ich glaube, es war auf dem höchsten, sah man den Pinienbaum. Vollkommen allein. Herausfordernd. In der Gegend wurde er »el pí tot sol« genannt. Im September, wenn die Nachmittage frischer wurden und das Meer uns nicht mehr so anzog, stiegen Fosca, David und ich zu ihm hinauf und ruhten uns in seinem Schatten aus. Der einsame Pinienbaum ist auf allen Photos zu sehen, die wir damals machten. Mit Inés und Chantal, mit David und Alejandro Magno. Mit Mama und dem Verwalter. Im Hintergrund, wie ein märchenhafter Sonnenschirm.

Ein Riese von Baum. Wunderbar lebendig, mächtig zwischen den harten Felsen. Unglaublich in seinem herrlichen Überleben. Als alle Enttäuschungen über mich hereinbrachen, als ich entdeckte, daß der Verwalter Mamas Liebhaber war, als Mal floh, ohne Abschied zu nehmen, da wandte ich die Augen zu der kahlen Bergkette, und er begleitete mich. Ich stellte mir vor, er sei mein Vater. Oder ich selbst. Oder Gott – meine damalige Vorstellung von Gott, wie auch meine jetzige, entspricht genau der meiner Mutter, die auf Fragen von Inés antwortete: »Gott bist du und bin ich, er ist die Hündin und Macía. Er ist Señor Altaba de Poison. Das Meer und die Uhr. Die Geranien, die Steine, die Pappel ... Gott ist alles, was lebt und alles, was nicht lebt.« – Ein Gott, den ich um Liebe und um Zorn bat. Aber eines Tages ... Ich bin ganz sicher, daß es Rache war! Es war Sonntag, und alle Dienstboten waren ausgegangen. Wir spielten im Garten unter einer allzu heißen Sonne, die uns in eine erhitzte Erregung versetzte. Mama schaute manchmal zu uns heraus, im Banne des Spleens, der sich ihrer immer bemächtigte, wenn sie allein mit uns blieb. Sie entlockte dem Klavier nervöse und endlose Tonleitern, hielt plötzlich inne – ein zitterndes B schwebte in der Luft, flog zum Fenster hinaus – mit Kopf und Oberkörper zur gleichen Zeit, ihre Augen schienen uns mit zärtlicher Wachsamkeit zu folgen, während sie in Wirklichkeit ungeduldig den Weg, der zum Dorf führte, belauerte – den Weg, auf dem hintereinander Señor Altaba de Poison mit seiner ibizenkischen Hündin, die hinkende Tonina und Macía, der Verwalter, mit seiner Frau am Arm verschwunden waren – sie wartete, als ob sie mit einem Besuch oder einem Brief, vielleicht mit der Dame mit den Schleiern rechnete.

Dann geschah es: sie lauerte mit ihrem rundlichen Gesicht und ihren fliegenden Haaren, als die Sonne von jener schwarzen und runden Wolke verdeckt wurde – die so prall und fest war, daß sie unmöglich in der Luft schweben konnte. Alsbald begann der Mistral zu pfeifen und machte die Tamarinden und die Vögel verrückt. Sie kamen von weither in Schwärmen geflogen, um im Tal Schutz zu suchen, so wie sie es allabendlich mit größerer Ruhe taten. Sie färbten den Horizont noch schwärzer. Ein paar kalte und runde Tropfen fielen auf die Terrasse, und jemand – ich glaube, es war Fosca – rief: Das Gewitter! Wie eine Beschwörung, denn gleich hörten wir den Donner rollen und die Türen im Haus schlagen, gefolgt von den wiederkehrenden Arpeggien zersplitternder Fenstergläser.

Der erste Blitz, ein prächtiges Schwefelgelb, füllte den schwarzen Himmel mit eckigem Licht, erschütterte den Berg und brüllte allmächtig und lustvoll, als er zwischen die Palmen fuhr und alle Sicherungen durchbrannte. Mama war verklärt, denn die Blitze erfüllten sie mit einer wilden Freude, die ich selten bei ihr sah. Aber sie fühlte sich auch verpflichtet, uns wie eine gute Glucke zu beschützen, denn wir waren schließlich ihre Kinder. Wir befanden uns im Salon, neben dem Klavier. Genau diese Szene sollte sich seltsamerweise an einem anderen Abend wiederholen, als die Frau des Verwalters oder Mosén Pagés – es wird niemals herauskommen, wer von den beiden der Schuldige war – die Prozession gegen den Bösen organisierte (in Wirklichkeit gegen die teuflische Macht, die ihrer Meinung nach meine Mutter besaß). Der Teppich saugte sich langsam mit dem Wasser voll, das zum Fenster, das man nicht schließen konnte, und durch das Glasfenster mit dem Ritter Santiago hereinkam, während meine Mutter uns jene wilden Gebete aufsagen ließ, die im Ort zur heiligen Barbara gebetet wurden – ich weiß nicht, ob zu ihrem Vergnügen oder zu unserer Ablenkung. Die Verwünschungen und Drohungen, die dem heiligen Petrus galten, klangen in den schrillen Stimmen all meiner Geschwister verängstigt und eintönig neben dem Weinen von Inés, die damals noch klein war – Chisco war noch nicht geboren. Alles war dunkel, man hörte den Regen fallen. Ein neues Donnern betäubte mich und ließ mich erzittern. Man hörte ein mächtiges Krachen, als wäre etwas, als wären alle Felsen der Bergkette zusammengestürzt und würden auf uns zu rollen, um uns zu begraben. Ich sah meine Mutter erbleichen. Sie stand auf uns sagte: »Es ist etwas geschehen. Ich weiß nicht, was, aber es ist Schlimmes. Es ist mir, als wäre jemand gestorben.«

Es war der Pinienbaum. Der »pí tot sol« hatte sich in einen schwarzen und dramatischen Stumpf verwandelt. Anderntags erschien der nasse Berg ohne den Baum unwirklich. Einige Äste – grün und nach frischem Holz duftend – tauchten wie nach einer Explosion unten am Hang auf. Wir gingen sie anschauen und faßten sie an. Langsam trockneten sie aus, und mit der Zeit hätte niemand vermuten können, daß es Äste gewesen waren – jenes herrlich schöne, zapfenbehängte Astwerk mit langen, duftenden Nadeln –, sie konnten mit Wurzeln verwechselt werden, mit gequälten, gewichtslosen Formen, die wir dem Verwalter brachten, damit er uns mit seinem Messer Totems daraus schnitzte. Versunken, aufmerksam und grimmig schnitt Macía sein eigenes trotziges Gesicht ins Holz.

In: *La Estafeta Literaria.* Madrid 1973.

Daniel Sueiro

Geboren am 11. Dezember 1931 in Ribasar, dem galizischen Dorf, wo sein Vater Volksschullehrer war. Er verlebte in einer kinderreichen Familie eine schwierige Kindheit und Jugend. Einige Semester studierte er in Madrid Jura, besuchte danach die Journalistenschule. Er ist Journalist und Schriftsteller, Berufe, die sich bei ihm häufig vermischen. Seine literarische Laufbahn beginnt mit Erzählungen. Eine davon gewinnt früh den »Juventud«-Preis. Die Listen seiner Preise (und Beinahe-Preise) ist im Verhältnis zu seinem Schriftstellerdasein recht lang. Daniel Sueiro ist ein typischer »konduktistischer« Autor: abwechselnd benutzt er den Dialog (Tonbandtechnik) und die Personen- und Milieubeschreibung (Filmtechnik). Es liegt nahe, daß er anfangs ganz dem sozialen Realismus verpflichtet war (»Das Werk muß auf der Straße stattfinden«, sagte er 1966). Außer seinem erzählerischen Werk hat er auch eine Anzahl Reportagebücher publiziert (über die Todesstrafe, die letzten spanischen Henker, die Geschichte des »Tals der Gefallenen« oder des Frankismus). Darüber hinaus stammen aus seiner Feder zahlreiche wichtige Filmdrehbücher, die den Ruhm mehrerer großer Regisseure begründen halfen (Saura, Bardem, Camus und Patino). 1969 wendet sich Sueiro vom sozialen Realismus ab: »Alles in der Welt ändert sich« – besonders in Spanien, wo die vorsichtige politische Öffnung und die Aufhebung der Vorzensur (1966) der engagierten Literatur einen Teil ihrer Basis entzogen hatte. Seine neue Haltung wird deutlich in *Corte de corteza* (1969), nicht nur sein anspruchsvollster Roman, sondern auch das Werk, in dem Sueiro die Techniken des neuen spanischen Romans aufnimmt, ohne dabei ganz sein ursprüngliches Engagement zu vergessen. Seither hat er nur einen Erzählungsband publiziert, aus dem die hier wiedergegebene Erzählung stammt. Daniel Sueiro ist und bleibt sowohl kostumbristischer als auch Madrider Schriftsteller; ihn interessieren die »lokalen, unmittelbaren und uns eigenen Themen«. Darin ähnelt er den großen Madrider Erzählern oder/und Journalisten des 19. Jahrhunderts wie Mesonero Romanos, Larra und Galdós.

Werke

La rebusca y otras desgracias, Rocas, Barcelona 1958 (Erzählungen) – *La criba*, Seix Barral, Barcelona 1961 (Roman) – *Los conspiradores*, Taurus, Madrid 1964 (Erzählungen) – *Toda la semana*, Rocas, Barcelona 1965 (Erzählungen) – *La noche más caliente*, Plaza & Janés, Barcelona 1965 (Roman) – *Estos son tus hermanos*, Era, Mexiko 1965 (Roman) – *Solo de moto*, Alfaguara, Madrid 1967 (Roman) – *El arte de matar*, Alfaguara, Madrid 1968 (Essay) – *Corte de corteza*, Alfaguara, Madrid 1969 (Roman) – *Los verdugos españoles (Historia y actualidad del garrote vil)*, Alfaguara, Madrid 1971 (Zeitgeschichte) – *El cuidado de las manos, o de cómo progresar en los preparativos del amor sin producir averías en la delicada ropa interior*, Ediciones del Centro, Madrid 1974 (Erzählungen) – *La pena de muerte: ceremonial, historia, procedimientos*, Alianza, Madrid 1974 (Zeitgeschichte) – *La verdadera historia del Valle de los Caídos*, Sedmay, Madrid 1976 (Zeitgeschichte) – *Servicio de navaja*, Sedmay, Madrid 1977 (Erzählungen) – *Historia del franquismo*, Sedmay, Madrid 1979 (Zeitgeschichte).

Die Übersetzerin

Hildegard Moral, geboren in Niedersachsen. Studium der Romanistik und Slawistik, Promotion an der Universität Hamburg. Übersetzungen aus dem Spanischen (Otero Silva).

Die Pflege der Hände

Ich warf das Motorrad an dem Tag weg, als ich entdeckte, daß der Ort, an dem man den Trial machen muß, das Bett ist.
Versteh mich recht, nicht, daß ich dagegen bin, daß jene arbeitslosen Scheißkerle sich damit abgeben, an Steilhängen herumzuklettern und Mauern zu schrammen und dabei das Gleichgewicht zu halten, um ein paar Duros zu verdienen, es gibt schlimmere Dinge, aber heute paßt mir dieser Blödsinn mit dem Sattel nicht mehr, ganz abgesehen davon, daß du dir die Zähne brechen und den Kopf aufschlagen kannst, und wenn du auch einen noch so großen Helm aufhast, du wärst ja nicht der erste, dem beim Hutabnehmen der Bregen drankleben bleibt. Was sie dir hier ankleben, sind Hörner, wenn du vorzeitig vom Rad herunterfällst oder die schlechte Angewohnheit hast, mit beiden Füßen auf derselben Seite zu starten. Außerdem, stell dir vor, in was für einem Zustand sie war, meine Maschine, sechshundert Peseten wollten sie mir dafür geben, und dann diese Gemeinheit von dem Mariano, der sie mitgenommen hat, der verdammte Knilch, bloß weil ich ihm ein paar Scheine schuldete seit jenem Abend im Drugstore.
Jetzt habe ich ein Auto, Mann.
Nein, aber was ich dir sagen will, heute ist das nicht wie früher, und wenn du heute leichter eine bumsen kannst, mußt du auch mehr aufpassen und dich ein bißchen gut benehmen, denn die Armen haben auch ihre Rechte, das ist mal klar.
Weißt du, mir passierte mal ein Ding, das mir sehr zu denken gab, und seitdem gehe ich in keinen Saal, setze keinen Vogel in den Käfig, gehe ich nirgendwo hinein, steige ich keine Treppe hinauf und hinunter, ohne mir vorher die Hände gut vorzubereiten, das ist kein Witz. Und sei unbesorgt, ich mache keinen Skandal, womöglich glaubst du noch, daß einer sich nicht benehmen kann; ich bin schon in besseren Lokalen gewesen oder mindestens so feinen wie diesem.
Sieh sie dir an, diese und diese da, es sind dieselben, die bis neun Uhr abends gehämmert haben, gestern und jeden Tag, die ganze Woche lang, und heute, weil Samstag ist, nur bis mittags, schwarz vom Schmieren und kaputt vom vielen Anziehen der Muttern, glaub nicht, daß ich mich schäme, weil ich ehrlich einen Duro verdiene; schämen sollte sich der Totospieler, du weißt schon, wen ich meine, wo er auch immer sein mag, weil er mich so zurückgelassen hat, ohne alles, und meine Mutter unter der Erde; sozusagen. Aber jetzt kann ich dir die

Hände vorzeigen, und sie können ein Glas anfassen, oder etwa nicht? Sieh mal richtig hin, und entschuldige, ob du da etwa einen schmutzigen Nagel siehst, einen Fleck von Schmierfett, haben sie mir doch sogar die Schwielen weggemacht, von den Häutchen hier an den Rändern gar nicht zu reden, sieh mal, und das ist ein bißchen farbloser Lack, den mir die blöde Maniküre heute draufgemacht hat, seitdem mir das Mißgeschick passierte, lasse ich mir das nämlich samstagnachmittags immer beim Friseur machen, stell dir vor, die stecken dir die Zigarette in den Mund und zünden sie dir mit einer Kerze an, und wenn du zwischendurch was trinken willst, auch, oder wenn du lieber in die Sauna willst oder sonst etwas, obwohl du natürlich hinterher groggy bist, wenn sie kassieren kommen.

Ein bißchen groß für die dünnen Mädchen von heute, aber kräftig, ich wette, du nimmst es nicht mit mir auf.

Also an jenem Tag hatte ich schon ein Mißgeschick gehabt mit einem Kerl in einem Lokal hier in der Nähe, wo ich gerade mit einer Kleinen anbändelte. Ich bin nicht abergläubisch, aber was mir mit dem Typ passierte, machte mich ein bißchen ärgerlich und unruhig, mehr als wenn mir beim Starten in der Jarama-Rennbahn eine schwarze Katze über den Weg gelaufen wäre, falls ich die Kiste noch am Hals hätte. Der Kerl war auch noch schwarz angezogen, erstickte beinahe im Kragen seines weißen Hemdes, zog aber die Krawatte vor dem Spiegel im Klo der Kaschemme da noch fester, lächelte sich zu, gefiel sich, klopfte sich auf die Bäckchen, während ich hinter ihm wartete, um mir die Hände zu waschen.

Mehrere Minuten lang betrachtete er sich so und schnitt Grimassen, wusch sich das Gesicht, kämmte sich hundertmal, gurgelte und schlürfte dabei geräuschvoll das Wasser aus dem Wasserhahn. Ich wurde allmählich ungeduldig, aber zugleich auch neugierig, wie das alles ausgehen würde. Einen Augenblick war ich nahe daran, ihn vom einzigen Waschbecken wegzustoßen, aber der Kerl hatte nicht nur in seinem Betragen, sondern auch in seinem Aussehen, in der ganzen Art, wie er sich bewegte, in seiner fahlen Blässe und seinem undefinierbaren Alter, etwas Mitleiderregendes und dabei Beunruhigendes an sich, das mich am Boden festgenagelt hielt, während ich ihm zusah. Einen Moment dachte ich, ob er nicht einer von diesen ausgelaugten und verbrauchten Schwulen wäre, die an solchen Plätzen ihr Jagdrevier aufschlagen, wo sie dann stundenlang auf der Lauer liegen können.

Ich habe eine ganze Reihe kennengelernt, alle von weitem natürlich, bis auf einen Mann, ein Zimmergenosse aus meiner Pension, ist übrigens schon Jahre her; ich las gerade im »as« über Angel Nieto, lag halb auf dem Bett, als er von hinten herankommt; es war einer dieser schwülen und langen Sommernachmittage, nichts zu tun und kein Kies

in der Tasche, Madrid halbleer, und da fühlt alle Welt sich mutig und glaubt, die Hauptstadt ist ein Hinterhof, gerade recht für Vertraulichkeiten, und macht mir so eine Andeutung, ich meine, er blies mir seinen Atem ins Genick, wie man so sagt, und ich, ha, wie Kirk Douglas, zuckte nicht mit der Wimper, lese weiter und daß er mich gefälligst in Ruhe lassen soll, vielen Dank, aber nein, aus Anstand und außerdem hätte ich geglaubt, er wäre mein Freund, also hübsch ruhig geblieben; aber dann weiß ich nicht, was passierte, daß ich mich schließlich doch nicht mehr beherrschen konnte, ihn verprügelte und hinauswarf. Mit mir haben diese Leute bisher nur Ärger gehabt, Gott sei Dank. Aber ich habe einen Scharfblick für sie, und wenn ich in der Diskothek da in Sitges dabei bin, wo man zehn Skandale machende Chamäleons angetroffen hat, von der Sorte, die sich als Weiber verkleiden, mit Perücken und dick geschminkt, rieche ich sie sofort, und dann ist es aus mit dem Karneval. Die Polypen merkten das nämlich erst, als sie sie auf der Wache auszogen.
Tatsache ist, daß ich den Typ da nicht unterbringen konnte, und was glaubst du, womit er mir kommt, als er sich hübsch gemacht hat.
»Entschuldigen Sie, daß ich Sie habe warten lassen«, sagt er und wischt sich die Hände am Handtuch ab. »Durchaus nicht, Mann«, sage ich zu ihm. Und damit hätte die Sache zu Ende sein können, aber er kommt heran und baut sich ganz dicht vor mir auf. »Wie sieht mein Gesicht aus, eh?« »Sehr gut, sehr gut.« »Ich habe nämlich ein paar Gläser zu viel getrunken«, der Kerl schien ganz begeistert, »und wenn ich jetzt nach Hause komme, habe ich Angst, daß meine Mutter und meine Schwester, die unverheiratete, das merken.« »Nichts da, Mann, machen Sie sich keine Gedanken«, munterte ich ihn auf. »Sie sehen prima aus.« Ich merkte, daß er darauf und dran war, mich um Erlaubnis zu bitten, ob er mich anatmen dürfte, dann wären sie jetzt auf der Unfallsstation noch dabei, ihn zu klammern, obwohl es schon Jahre her ist, aber nach kurzem Zögern klopfte er mir auf die Schulter und lief hinaus. »Danke, Bruder«, sagte er zu mir, »ich werde nie vergessen, was Sie heute für mich getan haben, ein anderes Mal werde ich dasselbe für Sie tun.«
Ich war etwas ärgerlich und schämte mich beinah wegen dieser albernen Geschichte, die mich an andere erinnerte, die ich nicht erwähnen will, und schon von da an merkte ich, daß die Sache nicht gutgehen würde.
Ich trank noch ein paar Gläschen mit dem Mädchen, einer Sanften von kleinem Wuchs, aber gut gebaut, ganz knapp bekleidet, mit unbedeckten Knien bis oben hin, und dann tanzten und tranken wir bis zum frühen Morgen auf der Tanzfläche Nummer eins, Jota Jota, wo zuletzt noch Frank Sinatra mit dem Paten auftauchte, um uns auf den Wecker

zu fallen, denn die Mädchen da glauben ja alle, daß sie verpflichtet sind, ohnmächtig zu werden, wenn die Gespenster in Fleisch und Blut vor ihnen erscheinen, obwohl sie sie nicht anfassen können.
Nun ja, wir wurden ziemlich munter und amüsierten uns kolossal, auch wenn ich anscheinend zuviel getrunken hatte, jedenfalls zuviel dafür, daß die Sache mit der Kleinen so gutging.
Also, was soll ich dir sagen, darüber gibt es wie über alles verschiedene Meinungen, aber was mich angeht, ich bin für den Trial gern frisch und im Vollbesitz meiner Kräfte. Ich will nicht sagen, daß ein Glas oder ein paar nicht aufmuntern, aber wenn du übertreibst, wird nichts draus, oder du schläfst ein, und wenn sie nicht auch ein bißchen benebelt ist, dann ist das schon eine Schande. Der eine hat was gegen Gin und zieht Whisky vor, der andere Pfefferminzlikör oder Bier, aber wie dem auch sei, wenn du nicht fit bist, kann die Sache nicht gutgehen oder nicht so gut, wie sie gehen sollte und könnte. Wir sind nun mal nicht dafür erzogen, weder hierfür noch für vieles andere, und hier glauben viele Leute noch, daß die Angelegenheit eine reine Routinefrage ist und man sich nur umzudrehen und loszuschnarchen braucht, und schon ist alles erledigt. Da passieren dann die Sachen, die passieren, und da kommen dann die Sachen heraus, die dabei herauskommen, und du weißt ja, was dabei herauskommt.
Ich habe redlich dazu beigetragen, eine Reihe auf die Stirnen ihrer jeweiligen zu setzen, und du kannst darüber lachen, aber das ist wahrhaftig ein Sport, bei dem man Angst bekommt, weil er gefährlich ist, ganz abgesehen davon, daß überhaupt nichts nach Wunsch gerät, wenn man nicht in Ruhe und einigermaßen unbefangen arbeiten kann. Schon die Geheimnistuerei und daß du wie ein Gespenst durch die Korridore schleichen mußt, um Spuren zu verwischen wie ein verdammter Indianer, macht dir das halbe Stück zuschanden, und wenn jemand an der Tür klingelt, kannst du vor Schiß überhaupt nicht mehr. Aber dich unter dem Bett verstecken oder in den Schrank steigen, nein. Das ist eine Empfehlung, Mann, falls du mal in Verlegenheit kommen solltest. Wenn du dich so unwürdig verhältst, mit was für einem Gesicht willst du da hinterher wieder auf dem Schauplatz erscheinen. Außerdem nützt dir das gar nichts, da sehen sie nämlich zuerst nach. Erst neulich in Barcelona kam einer von diesen Armleuchtern unvermutet nach Hause, mit einem Gewehr bewaffnet, stand in der Zeitung; mir erzählte es meine Wirtin, und das erste, was er tat, war, daß er unter dem Bett nachsah. Und was glaubst du, was da war? Aus nächster Nähe schoß er auf den Kerl, mit dem Ergebnis, daß sie ihm ein Bein abschneiden mußten, da siehst du mal, was für einen prächtigen Besuch der Liebhaber da machte. Und wenn er ihn umbringt, egal, denn das ist ja das Schlimmste, was mich am meisten ärgert, daß bis heute,

soweit ich weiß, dieses ganze Gesindel von impotenten Wüterichen einfach so überraschend ankommen und dich mit Schüssen oder Dolchstichen fertigmachen kann, und dann kommen die Richter, und daß er vollkommen richtig gehandelt hat, zur Verteidigung seiner Ehre, sagen sie, wo doch die Ehre, nicht wahr, wenn diese Kerle sie haben und sie verteidigen müssen, na, du weißt schon, wo und wann sie das tun müssen.

Deshalb habe ich dieses Kapitel in letzter Zeit sehr vernachlässigt. Die Witwen, das ist eine andere Sache. Eine junge und frischgebackene Witwe, die das noch nicht vergessen hat, wenn bei den Witwen nämlich erst mal eine Zeit vergeht und sie das vergessen, kann man mit ihnen nichts mehr anfangen, eine tolle Sache ist das, und dann scheinen die Leute darüber auch anders zu denken, sie verstehen das eher und helfen sogar, wenn die Dinge mal nicht so gut laufen, denn da haben die Leute schon Verständnis und begreifen die Dinge und wissen, daß das manchmal ein Werk der Barmherzigkeit ist.

Mit anderen Worten, was ich nicht will, ist, daß mir wegen ein paar Gläschen oder weil ich es zu eilig habe, weil ich gerade nicht in Form bin oder weswegen auch immer, eines von diesen Schätzchen unzufrieden davongeht.

Deshalb sage ich dir noch etwas, du, als eines der ersten Ziele habe ich mir vorgenommen, daß ich versuchen will, wenn das Auto ganz bezahlt ist, mir nachmittags freizunehmen, selbst wenn ich dann irgendwo abends ein paar Stunden extra arbeiten muß, ich bin nämlich überzeugt davon, daß die beste Zeit für einen Trial weder nachts noch frühmorgens noch sonstwann ist, wenn du zerschlagen bist und halbtot vor Müdigkeit, womöglich auch noch betrunken, sondern die Stunde der Siesta, vor allem dann, wenn du nicht viel gegessen und getrunken hast, wenn die scheinbar schläfrigen Sinne wacher sind als sonst und du so viel Zeit hast, wie du willst. Das ist der beste Moment, sage ich dir, und wenn jemand das Gegenteil behauptet, frag ihn mal, wann er im Büro die Uhr stechen muß, ob um drei oder um halbvier. Danach mußt du es dann schon auf dem Meeresboden oder im Luftballon versuchen, und dazu sage ich auch nicht nein. Also, in solcher Verfassung verließen wir damals frühmorgens den Klub und gingen ich weiß nicht wohin. Ich glaube, ich brachte sie zu einer Art Pension für junge Mädchen, wo ich schon mehrere Male gewesen war, bei der Plaza de Castilla, ein kleines Appartement, mit Musik, womit schon alles gesagt ist. Kurz und gut, wie üblich begann ich die Attacke Punkt für Punkt und ohne irgendein Kapitel zu vergessen.

Was soll ich dir sagen, aber ich gehöre zu denen, die überzeugt sind, wenn wir die Geschichte nicht von Anfang bis Ende ernst nehmen, nicht alle Tasten anschlagen und in jedem Moment die Stromphasen nutzen, von der niedrigsten bis zur höchsten, mit mehr oder weniger Volt, je nach Lage, um mit Vollgas aufzuhören und durchzutreten, wie es sich gehört, dann, das sage ich dir, ist es mit der Liebe vorbei, und sie lassen uns allein. Ich habe gehört, da gibt es schon irgendwo in Frankreich und in Schweden eine Reihe Weiber, die ausgebrochen sind, und die Joan Báez, du weißt ja, ist lesbisch. Die sollen festgestellt haben, daß sie uns nicht brauchen, keine Ahnung haben die, und ich frage mich: wie wissen sie denn, daß sie uns nicht brauchen, wenn sie uns nicht kennen. Meinst du nicht auch, Mann? Daß sie an sich selbst genug haben, sagen sie, und wenn nicht, machen sie es mit dem Wasser, mit der Sonne, mit den Tieren und den Pflanzen, nun sag du mir, wie du dir das vorstellst. Und dann gibt es da noch irgendwo einen Verrückten, ich weiß nicht, ob ich es in der Sonntagsbeilage oder in einem Comic von Tíntín gelesen habe, der sagt, wenn wir nicht aufpassen, dann wird sich das menschliche Geschlecht bald ohne den Mann fortpflanzen, das heißt, sie werden uns alle nach und nach den Rücken kehren, uns zum Teufel jagen, mit anderen Worten, und da unter diesen Bedingungen alle Personen, die geboren werden, Weiber sein werden, läuft es darauf hinaus, daß der Mann schließlich zu einer seltenen Art wird, bis er dann ganz ausstirbt und vom Globus verschwindet. Was sagst du dazu? Und das alles nur, weil eine Bande weibischer, analphabetischer und blöder Affen die Dinge nicht so zu machen versteht, wie es sich gehört.

Da war ich also an jenem frühen Morgen dabei, auf der Schlafcouch der Universitätsköchin meine Pflicht zu erfüllen, ein bißchen angeschlagen zwar, ganz gegen meine heutigen Prinzipien, im Halbdunkel und beinah automatisch, aber doch verdammt geschickt, glaube ich, und mit immer lebhafterer Phantasie, um zu erfinden, du kannst dir schon denken, was für eine Art von Erfindungen. Sie schien anfangs etwas passiv, aber wenn du dich dann so wälzt und alles, was du tust, aufrichtig und ohne zu kränken tust, selbstverständlich auch ohne allzu viele Umstände und unnötigen Respekt, nicht wahr, dann kann natürlich niemand widerstehen, und wenn sie zuerst träge und unbeteiligt sind, fangen sie bald an, sich zu bäumen, und beißen dich, daß es eine Wonne ist. Na, nur nicht so hastig, werd nicht ungeduldig, das war die erste Lektion.

Sie war klein, aber so hübsch rund, rund und fest wie wenige, die ich gekannt habe. Sehr jung auch, sehr neu und unerfahren, schien mir. Von denen, die aber auch, wenn du es eilig hast und dich nicht im richtigen Moment zurückhältst, einen rasenden Bruder oder einen verbrecherischen Vater holen, die dir wegen nichts und wieder nichts mitten auf der Straße eine Kugel durch den Kopf jagen, wie das neulich einem in Sevilla passierte, hast du nicht davon gehört? Oder dem anderen da, der auch nicht aufgepaßt hatte und den sie auf dieselbe Art in einem Dorf in Murcia ins Jenseits befördert haben, begucken sich jetzt die Radieschen von unten, zusammen mit all den anderen Märtyrern, die in Ausübung ihres Dienstes gefallen sind, ja, lach du nur, so ist es doch.

Die Kugel, die schieße ich meinem Vater durch den Kopf, wenn er mal eines Tages vor mir aufkreuzen sollte, hat sich doch der Kerl am selben Sonntag davongemacht, als er feststellte, daß er alle vierzehn richtig hatte, wartete gar nicht erst bis Montag. Stell dir vor, Korrektor in der Druckerei einer Zeitung, die ich nicht mal nennen will, um nicht auch noch Reklame dafür zu machen, kaut sein ganzes Leben lang Blei und trinkt Milchflaschen leer, nichts als Elend und schlechte Laune bringt das als Kapital und Erbmasse, da gewinnt er dreißig Millionen, und das einzige, was der Millionär hinterließ, war der Regenmantel auf dem Kleiderständer hinter der Tür, ein abgetragener, schmieriger Regenmantel mit dem Rest einer Tüte gerösteter Maronen in der einen Tasche und einem Taschenmesser mit Holzgriff in der anderen. Das einzige, was er sein ganzes Leben lang von seiner Schulter herunterhängen hatte, das einzige, was er wirklich besaß, das ließ er da, der Dreckskerl.

Sie hatte diese langen modernen Strümpfe an, die so unbequem sind, die oben zusammengehen und keine Naht haben, und als es soweit war, begann ich sachte das Gummiband oben zu lockern, und dann nach und nach mit ein bißchen Hilfe von ihr nach unten zu ziehen, ganz allmählich, hob erst eines ihrer Beine hoch und dann das andere. Das ist manchmal nicht so einfach, weil du in dem Augenblick aufgeregt bist, ob du willst oder nicht, und weil man außerdem die Hände noch nicht an diese zarten Dinger gewöhnt hat, wenigstens nicht die Hände eines Arbeiters. Da schrie sie leicht auf. Da ist was schiefgegangen, dachte ich, denn das klang nicht klagend, wie ich es zu hören gewöhnt bin. »Paß auf, Mensch«, das übliche, aber in einem leicht gereizten Ton. Ich warf das Kleidungsstück selber irgendwohin, zerknüllt, wohin es gerade fiel, denn in solchem Augenblick hältst du dich ja nicht gerade damit auf, es zusammenzufalten oder eine perfekte Bügelarbeit zu liefern, meine ich, und jetzt schlagen wir mal das Buch in der Mitte auf, nachdem die ersten Lektionen vorbei sind.

Und ohne abzuwarten, fing sie an zu weinen.

Für eine Anfängerin mochte das eine schickliche Reaktion sein, die sogar verständlich war, mich aber verärgerte. Ich wollte sie trösten, und sie ließ mich nicht. Sie stand beleidigt und schluchzend auf, setzte sich auf den gegenüberstehenden Sessel und besah sich die Strümpfe, die sie vom Boden aufgehoben hatte, in ihren Händen.

Weiß, dunkel in den beschatteten Teilen, das Haar blau unter dem

Lampenlicht; ich wußte noch immer nicht, was ich sagen sollte. »Rohling, verdammter Rohling!« Sie sah mich empört an, ihre Augen von Tränen getrübt. »Was hast du bloß für Hände, sieh mal, was du mit der Strumpfhose gemacht hast, die ich gerade zum ersten Mal anhabe!«
Die Strümpfe hatten ein schönes Loch im oberen Teil, das stimmte, aber so kostbar wären sie ja nun auch nicht, sagte ich zu ihr, doch nur ein Paar hellgrüne Strümpfe zu dreißig Duros.
Wir stritten uns heftig, denn das Weibsbild wollte mir die Schuld an allem geben, als ob ich es absichtlich getan hätte. Als wir dann ruhiger wurden, gab ich ihr teilweise recht, während ich eine Hand in das warme Wasser des Waschbeckens getaucht hielt und sie sich damit befaßte, mir von der anderen zuerst mit einer alten Rasierklinge, die ein anderer wohl am vorhergehenden Morgen dort vergessen hatte, und dann mit ihren kleinen Zähnen all diese harten Häute abzuschneiden, die sich einem neben den Nägeln bilden, wenn du lebst, um mit den Händen zu arbeiten, und nicht, um mit einem geliehenen Kugelschreiber Totozettel auszufüllen, und feilte mir schließlich eine nach der anderen die Fingerkuppen und liebkoste mir die Handflächen mit ihrem harten, sanften, frischen, warmen Bimstein.
Jedenfalls war jener Tagesanbruch bitter für mich.
Es gibt schwarze Tage, und Abende und Nächte, die noch schwärzer sind als die Tage. Aber ich habe seit damals gelernt, wenn du dir die Hände pflegst, wie es sich gehört, damit die Nägel nicht in der zarten Damenunterwäsche hängenbleiben, hast du schon viel gewonnen.
Heutzutage ist es das, worauf die Frauen am meisten achten, wenigstens die, die ich kenne.
Und da soll man dich doch nennen, wie man will.

Aus: *El cuidado de las manos.*

J. Leyva

Leyva wurde am 15. August 1938 in Sevilla geboren. Seit seiner Kindheit lebt er in Madrid. Auf seinen Wunsch hin muß gesagt werden, daß sein Leben «dénuée d'anecdotes« ist, wie Mallarmé von sich sagte. Leyva machte seine ersten schriftstellerischen Versuche fürs Theater (Studentenbühne), was auch für seine Romane von Bedeutung ist (innerer Monolog/Dialog), von der Kritik aber völlig übersehen wird. 1972 veröffentlicht er als erstes Buch *Leitmotiv*, ein Roman von über 600 Seiten. Obwohl die Kritiker unterschiedlich reagierten, muß *Leitmotiv* als Wegbereiter einer neuen spanischen Erzählkunst angesehen werden, in seiner Innovationskraft nur *Tiempo de silencio* von MARTIN-SANTOS vergleichbar, das 10 Jahre zuvor und *Volverás a Región* von JUAN BENET, das fünf Jahre vorher erschienen war. J. Leyva verfügt über eine derart starke autochthone Innovationsbasis, daß er sie ständig erweitern kann, ohne auf außerspanische Modelle zurückgreifen zu müssen. Er ist eindeutig ein Autor der siebziger Jahre, in Spanien das Jahrzehnt, in dessen erster Hälfte das literarische Experiment einen Höhepunkt erreicht – nicht nur diskursiv wie im Falle von *Leitmotiv* und *La circuncisión del señor solo* (Premio Biblioteca Breve 1972). Mit *Heautontimoroumenos* (1973) erweitert sich das Experiment bei Leyva hin zum Typographischen; er verstärkt »le rite de la composition typographique«. Gleichzeitig erhält es eine visuelle Komponente, in der sich die kaum bekannten plastischen Fähigkeiten Leyvas verwirklichen. *Heautontimoroumenos* wird zum Muster des experimentellen Romans in Spanien, obwohl es wegen seiner Kühnheit wenige direkte Nachahmer gefunden hat. In Leyvas Werken drückt sich zugleich seine individualistische, sich gegen jede Gleichmacherei wendende Haltung des Autors aus, der selbst zurückgezogen vom Literaturbetrieb lebt. So erklärt sich auch die Tatsache, daß seit sechs Jahren kein Buch mehr von ihm erschienen ist (»la disparation élocutoire du poète, qui cède l'initiative aux mots«). Dies bedeutet keine Zäsur in seinem Schaffen, denn er betrachtet sowohl seine veröffentlichten als auch seine unveröffentlichten Werke als ein einziges und totalisierendes Buch, ähnlich wie »le Livre«, das Mallarmé zu schreiben hoffte, obwohl und weil Leyva glaubt, daß es »keine Sprache gibt, die dazu fähig wäre, etwas Gültiges auszudrücken«.

Werke

Leitmotiv, Seix Barral, Barcelona 1972 (Roman) – *La circuncisión del señor solo*, Seix Barral, Barcelona 1972 (Roman) – Heautontimoroumenos, Taller Ediciones JB, Madrid 1973 (experimenteller Roman) – *La primavera de los murciélagos*, Seix Barral, Barcelona 1974 (Roman) – *La Calle de los Arboles Dormidos*, Taller Ediciones JB, Madrid 1974 (experimenteller Roman).

Der Übersetzer

Fritz Rudolf Fries, geb. am 19. 5. 1935 in Bilbao/Spanien. Studium der Literaturwissenschaften in Leipzig. Lebt in der DDR. Er veröffentlichte mehrere Romane und Prosatexte, übersetzte aus der spanischen Literatur (u. a. *Amadis von Gallien*, Cortázar: *Rayuela*).

Die Beschneidung des alleinstehenden Herrn

Ich habe die Straße erreicht, nun stehe ich vor meinem Haus. Ich sehe mich widergespiegelt im Fensterglas, im Glas aller Fenster, sogar dort, wo ich nicht hineinsehen kann. Ich komme in diese Straße mit meinem alltäglichen grauen Körper, abgerissen und schmutzig, ich drehe mich ein paarmal um mich selbst, bevor ich mich entschließe, in die Haustür zu treten, um später wieder auf die Straße zu gehen, einen letzten Kontrollgang zu machen, d. h. mich davon zu überzeugen, daß ich genau vor dem Haus stehe, in das ich hinein wollte, in mein eigenes Haus. Dieser Kontrollgang wird in der Regel von einigen unverwechselbaren Gebärden begleitet, als bedauerte ich und bedauerte nicht, mich von der Richtigkeit meiner Absichten überzeugen zu müssen. Jeden Tag besuche ich mich selbst nach all den minutiösen Verrichtungen mit extremer Gewissenhaftigkeit zur gleichen Nachmittagsstunde. Von der Haustür bis zu meiner Wohnung im ersten Stock brauche ich eine klug bemessene Zeit, die stets von der Menge der Personen abhängig ist, denen ich auf so kurzer Strecke begegne. Von vornherein ignoriere ich die Art Konversation , die aus der Begegnung mit den Unbekannten, die meinen Weg kreuzen, entstehen kann; ich bin sicher, daß nicht ich es bin, der das Wort an andere richtet, obschon diese, haben sie mich auf der Treppe überrascht, mir nicht ausweichen können, noch ich ihren korrekten Begrüßungen, so daß ich mich gleich darauf von einem Geplauder umstellt sehe, das sie mir unverzüglich in den Weg legen. Derlei geschieht Tag für Tag auf die unschuldigste und unvorhergesehenste Weise; ich kenne die Absichten meiner Gesprächspartner nicht, die in ihren Theorien durchaus Vehemenz an den Tag legen und die mich mit boshaftem Eifer verwirren, während die sich aus ihrem Geplauder ergebenden hypothetischen Schlußfolgerungen in der Schwebe bleiben. Im allgemeinen und dank der Tatsache, daß ich in meinem Kommen und Gehen so pünktlich bin, stolpere ich Tag für Tag über die gleichen Personen; so kann die gestern unterbrochene Unterhaltung wiederaufgenommen werden nach den akkuraten Begrüßungen und den gewohnten Zeremonien, einander den Vortritt zu lassen, als sei am Tag zuvor nichts gewesen. Wenig später klopfe ich an meine Wohnungstür, obschon diese einen Spalt offensteht; denn nichts hindert mich, aus und ein zu gehen, sobald ich es für passend erachte, und ich trete nicht über die Schwelle, bis ich mich hereinbitte und mir einiges höflich anbiete, zum Beispiel alles, was ich besitze:

dieses Ritual, das während meiner ersten Besuche nach langen und ergebnislosen Bemühungen, zu einer angemessenen Willkommensformel zu finden, aufgestellt wurde, ist nicht nur absurd und demütigend, es erscheint außerdem äußerst unnötig, wenn man davon ausgeht, daß ich es bereits seit über fünfzig Jahren anwende und es für mich nichts Definitives bedeutet, denn ich muß mir selber ja eine Art Ehrenbezeugung erweisen, sobald ich mich herablasse, die Füße in die Diele zu setzen, zerknittert, mit müdem Gesicht und eine lächerliche Grimasse ziehend, deren Bedeutung ich auf der Stelle verstehe. Meine Pflicht ist es dann, alles auszuziehen, was ich auf dem Leibe habe, vom Mantel bis zu den Socken, um daraufhin meinen nackten Körper einer Inspektion zu unterziehen; dieser ist erstaunlich blaß und schmächtig, er dreht sich vor meinen Augen, in der Absicht, mir die bekannten Ausrufe von Verachtung und Geringschätzung zu entlocken. Meine eigene Toleranz, die Freundschaft, die ich mit mir selber halte, gehorcht keinem zärtlichen Gefühl; sie ist vielmehr eine simple Formel, die kraft der Gewohnheit aufgestellt worden ist und die ohne eine andere Rechtfertigung denn meine unungängliche Existenz auferlegt wurde, als ich in einem bestimmten Augenblick meines Lebens dem Wunsch Ausdruck verlieh, in mir den eigenen Freund zu sehen und keinen Fremden. Auf diese Weise muß ich immer, wenn ich mich an mich selber wende, meinem Namen das Wort Freund voransetzen, und ich muß sogar eine gewisse Genugtuung zeigen, ein derartiges Privileg zu genießen, wie ich in all diesen Jahren der Begegnung mit mir selber feststellen konnte. Schließlich begebe ich mich in meine Wohnung, betrachte eingehend das einzige Zimmer, aus der sie besteht, und wende mich ohne Zögern dem einzigen Möbelstück zu, einem Spezialstuhl, den ich unter großen Opfern erstanden habe und auf welchem ich sogar in liegender Haltung ruhen kann. Der Stuhl wurde eigens dazu konstruiert, als Bett dienen zu können, auch als Schrank, als Tisch und als Betstuhl, je nach den Wünschen des Benutzers. Ich nutze seine verschiedenen Möglichkeiten, je nach dem seelischen Zustand, in welchem ich mich gerade befinde. Das Möbel ist alles, was ich an wertvollen Dingen besitze, und nimmt die Mitte des Zimmers ein, dem Fenster gegenüber, mit dem Rücken zur Eintritt gewährenden Tür; seine unverhältnismäßigen Ausmaße reduzieren die ohnehin elende Perspektive des Zimmers, das praktisch ganz und gar eingenommen wird von dem ungewöhnlichen Thron. Mein Leben und mein Heim wurden dergestalt vor fünfzig Jahren auf die Probe gestellt, als ich den unglücklichen Einfall hatte, mich in meine Wohnung einzuladen und die mit mir auf der Straße begonnene Unterhaltung unter meiner Zimmerdekke fortzusetzen, eine, wie ich später bestätigt fand, auch bei anderen bald darauf entwickelte Gewohnheit; von diesem Augenblick an stellte ich mir einige Bedingungen, die zunächst unerheblich waren und sehr bald unerträglich. Im Joch meiner ungewöhnlichen Schüchternheit hatte ich nichts dagegen, der Unterstellung zu folgen, die aufrechtzuerhalten ich mir vornahm, und das ursprüngliche Verständnis zu verlängern, falls es tatsächlich so genannt werden kann, in der Gewißheit, einen wahren und treuen Freund gefunden zu haben; ich machte mir sogar gewisse Illusionen hinsichtlich der Zukunft der gerade entstehenden Freundschaft, einer Notwendigkeit folgend, an deren Ursprung ich mich nicht einmal mehr erinnere. Meine Forderungen an mich selbst wuchsen im gleichen Maße wie mein Interesse an einem Abschluß des umständlichen und komplizierten Themas der Unterhaltung zunahm, die ich an jenem unglückseligen Tag begonnen hatte; in den ersten Wochen war der Dialog außerordentlich fließend und fand stets in bester Umgebung statt; das muntere Gespräch nahm immer mehr Konturen an, in dem Maße wie ich in seinen Fortgang eindrang, bis ich schließlich die Unterbrechungen beklagte, die zwangsläufig dadurch entstanden, daß ich von Mal zu Mal ausgehen mußte, um mit unerträglicher Ungeduld auf meine Rückkehr am folgenden Tag zu warten. Folglich fand ich nichts dabei, mich vor mir selber zu demütigen und am Fuße des Stuhls zu verharren, während ich mit mir selber plauderte, sobald ich bequem saß oder lag; ich protestierte nicht, als ich die Konstruktion des Möbels, das ich gewollt und in Auftrag gegeben, reklamierte, oder wegen der unerläßlichen Zeremonie meiner Ankunft. Um das einmalige Möbel bezahlen zu können, verkaufte ich alles, was ich besaß, und mußte sogar noch etwas bei Freunden borgen; dann überließ ich mich ganz meiner selbst, besessen von dem, was ich für ein unbestreitbares Privileg hielt, und vertreten durch meine eigene Gegenwart in meiner Wohnung, die ich mit Sorgfalt hütete, um mir den Empfang zu bereiten, den ich zu verdienen glaubte. Heute wie vor fünfzig Jahren, Tag für Tag, bin ich soeben in meinem Heim angelangt, gemeinem kleinen Winkel, ich habe mich selbst empfangen, mit dem gewohnten Ritual, ich bin nackt und sitze auf dem Stuhl, dem Fenster gegenüber und mit dem Rücken zur Tür. Alles ist sehr still an diesem Herbstnachmittag, nichts hindert mich infolgedessen das Gespräch aufzunehmen, das ich seit fünfzig Jahren mit mir selber führe.

Es ist ein simpler Zufall, daß das Fenster meines Zimmer auf einer Höhe mit einem der Bäume auf der Straße ist, was mir, auch wenn es mich daran hindert, alles zu beobachten, was unten vor sich geht und zuweilen der Beobachtung wert ist, den Eindruck gibt, in einem Haus mit Garten zu wohnen. Deshalb überrascht es mich durchaus nicht, wenn ich mich den Baum hinaufklettern sehe, vollständig nackt und deklamierend, als gehörte das, was ich sage, zum Text eines Theaterstücks, während ich von einigen meiner alten Freunde umgeben werde, die um den Baum herumstehen, die Füße in dem gestauten Wasser an seinem Rumpf. Ich mache den Versuch, mich in dem Möbel zu verbergen, das nun die Position eines Schranks einnimmt, aber ich stelle mich mir selbst in den Weg, nachdem ich mit unglaublicher Leichtigkeit vom Baum zur Fensterbrüstung hinüberwechsle. Ich weiche dem Blick aus, meine eigene Nacktheit schüchtert mich ziemlich ein, auch wenn ich gerade durch diesen Umstand einen sehr glücklichen Eindruck mache. »Wie du dir vorstellen kannst«, höre ich mich sagen, »bin ich nicht hier, um dich willkommen zu heißen, wie du es, wenn auch mit gewissen Vorbehalten, vermutlich verdienst, oder dich nach den Einzelheiten deiner Reise zu fragen, die andererseits nicht stattgefunden hat, oder mehr noch, mich für dein Leben zu interessieren, das ohne jeden Zweifel von Bedeutung ist. Es ist meine Pflicht« – meine Freunde billigen mit bedeutungsvollen Gesten den Ton meiner Erklärung –, »dich auf einige in der Stadt vor sich gegangene Veränderungen aufmerksam zu machen, von deren Bedeutsamkeit du dich früher oder später überzeugen wirst. Diese Freunde haben in ihrer Eigenschaft als Zeugen die Güte gehabt, mich bis hierher zu begleiten; infolgedessen wäre es angebracht, daß du uns zum Eintreten einladen würdest.« Ich kann nicht umhin, mich zumindest ratlos anzusehen. Ohne auf eine Antwort auf mein Ersuchen zu warten, bitte ich meine Begleiter inständig, die Pfütze zu verlassen und über den Baumstamm in meine Wohnung zu steigen und diese durch das Fenster zu betreten, nicht ohne uns zu empfehlen, die Füße auf der Matte abzutrocknen, die ich zu diesem Zwecke auf das Fensterbrett lege. Sie sind alle nackt, und man erkennt das allgemeine Wohlbehagen über diesen Zustand, wie ich feststellen kann, als die heterogene Gruppe von Frauen und Männern vor und hinter mir in Reih und Glied erscheint. Die Matte ist nicht geeignet, die Nässe aufzunehmen, die unsere Füße hinterlassen, sie ist bald durchweicht und unbrauchbar, nachdem sie durch das unaufhörliche Scharren darauf zerfetzt wurde; der letzte meiner Besucher wirft die Reste ins Zimmer, nachdem er sich umständlich abgetrocknet hat; mir fallen einige Fetzen ins Gesicht, während ich mich noch im Schrank befinde, ohne daß ich vollends begriffen hätte, was ich mir vornehme, wenn ich mich dergestalt vorstelle und angesichts des in mein Heim eindringenden Schwarms von Männern und Frauen. Trotz der darüber vergangenen Zeit erinnere ich mich an diese stets pünktlichen Besucher meiner Wohnung, die zum Versammlungsort für eine so ungleiche Gruppe von Personen wird, die von allen mir bekannten die sorglosesten sind; mit ihnen habe ich die Kindheit und einen großen Teil der Jugend verbracht, bis ich sie später, als ich meinen Wohnsitz wechselte, aus den Augen verlor und mich sogar befreit fühlte von ihrer ständigen Gegenwart. Ein Übermaß an Toleranz gegenüber meinen Freunden hat mich fortwährend zu unerwarteten Extremen geführt; es gab eine Zeit, da ich jedem zur Verfügung stand und keiner etwas unternahm, ohne mit meiner Zustimmung und Unterstützung rechnen zu können. Meine bescheidenen Mittel reichten kaum aus, auch nur einen Bruchteil der täglichen Bedürfnisse zu bestreiten, aber ich zögerte nicht, die kärglichen Einnahmen denen zu borgen, die ihrer bedurften, oder in der Stellung eines andern zu arbeiten, wenn dieser zum Beispiel krank wurde oder eine nicht aufzuschiebende Verpflichtung hatte. Ungeachtet dessen, daß ich in einem derartigen Milieu über mich selbst hinauswuchs, war ich doch nie in der Lage, mich selbst zu verstehen noch mir den maßlosen Eifer zu verzeihen, allen zu dienen, während ich für meinen persönlichen Nutzen nichts unternahm, eine Haltung, die sich nicht änderte, als ich meine Freunde verließ und mich in den für meine Existenz einzig Verantwortlichen verwandelte, deren Fortbestehen, wie ich nach einiger Zeit und zu meiner großen Schande erfuhr, zu Lasten der pünktlichen Besucher meiner Wohnung gegangen war, und zwar dank einer Art kollektiver Subskription, die ich regelmäßig einkassierte. Das alles prägte mich auf endgültige Weise, und ich kehrte nicht auf die Straße zurück, wo man mich für den Sohn aller meiner Freunde hielt und wo niemand meine Wünsche nach Unabhängigkeit je respektieren würde, und wo ich, täte ich es, endgültig so leben müßte, wie meine Wohltäter es beschlossen hatten, in Anbetracht der schuldigen Dankbarkeit denen gegenüber, die für mein Wohlergehen eingetreten waren. Und so bin ich nun hier mit meinen Freunden; ich erinnere mich genau an unsere Namen, an unsere Beschäftigungen, an die Art und Weise, uns zu geben, als lebte ich noch unter dem Einfluß aller und jedes Einzelnen der so treuen Kameraden, die nun zerknittert und am Rande jeder Aktivität dahinleben, wie ich ohne große Mühe erkennen kann, wenn wir auch aneinander hängen durch eine festere Bindung als die Gewohnheit, gemeinsam zu kommen und zu gehen, das Leben und die Umstände zu teilen oder ein Konglomerat von Personen zu bilden, die von offenbar gemeinsamen Interessen zusammengehalten werden, auch wenn die weit zurück liegen, und die edelste Obliegenheit wie die störenste Aufgabe waren damals unaufschiebbar. Deshalb vermutlich erlaube ich der Gruppe alter Männer und Frauen, die mich begleiten, einzutreten, ohne eine gewisse Rührung verbergen zu können, da wir nun wieder vereint sind, und zugleich bin ich traurig des deprimierenden Schauspiels wegen, das wir alle bieten, die wir doch schon fast alle am Abgrund zu leben scheinen. Unsere allgemeine Nacktheit verleiht meinen Gästen ein noch beklagenswerteres Aussehen, und ich zögere nicht, meiner Ungeduld Ausdruck zu verleihen, den Grund unserer Anwesenheit in meiner bescheidenen Wohnung zu erfahren, die nicht ausreicht, so viele Leute zu empfangen, ein Interesse, das logischerweise durch meine eigene Vorrede bewirkt worden ist. Meine Freunde, denen ich immerzu Anweisungen gebe, machen es sich in meinem engen Zimmer bequem, während ich beginne, verwirrt von einem Ende ans andere zu laufen, noch immer die Fetzen der Matte im Gesicht, und nachdem ich das Möbel in die Position eines Tisches gebracht habe, für den Fall, daß es in einem gegebenen Augenblick von Nutzen ist, über einen Tisch zu verfügen. Ich überrasche mich dabei, wie ich bei bestimmten sich wiederholenden Anlässen stehenbleiben will, aber indem ich so tue, als wolle ich den Grund meines und meiner Freunde Besuch erfahren, ziehe ich mich, ohne eine Frage zu stellen, immer wieder vor mir zurück; schließlich fühle ich mich durchdrungen von einem unbeschreiblichen Unbehagen, da ich mich in meinem unruhigen Hin und Her durch die Wohnung durch mich selber sowie durch die verbleibenden Gäste verfolgt sehe. Ich verfalle darauf, die Frequenz der Schritte zu vergrößern, um die Verfolger loszuwerden; sogleich bereue ich diesen Einfall und lasse mich auf den Stuhl fallen, ohne zu wissen, welche Haltung ich einnehmen soll. Etwas jedoch läßt mich von neuem unruhig werden. Meine Augen wandern über die nackten Leiber der Gäste sowie über meinen eigenen, und ich mache die Entdeckung, daß das Geschlecht der Frauen wie verschleiert erscheint durch halb aufgeblühte, im Wachsen begriffene Sonnenblumen von einem heftigen Gelb, während das unsere, das der Männer, auf brutale Weise beschnitten ist und riesig und schlaff herabhängt. Der eine wie der andere ziehen wir uns krumm auf das Möbel zurück und verbergen mit den Händen das schamhafte Phänomen, während ich, unfähig, mir das Geschehene zu erklären, an die Gruppe eine Reihe sich überstürzender Fragen richte. Meine ganze bisherige Sicherheit schwindet, und ich höre mich stöhnen und näselnd unverständliche Laute hervorstoßen, die ich gemeinsam mit den anderen zu einem klagenden, bitteren, eigentlich unerträglichen Ton anschwellen lasse. Ich brauche eine Weile, den Sinn unserer Klagen herauszuspüren, denn wir spielen auf die Beschneidung sowie auf die Insemination mit einem unechten Pathos an, und ich schließe daraus, daß es sich um das Ergebnis einer allgemein verpflichtenden Maßnahme handeln muß, freiwillig zu Beginn und bald darauf zu Pflicht erhoben. »Angesichts des Widerstands der ungeheuren Mehrheit«, höre ich mich erkären, »werden die Operationen an jedem Ort und ohne Vorbereitung von einer Gruppe von Priestern, ausgeführt, die befähigt sind, Männer mit überragender Meisterschaft zu beschneiden und Frauen den Sonnenblumensamen zu okulieren, der bald darauf zu keimen beginnt. Um neuen Belästigungen sowie absurden Verwechslungen zu entgehen, haben wir, die dergestalt behandelten Personen, beschlossen, auf Kleidung zu verzichten und die auferlegte Evidenz zur Schau zu stellen, wenigstens für die Zeit, da bei den Männern die Beschneidungsoperation und bei den Frauen der floreale Schleier anhält ...« Auf diese Weise erfahre ich, daß sich mehr oder weniger jeder dem drastischen Gebot unterwirft, dem man sich in keiner Weise widersetzen kann; daß die Priester ihre Opfer verfolgen, auf deren Spuren ziehen, sie erkunden und die nötigen Angaben vereinen, um sie zu finden und ihre Aufgabe mit ungewöhnlicher Wirksamkeit zu erfüllen; daß viele Personen die Maßnahme befolgen und freiwillig zu den Stätten eilen, wo die Priester ihres Amtes walten; diese haben freien Zugang zu den Kasernen, den verschiedenen Körperschaften der Armee, den Klöstern, den Verwaltungs- und Geschäftszentren, den öffentlichen und privaten Schulen, Asylen und Hospizen Gefängnissen, Stadien, Kasinos, d. h. zu allem und zu jedem wichtigen Punkt der Stadt, den Schauplätzen der massiven Beschneidung der Männer und der vegetabilen Insemination der Frauen, und sie kommen mit unglaublicher Schnelligkeit. Diejenigen die die Operation überstanden haben, unterscheiden sich durch ihre Nacktheit und bilden eine feste Partei, deren größtes Interesse darin besteht, die Existenz eines Nächsten, der noch nicht beschnitten bzw. der Sonnenblumenbesamungsaktion noch nicht unterzogen worden ist, ausfindig zu machen und zu denunzieren. In Bälde wird so die gesamte Bevölkerung behandelt worden sein, und das Leben wird in anderen Bahnen verlaufen, wie die Urheber der Initiative erwarten, die im übrigen sehr unterschiedliche Überzeugungsmethoden anwenden, um ein allgemeines Bewußtsein für die Annehmlichkeit zu schaffen, ein freies Präputium zu haben; es werden sogar Wettbewerbe zur Preiskrönung der gelungensten Sonnenblumeninsemination bei den Frauen ausgerufen, indes sich die Exhibitionen öffentlichen Charakters häufen, die Aufmärsche und Kundgebungen zugunsten des Gebots, getragen von den treuen Gläubigen und allen, die sich ihnen aus Trotz angeschlossen haben. Mehr brauche ich nicht zu sagen, um zu begreifen, daß ich und meine Freunde hier sind, weil sie mich auf etwas aufmerksam machen wollen, dessen Ausführung nicht lange auf sich warten lassen wird, nämlich meine unumgängliche Beschneidung. Ich bedanke mich für diese Anteilnahme mit herzlichen Worten, auch wenn diese sinnlos sind, nachdem ich mich von mir selbst und meinen Freunden habe küssen und umarmen lassen, die gleichermaßen bewegt und zufrieden sind, daß wir unserer Pflicht genügt haben, welche zum Teil mühsam, aber notwendig ist von jeglichem Standpunkt aus, wie wir vernünftigerweise urteilen. Ich bedarf keiner weiteren Erklärungen, zu erfahren, daß unsere Gruppe mit Gewalt dazu gebracht worden ist, die traurige Probe zu bestehen, ein Gedanke, der mein Herz mit unendlichem Schmerz erfüllt; ich stelle mir die zwecklosen Spitzfindigkeiten vor, derer ich mich bedienen wollte, um mich zu beschützen und meine Freunde bei mir zu verstecken, die bedrückende Anwesenheit der Priester in unserem verfallenen Versammlungsort, unsere Barmherzigkeit heischenden Bitten und Klagen, weil das auferlegte Gebot im Endergebnis doch überaus unnötig und ungerecht erscheint; sodann die nachhaltigen Feststellungen, auf der Straße, in unseren dunklen Winkeln, zu jeder Stunde des Tages oder der Nacht, bis wir uns dazu verurteilt sahen, den Rest unseres Lebens in Nacktheit zu verbringen; und gleich uns armen Alten, die wir ohne Harm sind und abgedrängt an die Ränder des Lebens, alle alten Leute der Stadt, alle Knaben und Mädchen, alle jungen Leute, die Erwachsenen und auch die Kranken und Sterbenden, die zum Tode Verurteilten und daß man es sogar bei den Toten, wie ich versichern kann, versuchen will. Niemand, so läßt sich schlußfolgern, kann der schrecklichen Aktion des Seziermessers entfliehen, die entweder eine Wunde im zarten Schoß der Frauen öffnet oder den angemessenen Teil des männlichen Präputiums abschneidet, wodurch die einen stigmatisiert und die anderen sterilisiert werden. Was für die Männer eine gewisse Freiheit bedeuten kann, wird zunichte angesichts des verstopften Geschlechts der Frauen, in welchem ein Samen Besitz ergreift, so daß sie unfähig sind, etwas anderes hervorzubringen als das prächtige Exemplar einer Sonnenblume. Abermals in die Tiefe des Schranks tauchend, gebe ich es auf, meiner und meiner Gäste näselnder Stimme zu lauschen, wir verbreiten uns über die Bitterkeit des erlittenen Augenblicks, und ich beginne mir über meine eigene besondere Situation Sorgen zu machen, gefährdet wie ich bin von dem unvermuteten Gebot, das, wie ich voraussehe, nicht darauf warten lassen wird, mich zu erfassen. Abgesehen davon, daß mir der Gedanke, beschnitten zu werden, widerwärtig ist, werde ich niemals das überall eingeführte Verfahren billigen, noch mich nackt zur Schau stellen, um so meine Zustimmung zu demonstrieren und die Maßnahme gutzuheißen, wie es die Verantwortlichen wünschen. Andererseits hindert mich mein extremes Schamgefühl, einen überzeugenden Grund dafür zu finden, die massive Beschneidung der männlichen oder die Insemination der weiblichen Bevölkerung rechtmäßig zu finden, sowie die Demonstration der Ehrfurcht vor einem im übrigen willkürlichen Gebot als notwendig zu erachten. Nie werde ich die Schande dulden, mein Geschlecht der Erkundung durch eine Handvoll Priester auszusetzen, die für derartige Operationen pure Laien sind, und noch viel weniger werde ich der Prozedur zustimmen, wie sie gewöhnlich durchgeführt wird, nämlich auf der Straße, in einem Theatersaal oder an sonst einem Ort, so angemessen dieser auch sein möge. Die Aussicht, unerwartet überfallen, befingert und untersucht zu werden, als ob mein Körper ein Gegenstand wäre, um am Ende eine derartige Demütigung zu erfahren, und alles aus Gründen absurder Seltsamkeit, veranlaßt mich, den Schrank zu verlassen und von neuem meinen Spaziergang durchs Zimmer anzutreten, während ich außer mir und dem Weinen nahe bin.

Meine Wohnung kommt mir vor, wie ein Gefängnis, ein Grab, eine Höhle in der Wüste, doch ohne Schutz, leicht zu erreichen und in jeder Hinsicht ungesichert; die Gefängniswärter haben die Tür halboffen gelassen, damit sie mich packen können, sobald ich zu fliehen versuche; der Totengräber hat vergessen, das Grab zu versiegeln, in der Absicht, die willkürliche Exhumierung meiner Reste zu ermöglichen, und Tausende von falschen Chirurgen rücken vor und tragen ein riesiges Seziermesser, mit dem sie zunächst die Ziegelsteine aus der Mauer lösen, sie teilen alles, was sie am Wege finden, in Abschnitte ein und machen sich daran, die eindeutigste Zone meines Geschlechts mit einem Schlag zu kappen, um diese dann mit Siegermiene in einer Straßenprozession zu zeigen, auf dieser wie auf allen Straßen, durch die Parkanlagen der Stadt, durch die von Zuschauern überbordenden Stadien, und sogar den Schulkindern wird es vorgeführt als ein Beispiel für ... Flehentlich bitte ich mich und die Gäste, das größte Schweigen zu wahren, unbedingt geräuschlos zu atmen, keine Bewegung unter dem Möbel zu machen, bis eine gewisse Zeit vergangen ist, die gebraucht wird, die notwendige Verteidigung meines Lebens zu organisieren, mein Körper und mein Geschlecht, die bedroht sind, sich in schwerer Not befinden, in jedem Augenblick den härtesten Schlag erleiden können; meine Empfehlungen, in einem Wispern ausgedrückt, haben, wie ich meine, nicht viel Sinn für diejenigen, die wir bereits die Folgen des Gebots erlitten haben; denn wir haben nichts mehr zu verlieren. Dessenungeachtet muß man sich wehren, die Situation beherrschen, alles organisieren und Anweisungen geben, um die Schmach der Beschneidung zu vermeiden, der ich und meine Freunde keinerlei Widerstand entgegensetzen konnten. Ich kann nicht einmal mit mir selbst verglichen werden, auch wenn ich es bin, der hier spricht, noch mit meinen alten Freunden, so treu ergeben sie auch sein mögen. Niemand weiß, daß ich der Sohn meiner Freunde bin, noch daß mein Leben ermöglicht wurde dank dieser Gruppe bescheidener Menschen, die heute von allem entbunden sind, nichts zu tun haben und vernünftigerweise bereit sind, zu sterben, nachdem sie mir einen letzten Dienst erwiesen haben.

Jene mit mir vor mehr als fünfzig Jahren begonnene Unterhaltung hat unvermutet jedes Interesse verloren; heute, als Gefangener dieses reduzierten Gefängnisses, das meine Wohnung und mein Leben darstellt, ohne jede Kommunikation, erwarte ich mich mit äußerster Gleichgültigkeit; für immer zerstört ist der Zauber der täglichen Begegnung. Die Person, die mich des Nachmittags besucht, ist nur noch eine traurige Erinnerung an damals, und meine zerknitterte Gestalt, mein schmutziger und abgerissener Körper ist kaum noch eine groteske Grimasse. Ich sehe mich auf gräßliche Weise beschnitten, während in meinem Herzen mit außerordentlicher Festigkeit die Absicht verwurzelt ist, eine solche Abscheulichkeit nicht zu erlauben. Ich wage nicht, mich vom Stuhl zu rühren, den ich jetzt in seiner ganzen Nützlichkeit schätzengelernt habe, und ich tue nichts mehr angesichts dieses anderen Menschen, der ich nun bin, an meiner Seite sitzend, im Schweigen, gedemütigt und erledigt; meine Augen können sich nicht von der noch blutenden Zone meines Geschlechts trennen, meine Lippen bewegen sich in einem synkopierten Zittern, und ich spüre Tränen über meine trocknen Wangen rollen und bin unfähig, mir den nötigen Trost zuzusprechen. Ich gehe und komme, bewege mich vom Baum zum Möbel in äußerster Anstrengung, meiner bitteren Anwesenheit auszuweichen, aber nichts vermag mich zu zerstreuen; ich weiß, daß die Priester von einem Augenblick zum andern kommen können; sie werden diesen bescheidenen Winkel plattwalzen und erbarmungslos mein Geschlecht an seiner empfindlichsten Stelle aufreißen. Kniend im Beichtstuhl wechsle ich ein paar unsinnige Sätze mit mir, begreife nichts von dem, was ich mir sagen will, in der schmählichen Spur meines Geschlechts vertieft. Begegne ich auf der Treppe den Unbekannten aller Tage, nackt, beschnitten oder inseminiert, verberge ich mich atemlos in den Winkeln, Treppenabsätzen, beschämt und zitternd, daß ich abermals ihre Worte vernehmen muß, die theoretisch vorgedacht sind, damit sie, wie es seit langer Zeit geschieht, das tägliche Geplauder voranbringen. Meine Mitbewohner scheinen die fluchtartigen Machenschaften nicht zu bemerken, die ich anstelle, und setzen mir ihre übliche Konversation vor, überzeugt davon, daß sie meine Seele erreichen und meinen zusammengepreßten Lippen einen Laut des Einverständnisses oder der Willfährigkeit entlocken werden, da sie auf diese Weise meinen, eine schlichte Pflicht mir gegenüber zu erfüllen. Später, in der Einsamkeit meiner Wohnung, analysiere ich ohne großen Erfolg irgendein Extrem des soeben stattgefundenen Geplauders, in einem verzweifelten Versuch, die Tragödie zu vergessen, und sei es für den Augenblick. Das alte Ritual, mich auszuziehen, nachdem ich leise an die Tür gekopft habe, den Raum zu beobachten und das Möbel zu bedienen, um es in die passende Position zu bringen, alles, was ich sonst immer bei meiner Ankunft tue, wird jetzt zur Handlung einer jeden Trost verweigernden Gedankenlosigkeit, und ich benehme mich wie ein blöde Puppe, eine aufgezogene Puppe, die in absurder Unbewußtheit ihre Extremitäten bewegen kann. Ich getraue mich trotzdem nicht, so tief eingewurzelte Gewohnheiten aufzugeben, noch mich zu bitten, die Besuche zu untersagen, wenn es mir paßte. Ich verstehe, es ist sinnlos, die Tür zu schließen; meine mir zugedachten Henker werden so oder so kommen, und ich weiß genau, daß sie sich vorbereiten, um allen Ungelegenheiten aus dem Wege zu gehen. Dadurch haben ich und meine Freunde freien Zugang zu meiner Wohnung, die wie vor Jahren zu einem Ort der Begegnung geworden ist. Ohne ausdrückliche Absicht von meiner Seite haben wir beschlossen, mich zu beschützen, mich gegen das unerbittliche Vorrücken meiner Verfolger zu beschützen, in einer gewaltigen Anstrengung, mich vor der gewaltsamen Operation zu bewahren. Unserer Aufgabe bewußt, erlauben wir mir kein Alleinsein, auch dann wenn niemand an meiner Seite ist, bin ich nicht allein, was ich in diesem Augenblick feststelle. Ich befinde mich im Baum, auf dem meinem Zimmer nächstgelegenen Ast, von wo ich mich aufmerksam bewache; meine Freunde haben sich im Laubwerk des Baumes verteilt, auch sie voller Wachsamkeit für jede Veränderung, die sich ereignen kann. Auf dem Stuhl sitzend sehe ich mich selbst, wie ich mich festklammere, ich fühle meine mageren, von der Reibung mit der rauhen Baumrinde bis auf den Knochen bloßgelegten Hände, ich fühle mein vom trocknen Gerinnsel steif wie ein Stück Holz gewordenes Präputium, desgleichen spüre ich den tiefen, in der Kehle erstickten Schrei meiner Kameraden, verletzt wie ich in der Empfindlichkeit unseres Geschlechts. Die Freude, die sich unserer dennoch bemächtigt hat, unerklärlich für mich, ist nur begründet, weil wir uns in Anbetracht unserer Nacktheit frei von neuen Verfolgungen wähnen, und wir zeigen uns mit einem gewissen Stolz, nicht anders als die vielen Menschen, die eilig die Straße kreuzen und die wir von unserem Beobachtungsplatz sehen können. Von Mal zu Mal löst sich das widerspenstige Schweigen der Stadt auf in einer ergreifenden Klage, und wir alle verstehen, daß ein neues Opfer gerade die demütigende Beschneidung erlitten hat oder das Aufpfropfen des feinen Sonnenblumensamens. Ohne einer weiteren Bestätigung zu bedürfen, wissen wir, daß ein Mann oder eine Frau sich in einer ansehnlichen Blutlache vor Schmerzen krümmen, mitten auf der Straße, indes zugleich alle Pläne und alle Umstände gefällt werden wie die Ähre unter der Sichel des Schnitters. Der Schrei breitet sich aus, läuft über Straßen und Plätze, durch die verlassenen Lagerhäuser, die Bordelle, die jetzt zu allen Stunden überfüllt sind, die Kirchen, die keinen Platz haben, die Menge derer aufzunehmen, die zu allen Stunden unbedingt beten wollen; der Schrei steigt in die Ohren der Menschen, dringt in die entferntesten Winkel der Seelen, rollt sich zusammen in der Kehle der Unschuldigen, überwindet die Berge, überschwemmt die Landschaft, überfällt die am weitesten aufs Meer hinausgefahrenen Fischer und schlägt zurück in der Stimme der beschnittenen Männer und inseminierten Frauen, die sich seiner alles durchbohrenden Kraft nicht länger verweigern können; weder lernen sie einen anderen Klang kennen, noch wollen sie andere Schreie ausstoßen oder andere Worte aussprechen, die nicht der Schrei dieses Schmerzes wären. Durchaus wissen wir, was die Frauen und Männer danach tun, die zu nichts mehr zu gebrauchen und verstopft sind, für immer unbrauchbar und verzweifelt, weil ihr Leben einen Teil seines Sinns verloren hat. In der Tiefe des Schranks höre ich diesen wiederholten und jähen Schrei, spüre an meinem eigenen Fleisch den fremden Schmerz und beobachte entsetzt den Ausdruck meiner Augen, die mit unendlicher Zärtlichkeit auf mich gerichtet sind, als wollten sie von mir einen Hoffnungsspielraum erbitten, wo es nichts zu hoffen gibt. Trotz der Unbeweglichkeit meines vor Angst starren Körpers strecken sich mir meine Arme entgegen in dem Verzweiflungsversuch, sich an mich zu klammern und den Kontakt mit mir zu bewahren, den ich als scheu erachte und von Mal zu Mal entlegener; doch da werde ich von dem Ast, der das Fensterbrett streift, bewegt und von einem unerwarteten Sturm geschaukelt, und zugleich mit mir entfernen sich die getreuen Freunde in den matten Blättern des Baumes, von der gleichen Gestalt bewegt, die mich von meinem Gegenstand trennt. Der Wind öffnet die Wunde unseres verwirrten Geschlechts, zerstört den Zusammenschluß der noch zarten Muskelbänder, und ein neuer Blutsturz schlägt vom Herzen zum schwerelosen Mund besagter verwundeter, entkräfteter und in seiner Struktur geschwächten Zone, die sich verbreitert, um ein Fließen zu erlauben, das sich von Opfer zu Opfer wiederholt wie eine Feuerwerkskette. Schließlich gelingt es meinen Armen, den schwachen Umriß meines Körpers oberflächlich zu umfassen, kaum mit der nötigen Ausdauer, und ich spüre seine heiße Beschaffenheit, die von der zähklebrigen Gestalt meiner sichtbar gewordenen Intimität dicht über der Haut übergossen ist, Wind und Schmutz ausgesetzt sowie meinem nachhaltigen Blick, heimgesucht von Erinnerungen, den alten Erinnerungen an Kindheit und Tod, wie sie auf furchtsamen Papierblättern haften, durcheinandergebracht und befleckt von meinem Blut, das sie in seinem Kreisen und Laufen rasch in meinem Körper hin und her trägt, ohne Anfang noch Ende. Die Papiere sind da, tanzen den ungewissen Tanz meines Lebens, sind wie flache Schiffe ohne Laderaum, transportieren lediglich den einzigen Namen meiner Freunde, ein Name der sich aus den Namen der Unbekannten, die mir auf der Treppe auflauern, sowie aus meinem Eigennamen und mir selbst, der mir bei meiner Ankunft in dieser Wohnung einen absurden Empfang bereitet, zusammensetzt. Es ist der Nicht-Eigenname meiner unbekannten Eltern und meiner unbekannten Angehörigen, der gemeinsame Name meiner inexistenten Brüder und Schwestern, in größerer Anzahl als ich je erwarten konnte, der Name einiger schändlicher Ereignisse meiner fernen Jahre in einem engen Zimmer eines Gebäudes mit unendlichen Stockwerken, in denen ich mich ständig verliere und die ich von den stummen Stimmen meiner Freunde verfolgt durcheile, von Unbekannten, Eltern, Familienangehörigen, Brüdern und Schwestern, Ereignissen und Jahren, die anonym und brutal sind, mich schlagen, weil ich zu spät komme oder nicht komme, oder nicht bin, denn mein Kopf erträgt nicht die Bemäntelungen so vieler Leute, weil meine Stirn bespritzt ist von höckrigen Beleidigungen, weil ich mich niederlasse im Kranzgesims des Gebäudes, die Plackerei der anderen zu beobachten, die mich treten und stoßen mit ihren Reiterstiefeln, denn ich mißachte, ohne einen Hehl daraus zu machen, ihre Drohungen und ihre Niedertracht.

Meine eigene Angst und die meiner Kameraden vom Baum bewirkt im Umfeld der Straße ein unbegreifliches Wetter, das weder der Herbst dieses Nachmittags ist noch der unmittelbar darauf folgende Winter oder der verlorene Frühling; denn einen Sommer hat es nie gegeben. Wir selbst bilden das anachronistische Wetter, das unseren Lebenshorizont bestimmt und das sich an den Ästen des Baumes, auf dem wir verharren, festsetzt, und wo wir aus der Jahreszeit ein unbestimmbares Wetter machen, über den harten Pflastersteinen des Bodens, der weitläufig ist und wie geschaffen auf unseren Sturz zu warten. Ich sehe mich selbst und meine Freunde, wie wir als Regen in den Herbstregen fallen, wie wir frieren in der Winterkälte, blühen in der frühlingshaften Erneuerung und verschwinden mit dem mißlungenen Sommer. Dessen ungeachtet sind wir die sanfte Brise der Nacht und das vom Sturm aufgewühlte, gefallene Laub, wir bewegen die Abfälle auf den Straßen, wir wirbeln den Schmutz in den Ecken auf, wir schlagen mit brutaler Ausdauer auf die Hunde ein, die am Tage die Mauern der kleinen Gehöfte bewachen und in der Nacht an ihren Gebäudegrund gekettet sind. Doch sind wir auch ein Teil des Tages und der Nacht, der Wachhunde und der die Wände tragenden Gesteinsmassen; unsere Leiber schlagen gegen alles, was vertikal, gültig und solide ist, während wir zur gleichen Zeit den Schlag des Horizontalen spüren, des Ungenauen und Substanzlosen in unserer Seele. Mit meinen Kameraden befinde ich mich auf einem dunklen Pfad, den das dichte Laub des Baumes verbirgt, von dessen Festigkeit wir kaum das Fundament kennen. Täglich wiederholt sich unsere Beschneidung und unsere Insemination, trotz der Nacktheit, mit der wir uns von der schrecklichen Maßnahme zu befreien glauben; ein tiefinnerer Schmerz befällt uns im Schlafen wie im Wachen, in der Stunde der Geburt und des Todes, und wir entdecken abermals die zerrissene Oberfläche einer so empfindlichen Stelle. Zuweilen freilich ist es nichts als Halluzination, ein falscher

Alarm, aber nicht einmal die Gewißheit, daß nichts sich wiederholen wird, bringt uns Schlaf. Diese von neuem gelebte Angst läßt mich zuweilen bluten infolge eines einfachen physischen Schmerzes, zuweilen geschieht es nur in Gedanken, doch immer schaue ich auf das Bett, auf dem ich warte und mich in der Gewalt meiner Henker zu sehen glaube, die durch die Öffnungen in den Fliesen eingetreten sind oder sich in den Falten meines Mantels versteckt haben. Dann springe ich vom nächsten Ast in den Schrank, untersuche die Gegenstände, betaste behutsam die Wäsche, die ich nicht benutze noch benutzen werde, suche, ohne daß ich sie finden kann, die aufdringlichen Priester, welche die Aufgabe haben, mein Präputium zu opfern, um ihr Gewissen zu beruhigen; sie sind nicht da, sind nicht gekommen, aber ich spüre ihre Nähe, ich spüre ganz deutlich den charakteristischen Geruch ihrer Gewänder, erfasse aus der Ferne den melodischen Tonfall ihrer Stimmen, blutschänderisches Murmeln, was wohl vorzubereiten wäre für meine unvermeidliche Beschneidung. Mein Zimmer ist erfüllt von Rumoren, von betrügerischen Geräuschen der Beschneidung, die jäh eindringen, sich verknüpfen mit einer zusammenziehenden, vorbeugenden, zeitweiligen Besonnenheit. Ich prüfe die Luft und die Tansparenz der Umgebung, auskultiere den mich umgebenden Raum, schüttle die Worte, die ich mit außergewöhnlicher Gelassenheit entweichen lasse, aber alle meine Mühen scheinen zum Scheitern verurteilt. Ich kehre zum Baum zurück und beobachte von dort das Zimmer; ich erkenne, wie ich in mir selbst nach den Henkern suche, die von keiner Seite erscheinen, und ich begreife, daß ich nur auf diese Weise meiner versteckten Plünderer habhaft werden kann, die vielleicht unter meinen Freunden sind, ohne daß wir es gemerkt haben, oder womöglich haben sie Unterschlupf gefunden in der heiteren Dämmerung, die wir nunmehr darstellen. Mit Anbeginn der Nacht, Nacht in uns und durch uns, Nacht die fremd ist den Nächten des Tages, eine einzigartige und tiefe Nacht, zerstreut sich unsere Arglist auf vielfache Weise, weil nun die für die Priester arbeitsamsten Stunden näher rücken. Dann sehen wir uns auf die Straße geschleppt, im Bann des weichen Gemurmels ihrer hitzigen Schritte, in denen das Geläut missionarischer und nachtschwärmerischer Glocken ist; wir eilen herbei, unser Geschlecht vor uns hertragend, und die gefürchtete Beschneidung wiederholt sich bei allen und für jeden von uns. Diese konkave Nacht kennt keine genauen Stunden, noch geht sie einem bestimmbaren Tagwerden voraus, noch ist sie an sich die nahe gekommene Zeit einer bekannten Morgendämmerung. Vom Bett aus betrachte ich die graue Volute, wie sie sich dem Baum entgegenneigt, und ich tue so, als widerstehe ich dem klangvollen Rufen; meine Freunde und ich bewegen die Arme, um mich vor der Nacht zu beschützen, indes wir nicht wissen, welcher Augenblick unseres

Lebens entweicht und welcher bleibt; etwas von diesen Geräuschen reizt unsere Neugier, daß wir uns selber hören im Lärm der Dinge, die unerwartet bis zum nahen Ast steigen, aber sie fallen, wir fallen, ehe sie Halt finden konnten, ich sehe, wie sich sich am Boden meines Zimmers degenförmig und somnambul krümmen, ihr gestaltloses Gerippe löst sich beinah in Fäden auf, gevierteilt, in einer Reihe ohne Ordnung. Unsere gemeinsame Angst führt uns zum Ruin der nutzlosen Dinge, so daß wir an der Nutzlosigkeit und Verlassenheit ihrer gerade erfolgten Impotenz leiden; etwas drängt mich zum chronischen Schmerz der Dinge, ich ertappe mich dabei, wie ich mich über Holz, Zement, Stoff beuge, über den Schrei der beim jähen Eintritt der Priester zerbrochenen Fensterscheiben; unverschämterweise halte ich ihnen das Präputium hin, das allumfassende Präputium meiner Freunde, unter denen ich mich in eine unnennbare Sache verwandelt fühle, obschon ich nichts dagegen tun kann, daß die Missionsglocken über die zarte Konvexität unseres Geschlechts geschwungen werden, das an unserem Leib ankert wie ein vom Gewicht der Ladung untergegangenes Schiff. Nach einer unmenschlichen Anstrengung lassen wir uns gleichzeitig die inseminierten und beschnittenen Wunden betasten, Sonnenblume und Pinsel absorbieren einander, eins löscht seinen Durst in der Feuchte des andern, während die Dinge anormale Formen annehmen, glokkenhafte, sinusartige, atomische, während der Tisch auf dem ich festgebunden für die Operation liege, sich umdreht und ich mein in Zement hängendes Präputium sehe, während meine Freunde mir ein Tuch um den Hals binden, mir so den Laut meines Schreis zu ersparen, während das ungewisse Präputium aller entwerteten Dinge sich in Bewegung setzt und uns auf den Nacken schlägt, während man mir mit Salz und Essig die Augen ausspült und ich die mit Essig getränkten Sonnenblumen der Frauen sehe, die mit ihren kleinen und faltigen aber warmen Händen meinen Leib bedecken. Die Dinge stoßen einen Klagelaut aus und verschwinden im Schrank; mit den Dingen treten wir ein, verwandeln uns in aufgehängte Lappen unserer eigenen Sprossung. Ich schließe jetzt das monumentale Möbel, durch dessen Ritzen das Blut meiner Kameraden sickert, indes sich mein Blut mit dem Blut der Dinge vermengt.

Ich überrasche mich selbst, wie ich vor dem Eingang dieses Hauses stehe, den Mantel über der Schulter; ich plaudere vertrauensvoll mit der Fassade des Hauses; ich bleibe neben mir stehen und mache eine Verbeugung in Richtung meines freundlichen und täglichen Gastes, den ich auf der Straße zu entkleiden die Absicht habe, ohne Pflastersteine, ohne Bäume, Herbstwetter oder Späher oder ohne das Seziermesser tragende Priester oder das nicht in Frage zu stellende Gebot. Oben, in der Wohnung, im Schrank sind wir kaum beunruhigt, wir können an Bord des entweichenden Blutes herauskommen, aber das Eis unseres Lebens ist etwas Zuverlässiges, und so entschließen wir uns, diese ausgezeichnete Gelegenheit wahrzunehmen. Dennoch bleibt es unsere Aufgabe, mich vom Baum aus zu beobachten, auf dessen höchstem Ast ich die Ablösung erwarte; ich begebe mich zu mir mit einem sauberen und gesunden Präputium, tue so, als wüßte ich von nichts und halte mich am Stamm fest; ich setze die Fußsohlen auf meinen Kopf und ruhe eine Weile. Das Möbel faltet sich zum Bett, und meine um mich gedrängten Freunde, die mich mit ihren Leibern beschützen wollen, besetzen treuherzig das Bett, bedacht eine fortlaufende Anordnung zu wahren und in Übereinstimmung mit unseren innigsten Überzeugungen; denn noch immer glauben wir an die gewohnten Nächte, an die anmutigen Spätnachmittage der gemeinsam verbrachten Zeit, an den freundlichen Tau der vorhergesehenen Jahreszeit, an die erleuchteten Straßen der offenen Städte, an die durch Bäume ohne Bewohner gekennzeichneten Wege, ohne andere als die treuesten und sorglosesten Freunde, die nicht von der Art sind, daß sie mich vor Gefahr bewahren , indem sie mich isolieren, denn so gibt es kein Risiko, das unsere Integrität bedrohen könnte – weil wir eben endlich erkannt sind, in dem, was wir sind.

Aus: *La circuncisión del señor solo.*

Pablo Antoñana

Geboren am 29. Oktober 1927 in Viana/Navarra. Antoñana verfaßte zunächst historische Romane, die in seiner engeren Heimat angesiedelt sind. In jungen Jahren (1950) gründete er in Zaragoza, noch als Jurastudent, zusammen mit J. M. Aguirre die ebenso kurzlebige wie streitbare Literaturzeitschrift ALMENARA. Pablo Antoñana ist heute Stadtdirektor von Los Arcos, in der Provinz Navarra. Dort lebt er, seinen eigenen Worten zufolge, »in der besten aller Verbannungen«. Er ist auch einer der Autoren, die abseits vom Kulturbetrieb der literarischen Zentren Spaniens leben. Trotzdem hat er den »Sésamo«-Preis für Novellen bekommen und kam in die engere Auswahl beim Wettbewerb um den »Premio Nadal« 1962 für Romane. In seinen Werken ist der Einfluß Valle-Incláns unverkennbar, obwohl Antoñana die Virtuosität seines Lehrmeisters nicht ganz erreicht. Dafür verfällt er aber auch nicht in dessen ästhetisierenden und archaisierenden Stil. Wie Unamuno, Baroja oder Valle-Inclán greift er auch gerne das Thema der karlistischen Bürgerkriege des 19. Jahrhunderts auf. Man kann Antoñana so als Nachkommen der 1898-Generation betrachten, womit er eine tief in der spanischen Literatur verwurzelte Richtung aufnimmt.

Werke

No estamos solos, Aula, Madrid 1962 (Novelle) – *El sumario*, Plaza & Janés, Barcelona 1964 (Roman) – *Relato cruento*, Caja de Ahorros de Navarra, Pamplona 1978 (Novelle).

Die Übersetzerin

Maria Bamberg, geb. Brunswig, geb. am 10. 12. 1915 in Berlin. 1923 nach Argentinien ausgewandert, 1929–1935 Schulbesuch bis zum Abitur in Berlin, danach Rückkehr nach Südamerika. Autodidaktische Ausbildung. Heirat mit dem Arzt Dr. P. H. Bamberg, 4 Kinder. 1963 Rückkehr nach Berlin und Beginn der Übersetzertätigkeit (Uslar Pietri, Di Benedetto, Carlos Fuentes sowie Mitarbeit an Anthologien).

Plündern und brennen

Einzige Zeugen, welche die Ereignisse zu Protokoll gaben, wenn auch recht ungenau, waren ein alter Feldhüter und ein Schäfer. Beide einigten sich darauf, zuzugeben, daß der wunderliche Haufe am Spätnachmittag gekommen und kurz vor oder kurz nach Sonnenaufgang wieder abgezogen sei. Daß in der Zwischenzeit La Monjía (das verfallene Kloster) die ganze Nacht hell erleuchtet gewesen sei, nicht von Kerzen, sondern von einem Lagerfeuer, das erst bei Tagesanbruch endgültig verlosch. Es herrscht auch keine Übereinstimmung über die Anzahl (zwölf, behauptete steif und fest der Feldhüter, acht, der Schäfer), noch über die Zeit, wohl aber über die Art und Weise: eine überstürzte Flucht in wirbelndem Staub, den das Licht vergoldete und der Wind zerblies. Das übrige hatten sie von den flüchtigen Soldaten gehört, die nicht gehen konnten und die sie einzeln, erschöpft und betrunken, gefunden hatten.

Am Spätnachmittag waren sie gekommen, unvermutet, wie hergeweht vom Regen, vom Wind oder wer weiß welcher Wettererscheinung, die sie mitten in das dichte Schweigen geschwemmt hatte, sie dort liegen ließ, urplötzlich gealtert im Widerschein des Lichts, das irgend jemand mit letzter Kraft in der eisernen Öllampe entzündete. Gekleidet waren sie wie fahrende Schauspieler, als ob sie vorhätten, eine Militäroperette aufzuführen, und grinsende Erschöpfung zerfraß ihre steinernen Gesichter. Geschlagene Helden, die vor dem Unglück, der Verfolgung oder ganz einfach vor nichts davonliefen und nur im Schatten und in den Trümmern des Bauwerks Zuflucht suchten.

Angeführt wurden sie von einem lahmen Klepper, der vorangetrieben werden mußte, das besorgte der Stiefelabsatz seines Reiters, lustlos scheinbar, doch mit einem gewissen Takt und Tempo. Der Stiefel mit dem Sporn, an dem das Rädchen fehlte, stieß in die Flanke, daß sie blutete.

Im Innern angelangt verfuhr der Besitzer des Pferdes (Ew. Gnaden, der Herr Brigadier) peinlich genau nach dem Reglement, er selbst übernahm das Amt des Quartiermeisters und gab die Befehle aus für die verwahrloste Truppe ohne ordentliche Ausrüstung, beinahe ohne Waffen – wenn einer welche trug, dann wohl nur zum Schmuck, denn sicherlich fehlte entweder die Munition, oder das Pulver war naß geworden. »Zuerst das Pferd, abschirren und abreiben, danach kalte Ration für acht Mann. Ohne mich, ich habe keinen Hunger.« Vom Bal-

kon des wunderlichen Klosters aus blickte man übers flache Land, undeutlich überschattet vom sinkenden Tag, in Äcker zerschnitten, ein paar schattenspendende Bäume und einen Wasserlauf, dessen Schlängelungen vom dürftigen Ufergebüsch nachgezeichnet wurden.
Der Brigadier suchte und fand einen Sitz im großen Saal, abseits und fern vom Lagerfeuer, das bereits auf den Ziegeln loderte und um das sich die Soldaten scharten. Ein Sitz, der eine Nische für ein Heiligenbild gewesen sein mochte, oder ein Sessel, von dem aus ehemals ein Abt Segen oder Gericht gesprochen hatte, windgeschützt, behütet vor der schon eingefallenen Nacht. Nun würde er den Sitz für den Herrn Brigadier abgeben, und hier war es, wo er von der Aufräumungsexpedition gefunden wurde, ein Fläschchen Rum in der einen, eine Handvoll abgegriffener Rosenkranzperlen aus Akazienholz in der andern Hand. Bis dahin, die ganze Nacht hindurch, sollten seine Augen flakkern von alten Flammen, die wie wilde Kräuter von den Nachtlüftchen gefächelt werden.
Versunken ist er in die Vision von acht oder zehn Soldaten, die sich im Feuerschein aalen, und er sagt Dinge zu ihnen, die sie nicht hören:
»Klären werde ich, was es während dieser letzten drei Tage zu verantworten gegeben hat: Mangel an Disziplin, Mangel an Korpsgeist, Mangel an moralischer Haltung.«
Das hatte angefangen mit dem ersten Anschlag, den der General Moriones an die Tore von Kirchen, Rathäusern und Bürgermeistereien zu heften befohlen hatte, worin »diese Bande von Übeltätern« aufzuspüren und gefangenzunehmen gefordert wurde. Wer sie finge, sollte außer einer Belohnung die Erlaubnis erhalten, »die Schädlinge« an die Schwänze ihrer Pferde gebunden zu bringen, ihnen Hand oder Fuß abzuhacken, ein Auge auszustechen oder mit dem Säbel ein Ohr abzuschneiden. Kein Pardon für die »wilden Tiere«, aber »Vorsicht«, es sind wilde Tiere.
Der Brigadier weiß nicht, daß niemand ihm zuhört, und er faselt, als würde er einen endlos langen Text lesen, wiewohl (wo ist die Brille?) nichts Geschriebenes vor ihm liegt und er nichts in Händen hält als den stumpfen Säbel (für die Paraden) und die toten Akaziensamen des Rosenkranzes. Gegrüßet seist du, Maria, die du bist voller Gnaden ...
Laut befragt er den Hauptmann del Pozo (abwesend, er ist doch schon tot, Hochwürdigster Herr Brigadier, das Bein wurde ihm brandig, just beim Scharmützel von Bargota, und Sie selbst verliehen der Leiche einen Orden und beförderten sie, im Sarg, erinnern Sie sich?): »Was sollen wir tun, Herr Hauptmann?« Der Hauptmann del Pozo (nicht anwesend), blaues Kinn und Bauernhände, antwortet mit Schweigen auf die Frage, was sollen wir tun »mit diesem Stoß Büttenpapier«, auf dessen Blättern schriftliche Überlegungen über die Führung des Ser-

geanten Maturano angestellt werden, der die acht Mann seines Fähnleins als Deserteur mitgenommen hat. Eine andere Frage an den jüngst eingestellten Leutnant, »hab' seinen Namen noch nicht gelernt, kann ihn mir nicht merken«, (ebenfalls abwesend, erinnern Sie sich Herr Brigadier, erinnern Sie sich, er blieb zurück im Hause von Zoilo Hernández, um sich von seinen Verwundungen zu erholen, und als Sie ihm Instruktionen sandten, war er nicht mehr da, fort, sagte man, nichts weiter): Was soll ich tun, wenn die von mir angeforderte Auszeichnung für den nun flüchtigen Soldaten Fanlo kommt, der dem Vertreter der Regierung Waffen und Ausrüstung übergab?

Mit feierlicher Stimme verkündet er:

»Ich, Brigadier, VORSITZENDER DIESES HOHEN MILITÄRGERICHTS, fordere nach Aburteilung der Sergeanten Maturano für ihn die Todesstrafe und für den Quartiermeister acht Jahre Verbannung auf die Chafarinas-Inseln und für den Soldaten Fanlo zehn Jahre Militärgefängnis in Ceuta oder Melilla.«

Der Brigadier weiß, daß die gespenstischen Schatten der Soldaten um das ersterbende Feuer nicht auf ihn achten (hört nicht auf den alten Spintisierer, zum Henker mit ihm) und daß jemand, der gerade mit dem Seitengewehr Brot schneidet, prophezeit, daß bald der Irrenwärter mit seinen Fesseln und der Zwangsjacke erscheinen und den verrückten Alten mitnehmen wird. Er wird keine Befehle mehr geben noch Entscheidungen fällen, als ob er noch das Kommando über die Truppe hätte. Aber er ist verpflichtet (zum Teufel mit dem Reglement, zum Teufel mit der Disziplin, zum Teufel mit allem), bei seiner Soldatenehre, geduldig aus den verstreuten Resten das Gebäude der Disziplin von neuem zu errichten. Die Rangordnung und ihre äußeren Zeichen, das beziehungslose Nebeneinander von mechanischem Salut durch Heben und Senken der Hand, den charismatischen Nimbus der Streifen, den Schmuck der Schnurschleifen, wiederherzustellen.

In dieser weiten, verworrenen Einsamkeit erinnert sich der Herr Brigadier undeutlich an den Beginn jenes abenteuerlichen Zugs nach Nirgendwo, gerade als er den Feldstecher als nunmehr unnötiges Instrument in die gepolsterte Vertiefung des Etuis legte. Noch unversehrt und frisch bewahren die gläsernen Augen die Abbilder des festgefügten Mauerwerks mit seinem moosigen Ausschlag vom Wasser, das aus dem Brunnen sanft und still zwischen den im jonischen Stil aufgetürmten Quadern dahinfloß und (dies vor allem, hier ist der Born seiner Wehmut) des schönen Apotherkerhauses mit grüngestrichenen Augen und Mund, ein schlaftrunkenes menschliches Antlitz nachahmend. Er stellte sich den Apotheker vor in seinem Raum mit den Medikamenten, wie er die Hängelippe mit dem Mundstück seiner Pfeife berührt und dabei hinter dem durchbrochenen Päonienmuster in den Scheibengardinen auf das Faulenzertum der Truppe späht. »Sehr verdächtig«, mag der Apotheker gegrübelt haben. Oder »da ist ja der Brigadier, er wittert wie ein Wolf.« Und mag sogleich ins Dunkel des Eßzimmers zurückgewichen sein, wo der Korbstuhl steht und der Spiegel, die Pendeluhr und die Zeichnung von einem Wanderheiligen.

Da, erst da, und er könnte nicht erklären warum, spürte er einen plötzlichen Sturm durch sein Inneres brausen, ihm durch Blut, Mark und Gebein jagen, wie feurige Kohlen oder wie Säure im Mund brennen, und da übermannte es ihn. Da war es, daß er schrie:

»Brennen und plündern!«

Schon wußten seine Soldaten, was diese beiden einzigen, herrlichen Worte zu bedeuten hatten. Nur sie waren imstande, den seltsamen Ausdruck jenes urplötzlich zu einer Wüste gewordenen Antlitzes und der fürchterlichen Augen, welche die Wüste erleuchteten, zu enträtseln. Es war, als wäre er allein begnadeter Seher einer ungewöhnlichen Vision.

Plündern und brennen.

Er rief den Trompeter, der kam herbei, setzte die Trompete blitzschnell an den Mund, da sank das metallene Stöhnen in den Abend, taaa, taaaa, iiii, ta ta, brach ab, die Stille riß auf, und zwischen ihre Fetzen drangen in raschem Lauf die Soldaten zu Fuß und, fast im Galopp, ohne Ordnung, die wenigen Pferde. Die verwirrte Truppe ahmte mit ihrem Geschrei das Wiehern der Pferde nach, das Krächzen der Nachtvögel, oder gab es wieder, oder es quoll einfach aus ihnen heraus, uraltes Geheul, das sich jahrhundertelang in Erwartung des leuchtenden, des einen Augenblicks (jetzt), aufgestaut hatte, um sich nun Luft zu machen. Der Staub, den Stiefel und Hufe aufwirbelten, vermengte sich mit dem sinkenden Tag, und man wußte nicht, war das ein losgerissenes Stück Dämmerung, das im Takt mit den Soldaten wogte, oder hatte der Sonnenuntergang selbst seinen Ort verlassen und sich mit der Truppe vereint. Fast unverzüglich, oder gleichzeitig trat noch ein Element des irrwitzigen Schauspiels in Erscheinung: Feuer. Rauchsäulen, Nebel oder Wolken gleichend, färbten den Himmel rußschwarz. Dem Herrn Brigadier ging auf, daß man im Begriff war, sein Kommando auszuführen, und zwar zur genauen Stunde, acht Uhr abends dem Gewicht der Uhr nach, die ihm ruhig in der hohlen Hand lag wie eine zahme Schildkröte. Und dann sah er den Apotheker das Gesicht aus dem Rauch strecken, seinen runden steifen Hut schwenken und um Frieden bitten, Frieden, der ihm nicht gewährt wurde. Irgendeine Frau, ein junges Mädchen dem Anschein nach, und an ihrem perlengestickten Kleid zu erkennen als »die Tochter des Manchego« (Doktor, spielen wir noch eine Runde Mus? Doktor, ich traue Ihnen nicht über den Weg. Ich Ihnen wohl, Brigadier), des Mediziners

und Wundarztes, bricht im Rauch zusammen und vergeht darin. Der Herr Brigadier stellte geduldig die Gläser des Feldstechers ein und erkannte, wenn auch undeutlich, die rote und blaue Uniform. Das Gesicht nicht. »Sie war dein und ist dir entwischt, Gauner.« Auf den Gläsern zeigten sich Haufen von fliehenden oder von einem gezielten Schuß niedergestreckten Männern, irrsinnig gewordenen Greisen und Kindern, alle stritten um das seltene Vorrecht, sich vergeblich in einer von Rauch verstümmelten Landschaft zurechtzufinden.
Dramatische, groteske Hervorhebung: Gegenlicht pendelten die Soldaten emsig hin und zurück zum Biwak, schleppten alles, was sie erbeutet hatten, kunterbunt auf dem Rücken herbei. Das viele Hin und Her hatte ihre soldatische Haltung gänzlich zunichte gemacht, und sie erschienen nun eher wie Lumpensammler oder Trödler. An Beutegut lagen dort: Wanduhren, Bilder von wundertätigen Heiligen, silberne Suppenschüsseln, dazu passende Bestecke, eine Geige, Gehröcke und Mäntel, Käfige mit Vögeln darin, Tischdecken. Alles zusammen und doch nicht zusammengehörend sah aus wie ein in Staub gesunkenes Bauwerk.
Als der Morgen graute, zeigte sich das Ausmaß der Fahnenflucht. Der Herr Brigadier rief aus dem Gedächtnis seine Leute auf, aber keiner präsentierte sich. In finsteres Schweigen verbarrikadiert suchte er mit den Augen seine Soldaten und fand sie nicht.
»Aber wo ist denn meine Truppe?«
Sie war nicht mehr da. Entweder war sie überhastet geflohen, oder sie hatte sich in der Nacht mit all dem gestohlenen Plunder aus dem Staube gemacht. Von der Unternehmung blieben ein paar verstreute Männer mit allerlei Gebrechen übrig. Da gab es Lahme, Bucklige, auch Betrunkene oder Schlafende und solche, die vor Angst halbtot waren. Über Nacht zu Eigentümern geworden, genossen sie das wohl, den Besitz der ausgefallensten Dinge, die sie zu keiner Zeit und für keinen Zweck würden verwenden können: die goldene Tabatiere, das Riechfläschchen, das Lockenmedaillon und eine Kamee mit dem Bildnis von irgend jemand (wohl einem ehrwürdigen Greis) im Ratsherrentalar. Sie bedeckten bereits ihre Blöße (auf der Flucht vor den nachsetzenden Regierungstruppen war nicht mehr zu verlangen) mit Kleidungsstükken, die nicht für sie gemacht waren, mit Orden und Ehrenzeichen, deren Herkunft sie nicht kannten, und so waren sie schon zur Karikatur eines Garde-du-Corps geworden, das sich um das ebenfalls gebrechliche Pferd des Herrn Brigadier scharte. Säbelbeinig, vergrämt im schattenhaften Licht der Morgenfrühe waren sie nur mehr ein Teil der kümmerlichen Reste militärischer Glorie.
Nun, da alles vorbei war, hing ihr Schicksal an dem des Herrn Brigadier: Verbannung ins Grenzland La Soule, Militärgefängnis oder

schlechthin Schande. Sie hängten sich an ihn wie Ungeziefer, Laus, Zecke oder Flechte, und sie glaubten felsenfest, daß er sie aus dem Höllenrachen der Angst herausführen werde, denn der Herr Brigadier war der Herr Brigadier. Aufs Priesterseminar war er gegangen, parlierte Latein, und als die Trommeln zum Kriege riefen, da trieb es ihn, sich zu stellen. Gegen Abend kam er nach Estella, sah in der Kirche San Juan den König den Rosenkranz beten, danach den Vorbeimarsch von Trommeln und Pfeifen, das Retraite-Blasen, er sah das Tuch von sechs Standarten im Winde flattern, und er war glücklich. In einer Amtsstube an der Hauptstraße stellte er sich dem Obersten Corvajo vor, unterschrieb seine Anwerbung, sie trennten sich mit Handschlag, und dann kam das Weitere. Das Weitere hieß Geld auftreiben für die Einkleidung von hundert Mann, Pferde kaufen, die er auf seine Kosten, nach seinem Geschmack ausrüstete, und was übrigblieb, händigte er ohne Quittung dem Kriegsrat aus »für andere Ausgaben«. Nur eine Bedingung stellte er dafür: In dieser Armee wollte er Gott dienen, aber nur mit den Leuten, die er selbst zu rekrutieren gedachte. Auch den Oberbefehl beanspruchte er für sich.
Noch etwas anderes liebten seine Soldaten an ihm: die Geschichten, die er so anschaulich erzählte. Sonderbar: immer paßte seine knappe Erzählstimme zu dem leidigen Gleichmaß des Regens, dem zarten Flackern des Lichts in der Petroleumlampe und zu dem Spinnwebrauch aus seiner Pfeife. Nur dann spulten sich friedlich aus seinem Mund Träume und Erinnerungen ab. Der Herr Brigadier konnte ganze Tage (und die Nächte dazu) die Ströme der Erinnerung befahren, sich verlieren und sich wiederfinden in mitrageschmückten Bischöfen auf Puerto Rico, Eigentümern von zwanzig dunkelhäutigen Sklaven, die ihre Namen trugen; in Gutsbesitzern, ebenfalls Verwandten, die an der Pfefferbai mit Schwarzen handelten; in einem Obermaat an Bord der Brigantine »Bentolera«, der besiegte den englischen Kapitän Robert Jakins oder so ähnlich, schnitt ihm mit einem Küchenmesser ein Ohr ab und tat es in eine Flasche mit Balsam, womit es im englischen Parlament als Beweisstück für die Niederlage diente; er fand sich wieder in einem Verwandten, der Inquisitor gewesen war, und in noch einmal anderen, der mit der Einfuhr von Indienpech auf einem Piratenschiff ein Vermögen gemacht hatte.
Historchen, die, fein säuberlich gefaltet, tief in den verstaubten Winkeln seines Bewußtseins steckten, aus denen er sie hervorholte, wenn er gezecht hatte. Den Rum machte er in einer silbernen Schale heiß, die Bestandteil seines Gepäcks war, und er ließ ihn glühheiß genüßlich die Kehle hinunterrinnen. Für die Soldaten war in Ermanglung verläßlicher Daten – dazu war er beim Erzählen stets wie ein Schwamm von Alkohol getränkt – die Wahrheit dieses funkelnden Bündels von Ge-

schichten nicht nachprüfbar, die im übrigen fesselnd waren. Ob Aufschneidereien oder nicht, sie wurden immer beifällig aufgenommen. An jenem Tag erzählte er keine. Sie sahen ihn, das ja, wie er sich das Gesicht trocknete im Leuchten des sterbend lodernden Sonnenuntergangs, wie er unruhig sein Pferd spornte, den Feldstecher ans Auge hob und auf das Bild der Dächer mit den zarten Rauchfahnen spähte. Unmittelbar darauf, kaum war Zeit, um dreimal zu blinzeln, beorderte er den Trompeter, der kam, und ihm schrie er vom Pferd aus zu: plündern und brennen.

Nicht ausreichend geklärt bleibt, weshalb er den strikten Befehl, widerspruchslos auszuführen, gab: plündern und brennen.

Gefangengenommen (die Aufräumungsexpedition überraschte ihn im Kapitelsaal des verfallenen Klosters, ein Fläschchen Rum in der einen, den Rosenkranz mit den Perlen aus Akazienholz in der andern Hand), abgeurteilt durch zwei hochwohlgeborene Oberste und einen General, und vom Auditor befragt, gab der Herr Brigadier keine Antwort. Irgend jemand nannte das eine hochmütige, theatralische Geste oder eine selbstmörderische Haltung, in die er Leute mit hineinzog, die er liebte oder geliebt hatte, so, als wolle er alle Spuren seines Wandels auf Erden tilgen. Der Auditor des Militärgerichts ersuchte mit der Glocke darum, sich an die verbürgten Tatsachen zu halten. Hier sind sie:

Als man sich gerade dem Weiler näherte, der Himmel gen Sonnenuntergang war schon gerötet, sah er den fast unbeweglichen Rauch aus den Schornsteinen. Winzige Atemzüge, als ob jemand in seinem Zimmer friedlich seine Pfeife schmauchte. Verstört durch die seltsame Ruhe schickt er den Gefreiten Sesto mit zwei Gemeinen aus, die auskundschaften sollen, was die »sonderbare Stille« zu bedeuten habe, »schnuppert, stöbert, kommt wieder mit ausführlichem Bericht zurück, was diese stillen Rauchsäulen besagen wollen. Entweder sind alle gestorben, oder es steht was dahinter, schaut nach und bringt mir die Erklärung.«

Der Gefreite Sesto greift sich aufs Geratewohl zwei Mann, befiehlt »Los!«, und mit ihnen zieht auch der linde Abendwind, der das Klappern der Hufeisen, klock, klock, das leise Schnauben der Pferde und das Knallen der Peitschen dämpft. Der Gefreite Sesto reitet voran auf seinem Rotfuchs, den Säbel in der Faust. Wie ein Herold ruft er mit seiner tiefen Stimme: »Heraus, die Hände hoch, ihr kennt uns ja!«

Ja, man kannte sie, von Hunderten von Malen, wenn sie, »bevor der Morgen graut«, acht Fleischerpfunde Speck, zwanzig gebackene Brote oder deren Gewicht in feinstem Mehl oder sonst in Weizen forderten, Schläuche mit Wein, die in tiefer Nacht zu bringen waren. Man kannte sie, von plötzlichem Auftauchen, von Strafzügen, bei denen sie zwei Männer und eine Frau als Geisel nahmen, gegen Zahlung einer Kriegssteuer von sechshundert Realen. Man kannte sie, staubbedeckt und siegreich, zwei Wagenladungen Beute mit sich führend, und auch staubbedeckt und besiegt an jenem Mittag auf der Flucht. Und weintrinkend, um ein Feuer lagernd und kartenspielend, die Trommel rührend, Lederzeug ölend und Gewehrläufe polierend. Vielleicht deshalb der Nachdruck im Ton des Gefreiten Sesto: »Wir suchen Deserteure, Feiglinge und Flüchtlinge.«

Der Ruf zerbirst in drei oder vier Lautstärken, die im Vorbeitraben verwehen. Sie redeten irgendwie anders, oder wenn es ihre alltägliche Sprache ist, so verzerrt sie der Wind (das würden die Zeugen später aussagen, Kauderwelsch sei es gewesen, nie hätten die Leute des Brigadiers so geredet, nichts verstanden hätte man), die Entfernung, das Klappern der Hufe machen daraus »huuu ... hen ... eee ... öööö ... eieicha ... lüüü ...« oder so etwas. Es drückten sich, o ja, hundert Gesichter still und heimlich an die Fensterscheiben und suchten vergeblich dem Vorbeitraben nachzuspähen. Die Stille riß auf, vorüber der Lärm von Stimmen und Hufeisen, sie fügte sich wieder zusammen, wurde wieder heil, und nur das Echo und die Erinnerung an drei Männer auf drei Pferden blieben in der Luft schweben.

Aber sie kamen nicht heraus. Es heißt, der Herr Brigadier habe gefordert, als die Patrouille des Gefreiten Sesto mit dem Bericht über das Gesehene zurückkehrte: »Ausräuchern muß man sie, wie den Fuchs aus dem Bau!« Derselbe Zeuge versichert gehört zu haben, wie der Herr Brigadier mit sich selbst oder mit seinem Pferd sprach, möglicherweise könne das Gesprochene die Verwirrung entwirren. Demnach schoß ihm, fast im gleichen Augenblick, da er den Trompeter rief und ihn »Plündern und Brennen« blasen hieß, blitzartig eine Bewußtseinstrübung durch den Kopf. In der winzigen Zeitspanne zwischen Öffnen und Schließen eines Augenlids erstehen lebendig vor ihm ganze Jahre, die er in dieser Gegend verbracht hat. Die Erinnerungen jagen im Galopp über die geplünderten Ländereien seines Gedächtnisses; im Jahre 1873 rekrutiert er im Schatten einer Ulme seine Leute, beschenkt er jeden von ihnen mit einem Real und einer Stinkzigarre; im Jahre 1874 verhaftet er zwei Ratsherren, die ihm Proviant verweigert haben; im Jahre 1875 nimmt er den Obersten Pita gefangen, im Jahre ... ichweiß-nich-wieviel Unterkunft für ihn und seine drei Offiziere (wie meine Söhne, als ob sie mein eigen Fleisch und Blut wären) im Haus mit dem eisernen Balkon, das geschmiedete Bild der Strahlensonne auf dem Gitter. Da drinnen, im Spiegelkabinett, spielte er Karten, warf Schattensilhouetten an die Wand, feierlich, steif, ohne je seine absonderliche Uniform abzulegen. Und man brachte ein Klavier zu seinen Ehren, man spielte vierhändig für ihn, perlende Musik (von Bach? von Beethoven?), und währenddessen kredenzten ihm die rissigen Hände des Pfarrers-Vikars-Rektors alten Meßwein in Kelchen aus geschliffenem Kristall, das geformt war wie eine Rosenblüte. Der Apotheker, ein scheinheiliger Betbruder und dem Prätendenten Unserem Herrn und König treu ergeben (er rühmte sich dessen und versicherte immer wieder Ihnen ›zutiefst ergeben, Herr Brigadier‹), ließ sich beim Spiel Silbermünzen, Peseten, Duros und halbe Duros abknöpfen, immer als Beitrag für die gute Sache – niemand hatte ihn darum gebeten. Mit gezinkten Karten ließ er sich von jenem Teufelskerl von Offizier aus Tomelloso um die Uhr mit dem Doppeldeckel und der feinen Gravüre eines Kranichschwarms prellen, ebenso um ein Stück philippinischen Tabaks in vergoldetem Schächtelchen und um eine Trillerpfeife, mit der man den Rebhahn anlocken konnte.

Tatsächlich, sie war verheerend, die Erinnerung. Wieviel Elend, wieviel Vergessen – und nun kehrte sie wieder, mörderisch und gierig.

Wieviel Mühsal bei der Verfolgung der bedrängten Kolonne von Alcolea, die fast schon am Ende, fast schon aufgerieben war; und tagelang dem General Moriones auf den Fersen, der in seinem Wachstuchmantel fluchend und grob wie ein unerfahrener Hirte seine Herde zu sammeln suchte. Und das Ganze, wozu?

Wieviel Vergessen. Wir ließen uns einschläfern von wohligen Schlückchen Anis, von Tabaksduft, von jungen Mädchen, die von wer weiß woher kamen und dem Klavier Romanzen, Allegros und Andantes aus den Werken von Chopin entlockten. Und danach fragten sie mit ihren silberhellen Stimmchen nach dem Sinn von Rätseln, Scharaden, nach Buchstabenrätseln, Ich-sehe-was-was-du-nicht-siehst und ließen ihre Händchen in rauhen Soldatenfäusten ruhen.

»Und was jetzt? Wo sind sie, daß sie nicht auf den Balkon treten, um uns kommen zu sehen? Sind sie tot? Oder krank?«

Wo ist der Herr Vikar mit seinem Meßwein und seinen Geschichten von Krieg und Schmuggel, als (Herr Brigadier, was ich Ihnen erzähle, ist wie das Amen in der Kirche) die Zollbeamten und die Wachen der Regierung zu Madrid ehrfürchtig niederknieten, dem Sarg Reverenz erwiesen, der mit erhobenem Kreuz an ihnen vorbeigetragen wurde, und darin lag gar kein Toter, sondern eine Ladung geschmuggelter Lachepot-Karabiner? Wo ist jetzt das Gesicht von Dativo, dem gnädigen Herrn, der sich vom Herrn Brigadier persönlich Wechsel unterschreiben ließ auf Zahlung eines Sattels aus feinstem Leder und ein vernickeltes Gebiß? Wo die widerliche Höflichkeit des Doktors-Physikus-Chirurgen, gemeinhin »der Manchego« genannt, weil er aus der Mancha stammte, der sich schuldig fühlte für die Behandlung, die dem Bataillon von Castilla zuteil wurde (nicht vorgetäuscht, o nein), als es hier sengend und plündernd durchzog, und das er nicht nur unterstützte, sondern dem er auch noch als Spitzel diente? Und als der Verrat offenkundig wurde, da bot er leichtfertig Schadenersatz durch Überlassung »eines dieser drei Juwelen, meiner Töchter«, egal welche Sie wollen (sic), doch der Herr Brigadier dankte. Wo ist nun (weit fort, weit) die Nacht, da er todmüde, aber mit einer gewonnenen Schlacht und zwei gewonnenen Scharmützeln für seine Personalakte heimkehrte, noch das Durcheinander der geschlagenen Mannschaft von Alcoleas Kolonne im Ohr? Eine Protze mit drei Ballen Militärmänteln brachte er heim als Beute, zwei Truhen zu je drei Schlüsseln, randvoll mit Geld für Löhnung und Uniformsolde, eine Schatulle mit den Dokumenten des Bataillons, ein Pferd und einen verwundeten Offizier, für den er Lösegeld forderte. Unvergeßliche Nacht, in der man ihm zu Ehren Spiegellaternen mit Glühwürmchen darin an Türpfosten und eiserne Balkons hängte, Salven, Wachskerzen, Öllämpchen mit schwimmendem Docht, Zapfenstreich, und umwallt von dem schimmernden Prunk er, der Brigadier (Ew. Hochwürdigste Gnaden), unbewegt, aufrecht im Sattel, in seiner extravaganten Uniform, deren Farben im Licht zu zerfließen schienen. Und alles, tatsächlich alles ihm zu Ehren. Das Pferd im Schritt, die grauen Mäntel der zu Tode erschöpften, marschierenden Soldaten, die erwartungsvolle Stille von hundert oder hundertundzwanzig Gesichtern in Tür- oder Fensteröffnungen gepreßt. Im Schritt, langsam wie eine Prozession marschiert der Trupp, genießt die Ehrung, marschiert hinter zwei staubigen Standarten. Aber sie marschieren eben ohne militärische Ordnung, ein chaotischer Haufe, Feldmesser blinken ab und zu auf, Seitengewehre funkeln trüb, all das gibt ihnen etwas von der wundervollen Größe primitiver, rechtschaffener Leute. Frauen und Greise drängen sich herzu, um die Ärmelaufschläge zu berühren, wie man das wundertätige Lendentuch eines gekreuzigten Christus berührt. Man trank roten Wein aus Zinnkrüglein, es gab duftenden Tabak, und alle tanzten, bis sie bezecht um die Freudenfeuer, die ihnen zu Ehren angezündet worden waren, niedersanken. Wie Karneval oder wie eine prunkvolle Hochzeit war jene Nacht gewesen, und der hautfarbene Morgen fand alle wach, verstreut, vernebelt, Gassenhauer grölend. Und nicht einer der Bewohner des Ortes war schlafen gegangen.

Es ist dieser Augenblick, den es festzuhalten gilt als den Zeitpunkt, da der Apotheker (in einem Anflug von Überschwang, er hatte getrunken, gegessen und geraucht, hatte getanzt und gerufen ›Es lebe der wahre König!‹ und jedem Soldaten einen Kupferreal geschenkt) in seine Apotheke ging, in seinen vielen nach Heilpflanzen duftenden Kästen wühlte und aus dem Durcheinander das Wunderwerk von Gläsern mit der hundertfachen Vergrößerung aus der optischen Fabrik Carl Zeiss, Jena, hervorholte und sie als wohlverdientes Geschenk in die blaubleichen Hände des Herrn Brigadier legte. Dieser empfing die Gabe, ebenfalls überschwenglich, in seinen deutschen Mantel gehüllt wie ein von der Schwindsucht befallener Greis. Mit salbungsvoller Stimme brachte er nur hervor »Dank, vielen Dank!«

Seit jenem Tage pflegte der Herr Brigadier den Feldstecher in dem gepolsterten Etui an einer grünen Kordel mit sich zu führen.

Und jetzt, verwirrten Sinns auf seinem Klepper sitzend, holt er ihn aus dem Gehäuse, hebt ihn an die Augen, kundschaftet genauestens die »sonderbare Stille« aus, und durch Mark und Bein jagt der Sturm der Erinnerung. Er fuhr (späterhin sagte er das zu jemandem oder schrieb es auf, in der Rechtfertigungsschrift, zu der das Militärtribunal ihn aufforderte) wie ein Blitz der Verblendung in ihm hoch, in die Kehle, in die Augen, er preßt dem Tier die Stiefelschäfte an die Flanken, wie angegossen sitzend gestikuliert er mit dem Oberkörper, er tritt dem Pferd den Absatz in die Weichen, und er ruft nach dem Trompeter. Der humpelt herbei mit seinem alten Soldatenzeug, in dem er aussieht wie ein verkappter Bettler. Der Brigadier befiehlt: »Sag ihnen, sie sollen die da herausholen, wir wollen sehen, ob sie mich jetzt wiedererkennen!«

Und gleich darauf geschah das Ungeheure: Ein furchtbares Krachen zerriß den Himmel, eine Mischung aus Donner, Stimmen, Echos von Wiehern, Aneinanderschlagen von eisernem Pferdegeschirr, Scheppern von rostigen Sporen, blechernes Säbelgeklirr, und über dem Chaos der einsame Ruf der Trompete. Fast gleichzeitg brach das Feuer aus. Das Feuer, das die »sonderbare Stille« in wahnwitzigem Fraß zunichte machte, schluckte mit ungewohnt herrlichen Flammen die noch lebenden Teilchen des Abends.

Alles Spätere gehört bereits dem Reich des Unerklärbaren an. Das erste Tageslicht fand ihn in sich gekehrt, das Rumfläschchen in der Hand, wie er sich die Namensliste aufsagte, um die Truppe wieder zusammenzustellen. »Sergeant Maturano, Sergeant Maturano, Soldat Fanlo, Fanlo« – aber vergebens, sie waren nicht mehr da.

Der Auditor des Militärgerichts zwirbelt mit zwei Fingern die Spitzen seines Schnauzbarts und fordert größere Genauigkeit von den Zeugen.

Der alte Feldhüter und der Schäfer erklärten in ungelenker Rede, wie die Truppe schon vor dem ersten Sonnenstrahl auf und in wilder Flucht über die Felder begriffen war. Sie hatten wohl die Richtung verloren und kein Ziel mehr, sie flohen einfach, und keiner verfolgte sie. Sie, jenes Bettelvolk (nie hatte man so viel Gelumpe beisammen gesehen), Soldaten oder fahrende Schauspieler oder was sie sonst sein mochten, liefen in fliegender Hast auseinander, und um Mittag wurden die Reste der Truppe des Herrn Brigadier von der militärischen Aufräumungsexpedition aufgelesen (Fuchsjagd, zuerst in Deckung, das Terrain Zentimeter für Zentimeter sondieren, danach ...). Natürlich ließen sie sich gefangennehmen und warteten mit erhobenen Händen. Das erste, worum sie unweigerlich baten, war Schnitzeltabak, Brot und Wasser.

Den Herrn Brigadier fand man, fast berauscht, eifrig damit beschäftigt, in seinem Silberschälchen Rum heiß zu machen. Auch er sah in seinem Überwurf wie ein Bettler aus, und als der Hauptmann Alonso, der ihn entdeckt hatte, ihn fragte (ein beschämendes Schauspiel), ob er der Herr Brigadier sei, erwiderte er nur: »Laß mich, ich bin beim Rosenkranzbeten.«

In: *Narrativa vasca actual*. Bilbao 1979.

Isaac Montero

Geboren am 11. November 1936 in Madrid, als die Belagerung der Stadt durch die Franco-Truppen ihre bedrohliche Phase erreichte. Er studierte Jura und Philologie, ohne jedoch einen Abschluß zu erlangen, schloß dafür jedoch eine Journalistenausbildung mit Diplom ab. Diesen Beruf übte er längere Zeit aus, war außerdem Drehbuchautor für Film und Fernsehen sowie Werbetexter. Mehrere Jahre hatte er eine Gastprofessur für spanische Literatur in Kalifornien (Santa Cruz) sowie im Senegal. Montero war Mitbegründer und Chefredakteur der Zeitschrift ACENTO CULTURAL (1958–1960), die der falangistischen Studentengewerkschaft gehörte und verspätet den literarischen Realismus propagierte. Diese Zeitschrift vertrat innerhalb der »Bewegung« eine deutlich oppositionelle Haltung. Hier erschienen unter anderem Arbeiten von Celaya, Otero, Castellet, Cremer, CABALLERO-BONALD, J. A. Goytisolo, Sastre, Hierro). Ihr Kurs läßt sich mit dem von LAYE in Barcelona Anfang der fünfziger Jahre vergleichen (s. CARLOS BARRAL). 1964 erhält Isaac Montero den »Sésamo«-Preis für Novellen; prämiert wurde sein Erstling *Una cuestión privada*. Montero wird heute als der jüngste Vertreter des sozialen Realismus betrachtet. Zugleich hat er dieser Richtung die meisten neuen Impulse gegeben, wobei sich die Innovationen nicht allein auf Formales (seit *Tiempo de silencio* von MARTIN-SANTOS sowieso unerläßlich) beschränken, sondern auch die Thematik betreffen. Die spanische Gesellschaft der sechziger und vor allem der siebziger Jahre hatte sich grundlegend geändert. Die schroffen Gegensätze des einstigen, fast reinen Zwei-Klassen-Systems haben sich mehr und mehr verwischt; die geänderte Situation spiegelt sich in dem hier abgedruckten Text wider. In diesem Sinne ist sein Roman *Los días de amor, o guerra y omnipotencia de David el Callado* entscheidend, wenngleich die endgültige Wende erst mit der Reihe *Los documentos secretos* (1972, 74 u. 78) erreicht ist. Ebenso wie DANIEL SUEIRO, ein Autor mit einer vergleichbaren Entwicklung, hatte er große Schwierigkeiten mit der Zensur.

Werke

Una cuestión privada, Aula, Madrid 1964 (Novelle) – *Al final de la primavera*, Alfaguara, Madrid 1965 (Novelle) – *Alrededor de un día de abril*, Selbstverlag, Madrid 1966 (Roman) – *Los días de amor, guerra y omnipotencia de David el Callado*, Plaza & Janés, Barcelona 1972 (Roman) – *Documentos secretos I*, Al Borak, Madrid 1972 (Novelle) – *Arboles y ropa de vestir – Documentos secretos II*, Los Libros de la Frontera, Barcelona 1974 (Roman) – *Necesidad de un nombre propio – Documentos secretos III*, Akal, Madrid 1978 (Roman) – *Arte real*, Alfaguara, Madrid 1979 (Roman).

Übersetzt von *Hildegard Moral* (siehe S. 68).

Fabel über die natürliche Auslese der Art

Es zur ersten Wahrheit erheben, es gestehen, Zeugnis ablegen, Märtyrer vielleicht, es denen zuschreien, die stöhnen und auf keinen Fall hören und sehen wollen, daß das Leben Kampf ist, erbittertes Ringen, Fehde, Schlacht, Gefecht, Finte, Blutbad, Wettstreit, Duell, Massaker, unblutig, wenn Sekundanten dabei sind, aber trotz solcher Reglements nicht weniger grausam als ein Gemetzel unter Wilden, und so ist es und so wird es sein von Ewigkeit zu Ewigkeit, und nichts, keine Anstrengung, keine Feigheit, kein Aufgeben oder Wehklagen oder Zähneknirschen wird verhindern können, daß dein Leben Kampf ist, um eine Frau zu erobern, um ein Stipendium zu erlangen, Beinstellen und Beißen, um dir den Weg freizumachen und dich hervorzutun, Schlacht bis zum Morgengrauen, wenn du dir Bahn brechen willst, um ungehindert vorwärts zu schreiten und Tribut einzuheimsen, Schlacht und Kampf, wenn du deine Argumente aufzwingst, schöner, herrlicher, unvergleichlicher Kampf, und Schlacht im Bett, wenn du auf einem nackten Frauenkörper reitest, den du umfängst und heftig und erbarmungslos an dich reißt und durchdringst und demütigst, damit er dich anerkennt als Besitzer und siegreichen, allmächtigen, allerhöchsten Herrn.

Puppe.

Einer der schönsten, ja, der vollkommensten Nachmittage, so lange ich denken kann, in ewiger Erinnerung werde ich sie behalten, ja, diese Stunde, Minuten und Sekunden, die Schlamm und Dünger der Siesten meines Alters sein werden, Kurort für mein künftiges Rheuma, diese blütenübersäten Bäume, die mich jetzt umschmeicheln, und dieser Name, Frühling, Wort voll Saft und Lächeln und Hochrufen, Herold meiner ersten großen Minute, Stunde, Tag des Triumphes, an dem der frischnasse Asphalt mich beschenkt mit der Essenz allen Duftes der Welt, losgelassen und frei jetzt zu meinen Ehren, diese Trunkenheit von weichem Teppich, die der Gehsteig hat, diese hübsch beschnittenen Myrten des Boulevards, Pflanze der Helden, Zeuge und Symbol wie dieses Licht, das die Allee überflutet und sich tausendundeinmal widerspiegelt in den Glasscheiben, in den Karosserien der Autos, in der glorreichen Symphonie der Geräusche des Fortschritts, Auspuffrohre, Bremsen, Hupen, Pfiff des Polizisten, Singen der Reifen, neuer und gewaltiger Gesang, den das brutale und volle Licht zum Tedeum gestaltet, um meinen Erfolg zu feiern, während sich dieses brünstige

Licht widerspiegelt und vervielfacht, und da ist es, überflutet mit gewaltiger, unendlicher Klarheit jeden Gegenstand, Licht, das leuchtet, um mit einem Nimbus zu umgeben, um mich mit einem Nimbus, mit einer Aureole zu umgeben, um mich selbst in einen Spiegel zu verwandeln, ich selbst eine Quelle blendenden Lichts, Sonne, königliches Gestirn, Gottvater in Person, Herrgott noch mal, dem zurückhaltende und ehrerbietige Behandlung zukommt, Lobgesänge und Bücklinge, und da hat jeder Christenmensch seine Schuldigkeit zu tun, das heißt, alles was mich umgibt, jene Gestalt, ja, du da, deine graue Silhouette, die sich hinschleppt, arm, besiegt, impotent, hat mir Tribut und Schmeichelei zu zollen, militärischen Gruß, deine elende, jämmerliche Gestalt, mein Lieber, so wie es deine Pflicht und Gewohnheit und Berufung, dich zu verbeugen und Huldigungen zu erweisen, gebührt, unterwürfig, bereit, die Brosamen des Festmahls aufzusammeln, aussätzig, verfault, ausgestoßen, gedemütigt und verdammt durch deinen eigenen Namen, Herr José, Herr Pepe, nicht einmal das, Onkel Pepito, Onkel Pepín, Gestalt ohne Rückgrat, die mir, wenn ich vorbeikomme, Platz macht, ohne Gedanken und längst ohne Erinnerung an das feste Auftreten und Selbstbewußtsein, das aus der tiefinneren Lust erwächst, aus dieser Freude, die meinen Körper spannt, die ihn größer und reifer macht im Nu, denn es ist Wasser erster Güte, das aus dem Brunnen des Phallus quillt, Lust, die mich steif werden läßt, und schon ist mein wunderschöner Körper ganz Schwanz, der vergöttert wird, gehender Schwanz, in feierlichem Umzug herumgezeigt, auf einen Thronsessel erhoben, rein und strahlend und schaukelnd und allwissend, Leda wird erscheinen und Diana auch und Venus ebenfalls und die tausend Nymphen mit straffen Brüsten und gierigem und nachgiebigem Fleisch, lüstern nach der olympischen Hand, die hinuntergleiten wird, um euch das erregende Begehren zwischen den Beinen zu stillen, jetzt oder in dem Augenblick, wo ich es so verfüge und will, geile Venus, hungrige Diana, ich, ja, müßige, launenhafte, harte, unbarmherzige Klaue oder besser Keule, phallische Keule, siegreiches Schwert, das auswählt, und, o du, Jägerin Diana, warte, bis du an der Reihe bist, und komm, kleine Geliebte der Götter und Helden, komm, eil herbei, mich zu befriedigen bei dem höchsten Anlaß, den die Jahrhunderte sahen.

Tolles Weib. Rassig. Schön.

Also ist denn alles klar, und jedes Ding befindet sich an seinem entsprechenden Platz, und die ewige Harmonie bewegt und belebt den Aufzug zum Thron der Auserwählten, die wissen und rufen *homo homini lupus*, Freund Nietzsche, Goethe, Cäsar, Manen meiner Sippe, die ihr meinen Kampf überwachtet, damit das Leben mir hold

sei und wie eine unterwürfige Hündin krieche vor mir, dem wahrhaft Kühnen aus dem Geschlecht der fortunaaudacesiuvat.
Eine aus dem Ärmel gezauberte Sonne, um dir den Schenkel zu beleuchten. Süßeste.
Allerbester Lebenslauf, mein Herr, war das doch die erste Bedingung, und sie ist mehr als reichlich erfüllt, mit einem Übermaß an guten Zensuren, achtungswerte Zensuren im Kaufmännischen, hervorragende in dem Fach, das mich immer anzog, mir gefiel und zu meiner Leidenschaft wurde, Leidenschaft und Liebe jederzeit zu den wirtschaftlichen Gesetzen, den Normen, die den Handel und die Ware regeln, die erregende Kunst, mit Geschick jeden Hebel zu bewegen, damit Hundert Hunderttausend, besser gesagt, zwei Millionen produzieren, Serien von Nullen, die das saftige Geschäft erlauben, sich ein Grundstück unter den Nagel zu reißen, das zu fünf Prozent finanziert und anschließend auf zauberhafte Weise an einen Haufen Dummköpfe verkauft wird in Form von leckeren Scheiben, das heißt, Wohnungen, beziehungsweise Angebot von schmackhaften Suppen, die jeder wohlgeborene Krämer haben muß, und die es mir, dem Herrn über die Kühnheit und die Wirtschaftswissenschaft, erlauben, köstliche Gewinne zu ernten, die dazu antreiben, mehr Wissenschaft zu wissen, mehr zu wissen, so wie es mein Leitwort und meine Leidenschaft war, wie gesagt, eine größere Begierde als nach dem Busen von Elena, Elenita, nett damals, aber niemals waren vergangene Zeiten besser, Elenita, meine Gute, und die Zeit taugt nur, wenn sie Lebenslauf ist, Lehrzeit, Training, vergangene Zeit, in der die Wissenschaft und die Kühnheit sich an den Tischen der Casa Amador Weine und Speisen erprobten, Experimentierfeld für den Cäsar, der weder einen Heller hatte noch eine Faser Tabak, aber der einen Einsatz im Mus-Spiel riskierte oder ein hohes Blatt beim Pokern, beim Trumpfen sah man ihn schon dort ankommen, wo er heute ist, man sah ihn unbewußt, aber zäh und sicher, mein Herr, ankommen bei Ihrer geschätzten Anzeige vor ein paar Monaten in der Zeitung, in ABC, einer Anzeige, die, das schwöre ich, die glorreiche Trommel dieses Sieges ist, der sich auf vierhunderttausend Peseten jährlich beläuft, zuzüglich Tagegelder und Spesen, für eine gehobene Stellung im Verkauf in internationalem und fortschrittlichem Unternehmen, vierhunderttausend Peseten, die dieser Ihr ergebener Diener, mein Herr, ich, der Sieger des Tests, die Nummer eins, vom nächsten Monat an in sechzehn monatlichen Zahlungen einstecken wird, dazu der hohe *standing*, den Ihre Anzeige in Aussicht stellte für den Lizentiaten in Rechts- oder Wirtschaftswissenschaft zwischen Dreißig und Fünfunddreißig, mit Beherrschung des Englischen, Führungs- und Organisationstalent, Verkaufsgeschick, Verantwortungsbewußtsein und der Fähigkeit, kaufmännische Entscheidungen zu pla-

nen und zu treffen, mit Kenntnissen in den Verfahren der Verkaufspolitik und so weiter, einschließlich persönlicher Faszination, Energie, Durchsetzungsvermögen und weiteren Tugenden, die Sie, mein Herr, über die anonyme Anzeige forderten und die jene lächerliche Parodie von Babel bewirkte, wo meine Rivalen derart in den Staub bissen, daß Sie, wenn Sie es gesehen hätten, bitter gelächelt und für immer den Glauben an die Menschheit verloren hätten, war sie doch reichlich vertreten, die besagte Art, durchlauchtigster Herr, in der zusammengewürfeltsten Horde nervöser, begriffsstutziger, stumpfsinniger, eingeschüchterter und weinerlicher junger Männer, die man sich vorstellen kann, ein beklagenswertes Schauspiel der Anblick jener Sklaven, die absurderweise freigelassen wurden von einem Waschlappen, der ihnen außerdem eine Krawatte schenkte, was ihnen erlaubte, mich zu täuschen und sich aufzublasen und mir die Stirn zu bieten an jenem ersten Nachmittag im Prüfungssaal des psychologischen Zentrums, wo Sie, Allmächtiger, Schöpfer aller Dinge, mein Herr, uns zusammenriefen und wo Sie nicht waren, um nicht den Glauben an die Menschheit zu verlieren, den Sie nicht verloren hätten, weil ich mich in jenem Saal befand, der mit hübschem grauen Teppichboden ausgelegt und möbliert war, wie es sich gehört, mit Direktorensesseln, wo die schwächlichen Körper von denen sich unbehaglich fühlten, denn es ist ja eine bekannte Tatsache, daß so ein Salon nicht geschaffen wurde, damit ihn Schweine betreten, und Schweine, Schafe, kurzum, Herdentiere waren es, die einen derart prächtigen und luxuriösen Saal, einen so eleganten Teppichboden *ipso facto* in eine dürre Weide verwandelten dank des Instinkts der meisten Sterblichen, die immer die große Wahrheit des Kampfes, seinen Lärm und seine Gesetze vergessen und sich auf die einzige unzulässige Weise benehmen, scheu, störrisch, flehend, um einen Kugelschreiber oder ein Lächeln bettelnd, Clowns mit einer einzigen Fratze, der des Bittens, einer Grimasse, die bekanntlich mehr einer gealterten und syphilitischen Hure ansteht als einem Akademiker, der nach hohem *standing* strebt, ein vielsagendes Wort, das aber auch den Anspruch erhebt, als sonnenklares Dogma die Waffenwache, den stets bereiten Willen, in einem Wort, die Verwegenheit anzuerkennen, selbst wenn es darum geht, Formulare auszufüllen, die, was nicht zu vergessen ist, das Gelände des Zusammenstoßes sind, das Schlachtfeld, wo das ›Mach Platz, du Idiot‹ herrscht, das heißt, das *vae victis*, durchlauchtigster Herr, der Schrei bei Angriff und Sieg, der die Nase frei macht und die Rosen erobert, alle Rosen, rare rote Rosen, zu tausend Peseten das Bund, Angsthase, Rotznase, da komm ich und kipp dich, Schlappschwanz, und begrabe dich, eingewickelt in Aprilrosen, wie fade an deiner Seite, Mohn, roter Mohn, grünes Licht meiner Augen, Verkehrsampel, freie Fahrt für den Sieger, Zebrateppich für den Mann, der Honig im Munde hat und scharfe Zähne, die bereit sind, in alle hübschen Brüstchen dieser schönen Welt zu beißen, flüchtige und scheue Rehe, zitternd und still, wenn der räuberische Zahn in sie eindringt, dieses Gebiß, dieser mein ganzer Körper, der Biß ist und Marschtritt, eine Kohorte, die Recoletos oder jede beliebige Prachtstraße oder schmale Gasse in ein Marsfeld für den Parademarsch verwandelt, mit Dankeschön an die lieben Kleinen und den Waffelverkäufer, nunmehr sauber und ausgeruht nach der Schlacht, von der ich Ihnen erzählte, in dem großen Saal des psychologischen Zentrums, mit dem Ausfüllen der Formulare, präzise wie eine gewaltige und unfehlbare Kriegsmaschine, mein Herr, wie das berühmte Bikini von vor Jahren oder die des Juden Dayan, des neuen Attila, aber eine vollkommenere Maschine, meine Erfindung, eine Maschine mit tadelloser und fähiger, aber auch mutiger und aufrechter Schrift, als ob alles Schwänze von P's und T's wären, Tilden von Eñes und I-Punkte, eine eingelegte Lanze jeder Vokal und jeder Konsonant, Verben, Adverbien, Partizipien und Präpositionen, Piks und Treffs, Wurfwaffen, Katapulte ohne Fehlschuß, Bazookas und Radar in einem, wenn es darum geht, Probleme zu lösen, fünf unerbittliche Minuten für jedes dieser Probleme, über die mein vortrefflicher Verstand sich lustig macht, denn er ist klar und wach, dazu geschaffen, früh aufzustehen und sich auf die Lauer zu legen und treffsicher die Endlösung in Angriff zu nehmen, die Kunst der Schwierigkeiten, das X der Zweifel, die Weichlichkeit von Kindern ohne anderen Horizont als den warmen mütterlichen Schoß, o elektronischer Verstand, angesichts eines derartigen Irrtums kann man dem Test nur mit erhobenem Haupt und magerem Körper gegenübertreten, ciceronianisches Wort, ohne zu schwitzen, ohne mit verstohlenem Blick die Hilfe des Nachbarn zu erbitten, ohne zu wünschen oder zu hoffen und, weniger noch, das Unmögliche zu erflehen, das Unerreichbare, die Empfehlung von Papa und schon gar nicht die Hilfe des Rivalen, eine physische und metaphysische Unmöglichkeit, ein Asyl, wo niemand Zuflucht finden wird, denn die begehrte Margarethe wurde Faust durch einen Pakt gewährt, und er, elende Scheiße, haute am Ende ab und konnte weder jenen gebügelten Anzug zu fünftausend Peseten anziehen noch die Reibung eines Nylonhöschens an seinen eigenen männlichen Attributen, das heißt, Hoden fühlen, die siegreich schlenkern, etwas, das du niemals kennen wirst, du großer Dummkopf, armseliger Feigling, mit deinem ungebügelten, angstverschwitzten Hemd, Kriechtier, Schlange, denn vor deinen Augen verschwamm der warme graue Teppichboden, während dein Kinn bebte und deine Hände zitterten im schlimmsten aller Krämpfe, dem der Niederlage, dem des Verurteilten vor dem Henker, ein Schafott war für dich jenes bequeme Sesselchen mit Yankeedesign, das Sie, durchlauchtigster und erhabenster Herr, mein Herr, für die jeweiligen Prüfungen bereithielten, wo ich, der den Vogel abschoß, der Götterliebling, mich aufgerichtet oder gelassen hinsetzte, je nachdem wie es angebracht war und mein Körper es verlangte, und von wo aus ich jenen Dicken mit neandertalischen Augenbrauenabstand und unmöglichem Familiennamen wahrnahm, wie er sich verzweifelt bemühte, seine Mutlosigkeit zu verbergen, seine unsichere Schrift, seinen Blick eines geprügelten Hundes, seine Schluchzer einer mutterlosen Waise, weil es ihm nicht gelungen war, die Frage vor dem Stoppzeichen des Chronometers zu beantworten, während er die Schritte des Siegers hörte, meine Schritte, die sich immer schneller den Weg bahnten zu den vierhunderttausend Peseten und dem besagten *standing*, das Papier rein von Tränen und Rührseligkeiten, aber die Lippen bereit, um den Honig des Triumphes zu kosten, den weder du, Dickerchen, noch der Schlaks, der sich dicht bei der Tür hinsetzte, um schneller fliehen zu können, jemals erreichen wird, denn man darf niemals vergessen, was ihr vergaßt, was ihr nie und nimmer gelernt habt, die Gesetze von Darwin, die natürliche Auslese der Arten, die Aussiebung der Schwachen, des Pudels Kern, jawohl, in jedem Sieg, der Kampf jeder Existenz, ein einsamer Kampf, der dir vierhunderttausend Peseten verschaffen wird, um zu ficken, um dir ein Auto zu kaufen, morgen wird die Bestellung aufgegeben, und ich werde mich in der Haut von Fangio fühlen, ein Superchampion, der seine guten Martinis in luxuriösen Clubs mit unterwürfiger Bedienung trinkt und der das alles für vierhunderttausend Peseten bekommt, die sich bald vervielfachen werden, denn im Grunde geht es darum zu wissen, wie nötig das Kämpfen ist, wie diese Schlacht Pakte zuläßt, aber keine Protektion, Verbündete, aber keine Schutzengel, und wer nachkommt, muß sehen, wie er fertig wird, und dich niemals beeinflußen zu lassen, nicht mal von deiner Mutter, und erst dann, wenn das für dich, du Seliger, der du geistig arm bist, zum Credo deines Lebens geworden ist, wirst du ahnen, was du hättest gewinnen können, diesen Schatten, der mir auf dem Bürgersteig vorauseilt, meinen rhythmischen Gang und meine prächtige Erscheinung und meinen Messerschnitt und meinen Blick, gleichgültig, hart und schnell wie meine Hände und meine Intelligenz, um zu befehlen, auszuführen, anzuordnen, falle, wer da fällt, denn das Leben und die Arbeit des hohen *standing* und die Frühlingsweihe fordern tägliche Opfer auf dem Altar des Erfolgs, eine schöne Metapher, recht besehen, schöner noch, weil sie zutrifft, denn ich fürchte, Freund Sancho, daß sie so abgenutzt ist wie die Scheide einer Konkubine, wie man in dem gebildeten lateinischen Kauderwelsch derjenigen sagt, die wir uns mit dem Ellenbogen den Weg bahnen, während wir unser kannibalisches Gebiß zeigen, alles in Strategie verwandeln, in Hinterhalt,

Vietnam, Massenbombardements von Verkaufsförderungen zu zwei Groschen billiger das Stück, und leider kann nicht um noch mal soviel heruntergesetzt werden, wie es auch bedauerlich ist, die Stunden und den natürlichen Lauf der Welt ändern zu wollen, die, das liegt auf der Hand, nichts weiter erreicht hat als neue Formen, Maskierungen, zivilisierte Tricks, um den alten und noblen Ritus um den feindlichen Schädel in Diskussionen, Manöver, Intrigen zu verwandeln, wo man *standing* und die ihm in sakrosankter Ehe verbundenen vierhunderttausend Peseten verliert oder gewinnt, Tricks, die, genau besehen, elender sind als Blut vergießen, was letzten Endes ein natürlicher Erguß ist, eine männliche Tat, trotz der Paradoxe vergangener und zukünftiger Menstruationen, denn nicht umsonst war dies meine erste freie Vereinigung mit dem Rorschach, dem unterhaltsamen Test mit den anregenden Klecksen, der dich zum Geständnis bringt und dich entblößt, auch wenn jemand sich entrüstet und kreischt wie eine scheinheilige Jungfrau, die sich weigert, vernünftig zu sein und die Beine zu spreizen, wenn ein ungeduldiges männliches Glied so verlangt, und vernünftig ist dieses Ausleseverfahren, Siegeseuphorie beiseite, denn es ist die Methode hochentwickelter Länder, und zum Glück werden mit dem Fortschritt dieses beschissenen Landes seine Eliten, seine führenden Minderheiten, mein Herr, per Anzeige in der ABC und durch Rorschachtest ausgewählt werden, wodurch wir zum Zuge kommen, die wir nur mit einem Auge schlafen, stets bereit, den Gipfel zu erklimmen, vergessen sind alte Gewohnheiten öffentlicher Wettbewerbe und Stellungen für den Pöbel wie die, die mich erwartete, wenn es nicht Ihren geschätzten Rorschach und seine kämpferische Auswahl gäbe, ohne Rücksicht auf Empfehlungen und Bürgermeisterssöhne, auf der Suche nach tatkräftigen Männern, die draufgängerisch, entschlossen, energisch, methodisch, wachsam, kurzum, befähigt sind für die Posten in gehobener Stellung nach den harten Auswahlprüfungen in einem Zentrum von Psychologen, die ein Aussiebungsverfahren handhaben, das ehrlich ist, biologisch, wenn man will, hitlerianisch, wenn man will, perfekt mit IBM-Genauigkeit, ein präzises Verfahren oder System, das dich auszieht und zuläßt, daß Sie, ehrwürdigster Herr, erfahren, wie meine Eltern mich zeugten, wie oft ich auf den Topf mußte, ob du eine Schwäche für fremdes Gut oder die Frau deines Nächsten hast, aber eine taugliche Methode, denn jene vierhunderttausend Peseten bezahlen etwas mehr als die Arbeitsfähigkeit, sie sind eine Vergütung für deine Gestalt, deine Beredtsamkeit, deine Kaltblütigkeit, deine persönliche Anziehungskraft, deine Sippe, deine Familie, das Mobiliar deines Heims, so du es hast, und deine Kunst, Martinis zuzubereiten, zu lügen, zu schmeicheln, zu verraten, zu verhandeln, für den Ausschnitt deiner Frau, und auch ihr Busen fällt unter jene vierhunderttausend Peseten, die bald fünfhunderttausend sein werden, wie ich es dir im Telegramm nicht sagte, Papa, damit der arme Teufel von der Post, der mich wie ein Wesen aus einer anderen Welt ansah, sich nicht das Maul verrenkte, der geifernde, unwissende, geliebte Verbraucher unserer synthetischen Erzeugnisse, denn von nun an wird meine Redekunst sich damit befassen, und meine Erzeugnisse werden in meinem Munde und in meinen Händen sein, in meinen Unterhosen und in meinen Fürzen, wenn es sich so ergibt, und in meinen Träumen auch, und wenn ich mich im Bett an Marisa schmiege, denn das ist die einzige Auflage, Marisa, mein Liebling, deren Zukunft beschlossen ist, so wie ich es dir in drei Tagen mitzuteilen gedenke in »El Rock«, wenn ich einen Abstecher dorthin machen werde, Kleine, damit du mich als Herrn mit Zukunft in diesem internationalen Unternehmen siehst, das damit beginnen wird, dein Brautkleid zu bezahlen und unsere Kinder, welche ich dir, meine Süße, mit großem Vergnügen machen werde, das du hoffentlich in jenem Augenblick fühlen wirst, Wonne, o Wonne der Wonnen, so wahr ich Manuel heiße, Don Manuel, Manuel, wie du weißt, Manuel, Don Manuel, Durchlaucht, Exzellenz, Manoletísimo, Manolo, Nené.

Lächelnde Nymphe, spreize deine Beine vor dem Sturmwind des Jahrhunderts.

Also denn und eben deswegen, Manuel, hör mir zu und bedenke, daß dies kein letzter wilder Schrei der Jugend und Verantwortungslosigkeit ist, da Gott es so will, überlaß dich der Bescheidenheit, du, Manuel, der Auserwählte, der Gesalbte, von nun an werden jene kathedralhafte Halle, die du betratest, und jener Fahrstuhl und der Korridor, die du hinter dir ließest, der Portikus deiner Vormittage und Nachmittage und Abende, deiner Triumphe und Unannehmlichkeiten sein, und dein Generalstab jene Treppe und dieses flotte junge Mädchen mit dem wachen, zeitanzeigenden pünktlichen Vorzimmerpopochen, das dich empfangen wird, wie es deinen Brief empfangen hat, das dich hineinführen wird, wie es dich jetzt hineinführt, in ein Büro, das diesem gleicht, wo du den Bückling des wichtigen und beschäftigten Mannes machen wirst, so wie ihn dieser Dummkopf macht, den du schon kennst, als ob du ihn geboren hättest, der dich mit olympischer Geste einlädt, dich hinzusetzen, wie du es tun mußt, und dann lächeln und zuhören, Manuel.

»Nochmals meinen Glückwunsch, das war nämlich eine harte Arbeit, aus der Sie, um es kurz zu sagen, als ganzer Mann hervorgegangen sind. Jetzt ist der Vorstand versammelt, und wenn er fertig ist, werden Sie hineingehen, um den Vorsitzenden zu begrüßen. Zufrieden? Wir haben Zeit, um ein Glas zu trinken. Ah, übrigens, ganz im Vertrauen möchte ich Ihnen etwas sagen, Sie wissen ja schon, daß ich der erste

war, der Ihre Geschichte, den Bericht der Psychologen, las. Weder Wasser noch Soda? Pur, jawohl, für starke Gaumen, aber Sie werden mir schon recht geben und Soda ins Glas tun. Also gut, es handelt sich um eine kleine Gewohnheit, die Sie ablegen sollten, eine Lappalie, wenn Sie so wollen. Kurz gesagt: Ihr Schnurrbart gefällt da oben nicht. Gleich wird der Vorsitzende Sie sonderbar ansehen, aber nichts verlauten lassen. Ich sage Ihnen das, weil wir schon Kollegen sind, wir sind auf demselben Schiff. Hier schätzt man bartlose Gesichter, amerikanischen Managerlook, Lächeln und Härte, keine Wildheit. Und nun, Kollege, trinke ich auf deine Erfolge, viele und wichtige Erfolge. Auf deine Gesundheit. Der Whisky tut gut, nicht wahr? Übrigens, du kannst jetzt meinen Apparat benutzen, bevor du zu dem Vorsitzenden hineingehst. Wie du siehst, befasse ich mich mit Public Relations, und um aufrichtig zu sein, man hat mir aufgetragen, daß du dich jetzt rasierst. Nimm, hier hast du ihn.«
»Okee«, sage ich.

In: *22 narradores españoles de hoy*. Caracas 1970.

Luis Goytisolo

Er wurde am 17. März 1935 in Barcelona geboren als jüngster der drei Goytisolo-Brüder, die sich auf literarischem Gebiet einen Namen erworben haben (außer ihm: der Lyriker José Agustín und der Romancier Juan). In Barcelona besuchte er die höhere Schule und studierte dort Jura. 1955 erscheinen bereits seine ersten Erzählungen. 1956 erhält er den Madrider »Sésamo«-Preis für Novellen. Endgültig bekannt macht ihn die Verleihung des ersten »Biblioteca Breve«-Preises 1958 für seinen Roman *Las afueras* (deutsch: *Auf Wegen ohne Ziel*, Bachem, Köln 1960), der vor allem formal zu den gelungensten Werken des sozialen Realismus gehört. Zu dieser Zeit ist Luis Goytisolo an oppositionellen Aktivitäten beteiligt, die ihn 1960 für vier Monate ins Gefängnis bringen. Dort stellt sich eine beginnende Lungentuberkulose heraus, die ihn zu einem längeren Aufenthalt im Gebirge zwingt. 1962 erscheint *Las mismas palabras*, ein engagierter Roman, den sein Autor später nie wieder auflegen ließ. Er bewirkt Goytisolos Abkehr vom »klassischen« sozialen Realismus, da er an dessen Wirksamkeit zweifelt. 1963 beginnt er die Arbeit an der großangelegten Tetralogie *Antagonía* (als Gegensatz zu Analogie und damit zu Harmonie). Ihr erster Teil (*Recuento*) erscheint erst 1973 und wegen Zensurschwierigkeiten zunächst nur in Mexiko. Im Dreijahresabstand folgen die nächsten beiden Teile. Die abschließende *Teoría del conocimiento* ist soeben erschienen. Wie Joyce für seinen Ulysses legt auch Goytisolo für *Antagonía* ein klassisches Werk zugrunde. So haben die neun Kapitel oder Kreise von *Recuento* ihren Ursprung in den entsprechenden Höllenkreisen von Dantes *Göttlicher Komödie*, und auch die weiteren Teile beziehen sich in ihrer Struktur auf Dante. Die Sprache ist im Vergleich zu sonst üblicher spanischer Prosa eher einfach; die Darstellung zeichnet sich – wie schon in *Las afueras* – durch die außergewöhnliche Beobachtungsgabe Goytisolos aus. Für den Kritiker und Dichter Pere Gimferrer zählt *Recuento* zu den bedeutendsten vier Romanen der spanischen Nachkriegszeit (neben *Tiempo de silencio* von Martin-Santos, *Volverás a Región* von Juan Benet und *Reivindicación del Conde Don Julián* von Juan Goytisolo). *Antagonía* ist eine Projektion des Lebens des Autors auf das Zeitgeschehen und wird dadurch zur großen Saga der Nachkriegszeit Spaniens.

Werke

Las afueras, Seix Barral, Barcelona 1959 (Roman) – *Las mismas palabras*, Seix Barral, Barcelona 1962 (Roman) – *Ojos, círculos, búhos*, Anagrama, Barcelona 1970 (Fabeln) – *Recuento*, Seix Barral, Mexiko 1973 (Roman) – *Devoraciones*, Anagrama, Barcelona 1976 (Texte zu Zeichnungen von Joan Ponç) – *Los verdes de mayo hasta el mar*, Seix Barral, Barcelona 1976 (Roman) – *La cólera de Aquiles*, Seix Barral, Barcelona 1979 (Roman) – *Teoría del conocimiento*, Seix Barral, Barcelona 1981 (Roman).

Der Übersetzer

Hans Weiss, geb. 1946 in Selbitz (Oberfranken), Studium der Romanistik in Berlin und Barcelona, Spanisch- und Russisch-Studium am Dolmetscher-Institut Germersheim. Lebt in Barcelona, Übersetzer für Katalanisch (M. Rodoreda), Spanisch (Merian) und Deutsch.

Recuento

So wie Dante in der Darlegung seiner Reise durch die dunkelsten Bereiche des Bewußtseins – unter Führung des genialen Päderasten, dessen Persönlichkeit sich mit fortschreitendem Anstieg immer mehr ins Erhabene steigert, um letztlich die unerreichbare Reinheit eines toten Mädchens anzunehmen – lediglich seine eigenen Hemmungen und geschlechtlichen oder sadistischen Verirrungen widerspiegelt und seine Rachegefühle und Enttäuschungen durch Einbringen in ein System unsterblich macht, mit dem ihn kennzeichnenden Ergötzen, mit dem gleichen Vergeltungsdrang, aus dem heraus es ihm möglich ist, nicht nur die Welt im allgemeinen, sondern, und vor allem, seine unmittelbarste Umgebung zu richten und zu verurteilen, so kann aus der Abgeschiedenheit und Einsamkeit heraus derjenige, der beide erträgt, ein Höchstmaß an denkbarer Freiheit und Vernunft gewinnen.
Und sowie die Beziehung Himmel-Hölle von deckungsgleicher Umkehrung ist, wie das Bild einer gegen den Spiegel gehaltenen Hand, Fortsetzung die eine der anderen, jedoch in umgekehrter Weise, so kann die Beziehung zwischen Gott und dem Teufel nur als ihrem Wesen nach dialektisch begriffen werden, und zwar, indem der eine Verkörperung der harmonischen Ordnung ist und der andere deren Übertretung, insofern als daß, wenn nach verschiedenen fehlgeschlagenen Aufständen die Revolte siegt, und mit ihr das Chaos, das mit zunehmender Festigung und Sicherheit immer Anlaß zu einer neuen und endgültigen Ordnung gibt, sich die Rollen vertauschen, der Teufel, der siegreiche Rebell, die Stelle Gottes einnimmt und mit der Wiedererrichtung einer neuen, endgültigen harmonischen Ordnung seinen Widersacher hervorbringt, ein neues Prinzip der Auflösung, einen neuen Teufel, jener ehemals allmächtige Besiegte, ein unbezwingbarer Besiegter, der jetzt aus seinen Höllenschlunden heraus immer und immer wieder, Niederlage um Niederlage, die Rückeroberung der olympischen Gipfel versuchen wird, die Wiederaufrichtung des verlorenen goldenen Zeitalters, erneut Teufel gegen Gott, Saturn gegen Jupiter, die in Aussicht gestellten Wohltaten der neuen Ordnung mit der Zeit umschlagend in tyrannische Willkür, in Entsetzen das Gute, während die Versuche der Zerstörung dieser Ordnung – die Mißachtung der Gesetze, das Böse, der Terror – den Charakter von Befreiungsakten annehmen, von Heldentaten die Lockungen des Versuchers, die Eigenschaft von Erzengeln die Sippe seiner Vertreter, wie sehr wohl jener

weiß, der bis ins Tiefste vorgedrungen ist, nicht als neugieriger Reisender, wie Odysseus und Äneas und Dante, sondern gleich jenem Orpheus, der auf der Suche nach seiner Eurydike in die Unterwelt hinunterstieg, der den Vorsatz gefaßt hatte, den von der verbotenen Frucht essenden Menschen zu befreien.
Daher die Vielfalt der Namen des Schöpfers, die Mehrdeutigkeit seiner Ursprünge, seine unklaren verwandtschaftlichen Beziehungen, Jupiter, Jehova, Ormuzd, Elhoim, Saturn, Ariman, Er. Will heißen der, der keinen Namen hat, der Unbenambare. Der, der er selbst ist, und sein Widersacher.
Dieser Große Narziß geneigten Spiels, der wie zur Darstellung seiner Macht in der Hingabe an einen jener Akte der Onanie, aus denen heraus die Welt wächst, sich darin zu gefallen scheint, den Menschen zu verstümmeln, ihm eine bestimmte Anzahl von Komponenten zu amputieren, damit es ihm nach den Gesetzen einer teuflischen Wahrscheinlichkeitsrechnung gleichermaßen mathematisch unmöglich wird, in der Liebe seine Vollendung wie im kosmischen Gleichgewicht die Freiheit zu finden. Seine in Stein gehauenen Gesetze, derenthalben Moses den Sinai erklomm und in den wolkenverhangenen Himmel schrie: Parla Cane!

Trauriger, ja trauriger, wenn überhaupt möglich, aber nicht mit jener zarten Traurigkeit, die im Grunde wohl tut, und bar jeder egoistischen Regung, auch nicht versunken in einzelgängerische Verträumtheiten, nein, sondern vielmehr mit der Niedergeschlagenheit dessen, der dem siegreichen Einzug der feindlichen Truppen gegenübersteht und im Unterschied zu dem ihn umgebenden Beifallsgeschrei und der allgemeinen Bewegung seiner Körper nunmehr als lästige Gegenwart wahrnimmt, ein unrettbar aus dem Gleichgewicht gebrachter Stein. Niedergeschlagen, niedergeschlagener als in früheren Jahren zu ebendieser Zeit unseliger vorweihnachtlicher Atmosphäre, wenn sich in der Diele die Glückwunschkarten häufen und sich die Schaufenster in Sterne kleiden und die Straßen mit Lichtern und Flitter behängen und vor der Kathedrale sich die Buden mit Krippenfiguren einnisten, mit Tannen- und Mistelzweigen, Moos, Palmwedeln, Töpfen mit Weihnachtsbäumen, starrend vor Nieselregen, Glanz und Grün, in direkter Entsprechung zur Traurigkeit und zum Unbehagen und zur Wut, die von Jahr zu Jahr größer werden. Und heute besonders groß, nicht nur wegen des Laufs der Ereignisse, nicht einmal wegen der Vorzeichen des Kommenden oder zumindest nicht allein deshalb; wohl auch sicher aufgrund des bedrohlichen Dahinziehens der Wolken und des vorausgeahnten Regens. Wie der Frühling, der Regen. In welcher Beziehung stehen die tiefen Stimmlagen der Seele zum Regen, die depressiven Ebenen, der innere Nebel und die kraftlose Leere? Ursachen physischer Art, die Auswirkung atmosphärischer Faktoren, der Einfluß eines bestimmten Fluidums auf den Organismus? Symbolischer Art? Wie wenn die Triebe ausschlagen und sich ihren Weg suchen und die Knospen bersten und die Schößlinge von Rosen und Reben hervorkommen, und das, was sich anfangs einzeln und isoliert vollzieht, vervielfacht sich unübersehbar, breitet sich aus, überdeckt alles, gewinnt an Dichte, und angesichts des frischen Laubs meint man, selbst Wurzeln zu haben, nicht jedoch, um etwa einen Impuls weiterzugeben, Kraft einzuflößen, dynamischen Atem, sondern um es festzuhalten, in der Erde zu verschrauben, es zu mineralisieren, überwuchert gleich einer vom Urwald verschluckten Pagode, Unveränderlichkeit im Wandel, Unvermögen in der Aktion, Bild gleichbleibender Kontinuität. So dieser Regen, der für den Augenblick gebannt zu sein scheint, wenngleich auch nicht so weit, daß er Schirme und Mäntel von der Straße verschwinden ließe, flimmerndes Plastik, in keiner Weise beruhigend die feuchte Luft, milchige Tage im Dezember, Mittage, die wie Abende sind, der Tag von Anfang bis Ende zwischen zwei Lichtern, der faden Helle des Neons und dem Glitzern des Weihnachtsschmucks vor dem schwarzen Abglanz der sich ausweitenden Wolken, unruhiges Flimmern über dem Platz, wo wie in Erwartung des Kataklysmus die Erde sich in der Mitte auftat und Gräber mit Blumenbeeten abwechselten, Dis Manibus Flaviae Theodote heres ex testamento.

Das eigentümliche Geräusch der Schritte auf einem eher klebrigen als feuchten Boden, dem blinden Abglanz folgend, über Canuda, Vertrallans, Santa Ana und dann, Puerta del Angel kreuzend, Condal entlang, bis hin zur Nummer 20, dem Sitz des Amtsgerichts Nr. 4. Fahler Asphalt, gedämpft durch zerronnenen Unrat und Schmutz, finstere Straßen, dieses Grauviolett der Stadt, das wie das Rot in London, das Schwarz in Paris oder das Gold in Rom, kennzeichnend ist für Barcelona, Farbe von wildem Fleisch oder von Schlacke, die in der Altstadt, zusammen mit dem allgemeinen Verfall der Fassaden, besonders in Erscheinung tritt, sosehr diese Tatsache wohl auch der Wahrnehmung der Barcelonesen entgehen mag, in gleicher Weise wie von einem bestimmten Grad an und aus eben dieser familiären Vertrautheit heraus, die das Zusammenleben vermittelt, das Alter in seinem entsetzlich fortschreitenden Verrunzeln und Austrocknen nicht mehr wahrgenommen wird. Ein ebenso unseliger wie zutreffender Vergleich! Das finstere Äußere des Amtsgerichts Nr. 4 zum Beispiel, der düstere Hof, der an ein Gefängnis erinnert, die bedrohlichen Treppenaufgänge, die finsteren Innenräume: alles dort atmet Unheil und bietet Platz für Korruption und Bestechung. Von allem, angefangen bei den allgemeinsten

Gegenständen und Gerätschaften, geht dort etwas Bedrückendes aus, was sich binnen kurzem auf den Besucher überträgt, das Mobiliar der sich aneinanderreihenden Büros und Kanzleien, der ebenso gewöhnliche wie unzerstörbare Schreibtisch, den wir selbst noch in den schäbigsten Schreibstuben finden, die Stühle, die Karteikästen, das scheußliche Heizöfchen, die Lampen, die kaum zur Orientierung des Publikums dienen, das umherirrt oder wartet, Männer und Frauen, deren Gebärden unterdrückte Wut oder nichtswürdige Unterwürfigkeit zum Ausdruck bringen, die gemeine Gier derer, die sich wie die Insassen eines Asyls bewußt sind, daß sie in Anbetracht ihrer Lage auf nichts anderes Anspruch erheben können als auf das, was man ihnen gnädigerweise zuzugestehen bereit ist. Die Beamten ihrerseits, angefangen bei der greisen Stenotypistin bis hin zum ersten Sekretär, bemühen sich, durch ihre Haltung klar zum Ausdruck kommen zu lassen, sowohl mit dem, was sie sagen, wie mit dem, was sie zu sagen unterlassen, daß dem tatsächlich so ist, daß niemand etwas anderes erwarten kann, ist er erst einmal vorgedrungen ins Innere jener feindlichen Bezirke. Meint man dann, wobei wir unsere Betrachtungen auf die Beamten des Standesamts beschränken, es handle sich bei einem von ihnen, angesichts seines despotischen Gehabes, eher um einen Polizeikommissar, so ist man aufgrund des wortkargen Zynismus des anderen, der mit unwirscher Geste zu verstehen gab, daß er Raúls Gegenwart zur Kenntnis genommen hat und dieser Rechnung trägt, dazu verführt zu glauben, man befinde sich in Gegenwart eines jener Männer, die in ihrem Amt alle politischen und gesellschaftlichen Regime überleben, Monarchie wie Republik, Generalitat wie Franquismus. Ein Ort, kurz, den Balzac ohne Zweifel als rongé, crevassé, execrable, puant, étouffant, nauséabond, lugubre, affreux bezeichnet hätte, um dann, nicht ohne vorher mit dem Hinweis, daß das fragliche Anwesen Eigentum und Wohnsitz, sagen wir, der Ollets gewesen war, bis der Niedergang der Familie dessen Veräußerung in öffentlicher Versteigerung um die lächerliche Summe von achttausendsiebenhundert *reales* nötig gemacht hatte, die Neugierde du passant, du voyageur befriedigt zu haben, abschließend darauf hinzuweisen, daß zur Veranschaulichung der Tatsache, bis zu welchem Ausmaß sich dieses ehemals herrschaftliche Haus heute in einem solchen Zustand befindet, il faudrait en faire une description qui retarderait trop l'intérèt de cette histoire et que les gens pressés ne pardonneraient pas.

Sommergäste. Strichen scherzend, neugierig durch den Garten, durch das Haus, stützten sich mit den Ellbogen auf das Geländer der Galerie. In der Laube standen Tabletts mit Schnittchen bereit, mit Tomatenbrot und Schinken, und Krüge mit Limonade und Horchata und, für die Erwachsenen, Sangría. Die Erwachsenen trafen sich dort und auf dem Krocketplatz, von dem das trockene Aufknallen der Schläger kam. Sie spazierten auch bis zum Teich hin, ganz versteckt ein niedriger Springbrunnen, der auf das durchscheinende, mit dunklen Algen besetzte Wasser tropfte. Die Wege überkreuzten sich regellos, mit einer vereinzelten Stufe ab und zu, und auf den kleinen Plätzen standen plumpe Steinbänke, die gespaltenen Baumstämmen nachgebildet waren. Der Efeu breitete sich über die Beete wie Rasen, kletterte die Baumstämme hinauf, hing von den Ästen herunter. Die Waldung war dicht und dunkel, Linden, Zedern, Eiben, Zypressen, Zwergpalmen, Pinien, und die Äste hakten sich ein, drängten sich gegen das kaum sichtbare Haus, umhüllten es wie ein verfilztes Nest. Es handelte sich um ein dreistöckiges Gebäude, anmutig, lachsfarben, und das Dach, von beträchtlicher Neigung, war aus blauer Keramik, wie gelackt. An einer Seite des Hauses schloß sich die Kapelle an, mit separatem Eingang, obgleich auch von innen her, über den Hausflur, eine Verbindung bestand. Jetzt wurde sie nicht benutzt, aber als Onkel und Tante klein waren, hatte man den ganzen Sommer über einen Hauspriester, und Messe wurde täglich gelesen. Zum letzten Mal war die Kapelle bei Papas Hochzeit benutzt worden.

Vom Hausflur aus spannte sich die Treppe kreisförmig nach oben, nackt, aus grauen Stangen, im Schein eines Oberlichts. Oben waren die Scheiben aus Milchglas, und die Zimmer lagen im Halbschatten, im Schutz der engen, auseinandergefalteten Fensterläden, vom Licht leicht gestreift. Der Fußboden bestand aus kleinen Fliesen, ein geometrisches, konzentrisches Muster in matten Tönen. Die Wände und Decken waren weiß getüncht, und der Kalk verbarg die Gesimse, die Stuckborden, machte die einstmals farbigen Vorsprünge fast kaum noch wahrnehmbar. Im Salon gab es, symmetrisch auf ein kleines rosa Marmortischchen hin ausgerichtet, ein Sofa und zwei ausladende Sessel mit Bezügen aus Kretonne. Es standen auch Ecktische da, isabellinische Stühle, Korbsessel, ein Klavier, ein Schaukelstuhl und auf der Konsole, vor einem Spiegel, eine Kristallglocke mit einem Strauß aus trockenen Disteln, Perlmuttstücken und Strohblumen. Zwei Silhouetten hoben sich verzerrt hinter dem geriffelten Glas ab, und man hörte ein Lachen. Raúl stieg weiter zum Dachgeschoß hinauf. Die inneren Räume waren dunkel, mit Wandschränken und eingebauten Regalen, und das Wasser dröhnte in den Eternitbehältern. Darum herum führte, unter der abfallenden Schräge des Daches, eine enge Galerie mit kleinen Luken in Höhe des Fußbodens, die auf das Laubwerk der Bäume hinausgingen. Im westlichen Teil war es warm, und zahlreiche tote Fliegen und Schmetterlinge lagen auf dem staubigen Boden. Man sah wenig Gerümpel, ein paar Möbelstücke, Truhen und in einem Winkel Onkel Raúls entsetzlichen Stuhl, ein Rollstuhl, mit Rädern wie von einem Fahrrad, voller Spinnweben. Über eine steile Holzstiege konnte man noch bis hinauf zum Luginsland steigen, einem kleinen Türmchen mit vier Fenstern, von wo aus man auf das Dach hinausklettern und, indem man sich an den Kabeln des Blitzableiters festhielt, bis hin zu den fast durchsichtigen und rutschigen Oberlichtern vorstoßen konnte. Unten waren die verschlungenen Wege des Gartens auszumachen und weiter hinten, versunken in den Platanen, das Haus von Polit; dann die zerfurchten Hänge hinter dem Stoppelfeld, die dichten Pinienwälder, die Korkeichen. Auf dem Krocketplatz gab es eine Meinungsverschiedenheit, und die Spieler scharten sich, auf ihre Schläger gestützt, um ein Tor.

Ein Weg, dem heutigen sehr ähnlich, mit jenen kleinen Abwandlungen, wie sie in jedem bis zur Besessenheit wiederholten handwerklichen Motiv auftauchen, denn in gleicher Weise wie sie von der Plaza de la Villa de Madrid her zur Puerta del Angel gekommen waren, über Canuda und nicht über Vertrallans und Santa Ana, so waren sie, wenn sie die Avenida de la Catedral erreicht hatten, an der Stelle, die als Plaza Nueva bekannt ist, von Archs her und Puerta del Angel, im Gegensatz zu heute, durch die Calle del Obispo und über die Plaza San Jaime bis zur Nr. 6 von Jaime I weitergelaufen, der verschwiegenen Eingangstür zur Pfandleihabteilung der Caja de Ahorros y Monte de Piedad, zu deren Hauptsitz man über Ciudad Nr. 1 kommt. Weitere Unterschiede: Der Weihnachtsmarkt von der Kathedrale war vielleicht noch nicht wirklich eingeweiht, und anstelle des Regens war es, wie bei jenen Waffenstillständen, die kein anderes Ziel haben, als die Moral des Feindes zu untergraben, die Atmosphäre nebliger Feuchtigkeit, das wie Zitronensaft schimmernde Licht, was die Dinge, die Geräusche wie mit Watte auszupolstern schien, der gleichsam gedämpfte Straßenverkehr, einzeln hervortretende Fassaden, diffuse Laternen, Menschen in Eile und in Schweigen, fast möchte man sagen wie unter dem Eindruck einer Bedrohung, frierend und schwitzend zugleich, Straßen und Plätze, die im Gegensatz zu den Straßen und Plätzen im London von Dikkens oder im Paris von Balzac und vielleicht auch noch im Madrid von Galdós nie einen getreuen Chronisten ihrer Größe und ihres Elends, ihrer namenlosen und alltäglichen Dramen gefunden hatten und vielleicht auch nie finden werden, ein Balzac, der entzückt gewesen wäre angesichts des Schauspiels, das der Wartesaal des Leihhauses bietet, angesichts der Möglichkeit, die tausenderlei Nuancen zu beschreiben, in denen sich die Leute unterscheiden, die sich dort ein Stelldichein geben, angefangen bei den Allerärmsten, seien sie es nun von Kindheit an oder aufgrund fortschreitender Verelendung, allenthalben jedoch von ehrbarer Armut und lobenswerter Rechtschaffenheit, entsagungsvolle Mütter, vorbildliche Ehefrauen, innigst zugeneigte Töchter, bis hin zum abwechslungsreichsten Angebot an Typen der verschiedensten verbrecherischen Gestalten, Kuppler, Zuhälter, Betrüger, Prostituierte, Homosexuelle, Wucherer, Falschspieler, nicht zuletzt Diebe im allgemeinen, aller Klassen und aller Spezialitäten, ein jeder mit seinen Problemen, jedes Problem ein Gekröse, Konfliktsituationen, die wir aufgrund ihrer speziellen Materie exakt nur unter Rückgriff auf die Feinheiten der juristischen Terminologie zu definieren imstande wären, die sublime Differenzierung, die wir mit Hilfe dieser Sprache den vielschichtig gelagerten Elementen abgewinnen können, die zum Beispiel in einer Frau zusammentreffen, die im Begriffe steht, ihren Schmuck zu versetzen, eine Geliebte, ohne Zweifel, in einem Pachtverhältnis stehend mit einem Mann, der sie aushält: der Unterschied, der besteht zwischen Eigentum an einer Sache – ihr eigener Körper in diesem Fall –, Besitz – der des Pächters – und Anspruch – der des Zuhälters – für den sie letzten Endes ihren Schmuck verpfändet, um so, in bezug auf diesen, ein neues Pachtverhältnis zu begründen, nur jetzt, im Vergleich zum ersten, in umgekehrter Ordnung, das erzielte Geld im Besitz des Zuhälters und die ihm konsequenterweise abzuverlangenden Dienste in ihrer Gewalt; Existenzen, kurz, die Anlaß zu unendlich vielen Vermutungen und nie ergründbaren Urteilen geben, so vereint unter dem alles durchdringenden Blick des schöpferischen Genies, in jenem Klima des Bangens und Wollens, in jener grausigen Atmosphäre, durchsetzt von Entbehrungen, Fehlbeträgen, Schulden, Anstrengungen, Berechnungen, Enttäuschungen, Verpfändungen, Rückkäufen, Tilgungen, Zinsen, Armenkasse und Schäbigkeitshaus. Eine Atmosphäre andererseits, die gleichermaßen einlädt zum Gespräch, zur Vertraulichkeit, ja sogar zur Indiskretion, je nach den Banden der Verbundenheit, die sich herauszubilden pflegt zwischen solchen Gefährten im Warten und im Leiden, die einlädt auch zum Mißtrauen und zum vorsichtigen oder verschämten Abstandhalten, das der greisen Jungfer von nonnenhaftem und alles mißbilligendem Aussehen, um nur ein Beispiel anzuführen, dieser Alten, die doch auch, während sie darum bemüht war, jeden Kontakt mit ihrer Banknachbarin zu vermeiden – einer heruntergekommenen und verhurten Mittvierzigerin, gezeichnet von dem ins Auge springenden Verfall der schon recht ramponierten Beischläferin, von der traurigen Willfährigkeit jener, die sich auch schon mit vier Stichen zufrieden gibt –, während sie sich immer und immer wieder ihren schuppigen Mantel zurechtzupfte, ständig wach, defensiv, jeden einzelnen der Anwesenden beobachtete, geschlossenen Muschelschalen gleich ihre Züge, aus denen unschwer die Sehnsucht zu erraten war nach einem, gleich ihr, heruntergekommenen Barcelona, dem Barcelona ihrer Jugend, das heimisch-vertraute Barcelona der Calle Fernando und Petritxol und Puertaferrissa, der Calle Ancha, Straßen, in denen man leben konnte und lebte, und der Lebensrhythmus war gewissenhaft und freundlich wie in einer Kurzwarenhandlung, im Gegensatz zum Barcelona von heute, voller unbekannter und ungeschliffener Menschen, voller Gefahren: die Autos, die Gauner, das Geschubse in der U-Bahn, die Diebe, das Ausrutschen, das Hinfallen, die Zigeunerinnen, die Betrunkenen, und, als Gipfel von allem, der Exhibitionist, dieser Mann mit satanisch angeschwollener Rute, der in den einsamen Straßen der Dämmerung lauert; Betrachtungen, denen sich im Denken dieser verflixten Alten – einer jener hochmütigen Körper, in Tugend dahingewelkt, die man regelmäßigen und immer dagewesenen Sekretionen von Leibessäften eher unterworfen zu glauben neigt denn Menstruationen, Regeln im eigentlichen Sinn, als das Alter danach war – sicher auch Nuria und Raúl nicht entzogen, ohne Zweifel und soweit möglich mit größerer Strenge beurteilt als vom Taxator, dessen Art, wie er Nuria unter blonden Wimpern, ironisch, gönnerhaft ansah, in der beichtstuhlhaften Abgeschiedenheit der Kabine des Leihhauses, offenkundig seine Überzeugung zum Ausdruck brachte, wonach das Versetzen dieses Glitzerkrams einer Tochter aus gutem Hause – Medaillons, Armbänder, Ohrringe, die Uhr – nichts anderes war, als die verhängnisvolle Rechnung verflogener Verschwendungssucht und nächtlicher Ausschweifungen, einen Eindruck, den Nuria vergeblich zu zerstreuen suchte mit ihrem Geplauder, dessen übermäßige und nicht gerechtfertigte Lebhaftigkeit den Taxator wohl sogar glauben machte, das tollgewordene Mädchen befände sich am Rande der fleischlichen Hingabe, der zeitweisen Prostitution, womöglich dazu angetrieben, wer weiß, von ihrem schweigsamen Begleiter, ihrem Freund, ihrem Gigolo zweifellos.

Wie nimmt man diese Landschaft in sich auf, vom Leuchtturm her, die geschlagenen Felsen der kaum aus dem Schaum heraustretenden Klippen, triefend von Seeanemonen und Weichtieren und schwarzen Seeigeln, überflogen von Möwen, in aller Wildheit geschlagen, sich aufbäumend in Weiß. Und jenseits des zerklüfteten Gesteins, jenseits der in die steinigen Flanken eingefügten Ruinen, die aufgelöst daliegende ruhige Bucht, unter einem Himmel wie aus Salz, und bewegt von der sanften und gläsernen Luft treiben ziellos die anmutigen Quallen. Und das Dorf, zwischen den Ruinen der Burg und denen der Zitadelle. Und der Hafen, die im Schutz des Dammes vor Anker liegenden Boote, die Piers, die hölzernen Bootsstege, senkrecht zum Kai, und die Mastbäume und die Radarantennen und das an den Bootsstegen sich entlangziehende Segeltuch, Vorhänge aus Netzen und aus braunen Korkstücken und aus rohem Tau längs der Bootsstege, und wodurch der Geruch wie nach Urin und Teer und nach frischer Farbe und der dumpfe Wellenschlag gegen die Bootsstege, gegen die Schiffsrümpfe, gegen die Steine des Kais. Und das Dorf, die Mauern aus Kalk und eidechsenfarbig die Wirbel der Dächer, und etwas weiter der lange, schmutzige Strand, trockene Algen, aufgehäuft in sich windender Linie, und Baumstämme und Äste, wie aus Knochen, und organische Reste und unzerstörbares Plastikmüll und Fußstapfen ins Nirgendwo, Spuren, die verwischen im aufwirbelnden Sand, zergehen in alles auflösender Feuchtigkeit. Die ausgebleichten Felsen in der Mittagssonne, unter wächsernem Zenit, eine Küste wie aus Salpeter oder wie aus Pulver. Und eine bedrohlich vordringende Wolkenfront, wie eine Herde Schafe oder wie Staubwirbel oder wie die weißen Brauen über dem scharfen Blick eines ausspähenden Narrens, ausspähend wie ein Leuchtturm in der Nacht, immer und immer wieder, immer und immer wieder, wie ein Leuchtturm, der sich dreht, immer und immer wieder, ein besessener, einen Winkel von 360 Grad umfassender Blick, nicht so sehr deshalb, um blinkend vom Meer her gesehen zu werden, als mit dem Ziel, es auszuforschen, es zu überwachen, so, wie er die auseinandergeborstene Küstenlinie überwacht, eine Küste, die sich dreht, wie sich eine *Sardana* dreht oder wie sich die Arena dreht um den niedergestreckten Stier, Steine, angehäuft in wüstem Durcheinander, eiweißförmig wuchernde Massen, in denen sich einem forschenden Blick binnen kurzem in aller Klarheit zu Stein gewordene Schlachten dartun, Sturmangriffe berittener Truppen, belagerte Mauern, zerschellende Schiffe, alles erstarrt in einem ewigen Augenblick durch den Lauf der Jahrhunderte, wie Pompeji oder Machu-Picchu, alles versteinert, so wie in einer Höhle der Tropfen zu Stein wird, gespenstische Stalaktitenurwälder, chaotische Felsen, gleich dem Gehirn eines Wahnsinnigen, äolische Abtragung und Zerfall in Erosion unter jenem wutentbrannten Himmel, und der wilde Wellengang, die vom Sturm in Aufruhr versetzte Bucht, in breiter Front verwüstet von Ostwind, jene gespannte Linie, die an klaren Tagen wie heute, bei wolkenlosem und windstillem Wetter, an ihrem äußersten Ende, in aller Schärfe erkennbar, der Ruinen von Ampurias bedarf, iberische, griechische, römische Quader, vom Sand des Windes hinweggefegte Dörfer, begraben vom züngelnden Meer, dieser Wind und dieses Meer, die hierher die Schlachten und Havarien brachten wie zerschellende Schiffe, Ritter und Ritter im Sturm, Angreifer von Mauern und Mauern, dieses Wasser und diese Luft, die kaum ein

Schatten sind der Triebkraft, die sie hierherbrachte, der Stürme, der Meere, die sie in sich trugen, letzter Schlüssel der Landschaft. Und die gläserne Bläue des Nordwinds und der trockene Zenit über dem eiweißartigen Relief der Küste, felsiges Wuchern, steinerne Zersetzung. Und der schmutzige, aschfahle Himmel und das schwarze Glänzen des Wassers, Klippen, Riffe, Felsbänke, niederbrechend über die wehrlose Ebene, über das wild aufwallende Gekräusel, nicht zu bezwingender Schaum, rasendes Toben der Luft. Und das graue Zurückfluten, dieser Strom, der dich vom Festland entfernt, der dich hineinzieht ins graue Meer, hinein ins Gehirn.

Aus: *Recuento.*

A. F. Molina

Er wurde am 20. September 1927 inmitten der Mancha des Don Quijote geboren (Alcázar de San Juan). Molina studierte Jura, Veterinärmedizin und Pädagogik, worin er Examen machte. In mehreren Dörfern seiner engeren Heimat war er als Volksschullehrer tätig. Verheiratet und Vater von sechs Töchtern führte er lange Zeit eine Art Nomadenleben auf der Suche nach Existenzmöglichkeiten: Guadalajara, Madrid, Saragossa, Palma de Mallorca, Barcelona und zuletzt wieder in Saragossa, mit Zwischenaufenthalten in Paris. Er ist vielseitig und produktiv: dreißig Titel aus allen literarischen Gattungen, daneben fast ebensoviele Einzelausstellungen als Zeichner und Maler. Darüber hinaus ist er Übersetzer von Max Ernst, Wols, Pessoa, Michaux, Max Jakob, Laforgue und Reverdy; eine Auswahl, die schon die künstlerische Ausrichtung Molinas anzeigt. In Guadalajara gründet er die literarische Zeitschrift DOÑA ENDRINA (1951–55). In der ersten Nummer erscheinen Arbeiten von zwei der drei Begründer des «Postismo« (Chicharro und Sernesi) sowie von einigen Post-Postisten (Crespo und Labordeta). Die letzte Nummer erscheint mit Zeichnungen von Mathias Goeritz, dem bedeutenden deutsch-mexikanischen Maler und konkreten Dichter. Von 1960 bis 1963 ist Molina Redaktionsleiter des DESPACHO LITERARIO (Saragossa), den Miguel Labordeta begründet hatte, und arbeitet lange Zeit in derselben Funktion bei PAPELES DE SON ARMADANS, der Zeitschrift, die Camilo José Cela in Palma de Mallorca herausgab. Molina ist ein Nachfahre des »Postismo«. Zusammen mit Fernando Arrabal und vier weiteren jungen spanischen Post-Postistischen Schriftstellern gründet er 1952 eine »Akademie« im Madrider Athenäum. Seine sich nicht nur literarisch, sondern auch plastisch bemerkbar machende Neigung zum Dadaismus kulminiert in einem Buch wie *En Cejunta y Gamud* (1969). Sein surrealistischer, ruraler Humor ist eine bittere Kritik an fossilienhaften Sitten und Gebräuchen des dörflichen Lebens in Spanien. Sein Prosawerk ist jünger und fortschrittlicher als seine Lyrik; er fängt an, mit dem Diskursivismus zu brechen und nimmt damit spätere Entwicklungen durch J. Leyva teilweise vorweg. Molina und Arrabal sind die beiden bedeutendsten Nachfahren des Postismus, die ihm im Grunde bis heute treu geblieben sind, indem sie die Wirklichkeit über den alles umkehrenden Weg des Humors und des Absurden suchen.

Werke

LYRIK: Biografía de Roberto G., Neblí, Madrid 1953 – *Una carta de barro*, El pájaro de paja, Madrid 1953 – *El cuello cercenado*, Doña Endrina, Guadalajara 1955 – *Semana libre. Las fuerzas iniciales*, Lírica Hispana, Caracas 1956 – *Sueños y paisajes terráqueos*, Alrededor de la mesa, Bilbao 1960 – *Poemas en la aldea*, Aldaba, Madrid 1963 – *En la tierra* (unter dem Pseudonym »Mario Meneses«), Lírica Hispana, Caracas 1966 – *Cinco sonetos pánicos*, El Guadalhorce, Málaga 1966 – *La corbata*, Arbol de Fuego, Caracas 1966 – *Jinete de espaldas*, Tamarindo, Palma de Mallorca 1970 – *El hueco del pensamiento*, Selbstverlag, Palma de Mallorca 1971 – *Platos de amargo alpiste*, Ocnos, Barcelona 1973 – *De un lado para el otro* (unter dem Pseudonym »Mario Meneses«), Selbstverlag, Palma de Mallorca 1974 – *Homenaje*, Selbstverlag, Saragossa 1977 – *La flauta de hueso*, Torrenueva, Saragossa 1979 – *Humo de testimonios y sueños*, Institución Fernando el Católico, Saragossa 1980. *ROMANE: Solo de trompeta*, Alfaguara, Madrid 1965 – *Un caracol en la cocina*, Ediciones Picazo, Barcelona 1970 – *El león recién salido de la peluquería*, Seix Barral, Barcelona 1971. *ERZÄHLUNGEN: La tienda ausente*, Comunicación literaria de autores, Bilbao 1967 – *Los cuatro dedos*, Esquina, Barcelona 1968 – *En Cejunta y Gamud*, Monte Avila, Caracas 1969 – *Las tanguistas*, Selbstverlag, Palma de Mallorca 1970 – *Dentro de un embudo*, Lumen, Barcelona 1973 – *Arando en la madera*, Litoharte, Saragossa 1975 – *Pompón*, Lumen, Barcelona 1977. *THEATER: Cuatro piezas sumergidas*, Bajarí, Palma de Mallorca 1971. *ESSAY: La generación del 98*, Labor, Barcelona 1968 – *Dalí*, Ministerio de Educación y Ciencia, Madrid 1971 – *August Puig*, Ministerio de Educación y Ciencia, Madrid 1973 – *Rivera Bagur*, Ministerio de Educación y Ciencia, Madrid 1977.

Der Übersetzer

Gerhard Pasternak, geb. am 16. 6. 1930. Spanischstudium an der Dolmetscherhochschule in Germersheim, Auslandsaufenthalte, Fortsetzung des Studiums (Englisch und Geschichte) und Promotion in Köln. Arbeitet als Übersetzer und Redakteur bei einer deutschen Rundfunkanstalt. Übersetzungen aus dem Englischen und Spanischen für Funk, Fernsehen und Zeitschriften.

In Cejunta und Gamud

In Cejunta verkaufen sie schuhförmige Schachteln, und wenn man sie öffnet, sieht man darin eine kleine Eidechse beim Überwintern. Aber sobald sie mit der Luft in Berührung kommt, wird sie wieder lebendig und heftet sich sofort an das Geschlecht desjenigen, der die Schachtel geöffnet hat. Sie klebt während eines ganzen Jahres daran fest, was ihr Opfer unter Belästigungen und Entbehrungen erträgt. Während dieser Zeit wird die Haut des Betroffenen langsam grünlich, ein untrügliches Zeichen dafür, daß ihm ein wichtiger Posten angetragen wird. Die Eidechsen haben nämlich einen großen Einfluß auf das lokale Leben.
Wenn am Ende des Jahres die Eidechse losläßt, ist das Geschlecht dieser Männer für die Fortpflanzung nicht mehr geeignet. Aber die grünlichen Männer setzen sich energisch dafür ein, daß die Gesetze beachtet werden, und ihr gelangweiltes Aussehen verleiht ihnen einen gezierten Ernst, den die Bewohner von Cejunta sehr mögen.

Die Bewohner von Gamud, dem Nachbarort von Cejunta, haben ganz andere Bräuche. So essen sie zum Beispiel keine Sardinen, während sie Zehen als einen Leckerbissen betrachten. Diese Speise – vor allem dann, wenn es sich um die Zehen eines Toten handelt – erzielt sehr hohe Preise. Ohne Zweifel essen sie sie häufiger, als man es eigentlich erwarten sollte, und deshalb ist die Nachfrage unter den sonst eher anspruchslosen Klassen besonders groß.
Der größte Teil wird importiert, aber man schätzt die Zehen der Landsleute doch höher ein, besonders, wenn es sich um Familienangehörige handelt. Für einen Vater gibt es nichts Auserleseneres als die Zehen seines Sohnes und für den Sohn die seines Vaters, in letzterem Fall vor allem dann, wenn der Vater noch nicht gestorben ist.
Die Bewohner von Gamud haben auch eine besondere Vorliebe für das Radfahren. Manchmal stehen sie mitten in der Nacht auf, holen das Fahrrad aus dem Schuppen und radeln in die erstbeste Richtung davon, bis sie entweder gegen einen Baum prallen oder in eine Schlucht stürzen. Das seltsame ist, daß ihnen fast nie etwas zustößt. Manchmal gibt es einen Platten oder eine kleine Schramme; aber Unfälle, wirkliche Unfälle, ereignen sich höchstens zwei- oder dreimal pro Woche.

Sobald jemand in Cejunta stirbt, leert man ihm die Taschen und verteilt deren Inhalt an seine nächsten Verwandten. Diese müssen alles sofort

hinunterschlucken; falls sie das aber nicht schaffen, dürfen sie es auch stückweise mit Hilfe von Flüssigkeit tun.
Manchmal kommt es vor, daß einer der Verwandten des Verstorbenen aus diesem Grund ums Leben kommt und man auch ihm dann die Taschen leert, deren Inhalt sofort von den Angehörigen verschluckt wird. Wenn daraus eine Kettenreaktion von Todesfällen entsteht, kann es durchaus passieren, daß auf diese Weise eine ganze Familie ausgelöscht wird.
Dann pflanzt man am Ausgang des Dorfes so viele Bäume, wie es Tote gegeben hat, und die Pflege dieser Bäume geht zu Lasten der Gemeindeverwaltung, die durch den Holzverkauf eine gute Einnahmequelle hat.

Wenn man in Gamud ein Fest zu Ehren der Tochter des Hauses gibt, macht sich die Mutter mit dem ältesten und widerwärtigsten Gast davon. Obwohl es sich hier um einen anerkannten Brauch handelt, den auch niemand einzuschränken sucht, geht das Ganze doch in großer Heimlichkeit und unter Vorspiegelung aller nur erdenklichen Vorwände vonstatten.
Sobald die Tochter die Abwesenheit der Mutter bemerkt, fragt sie mit einem Ausdruck geheuchelter Naivität:
»Wo ist Mama?«
Auf diese Frage, die sie mehrfach wiederholt, antwortet man unweigerlich:
»Deine Mama? Die gibt sich gerade der Liebe hin.«
Derjenige, der das sagt, bekommt von dem jungen Mädchen einen Kuß, und er gibt ihr ein Geldstück.
Manche Mädchen küssen auf eine so aufreizende Art, daß es ihnen gelingt, falls sie geschickt und hübsch sind, ein Vermögen zusammenzubringen.

Wer sich freiwillig in Cejunta erhängt, den versucht man mit Worten davon zu überzeugen, sich aus eigener Kraft wieder loszuknüpfen, und angesichts seines beharrlichen Schweigens beschließt man dann, ihn mit Gewalt herunterzuholen.
Sobald man ihn unten hat, wird bemerkt:
»Wie sollte er auch antworten können, er schläft ja!«
Dann hüllen sie ihn in eine Decke, und der Prozeß der Verwesung nimmt seinen Lauf; aber sie verbrämen die Tatsachen damit, daß sie den Tod auf eine Verdauungsstörung oder einen verworrenen Traum zurückführen.

In Gamud gibt es eine Quelle, die man Quelle der Manneskraft nennt. Aber jedermann weiß, daß sie das Gegenteil von ihrem Namen bewirkt und daß sie in gleichem Maße ein Scherz wie auch eine Falle ist.
Sobald ein nichtsahnender Fremder in den Ort kommt, bringt man ihn dazu, davon zu trinken, und da er überhaupt nichts merkt, verliert er alle Wetten. Es gelingt ihm nicht, zu lieben oder auch nur ein Liebesverhältnis anzufangen, obwohl er von den schönsten Mädchen umgeben ist, die ihm alle gewogen sind.
Da die Wirkung sehr lange anhält, sind die Opfer dieses Spaßes überzeugt davon, daß sie bereits an Altersschwäche leiden. Einige laufen auf der Suche nach Heilung zum Arzt, ohne zu wissen, daß ihnen in diesem Fall die Medizin überhaupt nicht helfen kann. Andere werden traurig oder krank und altern wirklich, und es gibt auch solche, die sich in ihr Schicksal fügen.
Wenn bei den besonders Begünstigten die Wirkung nachläßt, erwacht in ihnen eine Lebenskraft, die die verlorene Zeit durch verstärktes Wachstum wieder wettmacht. Aber trotz dieser Möglichkeit halten sich diejenigen, die die Kraft der Quelle kennen, von ihr fern, auch wenn sie an den späteren Gewinn denken. Sie haben ein Sprichwort, das sie auf diesen Fall anwenden: »Lieber eine Sicherheit, als zwei Wahrscheinlichkeiten.«

Jeden Donnerstag gibt es in Cejunta eine Lotterie, in der man bei kleinem Wetteinsatz ein Vermögen gewinnen kann, aber man läuft auch Gefahr, bei dieser Gelegenheit das Augenlicht zu verlieren.
Wer gewinnt, hat drei Tage lang absolute Machtbefugnis, zu tun und zu lassen, was immer er möchte, außer Blut zu vergießen und mehr Reichtümer anzuhäufen, als er vernünftigerweise braucht, um die restlichen Tage seines Lebens in bequemen Wohlstand zu verbringen.
Wenn er verliert, zahlt er eine Buße, die zwischen einem kleinen Betrag in Bargeld und dem Verlust des Augenlichts schwankt, denn nur manchmal und ganz vereinzelt wird das Unglückslos gezogen.
Die glücklichen Gewinner pflegen sich den Genuß und den Vergnügungen des Fleisches und der guten Küche hinzugeben. Einige gehen gestärkt aus diesen Anstrengungen hervor, denen sie sich drei Tage lang ohne Unterlaß gewidmet haben, andere wiederum richten sich zugrunde und verfallen in Stumpfsinn. Aber trotzdem wetten sie ihr ganzes Leben lang weiter. Und sie setzen das Spiel auch dann fort, wenn das Unglückslos auf sie gefallen ist und sie blind geworden sind.
Aber es ist keineswegs festgelegt, was ihnen zustoßen kann, wenn das Unglückslos in seiner schlimmsten Form ihnen zum zweiten Mal zufällt. Vielleicht ist die Strafe dann noch härter oder sie läuft, ganz im

Gegenteil, auf eine Wohltat hinaus, die nur denjenigen bekannt ist, die in dieser Lotterie bereits zum zweiten Mal das Unglückslos gezogen haben.

In Gamud durchschneidet man den Mädchen bei der Geburt nicht die Nabelschnur, sondern mit Hilfe einer Behandlungsmethode, die man geheim hält, wird diese geschützt, so daß sie noch weiterwächst. Unter der Kleidung wickeln die Mädchen sie um die Taille, und sie ist Garantie für ihre Jungfräulichkeit. Wenn die Mädchen heiraten, reißt der Bräutigam die Nabelschnur jäh ab, und einige sterben an der Blutung, die nun einzusetzen pflegt. Daß ein Mädchen ohne Nabelschnur zu heiraten beabsichtigt, ist so absurd, daß man nie auf den Gedanken käme. Selbstverständlich denkt man überhaupt nicht an voreheliche sexuelle Beziehungen, mit wem es auch sei.
Denjenigen, die sich nicht verheiraten, reißt man die Nabelschnur am Tage ihres Todes ab; man umwickelt dann mit ihr die Handgelenke, und so werden sie begraben.
Wenn der Fall eintritt, daß eine unverheiratete Frau keine Nabelschnur mehr hat, verbirgt man diese Tatsache auf jede nur erdenkliche Weise. Nur den übelsten Kreisen würde man zumuten, darüber zu sprechen.

An Festtagen gibt es in Cejunta keine Möglichkeit, ein Zimmer aufzutreiben, und da viele Touristen herbeiströmen, die kein Zimmer reserviert haben, stellt man ihnen einige Metallkisten zur Verfügung, in denen sie sorgsam verpackt die Nacht verbringen.
Sehr früh am Morgen öffnen die damit beauftragten Wächter die Kisten und entleeren sie ihres Inhalts. Dabei sträuben sich einige, die Kisten zu verlassen und sagen:
»Ich fühle mich hier sehr wohl. Ich habe keine Lust rauszukommen, da ich weiß, was mich draußen erwartet.«
Man läßt keinen absichtlich darin, aber fast jeden Morgen vergißt man, die eine oder andere Kiste zu öffnen. Man weiß, daß es sinnlos wäre, sie am nächsten Tag zu öffnen. So wird eine Kiste auf die andere gestellt und auf diese Weise ein seltsamer Turm mit vielen Bewohnern gebaut.

Einmal verbreitete eine Schluckauf-Epidemie großen Schrecken in Gamud. Aber bald fand man ein wirksames Gegenmittel. Zufälligerweise kam aus einem Nachbarort ein erfahrener Alter herbei, der sagte, was zu tun sei:
»Das ist ganz einfach. Es genügt, wenn man zwei Finger in den Rachen des Patienten steckt, den Schluckauf ergreift und daran zieht. Man

kann ihn mit Leichtigkeit herausholen, weil er die Form eines Ringes hat.«
Und so war es auch. Seit dieser Zeit zeigt jeder seinen Schluckauf so gut er kann. Einige tragen ihn am Handgelenk, andere benutzen ihn als Fingerring, und es gibt auch solche, die ihn sich um den Hals legen.

In Cejunta gibt es einen Brunnen, dessen Wasser in einen Teich fließt, in dem ein Fisch schwindelerregende Kreise dreht.
Wenn ein Fremder sich nähert, um zu trinken, gibt ihm der Fisch fast immer einen Überraschungskuß, aber das geschieht so schnell, daß der Fremde zwar etwas spürt, jedoch nicht aufhört zu trinken und keine Ahnung von den Folgen hat. Ist er nicht verheiratet, dann verliebt er sich hier. Und sobald seine Kinder volljährig sind, gehen sie zu dem Brunnen, um sich bei dem Fisch zu bedanken.

In Gamud geht man auf die Straße, indem man einen Sprung durchs Fenster macht. Es gibt breite Türen, aber irgend jemand kam einmal auf den glücklichen Einfall, durchs Fenster hinauszugehen, und seit dieser Zeit ahmen die anderen das nach, ohne genau zu wissen, warum.
Wenn jemand durch die Tür hinausgeht, dann tut er etwas so Ungewöhnliches, daß alle Mitbewohner erstaunt stehenbleiben.
In jedem Haus gibt es ein Fenster, das bis auf die Straße hinabreicht; es ist als Ausgang für die Alten und Krüppel bestimmt.

In Cejunta gibt es einige Treppen, die nur eine ungrade Anzahl von Stufen haben. Man glaubt dort, daß Treppen mit einer geraden Anzahl Unglück bringen, deshalb zerstört man sie. Einige waren auch der Meinung, daß man allen Einwohnern den rechten Fuß abschneiden solle, aber das Gegenargument lautete:
»Wenn wir uns den rechten Fuß abschneiden, werden wir zu Hinkenden, und wenn alle hinken, wird man diesen Zustand als etwas Natürliches und Wünschenswertes akzeptieren. Und das hat keinen Sinn.«
Derjenige, der so sprach, war als besonnener Mensch weithin bekannt, und man hörte auf seine Worte.
Ein anderer sagte:
»Ich bin ein Patriot. Das Unpassende ist das Wünschenswerte.« Einige nahmen diesen Ausspruch mit Applaus auf. Darauf entstand ein Streit, der noch andauert und bei dem die Meinungen hin und her gehen.

Den Jungen, die in Gamud am 29. Februar eines jeden Schaltjahres geboren werden, schneidet man einen Hoden ab und vernäht die Wunde mit einem Platinfaden.

Bei den Mädchen tut man so, als seien sie einen Tag später geboren, weil das, was man ihnen antun müßte, zu furchtbar erscheint, denn die Bewohner von Gamud sind sehr empfindsam. Sie ziehen es vor, lieber das Gesetz nicht einzuhalten, als etwas zu tun, was ihrem Gewissen widerstrebt; und da dieses Gesetz so außer Gebrauch gekommen ist, ist auch sein Wortlaut so gut wie in Vergessenheit geraten. Aber diese Unwissenheit erzeugt nun eine Atmosphäre schrecklicher Vorstellungen, so daß diejenigen, die die Möglichkeit haben, Vater zu werden, schon bei dem Gedanken daran erschaudern.
Wenn auch zaghaft, setzt sich doch die Meinung durch, daß das alte Gesetz dem neuen Platz gemacht habe und daß das, was man mit den Mädchen macht, keine Gesetzesübertretung sei.

Es ist gewöhnlich nicht gefährlich, in Cejunta eine Tür zu betrachten. Die Leute glauben, daß der Betrachter ein Antiquitätensammler ist, und setzen in Ruhe ihren Weg fort.
Aber die Schwierigkeiten beginnen, wenn die Tür offensteht. Von hinten nähert sich dann ein Mann, der unwirsch fragt:
»Was machen Sie hier?«
Bevor der so Befragte Zeit zum Antworten hat, erhält er einen kräftigen Fußtritt gegen das Schienbein. Falls er vor Schmerz ohnmächtig wird, erwacht er in einem bequemen Bett, und eine hübsche Krankenschwester, die ihn pflegt, murmelt zärtlich Sätze wie etwa den folgenden: »Zart wie eine Pflanze, zart wie eine Pflanze.«
Aber der äußere Schein kann trügen, denn es ist durchaus möglich, daß er schon zum Tode verurteilt ist.
Wenn er den Fußtritt aushält, kann es vorkommen, daß man ihn in Frieden läßt oder aber daß man ihn mit einem kräftigen Hammerschlag zu Boden streckt.
Es gibt da keine festen Regeln.

Wenn in Gamud ein Mann einen anderen tötet, muß er selbst mit dem Leben dafür bezahlen, auch wenn es in Notwehr geschehen ist. Nur eine Sache kann ihn dann noch retten. Wenn der Getötete verheiratet war und es demjenigen, der ihn tötete, nichts ausmacht, sich mit dessen Kleidern so herauszuputzen, daß er diesem so weit wie nur möglich ähnlich sieht und so gekleidet dann zu der Frau des Getöteten geht und ihr auf diese Weise zu verstehen gibt, daß sie bei dem Wechsel auf keinen Fall etwas verliert. Wenn die Frau einverstanden ist, ist der Mann gerettet und von allen vorherigen Verpflichtungen befreit: Seine Frau würde dann wieder ledig. Auf diese Weise hat man viele Schlafzimmerprobleme gelöst.

In Cejunta gibt es einen Steinbogen, und jedesmal wenn eine Jungfrau hindurchgeht, stürzen sofort zwei Männer aus den Sträuchern des Parks, der auf der anderen Seite liegt, hervor, und entjungfern sie.
Wenn sie schwanger wird, schmückt sie sich mit bunten Schleifen und verbringt den größten Teil des Tages damit, sich im Garten ihres Hauses zu sonnen und Kleidung für das erwartete Kind vorzubereiten. Ihre Freundinnen bewirten sie mit Leckerbissen, die sie aber nur mit großer Vorsicht annimmt, denn einige beneiden sie um ihren Zustand und bieten ihr vergiftete Pasteten oder Kleidungsstücke an, die mit einer Substanz imprägniert sind, die auf der Stelle zum Tod führt, wenn die Haut damit in Berührung kommt.
Diese Mädchen haben ein besonderes Gespür für Gefahren, die sie mit Leichtigkeit umgehen, ohne Abscheu davor zu entwickeln. Ganz im Gegenteil, sie behandeln das Ganze wie einen Sport, in dem sie unbestrittene Meister sind.

Wenn man in Gamud irrtümlicherweise einen Greis tötet (wenn es auch schwierig ist, nachzuweisen, daß es aus Versehen geschah), kann der an diesem unseligen Unglück Schuldige sein Leben dadurch retten, daß er den Beweis erbringt, kein Eunuch zu sein.
Die Untersuchung ist sehr streng. Sie wird von einer Gruppe von sechs Expertinnen durchgeführt, die ein Gutachten über die Männlichkeit des zu Überprüfenden abgeben und die, eine nach der anderen, mit ihm schlafen.
Es ist nicht leicht, diese Probe zu bestehen, denn die Mädchen sind feurig und unersättlich, und da diejenigen, die zu den unteren Klassen gehören und auch nicht gerade die Hübschesten sind, ihre Bedürfnisse nur dann befriedigen können, wenn die Reihe an sie kommt, streben sie danach, wenn es dann einmal so weit ist, mit Liebkosungen, Versprechungen und Drohungen ihrer Vergnügen zu verdoppeln oder gar zu verdreifachen. Wer das Ende der Prüfung erreicht, hat nicht nur sein Leben gerettet, sondern auch einen schmeichelhaften Ruf gewonnen.
Von diesem Augenblick an streiten sich die schönsten Mädchen und die aus den besten Familien um ihn. Einige begehren ihn als Ehemann, andere als Liebhaber, und die meisten von ihnen sind bereit, ihn sich mit zwei, drei, vier oder gar sieben Mitbewerberinnen zu teilen, wenn es nicht möglich ist, ihn ganz für sich allein zu besitzen. Sie finden sich damit ab, auch wenn sie nur einmal in der Woche über ihn verfügen können.
Das Leben dieser übermäßig Ausgestatteten ist kurz, aber sie machen einen frohen Eindruck und sind von einem Stolz besessen, der sich nach außen auf verschiedene Weise äußert. Einige prahlen auffälliger

mit ihren Eroberungen und zeigen sich in der Öffentlichkeit an Orten, die besonders stark besucht sind, umgeben von Mädchen in sehr leichter Bekleidung, die durch ihr Make-up und ihren Schmuck besonders auffallen und um ihren männlichen Partner sehr bedacht sind. Mit ihren Liebesbekundungen lösen sie manchmal öffentliche Skandale aus, aber das, was man sonst streng bestrafen würde, behandelt man in diesem Fall mit besonderem Wohlwollen.

Es gibt auch solche, die, obwohl sie ein Leben führen, das ganz dem Vergnügen gewidmet ist, nach außen den Anschein erwecken, ganz normale und konservative Bürger zu sein, und sie gehen mit niedergeschlagener Miene über die Straße und bevorzugen strenge und leicht unmoderne Kleidung. So wie jene von einer Aura der Bewunderung umgeben leben, rufen diese leichten Spott hervor, der, das muß man anerkennen, sich aber nur sehr zaghaft und verstohlen äußert. Das Ansehen, das sie erworben haben, ist sehr groß, und es wiegt viel schwerer als irgendeine andere Art von Wertschätzung. Einige, Verblendete, möchten sich auch in öffentlichen Ämtern hervortun, und obwohl man ihnen nicht zu widersprechen pflegt, hört man doch nicht auf sie. Voller Enttäuschung nehmen sie sich dann oft das Leben.

Die Frauen, die sich am Körper von einem dieser Männer erfreut haben, stehen nach dessen Tod sehr hoch im Kurs. Künstler und Photographen streiten sich darum, Bilder von ihnen machen zu dürfen. Ihre Popularität hält sehr lange an, und niemals vergißt man sie ganz. Der Mann, dem es gelingt, eine solche Frau zu heiraten, fühlt sich vom Glück begünstigt, denn sie öffnet ihm den Weg zum Erfolg. Eine solche Frau in der Familie zu haben, vor allem, wenn man in direkter Linie von ihr abstammt, ist etwas Beneidenswertes. Wenn man aber von einem dieser übermäßig ausgestatteten Männer abstammt, dann weiß man nicht genau, ob das etwas Schätzenswertes oder etwas Beschämendes ist, denn es gibt keinen bekannten Fall, von dem sich mit Sicherheit sagen ließe, er sei der Sohn von einem dieser Männer, von denen man nur mit Gewißheit weiß, daß sie, obwohl sie steril sind, so hinreißende Wonnen hervorzurufen vermögen.

Nach Cejunta kam einmal ein Zyklop. Alle Kinder liefen hinter ihm her und riefen:

»Papa, Papa, Papa!«

Denn für die Kinder in Cejunta hat der ideale Vater nur ein Auge, und so erscheint er ihnen auch im Traum.

In Gamud malen sich die Jungen ein großes Auge auf die Stirn, sofern sie glauben, intelligent, tapfer oder schön zu sein.
Sie sagen, es ist das Auge der Tapferkeit, der Schönheit oder der Intelligenz.
Wenn ein junger Mann gegen die Gesetze verstößt, bestraft man ihn damit, daß man dieses Auge abwischt; und einige ziehen es vor zu sterben, denn es gibt in Gamud für junge Leute keine größere Schande, als auf das Attribut der Tapferkeit, Schönheit oder Intelligenz zu verzichten.
Es versteht sich von selbst, daß diese Strafe nur die empfindsamen jungen Leute berührt. Die anderen verstehen derartige Feinheiten nicht.
Gewöhnlich kommen die Künstler sehr schnell ums Leben, denn obwohl der Rausch ein Vergehen darstellt, erliegen fast alle der Versuchung des Alkohols.
So bevölkert sich das Dorf allmählich immer mehr mit halbwüchsigen Idioten, die kein aufgemaltes Auge auf der Stirn tragen.

Niemand weiß, ob die Bewohner von Cejunta wirklich Freunde der Bewohner von Gamud sind, denn über diesen Punkt gibt es Meinungsverschiedenheiten, auch wenn die Ereignisse sich mit ziemlicher Gleichförmigkeit wiederholen.
Wenn ein Bürger von Cejunta einen von Gamud trifft, sprechen sie miteinander und einigen sich auch immer über eine Hochzeit, trinken viel und zeigen überschäumende Fröhlichkeit. Sobald sie aber nach Hause zurückgekehrt sind, erwacht ihr Mißtrauen, und sie sagen sich: »Ich werde erst einmal abwarten, was er tut, man darf niemandem trauen.« Und beim nächsten Zusammentreffen stürzen sie gleichzeitig aufeinander los und töten sich mit Dolchstößen, weil sie fürchten, der andere könne ihnen zuvorkommen. Die Behörden von Gamud und Cejunta halten abwechselnd die Trauerfeiern ab und geben große Summen für den Druck von Schriften mit erquicklichen Themen aus, die man in beiden Orten gratis verteilt.

Aus: *En Cejunta y Gamud.*

Víctor Canicio

Sein Motto ist ein Satz Adornos: »Aufgabe der Kunst ist es heute, Chaos in die Ordnung zu bringen.« Ein guter Leitsatz für jemanden, der am 5. November 1937 inmitten eines Luftangriffs in Barcelona geboren wurde und trotzdem seinen Humor nicht verloren hat. Víctor Canicio begann in Barcelona ein Studium der Medizin, daß er dann bis zum 9. Semester in Saragossa fortsetzte. Seit 1960 lebt er in Heidelberg, wo er ein Studium der deutschen Sprache und Literatur mit dem Erwerb des Diploms abschloß. Zur Zeit arbeitet er als Lehrer für Spanisch. Einen großen Teil seines Werkes, daß sich in ebenso humorvoller wie sozialkritischer Weise mit den Problemen der Auswanderung und der Existenz der spanischen Gastarbeiter in der Bundesrepublik auseinandersetzt, hat er in Zeitungen und Zeitschriften veröffentlicht. Diese Prosaarbeiten aus einer von ihm inzwischen als abgeschlossen angesehenen Phase hat er in zwei Büchern zusammengefaßt. In dem Protokoll eines Interviews *Vida de un emigrante español* (1979) versucht er, eine größere menschliche Nähe zu dieser Thematik zu gewinnen. Víctor Canicio gehört zur nicht sehr großen Zahl der spanischen Humoristen. In dem Buch, dem die in dieser Anthologie vertretenen Texte entstammen, wird dieser Teil seines Schaffens besonders deutlich, wenn auch hier nur die rein spielerische, surreale Seite seines Humors zu Wort kommt. Das Buch ist deutsch geschrieben. Über Canicios schriftstellerischen Arbeiten sollten nicht seine Leistungen als Übersetzer heutiger namhafter deutscher Autoren (Bichsel, Herburger, Härtling, Handke, Böll) vergessen werden.

Werke

Contamos contigo (Krónikas de la emigración), Laia, Barcelona 1972 (Kurzgeschichten) – *Pronto sabré emigrar*, Laia, Barcelona 1974 (Kurzgeschichten) – *Hausgemachtes und Ausgekochtes*, Fachhochschule für Druck, Stuttgart 1976 (Surrealistisches Kochbuch) – *Vida de un emigrante español*, Gedisa, Barcelona 1979 (life story).

Bananenauflauf

Der berühmteste Bananenauflauf der Geschichte fand am Anfang dieses Jahrhunderts in Mittelamerika statt, als mehrere hunderttausend patriotischer Bananen einstimmig beschlossen, für immer grün zu bleiben, und sich hartnäckig weigerten, ihre Heimatstauden zu verlassen.
Bei diesem denkwürdigen Bananenauflauf spielte die großgewachsene Großmutter der heutigen Chiquita eine zwielichtige Rolle, denn sie kollaborierte mit den nordamerikanischen Exportgesellschaften. Sie wurde dabei ertappt und zu ihrer Schmach mit einem besonders gelben Strafanstrich versehen.

Kontaktlinsen mit Normanschluß

Linsen schämen sich ob ihres tristen Aussehens und sind daher, übrigens wie fast alle Hülsenfrüchte, kontaktarm. In der Linsensuppe bleiben sie zwar nebeneinander, aber in Wirklichkeit gehen sie mit den benachbarten Linsen oder Speckstücken keine richtige Verbindung ein.
Werden aber die Linsen mit einem geeigneten Anschluß versehen – am besten mit einem Normanschluß nach DIN –, öffnen sich ihnen unbegrenzte Möglichkeiten. Die mit einem oder mehreren Anschlüssen ausgestattete Linse fühlt sich nicht mehr allein. Sie kann sofort mancherlei Kontakte mit ähnlich ausgestatteten Linsen, auch Importlinsen, pflegen. Diese Verbindungen erweisen sich oft im Laufe der Jahre als beständig, ja sogar als untrennbar.
Eine Kontaktlinse mit Normanschluß wird dann zwangsläufig zur glücklichen Linse.

Kuchenbacken

Kuchenbacken ist auch heute eine äußerst geeignete Beschäftigung für die emanzipierte Hausfrau: während des Backens hat sie viel freie Zeit und kann ungestört weitere Kuchen zubereiten.

Gemäusesüppchen

Das Gemäusesüppchen ist, wie der Name schon sagt, eine leicht bekömmliche Gemüsesuppe mit Mäuseeinlage. Sie ist als natürliche Kost sehr geeignet für ältere Kätzchen, die sich den Magen durch jahrelangen Genuß von Konservennahrung vollkommen verdorben haben.

Oberkellner flambiert

Flambierte Oberkellner geben einem festlichen Abendessen die besondere Note. Dabei ist die richtige Auswahl des Hochprozentigen sehr wichtig. Für französische Maîtres nehme man Grand Marnier de Luxe Etiquette Jaune oder Cointreau. In Amerika verwendet man gerne den feurigen Bourbon. Für westdeutsche Oberkellner empfiehlt sich ein einfaches Obstwässerle. Eierlikör ist wegen der Farbrückstände nicht geeignet.

Durch das Flambieren werden die Bedienungen besonders geschmeidig und lebendig. Sehr wirkungsvoll ist es, wenn mindestens zwei Oberkellner gleichzeitig flambiert werden und die Saalbeleuchtung dabei erlischt. Nach wenigen Minuten werden die flambierten Oberkellner ausgeblasen oder gehen auch von selber aus. Von Ihnen wird darauf ein angemessenes Trinkgeld erwartet.

Verlorene Eier

Vor allem: Ruhe bewahren! Erst denken, dann handeln! Nichts berühren!
Wem sind die Eier verlorengegangen? Die Personalien sofort feststellen! Polizeiliches Führungszeugnis anfordern! Vorsicht bei Vorbestraften!
Wem nutzen die verlorenen Eier? Fremde Mächte im Spiel? DDR? CIA?
Was für Eier sind verlorengegangen? Gewichts- und Güteklasse notieren! Falls es sich um Importware handelt, EG-Sonderregelungen beachten! Die verlorenen Eier mengenmäßig erfassen!
Hausratsversicherung?

Aus: *Hausgemachtes und Ausgekochtes.*

Ana María Moix

Sie wurde am 12. April 1947 in Barcelona geboren, ist die Schwester von Terenci Moix (geb. 1943), dem extravaganten katalanischen Prosaautor. Ana María Moix begann mit Lyrik, in der sie die amerikanischen Filme und Schlager der vierziger und fünfziger Jahre mythisierte. 1970 war sie eine der »neun Neuesten« (*Nueve novísimos*) in der epochemachenden Lyrikanthologie von Castellet. Im selben Jahr erscheint ihr dritter und bis jetzt letzter Gedichtband *No time for flowers y otras historias*. Fast gleichzeitig beginnt sie, Prosa zu veröffentlichen. In ihren ersten Erzählungsbänden beschreibt sie die Kindheit in der bürgerlichen Enge Barcelonas nach dem spanischen Bürgerkrieg. Sie verarbeitet dabei Eindrücke von Film und Comics, wobei sich eine erotische Obsession und ständige parodistische Haltung bemerkbar machen. Ähnlich wie Filmmusik hat die Sprache ihrer Bücher eine untergeordnete Funktion: sie begleitet die Handlung, ersetzt sie aber nicht. Ihr zweiter Roman *Walter, ¿por qué te fuiste?*, der wegen Zensurschwierigkeiten erst 1973 erscheinen konnte, ist ihr gelungenstes Prosawerk. Er gehört zu den ersten zwölf Titeln der Reihe »Hispanica Nova«, mit der Barral Editores 1972 versuchte, einen Boom der spanischen Romankunst ähnlich demjenigen der Literatur Lateinamerikas in den sechziger Jahren einzuleiten. Ana María Moix verlegte danach ihre schriftstellerischen Aktivitäten fast ausschließlich in den Bereich des Journalismus. Außerdem arbeitet sie auch als literarische Übersetzerin (Villiers de l'Isle-Adam, Beckett).

Werke

Baladas del Dulce Jim, El Bardo, Barcelona 1969 (Lyrik) – *Julia*, Seix Barral, Barcelona 1970 (Roman) – *No time for flowers y otras historias*, Lumen, Barcelona 1970 (Lyrik) – *Ese chico pelirrojo a quien veo cada día*, Lumen, Barcelona 1971 (Erzählungen) – *Walter, ¿por qué te fuiste?*, Barral Editores, Barcelona 1973 (Roman) – *24 × 24*, Edicions 62, Barcelona 1973 (Interviews) – *La maravillosa colina de las edades primitivas*, Lumen, Barcelona 1976 (Erzählungen) – *María Girona* (in Katalanisch, zusammen mit José María Castellet), Edicions 62, Barcelona 1977 (Essay).

Die Übersetzer

Helga Prignitz, geb. 1949 in Ludwigslust, Studium der Kunstgeschichte, Lateinamerikanistik und Hispanistik in Berlin. 1980 Promotion. Übersetzte Raquel Tibol.
Dieter Masuhr, geb. 1938, Maler. Veröffentlichte *Die Augen der Guerrilleros*, Zeichnungen und Berichte aus Nikaragua. Übersetzungen von Nicanor Parra, Gonzalo Rojas, José Lezama Lima, Leonel Rugama, Sergio Ramírez, Gioconda Belli.

Eilboten

Barcelona 5-10-65
Telegramm an Daniel López Pérez, Málaga,
von Martín Rodríguez Fernández, Barcelona
»Ich weiß alles. Martín«

Barcelona, den 6. Oktober 1965
An Fräulein Daniela López Pérez,
Málaga
Liebe Daniela!
Du kannst Dir nicht vorstellen, wie schwer es mir fällt, Dich so auf einmal Daniela nennen zu müssen. Wenn ich auch verstanden und akzeptiert habe, in meinem Innern bleibst Du für mich Daniel.
Du hättest mich darüber aufklären müssen, daß Du eine Frau bist. Ich hätte es verstanden. Aber nichts zu sagen und es mich allein herausfinden lassen, das war hart von Dir. Ich will es klar heraussagen: Ich bin zwar einverstanden, aber zu Anfang war ich angewidert. Nicht einmal deswegen, weil Du anstatt eines Jungen ein Mädchen bist, sondern weil ich (abgesehen davon, daß Du es mir verheimlicht hattest) die Vorstellung nicht loswerde, wie Dein Gesicht mich den ganzen Sommer hindurch angelächelt hat. Mich quält die Erinnerung an Dein Lächeln. Ich fand es unerklärlich, und vielleicht hat Dein Spott die Richtung gewiesen, in die unsere Beziehung gegangen ist. Spott! Ich begreife jetzt, daß es gar nicht Spott war, was Dein Gesicht ausdrückte, sondern Furcht und die Unentschlossenheit, mir die Wahrheit zu sagen. Du hättest es trotz allem tun sollen. Du kannst Dir nicht vorstellen, was ich empfand, als ich zum ersten Mal wieder Unterricht gab. Ich stelle mir vor, wie mich die anderen Studenten sahen: da hat uns das Schicksal einen Idioten als Professor beschert. Aber Du wirst verstehen, daß ich Grund genug für mein seltsames Verhalten hatte: dort in der ersten Reihe saß meine verwirrende Liebe aus den Sommerferien, in Frauenkleidern, ganz natürlich, so als ob sie ihr ganzes Leben lang eine Frau gewesen sei.
Ich habe mich geärgert. Um die Wahrheit zu sagen, ich habe mich sehr geärgert. Ich war so durcheinander, daß ich Dir sogar ein Telegramm schickte, worin ich Dir Vorhaltungen machte, und zwar an Deine Adresse als Daniel. Ich war so durcheinander, als ich Dich erblickte, daß ich mich über Daniel ärgerte.

Aber nach einigem Nachdenken sagte ich mir, daß es so viel richtiger ist. Das klärt unsere Beziehung, die wir am Meer miteinander hatten. (Andererseits glaube ich, daß wir eigentlich die ganze schöne Zeit vertan haben, nur wegen Deiner Lüge! Stell Dir nur einmal vor, was wir alles hätten tun können in den vergangenen Monaten. Du, liebe Daniela, und ich, zwei ganze Monate zusammen, die Ferien genießend, den Sommer, unsere gesunde und unproblematische Jugend – und statt dessen waren unsere Tage stürmisch, wir versteckten uns gegenseitig vor dem Unverständnis des anderen und sogar vor unserem eigenen.)
Es ist wirklich besser, daß Du eine Frau bist. Trotzdem bitte ich Dich: Wenn es da noch mehr geben sollte, das ich wissen müßte, sag mir alles auf einmal. Sollten Deine roten Haare gefärbt sein, sollte die eine Hälfte Deiner Schönheit aus Salbendöschen stammen, sag es mir gleich und enttäusche mich nicht nach und nach.
Ich fand es besser, Dir zu schreiben, als mit Dir zu sprechen, weil wir so alles besser erklären können, und außerdem vermeiden wir die dummen Bemerkungen im Seminar.
Ich hoffe natürlich, daß Du mir auch schreibst und mir sagst, wo wir uns sehen können. Denn ich hoffe eindringlich, daß ich schon bald Daniela in meine Arme schließen kann.
Martín.

Barcelona, 7. 10. 65
Daniela López Pérez
Herrn Martín Rodríguez
Barcelona
Sehr geehrter Herr Professor!
Entweder befinden Sie sich in einem gewaltigen Irrtum, oder Sie sind reichlich unverschämt.
In ersterem Fall kann ich Ihnen sagen, daß ich Ihr wenig anziehendes Gesicht noch nie zuvor in meinem Leben gesehen habe und daß ich meine letzten Ferien auch nicht am Meer verbrachte.
Aber ich neige eher zu der Annahme, daß Sie einer von diesen tollen Hechten sind, die sich an ihre Schülerinnen mit »Irrtumsgeschichten« ranmachen. (Ganz schön seltsam und an den Haaren herbeigezogen. Nehmen Sie wirklich an, ich würde die Geschichte von einem Jungen mit demselben Gesicht und demselben Namen glauben? Ich empfehle Ihnen, sich bei Ihren nächsten Versuchen etwas Glaubwürdigeres auszudenken.)
Ich mache Sie darauf aufmerksam, daß ich weitere Scherze dieser Art

nicht hinnehmen werde, und Sie können sich ausmalen, wie wenig Freude es Ihnen bereiten wird, wenn Ihr Brief beim Rektor landet.
Daniela López Pérez.

Málaga, den 7. Oktober 1965
Daniel López Pérez
Herrn Martín Rodríguez, Barcelona
Lieber Martín,
was ist passiert? Ich habe Dein Telegramm erhalten, kann mir aber nicht erklären, was Du mir eigentlich sagen willst. Was ist das, was Du herausbekommen hast? Ich habe Dir weder etwas vorgelogen noch verheimlicht. Ich dachte, davon seist Du überzeugt und habest Vertrauen in mich. Jetzt muß ich feststellen, daß dem nicht so ist. Warum nur bist Du mir nach Deiner vorgetäuschten Abreise zwei Tage in Frauenkleidern nachgegangen? Du solltest Dich schämen. Beflecke unsere Freundschaft nicht mit solchen Absurditäten.
Ich weiß gar nicht, was Du Dir von all dem versprochen hast. Laß Dir nicht einfallen, es noch einmal zu tun. Du weißt nicht, wie tief es mich getroffen hat, unsere Freundschaft so weibisch dargestellt zu sehen. Wie bist Du darauf gekommen? Als Du mich anriefst, konnte ich Deine Stimme überhaupt nicht verstehen, und als ich Dich sah, brauchte ich einige Zeit, um zu überlegen, wem diese Frau wohl ähnlich sehe. Erst, als Du Dich Martina nanntest, brachte ich ihr Gesicht mit Deinem in Verbindung. Und dann bin ich so erschrocken, daß ich einfach geflüchtet bin.
Ich bin wirklich außerordentlich irritiert. Inzwischen fasse ich das Ganze zwar als Scherz auf, aber zuerst wußte ich nicht, ob es sich dabei um einen Scherz handelt, den Du schon seit Beginn unserer Freundschaft vorbereitet hattest, oder um eine Halluzination. Und dann hast Du es endgültig geschafft, mich zu verwirren, als ich Dein Telegramm aus Barcelona erhielt. Wie war das möglich, wenn ich Dich erst einige Stunden vorher gesehen hatte? Dann sagte ich mir, daß es irgend jemand, der diesen Trick kannte, in Deinem Namen aufgegeben hat.
Wenn ich an unsere Erlebnisse im Sommer denke und an unsere tiefe Freundschaft, weiß ich, daß Du mir das alles erklären kannst und daß es sich nicht wiederholt.
Einen herzlichen Gruß,
Daniel.

20. Oktober 1965
Daniel López Pérez
Barcelona
Herrn Martín Rodríguez
Barcelona
Meine sehr geliebte Martina!
Warum habe ich das nicht vorher bemerkt? Ich bitte Dich um Verzeihung.
Wie sehr mußt Du wegen meines Briefes gelitten haben. Zu der schrecklichen Veränderung, die Du durchgemacht hast, nun auch noch mein Unverständnis. Wie war es denn?
Bist Du nun ein Mann und hast Du Dich nur während des Sommers in eine Frau verwandelt, oder bist Du eine Frau, die zu einem Mann geworden ist?
Jetzt verstehe ich, daß all die Merkwürdigkeiten, die Du in Deinem Brief beschrieben hast (Du nanntest mich Daniel und hast vom vergangenen Sommer am Meer gesprochen, statt in Soria) auf die Verwirrung zurückzuführen sind, die dieser Wandel bei Dir ausgelöst hat. Du mußt mir alles genau erzählen! Und ich weiß jetzt nicht, ob ich Dich als Mädchen oder als Jungen behandeln soll, was für ein Zustand!
Was mit Dir passiert ist, tut mir alles sehr leid. Aber ich hoffe, daß wir gute Freundinnen (oder Freunde) bleiben; wenn ich es mir recht überlege, warst Du eigentlich nie sehr weiblich.
Deine Dich liebende Daniela.

10. Oktober
Daniel López Pérez
Málaga
Fräulein Martina Rodríguez, Málaga
Liebe Martina,
jetzt aber genug mit den Täuschungen. Trotz aller Briefe, die Du mir aus Barcelona schreibst (und Du wirst schon wissen, wer sie Dir schreibt), und trotz Deines merkwürdigen Benehmens ist Dir nicht gelungen, was Du beabsichtigt hast, nämlich mich mit Deinem angeblichen Doppelgängertum durcheinanderzubringen. Nach diesen letzten Tagen, an denen wir uns fast täglich gesehen haben, bleibt mir nicht der geringste Zweifel: Du hast mich an der Nase herumgeführt, zwei Monate lang, indem Du Dich als Mann ausgegeben hast! Ich hatte mich schon über Deine ausnehmend feinen Hände gewundert und über die Locken in Deiner männlichen Stirn. Aber niemals hätte ich angenommen, daß Deine Unverschämtheit so weit gehen würde. Ein femininer Mann ist eine Sache, aber eine Frau eine andere.

Das heißt aber nicht, daß nun alles erledigt sei, wie Du vielleicht annimmst. Darf ich erfahren, warum Du Dir zu fein warst, mit mir zu sprechen, als ich Dich im Hotel besuchen wollte, und das mehrmals hintereinander? Du hast mich nicht nur enttäuscht, sondern jetzt benimmst Du Dich auch noch blöde. Das verzeihe ich Dir nicht, daß Du mich auf offener Straße geohrfeigt hast. Ich kann Dir verraten, ich komme sehr gut auch ohne Dich aus, ob Du nun ein Mann oder eine Frau bist (von beiden gibt es mehr als genug).
Wenn ich trotzdem mit Dir sprechen möchte, so nur deshalb, weil Du mich am Telefon selbst dazu aufgefordert hast und weil ich diese Geschichte ein für alle Mal geklärt haben möchte.
Mir ist egal, was Du für ein Geschlecht hast, aber ich ertrage nicht, wie Du mit mir umgehst. Wenn Du Dich zu gehemmt fühlst, mir diese plötzlichen Veränderungen selbst zu erklären, kannst Du mir ja schreiben, wie Du schon getan hast, und kannst mir berichten, was eigentlich los ist, anstatt diese Schau mit Telegrammen und Billets abzuziehen.
Überleg Dir mal, was Du anstellst, und ruf mich dann an.
Dein Freund Daniel.

11. Oktober
Martina Rodríguez
Málaga
Herrn Daniel López Pérez, Málaga
Lieber Daniel,
so wie ich mich aufgeführt habe, geschieht es mir recht, daß Du verärgert auf meinen Brief reagierst. Daran zweifeln, daß ich eine Frau bin! Ausgerechnet Du, den ich auf der Straße ohrfeigen mußte, weil ich annahm, Du seist ein Mann! Obgleich ich mich mit Dir am Telefon verabredet hatte, muß es Dich nicht wundern, daß ich Dich nicht gleich erkannte. Diese etwas rauhen Manieren ...
Trotz allem, es gibt Schlimmeres. Es ist zwar ungewöhnlich, aber tröste Dich, das kann jedem passieren. Auf jeden Fall wäre es das Beste, Du entscheidest Dich ein für alle Mal: Daniel oder Daniela. Schon in Soria kamst du mir komisch vor (glaube ja nicht, daß ich Deine Blicke nicht bemerkt hätte! Einer wirklichen Frau entgehen solche Dinge nicht!), aber tatsächlich wäre ich nie darauf gekommen, daß Du ein Mann bist.
Die erste Überraschung war für mich Deine Stimme am Telefon. Leider sprachen wir dann nicht mehr miteinander, als ich Dir die Ohrfeige gab, und mir deutlich bewußt wurde, wer Du warst.

In Wirklichkeit ist es viel besser so, daß Du ein Mann bist. Ich bin sicher, daß wir uns gut verstehen werden, und ich hoffe, Du wirst mich, so schnell es Deine neuen Verpflichtungen als Mann zulassen, im Hotel besuchen kommen.
Küßchen, Martina.

Barcelona, 14-10-65
Telegramm an Daniel López Pérez, Barcelona,
von Martín Rodríguez Fernández, Málaga
»Sobald in Málaga, anrufen. Martín.«

Málaga, 14-10-65
Telegramm an Martín Rodríguez Fernández, Barcelona,
von Daniel López Pérez, Málaga
»Verstehe nichts mehr. Du bist verrückt. Daniel.«

15. Oktober 1965
Martín Rodríguez, Barcelona
Herrn Daniel López Pérez, Málaga
Lieber Daniel!
Ich habe Deinen Brief aus Málaga erhalten, also fast vor der Nase von Daniela. Wie ist das möglich?
Ich habe über die ganze Sache nachgedacht und bin zu dem Schluß gekommen, daß Du an irgendeiner Krankheit leiden mußt, weswegen Du Dich so verhältst, wie Du Dich verhältst. Um Himmels willen, geh schleunigst zum Arzt. Du bist erschöpft von den vielen Reisen. Wie hältst Du das überhaupt aus?
Da Du gerade in Málaga bist, bleibe da. Rühr Dich nicht von der Stelle. Am Wochenende will ich Dich besuchen kommen.
Schreib bald. Einen herzlichen Gruß von Deinem Freund
Martín.

15. Oktober
Daniel López Pérez, Málaga
Herrn Martín Rodríguez, Barcelona
Lieber Martín!
Ich habe Dein Telegramm erhalten und es gleich beantwortet. Ich bin es leid, daß Du ständig meinen guten Willen mißbrauchst. Es ist schon sehr merkwürdig, was Du da von Dir gibst (allgemein nicht üblich, aber ich kenne weitere Fälle), aber versuch bitte nicht, mir Deine Fehler zu unterschieben.

Wie ist es möglich, daß Du Dich nicht an unser gestriges Zusammentreffen erinnerst? Du mußt Dich erinnern! Du hast doch noch Deine seltsame und geradezu fixe Idee verfolgt, ich habe mein Geschlecht geändert, wie schon in Deinen Briefen vorher! Aber Martín, warum sollte ich Briefe an Dich beantworten, wenn wir den ganzen Tag zusammen sind!
Wahrscheinlich ist das Beste, das Du unter diesen Umständen tun kannst, einige Tage Ausruhen. Sobald ich es irgendwie einrichten kann, heute oder morgen, komme ich nach Barcelona, und dann gehen wir zusammen in ein Dorf an der Küste, damit Du Dich in Ruhe erholen kannst.
Nimm nicht alles so schwer, es wird sich einrenken.
Dein Freund Daniel.

16. Oktober 1965
Martina Rodríguez, Málaga
Herrn Daniel López Pérez,
Málaga
Lieber Daniel!
Was ist los? Seit zwei Tagen bist Du nicht mehr im Hotel erschienen. Ich weiß aber, daß Dich nichts abgehalten haben kann, denn ich habe Dich beobachtet.
Wenn Du heute abend auch nicht kommst, denk an meine Devise: Der König ist tot, es lebe der König.
Deine Martina.

16. Oktober
Daniela López Pérez
Barcelona
Herrn Martín Rodríguez
Barcelona
Lieber Martín!
Wenn ich nicht wüßte, daß Du Dich wegen Deiner Verwandlung etwas unwohl fühlen mußt, so würde ich Dein Schweigen so auslegen, daß Du nichts mehr von mir wissen willst. Ich sagte Dir aber schon, daß von mir aus alles beim alten bleibt.
Ich grüße Dich zärtlich,
Daniela.

17. Oktober 1965
Martín Rodríguez, Málaga
Herrn Daniel López Pérez,
Málaga
Daniel,
ich schreibe Dir hier aus Málaga, damit Du siehst, daß ich wirklich nach hier gekommen bin.
Ich bin ganz naiv gekommen, weil ich um Deine Gesundheit fürchtete. Ich versichere Dir, daß ich aus keinem anderen Grund gekommen bin als aus dem, Dir beizustehn, und ich hatte mir vorgenommen, alle Beleidigungen von beiden Seiten Deiner angenommenen Persönlichkeiten zu vergessen. Ich weiß, daß Du Dich in Barcelona befindest. Das zeigt mir, daß Du genau weißt, warum Du reist, denn obwohl Du wußtest, daß ich komme, bist Du weggefahren.
Ich habe auch das Bild gesehen, daß Du von mir in Frauenkleidern gemacht hast. Du solltest vielleicht doch zu einem Arzt gehen und ihm von solchen Sachen berichten. Ich kann Dir nicht helfen, wenn Du es nicht wünscht. Der Beweis ist Deine Abreise, als Du wußtest, daß ich kam.
Das alles geht mir nahe. Aber wenn Du wiederhergestellt bist, kannst Du auf mich als Deinen Freund zählen, ob Daniel oder Daniela.
Martín.

17. Oktober 1965
Daniel López Pérez
Barcelona
Herrn Martín Rodríguez
Barcelona
Martín:
Ich war ja wahnsinnig, was? Ich bin in Barcelona und Du (das heißt Martina) in Málaga. Da brauchst Du mir nichts weiter zu erklären.
Aber das verzeihe ich Dir nicht: Du machst mir zuviel Kummer: Du hast mich nicht nur entsetzlich enttäuscht, ich bin auch weiter verrückt nach Dir: ich bin entzückt von Martina.
Ich will von Dir nichts mehr wissen.
Daniel.

1. November 1965
Martín Rodríguez, z. Z. Baden-Baden
Herrn Daniel López
Málaga
Lieber Freund!
Ich muß Dich um Verzeihung bitten! Ich hätte es verdient, daß Du diesen Brief zerreißt, ohne ihn gelesen zu haben. Doch tu es nicht, denk an unsere alte Freundschaft.
Ich begreife inzwischen immer noch nichts, und es gelingt mir auch nicht, auch nur das zu verstehn, was in den letzten vier Wochen zwischen uns vorgefallen ist. Es ist zwar wahr, daß ich Dir vorwarf, eine Frau zu sein, aber Du mußt zugeben, daß Du dasselbe getan hast. Außerdem hatte ich meine Gründe dafür. Aber auch wenn ich mich anstrengte, könnte ich nicht sagen, wer eigentlich damit angefangen hat, am andern zu zweifeln. Sicher ist nur, daß ich an jenem Abend in Málaga, als ich Dein Haus verließ, wohin ich Dir meinen letzten Brief gebracht hatte, mit mir selbst zusammenstieß, in Frauenkleidern. Da hat jemand einen schlechten Scherz mit mir gespielt. Du kannst es nicht gewesen sein, wenn wir davon ausgehen, daß Du in Barcelona warst. Für heute möchte ich aber meine dringend notwendige Erholung nicht weiter strapazieren. In einigen Monaten werden wir uns wiedersehen.
Bis dahin herzliche Grüße, schon immer Dein
Martín.

November 1965
Daniel López Pérez
z. Z. San Hilario (Gerona)
Herrn Martín Rodríguez,
Barcelona
Lieber Martín!
Nach einigen Tagen der Erholung schreibe ich Dir, nach Barcelona, weil Du Dich bestimmt dort aufhältst. (Ich bin so durcheinander, daß ich zuweilen daran zweifle, ob der Wirklichkeit entspricht, was ich sage oder denke.) Vergib mir. Ich war sehr hart in meinen Briefen. Ich verstand das alles nicht, bis zu dem Augenblick, als ich in der Tür zum Seminar, wo man mir gesagt hatte, daß Du unterrichtest, mit mir selbst zusammenstieß, in Frauenkleidern. Es war fürchterlich. Und auch jetzt kann ich nicht behaupten, irgend etwas zu verstehen. Wenn es ein Traum sein sollte, könnte er von der Repression in meiner Jugend her-

rühren; aber ich sah, fühlte, berührte den anderen Körper, denn ich stieß beim Hinausgehen mit ihm zusammen, und es gibt nicht den geringsten Zweifel, daß es ein wirklicher Körper war.
Jetzt brauche ich Ruhe. Ich werde Dir meine Adresse schreiben, damit Du keine Briefe mehr nach Málaga schickst.
Dein alter Freund Daniel.

1. November 1965
Martina Rodríguez
Málaga
An Fräulein Daniela López Pérez
Barcelona
Liebe Freundin!
Endlich verstehe ich Dich. Wieder Daniela! Du ahnst ja gar nicht, welch abenteuerliche Erlebnisse ich hier in Málaga hatte. Ich habe einen Menschen getroffen, der Dir unglaublich ähnlich sah, mit derselben Telefonnummer wie Du, der sich nicht im geringsten zu wundern schien, mich zu kennen. Ich glaubte schließlich, daß Du es wärst und daß Du mich auf den Arm nehmen wolltest.
Na ja, ich weiß nicht, was aus dem Typen geworden ist. In meinem Leben habe ich keine solche Ähnlichkeit gesehen. Irgendwann werde ich Dir alles genau erzählen.
Jetzt, wo alles geklärt ist und wir beide wissen, woran wir sind, erwarte ich Nachricht von Dir.
Küßchen, Martina.

2. November 1965
Daniela López Pérez
Barcelona
An Fräulein Martina Rodríguez,
Málaga
Liebe Martina!
Du behauptest, alles sei geklärt? Das verstehe ich nicht. Weißt Du denn nicht, daß ich schon dieses ganze Semester bei Dir Unterricht habe? Da gibt's nichts, Du bist verrückt, aber das warst Du ja schon immer. Als ich Deinen Brief bekam, dachte ich zuerst, es sei ein Irrtum. Aber daß Du in Málaga bist, beweist mir, daß dieser Irrtum, oder wie man es nennen will, bei Dir liegt, weil nämlich der Prof heute auch nicht in Barcelona ist. Wenn Du das alles abstreiten willst, kann ich Dir mal die Briefe schicken, die Du mir aus Barcelona geschickt hast.
Ruh Du Dich nur aus. Das alles kommt, weil Du so extravagant bist.

Du verstrickst Dich dauernd tiefer und weißt am Ende überhaupt nicht mehr, wie Du Dich aus diesem Netz befreien sollst. Wo Du mir als Prof doch so gut gefällst!
Küßchen, Daniela.

4. November
Martina Rodríguez
Málaga
An Frl. Daniela López Pérez
Barcelona
Liebe Freundin!
Unerklärlich. Meine letzte Reise nach Barcelona war vor mehr als drei Jahren. Die Begründung, die Du mir anbietest, um Deine Unschuld zu beweisen, ist mager:
Zufällig bist Du in Barcelona, jetzt, wo Daniel ebenfalls nicht in Málaga ist.
Wenn das Ganze ein Scherz sein sollte, dann ist es jetzt genug damit. Meinst Du nicht auch? Und wenn nicht, dann verstehe ich ihn nicht. Ich werde noch heute nach Barcelona fliegen, um diese merkwürdige Angelegenheit endlich zu klären.
Bis bald, Martina.
(An Phantasie fehlt es Dir offenbar nicht. Woher hast Du das Bild, auf dem ich wie ein Mann angezogen bin?)

5-11-65
Telegramm an Martina Rodríguez Fernández, Málaga
von Daniela López Pérez, Barcelona
»Ankomme Málaga heute. Daniela.«

5-11-65
Telegramm an Daniela López Pérez, Barcelona
von Martina Rodríguez Fernández, Málaga
»Ankomme heute. Klärung notwendig. Martina.«

In: *Narraciones de lo real y fantástico.* Barcelona 1971.

Mariano Antolín Rato

Er wurde am 8. August 1944 in der asturischen Hafenstadt Gijón geboren. Er studierte Philosophie und lebte einige Zeit in Italien, England, USA und Marokko. Jetzt wohnt er in einer Vorstadt Madrids und arbeitet als Programmierer, Verlagslektor und Berater für moderne amerikanische Literatur. Unter anderem hat er Gertrude Stein, Pound, Lowry und Burroughs ins Spanische übersetzt. Er ist Mitarbeiter von auf Science Fiction spezialisierten Zeitschriften. Neben Literatur beschäftigt er sich mit Rockmusik und Zen-Buddhismus. Sein bisheriges Werk wird durch zwei Hauptmerkmale bestimmt: Antikultur und linguistische Auflösung; Elemente, die auch die Arbeit anderer junger spanischer Schriftsteller charakterisieren wie Eduardo Haro Ibars, Juan Alcover, Asís Calonje und Alfonso Español. Diese Gruppe erhielt 1977 von zwei amerikanischen Dozenten mit Bezug auf den Roman *Nova Express* von Burroughs den Namen »Nova Expressión Narrativa Española«. Wegen ihrer regelmäßigen Veröffentlichungen (ab 1970) in Camilo José Celas Literaturzeitschrift werden sie auch als »Grupo de PAPELES DE SON ARMADANS« bezeichnet. Hier machte Mariano Antolín Rato 1969 Burroughs erstmalig in Spanien durch einen Artikel über sein Werk einem breiten Publikum bekannt. Im Verlag der PAPELES erscheint schließlich 1973 Ratos erster Roman *Cuando 900 mil Mach aprox.* Als zweiten Roman publiziert er 1975 *De vulgari Zyklon B manifestante*, für den er den Preis der »Nueva Crítica« erhält. Er macht sich in seinem Werk die folgenden Worte J. G. Ballards zu eigen: »Die Rolle des ›Fiktionsautors‹ hat sich gewandelt. Die Fiktion ist schon hier: die Aufgabe des Schriftstellers besteht meiner Meinung nach darin, die Wirklichkeit in diese Fiktion einzubringen.«

Werke

Budismo Zen: Enseñanzas y textos (zusammen mit A. Embid), Barral Editores, Barcelona 1972 (Essay) – *Cuando 900 mil Mach aprox*, Júcar, Madrid 1973 (Roman) – *De vulgari Zyklon B manifestante*, Júcar, Madrid 1975 (Roman) – *Bob Dylan*, Júcar, Madrid 1975 (Essay) – *Entre espacios intermedios: WHAAM! (Manual de operaciones psiquedélico-dantescas)*, Viejo Topo, Barcelona 1978 (Roman).

Der Übersetzer

Karl J. Müller, geb. am 13. 2. 1945 in Berlebeck/Detmold. 1958–1972 Schulbesuch und Studium der Romanistik in Teneriffa, anschließend bis 1977 Studium der Sprachwissenschaft an der Universität Köln. Übersetzungen ins Spanische und aus dem Spanischen (lateinamerikanische Lyrik für den Hörfunk).

Bei 900tausend Mach ungef.

(Chiffriert übermittelte Meldung eines ZvK an Zentrro von Kontroll):
»Der fremdartige, auf der Schreibmaschine entdeckte Körper zeigt offensichtliche Anzeichen der Ermüdung. Es scheint, daß er jeden Augenblick erschöpft oder eingeschlafen auf die Buchstabentasten niederstürzt. Ersatzausrüstungen vorbereiten. Der Befehl lautet, auf jeden Fall verhindern, daß er die weißen Seiten erreicht und uns vernichtet. Ich schlage die Anwendung von starken Katalysatoren vor, die seine Reaktionen beschleunigen. Erwarte Instruktionen.«
****
die Raumschiffe sind vielleicht abgeflogen – die große Katastrophe, seit langem von Zentrro von Kontroll vorhergesagt und ausgeweidet, läßt sich letztendlich auf folgendes reduzieren:
es wird ein Tag kommen, an dem dieses System in die Objektsprache übergehen und in ein Höheres System eingeschlossen wird, welches es gleichzeitig erklären wird: Barthes
währenddessen ist es möglich, spazierenzugehen, sich dem Ablauf der Jahreszeiten hinzugeben, der Lethargie der mittleren Stunden des Tages, dem Gesetz des Stärkeren – währenddessen werden die überschüssigen Kräfte in einer Reihe von Operationen und Spielen verbraucht: machend, darstellend, kritisierend, desorganisierend
zum ersten Mal werden einige Eindringlinge Zeugen eines kosmischen Vorfalles sein, das nur Maia & Ahasvero in Erinnerung bewahren werden
M & A sind allein in einer feindseligen Gegend – ein seltsamer Kontinent aus totem Gestein, mit riesigen Buchstaben aus Schlagzeilen überstreut – die Bewegungslosigkeit und die Stille sind erdrückend –, die nackten Berge am Horizont, zwischen denen da und dort das rötliche Licht der Vulkane glänzt, fügen noch mehr Feierlichkeit, noch mehr Unbeweglichkeit, noch mehr das Gefühl der absoluten Unzeitlichkeit hinzu
am nächsten Morgen erschweren Regen, Hagel, Blitze, die üblichen Begleiter der Gewitter, noch mehr die Lage eines Heeres von Reportern, Papagallis und Neugierigen
am nächsten Morgen stehen Soldaten ringsherum – gigantische Männer mit dunklen Gesichtern und schwarzen Bärten, wie ein Wald unter einer fahlen Sonne, die endlich begonnen hat zu leuchten

ein Herold tritt vor zwischen den Kratern, dem Schutt, den Gräben voller unerkennbarer Formen, verhungerter, verformter, vertrockneter, zerfallener Körper

Ahasvero versucht, einen Sinn in all dem zu finden – es scheint ihm weder Hand noch Fuß zu haben –, weiß trotzdem, daß der Sinn all dessen seinem Verständnis entgeht – auf eine Weise, die er nicht erkennen kann, hat er sich verpflichtet, einem gewissen Ablauf zu folgen, ohne Fragen zu stellen

»Bald werden wir erfahren, was wirklich geschieht. Ich sehe einen Herold, der sich nähert, noch von dem trockenen Staub und Schlamm des Weges bedeckt. Er wird uns alles erklären.«

der Herold von Zentrro von Kontroll tritt vor, um die Kapitulation ohne Widerstand zu fordern – der Kopf des Herolds rollt über den Boden –, im alten China tötete man sofort jeden Boten, der schlechte Nachrichten überbrachte

man sagt, daß M & A gekämpft haben

sie wurden besiegt

man erzählt auch, das Ahasvero – als er sah, daß sie die Schlacht verloren hatten und sie den ZvK ausgeliefert waren – sich wie folgt an Maia wandte:

»Bereite dich darauf vor, tapfer zu sterben. Es ist nicht recht, daß du hier bleibst, auf daß ein Schurke sich deiner Schönheit und deines Liebreizes erfreue oder dich verdürbe, dich die Metze von Ahasvero dem Rastlosen schimpfend.«

trotzdem wird berichtet, daß Maia die erste war, die fiel – zoologische Fragen –, sie irrten sich bei Ahasvero, der bis zum Ende widersteht

über Onan, den Analisten des inneren Raumes, kann man wenig sagen – seine Worte errichteten weiterhin Gesetze – seine Worte waren unanfechtbare Wahrheiten – nichts und niemand ist ihnen fremd – nicht einmal Onan selbst, dessen Spur sich auf den kalten Monden des Jupiter verlor, als auf Grund eines irrationalen Deliriums 10000 Hunde das Ungeheuer schufen, das ihn wie sein Schatten verfolgte

Maia & Ahasvero treten den großen Endspurt an – ihre Geschwindigkeit steigert sich wieder bei 900tausend Mach ungef – sie pulsieren, atmen, keuchen, stellen scharf, stellen unscharf ein

die Augen von M & A verwandeln sich in ein Mikroskop des Geistes – ein Mikroskop, das sich tiefer und tiefer in das verschlungene, tanzende Gefüge der Welt versenkt – ein Flechtwerk von Spuren bestimmt ein Wechselspiel von Undurchsichtigkeiten und Transparenzen = Maia & Ahasvero in ihrer Aktivität und Bewegung – sich gegenseitig als M & A vermutend – nehmen getrennt ihre Anwesenheiten

in Besitz, dosifizieren, regulieren, qualifizieren, verändern und transzendieren die/den andere/n
M & A = fliegende Objekte, die sich in funkelnde grüne, blaue Funken auflösen – Abweichung zum kosmologischen Rot
M & A = elastische Träume bei 900tausend Mach ungef
M & A = verursacht, daß Tag und Nacht im Verlauf einer Sekunde Tausende Male aufeinander folgen
F-5co ist nicht zum Nicht-sterben verurteilt wie Maia
F-5co ist nicht zur Unsterblichkeit verurteilt wie Ahasvero
F-5co hat sich eine Sekunde später in kosmischen Staub verwandelt, und wir sind endgültig von ihm befreit
trotzdem, auf dieser Oberfläche scheint alles gleichförmig fortzufahren:
ein weißes Papier füllt sich mit parallelen, waagerechten Zeilen – Zeilen, aufgezeichnet durch die Bewegung von Maia & Ahasvero und ihrem Gefolge von Satelliten auf den weiten, leeren Ebenen dieser Oberfläche – waagerechte Zeilen, schon viele – vielleicht zu viele – alle parallel –, die geschrieben werden, ohne die notwendige Genehmigung bei dem beantragt zu haben, der dafür zuständig ist – Zeilen, die außerhalb der hiesigen Gesetze stehen, die sich wie die Pest verbreiten nach der hiesigen scheinbaren Anarchie – parallele Zeilen, die sich unterbrechen werden – die sich der Kontrolle der ZvK entziehen (es gibt schon keine Namen mehr) – die, indem sie sich unterbrechen, Zentrro von Kontroll besiegen und ihn zu nichts reduzieren.
der Count down beginnt: 20
19
18
17
16
15
alles, was geschieht, wird als unvermeidlich angesehen – aus der Tiefe schallt ein erstickter Wirrwarr von Schreien und Bitten:
»Schweigt jetzt nicht, nicht schweigen! Jetzt nicht! Gnade! Sendet weiter! Bitte, sendet weiter!«
wird als unvermeidlich angesehen – geschah sogar bevor das Abenteuer beginnt und dieses leichte Unwohlsein nachläßt, das ihm vorangeht und es ankündigt – (vor der Gefahr oder dem Gefühl der Gefahr fühlt man eine gewisse Übelkeit – man muß einen leichten Schwächeanfall erleiden, damit etwas seine eigenen Grenzen überwindet und das Zwischenstadium zwischen Leben und Tod und zwischen mir und dem anderen und zwischen mir und meinem eigenen Ich erreicht, jenes, das man bezeichnet, wenn man ich sagt)

könnten die Dinge anders sein? – könnten sie es sein, wenn sich der Augenblick des Beginns der weißen Seiten nähert? – es ist möglich
die Erschöpfung läßt die Hände schwer werden – die Kontakte mit Zentrro von Kontroll sind unterbrochen
der Count down geht weiter: 7
6
5
4
3
2
1

!!!!!! BRRRRROOOOOOOUUUUMM !!!!!!!!

(alle lebenden Wesen, die diesen schrecklichen Donner vernehmen, fliehen in entsetzlichem Schrecken: die Vögel fliehen aus dem Wald, die Hunde entfernen sich knurrend von den von ihren Zähnen halb zernagten Kadavern, die Kamele verlassen ihre Hüter, der gefügige Ochse entflieht erschrocken dem Joch, das Streitroß zerreißt die Zügel, die es halten und stürzt auf die Ebene, das Reptil der Teiche läßt sein trauriges Ächzen hören, die Wölfe jaulen in ihren Höhlen, der Schakal stößt sein jämmerliches Heulen aus, der Adler, die Federn auf seiner Brust sträubend, erhebt sich noch höher im Flug)
Maia & Ahasvero wurden umzingelt wie zwei wilde Tiere – sie hatten gerade begonnen und wurden besiegt –, die Kleider auf ihren Körpern waren noch nicht abgetragen und sie wurden besiegt – ihre Füße schwollen noch nicht an, als sie diese Wege gingen, und sie wurden besiegt – sie waren von vornherein besiegt
es gibt keinen anderen Ausweg – es gibt keine mögliche Ausflucht – die fliegenden Teppiche sind Seiten vorher verlorengegangen
Es muß ein Ausweg gesucht werden!
diese Oberfläche erhebt sich – erhebt sich und hinterläßt nichts, worüber man das Netz der Graphischen Zeichen werfen könnte – man muß endlich schweigen
Ein Ausweg!
es bleibt die Möglichkeit, magische Formeln zu benutzen
Sesam öffne dich!
es gibt nicht einmal nicht, was sich öffnen könnte – es bleibt nicht einmal die Kraft, eine Beschwörung auszusprechen, die wirksam wäre – nicht einmal nicht einmal
Ein Ausweg!
uhn zi sivhen – inmögluvh – due Etsvhöpfing suegr ind es wetden keune Ansrtengingen meht inretnommen, dueses t am Ende ditvh eun r zi

etserzen, das jerzr hetaisgetirsvhr usr ind beu den ganzen andeten, due
...
due Hettsvhafr übet due Hände vetloten – due Hände etmarren, mangelnde Gewandrheur, ohne Ruppfehlet zi svhteuben
am Tande des Zisammenbtivhs bemetkr, daß due Fehlet tegelmäßug sund, wutd eun Vode aifgesrellr, damur man leuvhret das gesvhtuebene enrzuffetn kann ind weul das suvh selbsr weurethun votsrellr ind vetsivhr lesbat zi seun, das, was aif due gleuvhe Atr, wue due andeten ptumuruven Zuvulusaruonen vetlösvhr: leuse ind mut dem Vetsivh nuvhr spekrakilät zi seun eune lerzre Ansrtenging füt eunen
CODE:
man schreibt u für i (und umgekehrt)
man schreibt r für t (und umgekehrt)
man schreibt v für c
ind novh eune Ansrtenging, duesmal due lerzre ind endgülruge, im anzizeugen, daß
die weißen Seiten beginnen

●

für Kandinsky gehört der Punkt zur Schrift und bedeutet
SCHWEIGEN

Aus: *Cuando 900mil Mach aprox.*

Ignacio Gómez de Liaño

Geboren am 19. Juni 1946 in Madrid. Er studierte zunächst Griechisch und Latein, machte dann einen Universitätsabschluß in Philosophie, Linguistik und Kunstgeschichte. Er war Dozent für Ästhetik und Informationstheorie an der Madrider Hochschule für Architektur. Zur Zeit lehrt er politische Philosophie an der Universidad Complutense der spanischen Hauptstadt. Mit Enrique Uribe und FERNANDO MILLAN zählt er zu den drei Autoren, die (um 1964) als Vorläufer der konkreten/experimentellen Poesie in Spanien gelten. Er war maßgeblich an der Gründung der »Cooperativa de Producción Artística« beteiligt, die verlegerisch tätig war, Vorträge, Lesungen und Handlungsgedichte veranstaltete. Aber 1970 und 1971 veröffentlichte er in der Zeitschrift »OU« in London zwei Manifeste gegen die Avantgarde (»Antipro«) und trat dafür ein, das Schreiben aufzugeben. Nachdem er sich einige Zeit der Handlungspoesie gewidmet hatte, beginnt eine Phase des Studiums und der Hingabe an Figuren und Themen, die mit der »anderen« esoterischen Welt des Hermetismus verknüpft sind: Kabbala, Okkultismus, Magie, Schein- und Aberglaube, kurz mit der »Heterodoxie«. Alles dieses hat als gemeinsamen Nenner die Erforschung der Sprache und »anderer« Sprachen. Dabei konzentriert sich seine Aufmerksamkeit auf das Werk von Giordano Bruno, dessen Herausgeber und Übersetzer er ist. Über ihn hat er auch promoviert. Gómez de Liaño gehört der Gruppe der »jungen Philosophen« an. Er ist einer der fundiertesten Theoretiker der modernen »écriture«. Neuerdings schreibt er diskursive Literatur; er veröffentlichte einen Band Lyrik, und die Erscheinung seines Romanes *Arcadia* steht bevor. 1976 »Nueva Crítica«-Preis für *Los juegos del Sacromonte*.

Werke

Giordano Bruno: Mundo. Magia. Memoria (Herausgeber), Taurus, Madrid 1973 (Essay-Fiction) – *Los juegos del Sacromonte*, Editora Nacional, Madrid 1975 (Essay-Fiction) – *Nauta y estela*, Entregas de la Ventura, Madrid 1980 (Lyrik).
In AKZENTE (4/72) eine Arbeit über *Experimentelle Dichtung in Spanien.*

Der Übersetzer

René Strien, geboren am 3. 4. 1953 in Solingen. Studium der Hispanistik und Germanistik in Köln; lebt in Köln, wo er an der Universität beschäftigt ist.

Nolanica

In *Art des dévises* (Buch II, Kap. 10) erzählt Le Moine die Geschichte eines Spaniers, der seinem Kummer über den Tod seiner Gefährtin Ausdruck verleihen wollte. Wir befinden uns im XVII. Jahrhundert. Der Spanier ging so weit, sein ganzes Haus – außen wie innen – schwarz streichen zu lassen. Er gebrauchte nur noch das Licht schwarzer Kerzen, ließ sich von schwarzen Dienern aufwarten, und in den weitläufigen und leeren Räumen – mit schwarzen Wänden – hängte er in Abständen Bildnisse des Todes auf, der große schwarze Pfeile gegen den wehrlosen Amor schleudert.

Er ließ alle Blumen, alles Grün aus den Beeten reißen, und die Bäume des Gartens beraubte er sämtlicher Blätter. Von den beiden Quellen, die sich im Park befanden, legte er die eine trocken und befahl, auf eine Tafel von schwarzem Marmor in großen Lettern zu schreiben: VERSIEGT VON MEINEN SEUFZERN. Das Wasser der anderen ließ er weiterfließen und stellte folgende Tafel auf: GESPEIST VON MEINEN TRÄNEN.

Der Spanier aus Le Moines Erzählung kehrt nach außen, was in seinem Inneren vorging, und eben durch dieses Zurschaustellen verlieh er dem Geschehen Bedeutung. Der Bedeutungslosigkeit, Leid zu empfinden, verlieh er ein Gesicht, eine Maske oder ein Zeichen, indem er sich zum Trauernden erklärte.

»Ungeheuer sind Irrtümer der Finalität«, sagt Aristoteles in seiner *Physik*. Der Spanier machte sein Haus zum Ungeheuer, als er es in eine Ausstellung seines in sich versunkenen Grams verwandelte. Er verfehlt den Zweck des Hauses, er erkennt die Wand, die Quelle, den Garten nicht an, und in der Negation der konventionsgemäßen Bewohnbarkeit wird etwas bejaht, dem, um auf irgendeine Weise zu bestehen, gerade die Wohnlichkeit abgeht. Der Schmerz wird zur Wohnung, denn nur in der Art eines Gemeinplatzes kann man den Schmerz leben. (Was bedeutet: »Die Weisheit baute ihr Haus und errichtete sieben Säulen.« Sprüche 9, 1?)

War das Leid bis zu seiner künstlichen Errichtung noch nicht vorhanden? Wenn wir mit Nein antworten, was aber fühlte der Spanier dann? Sicherlich nichts, nichts Konkretes, bis er es formulierte, und nichts Ungeheuerliches, bis er seine sprachliche Formel zur Schau stellte.

Aber mit dem Zurschaustellen erlegt er sich eine Begrenzung auf (Haus »x«, am Ort »y«, mit »n« Variablen). Daher gab Le Moine seiner Ge-

schichte keinen schlechten Schluß: »on eust pû aussi demander au visionnaire espagnol, pour quoy pour soutenir son affliction, et garder l'uniformité de son deuil, il ne mangeoit pas de charbons, et ne buvais pas de l'ancre dans une maison noire.«
Das, was man verspürt, ist schon unvermeidlich *relativ* in der Darstellung, und genau die Grenzen der Darstellung sind es, die den Ausdruck begrenzen. Allerdings können Kummer und Schmerz in ihrer ungenauen Grenzenlosigkeit alles sagen, sofern sie *nichts sagen*. Denn in ihrer Unbegrenztheit sind Schmerz und Kummer nicht tauglich. Und in der Tauglichkeit wird die Darstellung vorweggenommen.

Stierkampf und Reiterwettstreit auf der Plaza Mayor von Madrid. 1622. Das Königspaar ist anwesend. Juan de Tassis erscheint, in ein Festgewand gehüllt, das von Silberrealen mit dem Haupt der Königin übersät ist und mit einem Wahlspruch, der für Skandal und Provokation sorgt: DIES SIND MEINE GELIEBTEN. (B. Gracián vermerkt es in seinem Buch *Scharfsinn und Kunst des Geistes*.)
Meine Geliebten sind das Geld. Meine Geliebten sind real. Meine Geliebten sind königlich. Juan de Tassis – der Dichter, der für einen *geistreichen Einfall* und für eine poetische Aktion starb: seine letzten Worte in dem Augenblick, als sie ihn töten: ES IST GESCHEHEN – *womit* kleidete er sich? Was war *real* an seinem Einfall? Real von Silber oder/und real von »königlich«? Gedicht an die Liebe oder Gesang auf das Geld? In der und mit der *Realität* – Wortspiel und Zweideutigkeit – kleidete er sich, und durch den *Gebrauch* machte er das Wortspiel zur Realität. Königin, Spieler und Geld erscheinen als Motive seiner *Kleidung*. Als Spiegel von Verwechslungen wird seine erfundene, künstliche Hülle nicht länger bestehen, als er sie aufrechterhält. Sie wird ihr Wesen ändern, sobald er die Hülle wechselt, die Kleidung ablegt und sie seinem *Valet de Chambre* schenkt.

Bei der Erfindung der Sprache – *wo sind wir da zu situieren?* Außerhalb oder innerhalb der Sprache? Aber *das* gehört schon zur Sprache. Alle Punkte, alle Beziehungen sind Punkte und Beziehungen der Sprache. Die Sprache umfängt uns auf die gleiche Art wie die Welt. Was ist es also, was uns die Sprache und damit die Welt erhalten läßt? Ohne Zweifel die grammatische Illusion, die bewirkt, daß dieser einzigartige Wächter gleichzeitig derjenige ist, der *be*wacht, als auch das *Be*wachte. Aber wenn wir es fertigbringen, uns von der Sprache zu lösen, oder wenn ihr plötzlich einfällt, zu verschwinden, was bleibt dann? Viel-

leicht der Duft, der uns manchmal die alte Erinnerung an eine Begegnung zurückbringt, ein Duft, schon ohne Leben. Vielleicht ein Spektrum, eine Arabeske oder ein Filigran (genau das, was das Visuelle an Musikalität hat), das auf das Schweigen hindeutet, auf nichts – sofern wir es nicht aussprechen. Wenn wir bewirken, daß nichts mehr Zeichen für nichts ist, verschwindet vielleicht die Sprache als Ort voller Zeichen, die der Dichter entdeckt.
Möglicherweise ist die großartige Bedeutungslosigkeit dieses Nichts und dieses Schweigens für uns eine großartige Gelegenheit; ohne jeglichen Lärm von Konsonanten wäre *diese* Sprache reine Vokalität und wir Vokale in ihr.

Versetzen wir uns in den »Sprachfall«, der im folgenden beschrieben wird.
A schließt das rechte Auge und bestätigt, daß er einen Baum sieht; um es zu verneinen, schließt er das linke. B, den wir uns nahe bei A vorstellen, und beide in der Nähe eines Baumes, macht das gleiche Spiel mit den Augen, um zu bestätigen oder zu verneinen, das B »bestätigt oder verneint, einen Baum zu sehen«. Die analogen Gesetze sind also für beide Gegenstände der Sprache gleich. *Was* sie sagen, ist allerdings völlig unterschiedlich. Ein und dieselbe Grammatik dient für deutlich unterschiedene Anwendungsarten. Funktioniert die Sprache durch die Erfahrung – im ersten Fall der Anblick des Baumes, im zweiten der Anblick einer Gebärde? Wir wollen sehen.
Nehmen wir an, daß A und B erneut zusammentreffen, um dem gleichen Zeitvertreib nachzugehen. Als B zum verabredeten Treffpunkt geht, erinnert er sich daran, in den Zeitungen gelesen zu haben, daß A auf einem Auge erblindet ist. Als sie sich treffen und sich begrüßt haben, erwähnt A seine Blindheit nicht, und B entdeckt nicht, auf welchem Auge er nicht sieht. Auf jeden Fall spielen sie ihr Spiel, und die Sprache funktioniert wunderbar. Nur könnte es geschehen, daß A behauptete, er hätte den Baum gesehen, und ihn in Wirklichkeit nicht sah, für den Fall, daß er auf dem linken Auge blind wäre. Aber B hätte es nicht feststellen können, was auch nicht von Bedeutung war, da es bei dem Spiel nicht darum ging. Als sie sich einen Monat später noch einmal treffen, ist B derjenige, der auf einem Auge erblindet ist. A weiß es, aber er weiß nicht, welches Auge blind ist. Dennoch funktioniert die Sprache weiterhin.
Erst als beide vollständig erblindet waren, hörte die Sprache auf, eindeutig zu funktionieren. Die völlige Blindheit ließ die Sprache absurd werden. Die völlige Blindheit war eine Art Blindheit durch logische Bestimmung, da die tatsächliche Blindheit, die beim zweiten und er-

sten Versuch der jeweiligen Sprache in die Quere kommen konnte, sie dennoch nicht den Sinn einbüßen ließ.
Eine sinnvolle Sprache kann völlig falsch verwendet werden. In Wirklichkeit behauptet die Sprache weder Wahrheiten noch sagt sie Unwahrheiten, die Sprache läßt auf eine bestimmte Art leben. Der Gebrauch einer Sprache hat nichts mit Wahrheit oder Unwahrheit zu tun, sondern mit ihrer *Anwendung* bei bestimmten Gelegenheiten.

Wir haben bereits gesagt, daß die Gedächtniskunst Brunos in der Herstellung eines Auges besteht. Als Fenster und Spiegel, in denen die Dinge Erscheinungen und Phantomspiele des Spektrums sind, war dieses künstliche und erfinderische Auge Chiffre für den Geist, der Bruno erleuchtet. In der Praxis des optischen Spiels wird diese Chiffre entziffert, in der Sicherheit der Gegenwart und in der Unsicherheit einer stets zweideutigen Gegenwärtigkeit lehrt sie, im Trugbild zu leben. Von der Chiffre des Auges aus gesehen ist nicht die Erscheinung trügerisch.
Dieses Auge – Chiffre für den Geist – ist kein Sehwerkzeug: man sieht nicht *mit* den Augen, sondern man sieht, wie die Helden Homers, *in* den Augen. Wenn die Gegenstände im raumgewordenen Blickfeld liegen, fängt die Netzhaut die Dinge in ihren Maschen, wodurch sie mit den Maschen identisch werden. In ihrer kleinen Welt aus Licht wiederholt sie die Erde und den Himmel nach den Regeln der Geometrie – das Maß der Erde – und als himmlische Sternkarte. (Als »Erde« und »Auge« bezeichnet Bruno das Zentrum seiner mnemonischen Höfe). Erde und Himmel erscheinen dem Gesetz der Schwerkraft zum Trotz im Auge als Konkretisierung von Bildern, aber auch als Erscheinung von Spektralspielen.
Auf der Netzhaut sieht man die Stadt als fortgesetzte Gegenwart rumpfartiger Fragmente. Aber dem unbeständigen Glückszustand des Vergänglichen, der Fülle des Gesichts, das nur als einzigartige Larve erscheint, wurde die Last des Abbildes und des Urbildes aufgebürdet. Die platonische Idee steht für die Rangfolge ein. Der Netzhaut ergeht es ähnlich wie dem Fischernetz im Wasser. Sie entfaltet sich im Rhythmus des Wassers. In diesem Rhythmus lebt sie, als im Wasser ausgespanntes Netz, ohne es jedoch einfangen zu können. Die Sonnenblume reflektiert auf den täglichen Lauf der Sonne als Spiegelbild, macht ihn sich jedoch nicht zu eigen, da sie an die Erde gebunden ist: die Elemente der Beziehung bleiben klar unterschieden. Das Auge aber, das Bruno fordert, ist so: in sich selbst sieht es schon alle Gegenstände, weil es schon all jene Gegenstände ist. Er versucht, das Auge von seinem fatalen Schicksal zu befreien, ein Subjekt, ein Bewußtsein ertragen zu müs-

sen – Filter, die seine optischen Illusionen, die Phantomspiele des Spektrums behindern.
Im magischen Geist-Auge Brunos gibt es nicht mehr *denjenigen*, der sieht, ebensowenig wie *dasjenige*, das gesehen wird. Das Subjekt vermischt sich mit dem Objekt, und nur das Licht erhält die Ergebnisse.
Das Wasser wird zwar nicht zum Gefangenen dieses Netzes, dieser Netzhaut, aber es erhält sich darin, und dort findet es Raum.
Ebensowenig ist das Netz Gefangener des Wassers, vielmehr fließende Geometrie, die sich im Rhythmus des Wassers bewegt, wodurch die Vision nicht zu Bildern, sondern zu Arabesken wird, zu Filigranwerk, einer Art musikalischer Kalkulation.

Versetzen wir uns in den Sprachfall, der im folgenden beschrieben wird:
M fragt T: *Was ist der Gegenstand deiner Liebe?* T verspricht, später zu antworten, und schickt als Antwort ein Paket, das einen Spiegel und folgende Zeilen enthält: *Was ist der Gegenstand dieses Gegenstandes?*
M nimmt den Spiegel, und als er darin sein Bild erblickt, deutet er die Antwort als *»Ich bin der Gegenstand von T.s Liebe«*. Ein Zwerg jedoch, der M begleitet, nimmt ebenfalls den Spiegel und erlaubt es sich, die Schlußfolgerung von M zu berichtigen: »Nicht du, sondern ich bin der Gegenstand von T.s Liebe.« Wir können auch noch annehmen, daß ein Blinder den Spiegel nimmt und, da er nichts sieht, aber weiß, daß nach dem Gegenstand dieses Gegenstandes gefragt ist, die Schlußfolgerung zieht, daß er nichts zum Gegenstand hat, es sei denn seine Berührung. T hat die Liebe auf die Probe gestellt und sie mit dem Abbild getäuscht. Der Gegenstand hat wahrscheinlich zum Gegenstand, das Abbild zu täuschen und die tausend Bedeutungen eines schwierigen Wortes, Liebe, zu verdrehen. Auf jeden Fall ist das Objekt, das geschickt wird, ein Subjekt, das den erwähnten Wechselfällen sowie unzähligen weiteren unterworfen ist.
Der Spiegel reflektiert hier Bilder, nur um sie zu sprengen, um sie untauglich zu machen und zu verwirren. So sicher ist er seiner absoluten Nichtigkeit, daß er sich darin gefällt, die vermeintlichen Eigenschaften so weit zu bringen, daß sie sich ihm aufdrängen und versuchen, ihn zu besitzen.
Daß seine willkürliche, seine zerstreute Spiegelung als Beleidigung wirkte, das heißt als Mechanismus, der »zerspringen läßt«, wird aus der Wendung ersichtlich, die die Geschichte nimmt.
Tatsächlich ergreift M nochmals den Spiegel, zerbricht ihn in tausend kleine Stücke und fügt folgende Zeile hinzu: *»Was ist der Gegenstand dieses Gegenstandes?«* und sendet das Ganze T zu.

Orphische Gesänge und Psalmen richten die Menschen nach den Sternen aus. Die nie gehörten himmlischen Laute prägen ihren Wohlklang allem auf, was nur existiert. Sie prägen sich den Menschen ein und breiten sich in ihnen aus. Von Rhythmen und Klängen der Gestirne erfaßt bleiben dem Menschen bei Pythagoras oder Bruno nicht mehr Raum für sein Leben, als Rhythmus und Musik ihm vorzeichnen.

Gegen Ende des I. Buchs von *De imaginum* spricht Bruno von dieser *weltlichen Musik*, die im Menschen – als *musica humana* – ihr bronzenes Gefäß und ihren Widerhall findet. Bruno unterscheidet jedoch die Musik, die wir auditiv nennen könnten, von der visuellen. Wenn wir diese pythagoreisch-brunianische Theorie übernehmen und sie konsequent zu Ende denken, erweist sich deutlich, daß die Vision nicht Gefangene des Abbildes wird, mit all seiner festgefügten, unbeweglichen und plumpen Beschaffenheit, sondern Filigranwerk, Arabeske – das Musikalische im Visuellen – und somit Herausforderung an die Schwerkraft. Der Mensch, der von der weltlichen Musik ergriffen und ihr unterworfen lebt, nimmt in sich die unendlichen Kräfte des Universums auf und wird eins mit ihm. In dieser Konzeption sind Temperament und Charakter des Menschen nichts anderes als Charakterbilder des Himmels, nach der Konstellation der Sterne. Sie sind nichts anderes als das »Temperierte« der kosmischen Zitter.

In Wirklichkeit ist jede Methode rhythmisch, und die Natur des Fiebers, der Krankheit, der Erregbarkeit, der Aufmerksamkeit et cetera ist rein musikalisch. Der Körper wie die Planeten, das Bewußtsein wie die unterschiedlichen Ideologien, fügen die konsonanten Töne zu einem Vokal, der, selbst wenn er sich für jede Formel eignet, allein für sich in nichts seine Formulierung oder Entsprechung findet.

Die Sterne, die himmlischen Sphären und der ganze Kosmos sind das Werkzeug, das unermüdlich die endlosen Konsonantisierungen dieser Vokale versucht. Es gibt keinen Grund, so scheint mir, weshalb der Mensch der Welt in diesem Bestreben nicht folgen sollte. Und was stünde dem entgegen, daß der Mensch diese Vokale sei?

Bruno sagt in *De magia*, daß das erste und universellste Band, mit dem der Zauberer die Geister fesselt und die Mächte der drei Welten in seine Gewalt bringt (das Physische oder Elementare, das Mathematische oder Himmlische und das Göttliche oder Überhimmlische und Metaphysische) dasjenige sei, welches der Göttin Trivia mit ihrem Hund Cerberus untersteht. Höllische Göttin mit dem dreiköpfigen Höllenwächter.

Trivia ist der Name, der üblicherweise der Göttin Hekate gegeben wurde, der Patronin von Hexen und Zauberern, der Höllenwelt und der Trivien oder Kreuzungen dreier Wege.
Als Göttin, die über die Trivialität wacht, verwandt mit Aphrodite, verschafft Trivia dem Zauberer das magische Band par excellence: die Trivialität.
Das Trivium, Kreuzung dreier Wege, ist der Punkt, in dem sich eine Melodie auffächert. Es ist der Punkt, der das Treffen dreier Wanderer leitet. Jeder ging seinen Weg. Das Trivium und das unerwartete Zusammentreffen holen sie aus ihrem Ich-Dasein; sie sind schon nicht mehr als das, was sie sehen, was sich ihnen darstellt. Jeder einzelne wird zum anderen, entfernt sich von sich selbst.
Nach ihrem melodischen und ermüdenden Gang kommt plötzlich der Einfall vor, nichts als der Einfall. Was jedem einfällt, ist der andere, und dieser andere ist nichts als eine Erscheinung, die noch keinen Namen hat. Magie und Trivialität sind ein und dieselbe Sache.

Drei Experimente mit dem Schweigen (oder aus dem Schweigen).
1. A hält schweigend einen Vortrag. Bei den Zuhörern sind unterschiedliche Reaktionen zu beobachten. Am Anfang bewahrt das Publikum gleichfalls Schweigen. (Ist es möglich, daß die Zuhörer das Schweigen nicht verstehen und sich für die Nachahmung entscheiden, um etwas, dem keine Bedeutung beigemessen war, eine unfaßbare Bedeutung zu verleihen?) Klar ist, daß nach einiger Zeit der Unsicherheit mancher nach der Bedeutung dieses Schweigens fragt: Was bedeutet dieses Schweigen? wird gefragt. Andere erheben sich von ihren Stühlen und protestieren (A weiß allerdings nicht, wogegen), und einige geben sogar zu verstehen, daß es sich möglicherweise darum handeln könnte, sie auf den Arm zu nehmen.
Kurz gesagt, wenn sich eine durch die Unterhaltung erschlossene Welt dem Schweigen gegenübersieht, versteht sie es nicht. (A denkt, daß sie in Wirklichkeit *»sich selbst«* nicht versteht.) Sie versteht es nicht und fühlt sich in der Stille unwohl, aber warum, wo doch nichts gesagt ist und die Möglichkeit offen bleibt, daß alles nur Denkbare gemacht und gesagt werden kann. Dieses Experiment läßt zumindest den Schluß zu, daß das Schweigen ein *Zeitvertreib* sein kann, der den unterschiedlichsten Zerstreuungen Platz gibt.
2. A befindet sich in einer Art von literarischem Preisgericht. Während der klärenden Zusammenkünfte, in denen niemand irgend etwas klärt, verharrt er in Schweigen. Später wird A klar, daß einige seine Haltung als Ablehnung, andere als Rätsel interpretiert haben. Um die Wahrheit zu sagen, wollte A weder ein Rätsel aufgeben, noch seine Ablehnung

kundtun, aber es ist nicht zu leugnen, daß man das in seinem Schweigen sehen konnte. Langsam erhärtet sich der Verdacht, daß das Schweigen wie ein Spiegel wirkt.

3. A trifft sich mit B und C. (Vielleicht sollte man noch erwähnen, daß A gerade Tee trinkt, B und C Champagner.) A verharrt während der ganzen Zeit, die sie zusammen verbringen, in Schweigen: etwa sechs Stunden lang. B und C setzten das Schweigen mit tausenderlei sprechenden Anzeichen gleich. Mehr als hundertmal – B und C sprachen unermüdlich – versuchten sie, sich ein Bild zu machen, das A.s Verhalten wiedergab. Das Schweigen war der Spiegel, in dem sie sich, möglicherweise ohne es zu merken, betrachteten. Es war der Ort ihrer Zurschaustellung. (Es spielten sich auch Szenen von Aggressivität ab et cetera, aber hier geht es nicht um Psychologie.)

In den drei erwähnten Experimenten wirkte das Schweigen provokativ, als anregendes Raritätenkabinett. Mit seiner Bedeutungslosigkeit und seiner Oberflächlichkeit wurde der Anstoß zu allen weiteren unbedeutenden Bedeutungen gegeben.

Man sollte das jedoch nicht so verstehen, als beabsichtigten wir, die erwähnten Schweigesituationen höher zu bewerten als die Unterhaltungen. Das Schweigen war ebensosehr Komplize des Wortes wie das Wort versuchte, das Schweigen zu komplizieren und zu erklären. Es geht nicht darum, diese Schweigesituationen zu bevorzugen. Der einzige Unterschied besteht darin, daß die Rolle, die der aufdringliche Vielredner abliest, vorgeschrieben ist und er sie ins Schweigen hinein liest; das Schweigen ist auch eine Rolle, aber ungeschrieben. Das ist ihre Größe und ihr Elend. In gewisser Weise sagte der Schweigende so viel und das gleiche wie die anderen, jedoch auf andere Art, das heißt, indem er sich von dem entfernte, was er »sagte«.

Es gibt einen Garten mit nachgiebigen Mauern, der als Labyrinth angelegt ist und sich auf einer Insel befindet. Darüber die Luft, ringsumher das Wasser und darunter die Erde. Es gibt auch einen Knaben, der sich damit unterhält, ihn zu durchstreifen. Man nannte ihn den Garten der Divertissements , da die Beschäftigung des Knaben darin bestand, sich dort zu divertieren, mit seinen Füßen den diversen Versionen des Labyrinths zu folgen. Da geschah es, daß er sich einen Dorn in die Fußsohle eintrat, und dieses *Ereignis* veranlaßte ihn, den Fuß vom Boden – Schrift der Erde – zu heben und, von allem abgekehrt, den Körper zu beugen, um Blick und Finger auf den schwarzen Punkt des Dorns zu konzentrieren.

Jedoch der Garten, von dem ich spreche, ist ein grammatischer Garten, mit Lettern als Bäumen und Sätzen als Brunnen, geschrieben auf einen Boden aus weißlichem Karton, der als Himmel dein Auge hat.

»Nachdem ich dies gesagt hatte, bemerkte mein Diener, daß es schon spät sei, und, da ich auch angeheitert war, erhob ich mich daraufhin vom Tisch. Ich empfahl mich bei Byrrhenna und ging schwankend nach Hause.« Mit diesem heiteren Aufbruch vom Gastmahl beginnt das Abenteuer, das dem Lucius Apuleius widerfuhr, kurz bevor er durch einen Fehler beim Zauberritual in einen Esel verwandelt werden sollte. In Begleitung seines Dieners lenkt Lucius seinen Schritt in Richtung der Herberge des geizigen Milo, wo er sich einquartiert hat. In der Tür zum Hause erblickt er drei Männer, »stattlich an Gestalt und Kräften«. Ein starker Windstoß hatte gerade die Flamme der Fackel gelöscht, die ihnen den Weg wies. Da die Männer sich nicht von der Tür entfernten, hielt Lucius sie für Räuber. Er zog sein Schwert, hieb damit auf sie ein und spürte, wie das Naß ihres Blutes ihnen im Überfluß aus den Körpern strömte. Photis, Magd des Milo und vorübergehende Geliebte des Lucius, öffnet ihm schließlich die Tür »und, da er vom Kampfe mit den drei Räubern erschöpft war wie Herkules, als er den Riesen Gerion getötet hatte«, legte er sich sogleich zum Schlafen nieder.
Die Büttel der thessalischen Stadt dringen mit großem Lärm in das Zimmer des Lucius ein, bevor noch der Tag angebrochen ist, und mit gefesselten Händen führen sie ihn – der ja nur ein Fremder ist – unter der Anklage dreifachen Mordes an drei Söhnen der Stadt als Gefangenen zu einer einzigartigen Gerichtsverhandlung. Der Gerichtshof war so von Menschen überfüllt, daß ein Ausrufer verkündete, diejenigen, die dem Urteilsspruch beiwohnen wollten, müßten sich zum Theater begeben, denn dort würde gegen den Mörder verhandelt und das Urteil verkündet werden. Man schaffte den Lucius nun ins Theater.
Nach einer kafkaesken Choreographie avant la lettre verharrt Lucius bestürzt angesichts der Schaulustigen, die ihm durch die Straßen folgen und das Theater füllen, denn unter all den Anwesenden gab es nicht einen einzigen, der sich nicht vor Lachen gebogen hätte. So gut er eben konnte, hielt Lucius im Theater vor den Richtern eine ernste Verteidigungsrede, die jedoch unter den Umstehenden nichts als Gelächter hervorrief. Selbst sein Gastfreund Milo ließ sich nicht im geringsten beeindrucken; er schien mit nichts anderem beschäftigt, als in heftige Lachsalven auszubrechen. Um das Maß voll zu machen, vernichtete der dramatische Auftritt der Mutter der Toten vollends jegliche Hoffnung darauf, daß die Richter Milde walten lassen und sein Leben scho-

nen würden. Schon helfen Schluchzen und gute Worte nichts mehr; die Richter verurteilen Lucius zum Galgen.
Nach öffentlicher Verkündigung des Urteilsspruchs führt man Lucius vor das Podium, wo mit einem Leintuch bedeckt die Leichen aufgebahrt liegen. Lucius weigert sich, mit seiner Hand die Toten aufzudekken, und erst unter Zwang und gegen seinen Willen zieht er das Tuch zurück. Als das Volk den verblüfften und entgeisterten Ausdruck des Lucius sah, nachdem er die leblosen Körper aufgedeckt hatte, verdoppelt sich das Gelächter, das ganze Theater bebte vor Lachen.
(Ist das Lachen nicht das jähe Abreißen der Aufmerksamkeit? Ist das Lachen nicht oberflächliches Antlitz des Schwerwiegenden, des Ernsten?)
Nun gut, auf dem Podium ruhten drei Weinschläuche; Lucius hatte als Spaßobjekt und Attraktion der Spiele dienen müssen, die alljährlich in der thessalischen Stadt Hypata dem Gott des Lachens zu Ehren gefeiert wurden.

Aus: *Giordano Bruno: Mundo. Magia. Memoria.*

Esther Tusquets

Sie wurde als Tochter gutbürgerlicher Familie am 30. August 1936 in Barcelona geboren, kurz nach Ausbruch des spanischen Bürgerkriegs. Bis zum Abitur besuchte sie die Deutsche Schule und studierte anschließend Geschichte und Kunstgeschichte in Barcelona und Madrid. Sie war kurze Zeit Dozentin für Geschichte in ihrer Heimatstadt. 1960 übernahm sie den religiös ausgerichteten Verlag »Lumen« von einem Onkel. Unter ihrer Leitung wandelt sich das Verlagsprogramm völlig. Sie bringt vor allem angelsächsische Literatur (Virginia Woolf, Joyce, Beckett) und andere Klassiker der Moderne (Kafka, Céline, Broch, Sarrazine), weniger spanische Autoren. Vor einiger Zeit übernahm Lumen dann noch die renommierte Lyrikreihe »El Bardo«, wo hauptsächlich spanische und lateinamerikanische Autoren publizieren. Mit mehr als vierzig Jahren veröffentlichte Esther Tusquets 1978 als erstes eigenes Werk den Roman *El mismo mar de todos los veranos*, der von Kritik wie Publikum gleich gut aufgenommen wurde (drei Auflagen im gleichen Jahr), bisher Übersetzungen ins Italienische und Deutsche [Rowohlt]). Tusquets'Prosa zeichnet sich aus durch fast zeitlupenartige Beschreibungen und barocke Ausdrucksfülle. Darin «ereignet« sich vor allem Sprache. Alle ihre Bücher sind von einer mediterranen, ebenso glühenden wie unkonventionellen Sinnlichkeit erfüllt. Die Liebe in allen denkbaren Verbindungen bildet das eigentliche Thema. Neuerdings scheint sich Esther Tusquets' Prosa zu handlungsorientierteren Formen hin zu entwickeln. Sie erhielt den Romanpreis der Stadt Barcelona (1979). *Varada en el último naufragio* (1980) schließt ihre erste Romantrilogie ab.

Werke

El mismo mar de todos los veranos, Lumen, Barcelona 1978 (Roman) – *El amor es un juego solitario*, Lumen, Barcelona 1979 (Roman) – *Varada tras el último naufragio*, Lumen, Barcelona 1980 (Roman).

Die Übersetzerin

Monika López, geb. am 26. 6. 1946 in Schönau/Schwarzwald. Studium der Romanistik und Germanistik in Leipzig, Germanistiklektorin an der Universität Havanna (1972 + 1973). Übersetzungen aus dem Französischen und Spanischen (Arenas, Semprún u. a.).

Jeden Sommer das gleiche Meer

Ich trete durch die schwere knarrende Tür aus Eisen und Glas und tauche in eine unsinnigerweise reinere Atmosphäre, weniger Licht, weniger Lärm, weniger Sonne, als sei ich vor dem staubigen, schmutzigen Vormittag – diese stickigen, obszönen Sommervormittage in meiner frühlingslosen Stadt – in die steinerne Kühle einer uralten Kirche geflüchtet, in der es schwach nach Feuchtigkeit und Kälte riecht, nach der Kälte eines hier noch nicht von der sommerlichen Schwüle verjagten Winters, und wo sich aus den hohen bunten Glasfenstern vielfache Lichtblitze in der Luft überschneiden. Ich mag das Zwielicht und die Stille und verharre auf der Schwelle, den Rücken zur Tür, die jetzt von allein hinter mir einrastet, bis sich meine Augen allmählich an das Dunkel gewöhnen und einzelne Gegenstände darin zu unterscheiden beginnen. Es ist ein Dunkel, das ich übrigens von jeher auswendig kenne, weil sich hier wie in alten Kathedralen kaum etwas geändert hat, weshalb ich dem Standbild auch schon zulächle, bevor ich es überhaupt sehe, und als ich es endlich erkenne, weiß ich nicht, ob ich es auch wirklich sehe oder ob ich es vor lauter Vertrautheit mit ihm einfach errate. Der Mann sitzt da in nicht endender Ruhe, eine Hand ausgestreckt zu einer freundschaftlichen Gebärde, von unten her, die Handfläche nach oben, mit der beschwichtigenden Gebärde, die wir vor fremden Hunden ergreifen, die sich vielleicht unserer Absichten nicht sicher sind, einer Gebärde der Annäherung, die schon fast zur Liebkosung überleitet. Und dennoch ist das edle Hellenenantlitz dicht darüber in Gott weiß welche Träumereien versunken, so abwesend, daß es schwerfällt, die ins Unendliche blickenden Augen und das erstarrte Lächeln mit der herzlichen Gebärde der ausgestreckten Hand in Einklang zu bringen, dabei kennen wir uns selbstverständlich seit langem, und ich kreide es ihm auch nicht an, daß er mich keines Blickes würdigt, sondern nehme es mit einem friedfertigen Lächeln hin und greife in einem reflexartigen, mechanischen, im Laufe langer Jahre vieltausendmal wiederholten Impuls neugierig zwischen seine Beine. Ein altes Spiel oder ein altes Ritual. Für erwartungsvolle, sehnsüchtige, leicht – nur leicht – erregte kleine Mädchen oder für nach Jahren heimkehrende reife Frauen, die sich hierher flüchten wie in hohe alte Kathedralen, so wie man stets zu düstren Kellern zurückkehrt, oder vielleicht auch nicht stets, vielleicht nur dann, wenn uns in der Welt draußen etwas tief verletzt hat oder zu Ende geht oder wenn uns alles zu dumm vorkommt. Ich gehe also ein auf das alte Spiel oder Ritual und sehe ihm neugierig – wirklich neugierig – zwischen die Beine und stelle mit einem Seufzer der Erleichterung – ja, noch heute der Erleichterung – fest, daß alles in bester Ordnung ist und das Geschlecht nackt zwischen seinen langen Beinen, seinen glatten Bronzebeinen prangt. Und jetzt erscheint meine Mutter, eine ungenierte, verspielte, eigenwillige, dickköpfige Mutter, eine Mutter, weitaus schöner und unerreichbarer als alle Statuen, die es nie nötig hatte, vor dem Licht, vor dem erbarmungslos stechenden Licht, in alte Kathedralen zu flüchten, die sich hier nur vorübergehend aufhält, wie es in Eingangshallen üblich ist, denn um eine Eingangshalle handelt es sich schließlich und nicht um eine Kirche oder Kathedrale, bloß um die Eingangshalle eines alten Hauses im Stadtzentrum; eine Mutter also, vierzig Jahre jünger als die englische Lady, die mir von Grüßen und Umarmungen in ihrer ungeheuer riesigen, kein Zögern kennenden Schrift überquellende Postkarten aus Städten schickt, von denen ich kaum den Namen kenne, in denen ich sie mir aber sehr gut vorstellen kann, wie sie Besitz von ihnen ergreift mit ihrem selbstbewußten, sportlichen Gang und ihrem geschmeidigen, immer noch jungen, immer noch schönen Körper – Schönheit, ich vergesse es nicht, beginnt und endet im Knochenbau –, in Kleidern, die an anderen Frauen vielleicht extravagant wirken, bei ihr aber genau das Maß vollendeter Distinktion treffen, wenn sie mit ihren ironischen, harten Lapislazuliaugen – die manchmal, sehr selten, auch gütig sein können – Beamte und Eingeborene mustert, und ich denke, wohl nie waren Eingeborene so eingeboren und Beamte so beamtet wie unter dem blauen Blick dieser alten englischen Lady, die gnädig ihre Güter abschreitet und nicht weiß, daß die Welt sich verändert, sich auch nur verändern kann, denn wo ihre Härte nicht hinreicht, da trifft unweigerlich ihr Charme, und genaugenommen trägt meine Mutter nicht eigentlich Kastenstolz, sondern den Hochmut einer Göttin durch die Welt. Und diese meine Mutter steigt nun also nach 40 Jahren aus dem Dunkel, nähert sich dem Bronzejüngling – möglicherweise ist es Merkur, denn ich kann sie zwar nicht erkennen, bin mir aber fast sicher, daß er hinten, an seinen Fersen haftend, kleine Flügelchen hat –, rupft entschlossen ein ebenfalls bronzenes, der Figur aber eindeutig nachträglich hinzugefügtes Feigenblatt zwischen seinen Beinen ab, betrachtet es belustigt, läßt es auf ihren schlanken Fingern – Schönheit beginnt eben im Knochenbau –, ihren parfümierten Händen tanzen, rümpft dann die Nase, runzelt die Brauen, schnaubt kurz aus ihrem warmen Mund, der das Lachen nicht mehr zurückhalten kann, ein unterdrücktes Lachen, unter dem ihr Rücken erbebt und die Spitzen, die Volants an ihrer Seidenbluse, ihrem Samtkostüm, die Federn in ihrer prachtvollen, die nackten Schultern – breite griechische Göttinnenschultern, Schönheit beginnt eben im Knochenbau – umschmeichelnden Boa sich wie im Winde wiegen, und blickt mit Komplizenblick in die Runde der glücklichen Sterblichen, die sie als ihre Freunde anzusehen geruht, und während die dermaßen Geehrten Männchen machen, den bunten Ball auf der Spitze ihrer Schnauze balancieren und wie außer sich mit den Schwänzen wedeln, verschwindet das Bronzeblatt geschwind in einer Ritze an der Sockelbasis oder im Topf der dahinwelkenden bleichen Fuchsie, in der tiefen Falte des abgesessenen Samtsofas, auf dem theoretisch Besucher warten sollten, auf dem ich aber nie jemanden warten sah, im dunklen, bodenlosen Loch des Fahrstuhlschachts, ja auf dem Rahmen der Tür zur Pförtnerloge oder sogar im Briefkasten der drei gnädigen Fräulein (und ich weiß nicht, warum meine Mutter das alles mit raschen, hastigen Bewegungen tut, spielt sich die Szene, spielen sich die zahlreichen Varianten der immer gleichen Szene doch stets ab, wenn alles schläft und ich allein im Haus auf der Lauer liege), und erst ein paar Stunden oder ein paar Minuten später, denn diese Mutter mit dem stählernen Blick und dem spöttischen Lächeln – wobei Mutter nur der Name ist, mit dem ich sie, recht trügerisch und fragwürdig, mit mir in Zusammemhang bringe, denn Mutterschaft kennzeichnet sie durchaus nicht, schöpft die Möglichkeiten ihres wundervollen Wesens bei weitem nicht aus, ja, entspricht ihnen vielleicht nicht einmal –, führt ihre freche Missetat gern im Schutz des verbündeten mitternächtlichen Dunkels oder des ersten schwachen Morgenlichts aus, erst ein paar Stunden oder Minuten später also, bei Anbruch des neuen Tages, näherten sich die drei gnädigen Fräulein, die drei jungferlichen Schwestern – denn drei mußten es sein, wie in den Märchen meiner Kindheit –, die im Hochparterre am Ende einer breiten Treppe mit Marmorgeländer, einer weit prunkvolleren Treppe, als sie die übrigen Mieter hatten, einer luxuriösen, teppichbespannten, nur zu ihrer Wohnung führenden, breiten Treppe wohnten und den lieben langen Tag darüber murrten, wie übel unsereins mit dem Fahrstuhl umging, daß der Schmutz bis auf die Treppenabsätze geschleppt wurde, daß wir, die Mitbewohner, anscheinend die Glühbirnen aus dem großen Kristalleuchter der Eingangshalle herausdrehten und dafür andere, durchgebrannte einschraubten – auch in der Nachkriegszeit war in einem Bürgerhaus kein Grund zu solcher Knauserei –, daß die Dienstmädchen sich von ihren Verehrern bis ins Haus begleiten ließen oder sich am Eingang abknutschten, daß der Plattenspieler auf den Parties der Mädchen im Fünften zu laut gestellt war – wie wollten sie das überhaupt hören, in ihrem Hochparterre, und halb taub, wie sie waren –, die drei gnädigen Fräulein, die in nie nachlassendem Ärger vor allem über die grenzenlose Frechheit der lachenden blonden Göttin aus dem ersten Stock murrten, die, ein so sündhafter

Fremdling in ihrer eigenen – oder der drei Schwestern – Stadt, in ihren Pelzen und ihrem Lachen durch die Eingangshalle watete und dabei ihren unverwechselbaren Duft zurückließ, der sich noch minutenlang hielt, so wie Luzifers Schwefelgeruch in den Weihnachtsspielen noch seinen Auftritt verlängerte, und dem ich in ihren Taschentüchern und in ihrem Handschuhfach und in den Spitzen ihrer Unterröcke nachspürte, dann näherten sich also die drei gnädigen Fräulein, drei dürre, züchtige Drachen, ganz wirres, gelegentliches Aufschreien, erschrokkenes Schnauben und Knacken von Knochen und Korsetts – denn die drei zwängten ihre einst sicher üppigen Busen erbarmungslos in Stahlkorsetts, wo sie langsam eingingen und dahinschwanden und die Damen mit der Zeit flach und platt werden ließen –, sie näherten sich also, voran die Bulldogge, eine als Concierge verkleidete Bulldogge, denn vor echten Hunden entsetzten sie sich ebenso wie vor meiner Mutter und dem Bronzegeschlecht, das dem griechischen Gott zwischen den Beinen baumelte (und ich denke, Standbild zu der Eingangshalle wie Dame aus dem Ersten waren für die drei Fräulein ein und dasselbe, gleichermaßen schön, gleichermaßen bedrohlich und schamlos und gleichermaßen unzerstörbar und nicht aus ihrer Welt zu schaffen, denn weder wagten sie es – konnten es wohl auch nicht –, uns aus unserem ersten Stock, wo wir seit Kriegsende wohnten, zu werfen – schließlich gehörten wir bei aller Schamlosigkeit unbestreitbar zu den Siegern und waren trotz Mutters verspielter Ketzereien über jeden Verdacht erhaben –, noch fanden sie einen vor sich selbst oder vor den Mitbewohnern plausiblen Grund, eine kostbare Skulptur – sie hatten wohl läuten gehört, daß Nacktheit in der Kunst keine Sünde ist – aus der Empfangshalle zu räumen, die dort seit eh und je gestanden hatte). So näherten sich die drei also auf ihren Suchgängen über Treppe und Eingangshalle, voran die breithintrige Bulldogge mit der rauhen Stimme, mit einem Heidenspektakel aus hohen Schreitönen und tiefem Gebell – auf keinen Fall menschlichen Lauten – einer einen Spaltbreit offenen Tür, wo ich vor vierzig Jahren auf der Lauer lag, und hüpften wie hysterische Flöhe durch Eingangshalle und Pförtnerloge, schauten auf die Straße, suchten im dunklen Fahrstuhlschacht etwas zu erkennen, stocherten mit bösen Fingern in den Ausbuchtungen der Figur, in den Falten des Sofas, wirbelten die unterm Teppich abgelagerte dicke Staubschicht auf, sahen in die Kelche der Wandleuchter, stöberten zwischen den rauchfarbenen Kristalltropfen des an der Decke hängenden Kronleuchters, denn sogar da, schwebend zwischen den Tropfen, mit einem rosa Schleifchen festgebunden, war besagtes biedere, ach so tugendhafte Feigenblatt eines Morgens aufgetaucht. Und wenn ich sie auch nicht sehen konnte, das kleine Mädchen stellt sich seine Mutter doch vor, wie sie das Lachen unterdrückt, das dann, als sie vor ausgelassener Erregung überschäumt, nur ein klein wenig zu laut klingt, und wie zwei schöne, helläugige Männer – meine Mutter war immer von schönen Männern, jungen Männern, eleganten helläugigen Jünglingen umringt –, die die Göttin ihre Freunde zu nennen geruhte, sie hochheben. Der Vater nicht, der Vater steht nicht unter dem Leuchter. Der glückliche Sterbliche, den die Göttin ihren Mann zu nennen geruht, lächelt ein wenig abseits, neben der Haustür, und bei seinem Lächeln weiß man nicht – das kleine Mädchen weiß es nicht –, ist es ein mißbilligendes oder ein insgeheim belustigtes Lächeln, oder ist der Vater bereits auf den unendlich langen Weg zu Gleichgültigkeit und Überdruß. Er lächelt von seiner Tür her, zieht gelegentlich kurz an der Pfeife und schaut der Gruppe zu, die sich unter dem Lüster zusammendrängt, während die Mutter im Takt des Gelächters, gewiegt und geschaukelt von ihrem eigenen Gelächter, leise schwankt und – flammendes Freiheitsbanner (eine andere Freiheit gab es nicht in den vierziger Jahren, auch nicht für wenige, auch nicht für die göttliche Siegerrunde) – das kleine Bronzeblatt in die Höhe hält. Sekundenlang taumelt sie, versucht das Blatt auf den blanken Kristallarmen auszubalancieren, an den tropfenhaltenden Draht zu klemmen, und zuletzt – und hier büßt das Lachen endgültig seine Harmonie ein und bricht sich unaufhaltsam Bahn, wird zu Mutters immer ein wenig maßlosem Lachen, und das kleine Mädchen könnte es hören, stünde es diese Nacht wie so viele andere Nächte am halb offenen Fenster im ersten Stock, und vielleicht vermöchte das Lachen sogar die drei Flohfräulein, die drei Drachenfräulein aufzuwecken, wären sie nicht so stocktaub –, zuletzt fährt die feine weiße schmale Hand flink wie ein verspieltes schnurrendes kleines Tier – wohin? fragen sich entsetzt drei Jungfrauen und eine Bulldogge – in das dichte reiche Haar, das nach unsichtbarem Geißblatt riecht –, wohin? fragt sich das kleine Mädchen – zwischen die schneeweißen Brüste, von denen sie weiß der Himmel warum immer ein wenig schläfrig wird und ans Meer denken muß, oder vielleicht nestelt die Hand – den Flöhen wird ganz schwach, sie haben nicht einmal mehr zum Sichbekreuzigen Kraft, und die Bulldogge knurrt entsetzt bei der Vorstellung –, ja nestelt in einer flüchtigen, blitzschnellen Bewegung unter dem weiten Gaserock, dem weichen Samtrock, dem kostbaren Goldlamérock, und jetzt schwenkt die Mutter, buchstäblich halbtot vor Lachen und beinahe strauchelnd, auf den Armen, die sie hochhalten und unter ihrem schwankenden Gewicht zittern, in der einen Hand das Feigenblatt und in der andern ein kurzes, seidenglänzendes, unerhört intimrosa Bändchen, und eine Sekunde später baumelt beides – das schamhafte Feigenblatt wie das unzüchtige Bändchen, Provokation über Provokation, die Provokation nicht addiert, sondern in die dritte Potenz erhoben – zwischen den majestätischen Kristallüstertropfen. Und da bleibt es, den ganzen Vormittag über, wie ein Siegesbanner, während das kleine Mädchen, das jetzt entzückt am Fenster steht und aufpaßt und Blatt und Bändchen von ihrem Aussichtsposten aus längst entdeckt hat, zusieht, wie die drei gellend schreienden hageren Flöhe und der finster knurrende Köter wie tollgeworden durch die Eingangshalle springen und dann plötzlich, wie gelähmt, mit erhobenem Haupt und vier offenstehenden Mündern, verstummen, weil es auch ihre Fähigkeit zu zorniger Erwiderung übersteigt, weil sie von dieser andersartigen, auf dem Boden dieser Stadt gewachsenen und doch irgendwie fremden Mutter, dieser spöttischen und kampfeslustigen Mutter mit dem locker sitzenden Lachen und den weißen Händen im Grunde von vornherein geschlagen sind. Bis das Feigenblatt eines Tages, vielleicht zu gut versteckt und auf Jahre hinaus nicht gefunden, vielleicht von der immer siegreichen Mutter, die des Spiels müde ist, sich aber nicht geschlagen geben will, beiseite geschafft oder, wer weiß, vielleicht heimlich weggeschnappt von den drei Gnädigen, die es einfach satthaben, umherzuspringen und sich aufzuregen und dabei immer die Verlierer zu sein, oder sogar von der heiser kläffenden Bulldogge, die ihre Vormittage nicht länger mit eintönigem Eckenschnüffeln hinter den keuschen hysterischen Frauchen her verplempern will, derweil die stets schuldige, aber nie überführte Lady, auf die eindeutig jeder Verdacht fällt und der doch nie etwas nachgewiesen werden kann – der unauslöschliche, aber eben nur für mich absolut unverwechselbare Duft, das einmalige, nicht wiederholbare Geruchsgemisch aus ihrem Eau de Cologne und ihrer Haut, reicht dazu nicht aus –, auf ebenso duftenden großen Kissen, weichen Federkissen, die blonde Haarpracht prunkvoll darüber hingebreitet und eine Hand über die leinenen Bettücher gestreckt, seelenruhig schlummert, bis eines Tages das Feigenblatt endgültig verschwindet. Und so steht das Standbild heute noch da, mit seiner freundlichen, entgegenkommenden Gebärde, seiner Hundestreichelgebärde, seinem im edelsten – oder dümmsten – aller Träume verlorenen, edlen Hellenengesicht und dem endgültig da belassenen, schamlosen, triumphalen Geschlecht zwischen den Beinen, da steht er , vierzig Jahre später, und ich lächle ihm im Vorbeigehen zu, und er antwortet mir mit zustimmendem, freundlich komplizenhaftem, fast zärtlichem Ausdruck, obwohl ich natürlich, das weiß auch ein Bronzemerkur, nicht die Frau mit dem ausgelassenen, herausfordernden Lachen, der spöttischen Miene, den wunderschönen schmeichelnden Händen, die schöne ferne marmorne Dame bin, die immer siegt und mit der er vor langer Zeit einen Pakt unter Statuen oder unter Göttern geschlossen hat, jedenfalls nicht unter Menschen.

Aus: *El mismo mar de todos los veranos.*

Julián Ríos

Geboren in Vigo/Galizien am 11. März 1941. Er studierte Jura und ging anschließend drei Jahre nach England. Seit 1974 ist Julián Ríos literarischer Direktor eines Madrider Verlags, wo er die Reihe »Espiral« betreut, in der Essays und Literatur veröffentlicht werden (u. a. Derrida, Lezama Lima, Leonard Cohen, Fourier, Breton, Kristeva, Arno Schmidt, heutiges spanisches Theater). Gleichzeitig leitet er die literarische Zeitschrift ESPIRAL (seit 1976), die jede ihrer bislang neun Nummern einem Thema gewidmet hat. Julián Ríos hat daneben ein umfangreiches monatliches Dossier in der neuen auflagenstarken Literaturzeitschrift QUIMERA (seit November 1980). Man kann ihn als einen der internationalen spanischen Autoren von heute ansehen, obwohl er bislang verhältnismäßig wenig veröffentlicht hat. Abgesehen von zwei Büchern, die in Zusammenarbeit mit Octavio Paz entstanden, beschränkt sich sein Werk augenblicklich auf die Veröffentlichung von sechs Kapiteln (1973–1980) seines Romans *Larva* (in mexikanischen, spanischen, amerikanischen, französischen und englischen Zeitschriften). Dieser »work in progress«, dessen Titel sowohl Maske als auch Metamorphose bedeutet, wird fünf Bände von je etwa zweihundert Seiten haben. Das Erscheinen des ersten Bandes wird bereits seit zwei Jahren als unmittelbar bevorstehend angekündigt, was den metamorphischen, proteischen und nicht endgültigen Charakter der Arbeit Julián Ríos' unterstreicht. Jeder Titel der fünf Einzelbände wird mit einem anderen Buchstaben des Wortes *larva* anfangen; als erster soll *London Romances* erscheinen. Ríos sieht sein Schaffen nicht als Literatur, sondern als »Liberatur«; er nennt es »palimpsestisch« (= »abgeschabt und wieder beschrieben«). Daher sein Motto: «Lis tes retures« (d. h. »Lies deine Streichungen«), was wie »littérature« klingt und auch so gelesen werden soll. Ríos (an »ríos« = Flüsse dachte auch Joyce) setzt dort ein, wo der Autor von *Finnegan's Wake* aufhört und geht über Arno Schmidt hinaus, dem sich Ríos verwandter fühlt als jedem spanischen Autor. Vielleicht deshalb will er die spanische Sprache »quijotrizar« (= verquijotisieren + zerfetzen) und «ensanchar« (= versanchopansieren oder erweitern). Und dies erreicht Ríos vollkommen, wie die beiden Beispiele (ein Aspekt nur seiner verbalen Techniken) der Wortschöpfung zeigen. Die Hauptpersonen von *Larva* heißen Babelle (von Babel) und Milalias (= Tausendspitzname). Beide spielen in Larva die Rolle des »Narr(a)tor« (= Narr und Tor), ein verrücktes Pärchen, das »narractivamente« (= erzählaktiv) ihre Abenteuer im London der beginnenden 70er Jahre lebt und erleben läßt. Es ist nur natürlich, daß über *Larva* mehr geschrieben wurde, als bisher davon veröffentlicht worden ist.

Werke

Solo a dos voces (zusammen mit Octavio Paz), Lumen, Barcelona 1973 (Gespräch / Anthologie) – *Teatro de signos / Transparencias* (Anthologie von Octavio Paz), Fundamentos, Madrid 1974 (Herausgeber) – Sechs Kapitel von *Larva* (Roman) in mexikanschen, spanischen, nordamerikanischen, französischen und englischen Zeitschriften.

Die Übersetzerin

Dagmar Ploetz, geb. 1946 in Herrsching. Kindheit und Schulzeit in Argentinien, Studium der Germanistik und Romanistik in München. Übersetzungen aus dem Spanischen, Kulturkritische Arbeiten für Zeitungen, Rundfunk und Anthologien.

Letzter Spaziergang am Ufer der Themse

Enter A Different World –
in Goldlettern auf der Flanke des Busses, der die Brücke in Richtung Hammersmith verläßt. Betreten Sie eine andere Welt, – Slogangway für Utopisten ... Welch Ausweg! ((VOI CH'ENTRATE ... laßt, die ihr eingeht, alle Hoffnung fahren –))
Aber die Hoffnung ist das vorletzte, das man verliert, nicht wahr? Eine andere, – wär nicht schlecht. Oder nein, vielleicht doch, wer weiß. Beste aller bekannten Welten? ..., zweifle ich an der Mauer, die meine Sicht beschneidet. (Über mir die Kabel wie Saiten einer Riesenharfe. Äolisch? Bei diesem Wind.) Jetzt könnte es gehen. Niemand in Sicht hier am Fuß der Brücke.

Paß! Schuß! Schießen!
Kreischerei der Kinderei. Sie spielen Fußball, dort hinten, auf dem Platz vor jenem Gebäude, das wie ein Überseedampfer auf diesem Ufer ankert: ROSSER & RUSSELL LTD. (Ein knapper Meter vom Wasser bis zu den Fenstern des Erdgeschosses. Und bei Hochwasser? Schwamm drüber? ...) Jetzt straucheln sie geballt zwischen den Ziersträuchern. ((Milalias hätte sich eingelassen, was?, auf das Geballer. Wie an dem Abend, als er sich bei Maida Vale auf offenem Feld im Schlamm wälzte.)) Der Spannenlange im blauen Trainingsanzug hat sich ihn dribbelnd geschnappt. Shooo!!! Spannundzehlanger! Sein Schrei steigt mit dem Ball himmelwärts.

Jetzt und an der Sch-welle ...?
Ein Amen lang. Einwurf! (Und ein für allemal Schluß?) Besser ein Stück weiter. Geht eigentlich nur noch darum, unsere Wunderkiste in die Themse zu werfen. Und mich hinterdrein? Noch ein vertrackter Trick ..., aber das wär vielleicht ein angemessenes Ende. Beim Themsenwellenwalzer – ersterbend gegen die Brückenpfeiler. Plash! Lash! Ash! Sh! ... Bululu, der Bauchredner ((:meine Larve in letzter Metamorphose!)), endlich zum Schweigen gebracht? Mission erfüllt?!

Vorerst eine drängendere:
Oh, welch Gelüst, endlich! Angehalten, aufgehalten, ach so lang, und hier nun der Erguß. Der Impiß war ausfließlich flüssig gewesen: eine Dose Suppe (: die letzte!) und Apfelschaumwein. Gestern abend gefunden und fast voll noch die Flasche. Hat wohl irgendein erzbesoffe-

ner Ire im Park verloren. Jetzt neue irische Invasion in Book Green. Einsame Männer scharen sich in Spelunken. ((Babelle und Milalias beäugten wieder einmal durch gardinenlose Fenster die trostlose Auslage des Time Guest House, als sie Book Green in Richtung Shepherds Bush Road verließen. »Wie sie ausgebeutet werden ...«, sagte sie. »Stimmt, die Engländer exploitieren sie, und sie lassen bum! die Engländer explodieren.« Milalias schlug geräuschvoll die Zeitung auf. »Diesmal hat es nebenan eingeschlagen«, fügte er hinzu.)) Nicht nur die Iren. Fast alle Emigranten werden als Lasttiere benutzt. Aufladen, abladen. Job unterm Joch. Servil. Yes, Sir. ((Non serviam!: Non voglio piú servir – das Doppelmotto des Milalias. Ich diene! Auf so einen Leitspruch konnte auch nur ein Prinz kommen. Von Wales.)) Am Boden schlafen sie auch, stapelweise, in Absteigen, ein Pfund die Nacht. Ich hab noch ein Zimmer für mich. Bis nächste Woche – letztes Ultimatum: Lang stundet ihrs mir. ((Das Nest vom Vorjahr: Phoenix Lodge. Nix is. Die zwei Turteln ausgeflogen. In a mutual flame ... Und ich schon allein.)) Piß schneller, Genosse: ein Rudel von Schülerinnen schwarzrockt über die Brücke. Hm, vielleicht von oben herab? ...Psss! Goldstrahl wäscht die Klinkermauer. Nein, nicht alles Gold, was glänzt. Das stinkt ja!? Na klar, von Spargel war die Suppe. Das gibt immer üblen Urin. (Obacht: J'asperge mes bottes! ... Spargelspitze! – tatsächlich, Tropfen auf den Botten.) Es fließt wieder, unerschöpflich die Zapfsäule. Cidre – ideal für die Entwässerungskur. Hilfe: ich werde deshydriert! Liquidation! Wenn ich so weiter mache, ende ich am Tag des Jüngsten Gerichts. ((Wie der Saufraufbruder in der Pißanstalt von Camden Town, der eine Schimpflilateinei abließ und sich mit der freien Hand die Brust schlug (Mea culpa! ...), haltlos confitürinierend vor der Klagemauer.)) Auch ich murmel das Gemäuer an. Pispiglio pißpissato, jetza. Nach Gebrauch schütteln! Drop it! Noch einmal den Sprengwedel geschwenkt und fertig.

Oh, sehr aufreizend ...
Den Kopf im Nacken linse ich über die Mauer zu meiner Linken: Eine Walküre im gelbsüchtigen Rock schreitet dort oben hoheitsvoll zum anderen Ufer. Eine Flaggfrau! Goldzüngelnd im Wind – und ein flüchtig beinern Weiß. ((Treten Sie in eine andere Welt, zwängen Sie sich zwischen die Beine einer Frau ... Jawohl, dortselbst! In effetto. Alte Neuewelt: die ganze Welt durch ein Loch. Holy of holies. Ah! Rückstoß, prends du champ!)) Welch Fummel und was für Stelzen! Kommt mir doch bekannt vor. He! das ist doch die Füchsin im Minilamékleid, die sich vor dem Palais de Danse dem fox-trottoir hingab? Nein, die war ganz klein – und doch so unverträglich! ((Armer Milalias: jeder Don Juan muß seinen Strauss ausfechten. Und die Mozärtlichen sind

alle scharf auf den galanten Hoffmannequin. Nimm sie auf die leichte Schulter, Nachtmusikschwärmer. Che inferno, che terror!)) Betrabt die Straße von einem Ende zum anderen. Sie und ihr Schatten, der schwarze Panter, die Angst im Nacken. Hacken und Zähne klappern an der gefährlichsten Ecke vom Hammersmith Broadway. ((Nachts auf dem Strich durch die Rechnung, Rimbaudelaire taumelt maulig herum, hatte sich versteift, alle beide abzuschleppen. Der schönen Augen wegen! Und Milalias zerrte an seinem Ärmel, gibs auf!, versuchte ihn loszueisen. Die Jamaikanerin zeigte die Zähne: »Don't push me, mahn!« Dabei war es doch ihre Kollegin, die wirbelnd Hiebe verteilte ...)) Die da? Schon so fern und jetzt tatsächlich winzig (:sechs Zoll etwa?) von hier aus. Rasch rudern Arme und Hüften kariert durch das Gitter der Brüstung. Ich krieg noch einen STEIfen Hals! Und schon entschwindet sie. Adieu, ma liliputain.

Achtung! Bobby Backbord:
Ein Bulle naht, Hände auf dem Rücken, tut harmlos ((Festnahme wegen Doppelattentats auf das öffentliche Schamgefühl. Exhivisionist! Der Fall des voyeuristischen Exhibitionanisten. Zwei Klappen und eine Fliege! Reif zum Urteilsspruch: Ich bin unschuldig, ihr Herrchen vom Hohen Gericht, ich schwöre, ich warf nur einen Blick, Pardon, einen Strahl ... Pee-Ping-Tom! Off with his head!!)) Jetzt bleibt er stehen, drüben neben der Ulme und hebt sein Haupt zum Haus gegenüber (das mit der weißen Galerie – exotisch die Gitterchen und Bögen ... Mohrenkäfig, taufte es Babelle). Oho, er notiert was in sein Büchlein ((4.35 p.m.: Verdächtiges Subjekt streicht durch Lower Mall. Groß, dürr, zigeunerhaft. Verbirgt sich hinter dunkler Hornbrille. Trägt schwarze Windjacke, enge schwarze Hosen und eine Segeltuchtasche über der Schulter. Ermitteln, was er darin versteckt?)) Ab durch die Mitte! Rattergeknatter so dicht über meinem Haupt, Ohrenbrausen, so wie ich unter der Brücke verschwinde. Als ob all die Balken und Bohlen herunterbrechen wollten. Toi, toi, toi.

Ein Ausrufungszeichen:
sein Schatten auf dem Pflaster. So steif und den Helm tief in die Stirn gedrückt. Grad so (:!) Und dann zwischen den letzten beiden Straßenlaternen. Drei in Reich und Glied. Polizeile. Hoch und schwarz die Silhouette, wachsend. Auch dies ein apollinischer Polyp. Das Gemächt gilt beim Gefecht: policemen, Bullen oder Nullen – das ist die Frage. Statuen des Gesetzes. (Manch einen Schrecken haben mir die versteinerten Pappgäste eingejagt.) Ei! Polizei! Che pollino. Eben aus dem Helm geschlüpft ... ((Wie sein Kollege Blondschopf, der sich am Victoria-Bahnhof, gleich neben den Telefonzellen, an einem verlassenen Koffer zu schaffen machte. Auch Milalias spielte

damals den Helden als einziger Zugschauer in der ersten Reihe. Während der Clochard, der den Koffer gefunden hatte, von weitem fuchtelte, move away!, er solle beiseite gehn. Nichts da. Meiner Angst befehle ich – wollte er sich auf die Probe stellen? Spähte über die Schulter des Schutzmannes, der hatte sich vor das Gepäck des Packs gehockt. Klick! aufgeschnappt, und drin lag nur eine rote Kokarde (:das blutrote Mutmal!) und eine LP: *Dingly Dell.* Den lieben Tag lang das hämische Geklingel im Hinterkopf.

Da haben wir ihn.
Schau an, das Polizistenlärvchen: masque de peau lisse, nicht ein Fältchen, unbewegt. Seine Augen: zwei blaue Glasklicker. Auf meiner Höhe angelangt kraust er die Stirn, Mißtrauen im Augenwinkel. Ich und verdächtig? Vielleicht der Schuhkarton, der meinen Beutel beult? Terrorbombe! – Bombensicher? ((Blow the gaffe ...)) Irre Iren sind vorzeiten hier umhergeschlichen. Ira belli! Wollten die Brücke in die Luft jagen im Jahr 39. Mit einer Zeitbombe. Tick-Tacktik! Doch ein wagemutiger Wagabund warf sie in den Fluß.

Bark! Bei Fuß, sagich!
(Ein Schwall gebrochenes Cockney schäumt aus der Hexe mit dem gelben Regenmantel und dem torkeligen Gang. Ihre bös bemalte Maske als sie sich brüsk umdreht ((Die greise Vampiranha mit den blutigen Zähnen: Ich sehe eine Reise ...)) Wie bitte? Kein schlechter Name für einen Bracken: Bark! Bellen und Barke. Brackwasser. Der Herr Narrator hätte aus dem Gebell ein Gewört gedrechselt.) Ein Schwarm trockener Blätter hebt sich in die Lüfte, um sich ein paar Schritte weiter neben der Treppe des Docks niederzulassen.

Der böse Blick?
((Tief lagen die schwarzen Augen und musterten. Der Mund ungenau gemalt, die Zähne mit Rouge beschmiert: eine halboffene Wunde in der bepuderten Maske. Ihr silbrig beknaufter Stock lehnte an unserem Tisch. Erster Annäherungsversuch? Im Daquise, dem Café von South Kensington, saß die Mumie mit einem breitkrempigen schwarzen Hut. Über den Schultern ein schwarzes Cape. Allein am Nachbartisch saugte sie an einer langen beinernen Zigarettenspitze. Ihr Gesicht belebte sich, als sie uns babelln hörte. Madame Starzinski, clairvoyante polonaise, streichelt Babelles Hand: »Je vois une voyage ...«, – au bout de l'ennui!))
Wende den Blick von uns!

Bark!
Der schwarzweißliche Bracke beschnuppert starrköpfig die Laubhalden um Uferkai, ohne auf die herrische Stimme seines Frauchens zu horchen, das sich immer noch dann und wann umdreht, um seinen Namen zu bellen. Bark!! stampft die Alte im Jähzorn auf. Auch ich schnuppere jetzt. Teer in der Luft. Und das Dröhnen von Hammerschlägen aus dem Schuppen gegenüber. Ich bleib stehn und blinzle durch den Rauch: Der Riese mit der roten Strickmütze kalfatert ein Kanu. ((Säuerlicher Mief für einen anderen Teertuffe. Tarrtarin in einem anderen Tartarus. Endlich gefedert?)) Dort bei der Biegung wieder der Hund und sein Schatten. Kriecht hinter dem Frauchen her. Zwei Tupfer, fern zwischen grüngoldenen Flecken.

Auch ich auf Spurensuche.
Ich laufe und lese im Buch ihrer mehr oder weniger eingebildeten Leben. Den vergangenen Schritten von Babelle und Milalias nachgehend bei deren Lieblingsgang am Themseufer entlang, the Mall!, von der Hängebrücke von Hammersmith bis Chiswick. (Balade des dames du temps jadis ...) Ach! Ihnen hätten sie gefallen, diese senffarbenen Wolken und die rostigen Wasser der Themse, bereit zu ergrauen, sobald die bleiche Novembersonne untergeht. Asche in der Luft. Remember the Fifth of November.

Narren! Narren!:
Schnaubt der auf dem Fahrrad. Schal-l und Schöße flattern im Wind. Sieh da!, noch einer der Selbstgespräche führt. (»Fools! Fools!«) Frenetisch tretend krümmt er sich über die Lenkstange, kurz vorm Sturz. Schaut wie sein Schimpansenahne ... Uhuii!? Konnte ihm nur knapp ausweichen – seitwärts schlingernd schießt er Richtung Brücke.

Ein Schmieren-Bogart:
Der Typ hat sich, Hände in den Trenchcoattaschen, neben der Tür vom Blue Anchor aufgepflanzt. ((Blaue Tische und Stühle waren vor dem Pub aufgestellt. Da haben sie sich ausgeruht, an einem glühenden Regatta-Tag.)) Schon eher ein Fazialgelähmter – mit der verzerrten Fresse. ((Milalias, der all seine bogartifiziellen Kunststückchen für Babelle zum Besten gibt. Sie warteten in Notting Hill Gate auf den Bus, nachdem sie den Malteser Falken wiedergesehen hatten. Und so grimassierte er in dic eisige Nacht und übte sich in bogartistischen Gebärden. Beau gars! seufzte sie in ihrer lingua franca ...)) Seine Zigarette hängt im Mundwinkel. Ein Schergespenst! Und ich hab mich noch nach ihm umgedreht vom Nachbarpub aus ((The

Rutland –: Milalias oder sein alter Superego, der Herr Narrator, röhrte spöttelnd den verflixten Namen)), um ihn zu bestaunen. Bye Bogey!

Pardon!,
parierte ich den Blumenstrauß, mit dem plötzlich ein greiser Schwerenöter herumfuchtelte. »Sorry!« (:»Schauen Sie gefälligst, wo sie lang laufen«, übersetzte sein Flammenwerfer-Blick: da fangen ja die Wimpern Feuer!) Doch der Kavalier im grünen Überzieher gewinnt mit einem Räuspern seine britische Gelassenheit zurück, entknüllt die Blumenhülle und geht gemessen weiter, während er sich noch ein paarmal sorgsam über die Glatze streicht. Vielleicht wartet eine alte Liebe auf die Opfergabe. Los, Methusalahm! Sonst kommen auch die noch welk ((Rosa Nelken aus Spanien? Reincarnation! Für die Pikassischen Demoiselles zur Kasse gebeten! Pink Ass: aus den Ärmeln geschüttelt. Pink pikant! Im Studio von Bob »Hitch-Cock« erblühen sie bereits entblättert im Scheinwerferlicht. Ein gutes Blatt!)) zum Rendezvous. Zu spät? Steht da wie Pik 7. R.I.P., van Winkle. Blumen und Kranzspenden sind nicht erwünscht.

Die bringen Unglück?
(Ein schwarzer Sprung! :und schon ist sie verschwunden: durch das Loch in der Tür des verfallenen Hauses gegenüber von The Rutland.) Sie glaubten, der Teufel metamorphiere sich in einen schwarzen Kater. Mephistofelis! ((Die Pupillen phosphoirisierten im Dunkel. Auch sie hatte etwas Hexisches, wie sie da murmiaulte Mau miol meu! (»Oh yes, they speak a kind of Catalan ...«) Und sie sprach zu allen Katzen. Katökumene! Die ließen sich streicheln und von ihren Armen umgarnen. Der siamesmerisierte Vielfraß, der nur dann im Keller von Little Venice auftauchte, wenn sie kam.)) Auch konnten sie, das war ihr Geheimnis, andere Gestalten annehmen. Schwarze Magie also?

Gekräuseltes Schwarz!
Und mit Hieben weist sie den Wind in Schranken, der ihr Trauerkleid lüftet. Untröstliche Witwe? Trauriges Pferdegesicht – und feste Flanken. Dunkelgroß die Augen hinter dem Schleier. Black beauty. Und noch in ihren besten Jahren. Frufffruff! Ein schamloser Windstoß hebt den Rock und bestürmt ihre Schenkel. Wollüsterner Wirbel! Wäre mir eine Ehre, Sie zu hätscheln und zu tätscheln, meine Gnädigste. ((Dem Toten die Grube, dem Lebendigen die Kuhle – ein Sprichwort, das der Cunnilinguist Milalias zu zitieren beliebte. Auch Mrs. Rosenheim ist eine Witwe in den Fünfzigern. Spaniolé – Privatstunden in dem Anwesen von St. John's Wood: *Amada* wird ausgef-lüstert wie *A mother* ... Gigogolo amadoué! Ebenfalls reif Mrs. Appleton, die Eigentümerin des

Kellers in Little Venice. Appel! Elle tombe dans les pommes! Eingebuchtet in ihrem bußfaltigen Busen ... Urmütterlich auch ihre Schülerin, Mrs. Bennett aus East Finchly, Halbwitwe eines gegangenen Gatten. Mater!)) Aufgebläht biegt sie in die Mall Road ein. Wohnt sie etwa in so einer grusligen Ziegelgruft?

Zeppelingam!
Eine rosige Wolke, länglich gerollt, schwebt über den Ulmen am anderen Ufer. (Auf das Brückengeländer gestützt beobachte ich, wie sie sich vergoldet und die Form – il pene diviene pane! – eines riesigen Brotlaibes annimmt. Doch nicht vom Laib allein ... Da erscheint die gelbliche Sonnenscheibe inmitten einer weißlichen Häufelwolke.) Ei! Verschafft mir der Hunger Pro-Visionen? ((In den schwärzesten Tagen veranstalteten sie Schattenspiele auf ihrem Lager in Cleveland Gardens, überspielten Hunger und Magenknurren ... Vampa vamp, sie tanzte bei Kerzenschein den Schleiertanz ... Fuff! Ende der Fiammetamorphose!!)) Die Sonne, zu meiner Linken über dem rechten Flußufer, leuchtet noch zwischen erröteten Wattebäuschchen. Verblutet gen Westen (Ich auch. Nach mir die Sintflut.) Drüben wird mit drei schwarzen Strichlein (:Kanus) die schattige Biegung des Flusses nachgezogen. (Noch weiter – oder hier?) Unten ein Schlammstreifen. Und teefarbenes Wasser, das sich zu trüben beginnt. Von hinten hastig: klapp-klapp-ab-klapp-absatz.

Una lonza leggiera ...
Die Rothaarige im Leopardenmantel (Imitation) zieht im Schnellschritt vorbei und hinterläßt eine Duftspur. Mhhmmm!, berauschend. ((Und süßlich. Die feuchte Furche zwischen ihren Brüsten. Die sind weiß und aufgedunsen mit Zitzen wie reife Maulbeeren. Mrs. Appleton, noch gut anzuschaun – und anzufassen? Bleich und verschreckt – »Mister Alias! Mister Alias!« an der Kellertür, die zum Garten führte. Ihre Hand haltend, die schlaff und blutig herabbaumelte. Fast wird sie in seinen Armen ohnmächtig. Nichts passiert, nur eine kleine Wunde, und schleppte sie müh-selig zum Sofa. Ein ziemlich tiefer Schnitt beim Versuch, die Rasenmähmaschine zu reinigen. Nach erster Hilfe und einem Glas Gin in Seufzerschlückchen wand sie sich erneut in Krämpfen, die sie fast entblusten und ihn zu Fall brachten: er landet auf ihr und dem wackligen Diwan. Blut-Schweiß-und Tränensäcke: »Don't! Don't!«, drängt sie ihn flehentlich, nein, nicht, während sie sein Gesicht in die weißsüßlich pochende Masse drückt ...)) Duft und Drang eine Minute lang; nichts weiter.

Ladies & Gentlemen:
Hier neben dem Landungssteg. Der steife Gentleman im dunkelblauen

Anzug tritt, Regenschirm unterm Arm, ein und zupft dabei seine Weste zurecht. Andere Ausflüsse: eau de toilettes? Aber das Haus mit den zwei Türen macht einen sauberen Eindruck. Und ist von Bäumen umgeben. Besser als die Ecke dort. Hätt ich nur dran gedacht, hier hätte ich in aller Ruhe meine Mississipiß und Urinocos münden lassen können ... ((Che volgaritá! tu sei ebro, don indovino? Un po' di téverecondia?/Osmosel! Main Name ist Hase. Beiß dir die Lippe!, mit deiner saardonischen Lache. Welch Rheinfall! beim Versuch diese nicht gerade kölnischen Wasser zu vergolden/Das Rheingoldbad. Sieg!) Ho!, Schluß jetzt mit dem Geblödel über die Mäander meiner Urinarien ((Schon beendet die Malabarbarismen, doch ab und zu noch den Klang ihrer konkurrierenden Stimmen im Kopf. Besessen!)) Besser Wasser zu Wasser, porter mon eau à la rêvière. La thé à la Tamise: Wasser des Vergessens. ((Ihre lüsterne Urinomantik ... Miss Mississipipi sitzt auf ihrem Thron, die Beinkleidchen bis über die Knöchel gerutscht und Dr. Pisscator, der Eindringling, gibt das Stichwort: Pss ...! laß laufen! Zischeldes Flüsstern. Dégoûtante! Ta mise en eau ..., sie öffnet die Schleusen.)) Kommt raus und fingert am Krawattenknoten. Nicht ein Blick auf den Hosenschlitz. Ein wahrer Gentleman.

Eine Liebe in jedem Hafen?
Elsie, Sylvia J. M. und *Morwenna* schlingern im Takt vor dem Landungssteg. ((*Eveleen*? Eine seiner ersten Lieben im verlorenen Paradies. Eva Marx. Evangelisierte ihn. Zierte sich mit ihren luteranalen Maximen (Ma no! L'utero dice pecca forte .../Vorsicht!) Schlingende Evagina ..., o weh!? Sie flackten auf den Laken und fickelten sich verwickelt bis daß der Morgen graut. Zärtliches Tête-à-Titte. Teutonin mit Härte-Testat: massieren, massieren, fertig marxturbieren.)) Ob sie Eveleen heißt, wie ihr Schiff? Die weiße Dame in ihrer weißen Einmastbark. Etwa um die sechzig: sexy hexy, weiß die Mähne, – verdeckt jetzt das Gesicht. Die Gestalt jugendlich schlank in der weißgerafften Windjacke mit zurückgeschlagener Kapuze. Sie kniet am Bug in einem Wirrwarr von Tauen. Er aber steht am Rand des Anlegeplatzes: Don Quichotte in hohen Gummistiefeln mit einer Angelrute in der Hand. Werden die Lanzen zu Ruten? Oh, rechts drüben: da fallen flatternd die Möwen herab, der Mitte des Stromes zu. Schwärmerischer Schwarm.

Unter der großen Trauerweide:
an eben dieser Biegung des Flusses kurz vor dem Hammersmith-Kai. Das wäre echt romantiquiert. Here, their last willow? und im Hintergrund die grüne Ebene. (Selbstgesprächig: Seul sous le saule. Desolat. Not a soul. Nur die unerlösten Seelen der Liebenden. Jetzt die Büchse

der Pandora öffnen?) Schleich dich, Bululú bubbolone! Bube Buhle Bulle! ((Ihr gefiel mein letztes Alias. »C'est rigolo, comme son.«)) Unter dieser Weide ausgewaidet. Sing willow, willow, willow ...
Ich stampfe den Cakewalk auf das Pflaster aus rosa Steinplatten, um mich aus der Erstarrung zu lösen. Schüler fahren auf Fahrrädern vorbei, drehen sich lachend um. (The Fool?)

Vorwärts im Wind!
Mit der Schuhschachtel unter dem Arm die Rampe aufwärts. Ich balanciere auf dem Brett, das man über die Treppe des Hammersmith-Kais gelegt hat. Und streife flüchtig das Schild: Zutritt verboten. FORBIDDEN BY ORDER! Sie sind gegen Orden aller Art – gegen weltliche und geistliche ... Das Gitter ist geöffnet, nur ein Holzblock versperrt den Zugang. Letzte Gesetzesübertretung? Es stand geschrieben (vor dem letzten Autodaphönix!), daß seine Asche in die aschfarbenen Wasser der Themse gestreut werden sollte. Asche den Schwänen. Mein lieber Schwan! Schwanengesang? Write, pen. ((Asche im Kamin und Papierschnitzel auf dem Boden ...Sterbliche Reste. Disjecta membra. Remember! Erinnys was here. Verbrochen nach seinem Aufbruch. Im leeren Zimmer von Phoenix Lodge. Erinnerung. Da wirst du zerstükkelt.)) Jetzt? Die Möwe hoch auf dem Pfahl belauert mich. Giert. Hofft wohl auf Abfälle, die ich ins Wasser werfe. Aber da ist schon genug Dreck.

Caput mortuum!
Auf halber Höhe beuge ich mich über die Brüstung des Wehrdammes: ein geköpfter Kopf schwimmt da in einer großen Öllache. ((Tète d'Orphéelin! ...)) Und verschwindet ((:Kaputt!)) im schäumenden Strudel. Die Ebbe zieht zügig das Wasser ab. ((((Tous nos thèmes by the Thames, schon über-flüssig.)) Unter meinen Füßen ächzen die Bretter. Ich bemüh' mich, die Brüstung zu erklimmen, reite bereits beinah drauf. ((So, schon geschafft? Vorsicht!)) Umsichtig halte ich Umschau.

Zur Brücke hin, am Himmel!
Ein blauer See umgeben von beschneiten Bergen ((Tombe dans le lac, Lanze-Lot!)) Wachsend. Cumulus verschmelzen in der Abdrift. Zirrhen zerfasern (Der Traum ((»Ego sum qui summa!«)) von Milalias: ein Roman mit Figuren wie die Wolken so veränderlich. Inkunebel?) Rostfleckig schon die verstählten Schichten am Horizont.

He, Sie! runter da!
Der Popeye aus der Epopöe, mit Matrosenmütze und Pfeife, stürmt cholerisch fuchtelnd näher. »What the bloody hell are you doing?!« Schwingt dräuend die Pranke. Was zum Teufel habe ich getan? Ich

hatte bloß den Kopf verloren und suchte ihn dort unten. (Narrziß!) Bekam aber nur eine Mattscheibe. »Capisce?« – und so habe ich mit den Achseln gezuckt. Ein pilgernder Tourist, unterwegs zu diesen gebeinedeiten Stätten, doch ohne festes Tanzziel. Einen Grund ergründen?: dort drüben, eine Verabredung (ob sie kommt?). Und ich ging zu dem Warteraum neben dem Kai und setzte mich. Die vor Zeiten weiße Holzwand ist mit Parolen pictograffitiert. Meine Favoritin des Tages: *THE MEND IS AT HAND*, schwarz gesprayt und rot verbessert durch das eingefügte M. End it or mend it. Nicht korrekt, die Korrektur. ((Der König der Jecken tanzt an der Ecke der Ora-Thoren (Da capokalypse!) mit vier alten Käuzen Ringelreihen um die Plakatsäule (Totemtanz!). Und die verkündet, das Ende sei endgültig nah.)) Oh, sehr wohl, dies die Tageslese. Täglich das Gelesene verlesen. Die Hände mit dem Weltgeschehen beschmutzen? Ja.

Die Laken eines Stadtstreichers:
ausgebreitet auf der Bank: Die *Times*. Und von heute, tatsächlich, Donnerstag – ein Blick auf die erste Seite ((Aha!! Blutegel braucht wieder Blut. Intestinale(s) Schlachten, Blutverluste. Hat eine tolledanische Nacht hinter sich gebracht. A very uncomfortable night. Da stehts, in dem diskreten Kästchen. Verweser des Vaterlands. Verwest! Marcia funebre. Spanischer Eiter. Brandgefahr! ... wir fürchten den Feind nicht/und auch nicht den Tod ... Er lebe hoch! »I' sag's, i' bin tot!« Unser Herr Valdemar. Tot! Tot! Der Magnetiseur, der den entmagnetisiert, wird Magnetisarius Magnus (Pooh! Get out of this Poepourri!) Schnell! Nur schnell fort von diesem albernen Alb.)) Und ich beschleunige meinen Schritt (:*Furnivall Gardens* steht auf dem roten Schild, und das ist in den Rasen gerammt), biege links in die Gasse ((gleich am Eingang steht ein silberner Ständer: dem halte ich die Stange!)), die zum Fluß führt.

Kleine Pause, um die Erinnerung zu erfrischen?
Die weiße Taube mit ausgebreiteten Flügeln unter dem Regenbogen auf dem blauen Schild. The Dove dort in der Gasse. Ist aber noch nicht geöffnet. Erst ab halb sechs. ((Welcome, kindred glooms!)) Milchige Reflexe hinter den dicken Scheiben. Ein Schattengespenst flattert in der Tiefe des Raumes. Unheiliger Geist. Soiled dove ...

L'Après-midinette d'un faunambule!
Im Frühsommer aalte er sich mittags auf der Terrasse über dem Fluß. Sinnlos Babelle auf diesem Riesengrill der gleißenden Körper zu suchen. Zu spät zum Stelldichein (Réfléchoisissons ...). Sonn-ambul stakt Milalias stockend mit dem überschäumenden Krug in der Hand

bis hin zu dem Tisch jener bleichen Taube mit weißem Hut und ausführlich ausgeschnittenem Kleid. Sommersprossig das Brustfleisch und sanft gesalbt die Schultern. Aalt sich allein.

Frei?
Free and easy ... Leicht ins Gespräch zu kommen. Gerade an dem Morgen hatte sie Probeaufnahmen ((Oh! dunno if I made it ...«) – in einem Fotostudio in Riverside Gardens. Von der Maniküre zum Mannequin. ((Gewiß kein vor*bild*liches Mädchen. Zwischen Blick und Schluck spinnt Milalias sein Netz.)) Miss Coolombine, wie sie der Myrialiastäufer tauft. ((Später dann turtelten sie im geschändeten Taubenschlag in der King Street. Mehr Widerstand als erwartet. Meg (:ihre Zimmergenossin) kann kommen! Dringende Küsse. Oh, ihre Biegungen und verbogenen Kunstgriffe. Wie sie sich vorm Höhepunkt hütet – Interfemoralistin! Die zarten Lenden der Englenderin ...))

Vorübergehn ...
(Pass away!) Da kommen noch welche. Sie kannten alle Pubs an diesem Ufer, vom Blue Anchor bis zu The Old Ships. Der blühende Laubengang mit den baumelnden Blumentöpfen. ((Das Narrenschiff ...)) Noch weit entfernt. Hinter den Rauchschwaden dort. Bitter end!, das bittere Bier eines anderen Abschieds – nach französischer Art. Jusqu'à la dernière bière! ((Small bier ...)) Toast funèbre. Das ist nicht mein Bier. Sie ertränken das Gelächter. Sarg-Sarg-Sarkasmus!, und spielen die Bierdigungsfeier. Bis zum letzten Mement.

Aus: *Larva.*

Lyrik

Miguel Labordeta

Er wurde am 16. Juli 1921 in Saragossa, der Hauptstadt Aragoniens, geboren und starb dort am 1. August 1969. Er studiert Geschichte in seiner Heimatstadt, geht 1946 nach Madrid, um dort zu promovieren. Statt dessen veröffentlicht er aber seinen ersten Gedichtband *Sumido 25* sowie einzelne Gedichte in der Studentenzeitschrift der Philosophischen Fakultät RAIZ (1948/49), in der bis dahin in Spanien praktisch unbekannte ausländische Autoren wie Kafka, Max Jacob, Robert Brooke sowie im Exil lebende spanische Schriftsteller vorgestellt wurden. In *Sumido 25* zeigen sich zwei Grundkomponenten: »spanischer Surrealismus« (postistische Einflüsse) und »tremendismo« oder »zorniger Existentialismus« (Dámaso Alonso: *Hijos de la ira,* 1944), auf dem später die »soziale Poesie« aufbauen sollte. Ory, der Mitbegründer der »Postismo«, sagt nach der Lektüre von *Sumido 25* über Labordeta, er sei »impulsiv, aufbegehrend und kardial«. Als herausragende literarische Figur der frühen poetischen Avantgarde veröffentlicht Labordeta regelmäßig in den Zeitschriften EL PAJARO DE PAJA (1950/54), mit ausgesprochen surrealistischer Tendenz (»Pajarerismo«), und in DOÑA ENDRINA, deren Herausgeber Antonio F. Molina ein bedeutender Vertreter des Surrealismus ist. Labordetas Lyrik erinnert an zwei große Aragonesen: an Francisco de Goya wegen seiner vitalen Zerrissenheit und durch seinen Surrealismus und seinen unkonventionellen Stil an Luis Buñuel. Nach Saragossa zurückgekehrt, lebte er in einer literarischen Isolierung, häufig das Schicksal der nicht in Madrid oder Barcelona lebenden Autoren. In Saragossa unterrichtete er an einer höheren Schule als »Lehrer für schimmeliges Wasser«, wie er selber sagt, wird Mittelpunkt und Katalysator einer Reihe von Schriftstellern und gründet dort die »Oficina Poética Internacional«, wie er sagt, »aus dem Nichts und für Nichts entstanden«, als Opposition gegen den Provinzialismus des Saragossa der fünfziger Jahre. 1960 gründet er die Zeitschrift DESPACHO LITERARIO. In 18 Jahren (von 1950–1969) wird nur ein Lyrikband von ihm verlegt. Kurz vor seinem Tode erscheinen dann *Los soliloquios*. Dort versucht er, den diskursiven Rhythmus der Sprache zu überwinden und gibt seinen Versen eine neue typographische Anordnung. Ungewollt wurde er (wie Cirlot und Ory) zum geistigen Mentor des späteren spanischen Experimentalismus.

Werke

Sumido 25, Selbstverlag, Madrid 1948 (Lyrik) – *Violento idílico*, Cuadernos de Poesía, Madrid 1949 (Lyrik) – *Memorándum*, Colección Orejudín, Saragossa 1959 (Lyriksammlung) – *Transeúnte central*, Alrededor de al mesa, Bilbao 1961 (Lyrik) – *Epilírica*, Alrededor de la mesa, Bilbao 1961 (Lyrik) – *Punto y aparte*, El Bardo, Barcelona 1967 (Lyriksammlung) – *Los soliloquios*, Editorial Javalambre, Saragossa 1969 (Lyrik) – *Pequeña Antología*, Colección Tamarindo, Palma de Mallorca 1970 (Anthologie) – *Obras Completas*, Editorial Javalambre, Saragossa 1972 (Gesammelte Werke) – *Autopía*, El Bardo, Barcelona 1972 (Lyrik) – *La escasa merienda de los tigres y otros poemas*, Ocnos, Barcelona 1975 (Lyrik).

Übersetzt von *Hans Leopold Davi* (siehe S. 20).

Schicksal

Ihr wißt's meine Freunde
wir werden nicht wiederkehren.
Die Tugend des Regens
wird in den Sonnen vernichtet.
Der Wind zwischen den Blumen
versinkt im Blut der Stiere.
Nur die alten Landstreicher können
vielleicht beim Sterben
das Geheimnis der vergossenen Stunde erkennen
und das Warum der feuchten Frau im Sommer.
Aber wir nicht. Wir können nicht wiederkehren.
Es ist ein unmöglicher Totenkopfschwärmer
die verführte Zeit zwischen dem Nebel.
Wir selbst sind
der vergehende Rhythmus
und unsre Gebärde
die unsichtbare Seemuschel des Todes
zerstörter reiner Frühling.
Aus: *Sumido 25*, 1948.

Besuch der Ahnen

Alle Wege
haben zu mir geführt.
Das Idyll der Großmütter
und die Regengüsse auf den Weihern
an fernen trägen Vormittagen.
Die gleichgültigen Spinnrocken
vergangener welker Frühlinge
und der Wind zwischen Hügeln
den Nachmittag schlagend.
Der breite vergessene Schlund
von Mutter Erde erschöpft schon
vollständig aus der Bahn geworfen
leblos blutleer von Schweigen und Erwartung.

Jener der gefragt hat
der andere der nicht genug geliebt wurde
jene die Gott lästerte
und all die welche heerweise
früher oder später
den bescheidenen geheimnisvollen Tropfen schlürften
in unaufhörlichen zerstörten Welten.
Nichts mehr. Nur dies.
Ein sinnloses Heben der Arme
um das Meer einzusammeln das uns entflieht
strotzend von Ertrunkenen und von Vergessen.
Eine Klage auch
und ein Wille Löcher zu schaffen
im stillen Wasser der Neugeborenen.
Während ihr euch entfernt
Jugendzeiten singend
verweile ich hier
erstaunt und stumm
wie ein unsterblicher Toter
und erträume unendliches Leben
und eine langjährige unbegreifliche Freiheit.
Wir werden nicht wiederkehren.
Es stimmt Freunde.
Es wird Abend.
Die Bildsäule der Baum die Ameise
und dieser mein herrlicher Kummer
vermengen sich im verkannten Geist der Hände.
35 Sekunden sind auf meiner Armbanduhr verstrichen.
Aus: *Sumido 25*, 1948.

Rückblickendes Wesen

Ich durchsuche meine öden Taschen,
um zu wissen, wohin jene Träume hingeraten sind.
Ich suche meine leeren Wohnräume auf,
um meine weit entfernten Worte einzusammeln.
Ich plündere altmodische Anrichten,
alte Schuhe, zarte, vergilbte Fotos,
ungebräuchliche Füllfederhalter und auseinandergefallene Schulbücher aus der Abiturzeit,

aber niemand sagt mir, wer ich war.
Jene Lieder, die ich so sehr liebte,
erklären mir nicht, wohin meine Minuten hingeraten sind,
und selbst, wenn ich die Spiegel foltere
mit der Frisur eines Fünfzehnjährigen
mit durch fünf Jahre verwesten Blicken
oder vielleicht die eines Toten,
niemand,
niemand sagt mir, wo meine Stimme war,
noch wozu mir mein starker Schatten diente,
ausgehauen in hastigen Frühstücken,
im Rummel von Schulzimmern und Lappenbällen,
während die Herbste
aus bleichem Blut
die Weinkellern des Ebro ablagerten.
In welchen versteckten Schränken
verwahren die unterirdischen Engel
unsre Reste quälenden nächtlichen Schnees?
Welche schrecklichen Hänge stürzen
die Herzen der alten, stehengebliebenen Uhren hinab?
Wo werden wir all das vorfinden,
was wir an den Samstagnachmittagen gewesen sind,
als das gewaltsame Geheimnis des Lebens
nur
eine sanfte, verliebte Glocke war?
Denn ich durchsuche meine öden Taschen,
und ich finde nicht eine einzige Minute, die mein ist,
nicht einen einzigen Blick in den Spiegeln,
der mir sagt, wer ich war.
Aus: *Violento idílico*, 1949.

Gruß dem Volk zum Frühjahr

In deiner bettelarmen Trauer in deiner Broteinsamkeit
möchte ich zu dir sprechen mein Volk das Volk von mir
aus häßlichen Menschen mit Horizontenmut
und einem geheimen Gebrüll zerfetzten Stierherzens
und verstreuten morschem Fieber
unter so vielem zerschlissenen Halstuch so viel abgetragenem Kord
so viel Bett mit Wanzen so viel Sklavenschweiß
zwischen den grauen Tagen auf dem Weg zur Fabrik oder aufs Feld
jenseits des Todes verwundet in Ketten gelegt ausgepeitscht

hinweggefegt durch die Sonnen die Kälte den unermeßlichen Westwind
galoppierend durch Ebenen für Jahrhunderte die Lehmgräben schlagend
und zwischen Minute und Abend eines alten Hundes in Träumen die unversöhnlichen Fristen dem Ausbeuter vom Dienst
die heitere Braut welche unter den Arkaden wartet die alte verrückte Tante
ein betrunkener Vater die Geburten die Tode
die an die Türschwellen einen morgendlichen Geschmack nach Chloroform und Rosen bringen
das Leben ist das: was vielleicht die Kinder sagen weil sie kommen
welche die gehen ein schwindsüchtiger Bruder Frühlinge die über Gehsteige und Felder vorüberziehen
und in den Gängen einen traurigen Duft nach Schönheit hinterlassen
nach leerer Tasche nach lauwarmen Morgen mit einer stehengebliebenen Uhr
und die Monde breiten sich aus ganz kleine Ersparnisse verschwenden sich
und an einem möglichen Samstagnachmittag im August
läßt du ermattet und schmutzig am Ufer deiner Flüsse dich gehen

Aber dein zähflüssiges Leid weinst du nicht aus
beklagst du nicht versteckst du mit Zorn und Scham
wie deine Liebe so gütig in der Tiefe
und dein täglicher alter Brocken Brot
und deine alte Arbeitsjacke und das Gesicht deiner kranken Frau
und die Jahre die fliehen durch die Kinos der Arbeiterviertel
wo du vor Angst und Begierde zitterst
und die rauchige Kneipe wo dich die Weile ohne dein Wissen tötet.
Ich möchte dir in die Augen schauen
deine verschüttete Seele eines schlafenden Löwen betrachten
in meiner Hand deine alte iberische drücken
in meinem Blut das Feuer deiner Herkunft anzeigen
meiner Hoffnung deinen Schicksalsschlag verbinden
und dem freudigen Mut deiner Gebärde
der grausamen Zärtlichkeit deiner Liebe lauschen.

Jetzt möchte ich mit dir sprechen mein Volk Volk von mir
vom Balkon meines Wahns aus zu dir sprechen
mit meinem Schwert in der Hand
mit meinen Priester- und Tigeraugen
mit dir durch diesen Gruß sprechen.

Jetzt da ich aufrechtstehe
und die stürmische Zukunft der Menschen betrachte
jetzt da ich tief beschämt bin
daß du der du Tropfen für Tropfen Blut knetetest
mit Schweiß aus Tränen und verklärter leidenschaftlicher Erschöpfung
den Bauch der Erde und die Hingabe der Welt
nach einem entfernten ganz blauen Himmel zwischen Ähren
Nahrung geflickten Fetzen Brotkrümeln
abgemagerte Dörfer Chimäre für niemand
du
vergessene Menge sterblicher Hilfsarbeiter
erhalte so meinen bescheidenen Menschengruß
beim Ausbruch des Frühlings
über die bitteren Zungen des Vaterlandes.
Aus: *Epilírica*, 1961.

Herbstlied

ich muß wandern
und ich weiss noch nicht
den Namen der Nacht
ich muss lieben
und ich weiss noch nicht
das Rätsel deiner Küsse
ich muß leben
und ich weiss noch nicht
ob das Wagnis
einen gefrässigen Vorwand hat
oder eine verletzte Rose ist
zweifellos muss ich sterben
und ich weiss noch nicht
ob die fliehende Flamme
eingeschläfert für immer verlöscht
oder ein andrer Weg ein
andrer Lichttraum
uns an der Hand führt
vorwärts
jenseits dieses leeren Windes

Aus: *Los soliloquios*, 1969.

Spezimen

von Niemals weggegangen
im Nimmer des lächelnden Mondes
solche Rosen solche überstürzte Stunden
geh zur Träne des unheilvollen Windes
vergiß mich vergiß mich
seine Jacke verhaut
neu einem sanften Nachmittag, der bereut.
dieses Leben
diese Blüte
diese Schwermut
ich – du
wer
wann
warum
weshalb
sterben
die Tage
es entstehen
die Worte
die Worte
die Worte
die Worte
die Worte
ich altere

Aus: *Los soliloquios*, 1969.

Fünfhundert sittsame Herbste ohne Bordell

beim tastenden Aufstieg des ermordeten Zentaur
durch die Erschießungskommandos der fünften Hölle

auf der Suche
nach der Freiheit
des Alchimisten
quälende Chimäre

Schlafzimmer der hartnäckigen
Liebe zu den ordnungslosen
Strahlen
von Hermes Trismegistos

die aurea catena
nach dem erhabenen Besen
des aurora consurgens

jene geheime
Formeln im Schatten
des Ochsen von Aquin

HORRIDAS MENTIS NOSTRAE PURGA TENEBRAS

gebrandmarkt durch das wollüstige Feuer
sperre dich ein zerstöre
diesen wahrhaften Garten auf die absolute Nacht hin
und fürchte dich selbst
gewaltiger ungestümer Kaiman
dein Gestirn überwacht dich
hab Vertrauen
das Licht ist unendlich
und wird nicht Platz haben in deiner bescheidenen Tasche kindischer
Existierender armer Idiot o Verzweifelter
die Ewigkeit ist dein Ziel
nicht der An- und Verkauf von kriegerischen Haushaltsgeräten
Agonien der zum Termin brennenden Raten
im erfolgreichen kollektiven Ameisenhaufen
unter der Fuchtel des geliebten Herren
Aus: *Autopía*, 1972.

Hör zu junger ahnungsloser Dichter

schreib für alle
das heißt für niemanden

vergiß es nicht
aus dem Volk stammst du
und das Volk ist deine Wurzel
folglich
hör nicht aufs Volk

verwandle in Heiliges was du natürlich
vorfindest
                    was du heilig vorfindest
verwandle es in Natürliches

das heißt
mach was du willst
verbrenne diese Hinweise ich bitte dich

es ist mein postumer Rat
Aus: *Autopía*, 1972.

Carlos Edmundo de Ory

Geboren am 27. April 1923 in Cádiz. Sein Vater, Eduardo de Ory, »Cádiz modernistischer Dichter«, war unter anderem mit Rubén Darío und Amado Nervo befreundet. 1936, als Carlos Edmundo de Ory die Aufnahmeprüfung für die Escuela Náutica seiner Heimatstadt bestanden hatte, brach der Bürgerkrieg aus und machte den Beginn dieser Ausbildung unmöglich. 1940 beginnt Ory Gedichte zu schreiben. 1943 zieht er nach Madrid und führt von da ab ein bohemehaftes Leben. Sie entspricht seiner ausgesprochen antiakademischen und unkonventionellen Art zu schreiben. In Madrid bekommt er eine Halbtagsstelle als Bibliothekar, hier beginnt auch die Freundschaft mit dem Maler und Dichter Eduardo Chicharro (1905–1964), der von einem langjährigen Italienaufenthalt zurückgekehrt war. Im Januar 1945 gründen sie zusammen mit dem Italiener Silvano Sernesi unter dem Einfluß des zu Ende gehenden Weltkriegs und des aufkommenden irrationalistischen Existentialismus die Bewegung des »Postismo« (= »Nach-Ismus«). Rafael de Cózar hat sie treffend als eine »revisionistische Vision der surrealistischen Ästhetik« definiert. Der »Postismo«, »künstlicher Wahnsinn« oder »iberischer Surrealismus« (Ory), war ein ebenso kurzes wie intensives und wirkungsvolles Leben beschieden. Seine Wirkung verdankt er vor allem der Kraft, der Qualität und der Beständigkeit von Orys Werk, sicher auch seiner Jugend: er war fast 20 Jahre jünger als Chicharro. Wie andere »Postisten« oder »Post-Postisten« (CRESPO, Arrabal, Nieva) geht er »freiwillig« ins Ausland; seit 1956 wohnt er in Frankreich. Das hatte notwendigerweise editorische Folgen: Ory, der vor allem Lyriker ist, konnte bis 1963 seinen ersten Gedichtband nicht veröffentlichen, die eigentliche Wiederentdeckung seiner Lyrik findet – dank der Bemühungen von FELIX GRANDE – erst 1969/70 statt. In den siebziger Jahren erscheinen insgesamt 11 Bücher Orys. Damit verfügen wir heute über einen repräsentativen Teil des Werkes des »heterodoxen Dichters« (GIMFERRER). Ory ist inzwischen zum Lehrmeister der jüngsten spanischen Dichtergeneration der »Antikultur« geworden, weil er sich seinerzeit fast als einziger gegen das soziale, ideologische, kulturelle und auch das poetologische Establishment gewendet hatte. Die Singularität und Frische von Orys Stimme haben mit der Zeit eher zugenommen; ohne sie wäre die Wende der spanischen Literatur in den sechziger Jahren undenkbar. Ähnlich wie BROSSA für das Katalanische ist Ory in Spanien der erste, der ungekannte Wege beschreitet. Obwohl er seit einem Vierteljahrhundert außerhalb Spaniens lebt (Ory ist zur Zeit Dozent für spanische Literatur an der Universität Amiens) hat er das urspezifische Spanische und die seltsame iberische Inkohärenz seines lyrischen Diskurses erhalten können. Deswegen verlangt die »Übersetzung« seiner Gedichte vielfach eine Nachschöpfung. Das erklärt vielleicht, weshalb man bis 1978 von Ory in Deutschland nur Prosa veröffentlicht hat, und dies vor allem dank der Aufmerksamkeit von HELMUT FRIELINGHAUS.

Werke

El bosque, Hordino, Santander 1952 (Erzählungen) – *Kikiriquí-Mangó*, El Grifón, Madrid 1954 (Erzählungen) – *Aérolithes* (französische Übersetzung von D. Breuilh), Selbstverlag, Paris 1962 (lyrische Aphorismen) – *Los sonetos*, Taurus, Madrid 1963 (Lyrik) – *Camus o el ateísmo »in extremis«*, Editora Nacional, Madrid 1964 (Essay) – *Una exhibición peligrosa*, Taurus, Madrid 1964 (Erzählungen) – *Lorca* (französische Übersetzung von J. Deretz), Editions Universitaires, Paris 1967 (Essay) – *Poemas*, Adonais, Madrid 1969 (Lyrik) – *Musica de lobo*, Libros de poesía N. O., Madrid 1970 (Lyrik) – *El alfabeto griego*, La Esquina, Barcelona 1970 (Erzählungen) – *Poesía 1945–1969* (Herausgeber: Félix Grande), Edhasa, Barcelona 1970 (Lyriksammlung und Schriften über den »Postismo«) – *Técnica y llanto*, Ocnos, Barcelona 1971 (Lyrik) – *Los poemas de 1944*, Aguaribay, Madrid 1973 (Lyrik) – *Mephiboset en Onou. Diario de un loco*, Inventarios provisionales, Las Palmas de Gran Canaria 1973 (Roman) – *Poesía abierta* (Herausgeber: J. Pont), Ocnos, Barcelona 1974 (Lyrik) – *Basuras*, Júcar, Madrid 1975 (Erzählungen) – *Diario (1944–1956)* Band I, Ocnos, Barcelona 1975 (Tagebuch) – *Lee sin temor*, Editora Nacional, Madrid 1976 (Lyriksammlung) – *18 poemas*, SC, Tudela 1976 (Lyrik) – *Metanoia* (Herausgeber: Rafael de Cózar), Cátedra, Madrid 1978 (Lyriksammlung 1944–1977 und Einführung des Herausgebers) – *Energeia (1940–1977)*, Plaza & Janés, Barcelona 1978 (Lyriksammlung) – *La flauta prohibida*, Zero, Madrid 1979 (Lyrik) – *Miserable ternura. Cabaña*, Hiperión, Madrid 1981 (Lyrik).

Die Übersetzerin

Cristina Fernández Reumann, geb. am 4. 4. 1956 in Bonn, hat einen spanischen Vater und eine deutsche Mutter. Sie studiert Romanistik in Bonn, Köln und Aachen. Verschiedene Übersetzungen in Periodika, u. a. Spanien-Heft von AKZENTE.

Manchmal

Manchmal sagt jemand meinen Namen Karldu
Der Regen sagt meinen Namen meine ich
oder das immer da hängende Handtuch
und das Tintenfaß mein himmeltreuester Gegenstand

Aber ich sehe alles schmerzerschreckt an
mir scheint es als ob alles mich benennt
Gebenedeit seien alle die meinen Namen in dieser Welt
aussprachen ich hörte sie!

Dann sehe ich meine Finger meine Medaille an
die Uhr wie ein Stück von mir
und auch sie sprechen meinen Namen aus Karldu
Aus: *Los poemas de 1944*, 1973.

Alter Mann

Vater stell das Bitten ein
höre nicht auf das äscherne
Gemurmel der Gräber.

Sie wird schon kommen in der Frühe
mit ihren gewaschenen Tellern
und ihrem roten Unterrock.

Mit ihren Nachtischtellern
wird sie kommen durch diese Tür
im Norden gehämmert.

Noch nie hat man einen alten Mann
so heftig klingeln hören
wenn es Wind im Überfluß gibt.

Wenn auch ich ginge
was würdest dann du tun?
Die Glocken der Ewigkeit läuten?
Aus: *Poesía 1945–1969*, 1970

Biographien

Vergil spuckte Blut
Sankt Johannes vom Kreuz übergab sich in seinen Ekstasen
Hafis vertrödelte die Zeit in den Tavernen von Schiras
Boccaccio bereute und verfluchte den Dekameron
Hölderlin zog auf der Straße den Hut vor Kindern
Shakespeare bezeichnete sich selbst in seinen Sonetten als häßlich
Rilke redete wie ein russischer Mönch
Kalidasa wurde von einer seiner Geliebten umgebracht
Lope de Vega geißelte sich als Sühne für seine Sünden
Hans Christian Andersen bekam in seinem ganzen Leben einen einzigen Liebesbrief
Dostojewski wollte ein ‹Leben Jesu› schreiben
Freud verkündet die großen Gesetze des Traumes
Li T'ai-po, der Säufer, starb im Rausch
Franz Kafka wird jetzt wie ein Heiliger verehrt
Grimmelshausen litt wegen seiner roten Haare
Gogol ließ sich von einem Mönch überzeugen, daß Dichten Sünde sei
Georg Trakl sah in Rimbaud seinen Meister
Dante warf in Ravenna Steine auf Frauen und Kinder
Karl Kraus prophezeite die Zerstörung der Welt durch die schwarze Magie
Homer starb aus Kummer, weil er ein Rätsel nicht zu lösen vermochte
Pope, der Misanthrop, war nicht größer als ein Kind
Schumann stürzte sich ins Wasser und wurde von den Fischen gerettet
Aus: *Técnica y llanto*, 1971.

Phonoplasma

Wenn ich am Schlafen bin   bin zwei   o   ja
als toller Himmel wurde ich geboren   als Schimmel
Liesch roch ich o ja geräuschlosen Hirsch
auch Flieger beim Schlafen bin ich eingeschlafener Tiger
so Mollton so Rotgold
ungeborener Thron kaiserlicher Turm
und es weht geistlicher Hauch allein
erdiger Geist
niemand haben möge Zahn
Aus: *Lee sin temor*, 1976.

Weißt Du

Weißt Du   daß das Wort nicht spricht
Weder steigt noch fällt
Und daß es Nichtmund ist
Das Wort hat keinen Namen
Es heißt nicht   Niemand nennt es
Das Wort kennt keine Tage
Das Wort kennt keine Nächte
Es schläft nicht und ist nicht wach
Sieh es an   aber berühr es nicht
                                        es ist Gefäß
Sieh es schweigend an
                                  es ist Kopf
Mehr siehst du es an weniger siehst Du es
Denn das Wort ist Knochenschweigen
Es ist was in der Stille
ein schwarzes Ei
in das Nest des Nichtsagens legt
Aus: *Lee sin temor*, 1976.

Kafka sagte mir

Kafka sagte mir:
„Mit einer herrlichen Wunde kam ich zur Welt,
das war meine ganze Habe."
Aus: *Lee sin temor*, 1976.

Anfrage an Nietzsche

„Was soll ich tun mein zarathustrischer Chef
selbst wenn ich wahnsinnig würde wie du?"
Und er antwortete mit Sturmesstimme:
„Auf eine gewaltige und immense Weise
ja und amen sagen."
Aus: *Lee sin temor*, 1976.

Hyperbeln des Liebenden

Ich liebe dich so daß ich mit offenen Augen schlafe
Ich liebe dich so daß ich mit den Bäumen rede
Ich liebe dich so daß ich Nachtigallen esse
Ich liebe dich so daß ich Juwelen weine
Ich liebe dich so daß die Spinnen mir zulachen
Ich liebe dich so daß ich eine Giraffe bin
Ich liebe dich so daß ich mit Gott telefoniere
Ich liebe dich so daß ich gerade jetzt geboren bin
Aus: *Lee sin temor,* 1976.

6. 7. 64 Gedicht

Meine Liebe ist ein Königsstuhl
und mein Haß ein Palast
Mein Lachen ist ein Stromkabel
Mein Glaube mein geweihter Smoking
und mein Gott mein chinesischer Fächer
Dringender als meine Handschuhe sind
die Neigungen meiner Seele
Es sind die Geschmäcker Spitäler
für meinen Harlekinleib
Ich mache die Liebe mit meinem Skelett
Ich mache den Haß mit meinem Spiegel
Ich mache mein Lachen mit meinen weißen Haaren
Ich mache meinen Glauben mit meinem Bauch
Ich mache meinen Gott mit meinem Ebenbild
Aus: *Metanoia,* 1978.

Techniken der Einbildungskraft

Das Land fährt Bus
Der Stuhl lernt Sanskrit
Ich weine ein Kilo Tomaten
Der Himmel schließt um acht
Die Diebe bellen Schokolade
Im Geschäft kocht die Ehrenlegion
Die Quadratwurzel hat Fieber
Die Elektrizität ging zur ersten Kommunion
Aus: *Energeia,* 1978.

Religio

Wer bin ich? Woher komme ich? Ich suche
Kein Spiegel kann zeigen was ich tue

Ich stille mein Herz beim Brustsaugen im Traum
meine Lippen füllen sich mit rätselhaften Worten

Zuweilen die Seligkeit zuweilen der Alptraum
ich bitte dich   mein Kopf   entferne den Stuhl

Ich bin voll von Helium von Heu bin ich voll
jedes Mal leerer von Dingen bin ich voll

Ohne verfaulte Zügel wird mein Fohlen noch meiniger
stehe ich mit dem einen Bein diesseits und jenseits mit dem anderen?

Ich lebe   phosphoresziere   beginne bei den Haaren auf meiner Stirn
photokopiere ich den Mond und lasse mich verchromen

Ich filme die Vision   leiste mir diesen Luxus
Die Fliegen bleiben nicht auf dem Gesicht des Zauberers

Ich gleite ohne Furcht   beweg' mich hin zum Äußersten
bis ich endlich mein Hirn mit meinen Augen sehe

Meine Stirn stößt schon mit meiner Stirn zusammen
ich durchstoße die Wand und bleib' doch unversehrt

Solange ich noch hier wandere unterwerfe ich mein Leben
und alles was ich tue dem Drillbohrer

Meine Seele den Winden mit wahrer Wonne lachen
und dies Rad des Seins sein   das kein Öl kennt

Mit Ewigkeit bereibe ich mich und das Nichts bläht mich auf
ich trabe totgelacht während mein Fohlen wiehert

Vor Freude schwebe ich und explodiere scheinbar
vielleicht ist es nur Gott   seine Schindmähre reitend
Aus: *La flauta prohibida*, 1979.

César Vallejo

Jener der nie an heilendem Wahnsinn litt
Ganz krank mit aus Wurzeln weitestem Angesicht
Zepter der Nachtigall in seiner graugrünen Miene
Deine Erinnerung tragend wandere ich soviel Singen
Geschöpflicher König über den Endschrei der keinen
anderen Thron hatte als seinen düsteren Triller
Felsiger Kopf   brotige Seele
Mein herrlicher Bruder mit den Minenaugen
Mein einziger Christ und mein Zwillingswolf
Doppelgänger deiner rasierten Kehle vergessen werde ich nie
dein Naturgesicht von gewaltiger Fremdung
wie eine Kathedrale lebensgroßer Knochen
Aus: *La flauta prohibida*, 1979.

Der ehemalige Antiquitätenhändler

An meinem Stand verkauf' ich Knallplättchen und verdiene
dabei ein paar Peseten im Schweiße meiner Füße
Obwohl ich heute Comic Strips und Süßholz
unter anderem billigen Zeug verkaufe
war ich gestern Verkäufer von Wehklagen
und innigen Stoffen
Niemand weiß daß ich der ehemalige Antiquitätenhändler bin
der seine Silbertränen verschleuderte
sein Korallenblut und seinen Goldurin
seinen strahlend weißen Eiter wie der Schnee von damals
den Schmutz meiner Nägel in Säckchen
meine mit Sorgfalt herausgenommene Augenbutter
meinen Speichel und meinen Durchfall und außerdem
das hervorsprudelnde Blut eines sonderbar Verletzten
All das verkaufe ich an die Marquisen
die ihre Brote mit meinen Substanzen streichen
Ich war der Pustelverkäufer
sie kamen in meinen Laden auf der Suche nach Wundbrand
nach Weltschmerz
   und nach Todesarten die modisch werden
   angstvoll wie bei Kierkegaard
   eschatologisch wie bei Berdjajew
   metaphysisch wie bei Heidegger

witzig wie bei Chaplin
absurd wie absurdes Theater
existentialistisch
surrealistisch
echte romantische Zeit
expressionistische Zeit
nihilistische Zeit
Edith Piaf'sche Zeit
Ich habe meine Hände wie Handschuhe verkauft
Ich habe Zärtlichkeiten und Küsse verkauft
Meinen Kopf habe ich veräußert
und meine Seele dem Teufel verkauft
Der einzige Kunde der sich jedoch für meinen Geist fand
war ein vornehmer Herr der Don Gott heißt
Er bezahlte mit meiner Poesie
Aus: *La flauta prohibida*, 1979.

Jalousie Cristata

Am liebsten würde ich mich hinlegen und für immer schlafen
Ich krieche über die Erde wie ein Haufen Mist
Nichts kann man mit meiner Scheiße machen
Ich weine jede Woche außer sonntags
Auf den Straßen weine ich ausgenommen im Sommer
Diesen Monat suche ich die Beine eines Pferdes
um mich daran festzuklammern und das ganze Jahr über zu weinen
Aus: *La flauta prohibida*, 1979.

Angel Crespo

Geboren am 18. Juli 1926 in Ciudad Real (La Mancha). In seiner Heimatstadt macht er Abitur und geht dann 1945 nach Madrid, um Jura zu studieren; dort nimmt er auch am literarischen Leben teil. In der ersten und einzigen Nummer der zweiten postistischen Zeitschrift LA CERBATANA (1945) veröffentlicht er ein Ory gewidmetes postistisches Sonett. Mit anderen jungen Anhängern des Postismus wendet er sich danach aber von den »alten« Meistern ab, was bei ihm bis zu dem Versuch geht, 1949 den Postismus neu zu begründen (der »Ernsthafte Postismo«), zusammen mit Gabino-Alejandro Carriedo und Félix Casanova de Ayala. Als die postistische Euphorie vorbei ist, wird die surrealistische Linie von der Zeitschrift EL PAJARO DE PAJA weiter verfolgt (1950–54), die Crespo mit Federico Muelas und Carriedo in Madrid gründet. Um diese Zeitschrift gruppieren sich andere Dichter wie Casanova de Ayala, Antonio F. Molina, Carlos de la Rica, Gloria Fuertes, Antonio Leyva (Bruder von J. Leyva) etc. Sie werden von Carlos de la Rica als »Pajererismo« oder »Generation von 1951« bezeichnet. Die Hauptmerkmale dieser Gruppe sind der Surrealismus (das postistische Erbe), die Betonung des Ländlichen und die räumliche Begrenzung auf die Landschaft der Mancha mit Madrid als Nordgrenze. Ohne Zweifel ist Angel Crespo mit seinem magischen Realismus dieser Richtung besonders treu geblieben. Nachdem er zwischen 1951 und 53 die Zeitschrift DEUCALION geleitet hatte, gründete Crespo wieder zusammen mit Carriedo eine neue Zeitschrift: POESIA DE ESPAÑA (Madrid 1960–63). Neu an dieser Zeitschrift war, daß sie nicht nur die lebenden Dichter der 1927er Generation einschließlich der im Exil lebenden veröffentlichte, sondern auch menschlich und sozial engagierte Autoren wie Jaime Gil de Biedma, J. A. Goytisolo, Carlos Barral, Jose Angel Valente, Jesús López Pacheco, Jose Manuel Caballero Bonald, Angel Gonzalez etc. Daneben brachte POESIA DE ESPAÑA auch wichtige nichtspanische Dichter wie Pavese, Pessoa, Brecht, Pasolini, Quasimodo oder Eluard. 1960–62 leitet Crespo außerdem noch die Zeitschrift der brasilianischen Botschaft in Madrid (REVISTA DE CULTURA BRASILEÑA), durch die er zusammen mit Pilar Gómez Bedate die brasilianische konkrete Poesie in Spanien bekannt macht. Dadurch wird besonders in Madrid das Erscheinen eines bewußten Experimentalismus gefördert. Mitte der sechziger Jahre geht Crespo aus persönlichen Gründen nach

Puerto Rico, wo er als Hochschullehrer tätig ist. Bis 1978 schweigt er als Lyriker fast vollständig, so daß er heute von der jungen Generation in Spanien mehr oder weniger ignoriert wird. In dieser Zeit entwickelte er jedoch eine um so intensivere wissenschaftliche Aktivität (Publikationen und Professur für vergleichende Literaturwissenschaft an der Universität von Puerto Rico in Mayagüez) und übersetzte moderne Schriftsteller wie Pessoa und Guimarães Rosa und klassische wie Dante ins Spanische. Augenblicklich bereitet er die Herausgabe einer Sammlung seiner Lyrik von 1971–79, der am wenigsten bekannten Periode seines Schaffens, vor.

Werke

Primera antología de mis versos (1942–48), Ediciones Jabalón, Madrid 1949 (Lyrik) – *Una lengua emerge*, Instituto de Estudios Manchegos, Ciudad Real 1950 (Lyrik) – *Quedan señales*, Neblí, Madrid 1952 (Lyrik) – *La pintura*, Agora, Madrid 1955 (Lyrik) – *Todo está vivo*, Agora, Madrid 1956 (Lyrik) – *La cesta y el río*, Lazarillo, Madrid 1957 (Lyrik) – *Junio feliz*, Adonais, Madrid 1959 (Lyrik) – *Oda a Nanda Papiri* (Malerin und Witwe des Malers und »postistischen« Dichters Eduardo Chicharro), (Lyrik) – *La piedra que habla*, Cuenca 1959 (Lyrik) – *Antología poética* (Herausgeber: J. Albi), Verbo, Valencia 1960 (Anthologie) – *Puerta clavada*, Caballo de Mar, Montevideo 1961 (Lyrik) – *Suma y sigue (1959–1961)*, Colliure, Barcelona 1962 (Lyrik) – *Cartas desde un pozo*, La isla de los Ratones, Santander 1964 (Lyrik) – *No sé cómo decirlo*, El Toro de Barro, Carboneras de Guadazaón/Cuenca 1965 (Lyrik) – *Docena florentina*, Poesía para todos, Madrid 1966 (Lyrik) – *Poesía, invención y metafísica*, Universidad de Puerto Rico, Mayagüez 1970 (Essays) – *En medio del camino (Poesía, 1949–1970)*, Seix Barral, Barcelona 1971 (Lyriksammlung) – *Aspectos estructurales de »El moro expósito« del Duque de Rivas*, Acta Universitatis Upsaliensis, Uppsala 1973 (Abhandlung) – *Juan Ramón Jiménez y la pintura*, Editorial Universitaria, San Juan de Puerto Rico 1974 (Essay) – *Claro: oscuro*, Puyal, Saragossa 1978 (Lyrik) – *Con el tiempo, contra el tiempo*, El Toro de Barro, Carboneras de Guadazaón/Cuenca 1978 (lyrische Aphorismen) – *Colección de climas*, Aldebarán, Sevilla 1978 (Lyrik).

Übersetzt von *Hans Leopold Davi* (siehe S. 20).

Die Dinge

Unterwegs begegnen wir Ochsen.
Wir zählen Köpfe gehörnter Tiere.
Am Weg treffen wir Bäume.
Wir zählen die Zweige der großen Pflanzen.
Unterwegs zählen wir die Gräser.
Aber auch die Ochsen zählen die ihnen begegnenden Menschen.
Und die Bäume zählen sehnige Männerarme.
Und die Gräser zählen unsere Wimpern.

Alle Dinge haben
Augen, um uns zu betrachten,
Zungen, mit uns zu sprechen,
Zähne, uns zu beißen.
Wir gehen weiter, als sähe uns niemand,
aber die Dinge beäugen uns.
Aus: Libro primero (1949–1955) in *En medio del camino*, 1971.

Der Hirsch

Auf der Abenddämmerung wandert ein Hirsch,
während die Nacht die Sonne enteignet.
Das verwundete Maul des Hirsches
vergießt Blut über die Wolken.

Die Häuser zittern, ächzen leicht,
während ihre Bewohner unruhig
vom Spiegel zum Balkon gehen, und noch einmal
in den Spiegeln ihren Blick betrachten.

Ein Hirsch zu dieser Stunde
eilt den Weg, der vor den Menschen aufsteigt,
und frißt die leuchtenden Gräser auf,
welche die Augen nähren.

Ein Hirsch öffnet seinen Schlund,
wilder Hirsch alltäglichen Mauls,
der mit seinen Zähnen die Vorhänge
des täglichen Lichts zerreißt, während
er unterwegs von Sonne verwundetes Blut vergießt.
Aus: Libro segundo (1954–1959) in *En medio del camino*, 1971.

Kuhgeruch

Der Kuhgeruch ist eine Katze,
die zu mir kommt, mir in der Nase leckt,
an meinem Revers kratzt
und ihr Futter in meinen Taschen sucht.

Diese Katze wurde in der Krippe
des Lefzendampfes geboren,
fiel ins Stroh, in die Nähe des Salzes,
das die schwitzenden Kühe mit ihren lappigen Zungen lecken.
Kommt zu mir aus dem Heu,
aus einem Knäuel von Sicheln und Körbchen;
kommt von der speichelnassen Gerste,
aus dem frischen, durchdufteten Mist,
aus dem Trester mit Weinwärme.
Besitzt keine Stimme, weil die großen Augen
der Kühe ihr Schweigen gebieten;
ihre Krallen verwunden mich nicht,
weil sie Geschmack und Liebe der Milch haben,
angestaut im Grund der Euter.

Wenn ich nachts denke, daß die Nacht
eine schwarze Kuh ist, deren Klauen
ich irgendeinmal habe ein wenig sich bewegen sehen,
diese würzige Katze
berührt mit dem Schnurrbart mein Fenster
und ohne vorher anzuklopfen besucht sie mich.

Es kommt die Nacht mit ihrem Mond bekleidet,
mit ihren Sternen bekleidet, mit ihren dunklen
Joch ins Licht des Pfades gespannt
und einem Geruch von gekauter Ernte,
von durchduftetem Staub in den Schnauzen,
tritt in mein Zimmer und spielt inmitten
der Wesen, die meinem Mund entspringen.
Aus: Libro segundo (1954–1959) in *En medio del camino*, 1971.

Die Reise um die Welt

Ich besinge die Länder, die ich nie gesehen habe.
Ohne mein Schlafzimmer zu verlassen, schwinge ich mich empor,
fliege, betrachte, höre,
lasse ich Gegenstände fallen, als Zeichen des Aufenthalts,
über jedem Land, aus der Höhe:
Über Frankreich eine Rose,
als Zeichen, daß ich es gesehen habe;
einen Möwenflügel über Italien,
als Zeichen, daß ich es nicht berührt habe;
einen Eichenzweig über Griechenland,
als Zeichen, daß ich es verstanden habe.
Ich lasse über den Sanddünen der Wüste
einen zerbrochenen Spiegel fallen,
um Zeugnis abzulegen, daß ich sie beweint habe;
über Arabien einige Weintropfen,
weil ich sein Gebet gehört habe;
über Indien eine grüne Heuschrecke,
um mein verspätetes Eintreffen anzuzeigen;
über China ein Heft mit Zeichnungen,
die ich als Junge gemacht habe;
über Japan eine Weltkarte.
Über Amerika lasse ich meine Pantoffeln fallen,
ohne damit etwas Besonderes anzuzeigen;
und nachdem ich auf den Azoren
ein Sandkorn habe fallen lassen,
erreiche ich durch die Meerenge von Gibraltar mein Dorf
und stelle mit Erstaunen fest, daß der Stuhl warm ist,
daß das Haus vollkommen bestellt ist
und meine Mutter das Frühstück aufträgt.
Aus: Libro segundo (1954–1959) in *En medio del camino*, 1971.

Für Fernando Pessoa

Geben wir zu, daß das Leben so ist, aber daß es doch unerhört ist:
Du, der Verkannte, du, der von den rohesten Mäulern Verlachte:
Einsam Sterbender, wer beweint den Tod Alves, des Tabakhändlers,
wer schrieb, um nicht ganz hysterisch zu sterben,
weil er nicht, weil er nicht den im Krieg gestorbenen Jungen,
mit Erinnerungen an Zuhause in den Hosentaschen, verstand,
noch die Dummheit der Leute,
die in den Schiffen nicht Schiffe zu sehen vermochten,
sondern potentielle Geschäftsmaschinen,
mit Hypotheken belastet,
schrottgeweiht,
zu Zahlen degradiert.

Geben wir zu, daß du im Kopf ein ungeheures Durcheinander hattest:
deshalb wolltest du ihn teilen, in durch Schotten getrennte Fächer teilen
(rechts Ricardo Reis, sehr still und höflich,
an sein freiwilliges Exil denkend und seine Oden
auf seinen Rezeptblock schreibend;
links der Ingenieur Alvaro de Campos,
ein Fall, ein absurder Typ und voll von Gegensätzen,
ein möglicher Sittlichkeitsverbrecher, der sich in seine Höhle verkroch
und von dort aus seine Hoffnung und seine Angst schrie;
im Nacken Alberto Caeiro, an der Stelle, an die man
– um plötzlich abzudrücken – den Lauf des Revolvers legt,
Alberto, dieser Hirt methaphysischer Herden ohne Methaphysik,
dieser Mentor der andern, auch deiner,
zur Stirn übergehend, Fernando Pessoa, die andern im Zügel haltend,
unter ihnen Pacheco und Soares,
untergebracht vielleicht im Innern der Ohren);
deshalb teiltest du dein Herz und deinen Kopf,
verwandeltest dich in Bühne und Besetzung schrecklicher Komödien,

in Souffleur und Inspizient,
in Impresario,
in Zuschauer,
in Parkettplatz der Reihe Null.

Geben wir zu, daß es doch, daß es doch unerhört ist:
es geschah zu spät; sie gruben deine Fragmente aus,
die Fragmente des Onkel Fernando,

des Vetter Fernando,
des klugen und merkwürdigen Freundes Fernando Antonio Nogueira Pessoa,
des als Drucker gescheiterten Fernando,
des großen portugiesischen Dichters,
des französischen Dichters,
des englischen Sonettendichters,
des Autors anstößiger und übermäßig feiner Manifeste,
des möglichen Politikers ohne Kandidatur und Wahlbezirk,
des Kunden
von Milchbars und Cafés,
des Korrespondenten von Handelskontoren,
des Rauchers und geduldigen Trinkers;
gruben die Fragmente aus, sammelten sie, fügten sie zusammen,
legten sie auseinander, nähten
Zusätze an dein Kleid
und setzten dich in die Welt: eine Simonie-Sünde.
Geben wir zu, also, daß es nicht so ist, daß es mindestens nicht so sein sollte:
ich will nicht weiterfahren, möchte mit dir nicht weiterreden,
um vorzutäuschen, daß ich zu dir spreche, damit die andern es hören,
ich will nicht, ich will einfach nicht,
halten wir eine Minute Schweigen,
ein Jahr Schweigen,
ein Jahrhundert heftiges Schweigen,
damit du später nackt den reinsten Mündern entsteigest,
deine Verse deinen neuen Lippen entsteigen,
denen gelingen wird, Schweigen durchzusetzen und das, was nötig ist, sagen

– kein Wort mehr –
Über all dem Lärm.
Aus: Libro tercero (1958–1964) in *En medio del camino*, 1971.

Piazza Della Signoria

Und
die Tauben
und

(die Raben)
und die Kunst, die den Steinen entspringt
in
die Taschen
und
(das Zittern, das den Gesichtern entschwindet
in
die Taschen)
und
die Raben
und
(die Tauben).
Aus: Libro quinto (1965–1970) in *En medio del camino*, 1971.

Ula

In jener Nacht hießt du Ula
und du enteiltest heulend im Schnee.

In jener skandinavischen Nacht,
da die Schneeflügel
unter der Tür hereinglitten
und, kälteerstarrt, mauserten
– sah ich dich als Ulas Abbild
durchs Feuer erschauern
und im Wald verschwinden
im Einverständnis mit dem Dunkel.

Es stimmt, daß du nicht
die Tür des Hauses überschrittst
– aber da warst du die andere –
während, fliegende Haare im Wind,
Ula, mit geflügelten Füßen,
die Nacht erschreckte.

Wie gelang es dir, wie vermochtest du
jene zu werden, daß dir der Schnee
jenen Namen vertauschte
und daß deine Füße
lesbare Spuren hinterließen: und ließt
dein Mit-Mir-Sein liebend
als lügnerischen Zeugen?

Und dann schautest du mich an: als du dich
heulend emporschwangst
– zarte Heloise des Schnees –,
während ich dir den Willen ließ
aus der Hand meines Mundes.
Aus: *Claro: oscuro*, 1978.

Regen

Dieser Regen, der die Horai
in Badende verwandelt hat,
ist nicht unschuldig: Es ertrinken
die zweite und die dritte Hora. Die vierte
hat ihre Sandalen abgelegt
und steigt die Leitersprossen des Tags
langsam hinunter; zieht
die flüssigen Vorhänge
und spürt einen Schüttelfrost.

Ich habe die Gardinen
meines Fensters aufgezogen, und das Licht
dringt keuchend durch,
knöchellang eingehüllt
in seine veilchenblaue Tunika.
Schon im Zimmer läßt es sich
mit schiffbrüchiger Mattigkeit freundlich nieder
und streichelt den häuslichen Tisch
über den Rücken.
Es bewegt sich langsamer
als in den Physikhandbüchern:
vom Tisch bis zum Bücherregal
braucht es länger als meine Blicke,
es nimmt von der Decke Besitz
wie von einem feindlichen Reich
und vergißt, auch nur die notwendigsten
Schatten zu werfen.
Der Regen lacht draußen,
selbst wenn er vorgibt zu weinen.
Die Gräser bilden sich ein, Algen zu sein,
und fürchten sich vor der Luft;
eine Spinne weicht zurück

– ein improvisierter Krebs –
und der Fluß, schon ohne Gedächtnis,
möchte aufrecht stehn,
um über den Himmel zu laufen.

Himmel, der nicht unschuldig ist,
Geist der Chimäre,
Wahn, der aus Scheffeln und in Böen auf die Erde fällt.

(In meine Erinnerungen zurückgezogen,
nur ich allein widerstehe ihm.)
Aus: *Claro: oscuro*, 1978.

Ruinen in Paestum

Wenn Poseidon nicht hier war
und seine Pferde angebunden
an den Meeralgen ließ;

wenn die Erde nicht erzitterte
– bei seinen Tritten Meersalz schwitzte –
und wenn die Wolken sich nicht der Erde
näherten – die hohen, weißen –,

wer sind wir dann
wer? Was sehen wir,
wenn es nicht wahr ist, wenn es nicht wahr ist?
Aus: *Claro: oscuro*, 1978.

Angel González

Geboren am 6. September 1925 in Oviedo, einer Stadt im Norden Spaniens, die schwer unter den Folgen der Revolution vom Oktober 1934 und bald darauf des spanischen Bürgerkriegs zu leiden hatte. Angel González kann man eher als die meisten seiner Generationsgenossen als »Kind des Krieges« bezeichnen: einer seiner Brüder nahm aktiv an der Revolution von 1934 teil und wurde während des Bürgerkriegs ermordet, der andere mußte ins Ausland fliehen. 1944, nach dem Abitur, wurde bei Angel González eine schwere Lungentuberkulose diagnostiziert; eine häufige Erkrankung der Jugend im Nachkriegsspanien. Er verbringt drei Jahre in erzwungener Ruhe in einem Dorf des leonesischen Gebirges, in dem seine Schwester Volksschullehrerin war. Während dieser Zeit macht er juristische Privatstudien und 1949 das Abschlußexamen an der Universität Oviedo. Zugleich beginnt er intensiv und systematisch zu lesen; es entstehen erste Gedichte. Später lebt er als Journalist in seiner Heimatstadt, ab 1951 in Madrid. Dort lernt er Vicente Aleixandre kennen und beginnt auf dessen Rat hin, eigene Lyrik zu publizieren. Angel González wird Beamter im Ministerium für öffentliche Arbeiten, dann arbeitet er ein Jahr lang in Barcelona als Lektor für mehrere Verlage. Für seinen ersten Lyrikband *Aspero mundo* erhält er 1955 den Sonderpreis im »Adonais«-Wettbewerb. Angel González ist aus Zwang und Berufung »sozialer« Dichter; er gehört zur sogenannten »zweiten Generation« der »poetas sociales« wie GIL DE BIEDMA, CABALLERO BONALD, J. A. Goytisolo etc. Bei González entspricht die Lebenshaltung konsequent seiner Dichtung. Um unter der Diktatur veröffentlichen zu können, mußte das soziale Engagement verschlüsselt und vielfach unter Ironie versteckt in die Dichtung eingebracht werden. Daher benutzt Angel González zur Charakterisierung des eigenen Werks auch den mehrdeutigen Begriff »Humanismus«. Angel González ist in der Nachfolge Machados zu sehen, soweit man seinen Sinn für Solidarität und Gerechtigkeit betrachtet; so wurde ihm auch 1962 der Antonio-Machado-Preis verliehen. Er selbst sagt von seinem Werk, daß es »ehrlich sei, aber voll von Widersprüchen«. Künstlerisch allerdings weist er eine große Geschlossenheit auf, wenngleich er in den letzten Jahren skeptischer und spielerischer mit der Sprache umgeht. Seit 1972 lehrt Angel González an verschiedenen amerikanischen Universitäten. Zur Zeit ist er Professor für spanische Literatur an der Universität von New Mexico.

Werke

Aspero mundo, Adonais, Madrid 1956 (Lyrik) – *Sin esperanza, con convencimiento*, Colliure, Barcelona 1961 (Lyrik) – *Grado elemental*, Ruedo Ibérico, Paris 1962 (Lyrik) – *Palabra sobre palabra*, Poesía para todos, Madrid 1965 (Lyrik) – *Tratado de urbanismo*, El Bardo, Barcelona 1967 (Lyrik) – *Breves acotaciones para una biografía*, Inventarios provisionales, Las Palmas de Gran Canaria 1969 (Lyrik) – *Procedimientos narrativos*, La Isla de los Ratones, Santander 1972 (Lyrik) – *Juan Ramón Jiménez*, Júcar, Gijón 1973 (Essay) – *Muestra, corregida y aumentada, de algunos procedimientos narrativos y de las actitudes sentimentales que habitualmente comportan*, Turner, Madrid 1977 (Lyrik) – *Palabra sobre palabra*, Barral Editores, Barcelona 1977 (Lyriksammlung, 3. erweiterte Ausgabe der von 1968 [Seix Barral] und 1972) – *Poemas*, Cátedra, Madrid 1980 (Anthologie).

Der Übersetzer

Wilhelm Muster, geboren 1916 in Graz (Steiermark), Studium der Germanistik, Musikwissenschaft und des Französischen. Nach dem Krieg Promotion in Ethnologie. 1951 Dozent an der Universität Madrid, 1958 in Ibiza (bei San Antonio), Übersetzer, 1965–1968 Lehrer am Institut für Dolmetscher und Übersetzer in Graz. Übersetzungen u. a. von Ramón J. Sender, Quevedo, Pedro Salinas, Juan Carlos Onetti, Miguel de Unamuno. Veröffentlichte zwei Romane *Aller Nächte Tag* (1960), *Der Tod kommt ohne Trommel* (1980).

Ende

Zwischen der Liebe und dem Schatten
schlage ich mich: letztes Ich.

Gehalten von einem kraftlosen Ja,
über dem Abgrund eines Neins
schlage ich mich: letzte
Liebe.

Es zieht an den Füßen der Schatten.
Die Hände bluten, meine
Hände, angeklammert an der
Luft: letzter Schmerz.

Dies ist mein Körper von gestern,
der den heutigen überlebt.
Aus: *Aspero mundo*, 1956.

Das Schlachtfeld

Beschreiben will ich heute
das Schlachtfeld,
so wie ich es sah,
nachdem das Schicksal
der kämpfenden Männer
entschieden war:
vieler bis sie starben,
andrer,
die bis jetzt leben

Es gab keine Wahl.
Es starb, wer konnte,
wer nicht starb, ging weiter,
die Bäume schneiten langsame Früchte,
es war Sommer, war Winter, ein ganzes Jahr
oder mehr vielleicht: es war das ganze
Leben
jener endlose Schlachttag.

Vom Westen her trugen die Winde Blut,
im Osten war die Erde Asche,
der ganze Norden war
blockiert
von hartem Drahtverhau und von Schreien,
und nur der Süden
allein,
der Süden
war unsren Augen weit und frei.

Aber den Süden gab es nicht:
nicht Wasser nicht Licht nicht Schatten nicht Asche
erfüllte seine Lücke, seine tiefe Leere:
der Süden war ein riesiger Abgrund,
ein endloser Abgrund, aus dem
die mächtigen Geier langsam aufstiegen.

Niemand hörte die Stimme des Hauptmanns,
denn auch der Hauptmann verstummte.
Niemand begrub die Toten.
Niemand sagte:
„Gib das meiner Braut, wenn du sie triffst,
eines Tages."

Nur einer versetzte den Gnadenstoß
einem Pferd, das mit offenem Bauch
im Todeskampf
in seinem Entsetzen die Luft mit Schatten erfüllte:
die Luft, die die Nacht bedrohte.

Ruhig, gedrückt an die harte
Erde,
zwischen Angst und Nichts
erwarteten diese Männer den letzten
Augenblick,
sie widersetzten sich nicht mehr.
Widerstand – nein.

Einige starben,
wie ich schon sagte,
und die anderen, hingestreckt,
gedrückt an die Erde, zuletzt in Frieden
warteten auf

irgend etwas –
vielleicht daß einer zu ihnen sage:
„Freunde, jetzt könnt ihr gehen, der Kampf ...“

Unterdessen
ist es wieder Sommer,
und es wächst das Getreide,
dort wo ein weites Schlachtfeld war.
Aus: *Sin esperanza, con convencimiento,* 1961.

Botschaft an die Statuen

Steine,
gewaltsam verformt,
zerbrochen – präzis schlug der Meißel –
ihr werdet noch Jahrhunderte lang
die letzte Gestalt zeigen, die man euch ließ:
Brüste, die Seufzer nicht heben,
Beine, sie werden nicht müde,
Muskeln,
angespannt
in nutzloser Anstrengung
Haare: der Wind
zerzaust sie nicht,
offene Augen: sie werfen das Licht nicht zurück.
Aber
euer starrer Dünkel, eure
kalte Schönheit,
der verächtliche Glauben
der unbeweglichen Gebärde,
sie enden
eines Tags.
Denn die Zeit ist hartnäckiger.
Die Erde wartet
auch auf euch.
Auf sie werdet ihr
wie von selbst fallen
und ihr werdet sein,
wenn schon nicht Asche,
so Trümmer

und Staub, und eure
erträumte Ewigkeit ist das Nichts.
Zum Stein kehrt ihr wieder,
teilnahmsloses Geröll, Schutt,
nachdem ihr den harten, erlauchten,
den feierlich-siegreichen Rittertraum
eines Ruhmes gelebt habt,
zum Gedächtnis eines Menschen errichtet,
der schon im Vergessen zerstreut ist.
Aus: *Sin esperanza, con convencimiento,* 1961.

Symbol

Symbol,
dunkle Maske
des Schicksals.

Acht soll bedeuten:
Liebe
Neun, wer weiß!
Es wäre notwendig,
nicht mehr Mensch
zu sein. Aber
es ist bekannt –
und für jedermann steht es fest,
daß hinter der Farbe
Gelb
sich Verrat verbirgt:
der häufigste. Hüte dich!
Die Worte täuschen,
die Zahlen, die Laute.
Nichts ist, was es scheint.
Die Gefahr
ist allgegenwärtig.
Man muß sich bewegen,
höchst verhohlen,
um nicht
über das Eisen zu stolpern,
das uns die Seele tödlich zerfetzen würde.
Das Geheimnis ist einfach:

Vertrauen, Mißtrauen,
das Gelernte vergessen,
die Augen schließen, wenn
das Offenbare
gegen uns wütet,
die elementaren Worte
aussprechen,
von Zeit zu Zeit, zu leben als sei
nichts geschehen.

Das klare Wasser bedeutet: Warten.
Der Lichtrest im Abenddämmer: Vergessen.
Aus: *Sin esperanza, con convencimiento*, 1961.

Einführung in Fabeln für Tiere

Jahrhunderte lang
war das so üblich:
den Menschen mit Geschichten von Tieren
zu belehren: sie sprachen weise,
feierlich war ihr Gehabe, listig waren sie auch
oder verstockt in Bosheit, in Gier
oder dumm wie das Wesen, das sie darstellten.
Die Menschheit verdankt
einen Teil ihrer Tugend und Weisheit
Eseln und Löwen, Mäusen und Raben,
Füchsen, Bären, Zikaden und anderen Tieren,
die als Beispiel dienten und zur Moral,
auch zum Ansporn oder als
stellvertretende Züchtigung:
so dienten sie dem spitzfindig-scharfen Griechen,
dem ernsten Römer, dem schlauen
Europäer,
dem Abendländer – um bei uns zu bleiben.
Heut aber will ich – verzeiht die Eitelkeit –
so viel erhaltenes Gutes
der unvernünftigen Zunft vergelten:
ich beschreibe eine bezeichnende Handlung,
irgendeine Nuance des Verhaltens von Menschen,
die vielleicht erbaulich sein könnte:
für die Vögel und Fische,

für Hohltiere oder für Säuger,
gültig für primitivste Amöben
wie für jegliche Wirbeltierart.
Unsere Gesellschaft ist bereits fallreif,
es ist nichts mehr zu tun, das Ende
ist nahe, das wir von Anfang an fürchteten,
das Abenteuer zu Ende, ganz ohne Zweifel:
wie es enden muß, wie's geschrieben steht,
wie es unvermeidlich geschehen muß.
Aus: *Grado elemental,* 1962.

Immer was du willst

Wenn du Geld hast schenke mir einen Ring,
wenn du nichts hast einen Winkel deines Mundes,
wenn du nicht weißt was du tun sollst komme mit mir –
aber sag nachher nicht: du wissest nicht was du tust.

Holzbündel machst du im Morgengrauen,
in deinen Armen werden sie Blumen.
Ich halte dich an den Kronenblättern,
bewegst du dich: ich entreiß dir den Duft.

Aber ich sagte dir schon:
wenn du gehen willst, dort ist die Tür.
Sie heißt Angel und führt zur Klage.
Aus: *Breves acotaciones para una biografía,* 1969.

Das war Liebe

Ich sagte zu ihr:
  Mich entzücken deine Augen.
Und sie sagte:
  Magst du sie so oder geschminkt?
Groß –
  antwortete ich, ohne zu zögern.
Und auch ohne zu zögern
ließ sie die Augen auf einem Teller,
tastend ging sie hinweg.
Aus: *Breves acotaciones para una biografía,* 1969.

Unsterblichkeit des Nichts

Alles in Liebe Vollbrachte,
nie wird es Schlachtfeld für Maden sein.

Das Strandgut des Meeres benagt kaum
die Augen die niemals
– sie sahen dich –
die Erde am Ende verschlingen wird.

Ich habe verschlungen du
hast mich verschlungen
in einem einzigen Brand.

Gib auf die Sorgen:
das was gebrannt hat,
es hat von der Zeit nichts mehr zu befürchten.
Aus: *Procedimientos narrativos,* 1972.

Epilog

Mich reut so viel nutzloses Klagen,
so viel
unbegründetes Klagen.
Die Regeln des Spiels
sind unanfechtbar,
sie rechtfertigen jeden Verlust.
Jetzt
könnte mich nur
das Unerwartete oder das Unmögliche
zum Weinen bringen:
die Auferstehung, kein Tod.
Aus: *Procedimientos narrativos,* 1969.

Jaime Gil de Biedma

Geboren am 13. November 1929 in Barcelona. Er stammt aus einer in Politik und Wirtschaft Spaniens einflußreichen Familie. Er studierte Jura in Barcelona (mit Abschluß in Salamanca 1951); während dieser Zeit gehörte er zu der Gruppe um die Zeitschrift LAYE, die hauptsächlich von katalanischen Autoren gebildet wurde, die noch heute spanisch schreiben (s. CARLOS BARRAL). In den literarischen Beiheften zu LAYE veröffentlicht Gil de Biedma (nach mehreren kleineren Privatdrucken) 1953 erstmalig in größerem Umfang eigene Gedichte. Nach einer Zeit des Zögerns entschließt er sich zur Vorbereitung auf die Diplomatenlaufbahn. Er lebt einige Zeit in Madrid sowie längere Zeit in England und Frankreich. 1955 tritt er dann doch in das Familienunternehmen ein, der letzten noch bestehenden »Kolonialgesellschaft« Spaniens. Zu dieser Zeit beginnt seine spärliche, aber regelmäßige literarische Tätigkeit. Sein gesamtes bis 1975 veröffentlichtes Œuvre findet in einem Band von 170 Seiten Platz. Auffallenderweise wird seine Lyrik sowohl als sozial (»Junker von Geburt/aus schlechtem Gewissen Autoren/sozialer Poesie«; aus Gil de Biedmas *Moralidades*) wie auch als romantisch angesehen (er ist Herausgeber der Werke des romantischen Dichters Espronceda; seine eigene Lyrik zeigt in Metrik und Ausdrucksformen deutliche Anklänge an Bécquer). Charakteristisch für ihn ist der epische Ton seiner Lyrik, der manchmal an Auden und Brecht erinnert. In der Diktion neigt er immer mehr zu Einfachheit und umgangssprachlichen Formen, was in den letzten Gedichten am deutlichsten wird. Trotz der Etikettierung als »sozial« hat sein Werk auch nach dem Hervortreten anderer Richtungen wegen seines (vielfach nostalgischen) humanen Charakters und seiner leichten Zugänglichkeit nichts an Aktualität eingebüßt. Wenngleich Gil de Biedmas Lyrik, da er nur in geringem Maße auf rhetorische Mittel zurückgreift, einfach wirkt (und deshalb wie vor ihm die Lyrik Celayas schon als prosaisch bezeichnet wurde), ist sie doch das Resultat eines langwierigen, komplexen Schaffensprozesses, bei dem er auf sonst nicht mehr gebräuchliche metrische Formen zurückgreift, die bei ihm große Ausdruckskraft gewinnen. Diese metrische Einzigartigkeit ist von FRITZ VOGELGSANG bei seinen Übersetzungen für diese Anthologie so weit wie möglich berücksichtigt worden. Das Werk von Jaime Gil de Biedma gilt neben dem von CLAUDIO RODRIGUEZ als einer der Höhepunkte spanischer Lyrik der vergangenen dreißig Jahre. Er ist gleichzeitig ein bedeutender Kritiker, Essayist (Arbeiten über Jorge Guillén und Cernuda) und übersetzte T. S. Eliot ins Spanische.

Werke

Según sentencia del tiempo, Cuadernos literarios de la revista LAYE, Barcelona 1953 (Lyrik) – *Compañeros de viaje*, Horta, Barcelona 1959 (Lyrik) – *Cántico: el mundo y la poesía de Jorge Guillén*, Seix Barral, Barcelona 1960 (Essay) – *Cuatro poemas morales*, Horta, Barcelona 1961 (Lyrik) – *En favor de Venus*, Colliure, Barcelona 1965 (Lyrik) – *Moralidades*, Joaquín Mortiz, México 1966 (Lyrik) – *Poemas póstumos*, Poesía para todos, Madrid 1969 (Lyrik) – *Colección particular*, Seix Barral, Barcelona 1969 (Lyriksammlung) – *Diario del artista seriamente enfermo*, Lumen, Barcelona 1974 (Tagebuch) – *Las personas del verbo*, Barral Editores, Barcelona 1975 (Lyriksammlung) – *El pie de la letra*, Crítica, Barcelona 1980 (Essay).

Der Übersetzer

Fritz Vogelgsang, geb. 1930 in Stuttgart. Längere Aufenthalte in Spanien und Japan. 1964–1974 Literaturredakteur der »Stuttgarter Zeitung«, dann sechs Jahre Verlagslektor, ist jetzt freier Übersetzer. Veröffentlichte vor allem Übertragungen spanischer und lateinamerikanischer Lyrik (Octavio Paz, Pablo Neruda, Vicente Aleixandre, Juan Ramón Jiménez u. a.) sowie Prosa (Miguel Angel Asturias, Juan Goytisolo u. a.). 1978 Literaturpreis der Stadt Stuttgart, 1979 Wieland-Übersetzerpreis.

Nächte im Monat Juni

Für Luis Cernuda

Gelegentlich erinnere ich mich
an manche Juninächte jenes Jahres,
fast schon verwischte Nächte meiner Jugend
(es war wohl neunzehnhundert – glaub' ich – neun-
undvierzig),
                    denn in diesem Monat fühlte
ich immer eine Unruhe, so eine kleine Angst,
so etwas wie die Hitze, die da anfing,
                                        bloß so was
wie der besonders volle Klang der Luft
und eine unbestimmte Anwandlung von Gefühl.

Nichts half gegen die Nächte
                              und die Temperatur.
Spät und einsam noch wachend: ein Student
und das unrechte Buch
an der sperrangelweit geöffneten Balkontür
(Die frisch besprengte Straße verschwand in der
Tiefe, unter dem lichtbeglänzten Laubwerk),
nichts zum Nagen und Beißen.

Wie oft erinnere ich mich an euch,
ferne Nächte im Juni,
wie oft schossen die Tränen
mir aus den Augen, Tränen der Begierde,
mehr zu sein als ein Mensch, wie heftig wollte
ich sterben
            oder aber mich dem Teufel verkaufen,
der mich niemals erhörte.
                              Jedoch auch das
Leben kassiert uns, weil's nun mal nicht ist,
wie wir es uns erhofften.

Aus: *Compañeros de viaje*, 1959.

Barcelona ja no és bona
oder
Mein einsamer Spaziergang im Frühling

Für Fabián Estapé

Dieser zertrümmerte Theaterbau,
frecher Lobpreis für Götter, deren Schmach
hier der vergilbte Dornenstrauch bezeugt,
nichts weiter nun als eine Trauerschau,
o Fabelwerk der Zeit, stellt dar gemach,
wie groß er war, wie tief er heut gebeugt.
RODRIGO CARO

In den Monaten jenes Frühlings
kamen sie sicherlich
mehr als einmal hier vorbei.
Damals waren die beiden sehr jung
und hatten den gelbschwarzen Chrysler.
Ich stelle sie mir vor um die Mittagszeit, in der Lindenallee,
das Verdeck des Wagens von Sonne gesprenkelt,
oder vielleicht in Miramar, wie sie zu den Gärten gelangen,
indes vor dem Hintergrund des Hafens und der Stadt
die Sonnenschirme des Restaurants sich wiegen in freier Luft,
und die Gespräche, und die Musik,
die sich vermischen mit dem Geräusch der Gummireifen
auf dem Kies der Promenade.
Nur einen Augenblick lang
treten die beiden hervor ins helle Licht,
mit den Kleidern, die ich auf Photographien gesehen habe,
er betrachtet prüfend einen sehr viel teureren Wagen
– einen Duesemberg *sport* mit doppelter Windschutzscheibe,
schön wie eine Kriegsmaschine –,
und sie wendet sich mir zu, vielleicht erwartet sie mich,
und das Pendeln der Rosen in dem Laubengang
blinkert im Dämmerschatten
der geduldigen Augen dieser Schwangeren.
Es war in jenem Jahr der Weltausstellung.

So war ich also hier,
drin im Bauch meiner Mutter,

und es stimmt, daß etwas Dunkles, etwas Vorheriges mich hertreibt
zu diesen abgetakelten Orten.
Mehr noch als die Bäume und die Natur
oder das Murmeln des heimlich strömenden
Wassers, widergespiegelt in den Blättern
– obwohl man in meinem Alter
schon allmählich den Frühling dankbar zu schätzen beginnt –,
suche ich auf meinen Gängen die traurigen Gebäude,
die mit Lippenstift beschmierten Statuen,
die aus der Mode geratenen Winkel des Parks,
wo in der Nacht die Liebe praktiziert wird ...
Und das Heimweh nach einer Zeit des Glücks
und des flüssigen Geldes, wie die beiden sie mir geschildert haben,
mischt sich mit einem ganz andern Gefühl,
das ich als Erwachsener lernte,
                                        diesem Unbehagen
gegenüber der Klasse, in die ich hineingeboren wurde,
und weshalb es mir auch behagt, zu sehen,
wie der Jahrmarkt ihrer Eitelkeiten angenagt ist vom Zahn
der Zeit, beschmutzt von den Händen der übrigen Menschen.

O Welt meiner Kindheit, deren Mythologie
– ich sehe es wohl – verbunden ist
mit dem Kapitalismus des Familienbetriebs!
Ein wenig spät schon war es,
sogar für Katalonien, aber die *Pax* des Bürgertums
herrschte in den Heimen und den Fabriken,
vor allem in den Fabriken – Rußland war sehr weit weg
und sehr weit weg Detroit.
Etwas von damals ist noch in diesen Palästen
und diesen öden, sonnedurchfluteten Perspektiven,
an deren Bestimmung sich niemand mehr erinnert.
Alles war Illusion, veraltet
wie der Maschinenpark ihrer Fabriken,
oder wie das Haus in Sitges, oder in Caldetas,
gleichfalls geerbt vom Erstgeborenen.

Nur droben am Berghang, dicht bei der Burg,
ihren Festungsgräben, versengt von den Erschießungen,
geben Lebenszeichen die Leute aus Murcia.
Und ich steige langsam die Stufen hinauf,
fühle mich beobachtet, stolpere über die Steine,
in denen die Feigenbäume ihre Wurzeln verklammern,

während ich höre, wie die Burschen, die im Süden geboren wurden,
katalanisch miteinander reden, und ich denke, zur selben Zeit,
an meine Vergangenheit und an ihre Zukunft.

Sie, die nichts anderes mitbringen
als ihren Lebenstrieb,
sollen am Ende stärker sein als der Boß, der sie bezahlt,
und als der Ladenschwengel, der sie verachtet:
damit eines Tages ihnen gehöre die Stadt.
Wie ihnen dieser Berghang gehört,
dieser zertrümmerte Theaterbau
der Sehnsüchte einer Bourgeoisie.
Aus: *Moralidades,* 1966.

Hymne an die Jugend

Heu! Quantum per se candida forma valet!
PROPERZ, II, 29, 30

Wozu bloß kommst du jetzt,
Jugend,
unverschämter Liebreiz des Lebens, du?
Was bringt dich her zum Strand?
Wir, die Älteren, lagerten hier in Ruhe,
und da kommst du hierher, uns zu verletzen,
indem du wieder weckst die schlimmsten Wahnwitzträume,
du kommst, die Phantasien wild in uns anzufachen.

Aufgetaucht aus den Wogen,
nichts als ein Schimmern, Funkeln, reine Sinneserscheinung
und wogende Bewegung eines heimlichen Tieres,
nahtest du dich dem Ufer
mit rosenroten, klitzekleinen Brüsten,
mit Hinterbacken, boshaft, als wären sie ein Lächeln,
o schlanke Göttin mit kräftigen Fesseln
und dieser, dir so eigenen,
leisen Lockung des Schoßes, der gelassen
deine Schenkel ans Licht bringt: zarte Schönheit,
klar gesprossen und unentschlossen,
Ruheort für die Stirn, während die Tränen fließen.

Und wir sehen dich kommen: Ausgeburt
einer traumgeschaffenen Uferlandschaft
mit Stieren, Muschelhörnern und Delphinen,
über dem sanften Sand, zwischen Meerglanz und Himmel,
noch zitternd von den Tropfen,
geblendet durch das Sonnenlicht und lächelnd.

Du kündest uns das Königreich des Lebens,
den Traum von einem anderen, stärkeren, freien Leben,
ohne Begier, die peinigt wie ein Gewissensbiß
– ohne Begier nach dir, gerissenes,
kindliches, kleines Biest, in dem die dreiste
Schönheit des *starlet* eins ist
mit der anmutig feinen Scheu des Prinzen.

Auch wenn du nun auf einmal
die Stirne runzelst, angefallen von
einem erschütternden, dumpfen Gedanken,
und meerwärts wendest dein Gesicht, in dem
zwischen naßblonden Strähnen
die schwermütige Miene von Antinoos
erscheint, wandelst du, gleichgültige Schöne,
über den Strand, als wüßtest du es nicht,
daß dir die Männer und die Hunde folgen,
die Götter und die Engel
und die Erzengel alle,
die Seraphsklänge und die Kehrausflüche ...
Aus: *Poemas póstumos*, 1968.

Gegen Jaime Gil de Biedma

Wozu denn, bitteschön, die Wohnung wechseln,
ein Kellerloch verlassen, schwärzer noch
als mein Leumund – und das besagt genug –,
weiße Gardinen spannen
und ein Dienstmädchen nehmen,
dem Bummelleben stramm den Abschied geben,
wenn nachher du daherkommst, Plumpsack,
lästiger Gast du, Trottel, der meine eigenen Kleider trägt,

Drohne im Bienenstock, Nichtsnutz, Schoßscheißer,
mit deinen gewaschenen Händen, um aus
meinem Teller zu essen und das Haus zu verdrecken?

Dich begleiten die Barhocker der letzten
Nachtschwärmerkneipen, Zuhälter, Blumenverkäuferinnen,
die toten Gassen in der Dämmerfrühe
und die Fahrstühle mit dem gelben Licht,
wenn du herkommst, betrunken,
stehenbleibst, um im Spiegel anzustarren
das verheerte Gesicht,
mit noch immer gewalterfüllten Augen,
die du nicht schließen willst. Und meinen Anpfiff
belachst du, weist auf die Vergangenheit
und sagst, ich würde älter.

Ich könnte drauf verweisen, daß dein Witz längst dahin ist.
Daß dein Zufallsgebaren und deine Ungeniertheit
nur noch grauenhaft wirken,
wenn man die Dreißig hinter sich gebracht hat,
und daß dein holdes Lächeln,
das Lächeln eines träumerischen Jungen
– der weiß, daß er gefällt – bloß ein peinlicher Rest ist,
übertriebene Absicht.
Indessen du mich anblickst mit den Augen
einer wirklichen Waise, und mir vorweinst,
und mir versprichst, nie wieder es zu tun.

Wenn du nicht so verhurt wärst!
Und wenn ich es nicht wüßte, schon seit langem,
daß du dann stark bist, wenn ich selber schwach bin,
und daß du schwach bist, wenn ich wütend werde …
Von deinen Heimkehrszenen blieb ein wirrer
Eindruck von Panik, Pein und Mißvergnügen,
und die Trostlosigkeit,
und die Ungeduld, die Verdrossenheit,
noch einmal zu erdulden, noch einmal,
die unverzeihliche Erniedrigung
ausschweifender Vertraulichkeit.

Mit Müh und Not schlepp ich dich dann zum Bett,
wie auf dem Marsch zur Hölle,
um dort mit dir zu schlafen.

Sterbend bei jedem Schritt vor Leibesschwäche,
an Möbelstücke rumpelnd,
werden wir blindlings durch die Wohnung tappen,
tollpatschig einander umklammernd, schwankend
vom Alkohol, von unterdrückten Schluchzern.
Oh, gemeiner Knechtdienst, zu lieben menschliche Wesen,
und der allergemeinste,
das eigne Ich zu lieben!
Aus: *Poemas póstumos,* 1968.

Ein Körper ist der beste Freund des Menschen

Noch sind die Stunden nicht vorbei, noch nicht,
und Morgen ist noch fern wie eine Klippe,
die ich kaum erst gewahre.

Du fühlst es nicht,
wie die Zeit sich verdichtet in dem Zimmer
mit der brennenden Lampe, und wie die Kälte draußen
die Fensterscheiben ableckt... Wie geschwind,
in meinem Bett heut nacht, du kleines Tier du,
mit der adligen Einfalt der Notwendigkeit,
während ich dich betrachtete, bist du in Schlaf gesunken.

Nun also, gute Nacht.
Dieses ruhige Land,
dessen Grenzen die deines Körpers sind,
erweckt den Wunsch, zu sterben im Gedenken ans Leben
oder weiterzuwachen
– müd und erregt – bis hin zum Morgengrauen.

Einsam mit meinem Altsein, während du ruhig schläfst,
wie jemand, der noch nie ein Buch gelesen,
du kleines Tierchen du: menschliches Wesen
– offenherziger als in meinen Armen –
dank deiner Unerkenntlichkeit.
Aus: *Las personas del verbo,* 1975.

De vita beata

In einem alten, nicht funktionierenden Land,
ungefähr so wie Spanien zwischen zwei
Bürgerkriegen, in einem Dorf am Meer,
ein Haus besitzen und ein bißchen Boden
und keinerlei Erinnerung. Nicht lesen,
nicht leiden, schreiben, Rechnungen bezahlen,
nur leben wie ein ruinierter Adliger
im Ruinengeviert meines Verstandes.
Aus: *Poemas póstumos*, 1968.

Claudio Rodríguez

Er wurde am 30. Januar 1934 in Zamora geboren, im westlichen Grenzgebiet zu Portugal. 1951 ging er nach Madrid, um Romanistik zu studieren. Durch Bousoño wissen wir, daß sein erstes Buch *Don de la ebriedad* 1952 bereits fertig unveröffentlicht vorlag. 1953 erhält er dafür den »Adonais«-Preis und wird allgemein als Dichter mit einer neuen Stimme anerkannt. Claudio Rodríguez selbst sagt, daß er vorher keine anderen Dichter als die spanischen Klassiker und französische Lyrik gelesen habe, vor allem Rimbaud. Weder sein Werk noch sein Leben gleichen, sieht man einmal von seiner Frühreife ab, dem des »poète maudit«. Sein zweites Buch erscheint 1958. In diesem Jahr geht er nach England, wo er Lektor für Spanisch an den Universitäten Nottingham (1958–1960) und Cambridge (1960–1964) wird. 1966 erscheint sein drittes Buch, erst 1976 das vierte. Nach Carlos Bousoño ist Rodríguez' Lyrik absolut originell durch ihren metaphorischen Realismus oder der Gebrauch der »disemischen« Allegorie, ein neues rhetorisches Mittel, das darin besteht, zwei Dinge zu verbinden, die nur getrennt üblich sind. Sein Werk ist gekennzeichnet durch eine Mischung von poetischer Irrationalität und strenger Logik. Die Lyrik von Claudio Rodríguez ist insofern »poesía social«, als er sie als Dichtung der Solidarität versteht. Durch seine Verse wird er eins mit Menschen und Landschaft: »Als ob sie mir nie gehört hätte/ gib der Luft meine Stimme. Und dort soll sie allen gehören ...« Sie gilt zugleich als »trunken« (*Don de la »ebriedad«*), Pathos und Ethos besitzen den gleichen Stellenwert, ja gehen ineinander auf, wirken hymnisch. Claudio Rodríguez bedient sich dennoch häufig der Umgangssprache und verarbeitet überwiegend Eindrücke der näheren Umwelt (die ländliche Komponente). Er macht nicht Literatur über Literatur (»Verzicht auf die sinnhafte Komponente der Sprache«, vor allem auf die musikalische). In ihm muß man einen der großen spanischen Dichter der Menschlichkeit (»poetas humanos«) sehen. Claudio Rodríguez lehrt heute an der Universität Complutense von Madrid. Seine Lyrik ist auf englisch, französisch, italienisch und deutsch (erstmalig im AKZENTE-Heft vom Oktober 1978, das der spanischen Literatur gewidmet war) erschienen.

Werke

Don de la ebriedad, Adonais, Madrid 1953 (Lyrik) – *Conjuros*, Cantalapiedra, Torrelavega 1958 (Lyrik) – *Alianza y condena*, Revista de Occidente, Madrid 1965 (Lyrik) – *Poesía (1953–1966)* (Studie von Carlos Bousoño), Plaza & Janés, Barcelona 1971 (Lyriksammlung) – *El vuelo de la celebración*, Visor, Madrid 1976 (Lyrik).

Der Übersetzer

Eugen Helmlé, geb. am 9. 9. 1927 in Ensdorf/Saar. Auslandsaufenthalte (Frankreich, Spanien) und Studium am Dolmetscherinstitut der Universität des Saarlandes. Seit 1970 dort Lehrauftrag für Spanisch. 1972 Kunstpreis des Saarlandes für das übersetzerische Gesamtwerk. Rundfunkautor und Herausgeber literarischer Anthologien. Übersetzungen vorwiegend aus dem Französischen und aus dem Spanischen von u. a. Queneau, Aragon, Vian, Gatti, Sastre, de Obaldía.

Buch eins

II

Ich frage mich bisweilen, ob die Nacht
über der Welt sich schließt, um sich zu öffnen, oder ob etwas
sie so plötzlich öffnet, daß wir
ihr Morgengrauen nicht erreichen. Das Morgengrauen unter freiem
Himmel,
das nicht schwindet, weil niemand
es erschafft: der Mond nicht, noch die helle Sonne.
Auch meine Trauer vermag sie nicht zu sehen,
wie sie ist, weil in den Gestirnen sie bleibt,
wenn in ihnen der Tag sich zeigt
und nicht enthüllt, daß in der Nacht es Felder gibt
von drängend starkem Taganbruch
nicht im Keim, im vollen Licht, in weißen Vögeln.
Ein Flug verbrennt die Luft,
nicht weil er heiß, wohl aber, weil so fern er ist.
Eine Sternenreinheit färbt
die Pinien, wird am Ende meinen Körper färben.
Was kann ich andres tun, als weiterhin das Leben
des Raumes tausend Lanzenstößen auszusetzen?
Und immer ist ein geheimes Feuer in der Nacht,
ein luftiges Schimmern, ein eitler Tag
für unsere Sinne, die sich nach oben drängen
und unten nicht sehen und nicht hören.
So wie die Stille ein Helm ist für den Fluß,
so ist der Schmerz eine Brise für die Pappel.
Und ich spüre, daß die Schatten
ihr Licht öffnen, es öffnen, derart öffnen,
daß der Morgen ohne Anfang noch Ende
emportaucht, ewig schon seit Sonnenuntergang.

III

Die Steineiche, die eher einen Sonnenstrahl zurückhält
als ein ganzer Frühlingsmonat,

spürt nicht die Ursprünglichkeit ihres Schattens,
die Einfachheit des Wachsens, kaum
daß sie den Boden kennt, aus dem einst sie keimte.
Bei diesem Wind, der in ihren Zweigen zurückläßt,
was keine Musik hat, stellt sie sich
für ihre Träume eine große Hochebene vor.
Und wie geschwind wird sie eins
mit der Landschaft, mit der ganzen Seele
ihres Laubwerks und meiner selbst.
Zum Himmel würde sie reichen, stünde
ihre Bedingtheit als Baum dem nicht entgegen.
Tage wird es geben, in denen sie hinreicht. Sie lauscht
beim Rauschen der Vogelflüge:
dem feinen, leisen des Hänflings, dem kräftig-lauten
der Trappe, wachsam und klar.
So bin ich. Was für eine Steineiche, von
dunklerem Holz vielleicht als die Eiche,
sie hebt meine Freude, die
einige Augenblicke vor der Abenddämmerung so stark ist
und jetzt so gebeugt. Wie Hafer,
breitwürfig ausgesät, dem es gleichgültig ist,
ob er hierhin oder dorthin fällt, wenn er zur Erde fällt,
dringt die verhaltene Glut des Gedankens
in die Dinge ein, öffnet sie,
um ihren Schimmer zurückzulassen und
ihm sodann eine neue Klarheit in ihnen zu geben.
Und das ist so, denn was wüßte die Steineiche
ohne mich vom Tod? Und vielleicht ist
ihre Innigkeit wirklich, ihr Instinkt, die Ursprünglichkeit
ihres Schattens, der treuer ist als irgendwer? Ist mein Leben
wirklich so, in ihrem beständigen Blattwerk
halb den Frühling zu entziffern?

IV

So die Begierde. Wie die Morgendämmerung, hell
vom Gipfel her, und wenn sie stillsteht
mit ihren Strahlen das Konkrete,
eben dunkel noch, berührend, wenngleich für Augenblicke nur.
Dann öffnet laut sie Taubenschläge
und schon ist ein neuer Tag. Oh, die Tauben,
Geiseln der Nacht, die ihre

höchsten Triebe unterdrücken! Und immer
wie die Begierde, wie meine Begierde.
Seht sie zwischen den Wolken hervorsprudeln, seht,
wie sie mich blendet, ohne Raum einzunehmen.
Sie ist nicht in mir, sie ist in der Welt, ist dort gegenüber.
Sie muß unter den Dingen leben.
Indigoblau sein auf den Hügeln und von vorzeitigem
Grün in den Tälern. Vor allem
wie in der Schale das Korn, gibt sie
auch weiterhin ihrem entflammten Morgenrot Hitze,
um es dann bald darauf schöner
und strahlender an den Tag zu bringen. Unterdessen bleibt sie
rein und ohne Windstoß, der sie anfacht,
reine Begierde, immer mehr nur mir gehörend,
immer weniger euch, bis schließlich
sie mein Blut ist und meine Aufgabe,
körperlich wie die Sonne, wenn sie aufgeht.

V

Wann werde ich ohne Menschenstimme von dir reden,
um nie aufzuhören, wie der Fluß nie aufhört,
sein Leid zu erzählen, und schon
mehr Wörter als ich gesagt hat.
Wann werde ich weit wegsein oder in der Tiefe dessen,
was ringsum ein Weg ist,
der mich eingrenzt wie das Gehölz den Vogel.
Aber werde ich imstande sein, es zu wiederholen,
imstande, zweimal so zu lieben wie jetzt?
Dieser Sonnenstrahl, der ein Klang
in der Orgel ist,
vibriert mit der Novembermusik
und spiegelt ihre verschiedenen Weisen wider,
die grünen Blätter zum Fallen zu bringen.
Denn nicht nur der Wind fällt sie, sondern
auch ihre große Aufgabe, ihre Ahnungen
von einem wesentlichen Herbst.
Findet sie ein geeggtes Feld, wächst die neue Saat
fern von alten, umgegrabenen Keimen;
aber immer steigt irgendeine Kraft in sie hinein,
irgendein Durst dieser Keime, irgendein reines
Wogen, das wieder auseinanderfällt

und der Luft Geruch in tausend Richtungen gibt.
Wann werde ich ohne Menschenstimme von dir reden?
Wann? Mein Mund gelangt nur zum Zeichen,
deutet nur sehr verworren.
Denn es gibt harte Wahrheiten von einem unablässigen
Wachsen, es gibt Hoffnungen, die vermögen nicht
über die Zeit hinwegzukommen und sie
in eine trockene Quelle der Ebene zu verwandeln, so wie
es Böden gibt, die nicht den Schlamm durchsickern lassen.
Aus: *Don de la ebriedad*, 1953.

Beim Rauschen des Duero

Und als ich sah,
daß er bei den Straßen so bekannt war,
ging ich über die Brücke und ließ, Adieu, alles hinter mir.
Aber bis hierher kommt er mir nach, nehmt ihn weg von mir, immer
höre ich jenes Rauschen, und ich steige und steige,
gehe von Dorf zu Dorf, lege mein Ohr
an den Flug der Spatzen, an die Sonne, an die Luft,
was weiß ich, an den Himmel, an die Brust der Mädchen,
und immer der gleiche Laut, derselbe Wandel.
Was ist das für ein ruheloser Ort? Welche Heerschar, welch treffliche
Kämpfe
plündern zu allen Stunden meine Seele,
bezwingen den Turm mit der weißen Fahne,
öffnen jenes kleine Tor, das leise,
niemals falsche Tor? Und du,
Musik des Flusses, bist mein tiefer Atem,
Schlichtheit und Stimme und Puls meiner Leute.
Wieviel besser wäre es
zu warten. Heute kann ich nicht, heute bin ich schwer-
hörig nach den Jahren, die ich zugebracht
bei denen der bösen Fremde. Aber ich bin zurückgekommen.
Feld der Wahrheit, welchen Verrat gab es?
Hört nur, wie so viel Zeit und so viel Betrieb
ein einziges Rauschen ergeben!
Hört nur, wie wir Tag um Tag zu Hause
so viel Reinheit an unserer Seite hatten,
und wir sind taub weitergegangen!
Doch nicht über diesen Abend hinaus! Sei willkommen,

Morgen. Ich bin bereit: seid mir Zeugen,
ihr, die ihr noch hört! O Fluß,
Gründer der Städte,
in allem ertönend, außer in deinem Bett,
mach, daß dein Rauschen unser Lied sei,
unsere Werkstatt zu Lebzeiten. Und wenn eines Tages
die Einsamkeit, der Anblick des zum Verkauf stehenden Menschen,
der Wein, die Lieblosigkeit oder die Mutlosigkeit
das angreifen, was du dir zu eigen gemacht,
setz dich wie heute zur Wehr, bewache
alle meine Türen und Fenster, wie
du es seit je getan hast,
du, den ich heute so höre wie damals,
du, Fluß meiner Heimat, du, Río Duradero,
du dauernder Duero.
Aus: *Conjuros*, 1958.

Eugenio de Luelmo

Der am Duero lebte und starb.

I

Wenn jemand voller Anmut herantritt
und die Dinge an seiner Seite so einfach sind, daß sie fast
neu erscheinen, spüren wir
fast die Strafe, die dunkle Angst
zu besitzen. Für diese
unermeßliche Ausstrahlung des Liebenden
ist unser Blut zu dünn. Die Wirkung dieses Menschen,
unerprobt, das Handwerk
des Meeres waren seine Gebärden, Welle um Welle,
Blüte und Frucht in eins und Tod und Geburt
gleichzeitig, und diese große Gefahr
seiner Zärtlichkeit,
seiner Art durch die Straßen zu gehen, gaben uns
die einzige Rechtfertigung: die Freude.
Wie jemand, der neben
einem Pulverfaß raucht, ohne zu wissen, gingen wir mit ihm,
und da er so einfach einzuladen war, sahen wir nicht,
daß er beim Trinken küßte, und daß er, wenn man ihn betrügen wollte
beim Tute- und mehr noch beim Mus-Spiel, wirklich
spielte, und zwar mit ungezinkten Karten.
Er, dessen Beruf uneingeschränkt

die Gesellschaft war, wie sollte
er wissen, daß sein Duero
ein schlechter Nachbar ist?

II

Wege zum Luftholen,
die er mit seinem Asthma auslüftete,
Klang von Trommeln, aus dem er, obgleich
zum Krieg bestimmt, ein Wiegenlied machte, Gesetze,
die schneidend Mensch um Mensch entzweien,
aus denen er Pfropfen machte, um seine bittere Leere
nicht mit blinder Wut zu bevölkern,
weniger mit Propaganda,
sondern mit dem Fruchtbarsten: seiner Aufrichtigkeit,
alles glühte im Ofen seiner zweiundsiebzig Jahre.
Dort war alles Flamme,
immer geschürt, Feuer ohne Asche,
vom Gehalt bis zum Sohn,
von den weißen Haaren bis zur Heiserkeit,
vom Kord bis zur Seele. Wie die Lerche
duckte er sich beim Gehen, und der Zirkel seiner Beine
öffnete sich ein wenig, so daß er
jemandem glich, der eine schwere Last trägt (so ganz anders
als der Reiter oder der Seemann).
Erloschen das Ohr,
nach Kalk riechend, nach Sand, nach Wein, nach Talg,
ging er ohne Abschied:
er war ganz Rückkehr.
Diese erobernde Geschwindigkeit
seines Lebens, sein Blut einer Eidechse, eines Adlers, eines Hundes
drang uns in den Körper wie
Musikantenklang. Blind für das Geheimnis
und gerade deshalb
einäugig für die Wirklichkeit, reich nur an Bildern
und an Erinnerungen, wie sollen wir jetzt
das feiern, was reines Ereignis ist,
Nachricht ohne Geschichte, Arbeit, die eine Ruhmestat ist?

III

Ich beuge mich nicht,
Eugenio, obgleich ich genau weiß, daß sie

mich jetzt nicht einmal zu Hause erkennen würden.
Der Tod ist kein Fluß wie der Duero,
er ist auch kein Meer. Wie die Liebe endet
das Meer immer zwischen vier Wänden.
Und du, Eugenio, in welche Gewässer
hast du dich über tausend Flüsse
ohne Hochwasser oder Trockenheit,
ohne Brücken, ohne Wäsche waschende Frauen
begeben?
Aber du wirfst kein Spiegelbild zurück wie das Wasser,
wie die Erde besitzt du.
Und der Verlauf dieser Straßen
deines Stadtviertels am Fluß entlang
und die abgegriffenen Karten
und das Handgeben, ohne damit Sommer zu geben
oder Wirklichkeit oder Leben
aus dem Vollen, und die Zunge,
schon schwer vom »Adiós, Adiós« sagen
und die entflohene diebische Sonne,
und diese Türme aus feuchtem
Pulver, von verlorenem
Kaliber, und ich, mit dieser Luft des ersten Juni,
die in meiner Brust tost,
und die Freunde ... Viel,
in kurzer Zeit, viel ist zu Ende gegangen.
Bergauf oder bergab,
zum Marktplatz hin oder zu deiner Werkstatt,
alles schaut uns jetzt
von der Seite an, und wir fühlen
uns fehl am Platz.
Es überkommt uns so etwas wie eine Scham
zu leben, eine Scham
zu atmen, zu sehen,
wie schön der Abend hereinfällt. Aber
dein Schlüssel
paßt in alle Schlüssellöcher der Welt
und öffnet zwanglos, leuchtend,
und so treten wir ins Haus
wie jener, der von einer Verabredung zurückkehrt.
Aus: *Alianza y condena*, 1965.

Sperling

Er vergißt nicht. Dieser verschmitzte Kerl
entfernt sich nicht
aus unserem Leben. Immer
leihweise, ziellos,
wie irgendwer, hüpft er hier,
wäscht sich hier, eigensinnig,
zwischen unseren Schuhen.
Was sucht er in unserem dunklen
Leben? Welche Liebe findet er
in unserem so harten Brot?
Schon übergab dieser Sperling
die Toten der Luft,
er, der fliegen konnte, aber
hier blieb, er,
hier unten, sicher,
in seine Brust allen
Staub der Erde stopfend.
Aus: *Alianza y condena*, 1965.

Gesetzlos

Die Hähne krähen schon,
mein Liebes. Geh fort:
du siehst doch, es wird Tag.
ANONYM

In diesem Bett, in dem der Schlaf Klage ist,
keine Ruhe, sondern Tagewerk,
ist die tiefe Nacht für uns gekommen. Ist der Körper
die Frage oder die Antwort auf so viel
unsicheres Glück? Kurzer, trockener Husten,
Puls, der kühl schon ist und die alte
Zeremonie des Fleisches auslischt,
während weder Gebärden noch Worte bleiben,
um die Szene neu zu spielen
wie Anfänger. Ich liebe dich. Es ist die böse Stunde
der grausamen Höflichkeit. So gegenwärtig

habe ich dich immer, wenn mein Körper
in deinem dunklen Körper endet, in dem ich mich
einmal mehr verliere, in dem ich morgen mich
verlieren werde. Wie ein Krieg ohne
Helden, wie ein Frieden ohne Bündnisse
ist die Nacht vorbeigegangen. Und ich liebe dich.
Ich suche nach Resten, ich suche nach einer zerbrochenen
Medaille, einer lebenden Trophäe dieser Zeit,
die sie uns rauben wollen. Du bist müde,
und ich liebe dich. Es ist Zeit. Wird unser Fleisch
die Belohnung sein, das Schrapnell,
das soviel reinen Kampf rechtfertigt
ohne Sieger und Besiegte? Schweig,
denn ich liebe dich. Es ist Zeit. Hereinkommt schon ein flackerndes
Morgenrot. Nie war das Licht so früh.
Aus: *Alianza y condena*, 1965.

Wind

Laßt den Wind durch meinen Körper wehn
und ihn erleuchten. Südwind, salzig,
sehr sonnig und frisch gewaschen
mit Vertrautheit und Erlösung und mit
Ungeduld. Tritt ein, tritt ein in mein Licht,
öffne mir diesen nie gekannten
Weg: den Weg der Klarheit.
Ertöne mit Durst nach Raum,
Juniwind, so stark und frei,
daß der Atem, der Wunsch jetzt ist,
mich rettet. Komm,
du meine Erkenntnis, durch
so viel Materie, geblendet von deiner tiefen
Anmut.
Wie heftig fällst du mich an und lehrst mich
leben und vergessen,
du, mit deiner klaren Musik.
Und wie erhöhst du mein Leben
ganz still,
ganz früh am Morgen und verliebt
mit dieser leuchtenden, sicheren Tür,

die gelassen sich mir öffnet,
denn mit dir ficht nie es mich an,
daß etwas meine Seele trübt.
Aus: *El vuelo de la celebración*, 1976.

November

Und wieder kommt November, der Monat, den ich am meisten mag,
weil ich sein Geheimnis kenne, weil er mir mehr Leben gibt.
Die Eigenschaft seiner Luft, die Gesang ist,
fast Offenbarung,
und seine Vormittage, die so heilsam sind,
seine gierige Zärtlichkeit,
seine tiefe Einsamkeit.
Und eine Straße finden in einem Mund,
ein Haus in einem Körper, während, so hinfällig,
mit dieser Melodie des verlorenen Ehrgeizes
die Kastanien und die Spinnweben fallen.

Diese Kastanien, von gelblichem Ocker,
sicher, halb geöffnet, mir Freiheit gebend
neben dem Zittern im Dunkel ihrer Schale.
Die Spinnweben mit ihrer Geometrie,
so behutsam und so klebrig, und
auch mit ihrer Stille,
mit ihrem dunklen Pochen,
wie das Pochen der Koralle oder des zartesten Schwamms oder das Pochen des
geöffneten Pinienzapfens
oder des Herzens, wenn es ohne Tyrannei schlägt, wenn
es zu neuem Leben erwacht und sich läutert.
Nach so langer Zeit ohne Liebe, wie erlösend
ist da dieser Morgen. Welch
inniges Licht. Es dringt in mich ein und gibt mir Musik
ohne Pausen.
Aus: *El vuelo de la celebración*, 1976.

Eine Erscheinung

Er kam mit sehr düsterem Hauch,
nüchtern,
mit Heißhunger,
sehr sicher und sehr frei, ohne Müdigkeit,
alt schon, mit leuchtenden Runzeln,
mit seinem so unschuldigen Atem,
mit seinem kühnen, verhaltenen Blick.
Er kam sehr nahe, viel Gesang
in seinem Körper, in seinem Anzug ohne Hochzeit,
dem äußerst stummen Glanz seines Schritts.
Er schaute zurück,
als ob er Sahne vor dem Käse machen würde,
mit der kargen, stolzen Ausgetrocknetheit
seiner so schmutzigen Hände,
mit seinen verfärbten Zähnen
im Dunkeln, im Blütenstaub des Mundes.

Er kam. Ich weiß seinen Namen nicht,
aber ich werde ihn immer wissen.
Es wurde langsam Tag mit seiner kühlen Stille,
mit einem Duft nach Harz und ausgeruhtem Wein,
zwischen Kneipe und Sauferei.
Und er sagte: »Da ist ein Klang
im Glas« ...
»Von welcher Farbe?« sagte ich. »Du lügst.«
Er nahm einen kleinen Teller und zeichnete ins Innere
des Porzellans
mit seinen reifen Fingernägeln,
mit seinem Atem und dem Rauch einer Zigarre,
ein Haus,
einen Weg aus erschüttertem Stein
wie die Kinder.
»Siehst du?
Hörst du jetzt nicht den Wind des Steins?«
Er blies über die Zeichnung,
und es war nichts da. »Adiós.
Ich bin der König des Rauchs.«
Aus: *El vuelo de la celebración*, 1976.

José Angel Valente

Er wurde am 25. April 1929 in der galizischen Stadt Orense geboren. 1946 beginnt er, in Santiago de Compostela Jura zu studieren. 1947 geht er nach Madrid, wo er ein Studium der Romanistik absolviert. Schon in dieser Zeit schreibt er Gedichte. Seine literarische Laufbahn beginnt mit einem herausragenden Erfolg: er gewinnt den »Adonais-«Preis 1954 für seinen Gedichtband *A modo de esperanza.* In dieser ersten Gedichtsammlung überwiegen die dunklen Töne, wobei der Ausdruck von einer in der damaligen spanischen Lyrik nicht gekannten Knappheit geprägt ist – eine Ausnahme angesichts der eher sentimentalen Normalproduktion. Valente verbringt drei Jahre (1955–58) als Lektor für Spanisch an der Universität Oxford. Seit 1958 lebt er in Genf, wo er als Übersetzer für die WHO tätig ist. Viele Jahre arbeitete er dort mit Alfonso Costafreda zusammen, der zur katalanischen Dichtergruppe um LAYE gehörte und 1974 in Genf starb. Der zweite Lyrikband Valentes erscheint erst 1960; diesmal geprägt von einer Lebensbejahung (»leidenschaftlich werden wir immer rufen: Leben!«), deren Symbol, Lazarus, auch in den Titel eingeht. Von diesem Vitalismus bis hin zur sozialen Poesie ist es nur ein kleiner Schritt. Ganz macht ihn Valente nie, er ist eher als Vertreter eines wahren Humanismus zu bezeichnen: »Der Marxismus ist kein Humanismus./Das Christentum ist kein Humanismus./Der Humanismus ist kein Humanismus.« Im Alter von vierzig Jahren beginnt bei ihm die Zeit des Skeptizismus. Seither versucht er, seine poetische Welt auf das Wort zu gründen, das Wort, »das nicht sterben kann«. Anfang der siebziger Jahre beginnt er, kurze aphoristische und Prosagedichte zu schreiben, die in Bezügen und Zitaten ein Interesse für deutsche Literatur zeigen. 1978 übersetzt er schließlich eine Anzahl Gedichte von Paul Celan ins Spanische. In der Knappheit und verbalen Spannung von Valentes letzten Gedichten wird der Einfluß von Celans Spätwerk spürbar. José Angel Valente neigt jetzt zu einer Lyrik des Schweigens, so wie die anderen Dichter seiner Generation, die – wie Gil de Biedma seit 1975, Barral seit 1976, Angel Gonzalez seit 1976, Claudio Rodriguez seit 1976, Caballero Bonald seit 1977 – sogar ganz zu schweigen neigen oder zumindest die Abstände zwischen den einzelnen Veröffentlichungen immer größer werden lassen.

Werke

A modo de esperanza, Adonais, Madrid 1955 (Lyrik) – *Poemas a Lázaro*, Indice, Madrid 1960 (Lyrik) – *Sobre el lugar del canto*, Colliure, Barcelona 1963 (Lyrik) – *La memoria y los signos*, Revista de Occidente, Madrid 1966 (Lyrik) – *Siete representaciones*, El Bardo, Barcelona 1968 (Lyrik) – *Presentación memorial para un monumento*, Poesía para todos, Madrid 1970 (Lyrik) – *El inocente*, Mortiz, Mexiko 1970 (Lyrik) – *Las palabras de la tribu*, Siglo XXI, Madrid 1971 (Essay) – *Punto cero (Poesía: 1953–1971)*, Barral Editores, Barcelona 1972 (Lyriksammlung) – *El fin de la edad de la plata*, Seix Barral, Barcelona 1973 (lyrische Prosa) – *Ensayo sobre Miguel de Molinos*, Barral Editores, Barcelona 1974 (Essay) – *Interior con figuras*, Ocnos, Barcelona 1976 (Lyrik) – *Material memoria*, La Gaya Ciencia, Barcelona 1979 (Lyrik) – *Punto cero*, Seix Barral, Barcelona 1980 (Lyriksammlung, 2. erweiterte Ausgabe der von 1972) – *Tres lecciones de tinieblas*, La Gaya Ciencia, Barcelona 1980 (Lyrik).

Übersetzt von *Fritz Vogelgsang* (siehe S. 250).

»Sie werden Asche sein ...«

Ich durchquere eine Wüste und ihre geheime
Verzweiflung ohne Namen.
Das Herz
hat die Dürre des Steines
und das nächtliche Bersten und Krachen
seiner Materie oder seines Nichts.

Dennoch, in weiter Ferne gibt's ein Licht,
und ich weiß, daß ich nicht allein bin;
und wenn es letzten Endes
auch nicht einen Gedanken gibt,
der taugt gegen den Tod,
bin ich doch nicht allein.

Ich berühre die Hand, welche mein Leben teilt,
vergewissere mich an ihr
und fühle, was ich liebe,
hebe es in den Himmel,
und mag es Asche sein, so bekunde ich Asche.
Und mag es Asche sein, was ich bisher besitze,
was man mir dargeboten, so als wäre es Hoffnung.
Aus: *A modo de esperanza*, 1955.

Der Schädel Yoricks

Der Schädel Yoricks
ist kahl und wohlgerundet: prüfen wir
den Schädel Yoricks
des Hofnarren, die lustige
Höhlung, worin das Auge tanzte,
die Stirn, wo nun das Denken
auf ewig ausruht.

Fassen wir seinen Schädel
wie eine leere Büchse,

worin nicht mal die Luft
einen Seelenrest vortäuscht.

Dies hier war Yorick,
mit flinken Füßen, flinkem
Lachen, treffenden Worten.

Fassen wir in der Stille
seinen entblößten Schädel.

Der Schädel Yoricks
ist kahl und wohlgerundet: prüfen wir
den Schädel Yoricks
des Hofnarren und lassen ihn
dann wieder fallen in den Staub, als ob wir
uns selbst enthaupteten.
Aus: *Poemas a Lázaro,* 1960.

Der Sterbende

Der Sterbende sah dunkle
Zeichen vor seinen Augen gleiten,
vergessene Gesichter, Vögel
aus einem andern Land, das seines war
(aber in fremdem Himmel).

Durch das offene Fenster kam die Lehmfarbe
des Unwetters herein.
Und er hörte das Rauschen von den fernen
Olivenbäumen, weit weg, in der Kindheit,
nunmehr vom Sturm gepeitscht.

Die Luft zersprang in dürres Prasselkrachen.
Er sah die Felder, Sonne,
sah den Süden, die Jahre, die Entfernung.

Düsterer Himmel breitete sich aus
über fremdgrauer Erde.
Und mit langsamer
Stimme versammelte er das Versprengte,
zählte Mienen zusammen, Namen,

Wärme so vieler Hände
und hell durchglänzte Tage,
in einem Seufzer nur,
so unermeßlich,
so mächtig wie das Leben.

Endlich durchbrach der Regen den finstren Feindesring.
Die Erinnerung weitete sich.
Könnte
das Lied doch den bekunden, der im Kampf
sich selbst vollendet hatte.
Aus: *La memoria y los signos,* 1966.

Zweite Huldigung für Isidore Ducasse

Ein Dichter sollte nützlicher sein
als irgend sonst ein Mitglied seines Stammes.

Ein Dichter sollte eine Reihe
von unerbittlichen Gesetzen kennen.

Das Gesetz der Auseinandersetzung mit dem Sichtbaren –
der Ziehung von Trennlinien,

der Anbringung von einem Wellenbrecher,
und das summarische Gesetz des Kreises.

Hingegen weiß er nichts vom Königsmord
als Tatbestand
und andren falschen Wörtern der Geschichte.

Die Dichtung soll schließlich die praktische Wahrheit haben.

Ihre Mission ist schwierig.
Aus: *Breve son,* 1968.

Kurzbiographie

Dreimal übte er sich
in der Auflösung seiner selbst,
und bei der vierten Übung blieb er einsam
mit dem eigenen Starren auf die Antwort,
welche keiner ihm geben konnte.
Aus: *El inocente*, 1970.

Der Tempel

Christus betrachtete den Tempel,
der wie ein Diamant das harte Licht
seines Blicks in sich sammelte.

Er sah den Tempel erbaut,
daß alles sich erfülle, was geschrieben stand,
und nicht, daß er den Traum des Menschen überdauere.

Hinter dem Schleier war das schon vernutzte
Antlitz des Gottes.

Und mit Sanftmut berechnete Christus seine Worte in dem Wissen,
daß sie beitragen würden zu seiner Aburteilung.

Ich kann, sprach er, den Tempel hier zerstören
und aufs neue erbauen in drei Tagen.

Der Tempel leerte sich jählings in seinen Augen,
segelte wie ein irres Schiff durch das Abenddämmern,
stürzte aus seiner Höhe hinab in eine Zeit,
welche die Opferpriester nicht erahnten
und der Kult nicht gezählt hatte in seinen
nutzlos dröhnenden Takten.
Gebrochen ächzte er in beinernen Fundamenten
und füllte sich mit Rosen aus verwelktem Papier,
mit zerschundenen Echsen,
mit rachgierigen Schatten.

Die gelbe Lästerung
durchlief die Gehörgänge all der steinern Ertaubten.
Und Christus, Menschensohn,
der Zerstörer von Tempeln
(denn kein Stein sollte auf dem
andern bleiben, und nur die
Zeit des Zerstörens zeugt)
schuf seine Wohnstatt in dem
Wort, das nicht sterben kann.
Aus: *El inocente*, 1970.

Fragment XXXV
(VON DER LICHTVOLLEN UNDURCHSICHTIGKEIT DER ZEICHEN)

In der Hieroglyphe gab es einen Vogel, doch man konnte nicht wissen, ob er flog oder festgenagelt war durch eine Lichtachse im leeren Himmel. Jahrhundertelang las ich vergebens das Geschriebene. Gegen Ende meiner Tage, als schon niemand mehr glauben konnte, daß irgend etwas entziffert worden sei, begriff ich, daß der Vogel seinerseits mich las, ohne zu wissen, ob die Figur in der zerbrochenen Hieroglyphe flog oder festgenagelt war durch eine Lichtachse im leeren Himmel.
Aus: *Treinta y siete fragmentos,* in *Punto cero,* 1972.

Huldigung für einen Unbekannten

Die Schrift hatte vergeblich ihr Zeichen versucht. Tagelang wollte sie die Gestalt des Menschen skizzieren, seine Umrisse zusammenfügen, ihn an die Grenze bringen, wo aus der Beschwörung oder dem bloßen Belieben der Wörter die Personen Form annehmen. Aber was konnte sie sagen von ihm? Sie begleitete ihn Tag und Nacht mit der Beharrlichkeit der Erinnerung, die man nicht hat und die uns hat. Erinnerung an was, an wen? Schließlich gab sie auf, wie jemand, der von einer Liebe abläßt, ehe diese sich erfüllt hat, oder wie einer, der sich versinken läßt in der endlosen Dauer des Abschieds. Und sie sagte von ihm das Wenige, was sie wußte. Daß am Fuß des Bettes ein regloser Hund lag. Daß der Mann tot war. Daß möglicherweise niemand seinen Namen kannte. Daß er allein lebte. Daß er seine feuchten Manuskripte in die großen Fenster hängte, damit der Wind der hereinbrechenden Nacht sie trock-

ne. Daß er in unleserlichen Schriftzügen eine Abhandlung über Mathematik der Farben hinterließ, deren Titel lautete: »Von der hartnäckigen Möglichkeit des Lichts«.
Aus: *Interior con figuras*, 1976.

Durchsichtigkeit der Erinnerung

Wie in einem großen, leeren Salon schließlich die Spiegel
alle Gestalten eingesogen haben,
so trinkt in der reglosen Mitte
das nackte Licht alles, was sichtbar ist.
Aus: *Interior con figuras,* 1976.

Verschwinden, Figuren

Ein Bad zu nehmen, ist ein rasches
Allheilmittel gegen das Nichts.

Ich versuche, den Lotos zu bilden oder nur mir zuliebe
die wichtigsten Arkana in Einklang zu bringen.
Alles vergeblich.
Judith ist gekommen, sanft ist sie eingetreten oder
von ihrem Haarschwall aufs Lager geglitten.
Eingedrungen ist sie
durch den Atem wie ein Raubtier.
Sie prüfte den Hauch, und im selben Moment, da dieser von neuem
seinen flüchtigen Lauf beginnt,
enthauptete sie mit einem einzigen Hieb das ehemals mächtige
Geschlecht.

Chrysanthemen legten sie in die kaputte Badewanne.

Unterzutauchen im Wasser,
einzudringen in seine anfangs kaum erträgliche Hitze,
das stoppt die gereizte Wahrnehmung mieser Probleme.

Nehmen wir zum Beispiel das Messer,
die stählerne und kalte
Klinge,

die der Dampf nicht beschlägt.
Sie gelangt bis zum Herzen,
das an ihr nichts weiter gewahrt
als die Möglichkeit eines vollkommenen Gegenstands.

Freilich,
das Zentrum der Meditation ist eine Silbe.

Nehmen wir den Dolch,
nehmen wir den Diamant,
nehmen wir zum Beispiel das Feuer.

Die Offizianten umgaben mit Myrte und Lorbeer die überflutete Badewanne.
Der Körper war noch nicht endgültig vergangen.

Er öffnete sich die Adern,
wählte die Lage des Hauptes,
damit der Schlaf nicht zu plötzlich käme,
und begann, wie früher schon,
übereinstimmende, unwahrscheinliche Wörter zu erproben.

Du bist verstummt, sagten sie uns.

(Der Chor der Tanzenden löste sich auf im Schatten.)
Aus: *Interior con figuras*, 1976.

Vorbeginn

Nicht innehalten.
Und wenn es schon aussieht,
als wärst du untergegangen für immer in den blinden Mäandern
des Lichts, trinken noch in der dunklen Entäußerung,
wo nur die strahlende Sonne der Nacht heraufkommt.

Denn es steht auch geschrieben, daß für den, der aufsteigt
zu dieser Sonne, es kein Halten gibt
und er fortgeht von Beginn zu Beginn
durch Anfänge, die kein Ende haben.
Aus: *Interior con figuras*, 1976.

Nichts blieb

Nichts blieb von der Musik,
nichts außer deinem Körper in der Ruhe,
die der Liebe gefolgt ist.

Nichts auch blieb von der Zeit,
was von dir oder von mir
                    noch gesagt werden könnte.

Aus: *Material memoria*, 1979.

Félix Grande

Geboren am 4. Februar 1937 in Mérida/Estremadura, als Sohn eines Polizisten der Republik, den der Ausgang des Bürgerkriegs arbeitslos machte. Grande verbrachte seine Kindheit und Jugend bis 1957 in der kleinen Stadt Tomelloso, an der Route des Don Quijote. Dort hat er, der nur die Volksschule besuchen konnte, die verschiedensten Berufe ausgeübt, vom Hirtenjungen bis zum Verkäufer in einem Kurzwarengeschäft. Félix Grande und JOAN BROSSA sind die einzigen Autoren dieser Anthologie, die keine höhere Schule besucht haben. Wie viele junge Schriftsteller, die kaum veröffentlicht hatten, zieht er mit zwanzig Jahren nach Madrid. Dort tritt er 1961 in die Redaktion von CUADERNOS HISPANO AMERICANOS ein, der Zeitschrift, deren stellvertretender Direktor er jetzt ist und die seit 1948 den kulturellen Austausch zwischen Spanien und Hispanoamerika pflegt. Von daher rührt der Einfluß, den Schriftsteller wie César Vallejo, Cardenal oder Cortázar auf sein Werk ausüben (wobei sich Grande selbst als »Machadianer« sieht). Antonio Machado ist auch das hier gedruckte Gedicht »Sich hier setzen« gewidmet, das einem Buch des »Maestro« entstammen könnte. Obwohl er sich in verschiedenen literarischen Gattungen versucht hat, ist er vor allem Lyriker. Hier ist er äußerst erfolgreich, wie etwa der »Casa de las Américas«-Preis (Havanna) von 1967 zeigt. Félix Grande ist ein engagierter Dichter, der nicht nur auf das spanische Umfeld beschränkt bleibt, sondern auch die internationale Politik aufgreift. Hierin stimmt er mit engagierten Schriftstellern vor allem aus Lateinamerika überein. Seine Lyrik ist in ihrer Ausdrucksform episch, wie sie normalerweise den spanischen sozialen Dichter kennzeichnet. Félix Grande ist bedeutender Literaturkritiker und hat zur neueren spanischen Lyrik und einigen ihrer Vertreter mit unentbehrlichen Interpretationen beigetragen. Die »Wiederentdeckung« ORYS ist seiner Aufmerksamkeit zu verdanken. Er ist mit der Lyrikerin Francisca Aguirre verheiratet.

Werke

Las piedras, Adonais, Madrid 1964 (Lyrik) – *Música amenazada*, El Bardo, Barcelona 1966 (Lyrik) – *Blanco Spirituals*, Casa de las Américas, Havanna 1967 (Lyrik) – *Por ejemplo, doscientas*, Ciencia Nueva, Madrid 1968 (Erzählungen) – *Occidente, ficciones, yo*, Cuadernos para el Diálogo, Madrid 1968 (Essay) – *Apuntes sobre poesía española*, Taurus, Madrid 1970 (Essay) – *Biografía*, Seix Barral, Barcelona 1971 (Lyriksammlung) – *Taranto (Homenaje e César Vallejo)*, Carlos Milla, Lima 1971 (Lyrik) – *Años*, Editora Nacional, Madrid 1975 (Lyriksammlung) – *Parábolas*, Júcar, Madrid 1975 (Erzählungen) – *Mi música es para esta gente*, Seminarios y Ediciones, Madrid 1975 (Essays) – *Biografía*, Seix Barral, Barcelona 1977 (Lyriksammlung, 2. erweiterte Ausgabe der von 1971) – *En secreto*, El Albatros, Madrid 1978 (Lyrik) – *Las rubáiyátas de Horacio Martín*, El Bardo, Barcelona 1978 (Lyrik) – *Memoria del flamenco*, Espasa-Calpe, Madrid 1979 (Essay, 2 Bände) – *Las calles*, Ambito literario, Barcelona 1980 (Novelle) – *Lugar siniestro este mundo, caballeros*, Legasa, Madrid 1980 (Erzählungen).

Die Übersetzerin

Michi Strausfeld, geb. 1945 in Recklinghausen, Studium der Anglistik, Romanistik und Hispanistik, Promotion (»Aspekte des neuen lateinamerikanischen Romans und ein Modell: *Hundert Jahre Einsamkeit* (García Márquez)«). Längere Lateinamerika-Aufenthalte, lebt in Barcelona. Veröffentlichungen zu lateinamerikanischer Literatur, freie Mitarbeiterin und Beraterin eines deutschen Verlags.

Besuch

Mit wieviel Zweien bin ich ach so allein!

Wenn ich diese wehrlosen Fotos betrachte
überschlägt sich die Zeit, fällt, auf dem Boden
seufzt sie und blickt mich sanft an, um Rast bittend.

Dem Gedächtnis sind lange und liebevolle Rinderzungen gewachsen
und damit schlabbert es in den zerknautschten Pappkartons,
ärmliche Krippen, die zum Fasten einladen.

Und wie hungrig die Bilder sind,
und welche Geduld in ihrem Reiche herrschen wird
damit sie ihre Rahmen nicht wechseln und mich böswilligen Verlassens
beschuldigen
und mich in den vier Kanten des Vergessens einsperren,
stehenden Fußes umherschlendernd, wie sie.

Wenn ich denke, sie alle sind mein Bin gewesen;
daß einer mit den Jahren so zahlreich wird
und so sehr einer Tag für Tag, Nacht;
daß die Verwaisung vierundzwanzig Stunden sind!

Verschiedene Weinlesen
habe ich eingebracht: alle mit zwei Augen;
sie schauen mich an bis ich voll-
trunken bin, und mit der gleichen
Hand, mit der ich sie über den Tisch verteilt habe,
streichele ich meine Stirn
und versuche meinen Rausch abzuhorchen, sonst könnte
ich jetzt vielleicht keinen Schritt mehr nach vorn setzen
oder könnte in Vorwegnahme künftiger Esse hinfallen
um auszuruhen.
Aus: *Taranto*, 1961.

Sich hier setzen

Sich hierhersetzen, diese Stunde
des Nachmittags, der abdankt.

Fühlen, daß sich die Distanz einfügt
in das Bewußtsein und dort auf ewig
läutet.

Betrachten.
Dieses so tiefe Amt heute erfüllen:
betrachten, die Welt betrachten,
sie denken, sie lieben, lieben, denken, lieben.

Den Hügel sehen, ihn gut sehen.
Den Berg,
den Weg, die Erde, den Ginster:
sehen ... Die Lehre des Horizonts sehen:
ihr Flammenlächeln.
Was macht den Nachmittag leuchten? Der alte Pulsschlag
der Zeit? Die Stunde aus Gold? Die leidenschaftliche Freundschaft
des Lichtes und der Ulmen? Der fast schon erdige Impuls
des Blicks?
Den Boden des Altes berühren; die Glut
des Seins neben dem Nichtsein.

Die strenge Leidenschaft des Gipfels sehen.
Gerührt sein, ja: betrachten und sehen.
Gerührt sein angesichts dessen, was so kurz ist
und was man so sehr liebt.

An den Maestro hier denken, vor dem heiteren
Schnee des heiteren Guadarrama.
Aus: *Las piedras*, 1964.

Kindheitserinnerung

Heute brachte die Zeitung Blut wie üblich
es kam geflossen wie aus der Luftröhre eines
geschlachteten Kalbes
ich habe Kälbchen Ziegen Kühe während der Keulung gesehen

unter dem Loch im Hals füllt sich ein Steintopf mit
Blut
die Tiere zucken immer schwächer
plötzlich atmen sie nicht mehr durch die Nase nicht mehr durch
den Mund
sondern durch das Loch, vom Messer in die Luftröhre geschnitten
bei jedem neuen Atemzug steigen Blasen auf
oft scheint es als seien sie schon ganz tot
und dennoch regen sie sich sanft einzweimal
ihre Augen sehen schon nicht mehr haben eine Art Nebel
ein Vorhängchen aus unbestimmter Farbe die an Asche
erinnert
dann reckt sich der Schlächter mit den befleckten Händen
und beginnt den Tierkadaver abzubalgen und zu zerstückeln
ihn später zu wiegen portionsweise zu verkaufen sein
Geschäft zu machen

heute brachte die Zeitung Blut genau wie an anderen Tagen
vielleicht ein paar Todesröcheln mehr als gewöhnlich
aber wie soll man das wissen es gibt Länder die nicht spezifizieren
zum Beispiel macht das Außenministerium seine Verlustzahlen nicht
bekannt
fügt bloß Beinamen hinzu
unbedeutende Verluste leichte Verluste bescheidene Verluste

heute brachte die Zeitung Blut in beträchtlicher Menge
und während ich geduldig besonnen den Versuch
der Rechtfertigung dieser subtil ausgedrückten Verwüstungen lese
erinnere ich mich an die Kühe Ziegen Kälbchen den großen Steintopf
auf dem Boden
und ich erinnere mich stelle mir vor denke daß ein paar Metzger
weiterhin schlachten zerstückeln auf ihren Waagen wiegen
ihr Geschäft mit diesen armen geschlachteten Tieren machen.
Aus: *Blanco spirituals*, 1967.

Mitfühlendes Haar

Die Musik kratzt mir leicht in den Knochen
sie reibt sich an den Knochen mit einer Handvoll trockener Blätter
zerkrümelt trockene Blätter wie winzigkleine Schals
hüllt mein Kalzium mit Novemberstaub ein
und mit der Faser der Jahre dieser so vertrauten Webkette
aus Landschaften und Regen und Menschen was ich mein Herz nenne

die Musik haut mir auf den Schädel streift meine Ellen
trommelt ihren sanften Hurrikan gegen das strenge Skelett das mich aufrechthält
drückt sich fest an mein Gerüst verliert keine Zeit
flüchtig ist das Leben und unersetzbar die Musik weiß das
deshalb greift sie an sickert durch lotet aus und tappt nach innen vor
und der Phosphatturm hält sich an der kärglichen Dauer
man möchte sagen sie kommt wie eine verletzte und schwangere Hündin
und drückt sich an etwas das ihre tierische Zärtlichkeit nicht zurückweist
man möchte sagen sie braucht vor allem eine freiwillige Liebkosung
eine Liebkosung ohne Rache ohne Arglist eine Notwendigkeit
deshalb geht sie zum Fundament des Lebens der Ort wo die Furcht
das Gefühl nicht mehr einengt nicht mehr pervertiert einfach nichts ist
und dort legt sie Berufung ein mit ihrem mitfühlenden Haar

die Musik ist verwaist ausgehungert so uralt
ihre große Zunge allein auf der Welt umherirrend in der Welt
sie nähert sich den Knochen Dokument unseres Ruins
und liest zitternd kurzsichtig langsam ganz aus der Nähe
die Musik breitet sich aus im Schicksal deckt es zu
leckt seine riesige Narbe seinen Steilhang
und rührt um so mehr wenn sie sich umzingelt weiß und drückt
drückt sich gegen den Knochen sie tritt auf sie tritt auf:
sie rührt die Erkenntnis!

die Musik ist der dünne Liebesborn
die feingebaute Galerie den Bauch der Geschichte durchquerend
sie streift auch das Skelett der Geschichte
berührt dieses kosmische Skelett mit ihrer Hand ihrer Webkette
aus Landschaften und Regen und Menschen tränkt Geschichte
mit Geschichte

ich bewundere die Musiker diese mächtigen Koffer ungemein
weil sie auf so außerordentliche Weise verstehen nicht verrückt zu
werden
weil sie eine tiefe verständliche Sprache schaffen
wie die des Blicks der Hilfe der Achtung
diese Nabelsprache o du unendliche und unerwartete Musik
eine Sprache mit der die Knochen der Menschen
sich die Trauer und die Freundschaft ihrer umherwandernden
Phosphate senden

Aus: *Blanco spirituals*, 1967.

Unvergängliche Todessonate

Seit vielen Jahren pflegt er mich nachts zu besuchen. Wie soll ich wissen woher er kommt. Wenn er im All existiert, am anderen Ende der Teleskope und der armseligen Vernunft, in einer Gegend, aus der das Leid sternfern und rätselhaft auftaucht, um über die schutzlosen Gestirne hinweg vorwärts zu schreiten: kommt mein allmächtiger Besucher dorther? Sicher weiß ich nur das Eine: diese Trostlosigkeit ist von mehr Wildheit und Weite geschaffen als von meinem dürftigen Leben. Manisch pflege ich seine Anwesenheit mit dem bescheidenen Schlafmittel oder mit dem monotonen Hin und Herlaufen im ausgemergelten Korridor meiner Wohnung zu bekämpfen; oder mit einem Aderlaß von Wörtern, die von Trauer oder Furcht verzerrt sind. Aber es ist nutzlos, wie nicht zu sterben. Er kommt und kommt wieder, beißt ein wenig mehr am Fundament meines Bewußtseins, zwickt meine täglichen Vorhaben sanft an der Gurgel und gießt in meinem Herzen die ruchlose Musik des Todes aus, die ruchlose Musik der Vorfahren meiner unbekannten Urgroßeltern, die ruchlose Musik aller meiner gefühllosen Erben. Hunderttausende ferner Rohrflöten interpretieren die Musik des Verlassenseins am Fuß meines Bettes, wo ich in diesen geheimnisvollen Stunden wohne. Manchmal frage ich mich, wie feierlich und melodisch und unerhört das Konzert sein mag, wenn ich sterbe; alle Violoncelli und Gitarren, alle Spinetts, Oboen, Klavichorde und viele und süßeste Frauenstimmen in einem majestätischen Hymnus, der sich so übersetzen ließe: Im Ozean des Lebens und der Zeit weißt du, menschliche Kreatur, nicht eine einzige Sache, die dir für die Unvergänglichkeit nützen würde, existierst du unvergänglich wenige Jahre vor deinem Verfall.

Endlich habe ich den wahren Namen für die Schlaflosigkeit gefunden. Die Jahrhunderte gehen dahin wie zahme Ochsen, die Ereignisse wie Pferde mit von Schnelligkeit steifer Mähne. Die grauen Haare haben es mit einer systematischen und geheimen Multiplikation zu tun. Mein Vater geht dort hin, wo der seine auf ihn wartet. Alle, die ich kenne, alle, die ich liebe, gehen dahin. Die Art, der ich angehöre, zieht vorbei. Alles geschieht schweigend. Wir sind die trägen Straßenräuber, die die Mythen, die Religionen und die Geschichte erfinden, die Sprache und die Drogen und die Liebe, nur weil wir wissen, daß wir sterben werden. Jetzt weiß ich, daß eine Umarmung in der Tiefe eine kleine Geige des Schreckens, eine Gebärmutter der Bestürzung mit sich führt. Und mitten in der Nacht, einige Schritte von den alten und einige Schritte von unseren zukünftigen Archäologen entfernt, setzen wir uns auf die Decken, starr vor Bestürzung und Gefühl. Und etwas Ungeheures und Kosmisches streichelt uns ein wenig über das trunkene Haupt, bevor wir Zeit finden, wie verrückt nach dem Lichtschalter zu greifen.
Aus: *Biografía*, 1971.

Eine andere Gestalt der Schlaflosigkeit

Mein höchst frenetisches, rätselhaftes und geballtes Leben spielt sich heute in diesen langsamen und wie das Meer stolzen Stunden ab, so lautlos wie ein schwarzer Faden, und ich bezeichne sie mit dem armen Namen Schlaflosigkeit. Besessen, von Pillen und Ärzten unterstützt, von plumpen Ratschlägen und einem trüben sterilen Groll habe ich jahrelang gegen die spärliche Tobsucht dieser Nachtwache gekämpft, ohne sehen zu wollen, daß meine Einsamkeit durch sie in eine Art makabres Glück verwandelt wurde. Denn diese Morgenstunden, von Schweigen und Wahrheit fast zerborsten, geben mir im Tausch für ein paar Krümel Gesundheit vieles: sie bringen Namen und Namensphantome, sie nähern mich der Brustwarze, an der ich den seltenen Saft trinke, notwendig zu lieben, und ich werde satt; sie bringen mir meine Furcht am Halfterstrick, sie kommt beinahe nachdenklich näher, mit dem Kopf nickend wie das Pferd des Winters; sie bringen mir den Taumel der Zeit, ungewohnt und ohne einen einzigen Beinamen; sie bringen mir einen Ruck von Distanz, angepickt von Galaxien und Fragen; sie bringen mir omeingott Weizen ohne Brot, zerbrochene Kämme, abgerissene Knöpfe, seismische Wünsche und wirbelnden Kummer; sie bringen mir das Gesicht meiner ganzen Erinnerung, vollgestopft

wie eine Landkarte und von Vorahnungen verletzt. Sie bringen mir meine endgültige und brennende Umarmung mit dem Universum.
Ich schaue dann meine Füße und meine Knie an, mein Geschlecht und meine Knorpel, ich schaue diese brüderliche Sterbemaschine von oben bis unten an. Und ich erinnere mich an die Betten, in denen ich ergriffen und wild die Welt gefeiert habe, an die Worte der Liebe oder der Dankbarkeit, die ich sagte oder hörte, wie feierliche Barrikaden gegen das Heer des Verfalls, und ich erinnere mich an Körper und Jahre und sehe, daß alles wundervoll war wie eine Freundschaft, unbrauchbar wie eine Maske. Aber was suchte ich, was konnte ich bewahren, was verdiente ich?
Die tiefen Stunden treten mir ins Bewußtsein und verwandeln mir den Übergang qualvoll und generös in eine Lawine der Wahrnehmung: und es scheint, als ob dem Schrecken Scharniere wüchsen, um sich selber zu halten, als ob die Entbehrungen die Umrisse ihrer Schlucht zu erkennen gäben, als ob das Ungestüm der Hoffnung abklänge, als ob die Resignation vermodere, als ob sich die Liebe entblöße und ihre naive Pustel der Nächstenliebe zeige. Und alles bevölkert sich mit Schritten, Profilen und Gegenlichtern, mit Formen und Resonanzen, mit feuchten Silben, mit unverständlichen Begegnungen, und eine unbezeichbare Harmonie voller Duft und Schwefel kommt plötzlich auf; und alles ist natürlich und düster und pervers und ergreifend.

Später, nach dieser geheimnisvollen Ernte, deren Ähre und Sichel und Spreu und Stoppel ich bin, völlig erschöpft von der maßlosen Kohärenz, säubere ich gewöhnlich die Ikone der Nüchternheit, und die ganze Süchtigkeit, und schlafe ein, während das Leben weiter auf mein Herz tröpfelt, pausenlos. Und ein Blatt Kälte dringt durch die Spalten meines Schlafzimmers.

Ein blankes, dunkles Blatt Papier.
Aus: *Biografía*, 1971.

Unvergleichliche Namensspenderin

Du bist geheimnisvoll und schön
genau wie das Wort Ursprung

du bist wunderbar und rund
genau wie das Wort Fülle

du bist machtvoll und schnell
genau wie das Wort Energie

du bist schlüpfrig und sonnig
genau wie das Wort Sommer

Du bist die tiefe Sprache
Mit dir hat alles einen Namen.
Aus: *Las Rubáiyátas de Horacio Martín*, 1978.

Al-Andalus wird unser Zeuge sein

Wer feige
und wie ein unreines Tier
dich sehen lassen will, daß es nicht möglich ist,
ihn wirst du zuerst schmähen
und dazu die schrecklichsten Worte
verwenden die je erklungen sind
vom heiligen Euphrat
bis zu diesem Córdoba, vom Araber
geehrt mit seiner Kasside
und gerührt von seiner Verbannung

und später, boreal,
streichst du Datteln und Honig auf deine Stimme
die Augen voll von schläfrigen Schlangen
sanft, höflich, aber ohne zu zögern
antwortest du ihm schließlich als ob du
von den Brustspitzen herab reden würdest
ja, ja er ist möglich
dieser schon alte erhabene Tod:
leiden und sich verzehren und vor Liebe zerspringen.

Sag ihm das in meinem Namen
und kehre ihm den Rücken zu.

Und möge uns das Kismet geneigt sein
Aus: *Las Rubáiyátas de Horacio Martín*, 1978.

Pere Gimferrer

Geboren 1945 in Barcelona. Er studierte mehrere Semester Jura und schloß ein Philologiestudium ab. Von Jugend an hat er großes Interesse für Literatur, ebenso für Film und Jazz. Er ist ein unersättlicher Leser, was sich später in Form von Zitaten und Montagen in seinem Werk niederschlägt. Mit 18 Jahren publiziert er seinen ersten Lyrikband. Die ersten drei Bücher schreibt er in spanischer Sprache, die er meisterhaft beherrscht. Für das weitere, katalanisch geschriebene Werk gilt das gleiche; er schreibt fortan auf katalanisch und übersetzt sich selbst ins Spanische. Für *Arde el mar* (1966) erhält der Einundzwanzigjährige den Nationalpreis für Literatur (Lyrik). Die endgültige Anerkennung erreicht er durch die Aufnahme in die bereits erwähnte Anthologie *Nueve novísimos* von Castellet (1970). Damals fand auch seine »Konversion ... zum heiligen Bereich des Katalanischen« statt. Pere (vorher Pedro) Gimferrer schreibt heute nur noch selten spanisch, und das auch nur in seiner Eigenschaft als Literatur- und Kunstkritiker; ein Bereich, in dem er große Bedeutung erlangt hat. Zur Zeit ist er als literarischer Berater im Verlagswesen tätig. Gimferrer interessiert sich nicht, ebensowenig wie die übrigen »novísimos«, für die spanische Literatur der 60er Jahre. Castallet findet bei den Teilnehmern der Anthologie eine Abneigung gegen alles Spanische. Als literarische Vorbilder erkennt Gimferrer neben der spanischen Dichtergeneration von 1927 und einigen lateinamerikanischen Autoren (allen voran Octavio Paz) Saint-John Perse, Eliot, Pound, die französischen Surrealisten und die großen nichtspanischen Romanciers von Kafka bis Faulkner an. Aus diesen Einflüssen sowie der Hinwendung zum amerikanischen Film der dreißiger und vierziger Jahre und einem großen musikalischen Einfühlungsvermögen heraus wird er zum Wegebereiter einer »Venetianismus« (auch »Kulturalismus« und »magischer Rhetorizismus«) genannten Richtung der »novísimos«, die eine große Wirkung auf die nachfolgenden Dichter ausübt (CARNERO, COLINAS, Frontín, Azúa, Cuenca, Jover, Villena etc.). Das barocke Szenarium des »Venetianismus« mit alten und modernen Mythen (von Semiramis bis Jean Harlow) ist nichts anderes als eine neue Ausformung dessen, was Gustav Siebenmann als »Ballast der oratorischen Tradition« in der spanischen Literatur bezeichnet. Mit der Zeit reduziert Gimferrer dieses Instrumentarium auf das Wesentliche und ist so fähig, ein Buch wie *L'espai desert* (*Der öde Raum*, 1977) zu schreiben.

Werke (in Spanisch)

El mensaje del Tetrarca, De trigo y voz provisto, Barcelona 1963 (Lyrik) – *Arde el mar*, El Bardo, Barcelona 1966 (Lyrik) – *Tres poemas*, El Guadalhorce, Málaga 1967 (Lyrik) – *La muerte en Beverly Hills*, El Bardo, Madrid 1968 (Lyrik) – *Poemas 1963–1969*, Ocnos, Barcelona 1970 (Lyriksammlung) – *Poesía 1970–1977* (zweisprachige Ausgabe – Spanisch und Katalanisch –, beide Fassungen vom Autor), Visor, Madrid 1978 (Lyriksammlung).

Übersetzt von *Fritz Vogelgsang* (siehe S. 250).

Ode an Venedig vor dem Meer der Theater

die falschen Becher, das Gift und der Totenschädel
der Theater.

GARCÍA LORCA

Das Meer hat seine Mechanik wie die Liebe Symbole.
Mit welch wimmelndem Eifer hebt sich ein roter Vorhang,
und auf noch leerer Bühne der Mündung hier ertönt
ein Geraschel von Statuen, Lilienblättern, Krummsäbeln
und Tauben, die herabkommen und sanft sich niederlassen.
Mit Halstüchern ein grünliches Schachbrett zusammensetzen.
Der Rost auf meiner Wange erinnert an Vergangenes,
und ein Tropfen von Blei brodelt in meiner Brust.
Ich tat die Hand aufs Herz, und das Uhrwerk bestätigte
den wahren Sinn der Wolken, ihrer froststarren Segel.
Eine Brise erhebt sich, seiltänzerische Rosen
auf dem Lichtbogen jener Nacht in Venedig damals,
in jenem Jahre meiner lang verlorenen Jugend,
Marmor, wie Pound schon wahrnahm, im Zollamt La Dogana,
und eines Sarges Masse auf den engen Kanälen.
Geht weiter, noch viel weiter, tief inmitten der Nacht,
auf dem Gobelin des Dogen, eingewobene Schatten,
Fürsten und Nereiden, welche die Zeit zerstörte.
Und wie rein doch ein nackter, noch jugendlicher Toter
in den endlosen Sälen des dämmernden Erinnerns.
War ich hier? Soll ich glauben, daß ich dieser gewesen,
und er das Leiden war, das mir die Haut durchbohrte?
Wie zart ich damals war, und weshalb? Ist er wirklicher,
Flocken, die ihr verweilt in dem verschneiten Park,
er, der heut eure Liebe aufnimmt mit dem Gesicht,
oder der in Venedig damals an Schönheit starb?
Lebende Steine reden von währendem Erinnern.
Wie die Ader beharrlich den Bluttransport betreibt,
wie das geht, kommt und neu sich aufschwingt zum Planeten
und so das Leben weitet in stetig stillem Walkwerk,
bekräftigt sich in mir das Einst im vagen Jetzt.
So viel hab ich geschrieben, damals so viel. Ich weiß nicht,

ob es der Mühe wert war oder wert ist. Du, die du
gewisser machst mein Leben, und ihr, die ihr in meinem
Vers eine fremde Sphäre hört, kennt die Art oder Kunst.
Sag's also, oder sagt es, und belügt vielleicht sanft
meine eigene Trauer. Nacht, die Nacht in Venedig,
fünf Jahre mag es her sein. Wie so fern schon? Ich bin
der, der ich damals war, kann mich straffen, verletzen
lassen durch reine Schönheit, wie damals, eine Geige,
welche die Luft der Sommernacht in zwei Hälften zerschneidet,
wenn die Welt nicht mehr aushält ihr eigenes Verlangen,
schön zu sein. Ja, ich weinte, auf den Balkon gestützt,
wie in einem erbärmlichen romantischen Gedicht,
und die Luft brachte Schwaden von blauem Rauch und Kampfer.
Durch die Alkoven glitt, unterm feuchten Granit,
ein Erzengel, ein Weidenbaum oder Schwan oder Flammenroß,
von allerhöchsten Mächten in meinen Traum gesandt.
Ich weinte, weinte, weinte.
Und wie nur konnte er so schön sein und so traurig?
Wasser, kalter Rubin und satanische Klarheit
ritzten mir in mein Fleisch eine Lichttätowierung.
Eisige Nacht, glutheiße Nacht, Nacht, die meine ist,
als ob ich heut sie erlebte. Schmerzlich ist es und süß,
hinter sich wissen jenes Venedig, wo wir alle,
uns zur Strafe und Sühne, irgendwann jung gewesen,
und heut uns selbst verfolgen durch all die leeren Säle.
in einem Rundritt, aufgelöst vom Spiegel, der mit seinem
Double die Wirklichkeit dieses Gedichtes leugnet.
Aus: *Arde el mar*, 1966.

Kleines, trauriges Rotkehlchen

Oscar Wilde trug
eine Gardenie im Schnabel.
Graue Farbe, Malvenfarbe auf den Steinen und im Gesicht,
dazu Kieselblau in den Augen, Efeu
an den vornehmen Krallen, ebenholzschwarzer Hartgummi an den Lenden der Faune.
Geht nicht hinaus in den Garten: es regnet, und die Tatzen
der Löwen kratzen am Maschendraht des Zoos.
Elisabeth starb, und war blaß,
in einer Nacht wie dieser.

Man hat Weisung gegeben, zu weinen über das fruchtlose Gebrüll der Klippen.
Döst eine Violine? Ein paar Kamelien?
Und jener rosige Pyjama aufrecht im Regen.
Aus: *Arde el mar*, 1966.

Ich muß wohl als Verrückter erscheinen

Ich muß wohl als Verrückter erscheinen, wenn ich so allein in die Hände klatsche und lauthals singe in diesem Hotelzimmer.

Mit einem harschen Bremsen hat ein Wagen gestoppt, übergossen von Licht und Silberglanz.

Das Lächeln von Jean Harlow! Der Bungalow in der Frühe und das glitzernde Meer.

Musik für die ganze vergessene Jahreszeit der Sehnsucht. Palmen, kreisendes Leuchten des Strandes, der aufflammt

allein für deine Augen hinter Rauchglas.
Schau mich nicht länger an, Nemesis!

Ich kenne schon deine rotbemalten Nägel, das bezaubernde Oval deines Gesichts, dein Lächeln, pastos und feucht wie das einer *nymphette*,
diese schwarzen Kleider, diese Trikots, deine Handschuhe, bis hinauf zu den Ellbogen, den Spitzenbesatz auf den Brüsten,

diesen Rücken, der bebt und pulsiert wie eine Quecksilbersäule.

Wenn es Tag wird, finden sie mich tot und werden Charlie Chan rufen.

Die Hölle und das Paradies sind hier. Ich ziehe die Vorhänge auf, zerschlitze mit zitternder Hand das Muster aus Blumen und Pelikanen.

Dein Körper wie ein strahlender, goldener Saurier in der Badewanne. Deine Augen lächeln mich an.

Meine Seele ist ein Junge, der unermüdlich die Molen betrachtet.

Das Wasser schlägt dumpf gegen den Damm. Dunkle Nacht voller Motoren und Untiefen.

Ein toter Ausländer auf der Terrasse einer Bar vor einem bernsteingelben Glas mit Kirsch. Rote und blaue Blüten auf seinem Sommerhemd.

Aus: *La muerte en Beverly Hills*, 1968.

Hinterhalte

Poetry is the subject of the poem.
WALLACE STEVENS

Man sagt, Apollinaire habe, wenn er schrieb,
Gesprächsfetzen zusammengefügt,
die er aufschnappte in den Cafés am Montmartre: kubistische
Perspektiven, wie die Zeitungsschnipsel von Juan Gris,
Hinterhalte
wo der Hintergrund deutlicher ist als die Zentralfigur,
die im Vordergrund steht, etwas deformiert, ganz reduziert auf Winkel und Spiralen – die Farben sind lebendiger in den hohen Fenstern der Dämmerung: ein metallisches Klirren
in der Hütte der Kindheit – davon sprach Hölderlin,
und es waren Salons: Hauslehrer, rote Damastdecken, der venezianische Spiegel,
Wozu Dichter in dürftiger Zeit, und Goethe würde an Schiller schreiben, daß dessen junger Freund,
obschon noch ein wenig ängstlich und mit dem natürlichen Mangel an Erfahrung
(alles, die ganze Tonart des Briefes, läßt die wohlwollende Geringschätzung des Älteren gegenüber der Dichtung eines Jungen durchscheinen: er selbst hatte schon Verse geschrieben und – so dünkte ihn – viel klarere oder bessere, oder zumindest mit jenem Klassizismus, der ihren Fortbestand garantieren würde),
denn die klassische Kunst wird für immer bestehen: Hölderlin, in seinen letzten Jahren, schrieb sehr respektvoll
an seine Mutter, mit den Formeln, die er als Kind erlernt hatte,
und bat sie bloß um Unterhosen, ein paar geflickte Socken, um kleine und naheliegende Dinge,
wie die Dinge Rimbauds in Abessinien oder im Spital
– *Que je suis donc devenu malheureux!* –

und so enden die Dichter: verwundet, gedemütigt, lebendige Tote,
und darum nennen wir sie Dichter.
Wirklich? Die Kreuzigung von manchen ist vielleicht nur ein Zeichen,
und die Ausgeglichenheit von anderen ist ihre Größe und ihr Tod,
und das Phosphoreszieren von Yeats (Byzanz, wie ein Gong in der
Dämmerung) der Preis, den wir bezahlen
für den, dessen Name ins Wasser geschrieben war.
Denn irgendeinen Preis muß man bezahlen, dessen könnt ihr sicher
sein:
Eurydike liegt noch tot
auf den Stromschaltern und im Blau eines Raumes, der so behaglich ist
wie das Gehäuse eines Mahagoniklaviers.
Die Welt von Orpheus ist die von hinter den Spiegeln: der Sturz von
Orpheus,
wie die Rückkehr von Eurydike aus der Unterwelt, die Fahrräder, die
jungen Kerle, die vom Tennisspiel kamen und *chewing gum* kauten,
gebräunte Schultern, goldene Körper – schlank –, die jungen Mädchen
mit roten Söckchen und mit Augen so blau wie die Adria, Gin mit
Orange trinkend,
Mädchen, die nackt gebadet haben in den Romanen von Pavese und die
wir Topolino-Gören nannten
(ich weiß nicht, ob ihr den Topolino gekannt habt: es war ein Wagen,
der in den *happy forties* groß in Mode war).
Aber jetzt bin ich schon älter – von alt zu reden, wäre ungenau –,
aber die Farbe des Gin mit Orange
où sont où sont the dreams that money can buy?

II

Dieses Gedicht ist
eine Folge von Hinterhalten: für den
Leser und für den
Fahnenkorrektor
und für
den Herausgeber von Poesie.
Das heißt:
nicht mal mir selber ist gesagt worden,
was hinter den Hinterhalten ist, denn
das hieße: mir das Webmuster
des Wandteppichs sagen, und das ist,
wie schon James uns gelehrt hat,
nicht möglich.
Aus: *Els miralls*, 1970.

OP. 98

Der Verzicht aufs wirkliche Leben,
ausgedrückt im ersten Satz, den die Streichinstrumente beginnen
mit großer Präzision: Für Brahms, als er fünfzig war,
ging es im wesentlichen darum, gelassen zu sein.
Ein Geigenbogen – würde das der Einsturz sein
der sichtbaren Welt? Die einfache Wahrheit ist:
Er strebt nicht danach, das Unaussprechliche zu sagen; auch keine
  Ideen wird er ausdrücken;
die Unsicherheit, falls vorhanden, wird den Gang der Darbietung
  nicht durcheinanderbringen; irgendwelche aktive
Teilnahme des Publikums wird nicht verlangt. Es ist eine Darstellung
nicht des Schmerzes an sich, sondern einer Erfahrung
des Schmerzes. Die Dichtung ist jetzt unpersönlich.
Daher die kühle Skala der Blautöne, die leeren Räume,
jene Durchblicke, die dem Auge entschwinden,
die Kälte im Vortrag. Die Worte sind nicht: sie bezeichnen. Nichts von
  Wundertätertum.
Der Bursche von einst – wer erinnert sich noch an ihn? Es ist eine
  Wahrheit von gänzlich anderer Art: fern, aber unabänderlich,
wie das Kreisen der Gestirne im Blau des Auges.
                                        Wenn die Kunst
nicht die Gefühle anruft, nicht die logischen Kräfte,
nicht das irrationale Feuer, so bezeichnet sie ein unmittelbares
  Faktum.
War es also dies? Eine Regung, ähnlich
dem letzten Wort von Rimbaud oder Ducasse?
Gehört sie derselben Ordnung an? Die Zerstörung der Kunst,
die Errichtung der Kunst – sind sie ein und derselbe Weg?
Wenn die Kunst sich selber aufhebt, wenn sie durchsichtig wird
und das ist, was sie sagt, und nur sagt, was sie ist,
wenn sie offenkundig geworden ist und darlegend zugleich – das Licht,
dem es genügt, Licht zu sein – warum, noch einmal, überrascht es uns,
versehrt uns, fordert uns – wird wieder zur Kunst? Hat sich der Kreis
geschlossen in umgekehrter Richtung, und die Musik
stellt so das Schweigen wieder her, und die Malerei die Leere,
  – und das Wort
die blanke, bloße Fläche?
Aus: *Els miralls*, 1970.

Die Grube des Seins

Die Grube des Seins. Immer dieselben
Wörter, mit dem Geklimper falschen Metalls
oder dem Strohfeuer, mit der vorgespiegelten
Helle von Klempnerkram, weiß und gespenstisch,
als ob ein weiteres Mal die schon gedrehte Szene
wiederholt würde, die Straßen
mit Gaslicht, ein Postkartenbild von London
in der Morgendämmerung, all dies ein einziges Rätsel
wie dein Bauch, die Wurzelschwärze
des Venusberges, die Höhle des Blitzes,
der einen Schwefelgeschmack auf unseren Lippen hinterläßt,
Flammenfisch in einer Nacht voller Gischt.
Wir werden uns finden auf dem Grund der Grube des Seins,
dem Fundament der stofflichen Welt,
in einem unumschränkten Raum, der Tiefe
der Finsternis, wenn der Sehnerv
keine Stille kennt, Bläue aus Schwingungen.
Die sprühende Nacht versengt uns die Augen.
Mit den Funken fallen die Bilder der Zeit.
Es bebt nicht diese Welt ohne Helligkeit oder Tastgefühl,
die stickige Luft und der Kohlenstaub.
Ein dunkles Papier breitet sich aus im mineralischen Raum.
Weder der Wind noch die Wörter noch das Licht
in dieser Grube, nicht die Dunkelheit: die Abwesenheit
alles sichtbar Gegebenen, als ob das Dachwerk
sich der Kälte geöffnet hätte, und der Raum dem Raum.
Der Raum saugt den Raum aus und läßt ihn bersten:
die Grube des Seins öffnet sich zur Entleerung.
Das totale Wehen, die Leere, die weht
und die Sinne reinigt, die nackte Höhlung,
die Tiefe der Ausströmung.
Wir sagen: die Grube; sagen: der unbesetzte Ort des Seins.
Ein weißliches Wasser, verschluckt vom Rauch.
Wir werden zurückkehren zur Nacht, zu der rußigen Postkarte
mit den Bleifarben einer fahlen Morgenfrühe,
den Sonnenflecken, kühl in einer dumpfen Helle,
in den Wassern des Flusses, zu den Brücken aus Dunkelheit,
zu der Glocke des Herbstes aus geschmolzenem Licht,
diesen Straßen, die wir vormals erlebten in einer gasigen
Szene, wie eine Verdoppelung unserer wirklichen Zeit,
und wieder werden wir sehen den grünen Seidenhandschuh

auf dem Gold der Türe jener toten Karosse,
die Perlen auf dem Turban der Göttin
und das Lackgefunkel der Nacht in den Hotels:
Es ist eine Lithographie
auf einem Papier, das in Fetzen geht, langsam
wie die Blätter, die fallen in einem Traum.
Es gibt keinen Übergang: wir öffnen die Augen
im dunklen Zimmer. Es schlagen
Flügel von Vögeln in der Schwärze. Ist es jetzt,
daß wir träumen? Die sichtbare Welt nimmt zu,
ahnend erfaßt, im Licht der imaginären Zeit.
Wie ein Herzklopfen in einem dunklen Zimmer,
leben in dem Grubenraum des Seins, leben
einzig und allein als Puls, mit einer Augenblickssonne
auf dem Grund der Pupille, einer blinden Sonne, die nicht brennt,
einer Eiskugel im Zimmer.
Lauschend auf das Nichts, atmend eine Abwesenheit
von Luft unter einer pneumatischen Glocke, auf einem
barometrischen Nullpunkt, in der Eisleere,
in einer Nicht-Zeit und einem Nicht-Raum, der Leere,
die mir die Lungen zerreißt, wenn ich sie atme,
bis ich selber mich geatmet fühle durch die Leere,
den Nicht-Raum, der mich einatmet, durch die mächtigen
Lungen, und ich bin die Atemluft,
bin der Hauch des Nicht-Raumes, wenn er einatmet
und ausatmet, wenn er mich ausatmet in einen geschlossenen Raum,
hier, in das dunkle Zimmer, in den konvexen Himmel,
der das Licht abweist, und ich fühle, daß die Lungen
der Nacht mich einsaugen in ein Zimmer,
ich fühle den Puls, bin der Puls, der Himmel,
der pulst, das Licht, das den Atem angehalten hat,
um eine entblößte Klarheit im Raum zu lassen,
um den Raum zu entblößen bis zur Klarheit,
um uns sehen zu lassen den Grund der Grube des Seins,
um uns sehen zu lassen den Raum ohne Helle oder Dunkelheit,
um uns sehen zu lassen den Raum, in dem es keinen Raum gibt,
um uns sehen zu lassen den Raum, der aller Raum ist.
Aus: *L'espai desert*, 1976.

Guillermo Carnero

Geboren am 7. Mai 1947 in Valencia. Nach dem Abschlußexamen in Wirtschaftswissenschaften promovierte er in Romanistik und ist jetzt Dozent für spanische Literatur an der Universität Alicante. Guillermo Carnero ist vornehmlich ein »poeta doctus«. Es ist schon bezeichnend, daß eine größere Anzahl junger Dozenten für Philologie an den spanischen Universitäten zugleich bekannte Autoren der neueren Generation sind (Taléns, Tordera, SILES, ROBAYNA, Frontín, Cuenca, Infantes, Cózar, Del Barco, Molina-Foix, Villena etc.). Dieses Zusammenfallen von Schöpferischem und Spekulativem (nicht üblich bei den Autorengenerationen vor den 60er Jahren) bestimmt auch das Werk dieser Autoren, ist allerdings bei keinem so ausgeprägt wie bei Carnero. In seinem »Kulturalismus« übertrifft er sogar PERE GIMFERRER, dessen Musterschüler er sein könnte. In seiner »beschreibenden« Phase (die ersten vier Bücher) hat er einen vollkommenen Stil, ein auserlesenes Vokabular und eine Fülle an Epitheta gebraucht, um ein Bild zu entwerfen, das auch als Vorlesung gelten könnte. So schreibt er über Santa Maria della Salute, Beau Brummel, Bosco Reale, Theodor Baron Neuhoff, Paestum oder Watteau oder auch über naturwissenschaftliche Themen wie Linné, die Eroberung des Südpols, das naturkundliche Museum oder die Untauglichkeit von optischen Gläsern. Das alles ist so minutiös komponiert, als ob Carnero ein lyrischer Präparator sei. Daher haben seine Gedichte, die sämtlich von toten oder vergangenen Dingen handeln, einen so starken evozierenden Charakter. Carlos Bousoño versucht, die Voraussetzungen von Carneros Poetik durch eine syllogistische Kette zu ergründen: wie die anderen Dichter seiner Generation ist Carnero überzeugt von a) der Unfähigkeit der rationalistischen Vernunft und somit b) dem Unvermögen der Sprache die Wirklichkeit widerzuspiegeln. c) Die sprachliche Form ist Chiffre unserer Erfahrungen und d) die einzige Wirklichkeit ist also die der Sprache. e) Das Gedicht kann kein anderes Thema haben als sich selbst. Carnero wäre damit einer jener »poet's poets writing poetry/about poetry«, wie zuletzt Ferlinghetti in seinem »Populist Manifesto« schreibt – womit logischerweise nichts gegen die gelungene formale Schönheit von Carneros Gedichten gesagt wird. Aber der »neue« Carnero scheint in den letzten Gedichten (*Ensayo de una teoría de la visión*) Ferlinghettis Ideen über die Sinnlosigkeit einer »poésie pure« zuzuneigen, womit er unter den »kulturalistischen« Autoren in ihren späteren Phasen keine Ausnahmeerscheinung ist.

Werke

Dibujo de la muerte, El Guadalhorce, Málaga 1967 (Lyrik) – *Libro de horas*, El Guadalhorce, Málaga 1967 (Lyrik) – *Modo y canciones del amor ficticio*, El Guadalhorce, Málaga 1969 (Lyrik) – *Barcelona, mon amour*, El Guadalhorce, Málaga 1970 (Lyrik) – *Dibujo de la muerte* (2. erweiterte Ausgabe), Ocnos, Barcelona 1971 (Lyrik) – *El sueño de Escipión*, Visor, Madrid 1971 (Lyrik) – *Variaciones y figuras sobre un tema de La Bruyère*, Visor, Madrid 1974 (Lyrik) – *Espronceda*, Júcar, Madrid 1974 (Essay) – *El azar objetivo*, Trece de Nieve, Madrid 1975 (Lyrik) – *El grupo Cántico de Córdoba. Un episodio clave de la historia de la poesía española de la postguerra*, Editora Nacional, Madrid 1976 (Abhandlung) – *Los orígenes del Romanticismo reaccionario español: el matrimonio Böhl de Faber*, Universidad de Valencia, Valencia 1978 (Abhandlung) – *Ensayo de una teoría de la visión (Poesía 1966–1977)*, (Studie von Carlos Bousoño), Hiperión, Madrid 1979 (Lyriksammlung).

Die Übersetzerin

Petra Strien, geb. am 12. 6. 1951. Studium der romanischen Philologie, historischen Sprachwissenschaft und Geschichte. Publizierte Aufsätze zur französischen Literatur.

Les charmes de la vie

Watteau.

Daß die Vögel die Dämmerung nicht stören!
Bald beginnt der Walzer. Alles verharre
in Finsternis. Seide verhülle
die offenen Fenster, und jemand löse
den schwerfallenden Samt. Nichts darf
den Fluß der Musik bedrohen:
Kein Vorsprung, kein Marmor, kein schlafender Vogel.
Nichts soll bleiben. Nur die Luft
erleuchte die verborgenen Brunnen der Nacht,
in den Räumen verbreite sie das Gleiten der Ruder
auf den Teichen, entfache das Rascheln der Blätter,
die der Wind in den Alleen verwirbelt,
und lösche das Flimmern auf den Scheiben,
der Vorhang breite sein warmes Wehen
über die gläsernen Flächen, auf daß die Spiegel
nicht verraten, wo die Quelle entspringt
die Schlangen des Wassers nicht auf das Geländer gleiten,
auf daß im Zwielicht die Farben von Marmor und Samt
ein schwereloses Brodeln von Lichtern erzeugen,
und so, entspringend aus dunkel-durchsichtiger Luft,
nach und nach die Musik eindringe, durch ein
vollendetes Labyrinth von Bahnen, durch jedes
vom Leichentuch verhüllte Fenster, von jedem Fries,
die nächtlichen Stimmen befreie sie über dem Moos,
auf daß in der Stille der eisig wehenden
Ströme nicht die Hände, nicht der gerundete Torso
der Statue hervorragen aus der starren Gegenwart
der Vasen, die am Wendepunkt eine Handvoll
träg versunkener Wurzeln unterjochen!
Anakreon wußte sich von den meisten Mythen seiner Zeit zu lösen:
Vaterland, Ruhm, Sieg und Würde des Soldaten,
Ehrfurcht vor den Toten und Freundschaft mit den Göttern.
Warum auch keine Heiterkeit, wo doch alles verloren ist?
Schatten verschlingen die blauen Hänge in der Ferne,
die eisige Blässe eines submarinen Windes

zeichnet die Umrisse der entfernten Türme
und entzündet den Glanz in den Augen, klar und nahe,
aber unwirklich, wie die Spur des schattigen Grüns,
das den unterirdischen Lauf eines Flusses verrät.
Es erklinge die Laute, denn die Stimmen
würden die Abendluft zerbrechen.
Die Hände mögen aus feinen Spitzen
die gemeinsame Klage der Dinge lösen,
doch niemand versuche je wieder, an die Wurzeln des Lebens zu rühren.
Bei untergehender Sonne wirft das Farbenspiel der Musik einen letzten Schimmer
über die gelbgefärbten Blätter,
und die Waldgötter rufen zur Stille im Dickicht.
Es versuche niemand, die Urtöne
zu entdecken.
Die Nacht sinkt herab
auf die Becken schweigender Brunnen, wie tote Blätter fallen,
sie drückt mit sanfter Hand die Requisiten der Musik:
poliertes Blech des Waldhorns,
Echos, die ihre Blüten an den Bukranien schließen,
bekränzt mit Trauben und Bändern.
Nun gleitet die vielfache Aureole
von Lichtern die Freitreppe herab.
Und warum sie nicht erklimmen, wo doch alles verloren ist?
Und der Walzer spult ab zwischen Gelächter,
während das Flitterwerk der Masken
ein glänzendes Gewirr von Seide zurückwirft,
wie ein riesiger blendender Spiegel.
Aus: *Dibujo de las muerte*, 1967.

Lobrede auf Linné

Die Macht einer Wissenschaft
ist nicht Erkenntnis der Welt: dem Geist Form geben.
In Schlachtordnung aufgestellt, die hohe Kunst geschliffen
aus seinem Wortschatz bilden: das magische Repertoire
der Nomenklatur und der Kategorien,
sein angemessenes Tribunal, unappellierbare Prosa,
herrlich wie eine Kriegsmaschine.
Die wirren Phantasien seiner Logik

methodisch durchlaufen; wenn ich von Vögeln spreche,
mehr Aufmerksamkeit den Stelzvögeln schenken.
Aus: *El sueño de Escipión*, 1971.

Scipios Traum

I

Laforgue auf die Frage nach dem Sein des Gedichts:
»Ni moi ni mon art, Monsieur«.
Was bedeutet
So wie seine Sarkasmen über den Mondschein
erübrigt sich das Gespräch des genauen Polonius
über den Prinz *(though this be madness*
there is method in it).
Der Kadenzist irrte nicht,
obgleich er in einfache Ethopeen eines Pierrots
verfiel, und das Mittel
ist angemessener als Bison Ravi[1],
wenn er blindlings zielte: *»A mort le pléonasme«*[2]
Die Dichtung umfaßt, genau wie die Liebe,
ein begrenztes Repertoire, und das Amt des Interpreten,
den bloßen Kommentar zu überwinden, ist seine Waffe.
So also, im Nachsinnen
über Herkömmliches und scheinbar *Plattes*,
horizontal Daliegendes und in nichts Auffallendes,
wie eine einmalige erotische Bindung,
entstehen die vielfachen Lesarten der Kunst,
und nicht nur eine, vorhersehbare, mit ihren vertrauten
Ansprüchen: die allgemeine Sanftheit,
die Satyriasis, die Abstraktion von der Zeit,
von Vorsätzen und Nachsätzen, wie das Amphitheater,
sondern eine breite Bedeutungsskala des Zeichens,
wobei Leben eine Schreibart ist,
Folge des literarischen Problems,
das Geschriebene zu entschreiben.
A mort le pléonasme.

[1] Geläufiges Anagramm von Boris Vian.
[2] *En avant la zizique et par ici les gros sous.* Cap. III.

II

Das Gedicht entsteht aus der Realität
auf dem Weg der Gewalt; Realität wird
zur Anschauung des Chaos aus einer Perspektive,
die der Dichter vom Fluchtpunkt aus überschaut.
Größe des Gedichts, die des tragischen Helden;
eine Art Anschlag auf die empirische Methode
aus den eigenen Eingeweiden, wie jener Besessene
die Gesetze durch Unterwerfung verletzte.
Das Gedicht, eine Hypothese über die Liebe, geschrieben
von eben diesem Gedicht, und wenn das Leben
die Quelle des Gedichts ist, wie wir alle wissen,
wird zwischen den beiden Schreibarten
keine Korrektur möglich: wie zu beobachten ist,
bewegen wir uns *nicht* im Kreis zum Ruhme der Kunst,
und dennoch vermeide man
eine solche Schlußfolgerung im Konkreten:
das Wort zum Nachteil der innersten Tragödie
genau wie sein Gegenteil;
qu'adviendra-t-il alors
de cette absence de mystère?[3]

III

Pico war empört
über die schönen Paradigmen Careggis,
daß *die Intelligenz, das Auge und das Ohr*
die einzigen Wege zum Genuß der Schönheit seien,
und dennoch bestehe eine dreifache Schönheit
oder *die Schönheit des Körpers sei seine Symmetrie,*
woher die Liebe nicht mehr verlange als Mäßigung
und guten Geschmack.[4]
Daher
seine gelungene Maxime: *Es gibt keine Schönheit in einem Gott.*
Und wenn man analog vorgeht,
was die Wesensart dieses Abschnitts ist,
wird klar (siehe den Schluß des Gedichts):
Et vous et votre art, Monsieur. Es gibt keine Schönheit in einem Gott.
Aus: *El sueño de Escipión*, 1971.

[3] Mallarmé: *L'Art pour tous.*
[4] Freie Übersetzung eines Teils der Rede von Giovanni Calvalcanti in *Kommentar zu Platons Gastmahl* von Marsilio Ficino.

Paestum

Die Götter blicken auf uns herab von der Geometrie,
die ihr Bild ist.
Ihre Tempel fürchten nicht das Licht,
sondern errichten in ihm den Glanz
ihrer Weisse: Säulengänge
exakt zum Himmel strebend und ihr reiner Schimmer.
Dasein im Licht.
So erahnen die Barbaren
den Aufruhr ihrer grotesken Götter,
geschmiedete Echos in einer dunklen Schlucht:
ein Rollen von Geröll in einem leeren Tunnel.

Hier sind die Götter,
wie die Idee dieser Säulen,
eine einzige Lust: der Intellekt
mit seinem Geschlecht von erleuchteten Phantasmen.

Aus: *Variaciones y figuras sobre un tema de La Bruyère*, 1974.

L'enigme de l'heure

Betrachte das mögliche Thema des Gedichts: Das in anderen
Formen des Wissens Ungreifbare, eine Sprache berufen
zur emotiven Funktion, mag nur Girondo
die Prohibition fordern für die Dichtung.
Erregen durch ein wieder und wieder erwähntes Wort,
dunkel, allein bestimmt durch Wiederholung
ergreift es die Sinne mit seiner Monotonie
und offenbart sich der Vernunft: In den Büchern der Propheten.
Das Gewicht nicht hin zur Bedeutung, sondern gerichtet auf
das Zeichen selbst;
und wie das Zeichen, Verräter schlechthin, Schöpfer ist eines
eigenen Fleisches
– denn des Unseren ist es ein schlechter Bote –
laß es erwachsen aus Redundanz, seine wiederholte Präsenz
überzeuge uns davon, daß doch etwas dahinter besteht: nenne,
erschaffe.

Das Gedicht ist ein künstliches Gebilde, eine große Kuckucksuhr;
wir kennen das Räderwerk, wie das Schlagen der Stunde
und doch ist sie ein Geheimnis: Auch schmerzt uns das Geständnis
einer heimlichen Bewunderung für Donizetti.
Aus: *Variaciones y figuras sobre un tema de La Bruyère*, 1974.

Ostende

Gehorsam leitet mich und nicht Kühnheit.
VILLAMEDIANA

Unsre Bourgeois, ... finden ein
Hauptvergnügen darin, ihre Ehefrauen
wechselseitig zu verführen.
MANIFEST DER KOMMUNISTISCHEN PARTEI, II

Den Wegen folgen auf einem Teppich
feucht-schwammiger, toter Blätter,
nicht auf dem grauen Grat kalten Schotters
wie die Schneide eines Messers.
Die Platanen
bewegen ihr Geäst wie langsame Tücher,
durchweicht von Nacht, voll trächtiger Feuchte
und schimmernd.
Auch im Dickicht
pulsiert die Dunkelheit der Höhlen,
und in der Sonne verdunstet der Tau
auf den Blättern –
ein Hauch von Wärme
umhüllt und erleuchtet die erschöpften Körper,
wenn sie schlafen: bei vorgebeugter Wange,
sieht man die Formen tanzend sich winden,
eine leichte Luftspiegelung ohne Wagnis:
Zwei Ochsen erklimmen den Hang,
der Zauberer, der Irrgänge baut,
der Kalfaterer, der Lepröse, der Falkner
ziehen unverzagt beim Morgengrauen los,
nicht wie ich über Wege
mit toten Blättern, feucht-schwammig und vollgesogen.
Zuweilen erscheinen zwischen den Bäumen

die lieblichen, mir vertrauten Orte:
der kleine bunte Dampfer mit weißem Gänsekopf
voll von Nieten und Wimpeln
Wellen brechen unter dem getäfelten Boden
des großen verlassenen Tanzsalons;
eisige, von Tritonen geweinte Tränen
tauchen aus dem Schnee gefrorener Quellen,
die ruhige Kammer mit zerwühltem Lager,
daneben wirft die gewaltige Neonreklame
grüne und rote Lichter auf die Körper,
wie im Alptraum alter Opiumraucher
aus dem vorigen Jahrhundert.
Ein Hirschkalb
ohne Scheu: ich folge ihm.
In einer Lichtung
sitzt sie am Rande der Quelle,
in schneeweißer Tunika, die dem Dornbusch
keine zerreißbare Stofflichkeit bietet.
Ich nähere mich, ohne ihr Gesicht zu sehen,
doch statt zu entfliehen lenkt sie
den Schritt ins dichteste Laubwerk
und umschlungen wälzen wir uns auf den toten Blättern.
Als ich sie umfasse, ist ihr Antlitz erloschen,
ihr Körper brodelt und zerfällt; der Knochen
wird zu einem Rinnsal von Asche,
und inmitten der von Dunst umhüllten Gestalt
strahlt rein und klar ein kostbarer Stein.
Ich nehme ihn und richte die Krawatte;
Zurück im Eisenbahnwaggon fürchte ich still,
daß sein heißer Glanz mich verrät,
der noch unter dem Mantel hervorstrahlt.
Meine Sammlung ist beachtlich,
und in der Stille meiner Bibliothek
liebkose, poliere und ordne ich sie
und presse sie auch zuweilen.
Im Schmerz keimt das Bewußtsein.
Den Wegen folgen auf einem Teppich
feucht-schwammiger, toter Blätter,
unsichere Landschaft, bewohnt von Dämonen,
in der Erscheinung begehrenswerter Gestalten,
die den Wanderer verwirren.

Doch überlebt,
wer weiß, daß am Rande der Reise
nur das Wort steht.
Dafür bilden Räume,
Nachtlager, Morgen- und Abenddämmerung
in warmen belagerten Hotels
eine vollendete Architektur,
leer und körperlos wie Dauben und Achsen
astronomischer Modelle.
Verfolgte Leere, bis ins Unendliche,
wie das unerschöpfliche Bewußtsein,
die Weite seines Flusses
und seine Tiefe.
Vom Balkon aus
sehe ich mit Sanftmut und ohne Entsetzen
die Wellen hintereinander zerschellen.
Ohne Gewalt und Ruhm kommen sie zu sterben,
einander folgende Linien, die Form des Gedichts.
Strahlende, leicht zu errichtende Architektur
gleich den Spiralen und Zinnen,
den Säulen und Loggien,
wo eine verflossene Klasse sich bergab,
mit ihren edlen Stoffen prahlend,
nach einer Reise ins Leere.
Eine Rede hervorbringen
zeugt nicht mehr vom Leben, sondern ist Beweis
seines Endes.
Nicht in der Leere
hat die Rede ihren Ursprung,
wohl aber im Bewußtsein der Leere.
Aus: *Ensayo de una teoría de la visión*, 1979.

Antonio Martínez Sarrión

Er wurde am 1. Februar 1939 in Albacete geboren. Er studierte Jura an der Universität Murcia. Obwohl Martínez Sarrión selbst bekennt, daß er zunächst soziale Poesie schrieb (*Poesía impura* war der Titel seines ersten, unveröffentlichten Gedichtbandes), weist er diese Richtung später zurück, weil sie ebenso abstrakt wie der Formalismus sei. 1967 veröffentlicht er seinen ersten Lyrikband, in dem bereits die Grundtendenzen seiner späteren Dichtung angelegt sind: formalgelungene Gedichte, die Elemente von Eliot, Pound und den französischen Surrealisten aufgreifen, ohne sie allerdings zu hispanisieren, wie es ORY und die Postisten taten. Martínez Sarrión läßt sich der »kulturalistischen« Richtung zuordnen, wenngleich er nicht zu deren Hauptvertretern gehört und nicht das gesamte überreiche rhetorische Instrumentarium einsetzt. Nicht umsonst ist er einer der *Nueve novísimos* aus der schon mehrfach zitierten Anthologie Castellets. In seinen letzten Gedichtbänden von 1975 und 1976 experimentiert er mit der Sprache (wie die Vertreter der konkreten Poesie benutzt er das Wort in seinen signifikanten Dimensionen) und wirkt engagiert. Daher kommt in diesen Gedichten Spanien als Problem zur Sprache, ein Thema, das für die echte »novísimos« früher undenkbar gewesen wäre. Martínez Sarrión liegt manchmal – ohne dessen Exzesse und Brüche – auf der Linie von LEOPOLDO MARÍA PANERO, einem anderen »novísimo«, wenngleich deutlich jünger als er. Zusammen mit Jesús Munárriz hat er zwei wichtige literarische Zeitschriften gegründet und geleitet: LA ILUSTRACION POETICA ESPANOLA E HISPANOAMERICANA (Madrid, 1974–77) und HIPERION (Madrid, ab 1978).

Werke

Teatro de operaciones, El Toro de Barro, Carboneras de Guadazaón/Cuenca 1967 (Lyrik) – *Pautas para conjurados*, El Bardo, Barcelona 1970 (Lyrik) – *Una tromba mortal para los balleneros*, Lumen, Barcelona 1975 (Lyrik).

Übersetzt von *Fritz Vogelgsang* (siehe S. 250).

Das Kino am Samstag

Für Ramón Moix

wunderstunden des kinos galerien
schimmernden lichtes blinzelnd zwischen pfiffen
kinder mit ihren mammis saßen unten
im parkett zwischen panthern ein indianer
reckt sich die goldensten früchte zu greifen
yvonne de carlo tanzt in scheherezade
weiß nicht ob muselmanisch oder tango
die liebe meiner fünfzehn jahre marilyn
flußläufe der erinnerung so bitter
dann das fade und kalte abendessen
während die augen glühn wie leuchtturmlichter
Aus: *Teatro de operaciones*, 1967.

Legendärer Bericht über Fernando Pessoa

Für Jaime Gil de Biedma

es starb der kontorist er hatte
eine entsetzliche geschwulst einen unklar
diagnostizierten mumps einen fröhlich-bunten
diwan locker verstreute papiere
in allen waben seiner geschichte
einen sohn aus pappe aufgedrehte hähne
welche die flaumhaare auf den armen zu berge stehen ließen

er starb rauchend irrte manche nächte
durch tintennelken durch feine fellbesetzte
mechanismen durch antigrippe-kapseln
begleitet von einem attest ungewöhnlichen
staubpyramiden sie fanden
einen nachttopf unter seinem tisch
pornographische postkarten von unsäglicher einfalt
ein sehr dunkles buch über meister eckhart
einen spartopf voller kognak

nach den verläßlichsten zeugenberichten
pflegte er frühmorgens auszuschauen nach den riesigen delphinen
den juwelen und den hörnern die man aus goa brachte
ein rundschild des großen seefahrers rauchbomben
verliese für ketzer die keimspitzen
des anbrechenden tages versetzten ihn in ekstase sie nahmen mit
seinen mantel aus dünnem mischgewebe seinen umwerfenden
regenschirm
seine persönlichkeit wer weiß was
und wieder – sehr milde sonne möwen –
gaben sie ihn zurück seinem nutzlosen büro
während jammervoll läuteten
die grünen anker der admiralität
Aus: *Pautas para conjurados*, 1970.

Speaky-easy

Für Vicente Molina-Foix

bitte sehr die streife die ihr hört besteht
aus jelly roll morton
und vergessenen leuten bitte sehr
seine ruhepause erfordert
ein graues tüchlein türkischen
tabak vielleicht ein paar
tropfen zitrone für die silbergrauen schläfen

weckt mich nicht auf vor allem dem vieh
solltet ihr etwas kräftiges zubereiten
heilsirup mit minze zum beispiel ich möchte
ich möchte wahnsinnig gern
– stuckdecken grüner schein von tulpenleuchten –
kostümiert als bajazzo in den ring steigen
mich emporrecken im triumph durchhalten mindestens
bis zur siebten runde

das klavier tritt an und meldet
die erbeutung von masken man verbrennt
harz in den pinienhainen und hier befinden wir uns
mit währungsfonds die ich nicht kenne
mit durchgeschmorten lampen mit skandalös

gefälschten diademen die uns noch immer umgeben
und das fleisch
verfault zentnerweise
bitte sehr
dieses schwarze mädchen diese bourbontassen
diese grellen pfiffe in der morgendämmerung
dieser wagen der loszischt ohne lärm
direkt auf der grenze der träume
Aus: *Pautas para conjurados*, 1970.

Et voilà
(Ives Tanguy)

möglicherweise regnet es
es handelt sich um zwei wolken ein paar verkaufte
knochen es geht um schiffbruch
um löhne

es handelt sich
verdammt noch mal um die ertrunkenen
die wiederkehren hinterm rücken große anker
mit spitzen aus schwarzem licht die ertrunkenen

es handelt sich
um ein paar komische libellen die man anscheinend
in menschengestalt gesteckt hat

in wirklichkeit
ist es eine affäre wegen hunden
wirklichen hunden verkrüppelten
tieren untauglich für jede schöpferische arbeit
wegen ertrunkenen marionettenhunden

es geht um nichts wichtiges ein paar säcke
die auf dem Kai stören
man soll sie verstauen c.i.f. wie eliot sagt
nichts von bedeutung zerstreuen sie sich wir gehn schon

WEGEN HUNDEN!
Aus: *Pautas para conjurados*, 1970.

Grausame Augen Telemachs

III

(Landung des Odysseus Glückseligkeit und unsterbliches Beispiel)

aus jenem vermeintlichen glanz
erwuchs der schöne zweig
an dem wir heut uns freuen – zwar nur vertretungsweise –
aus der rechten
kenntnis jener patrizisch noblen togen
entstanden die zisternen samt dem joseph
die bewässerungsgräben der levante
die verschlüsselten regeln für eunuchen
die palimpseste bis zum überdruß
die ketzerei der kopten
der allgemeine brauch des völkermordes
der turm von babel aus dem jahre tausend
der hemmungslose antikommunismus

derart magnetisiert
genau gesteuert in den bereich den man harte hirnhaut nennt
o hof o lästerzungen
aus der heiteren kielspur der hellenen
schossen auf die basiliken die banken
die münzen jenes letzten antoninus
die obligate durchbohrung der ungeweihten achilles-
fersen des pentagons die wege
von combray eine klosterschwester jacques
prevert an einer ecke verhehlt seine
gier angesichts der hauben rue lepic
agrippa torkelte durch die börse roms brecht *dixit*
und so viele verdammt zu den galeeren
an feuchte brüstungsmauern oder auf die bürostühle
zu manipulationen auf dem markt
an den stränden der adria gab's doge nach gewicht
venedig
wortmächtig ausgeplündert vom greis in seiner gondel
arnaut daniel schatten des steuermannes
guido von dem die gnome
der usa-finanzwelt keine ahnung haben
blieb ein für allemal am andren ufer

die stillen fledermäuse
hatten in einem zug
zernagt die unzählbaren echten inkunabeln
paris
fegte den dreck hinweg die männer aus katanga
besenbewaffnet hinterlassen in
den kleinen kinos katzengestank und die
alternde avantgarde aus der zeit
zwischen den kriegen grémillon
luis buñuel

das alles aber das ist nur der anfang!
wir fahren fort mit streik mit schüssen
mit den würmern im rauchfleisch
treppen in
odessa palais d'hiver
und dem gezielten schuß
auf die froststarre stirn eines rené crevel

noch tanzen wunschgemäß die marionetten

noch wartet telemach auf dem turm der beständigkeit
Aus: *Pautas para conjurados*, 1970.

Duchesse de Normandie

Mit schönheitspflastern wie Die Verschwiegenen
wandelst du durch das vulgäre viertel der reichen
bebend in den bränden der gelben farbe
vordächer und diener registrierend
für das fangarmfest des feuers.
Standhaft widerstehst du dem sommer. Du lügst
auf dänisch. Du beendest die nacht – o närrin mit feuchten augen! –
an unmöglichen theken von stadtrandbars
wo du mit rauher stimme nur ein glas das letzte glas
dicken pfefferminzlikörs erbittest und einen freundlichen blick
der soviel verwundung löscht, soviel
absturz in die höllen, ersehnt, du weißt es,
seit den goldenen tagen von Palm Beach.
Aus: *Una tromba mortal para los balleneros*, 1975.

Geringschätzung des Hofes und Lobpreis des Dorfes

Seien Sie vernünftig. Sire mit blauen Augen,
verharren Sie stolz und in Ruhe.
Überhören Sie ein für allemal die Sirenengesänge
der alten angriffslustigen Raubvögel. »Unbegrenzte
Geschwindigkeit«, Herr,
heißt es auf allen Schildern des Erdballs.
Verharren Sie auf Ihrem Platz, werden Sie zum Barden,
zum einzigen Astralleib,
der die Stirn bietet dem Tod in seinem irrsinnigen Kreis:
– Artaud le Môme wird soeben hinausgefeuert –,
ernennen Sie sich zum Quietisten, zum Vampir auf hohem Gebälk,
fisteln Sie bei den Misteln. Vergessen Sie die ortsüblichen
Krankheiten: August z. B. ist ein guter Monat für die Entwöhnung.
Rühmen Sie in der Presse, daß Sie einen Sessel haben,
um drauf zu sitzen. Vergessen Sie, vergessen Sie, vergessen Sie.
Verkäufer werden kommen, um Ihnen abzuraten und Sie zu
berichtigen.
Bespritzen Sie die mit Tusche, besudeln Sie die mit Bleiweiß,
seien Sie vernünftig, nur einen Augenblick, Sire,
und schon ist das Getöse vorbei:
nur noch irgendeine Krähe krächzt zwischen den Überresten
der geschleiften Zinnen.
Schon flattert die Spitzenkrause des reinen Hemdes in blauen
Flocken davon,
in glimmende Flugasche löst sich ihre italienische Krawatte auf,
den maßgeschneiderten Anzug können Sie
einem Waisenhaus schenken,
nesteln Sie das Korsett Ihrer Gattin auf,
und mit den linden Bändern – erdrosseln Sie sie. Seien Sie
ein für allemal vernünftig, in der Ruhe, die schleichend heranrückt
und einen nach dem andern die Schleier abreißt, die verbargen
L'ESPLENDEUR.

Aus: *Una tromba mortal para los balleneros*, 1975.

W. A. Mozart gibt ein Konzert auf den Leuchtdrähten einer Glühbirne

Bei solcher Expedition bist du gerettet:
                                                      du lauschst
der langsamen Wellenbewegung des morgendlichen Lichts.
                                                                      Laß die Regalbretter,
die nichts als Terror und tote Buchstaben gestapelt haben. Die Runde
der Atome gibt dir Auskunft über dich. Alles, alles ist hochzeitlich.
Gib freiherzig Zeugnis davon. Gib, denn du warst einst
ein Phantom der Musik, reines Klangspektrumsgespenst
über den Abgründen der Farbe.
Du hast dich gedemütigt in Stille, du rühmst jedes Blatt,
das für dich gewiegt wird vom Sommerwind. Reiner,
gläserner Morgen, hohes Entsühnungszeichen,
das nie herabsinken wird vom Plafond.
Das Fleisch, das nun dein ist, ganz,
zum ersten Mal und freundschaftlich,
ist eins und ausgeteilt. Alles schwingt im Licht. Vor den Brennpunkten
lassen die Tränen dich erschauern, du zitterst verloren in dir,
suchst Unterschlupf,
wie das Tierchen, das überrascht wird vom Wind
im düsteren Wald,
und aller Wind ist es selbst.
Topasfarbene Raubtiere haben sich niedergelassen zu deinen Füßen,
lecken dir die Hand. Henri Rousseau
stürzt auf dich zu aus dem flammenden Rahmen,
und ihr feiert mit Gelächter die offenkundige Wahrheit.
Aus: *Una tromba mortal para los balleneros*, 1975.

Die Poesie ist die verschwenderischste aller Künste

WAS SAGEN?
WIE?
WIEVIEL?
WER HAT IN DIESER SEKUNDE NICHT SCHON ZUVIEL
    GESAGT,
BEDENKT MAN BLOSS DIE AUSGABEN FÜRS PAPIER?
Aus: *Una tromba mortal para los balleneros*, 1975.

Antonio Colinas

Er wurde am 30. Januar 1946 in La Bañeza bei León geboren und verlebte seine Jugend in Córdoba, wo er die »Arbeiter-Universität« (große Zentren für die Ausbildung von Industriemeistern, Vorarbeitern und Facharbeitern) besuchte. Colinas mißt dieser Zeit in Córdoba große Bedeutung bei, sowohl wegen dem Erlebnis der alten Kalifenstadt wie auch wegen der damals existierenden Cordobeser Dichtergruppe »Cántico«. Er geht dann nach Madrid, um Agronomie zu studieren. 1969 veröffentlicht er zwei Bücher, deren erstes er anscheinend vergessen möchte. Für das andere bekommt er einen Sonderpreis beim »Adonais«-Wettbewerb. Beide bringen romantische, reine Naturlyrik. In allen Gedichten beider Bänder erscheint nur ein Eigenname: Hölderlin. 1970–1974 lehrt Colinas als Lektor für Spanisch an den Universitäten von Mailand und Bergamo. Aus dieser Zeit scheint seine Hinwendung zum »Kulturalismus« zu stammen. Den Höhepunkt in dieser Entwicklung erreicht er mit *Truenos y flautas en un templo*, für das er den Preis der Stadt Irún für Poesie in spanischer Sprache erhält (1972). Die »kulturalistische« Tendenz bei Colinas ist nicht einfach eine Fortsetzung der bei GIMFERRER und CARNERO, sondern durchdrungen von jenem Naturgefühl und Lyrismus seiner früheren Gedichte, die den Wechsel der Jahreszeiten und ihren Widerhall in Mensch und Landschaft schildern und in denen man dieselbe ausgeprägte chromatische Sensibilität findet. In seinem letzten Buch (*Astrolabio*, Madrid 1979) erscheinen neben deutlich »kulturalistischen« Gedichten (etwa: »Freud in Pompeji 1904«) solche, die seiner leonesischen Heimat gewidmet sind und an die erste Phase seines Schaffens erinnern. Wie im Falle GIMFERRERS und CARNEROS scheint sich hierin eine Abkehr von der »kulturalistischen« attitude abzuzeichnen. Man hat sogar von einer »hymnischen Rückkehr zur Heimat« gesprochen, im Sinne etwa des frühen CLAUDIO RODRIGUEZ. Antonio Colinas lebt zur Zeit auf Ibiza und widmet sich Herausgeber- und Übersetzeraufgaben, hauptsächlich im Bereich italienischer Literatur.

Werke

Poemas de la tierra y de la sangre, León 1969 (Lyrik) – *Preludios a una noche total*, Adonais, Madrid 1969 (Lyrik) – *Truenos y flautas en un templo*, CAP, San Sebastián 1972 (Lyrik) – *Leopardi*, Júcar, Madrid 1974 (Essay) – *Sepulcro en Tarquinia*, Provincia, León 1975 (Lyrik) – *Conocer Aleixandre y su obra*, Dopesa, Barcelona 1978 (Essay) – *Astrolabio*, Visor, Madrid 1979 (Lyrik).

Übersetzt von *Eugen Helmlé* (siehe S. 260).

Anrufung Hölderlins

Für Vicente Aleixandre

Der Gehrock abgenutzt, der Hut nach hinten
gerutscht, das lange Haar strähnig und eine Flamme
in den tiefen Höhlen seiner schönen Augen.
Ich weiß nicht, ob diese geschlagene Gestalt beim Gehen
einer Strafe entflieht oder ein Paradies sucht.
Ab und zu betastet er seine durchbohrte Brust
und nimmt die tiefe Klage für die Lippe ohne Kuß.
O Hölderlin, Lumpen und blühende Gerte zugleich,
Nest voller Gezwitscher, mißhandelte Puppe.
Deinem Wahnsinn erschließen sich die dunkelsten Wälder.
Siehst du nicht, wie die Brunnen vor Hingabe zerbrechen,
jedesmal, wenn du dich mit deinem müden Schritt näherst,
jedesmal, wenn du in ein zerbrochenes Gelächter ausbrichst,
jedesmal, wenn du ins Gras gestreckt am Schluchzen bist.
Wie klar war dein Schicksal unterm Himmel geschrieben ...!
Bevor du deine Hand aufs Papier legtest,
kalte Wintersonnen überquerten Schwaben,
ließen in den Wolken bittere, grünliche Striche zurück.
Als du, schweigsam und Trauer tragend, in einer Zelle
Latein lasest, gab es schon seltsame Geister,
die in deinen Adern ein edles Feuer entfachten.
Und bevor du schließlich zu den Statuen sprachst,
pickten schwarze Vögel deine blauen Augen aus.
Hölderlin Vagabund, Hölderlin Nachtigall
eines erschütternder Gesang ohne Augen und ohne Zweig,
jetzt, da dicht die Oktobernacht hereinfällt,
betrachte an unserer Seite den fiebernden Mond,
laß deine Klage dahinfließen, dein magisches Plappern,
laß von deinem Gesang nur ein Pfeifen in der Luft.
Für einen Augenblick halte inne in deinem Gehen und verjage
den Tod, der, gebeugt, auf deinen Schultern lauert.
Zerreiße die staubigen Schleier deines Gedächtnisses,
damit der Traum abläuft und wir alle wissen,
wo das Wasser hervorquillt, das unseren Durst löscht.
Aus: *Preludios a una noche total*, 1969.

Mond

Eine dicke Schneeflocke fällt vom reinen Mond herab.
Eine dicke Schneeflocke, ein Lichtmesser
beschneidet die Baumallee, setzt das Gestrüpp in Brand.
Notturno der Träume, tiefer, gefrorener Brunnen,
verstummter Mond, kalte Hand, Liebkosung.
O Vögel, kein Geflatter mehr in den Baumkronen,
kein blindes Knistern mehr im grünen Laub.
Die nächtlichen Vögel picken sich in die Augen,
sie weinen Blut vor seiner jungfräulichen Gestalt.
Die Hunde mit ihrer begierigen, unmäßigen Zunge
bellen wie verrückt, wollen seine Reinheit beflecken,
zu seinem Feuer gelangen, ihn ins Herz beißen.
Und die schweißbedeckte Brust jenes Pferdes zittert,
hält das Wiehern zurück, perlt von Tautropfen.
Schwarzes Pferd, auf dem Heu liegende Glut,
Blutblüte, welches Fieber ist in deinen Augen,
wie verzückt sie sind unter dem harten Mond,
unter dem glühenden Dom der Gestirne.
Mond, du Kristall verloren an der edelsten Decke,
setz deinen Lauf fort, schneie, tropfe auf die Wege,
auf jeden alten Feigenbaum, auf jeden zerbrochenen Marmor,
melke deine milchige Süße auf unsere Brüste.
Aus: *Preludios a una noche total*, 1969.

Hirtengedicht

Ich bin der Hirte dieser heidnischen Auen.
Ich sehe zwischen den Pflaumenbäumen die Zentauren
und auf den Türmen Zwerge mit grünen Augen.
Von Tizian und von Rubens die Farben
dieser Stadt: das Gold der Mauern,
das blaue Feuer des Glockenturms, die Rosen.
Aus: *Truenos y flautas en un templo*, 1972.

Vom Trost durch Dichtung

Auch Seneca würde sich gerührt fühlen
wäre er nicht aus Bronze, zur Statue gegossen.
Zypresse, goldverschmutzter, sonnenverschmutzer Kanal.
Grüne, geronnene Wasser, kalte Algen,
giftiger Oleander,
Bitterkeit.
Und die Mauer wie ein fiebriger Gott.
Auch Seneca würde sich geruht fühlen
(wäre er nicht aus Bronze),
wenn die ausgehende Glut des Gestirns
die zitronengelben Blätter verbrennt
und blutige Hefe den Himmel säuert.
Ein Mönch hält Gott in den Kohlköpfen
des Gartens,
unter dem Orangenbaum.
Verschwiegene Kapelle: Fülle, rosa Lehmwände,
der knappe Friedhof,
der berauschende Thymian,
die namenlosen Grabsteine.
Die verstimmte Orgel zerreißt Bach,
und Fray Antonio de Guevara,
ruht welk und mißmutig
in einer wurmstichigen Kiste der Empore.
Auch Seneca würde sich gerührt fühlen
(wäre er nicht aus Bronze),
wären seine Augen nicht verwittert gewesen
von dem irren Regen der tiefen,
stürmischen Abenddämmerung
und von den Hexereien.
Weh dir, gebannte Stadt, mit Eingeweiden des Todes,
mit dunkler, stinkender Haut
und einem dicken grünen Wurm in jeder Spalte,
beim samtenen Moos und bei den bitteren Lorbeersträuchern.
Es kommt Gott
oder die Nacht
oder die letzte Leiche in ihrem balsamischen
Zedernsarg,
mit rötlichem oder dunkelviolettem Atlas.
Nacht:
Achat mit durchsichtigen Streifen,
Schale,

Münze,
Zopf,
Bogenfenster.
Der Eukalyptuswald,
die Brust der Heloise
die Laterne,
die Kapelle, wo Góngora zelebrierte,
die Lippe der Berge.
Ach, Seneca würde sich gerührt fühlen,
wäre er nicht aus Bronze,
hätte er nicht sein Herz der
Philosophie vermacht.
Aus: *Truenos y flautas en un templo*, 1972.

Alter Fries

Alter, silberfarbener Olivenbaum, feierliche Fackel
aus der die Brise kommt und lebt.
Ach, Tempel des Poseidon, tiefe Melancholie neben dem Meer,
ganz aus weißem Marmor
– heute nur noch das Gerüst –
aus gutem Marmor von Naxos,
eingeräuchert von den Fumarolen der Inseln.
Vergöttertes Meer, himmliches blaues Gewölbe, Nacktheit.
Und in den rasenden Pinien
Vögel, trunken vom Licht,
die Jugend der Nacht.
Malvenfarbene Lichtfiligrane in den Weinstöcken.
Astronomen des Tages,
ihr werdet mit dem Licht nicht fertig,
mit diesem düsteren Brand des Abends.
Unter dem Biß der Schlangen:
die Friese, die Keramiken, die dämonischen Zeichen.
Auf dem Grab des Leoparden steht die
unheilvolle Geschichte in den Buchenwäldern,
der Traum eines verfolgten Rehs,
das Gift in das Gehörn geschrieben.
Ach, Tempel des Poseidon,
tot sind die Manuskripte, die Flöten und der Lorbeer,
tot der Mensch,

das Wort ist eine unreine Erinnerung
und das Herz ein begrabener Donner,
ein Orkan von Federn.
Aus: *Truenos y flautas en un templo*, 1972.

See von Trasimeno

... 16000 romani perirono
malgrado i presagi funesti.

nur für einen Augenblick glänztest du für mich
in dem modrigen Gewitterabend,
erschienst mir wie ein grüner Blitz
über dem nassen finsteren Olivenhain

(kalter Smaragd
unter schwärzestem Licht)
Aus: *Sepulcro en Tarquinia*, 1976.

Giacomo Casanova nimmt die Stelle als Bibliothekar an die ihm in Böhmen Graf von Waldstein anbietet

Hört, mein Herr, traurig sind meine Glieder.
Mit der Französischen Revolution sterben
meine wenigen Freunde dahin. Seht mich an, ich bin durch
die Länder der Welt gekommen, durch die Gefängnisse der Welt,
die Betten, die Gärten, die Meere, die Klöster,
und ich habe gesehen, daß sie mir meinen guten Willen nicht abnehmen.
Ich war Abt in den Mauern Roms, und es war schön,
Soldat zu sein in den heißen Nächten Korfus.
Manchmal habe ich ein wenig Geige gespielt,
und ihr wißt, mein Herr, wie Venedig
bei Musik zittert und wie die Inseln und die Kuppeln brennen.
Hört, mein Herr, von Madrid bis Moskau

bin ich vergebens gereist, es verfolgen mich die Wölfe
der Inquisition, ich ziehe einen Orkan von Zungen
hinter mir her, von giftigen Zungen.
Und ich wünsche doch nur meine Klarheit zu retten,
dem Licht eines jeden neuen Tages zuzulächeln,
meinen unerschütterlichen Horror zu zeigen vor allem, was stirbt.
Mein Herr, ich bleibe hier in eurer Bibliothek,
übersetze Homer, schreibe über meine Tage von einst,
träume von den blauen Serails Istanbuls.
Aus: *Sepulcro en Tarquinia*, 1976.

Begegnung mit Ezra Pound

Du mußt an einem Sonntagnachmittag hingehen,
wenn Venedig etwas weniger stirbt,
trotz der einsamen Kinder,
des kränklichen Rosas der Mauern,
den Schatten sauerer Gärten,
du mußt zu ihm hingehen, auch wenn er nicht mit dir spricht
(du wirst vergessen, daß das Meer hinter deinem Rücken
die Inseln, die Kirchen, die Paläste,
die schönsten Kuppeln der Welt überflutet
und dich weder vom Meer noch von seinen Sirenen betören lassen,)
denk daran: Fondamenta Cá Balá,
es gibt dort einen Glasbläser aus Murano
und eine Kneipe mit einer sehr sanften Musik,
frage in der Pension Cici,
wo dieser Mann wohnt, der nur gekommen ist,
um in Venedig Leute zu sehen,
jener etwas verrückte Amerikaner,
hoch aufgerichtet und mit schneeweißem Bart,
geh über die Steinbrücke, du wirst Pfützen sehen
voller schwarzer Katzen und Möwen,
dort, neben dem Kanal mit sehr grünem Wasser,
voller Orangenblüten und verfaulter Früchte,
wirst du die Geigen Vivaldis hören,
bleib stehen und schweige lange, während du schaust:
Ramo Corte Querini, das ist der Name,
in diesem Gäßchen mit den Blumentöpfen,
ohne einen anderen Ausgang als den des Todes,
wohnt Ezra Pound.
Aus: *Sepulcro en Tarquinia*, 1976.

Huldigung an Tizian

Ich habe dein Gold in Muranos Herbsten glühen sehen,
im duftenden Wachs der Winterkerzen;
dein Grün in den frühen Morgen der Adria
und in den Pflaumenbäumen der Gärten von Navagero;
dein Blau in gewissen Tuniken und Kirchenfenstern
und in den verliebten Himmeln
unserer Jugend;
die Ockerfarben in verkrebsten Mauern,
zerfressen vom Salz, an den Fassaden
von Scheunen und Schmieden;
dein Rot in jedem venezianischen Ziegel, in den Nägeln
der Kreuzigungen
oder in den weinfeuchten Lippen der Musiker;
ein wenig Violett
in den reifen Augen der jungen Mädchen;
dein Schwarz
in den unheilvollen Schlingpflanzen,
überladen von Tod.
Aus: *Astrolabio*, 1979.

Kastilische Suite

In Kastilien steigt der frühe Morgen
von kalten Pinienwäldern auf, und der Vorübergehende
fällt auf der Erdscholle auf die Knie und küßt
das letzte schwarze Licht im Tau.
Um Mittag,
unter einem heftigen Chor von Dolchen,
tanzt ihr, lacht ihr.
Leuchtende Sphären bringen den Tag aus der Bahn,
Feste gibt es in der Luft,
Wein, Pferde (Rosen
nur in den Klöstern), ein trockener Mandelbaum
und kahle Zypressen,
wie die Flügel der alten Geier,
die nur Unglück bringen.
Es gibt einen jungen Verwundeten, der nicht vergißt,
und Hochzeiten, die die Liebe zum Tod bringen.

Der Abend ist eine Träne, die nie fällt,
eine Zeit von Herden, von duftenden Öfen,
ein Gebet in trauernden Lippen.
Heilige Pappeln, Pappeln
der Abschiede,
ihr bewegt in der Höhe übermenschliche Träume.
Nachts suchen wir die Feuchtigkeit
armer Gärten,
löschen wir die Kerzen und weinen wir,
weil die Gestirne dort oben
schönere Feuer haben.
Aus: *Astrolabio,* 1979.

Eugenio Padorno

Er wurde am 20. Januar 1943 in Barcelona geboren, lebt aber von Kind an auf Gran Canaria. An der Universität von La Laguna studiert er Romanistik. 1961 gründet er die Reihe »Mafasca«, die der jüngsten kanarischen Dichtergeneration als Publikationsmöglichkeit dient. Diese Generation stellt Padorno auch in der Anthologie *Poesía canaria última* vor, die er zusammen mit E. P. Santana herausgibt (Las Palmas 1967). Er veröffentlicht 1965 den ersten eigenen Lyrikband. 1969 bekommt er für *Metamorfosis* den Sonderpreis im »Adonais«-Wettbewerb. Zur Zeit arbeitet er als Gymnasiallehrer für Sprache und Literatur. Er gehört zum Redaktionskomitee von FABLAS, der am längsten bestehenden kanarischen Literaturzeitschrift (seit 1969). 1969 begründet er mit anderen die Lyrikreihe »Inventarios provisionales«, in der nicht nur kanarische Autoren veröffentlichen, sondern auch so bedeutende Lyriker des kontinentalen Spaniens wie BARRAL, Batlló, ULLAN, ORY, ANGEL GONZALEZ etc. Padorno ist auch Mitarbeiter des »Seminario de Estudios Filológicos«, das von dem berühmten Philologen Millares Carlo geleitet wird. Die Lyrik Padornos erfährt in den siebziger Jahren eine Wendung vom Surrealismus, der auf den Kanarischen Inseln eine große Tradition hat, zu einem Symbolismus hin, der Padorno thematisch, formal und stilistisch so mit SANCHEZ ROBAYNA verbindet, daß sich eine neue Richtung der Lyrik der Kanarischen Inseln entwickeln könnte. Diese Richtung dürfte in Padornos lange angekündigtem, aber bisher noch nicht erschienenem Gedichtband *Noa* ihren Höhepunkt finden.

Werke

Para decir en abril, Mafasca, Santa Cruz de Tenerife 1965 (Lyrik) – *Habitable en la luz*, Mafasca, Santa Cruz de Tenerife 1966 (Lyrik) – *Metamorfosis*, Adonais, Madrid 1969 (Lyrik) – *Comedia*, Taller Ediciones JB, Madrid 1977 (Lyrik).

Übersetzt von *Eugen Helmlé* (siehe S. 260).

Der Wanderer

Nichts kann geschehen,
das uns erstaunt. Gemeinsame
Gefahr ist das Leben, aber feierlich,
wie die Nebel, welche die Stadt verschwimmen
lassen und damit die Zweige hervorheben, Blume des Todes.

Wir alle werden morgen wieder
einen Platz an der Sonne haben.

Rauchende Trümmer gibt es über deinem Körper,
die zu mir herüberdringen; sie erkennen sich aufs Neue.

Der Tag! Seht seinen Tempel.
Schaut jetzt den Menschen an,
den Menschen
auf dem Weg in seine Heimat.
Aus: *Metamorfosis*, 1969.

Genau wie Lazarus

Wer sagte Herbst mitten im
Wind? Nicht nur die Blätter wird er wegräumen,
denn jedes Ding spricht
und stirbt auf seine Art.

Auf diesem Feld, auf diesem trostlosen
Acker wird er seine Verabredung nicht einhalten,
doch ich weiß, er wird kommen.

Es klingt das Blut in jedem Wesen,
erwacht, tastet und weiß,
daß es Zeit ist, dieses Grab zu verlassen,
in das es zurückkehren wird.
Aus: *Metamorfosis*, 1969.

Dichter Frühling in der Luft

Lichtfülle; Frühling
zeigt seine entblößte Brust,
und alles verlangt eine neue Liebe
vom Leben, vom Tod,
dieweil das Meer man hört,
einen verwundeten Vogel, der an
den Ufern singt und singt,
und in ihm beginnt das Leuchten
einer höchsten Unordnung.

Ich schließe die Augen. Es komme
die Nacht und verschließe alles, was sie kann,
mit ihrem schwarzen Schlüssel,
denn morgen wird sie niemanden
im Haus antreffen.
Aus: *Metamorfosis,* 1969.

Irdische Gefängnisse

Ich kenne alle Gefängnisse; die Liebe war in einigen,
in anderen die Kälte mein Peiniger.

Umarmt mich. Verlaßt mich.

Ein zorniger Arm wollte
sich meiner Einsamkeit erwehren.

Niemand: unsterbliche Wörter
werden mir das Leben lassen,
weil es den Tod gibt.
Aus: *Metamorfosis,* 1969.

Dezember

Auf den Herd warft ihr das Blatt des Sommers
und sein Öl alter Symmetrie mißt euch
heute den Sinn des Lebens zu: die Paarung,
den Schmerz, die Freude. Du schüttelst
die Schellen des Fells wie
ein schöner plötzlicher Schüttelfrost,
mit der ungeheuren Mühe dessen, der die Lust
improvisiert und die Strafe für das Frohlocken
noch nicht bekommen hat. Ihr betrachtet mit Furcht
die einsamen Zweige, den messerscharfen Wind,
die graue Steinfliese der Luft, weil
ihr fühlt, daß die Lebenden vielleicht eine
ähnliche Angst verspüren. Hier sperrst du uns ein,
und jeder einzelne bewacht düster
die Lieder des Trauernden. Du bist
das Schweigen und die Furcht; trotzdem
würden die eisigen Steineichen, wie unbekannte
Hungernde, das Haus aus Liebe besetzen.
Aus: *Metamorfosis,* 1969.

Traurige Kinder der Welt

Traurige Kinder der Welt,
Marito, Eugenio,
Bertita mit ihrer Schleife,
wie für immer
hier unten in die Luft gebunden.

Und es ist ein ewiger Sonntag
aus Kattun, damit du tust,
was dir Spaß macht.

Es ist elf Uhr morgens
mit dieser ständigen Aufgabe
– warum, alte Lehrerin? –,
sich wieder im Schreiben zu üben,
und seht plötzlich den Wind,
der uns umgibt, der uns unversehens

erwischt wie eine
große Welle, und so können
wir nicht nach Hause zurück.

Doch während ich dich anschaue,
weiß ich nicht, welches Licht dir die Zöpfe löst,
welche Stimme mir sagt,
daß unser Reich von dieser Welt ist.
Und wir haben uns geküßt,
richtig, auf die Lippen.

Während die alte Frau,
die mit dem zerzausten Haar,
uns schon sucht.
Aus: *Metamorfosis*, 1969.

Julio Tovar
1921–1965

Auf die Frage

(er duzte ganz schnell die Dichtung
schnitt sich die Pulsader auf um
schöpfte den Wein der Gespräche aus
schnitt sich die Pulsader auf weil
polemisierte niemals lange danach
schnitt sich die Pulsader auf als)

antwortete er schließlich mit dem Leben.
Aus: *Comedia*, 1977.

Die endlose Pause des Sängers

Wie das zeugenlose Meere gibt die Poesie
zerstückelte Tritonen
zerbrochene Mastwerke

rostige Querpfeifen
Winterleichen zurück

Schmeicheleien über dem schweigsamen Atlantik.
Aus: *Comedia*, 1977.

Sein Fuerteventura

Er steigt des Morgens hinab, den Stock zwischen versteinerte Seesterne setzend, bis hin zu dichten Netzen, gefällten Masten, glitzernden Gewändern eines verstorbenen Pharaonen. Es begleiten ihn ferne Wirbel und treue Rauchhunde sind seine natürliche Gesellschaft. Er gibt den Lebenden, die an ihren Windhäusern lehnen, die Hand. Mit ihnen trinkt er von den Reben, die zertrampelt sind von einem durch die Sonne außer sich geratenen Kamel.

Sie bringen den aus einem Schildkrötenpanzer gemachten Charango zum Klingen.

Einsiedler des Todes, kehrt er nach Hause zurück,
geleitet von den Augen der Katze.
Aus: *Comedia*, 1977.

Seestern

Licht und Astwerk teile ich auf,
meine Nahrung; euch ernähre ich,
Pflanzenlicht und Himmelsastwerk,
zwischen der Sonne des Abends und dem Dunkel

erzählt

wie ein unvorhergesehener Strich.

Überlassen möchte ich,

wie der Tänzer, der am Ufer seine
freie Unvollkommenheit der Bewegung übt,
die Hand ihrem Tanz
die im Innersten gegen das Unharmonische sich sträubt: nur
diese Kieszunge, die meine Schritte weckt,
spreche zu mir auf der Bühne ihres Mundes.

Sterne der Wind zwischen dem Papier
und der Nacht

macht sie munter über dem Meer,
das genannt wird in jeder Schrift.

Ich beneide den Mann nicht der leeren Augenhöhle,
der den Webstuhl bedient.

Aus: *Comedia*, 1977.

Auf Papier geritzt

Einen Homunculus malen   eine Jagdszene
oder ein unleserliches Zeichen.

Nicht der Wunsch sich mitzuteilen

ein sagenumwobenes Wesen das
mit zwei vereinten Leibern winselt

der Sepiakreis
das Radiergummi

(das Hochrelief, das ins Tiefrelief eindringt
und sich einfügt
wenn die Kalligraphie und die kommende
Zeit ihre Geheimnisse vertauschen

wir sind Schattengebärden
das Wort hat die früheren Zeitalter
des Augenblicks

wenn nicht der Ausdruck
der Überschneidungen
selbst

mein Mund erquickt uns

        ausgebrannt wir an der Wand des Zimmers

geschrieben mit der stilistischen Einsamkeit
des Selbstbildnisses des Malers
mit dem Pinsel in der linken Hand
Aus: *Comedia*, 1977.

Sonnenfarbe

Für Andrés Sánchez Robayna

Das Schweigen

        auf dem Papier das seinen Raum
        dem anderen Raum leiht

Farbendruck

        Dünen Agaven Vögel
        eines nahen Meeres,
        wie ein Siegel von geometrischen Erhebungen.
        Die versonnene Gestalt
        der unterbrochenen Gebärde sein
        die

die Farbe der Sonne

        vergeblich vom Tode freikauft.
(Unveröffentlicht)

Jaime Siles

Geboren am 16. April 1951 in Valencia. Er studiert nicht an der Universität seiner Heimatstadt, sondern an der traditionsreichen, aber fernen von Salamanca, wo er 1973 sein Abschlußexamen in klassischer Philologie macht. Noch nicht zwanzigjährig veröffentlicht er seinen ersten Lyrikband, einen weiteren zwei Jahre später. In beiden ignoriert er die damals vorherrschenden Richtungen des »Kulturalismus« und der sozialen Dichtung, um sich ganz vom surrealistischen Automatismus mitreißen zu lassen. 1973–75 studiert er in Tübingen bei dem inzwischen emeritierten Antonio Tovar weiter, der eine herausragende Figur sowohl in philologischen als auch literarischen Kreisen Spaniens darstellt. 1973 erhält Jaime Siles für *Canon* den »Ocnos«-Preis. Dieses Buch, erschienen in der Blütezeit des »Kulturalismus«, verzichtet auf die üppige mediterrane Ausdrucksweise anderer Autoren, obwohl Siles in Valencia beheimatet ist. Wenngleich Siles wie CARNERO ein »poeta doctus« ist, zeigt sich seine Bildung vorwiegend im philosophischen, ja metaphysischen Bereich. Schon in *Canon* wird deutlich eine Hinwendung zum Symbolismus, was ihn mit dem jüngsten Autor dieser Anthologie verbindet (ANDRES SANCHEZ ROBAYNA, geboren 1952), wie zum Beispiel bereits ein Vergleich von »Suite marine« aus *Alegoría* mit einigen Gedichten von ROBAYNAS *Clima* zeigt. Läßt sich sagen, daß beide Autoren Vertreter einer neuen Generation, der der Post-Kulturalisten oder Neo-Novísimos sind? 1975/76 arbeitet Siles am Institut für Sprachwissenschaft der Universität Köln. 1976 promoviert er in Salamanca und wird dort Dozent für lateinische Literatur und Sprache. In *Alegoría*, seinem bis jetzt letzten Buch (1977), wird die Eigenschaft des »poeta doctus« ganz offensichtlich, aber nicht durch den Rückgriff auf Taten, Figuren, Objekte und Orte der Kulturgeschichte, sondern durch das Aufgreifen philosophischer Probleme wie das des Seins. In *Alegoría* tut er das, indem er den alten Parmenides sprechen läßt. Das hat allerdings auch Parmenides getan: Gedichte schreiben, um seine Theorien darzulegen, oder der alte »Rector magnificus« der Universität Salamancas, Miguel de Unamuno, dessen Echo im folgenden langen Gedicht von Siles zu vernehmen ist. Zur Zeit ist Jaime Siles Professor an der alten Universität von Alcalá bei Madrid.

Werke

Génesis de la luz, El Guadalhorce, Málaga 1969 (Lyrik) – *Biografía sola*, El Guadalhorce, Málaga 1971 (Lyrik) – *Canon*, Ocnos, Barcelona 1973 (Lyrik) – *El Barroco en la poesía española*, Doncel, Madrid 1976 (Essay) – *Alegoría*, Ambito literario, Barcelona 1977 (Lyrik).

Übersetzt von *Eugen Helmlé* (siehe S. 260).

Meine Lippen gelangen zum höchsten Strand

»erutaque ex imis fervet harena fretis«
OVID

Meine Lippen gelangen zum höchsten Strand, zum tiefsten Sand, um diese raumlosen Atome der Luft zu küssen. Sie trinken die von zitternden Körpern verwundete Gischt, liebkosen die Nächte aus Zinn oder Laterit, modulieren lässig das Profil der Stimmen, die gesichtslosen Wörter der dunklen Lichter.
Es gibt einen Schattentunnel jenseits der Augen. Und ein grüner Faden sagt, daß es das Gedächtnis gibt. Es ist die lebhafte Retina, die in der Kehle vibriert, die ewige Brandung, die keine Grenzen kennt, das zügellose Pferd, das der Tod zurückhält.
Aus: *Canon*, 1973.

Ouvertüre und Stille

Deine feste Öffnung kennt keinen anderen
Laut außer
dem seines eigenen Echos:
dieses in Durchsichtigkeit aufgelöste Geräusch
welches in dir die Ewigkeit schließt.
Aus: *Canon*, 1973.

Lied

Was hält mich hier,
außer mir selbst,
zur Entfernung geworden
dieses Ortes hier.

Zur Materie geworden,
zur Erinnerung geworden,
zur Entfernung geworden
dieses Ortes hier.

Zu Atomen geworden
jenseits der Echos,
welche einberufen die Stimmen
dieses Ortes hier.

Zur Musik geworden
des Gestades, das tönt
jenseits der Grenzen
dieses Ortes hier.

Zur Welle geworden,
zur Gischt geworden,
zu Körpern geworden
dieses Ortes hier.

Was hält mich hier
außer mir selbst,
zur Erinnerung geworden
dieses Ortes hier?
Aus: *Alegoría*, 1977.

Altarbild vom Tode unseres Herrn Jesus Christus
(Gedicht für ein Gemälde)

Für Adolfo González-Montes

Bald wird es Tag sein.
Und ich, der Augenblick,
der Klang, der Leib, die Materie,
durch die der Mensch,
voll schon von Geschichte,
die Asche des Seins überschreiten wird.
Der Mensch und seine Fiktion,
die das ist, was existiert.
Und das, was ich Gott nenne,
der mein Wort ist.
Das Wort eines Gottes oder das eines Menschen?
Als Fiktion werden beide
in mir fortdauern.

Ich kann mich denken.
Mich denken und das Dunkel
meiner Herkunft sein.
Und mit meinen Lippen
die geöffnete Ewigkeit berühren.
Der Raum verlängert
die Arme auf der Leinwand.
Du siehst mich auf dem Bild,
dessen Licht eines Menschen
meinen Glanz löscht und mich beschränkt
zu dieser Passion des Dunkels, das ich nicht bin.
Du siehst schon, daß wir ein Einziges sind,
du, der du mich siehst, und der andere, der mich anschaut,
und jener, der mich anschaute,
und ich, der ich
in drei gleichen Zeiten
meine eigene Identität aushauche:
denn meine Identität
ist noch eine Zukunft
durch drei verschiedene Zeiten
wandert unsere Form.
Denn die Form ist Sein
und unser Sein die Zeit.
Und kein anderer Gott wollte ihm seinen Namen geben.
Erdichtung: keine Täuschung. Fiktion des Unmöglichen,
welche die Materie in Einheit erweitert.
Einheit und Zerstreuung einer Gegenwart,
durch die der Körper schon in seinem Blut vibriert
und das Blut im Echo,
durch das mein Klang in seinem Innern sich verliert.
Ich bin meine Materie.
Die Materie von mir und von euch,
die ihr zu mir zurückkehrt,
nur vom Du her,
das ein jeder von euch
in euerem Selbst sich bewahrt.
Damit der Mittag
euch einen anderen Horizont bringt,
in dem ich nicht bin,
weder in mir, noch unter euch,
denn ich werde ohne mich sein,
jenseits eines jeden einzelnen von euch,
der nicht ihr sein wird, sondern ich,

jenseits schon von mir
im Dunkel.
Was gibt es jenseits von mir außer dem Dunkel,
das den Traum der Menschen größer werden läßt
und sie wie ein Labyrinth
mit Kristallmagie täuscht?
Werde ich meine Magie sein?
O Dunkel, komm und gib mir deine Dichte!
Denn ich will sterben, um dich zu spüren,
nicht wie eine Öffnung, auch nicht wie ein Raum,
sondern wie eine Oberfläche der Echos,
in denen das Ich seiner Gestalt die Gesichter
zurückgibt, die das Licht nicht widerspiegeln kann.
Denn ich habe kein Licht und ich will mein Dunkel sein
und mein Körper ist gestorben am Rande seiner Abwesenheit,
und meine Materie, die die Zeit erlöst hat,
ist das Bewußtsein einer Ewigkeit.
Schon berühre ich das Sein des Menschen, und ich spüre seinen Sinn,
und ich sehe, daß unter ihm Licht ist,
es gibt das dunkle Licht
jenseits des Todes.
Und es gibt nichts anderes
als den Traum von sich selber.
Denn der Mensch ist der Traum
eines Lichtes.
Wo soll ich hier mit meinem Denken beginnen,
um dich, in der Gegebenheit des Nichtseins, zu denken?
Die Stadt hört man nicht.
Es ist ein Raunen,
Entfernung in der Pupille,
die ein Augenlid von mir fernhält.
Die Stadt, die es nicht gibt
und in der ich gelebt habe.
Die Stadt, die glühend
in meiner Brust ruht.
Die künftige Stadt,
zeitlos schon und mehr noch mein:
noch nicht besessene
Zukunft in der Erinnerung.
Ich wachse im Dunkel, Gott,
um zum Menschen zu gelangen,
um mit dem Menschen
seine eigene Identität zu sein,

die, anders, meine Stimme
in der Luft schon spiegelt.
Ich muß sterben im Zweifel über mich selbst,
in der Schuld meiner Selbst gegenüber Meinesgleichen,
weil das Zittern der Sehnsucht mir
den Glauben an einen Gott, der in Klarheit gedacht ist,
schon umwölkt.
Ich bin mir schon Zweifel:
der Zweifel an mir selber
empfunden von dem, der mich erwartet.
Und mein Körper ist nur diese Musik,
durch die ein Mensch seine eigene Identität träumt.
Wenn die Völker, die mich suchen, wüßten ...
Wenn sie wüßten, daß ich nur ein Mensch bin
und daß nichts meinen Zweifel stützt,
denn mein Zweifel ist etwas, das mehr ist als ich.
Er ist eine Identität, die euch erwartet,
jenseits von euch:
in der Zeit.
Denn nur aus Zeit ist die Materie
und aus dieser ist das Innere gemacht.
Das Innere des Menschen ist die Materie,
durch die ich der Mittelpunkt eines Zweifels bin.
Du schaust mich an.
Du siehst schon, wie sie zusammenstreben
in dem Bild, das Nichts, das ich bin.
Das Nichts, das ich bin,
und die Iris, die mich anschaut,
mir hingegeben
in der zeitlosen Stadt,
wo ich nur Symbol
des andern bin, der kommen wird.
Und der, da er kommen wird, schon gewesen ist.
Und weil gewesen, ist er schon
in der Materie.
In der Materie,
die die Farbe zusammenstellt
im Kopf eines Gottes,
der sie deutet.
Aber du schaust mich an, du, der noch nicht Gekommene,
du, der da ist, du,
der mehr Wahrheit ist als ich.
Dich jammert mein Schmerz verbunden mit meiner Dornenkrone,

und mein Schmerz dauert nicht nur in ihr,
er dauert auch in dir,
weil du der andere
bist, der ich gewesen bin
und der, wenn er mich anschaut, spürt,
daß er jetzt in mir lebt.
Ich, dein Schmerz. Und du, nur mein Zweifel.
Und die beiden in der Zeit,
die eine Materie erträumt,
hinter der es
vielleicht einen anderen Gott gibt.
Einen Gott in der Erinnerung
dieser künftigen Stadt.
Eine Stadt, die man nicht hört,
die ein Augenlid mir fernhält.
Eine Stadt, die ich erlebt habe,
bevor ich in mir selber war.
Eine Stadt, die jetzt
glühend
in meiner Brust ruht.
Eine Stadt, die ein Gott dachte,
um sich zu denken.
Um sich zu denken aus dem Dunkel heraus.
Einsamkeit seines Odems in diesem Dunkel,
in dem mein Körper fortdauert,
durchströmt von einer noch fremden Identität:
ein Steininneres,
gebrannt vom Dunkel
einer künftigen Stadt,
die mir vorausgeht.
Und nicht nur mir,
eine Stadt, von der ich schon ahne,
daß sie aus den verlorenen Tiefen
des Blutes emporsteigt.
Zu diesen drei Zeitpunkten,
die nur ein einziger Ort sind
schon jenseits von mir
im Dunkel.
Wo es nichts anderes gibt als den Traum seiner selbst,
weil der Mensch der Traum eines Lichtes ist.
Aus: *Alegoría*, 1977.

Wassermusik

I
Der Raum
– unter dem Raum –
ist die Form des Wassers
in Chantilly.

II
Weder du, noch deine Erinnerung.
Nur der Name,
den deine Sprache
in dein Schweigen schreibt:
eine Wassersprache
jenseits der Zeichen.
Aus: *Jugar con fuego*, VIII–IX, 1979.

Das Licht teilt sich

Das Licht teilt sich in zwei
und du selbst bist
das, was von dir in dir
nicht du selbst bist
und sich wieder schließt
wie du selber
das, was von dir in mir
doch du selbst bist
Spiegel des Raums
jenseits des Lichts
Aus: *Jugar con fuego*, VIII–IX, 1979.

Gedanke

Während die Musik, ertönt, dauert,
jenseits seiner selbst, der Gedanke fort.
Und das Zittern seines Schattens gibt ihn,
seiner Stimme entleert, seinem Ende zurück,
das in ihm das Raunen seines Anfangs ist.
Aus: *Jugar con fuego*, VIII–IX, 1979.

Alvaro Pombo

Er wurde am 23. Juni 1939 in Santander geboren, kurz nach Beendigung des Bürgerkrieges. Alvaro Pombo studierte Philosophie an der Universität Madrid. 1969 geht er nach London, wo er den Titel eines Bachelor of Arts in Philosophy erwirbt. Er übt dort die verschiedensten Berufe aus und bleibt bis 1977. Zur Zeit arbeitet er bei einer Bank in Madrid. Während seiner Londoner Zeit veröffentlichte er in Madrid seinen ersten Lyrikband. Dieser Erstling zeigt ihn bereits als einen ganz eigener Art im zeitgenössischen Spanien. Seine Lyrik wird charakterisiert durch eine behutsame Sprache (er selbst bezieht sich auf Eliot), durch Ironie und noch mehr durch Humor sowie durch einen Intimismus, der nicht narzistisch-pathetisch wirkt wie bei anderen spanischen Lyrikern dieser Zeit. Die immer spürbar bleibende Distanzierung ist in der Tat wenig »spanisch«. Typischer vielleicht ist Pombos feines Gefühl für die Vergänglichkeit der Zeit. Alvaro Pombo, der bereits zwei Bände Prosa veröffentlicht hat, arbeitet augenblicklich an seinem zweiten Roman. Er wirkt wie ein Philosoph, der auch als Schriftsteller tätig ist. Damit erklärt sich vielleicht seine besondere Bewunderung für den großen Philosophen und Schriftsteller Miguel de Unamuno, der im übrigen heute ziemlich in Vergessenheit geraten ist.

Werke

Protocolos, Biblioteca Nueva, Madrid 1973 (Lyrik) – *Relatos sobre la falta de sustancia*, La Gaya Ciencia, Barcelona 1977 (Erzählungen) – *Variaciones*, Lumen, Barcelona 1978 (Lyrik) – *El parecido*, La Gaya Ciencia, Barcelona 1979 (Roman) – *Hacia una constitución poética del año en curso*, La Gaya Ciencia, Barcelona 1980 (Lyrik).

Übersetzt von *Fritz Vogelgsang* (siehe S. 250).

Protokolle

3620

Und gib uns den frieden oder was es auch sein mag
Eine art verständlichen friedens
Bestehend aus einfachen summen und

Einfachen problemen aus wasserhähnen und äpfeln
Remple nicht in der metro
Gleichzeitig gegen alle bilder

Dieser welt außer dir

Komm laß uns gemeinsam Earl's Court aufsuchen
Und die alleen der scheußlichen traurigkeit betrachten

Es gibt bäume die ihre gestalt verändern
Wenn die vögel krächzen
Das schläfrige fell der katzen
Die aussehen als wären sie freunde

Vor mir ein leben sauber liniert und vergoldet
Wie das unausgefüllte album
Eines unberührbaren fräuleins

Alle haben wir trostlos es wiedergesehen: es war
Der selbe rasen aus der verflossenen spielzeit
Notdürftig aufgefrischt und zurechtgestutzt
Am rande des todes

4730

Du selbst hast die sandburg
Gebaut die du zerstört hast

Du erfandest die eifersucht das entzücken
Die leeren gemächer hast die falle gestellt
Jetzt schnappt sie zu ohne daß du es willst

Der wind fegt
Rauhes gras von den dünen die zeitung
Von einem vergilbten ausflug
Umklammert deine knie

Die nacht wird dich antreffen wie du das abendessen einnimmst
In einem schäbigen gasthaus das weiß und rot
Karierte wachstuch wird die erinnerung
An krüge voll kühlen weins heraufbeschwören

Vorbei ist dein leben das leben das du erfandest
Ohne rast und ruh
Jetzt die verhaßte ruhe die einsamkeit die jahre

Die papierfetzen gestorbener ausflüge gleichen dir
Dem guten menschen der du nicht warst

Man bringt dir den kaffee
Die nacht bringt dich an ihrer hand

Hast du allen adieu gesagt? Ja
Allen

Geh heim jetzt zur frucht deines leibes

5436

Ich tat als öffnete ich die gittertür
Und es tat sich auf die gittertür
Der park vage sich abzeichnend im hintergrund

Man sieht den springbrunnen gestützt auf die dämmerung
Eingesunken die wangen
Zahnlos und aufgeputzt

Zerfallenes fleisch im verworrenen
Reich

Des hadernden winters
Unsteter smaragd
Deiner verlassenen lippen

Ich täuschte mich mogelte
Die götter lachen über die alten
Ich bin standesamtlich tot

61051

Aufzeichnung Letzter Willensbekundungen für einen Meister und einen Chor von Jüngern

In meinem grabe will ich ein paar blumenkohlköpfe
Aus carraramarmor als gefährten haben
Nicht viele nicht besonders große nein ich bevorzuge
Ein gepränge das nicht ins auge springt

– Denn er hinterließ bei seinem tode den erkalteten leib
Eine weitläufige wohnetage in New York zum verkauf
Und, wie einen fisch mit aufgerissenem maul auf dem markt,
Einen im druck befindlichen band gedichte

Ich will nicht daß es so aussieht als wollte ich nicht
Sondern will ausdrücklich festgestellt wissen daß ich sterbe
Contre cœur, einzig dem zwang gehorchend,
Daß das leben mir entlief ohne erlaubnis
Nichts und niemand hält sich heut noch an zucht und ordnung

– Denn er hinterließ uns bei seinem tode den vertrockneten mund
In brüchigem frieden die kasernierte schutztruppe
Ach schon sieht man kommen vom katafalk
Der nationalbibliothek die berittene polizei!
Aus: *Protocolos*, 1973.

Variationen

Zweite Variation

Diese kräftige population welche die reste meines herzens bedeckt
eine ansammlung von lauter müßigen und sehr schönen blättern
dort entdeckte ich das aussehen

von pflanzenreichen ohne irgend welche regentschaft
nur bezaubert von der nährenden gottheit der alten vermoderten blätter
und der phallischen dringlichkeit des lichts im hohen herbst

Dort entdeckte ich die schimmernden überlebenden
eines daseins ähnlich dem meinen
das meines sein konnte

oder vielleicht das meine ist

Dort sah ich das vertraute gesicht des wirren todes
verfangen im pollen der weißen petunien
Keine ameise

hat durch so viele märchen wie ich
das blendwerk ihres märchenhaften samens geschleppt

Keine zugvogelart
kehrte pünktlich wie ich jedes jahr zurück
im vorgeschriebenen zyklus

Keine höhle war trauriger

Fünfzehnte Variation

O trügerisches leben das durch zufall unser ist und fast nie
als ganzes niemals vollkommen sich fassen ließ in einem
einzelnen stimmlaut oder in einer einzelnen geste oder
einem einzigen tun der großen tat die so lange dauern sollte
bis in einem reinen augenblick

vergehen würde die zeit und die wie eine quelle anfänglich
geformt von den natürlichen stufen der felsen frisch grün
sich entfaltet geduldig spaltet den besänftigten quarz
bis eine lieblich eintönige

glatt hingleitende oberfläche uns zu einem bestandteil
der selben eintönigen vegetation macht die im blick
sich verflicht und vielleicht ebenso sich verflicht
in den wäldern in den menschenleeren gärten

von ländern die wir niemals besuchen

wir sind noch nie sehr weit weg gewesen kaum je
haben wir diese zwei gassen verlassen und die kleine kneipe
in der wir abends uns hinhockten immer dieselben stammgäste
schwatzten wir und schwatzten

immer über das gleiche und die appetithappen gingen
auf kosten des hauses es war auch ein kolonialwarenladen
und es gab die nachtwandelnden damen mit ihren
brokatgewändern und den vorgetäuschten und den maßlos
prallen brüsten

die urwälder erfüllen vermutlich andere funktionen
und unsere worte sind überflüssig dort wo nicht einmal
die geschwellte segelbacke des sonnenlichts
den blick der sanften schlangen

verdreht

Achtundzwanzigste Variation

Und nach dem sterben waren kinder wir zwei
Man stellte die stühle an die plätze wo sie immer standen
man schloß den schrank in ihrem zimmer

und ihre briefe bündelte man zu starren päckchen
die nase ging vor den eingeweiden in fäulnis über
und ihre stirn zersetzte sich vor den därmen

Ihre fotos wurden zu belanglosen blättern
und ihre lippen glichen allen lippen

Beisammen in der küche ohne feuer zu machen
kehrten wir allmählich zurück in den unbeständigen lauf der zeit
Ihre augen waren wie alle vergänglichen augen

und die abstrakte ungeselligkeit gepfändeter gegenstände
beschlug die gegenstände die sie alltäglich benutzte
O gigantisch gegenständlicher rücken des todes

Eine zahnbürste ist nur eine zahnbürste und ein mensch ist
  nur ein mensch

Dreiunddreißigste Variation

Blaulichter beleuchteten die flucht bedrängnisse
Früh sehr früh niemand schlief in jener nacht
Ein lastwagen schleppte weg die verlobten die gatten die brüder
  die kinder die prinzen

Und die ratten besetzten das verlassene warenlager
bis sie die säcke ausgehöhlt hatten mit ihren hungrigen bälgen
Dann flohen sie

Ein lastwagen schleppte weg das schlafzimmer das eßzimmer
die sessel und überbleibsel von tieren und menschen
Dann hausten wechselnde leute dort für eine nacht
oder für mehrere nächte

schlachteten das parkett aus rissen wie unkraut
den teppich raus der zu seiner zeit zwei aufeinanderfolgende
jahre voll unterschriebener wechsel gekostet hatte
und nachttiere folgten der miefspur dieser leute

Dann flohen sie

Und die wohnung war das zerrbild ihrer selbst wie ein
  sechster sinn – oder wie ein zeichen
Und die ratten blähten zu fetten bälgen auf
  die mehlsäcke die mohnkapseln die opfer
Wer bist du?
Aus: *Variaciones*, 1978.

Andrés Sánchez Robayna

Geboren am 17. Dezember 1952 in Santa Brígida, einer kleinen Stadt der Insel Gran Canaria. Er studierte Hispanistik an der Universität Barcelona, wo er 1977 mit einer Arbeit über seinen Landsmann Alonso Quesada (1890–1925), der einer der bedeutendsten kanarischen Dichter war, promoviert. Robaynas erste Gedichte erscheinen 1972, das erste Buch 1975. 1976 gründet er zusammen mit C. E. Pinto und A. Sard in Barcelona die Zeitschrift LITERRADURA (insgesamt erschienen 12 Nummern), die sich durch ihre avantgardistische Orientierung auszeichnete (unter anderem Arbeiten von oder über Hidalgo [»zaj«], Mallarmé, Bense, BROSSA), ohne dabei aber unausgeglichen zu wirken. Das ist auch ein Charakteristikum des Werkes von Sánchez Robayna als Lyriker wie als Kritiker: seine Luzidität. Es sollte nicht unerwähnt bleiben, daß Sánchez Robayna der jüngste Autor dieser Anthologie ist. Auf den symbolistischen (mallarméanischen) Charakter seiner Lyrik wurde bereits hingewiesen (s. JAIME SILES), was bei ihm auch in formaler typografischer Hinsicht Gültigkeit hat. Man sollte aber hinzufügen, daß diese poetologischen Prinzipien von einem pantheistischen Elan getragen werden, in dem das Meer und das Licht nicht die Grenze, sondern die Möglichkeit des Entkommens aus der insularen Isolation darstellen. Diese beiden größten Elemente der Landschaft sind für Robayna die offene Behausung des Seins oder die Seiten einer Schrift, die es zu entziffern gilt. Zusammen mit GIMFERRER, Juan Goytisolo und JULIAN RIOS gehört Sánchez Robayna der Gruppe spanischer Schriftsteller an, die einen engen Kontakt zu progressiven lateinamerikanischen Autoren (Paz, Sarduy, Armand, Cabrera Infante etc.) haben und selbst regelmäßig in Amerika veröffentlichen. Außer seiner Arbeit als Kritiker hat Sánchez Robayna Mallarmé, Wallace Stevens und Francis Ponge ins Spanische übersetzt. Zur Zeit ist er Dozent für Literatur an der Universität La Laguna und literarisch sehr aktiv im spezifisch kanarischen Milieu tätig.

Werke

Fragmentos nocturnos, Mafasca, Las Palmas de Gran Canaria 1975 (Lyrik) – *Abolida*, Taller Ediciones JB, Madrid 1977 (Lyrik) – *El primer Alonso Quesada*, Plan Cultural, Las Palmas de Gran Canaria 1977 (Abhandlung) – *Clima (1972–1976)*, Llibres del Mall, Barcelona 1978 (Lyrik) – *Tinta*, Mafasca, Las Palmas de Gran Canaria 1979 (Lyrik) – *Ruta, textura. Lectura de »La ruta de Orotava« de Basil Bunting*, Esferaimagen, Santa Cruz de Tenerife 1980 (Essay).

Übersetzt von *Eugen Helmlé* (siehe S. 260).

Chiffre des Riffs

3
Nichts sah ich in dem trockenen Felsenriff
außer dem schwarzen Maß
schwarz schon der Gedanke ohne zu denken
hervorgerufen
von buchstabierten Wellen
unter dem formlosen Rhythmus besessene
dunkle Tür ausgesprochen auch
von tausend Sonnen gemeißelt

6
UNBEKANNTER Steinmetz meißele ich nichts
aus Sonne
wie er schlage ich eine Wüste
hinter
der schwarzen Silbe ein reiner Abgrund
voll von ihrem Vorhandensein:

7
Dunkel
das Sein das sich entspricht

dunkles

Sein wie ein gekippter Rhythmus

Spiegelbild
des Windes genau
des Wellengangs des Lichts und der Ströme
des Wassers schäumend Spiegelbild

sein wie ein Weinschlauch das Sein das sein Sein
in ödes Sein verwandelt

auf dem krausen Boot sagte ich
jegliche Zahl jegliches
Sein auf dem Riff
Aus: *Abolida*, 1977.

Szene (I)

I

Im Meer,
sichtbar, teilbar
das dichte Astwerk, das das Licht
in feine Richtungen schneidet;
dort,
glänzend und schwarz,
fällt meine Kleidung.
Hoch oben
ertönt
der leichte Schlag
von Blättern in der Leere
der Luft
über der Stille.
Auf dem Meeresgrund
schwarzes Tafelwerk
schwarze Bewegungen.

II

Ich bin der Schauspieler,
der Verbreiter,
und ich höre die Schläge des Astwerks.
Jede Welle
schlägt an meine Augenlider.
Wenn es der Sonne an dieser Stelle gelänge,
das grünere Meer
zu sich heranzuheben,
wäre dies mein
Ludovisischer Thron.

III

Die Wellen sind die Oberfläche.
Mitten im dahinfließenden
Meer die Brandlegung.
Schläge,
starke Schläge
treffen das Meer.
Und fallen nicht.
Hier brechen sie gegen
eisige Winde, umgestürztes
Wurzelwerk, Farnkraut.

Meine Rolle aufsagend
breite ich mich aus und
tanze umher.

IV
Die Wellen sind die Oberfläche,
und jetzt schlagen sie.
Ich bin der Schauspieler.
Dies ist meine Schalmei,
dies mein
Thron.
Aus: *Clima*, 1978.

Stelldichein

Die geheimste   Liebe
bei der   versunkenen Verabredung
wo das Meer die unverzügliche
Ausdehnung   hinbreitet
um zu glänzen   liegt
geschlossen   unter
einem endlos gemusterten
Himmel
                                        hier
und jetzt wo
das Meer   flieht und sich fortsetzt
Aus: *Clima*, 1978.

Beinhaus

Die Gestirne verbrennen
die die Stille schreiben
dieweil sie wild
im gelben Sand sich drehen

und milchige Flüssigkeit
tropft an den Eisen herab –

ihre eisigen
Mitternachtszähne
ins Meer der Inseln schlagend
Aus: *Clima*, 1978

Vögel

Vögel
Vögel in den Felsen

Wolken dicht überm Wasser

es lodert die Sprache voller Monde

klanglos   steigt erst
ein menschlicher
Schrei auf
Aus: *Clima*, 1978.

Abwesenheit

Auf einer Seite
getrocknete Früchte

Auf der andern weiße Wolken

Auf der verlassenen Insel
weidet das Nicht-Sein

Fern dort
stehen die Gummibäume in Flammen
Aus: *Clima*, 1978.

Ein Inselgedicht in den Feuerbergen
(Alonso Quesada, 1886–1925)

In seinem langsamsten Himmel erschafft der August
den Aufruhr des Staubs

Der Wind wirbelt Wolken durcheinander

Das Licht zerbricht die Hölzer
der dunkelgrünen Hütten

Der Wind bringt Sträucher
von den Berghängen herab

Jetzt

werden die Berge unter deinem roten Wort
verbrennen
Aus: *Clima,* 1978.

Der Sinn des Gedichts muß zerstört werden

Die kniende

Welle

rollendes

Lob

ihr Rücken
Lesart der Sonne

entsteht neu

schaut nach meinen

Zeilen

Seite

umdrehe ich

Silbe

Zeile

Hiatus

Sonnenwelle

helle

Wellen
gegen die weiße Klippe

Brise die sie benetzt
Sonne die sie wieder trocknet

Sonne

Beugung

der Sonne

Satz

eine Seite der Erde

Tafel in die

ich einritze
Brise Satz der Sonne auf dem Rücken der Welle

Aus: *Clima*, 1978.

Lektüre

Es erhebt sich der Sand in ruhigen Wirbeln
zwischen den Pavillons   zwischen dunklen Pfosten
(es fällt der Sand wie das Licht fällt
ganz langsam auf das Blatt
das er mir schreibt)

über die Langsamkeit dieses ägyptischen Spaziergangs
Aus: *Tinta*, 1979.

Schwarz auf weiß

Der schwarze Himmel und seine weiße Schrift dicht
bewölkt über der Palmenpromenade ergießen sich er-
strecken sich schreiben sich hin die Baumallee siebt
den Lärm der fernen Autohupen ein erloschener Klang
auf das Gewebe geschriebene Antwort des eisigen Win-
des unsichtbarer Riß

anders der Text der zerstört und sich bewegt und
sich biegt –
nahe dem Rauschen der Linden
bei Nacht –
die Tinte –
Aus: *Tinta*, 1979.

José-Miguel Ullán

Er wurde am 30. Oktober 1944 in Villarino de los Aires bei Salamanca in bäuerlichem Milieu geboren. Ullán begann in Salamanca ein Philologiestudium; in Madrid fing er dann an, Politologie zu studieren. In keinem der beiden Fächer machte er einen Abschluß. Bereits als Student veröffentlichte er Gedichte in Zeitschriften. 1965 erscheinen zwei Gedichtbände, in denen neben der Kraft seiner Stimme und dem besonderen Gewicht der Sprache ein starker Einfluß César Vallejos deutlich wird. Ullán geht 1966 nach Frankreich. Während der langen Jahre in der französischen Hauptstadt ändert sich der Grundton seines Werkes. Zwar bleibt der »soziale Ruralismus« erhalten, in dem die geistige und materielle Armut der kastilischen Dörfer lebendig wird (ohne daß Ullán dabei in die idealisierende Haltung der 98er Generation verfiele), aber seine Lyrik macht einen Läuterungs- und Härtungsprozeß durch. Dabei verzichtet er auf die Musikalität seiner ersten Gedichtbände, in denen noch Fünf-, Sieben- und Elfsilber vorherrschen, wie in der spanischen Lyrik bis in die sechziger Jahre hinein üblich. José Miguel Ullán schafft sich eine eigene Syntax, die schon auf eine Befreiung der Sprache und auf das Experimentelle zielt. Zugleich wird sein politisches Engagement entschiedener. Diese Wende wird vor allem in *Mortaja* deutlich, dem Gedichtband, der 1970 in Mexiko erscheint. 1976 kehrt Ullán nach Madrid zurück, wo er u. a. als Literatur- und Kunstkritiker tätig ist. 1975/76 publiziert er drei Bände visuelle Poesie; inzwischen erklärt er diese Phase seines Schaffens für überwunden. Er kehrt allerdings auch danach nicht zum streng diskursiven Schreiben zurück, nicht einmal in der Prosa, wo nur noch die typographische Ordnung erhalten bleibt. Seine Sprache materialisiert sich derart, daß sie nahezu Signifikant wird. Hauptelemente dabei sind die Volkssprache der Landbevölkerung und die der spanischen Klassiker (seine Verehrung für den verkannten Barockdichter Villamediana ist bekannt). Alles in allem ist Ullán ein Autor mit einer sehr spanischen Neigung zum Anarchischen. Seine entschiedene Ablehnung der Rhetorik schafft notwendigerweise eine eigene »Anti-Rhetorik«, die den Vorteil hat, individuell angewandt zu werden und sich niemand anderem aufzuzwingen. Ullán ist einer der jungen Dichter Spaniens, die mit größter Entschiedenheit mit den literarischen Konventionen gebrochen haben.

Werke

El jornal, Vítor, Salamanca 1965 (Lyrik) – *Amor peninsular*, El Bardo, Barcelona 1965 (Lyrik) – *Un humano poder*, El Bardo, Barcelona 1966 (Lyrik) – *Mortaja*, Era, Mexiko 1970 (Lyrik) – *Antología salvaje*, Hoy por hoy, Las Palmas de Gran Canaria 1970 (Lyrik) – *Cierra los ojos y abre la boca*, Inventarios provisionales, Las Palmas de Gran Canaria 1970 (Lyrik) – *Maniluvios*, El Bardo, Barcelona 1972 (Lyrik) – *Frases*, Taller Ediciones JB, Madrid 1975 (Experiment) – *De un caminante enfermo que se enamoró donde fue hospedado*, Visor, Madrid 1976 (Experiment) – *Alarma*, Trece de nieve, Madrid 1976 (Experiment) – *Las soledades de Francisco Peinado*, Rayuela, Madrid 1977 (Essay) – *Abecedario en Brinkmann*, Rayuela, Madrid 1978 (Essay) – *Soldadesca*, Pre-Textos, Valencia 1979 (Prosa).

Übersetzt von *René Strien* (siehe S. 174).

III

weder raubte noch mordete ich; ich war ein
Kind und dafür schlagen sie mich wieder und wieder.
GELMAN

von herz zu herz
verletzend
der brief und der bund alluvial
ich werde dich suchen im befreundeten fels
die karten aus dem ärmel schütteln
die karten aus der brust
die karten aus dem haus
und jenes feuer aus pfeilen ohne den apfel
ich werde dir sagen
ich warte nicht froh bei der verwüstung
des aufgewühlten vaterlands

voll leidenschaft überschreiten wir
die grenze des landes in fesseln
während du unter den kathedralen die stunde erahnst
und dich auf den muskel stützt
denn ich rufe dich im namen des gerüstes
denn voll von dir klingt mein gedächtnis
und hier die entscheidung
die erloschenen verse
schweigend den geruch des schicksals erzählen
des kranken vogels
der unterworfenen schlüssel
(o verräterische leistung)
daß sie das bett entdecken
und freunde immer freunde
trunksüchtige des todes
sagen wir allen
kommt kommt kommt
dies ist die totenklage

wieviel tausendjährige verzweiflung
beim flechten des bandes unter der eiche

während der kuß zu kurz
der scheiterhaufen am morgen
lebendige litaneien von joachim
feuchte litaneien
und dir adieu zu sagen bis zum abend
aber mit einem zweifel
unverzeihlich
geliebt
durch seinen geschmack nach irgend etwas bekanntem
in schmerzerfahrenen straßen
überfüllt von trauer
überfüllt von bitterkeit
friedfertige ohrfeigen

alles ist teuer
liebe
an den straßenecken
und gestern noch schlechter und was wird morgen
immer zum schweigen verpflichtet
versucht die zähne zu zeigen
der totenschädel im fieber

trotz aller psalmen zum vater
sagen wir uns das erlittene wort
so sagt ramón
umfassende worte
und um zu begreifen
um dich zu lieben im wissen um unsere furcht
vor dem hieb der axt in den rücken
durchbreche ich jedes scheitern
erhebe mich aus dem sarg
nehme dich bei der hand
durchbreche vorgeschriebene verbote
oder zerbreche gar alles
breche in weinen aus mache die dinge schweigen
die einsame lippe
für dich und für mich
für alle
die wir verzichten vom regenbogen zu reden
und freunde ziehen vorüber wie felix
den schrei herausfordern
geschwinde das netz
aufgezählt

(ich bitte euch sehr um vergebung)
wie jemand der eine reihe
innigstgeliebter toter beschreibt
von toten erzählt
wie du und ich
wie die nacht selbst
wie tote fächer
trotz furcht in der fläche der hand
das herz der brief und der bund
Aus: *Amor peninsular*, 1965.

Und Melisse wuchs ihm auf der Stirn

Nicht ohne Grund erschrak ich.
Es war kein Gespenst.

Ärger ohne Hülle (ein Akkord
aus fleischlebiger Warze und zahmem Auswurf)
durchbohrt das Lid. Sagt mir,
ob der Rost gewachsen ist im Abgrund
des milchigen Sumpfes; ob die Weinranken
ihr bartloses Dahindämmern umflochten;
ob noch die Mädchen beim Dorfbrunnen schluchzen;
ob der Hagel geschmolzen ist; ob die Trinker
des Morgens umherziehen, schlaftrunken;
ob sie den Wagen noch abschmieren müssen;
ob auf dem Feld noch kein Portulak wächst
oder jene zarte Gebärde wie bei der Hochzeit;
ob das Gemetzel aufhörte zum Klang des Priesters
oder ich einer Witzfigur treu bleibe,
Blechmusik, Prozession, Raketen ...

Sogar die Eidechse und die Trinkschale,
alles wäre gespenstisch, wenn man in der Sehnsucht
Zungenbrecher schmiedete aus dem Stall,
man den Balken vergrübe, einen Tumult
von tumultartigen Akkorden als Begleitung
– falsch wie dieser Ärger, der jetzt wühlt
im verlorenen Dorf, und sich ausdehnt
wie ein Hauch unversöhnlicher Zungen.

Aber der Ärger, galoppierend, strömt
alte verblaßte Spritzflecken aus:
mißhandelte Gepäckträgerrassel
von Messing Stieglitze
der affigen Vogelscheuche Begräbnis
von der Turteltaube vielleicht
das Vaterhemd in der Truhe
– blau und Joch und Pfeile – mütterlicher
Hausschuh arme Großmutter ach welch ein Gauner
ein winziger Kuß und so schmal

Laßt uns auf Sauftour gehen. Ich will nicht
daß die Trauer, wenn ich einmal zurückkehre, fortlebt.
Es ist mein Beweis von Liebe.
Laßt uns auf Sauftour gehen. Mich quält
eine Begierde nach Schnaps, ein Kitzel ...
Es ist mein Beweis von Liebe.
Laßt uns auf Sauftour gehen. Ich will
meinen geliebten Alptraum ersaufen,
mit einem großen Schluck den ganzen Fluß austrinken ...

Obwohl, danach,
was macht man mit so viel Sand?
Aus: *Mortaja*, 1970.

Die empfindsamen Barden

sie sprießen
schleifen
sterben

krächzen die sonne an
verschränken die hände
streicheln den körper des mondes

machen lärm
reiben sich
schlagen sich blau

reisen

erblassen
schleichen sich ein

dehnen sich aus
bluten

huren nicht
rauchen nicht
schlürfen rosen
glänzen

halten inne
machen sich mut
machen sich frei
suhlen sich

ertränken
kreisen
beeinflussen
paktieren

lieben
schlummern
erwürgen
küssen

werden nicht hart
hegen
quellen
stillen

salben
saugen
erweichen
zerreißen
weinen

brodeln
gurren
pochen
kauen
träumen

sie träumen zu träumen
und im traum
stimmen sie
eine groteske und herbstliche ballade an
Aus: *Mortaja*, 1970.

Die populistischen Barden

Überdrüssig des Himmels,
besangen sie das Irdische:
Verehrer Machados,
Freunde des Milchmanns.

Briefkästen Nerudas;
von Zorrilla, Krebse;
bewundernde Fische
der Faust, die Sonett wurde.

Dort soll der Dichter sprechen,
der den Frieden besingt:
– Ich verfluche die Dichtung,
die frei ist vom Maulkorb.
Aus: *Mortaja*, 1970.

Die Stimme

die stimme ist stimme
                    legte sie doch
die erlösenden worte in scherben

– ... *die geschwungene kinnlade,*
die fratze deines bruders,
der heimliche speichel, die agonie,
fähig, dich als ersten besitzen zu lassen,
als letzten schon (o blutbefleckter körper),
erbe dieses psalms, fremdes land,
flucht für immer, gefangene freiheit ...

die stimme ist stimme
es gibt sie nicht

es gibt keinen neuen duft

        schließt meine lider
Aus: *Mortaja*, 1970.

Mit Waffengewalt

VIII

Holpriger
          Lehmboden
des Friedhofs,
                    leicht
wirblige Säule, beschämte
Maikönigin
aus Kalk und Samen,
todeswürdiges Blutbad
inmitten gemeiner
Hinterbacken,
                    postumer
und düsterer Widerhall
der Verbannung,
Käfig
als einzige Öffnung
dein Trug,
saubere
gottlose Schönheit
der weichen Robbe,
die mit
zärtlichen Küssen
den ertrunkenen
Mönch überhäuft
... Aber, schließlich,
wenn schon
der Winter erscheint
mit Schal,
dampfend,
mit Frostbeulen
und Eisschicht.

                    Und alle,
in so lustiger
Erlösung
der Larven
opfern wir dir
Gebete und Sicheln-

                         Musik!

Aus: *Maniluvios*, 1972.

XV

ICH SCHWÖRE
weiter zu träumen
mit Waffen-
gewalt
Aus: *Maniluvios,* 1972.

Anbetung

urmenschenaffe
du verdammtest uns zur beredsamkeit
Aus: *Espiral,* 4, 1978.

Leopoldo María Panero

Er wurde am 16. Juni 1948 in Madrid als Sohn bzw. Neffe der Dichter Leopoldo (1909–1962) und Juan Panero (1908–1937) geboren. Er machte Abitur an der italienischen Schule von Madrid. In Madrid beginnt er danach ein Philologiestudium, das er nicht zum Abschluß bringt. 1968 ist er zu einem Studienaufenthalt in Italien und veröffentlicht auch seinen ersten Gedichtband *Por el camino de Swan* (in der zweiten Auflage: *Tarzán traicionado*). Er studiert danach in Paris und Cambridge. So erklärt sich der polyglotte Panero, eine Eigenschaft, die untrennbar mit seiner Lyrik verbunden ist. Seine literarische Anerkennung beginnt mit der Aufnahme als letzter und jüngster »novísimo« in die bereits vielfach zitierte Anthologie von Castellet. Man kann sagen, daß er nicht nur der jüngste, sondern auch der neueste geblieben ist. Vom Werk Leopoldo Paneros hat ein Kritiker mit Recht geschrieben, daß darin sowohl Selbstzerstörungswille enthalten sei (»das Ich ist eine traurige Fiktion«) als auch gleichzeitige Selbstbespiegelung (»I am/(je suis)/Ich bin .../... und trotz allem bin Ich«). Diese Haltung verrät der Arbeitstitel seines vorletzten Gedichtbandes: »*Narciso* en el acorde último de las flautas«. In seinem »Kulturalismus« greift er auch auf andere Mittel zurück als die übrigen »Venezianer« – die Kabbala, die Alchimie und den Buddhismus. Ferner zitiert er Lewis Carrol, Lear, de Sade (einige seiner Bücher hat er herausgegeben) oder sogar Gottfried Benn in seinen Gedichten. In Leopoldo María Panero müssen wir den »poeta maldito« der zeitgenössischen spanischen Dichtung sehen. Die Einflüsse der »beat generation« – Subversion (»I am a social climber/climbing downward«, wie Ferlinghetti sagt), Drogen, eine chaotische visionäre lyrische Welt – sind unverkennbar. Er ist der »andere« Dichter, der nicht »die Unsichtbarkeit, die die Uniform verleiht«, akzeptieren will. Er ist er selber. Panero schreibt Lyrik in Versen oder in freier Form, in Spanisch oder anderen Sprachen; er ist sowohl »Kulturalist« wie Surrealist, und er ist keines von beidem. Er macht visuelle Poesie ebenso wie »unsichtbare Poesie« (er selbst nennt sich »Johannes de Silentio«), er schreibt Gedichte mit strengem Metrum oder ohne jede Rücksicht auf das Versmaß. Einflüsse auf sein Werk stammen von so grundverschiedenen Dichtern wie Ory, Gimferrer und Ullan. Zusammen mit Carnero, Azúa, Gimferrer, J. A. Goytisolo und Valente wurde Panero bereits 1974 dem deutschen Publikum – wenngleich nur kurz – durch Curt Meyer-Clason vorgestellt. Die formale Heftigkeit der ersten Lyrikbände scheint sich in den beiden zuletzt veröffentlichten etwas abzuschwächen.

Werke

Por el camino de Swan, El Guadalhorce, Málaga 1968 (Lyrik) – *Así se fundó Carnaby Street*, Ocnos, Barcelona 1970 (Lyrik) – *Teoría*, Lumen, Barcelona 1973 (Lyrik) – *En lugar del hijo*, Tusquets, Barcelona 1977 (Fantastische Erzählungen) – *Narciso*, Visor, Madrid 1979 (Lyrik) – *Last River Together*, Ayuso, Madrid 1980 (Lyrik).

Die Übersetzerin

Bärbel Göhner, geb. am 16. 10. 1956 in Osnabrück. Sie studiert Romanistik (Spanisch und Portugiesisch) und Jura in Bonn.

Hommage an Dashiell Hammett

Besuchen Sie Hong-Kong. Die Droge. Die Straßenkrawalle. Die Gassen. In einem Luxusrestaurant den Tod erwarten. Die Schüsse, das Gepolter von Tischen und Stühlen. Die Schreie, das Wegrennen. Der
hohe blaue Himmel. SO ENDETE DIE MORAN-BANDE. Die Fotos. Der Schnee.
Aus: *Así se fundó Carnaby Street,* 1970.

Schneewittchen verabschiedet sich von den sieben Zwergen

Ich verspreche euch zu schreiben, Taschentücher die am Horizont verschwinden, verblassendes Gelächter, Gesichter, die schwerelos ins feuchte Gras sinken, wo die Spinnen soeben an ihren blauen Geweben wirken. In der Behausung des Waldes knarrt des Nachts das alte Gehölz, der Wind bewegt schäbige Vorhänge, nur der Mond dringt durch die Ritzen. Die schweigenden Spiegel, gegenwärtig einfach grotesk. Ich werde auch vermissen, niemals werde ich euch vergessen. Taschentücher, die am Horizont verschwinden. In der Ferne hört man trockene Schläge, ein Baum nach dem anderen fällt. Der Kirschgarten steht zum Verkauf frei.
Aus: *Así se fundó Carnaby Street,* 1970.

Das Lied des einsamen Llaneros

6

Vinum Sabbati (Schwert
sticht den Kelch

Seth, der der Totenfresser
Licht, Sphäre
gleichmütiges Tropfen der Kirchenlichter
(Sipher, Sephora
auf dem leeren Altar

Sword, Autumn
Schwert gegen den Herbst
Nur
Das Inexistente
kann nicht sterben
(und eine unsinnige Frage
die leichtfertig
die verlassenen Alleen erleuchtet:
Elena, José Sainz und Eduardo und Ana
und Heli mit den unbeweglichen Lippen, V. O. letztlich
säumiges Morgenrot ähnlich einem Röcheln
(they all go)
Todesstoß dem sterbenden April
they all go
into the darkness
und die Liebe
empfing umschlingend in ihren Armen
unentschlossene Wesen zwischen Dunkelheit und Licht
(the vacant into the vacant) Nichts
Luis Ripoll, José Sainz oder Eduardo oder Ana
entwischt gleich Schlangen
Nichts
außer dem Tod
um uns vom Tode zu erretten
(wir umarmten uns
im verlassenen Haus
nicht wissend
daß es nicht möglich ist
(der Mond und das Gewisper)
der Nacht Regungen zu entziehen
Gottes Namen, Tod und die Ratten
vernichtet in den Bergen (nicht wissend)
der Musikant von Saint-Merry, die gekreuzigten Frauen
die Frau, die so gestorben, eine Blume gedeihen ließ
jene, die glaubte, mich zu lieben
und die Blumen der Arktis
(elles n'existent pas)
die blanken Gezeiten nahmen die Überreste mit
Luis Ripoll und Eduardo vielleicht und vermutlich Ana
Ana, Ana, Ana (ich kann nur ihren Namen wiederholen, mehr weiß ich nicht von ihr)
Ohne Augen bist du
Ana, Ana, Ana (und die blanken Gezeiten

und das Meer abgeschafft, die Kristallkugeln
vermehren sich
O Sphäre
ohne Raum einzunehmen
Ana, Ana, Ana
ohne Augen bist du
– ohne Aug Ana –
celle
qui crut m'aimer
es rief der Graf UNTERLASST
IM ZWISCHENRAUM DAS BLINZELN
Wolke Turm Spiegel
(Spiegel, wo es keine Augen gibt)
Carmilla
wenn du in den Spiegel schaust, wirst du dort nicht sein
(außerhalb dieses Blattes dein Name, Leonore
Ana: du wirst nicht da sein
Sphäre, Spiegel:
du wirst nicht da sein
und der Tod träumt nicht
und der Tod ist kein Traum, und wenn ja
nur ein traumloser Schlaf
Ana: du wirst nicht da sein
(um an Münzen zu gelangen
sticht das Schwert den Kelch
Du wirst nicht da sein
(CUP-SUMMER
begrabt den Frühling
PENTACLES, WINTER
im Winter
DU WIRST NICHT DA SEIN
im Winter
verlaßt die langen Korridore, und eure Schritte
die vergebens das Schweigen erbten
eure Schritte
wären nicht mehr auf dem dritten Absatz
wenn wir eine Leiche umarmen
(vielleicht wäre es ein Sukkubus)
und Elena, José; Sainz und Eduardo oder Susana
und Heli mit den unbeweglichen Lippen, V. O. letztlich
(Schwäche eines Schafes angesichts der sterbenden Sonne)
Are you washed in the blood of Lamb?
und Elena und Luis Ripoll und der eingeschlossene Geist

oder Puppe ohne Arme?
                    in der unbeweglichen Flasche
oder Maenza oder Hervás (genannt Die Kugel)
(Seth, der Totenfresser)
Sheila Graham, der Mond oder der Teufel
übertrumpft die 6, übertrumpft die 2
Die zweite Gattin
(wie Fliegen die Erinnerungen totschlagen)
und Eduardo und Luis und den Regen im Gesicht
Susana (wie Fliegen), José Sainz
und Elena, und der, den wir Rauch nannten
                              (und steinerne Kinder)
und der Regen erbaut Städte
                    Revolver aus Asche –
es gibt Gärten inmitten des Regens
                         die blauen Worte
beißen nicht den Köder
und Paläste gebaut nur aus Regen
                         – die blaue Worte –
die leblose Hand, die im Glase ruht
                         – meine nicht menschliche Hand –
                                   RICHTUNG SÜDOST
Luft oder Feuer, niemals Erde oder Wasser
und Elena – ruhen – auf welchem Lager?
es verstummen die Laute der Frösche
während die Leiche ohne Schreien fällt
in den Bergen wo kein Wind mehr weht
                         (mehr Licht
sagte, Grab, Goethe
          LICHT
          ZAHL
          WORT
(der Leopard ist tot)
          LICHT
(heirate dich selbst)
          SAPHER
          SIPHER
          SEPHORA
(du wirst nicht da sein).
Aus: *Teoría*, 1973.

Marilyn Monroes Negative

Blonde Haarpracht, die sich im Nichts ausbreitet
lebendig allein nur in der Tiefe der Höhle
(so stirbt der Stolz in der Tiefe der Höhle)
es bewegte sich das Ungeheuer ins Leere
»Welches ist denn nun der Grund ihrer Schwermut
– Die Schwarzeffekte
in der schleimigen Dunkelheit, der nasse Tod.
»Alle begegnen niemandem unterwegs
Alle begegnen niemandem unterwegs

König, der in ihrem Leib verborgen
Schatten, den man im Licht nicht sieht
Marilyn (blaues Gewässer) dieses Gedicht
nennt dich nicht.
Aus: *Teoría*, 1973.

Kafka verbrennen

Verglimmen
in einer Straße in Prag
Aus: *Teoría*, 1973.

Schechina

»Möge sie mir all den niedergetretenen Ehrgeiz verzeihen und all die ein ums andere mal ausgeblasene Hoffnung, wie eine Kerze«
(Aus dem Lied von Patty Smith, *White Horses*)

»Notwendig ist es zu sterben, um die Schechina zu lieben«, sprachen
jene Alten trunken von Wissen und Mysterium, jene
Bücher, die wir gemeinsam lasen, als ob wir seinen Lichtglanz fürchteten,

oder zuweilen dem Beispiel des Kindes folgend,
das blindlings sich dem Licht zuwendet, angezogen
durch den unsagbaren Glanz
im dunklen, und gleich einem Nachtfalter stirbt:
denn
notwendig ist es zu sterben, notwendig ist es zu sterben, um dich
mehr und mehr zu lieben, Namenlose,
Hauch, den sie nennen, wer weiß warum, »Barmherzigkeit«.
Und bin hier ich, wo ich schon tot bin, bereits genossen habe, eine Gnade ist's,
deine Barmherzigkeit, wahrhaft die einzigste und höchste, weil
in dieser Welt ohne Augen es wird wohl so wahr sein,
daß nur der Tod uns sieht. Und endlich weiß ich
warum du so zerbrechlich wie die Inexistenz warst, warum
du nie wußtest, wie dich selbst nennen, und du so unfähig warst zum Sein, weil eben nur du
im Totenreich wohnst. Tot bin ich, weil
notwendig es ist zu sterben, um dich abermals zu lieben,
tot bin ich und in diesem eisigen Raum, in dem
sich niemand mehr befindet und welchen der Wind durchstreift, die Bücher zerstörend,
die solch großen Schaden anrichteten, verbleiben unter
den Ruinen nur jene Erinnerungen an unsinnige Spiele und Begattungen
und an zügellose Kindheit, wie
ein Palast begraben im Meer: und sieh hier meine Gabe, sieh hier
meinen Liebespfand: diese Leiche, dieser
schäbige Rest, der bei alledem
weiß, daß er unwürdig ist, noch nicht und niemals würdig ist,
er ist unwürdig, jedoch
sag ihm ein einziges Wort,
und er wird dahinschreiten, von neuem dahinschreiten, nicht gleich jenem alten
zerquetschten, der in Spanien starb, sondern
wie jemand, der dank eines Schusses neugeboren,
gereinigt durch die Zerstörung. Es scheint nämlich so, daß
erneut hinter dem Tod die Kindheit sich befindet,
und die Angst
verbirgt Lachsalven, ich schwör's dir:
Tot bin ich und bin ein Mensch, denn
hinterm Tode ward mein Name geschrieben.

Aus: *Narciso*, 1979.

Haiku

(Variabel)

Nur mein Profil bin ich.
Fällt der Schnee, ist von meinem Gesicht
nichts zu sehen.

(Variante)

Nur mein Profil bin ich.
Fällt der Schnee von meinem Gesicht, ist
nichts zu sehen.

(3. Variante)

Fällt der SCHNEE,
werde ich nicht mehr da sein.
Aus: *Narciso,* 1979.

Das Wahngebilde einer Hand oder die postume und absurde Hoffnung auf die Barmherzigkeit der Nacht

Für Isa-belle Bonet

»Alles Erdenglück vereinet
Find' ich in Suleika nur.
Wie sie sich an mich verschwendet
Bin ich mir ein wertes Ich;
Hätte sie sich weggewendet
Augenblicks verlör ich mich.«
(GOETHE, *Westöstlicher Divan*)

Eine Frau näherte sich mir und in ihren Augen
erblickte ich all meine zertrümmerten Lieben,
und es wunderte mich, daß jemand selbst noch die Leiche liebte,
jemand wie diese Frau, dessen Wispern
in der Nacht das Echo all meiner zermahlenen Lieben nachvollzog,
und es wunderte mich, daß jemand immer noch beharrlich

den einstigen Goldgehalt an den Schorfrändern beleckte,
jenen, welchen die Zeit zum Nichts veredelte.
Und ich sah sie gleich dem, der, ohne ihm Glauben zu schenken,
die Fata Morgana eines Gewässers in der Wüste sieht,
ich liebte sie, ohne es zu wagen, daran zu glauben.
Und ich entbot ihr sodann mein entblößtes Gehirn
schlüpfrig wie eine Kröte, nutzlos wie der Friede,
um ihr alsdann zuzusprechen, ihn Tag für Tag
zart mit ihrer Zunge zu berühren, um auf diese Weise
ein Zeremoniell zu wiederholen, dessen einziger Sinn
es ist, daß ihn zu vergessen heilig ist.
Aus: *Narciso,* 1979.

Der Letzte Spiegel

Inspiriert von einem Alptraum,
dessen Name »Maraba Domínguez
Torán« war

Jeder, der den Korridor der Angst durchläuft,
gelangt unvermeidlich zum Letzten Spiegel
wo eine dein Skelett umarmende Frau uns zeigt
von Angesicht zu Angesicht, die Hölle der versiegelten Augen
der auf ewig geschlossenen Augen wie in der Maske
einer Toten, die im Jenseits ihren letzten Auftritt hat:
so schaute ich in die Augen, und meine Seele auslöschten
so sah ich einen Tag den es nicht im Letzten Spiegel gibt.
Aus: *Narciso,* 1979.

Pureza Canelo

Sie wurde am 9. Dezember 1946 in Moraleja geboren, einem Landstädtchen der Provinz Cáceres/Estremadura, in einer der abgelegendsten Gegenden Spaniens, unweit der portugiesischen Grenze. Ihre engere Heimat war und ist in ihren Büchern die heile Welt, die sie als Neunjährige verlassen mußte, um ein Internat in Salamanca zu besuchen. Das Abitur machte sie in Madrid, wo sie heute noch lebt. Die verbale Verarbeitung dieser früh verlassenen Welt ist das Hauptthema ihrer Lyrik: Moraleja ist und bleibt realer und idealer Bezugspunkt für Pureza Canelo. In Madrid besuchte sie die Pädagogische Hochschule, was sich in ihrer Lyrik durch eine häufige Einbeziehung der Welt der Kinder zeigt. Seit 1973 arbeitet Pureza Canelo im Büro für Kulturelle Angelegenheiten, Information und Betreuung der Autonomen Universität Madrid, das sie heute leitet. Wie viele andere junge Dichter wurde auch sie durch José García Nietos Zeitschrift POESIA ESPAÑOLA (1952–1977) einem breiteren Publikum bekannt. 1970 bekommt sie für ihren ersten Lyrikband *Lugar común* den Adonais-Preis. Während der siebziger Jahre folgen drei weitere Bände mit Gedichten. Der zweite von ihnen, *El barco de agua* – Das Schiff aus Wasser –, lieh dieser Anthologie den Titel. Die Einzigartigkeit des poetischen Stils von Pureza Canelo muß deutlich hervorgehoben werden. Obwohl man sie wohl dem Surrealismus zuordnen könnte und obwohl sie häufig die »écriture automatique« anwendet, hat die Lyrik Pureza Canelos (= Reinheit Zimtbaum) keine Ähnlichkeit mit der jetzigen oder früheren spanischen Lyrik. Die Autorin schreibt in einem ihrer frühen Gedichte: »Ich liebte Federico (García Lorca)/und Rilke/ und glaubte an Quasimodo/und danach irrte ich mich/und liebte (Miguel) Hernández mehr.« Sie spricht auch von Neruda; dennoch ist es schwierig, in ihren Gedichten die Spuren anderer Autoren zu finden (»... mein Mund weigerte sich Echos/und Hüllen von gestern zu besingen ...«). Poetologisch ist sie zunächst frei von der so spanischen Sünde der Schöntönerei. Ihre Verse haben kein anderes Maß als das Metrum, das ihnen wie von selbst innewohnt. Die Einfachheit ihrer Sprache ist evident: »Ich begann auf dem Lande/zwei Boote zu bauen./ Eins für den Wind,/das andere für mich ...«. Ihre Eigenart ist ein »weiblicher« Stil, was hier stehen soll für instinktiv, alogisch, naiv, sensitiv, überraschend, fragil, zugänglich usw. Sie selbst faßt ihre Poetik so zusammen: »Denn es ist nötig/die Dinge ohne Talent und Ordnung zu nehmen, und ich komme zu einer anderen Sprechweise.« Genau das macht ihre Originalität aus: eine andere Sprechweise. Pureza Canelo »spricht« durch ihre Gedichte, die immer in der ersten Person geschrieben sind. Statt von Surrealismus könnte man bei ihr eher von magischem Realismus sprechen oder noch zutreffender von »art naïf«, da ihre Lyrik ausgesprochen sinnlich ist. Naive Kunst – das heißt überraschendes und faszinierendes Ungleichgewicht der Proportionen der lyrisch erlebten Welt, mit einem Ergebnis, das sowohl kindlich als auch meisterhaft anmutet. Ja, Pureza Canelo besitzt tatsächlich, wie sie selbst schreibt, »eine Schmetterlingsstimme«.

Werke

Lugar común, Adonais, Madrid 1971 (Lyrik) – *Celda verde*, Editora Nacional, Madrid 1971 (Lyrik) – *El barco de agua*, Cultura Hispánica, Madrid 1974 (Lyrik) – *Habitable (Primera Poética)*, Adonais, Madrid 1979 (Lyrik).

Die Übersetzerin

Anneliese Botond, geb. 1922 in Bayern. Studium der Romanistik und Germanistik in Deutschland, der Philosophie in Frankreich. Deutsches und französisches Doktorat. 12 Jahre Lektoratstätigkeit in Frankfurt und Genf, dann 4 Jahre Lateinamerika. Übersetzungen aus dem Französischen und Spanischen (u. a. Voltaire, Jules Laforgue, M. Yourcenar; Alejo Carpentier, Pablo Neruda, Manuel Puig, Valle-Inclán).

Sieh, wie wahr meine Schulter ist

Einsamkeit ist's, wie immer,
die mir deinen Namen am meisten erinnert.
Doch Vorsicht, auch der Mittag und der Gazpacho
und der am zweiten Knopf klaffende Hausschuh
und die Wassertropfen unter der Dusche
und das nicht eingebildete Fieber während der Siesta
und das Nicht-schlafen-Wollen, um lesen zu können,
und der Kuß, den ich dir gebe abends um sieben,
und der Vulkan in Italien, der nicht mehr dröhnt,
und die Ziegen, die eben am Haus vorbeiziehen
wie brave Pärchen, und wieder der Kampf mit dem Engel
und die Nacht, wieder,
und der Morgen, sich selbst gleich durch seinen Sieg,
und der Heuschreckensprung jetzt eben
und das schlecht begossene Gras unterm Badeanzug
und die welke Feige im Kühlschrank
und, steige ich aus dem Fluß, der Hund, der meine Füße leckt,
und ich rieche ihn mehr als er mich
und die Liebe und dein Name
und das Kleid, das ich anziehe,
und mein Körper, innen, wie ich selbst,
und das Überprüfen deiner Stimme
und noch einmal der Fluß
und das Bier und den Bissen, den ich übriglasse für dich
und das so traurige Grün dieses Sommers, der rot ist,
und dies und allein deinem Namen zuliebe,
um zu sagen, daß ich dein Glas von eben jetzt habe
und dein Empfinden und deinen Geruch
und das Gekritzel, das deine Zunge formt.
Ich bin alles, was du bist, in diesem verdammten Juli,
fix und fertig wie die Vögel am Mittag
und müde wie ein Hund um vier Uhr nachmittags.

Dir diesen Brief schreiben ist: ihn schreiben,
und so tu ich's.
Buchstaben, die aus mir kommen in dieser zeremoniösen, heiligen Weise

und nur für deinen Schrank, in dem du mir meine Furche verwahrst.
Der Balkon hat sich geöffnet für mich, ich bin zu Hause.
Das Licht dringt zu mir, das, was den Nachmittag über dauert,
das, was ich binden möchte an Herz und Samen,
wenn ich meine Ecke nicht leeren, das Salz nicht wegschütten will.

Eine Zeitung hat sich befreundet dem Wind
und reist umher und kommt wieder, ruhelos.
Wo ist der Storch, von dem sie mir sagten?
Wer treibt die Wärme ins Gesicht?
Kerzen neben dem Altar,
Eicheln an der Steineiche für den Abend,
alles reist umher, das Flugzeug kommt nicht herunter,
meine Blusen, wie ein Fenster, offen,
ich bete für das Vergessen, für das Vergessen bete ich nicht,
eine Wolke statt dieses Stücks Blau,
mein Kleid, meine Erinnerung,
dieses Erbarmen, wenn ich meine Straße entlangsehe.
Wie schön, schon kehrt der Karren heim nach Moraleja,
das Fadenknäuel ist verwahrt, weil es gerollt ist,
Berufung, zu behüten, anzubeten, was rasch entgleitet.
Moraleja, offen, schlafend in seinem wenig listigen Salz,
es kann sich nicht sehen, bedeutet so viel nicht,
in einer Stunde eher als sein Bund ist die Zeit.
So geht der Juli hin,
Mannes Name, nah meiner Zärtlichkeit deiner, ich habe mich nicht versprochen.
Andacht für vier. Und für mich, so sind wir zu fünft;
die rollende Dose,
der offene Balkon, meine Bluse, mein Fenster;
wenn ich schlafen gehn muß, werde ich's tun
und wieder unser Gesicht öffnen, an dem ich teilhabe,
die Bande, ich habe keine Bande,
von meiner Brücke aus trink ich das Wasser,
oben ein neuer Kiosk, Legionen verlorener Kirschen,
meine Träne, die nicht verlorengeht.
Ich bete für das Vergessen,
für das Vergessen bete ich nicht.
Der Feigenbaum ist wirklich, grün, Blätter von unten,
um den Brunnen zu vergolden,
Großvater, von seinem zu meinem Haus,
und Küsse werden gesammelt
in jedem Blick.

Dein Name, ich habe deinen Namen vergessen,
ich schreib dir noch immer, verzeih den Lapsus,
noch immer bin ich in deiner Truhe, Liebe, verborgen, hier
und in dem anderen Land, in dem du wohnst.
Und deinen Namen
sage ich nicht.
Aus: *Lugar común*, 1971.

Sankt Johann, 23. Nacht, du und das Übliche

Der Abend sinkt herab
auf alles, was ich sein könnte,
ohne jemand zu täuschen.
Das heißt, ohne jemand zu täuschen,
könnte ich nicht fortgehn, vielleicht, aus diesem Reich,
das die Liebe so oft verletzt hat,
die schönste, die rundeste Spinne
meiner fünfundzwanzig Jahre.

Manchmal denke ich mir, ich bin
das wunderbarste ungeschaffne Wesen,
das bestgehütete Schwachholz
mit seinem Nest
mitten in Kilometern von Bäumen.
Manchmal auch glaub' ich und sage
und herzpoche, hier sei ich
ein König zwischen vier Wänden gewesen:
mein einziger Beweissprung.

Ja, versteh: der Welt trotzen
alle Tage
ist verwandt dem Adel der Seele,
und dem Toboggan eines Lebens
zu besehen in der Tiefe
läßt manchmal erbrechen,
stolpern,
fallen in älteste,
von einem bitteren Gott erfüllte Erde.

Hier, mit diesen Ballen,
den wilden Kindern meiner Hoffnung, gehe ich,
sage ich, daß ich alles liebe wie damals,
alles was Länge wird,
Weisheit, Humanität,
Ausdehnung, Kosmos.
Sanft öffnen sollen sie mir eine Tür
und das Gedächtnis bewahren
meines einfachen Nackens,
wo ich noch lerne, nach dem Rade zu gehn,
dem vom Geheimnis morgens wie abends getriebenen
Schöpfrad ...

Ich bin eine Frau, die geht
und weiter geht und ihren Weg fortsetzt
zu einem altvertrauten Platz der Zeit.
Es ist wahr.

Bei mir weiß ich,
was Nacht ist und meine Wurzel umgebogen hat,
denn oft hab' ich die Seele über das Licht gelegt
und das an geeignetem Körper sich rankende Wort,
und ich wußte: ein Berghang kann nicht verlassen,
was seine Jugend war,
was dem Feuer auf ruhige Art lieb war.
Ich will mein Gedicht machen.
Hier in der Hand habe ich Freunde,
denn Ausharren ist geschätzig geworden,
wie der Berg,
eines Knoten wegen in dieser Nacht,
der Kette, der Ordnung und sanftmütigen Unterwerfung wegen,
gezwungen, meinen Rauch zu trinken.

Um deinetwillen rufen sie mich zu diesem Feuer,
heute, Johannisnacht, heute,
und Thymian brennt mir in der Brust,
und die Stunde schwängert sich mit Duverlassenheit,
ohne Furcht,
lebe ich noch vom Kerzenlicht, von deiner Flamme,
von diesem lautlosen Punkt auf den Fliesen.
Und wer wird schneiden den Zweig,
der sich erkühnt in dein Zimmer
und eintritt schon, schon ergeben,

ihn zu verbrennen in deinem Schnabel,
der unschuldig, ich weiß es, und tot ist?
Wer steigt herauf ans blanke Fensterglas
und wird sehn deinen Staub und diese Spinne,
Augenring ihres letzten gelebten Schicksals?
Warum kommt nicht der Ostwind
und trägt mich nach Westen,
wie den schlafenden Ziegel, an einen Ort der Eintracht,
und zählte dort wieder deine fünf Finger?
Wer will dich begleiten, sterben mit dir,
ein Meer umarmen im goldenen Schmerz?
Daß doch die Welt aus Zeiten gemacht ist,
so aus Einsamkeit gemacht
wie der meinen.
Genau so mache ich meinen Brief. Meine Papiere,
die lange Reihe eines raschen Fadens,
denn ich werde nicht so bald sterben,
nein, nicht wie ein diebischer Mann,
denn mir gelang es, dich zu besehen, später.

In diesem Meer du
und die Bäume: mein Angstschutz.
In der mich umarmenden Luft
umarme ich dich
und vergesse meinen unendlichen Kopf
und erstarke an dieser Stille jeden Tag ...
Salz, meine Augen, Salz.
Ein Gespenst dieses Segel,
der Fisch ist ein Mann.
Mit der Nacht zerreiße ich mich,
die Welle hab' ich getäuscht, ich kehre zurück,
Gerechtigkeit, Gerechtigkeit.

Das Rebhuhn raschelte hinter den Wassern
unter der Erde. Anerkennen, anerkennen,
wenn du der Rücken warst,
geneigt an meinen Rücken,
wenn du Feuer – grauer Krieg deiner Stirn –
so warst, damals erfuhr ich's,
ich Taube deines Jahrhunderts,
schwarze Drossel auf einer Blume
am Mittag.

Welche Erlösung, durch dieses Feuer zu gehn
als Frau, die zu lieben versteht,
die Meer ist und über das Land ging,
bis sie blieb.
Ich, hohe Kette meines Glaubens,
die nur eine ist.

Ruhiger konnte die Haut, die ich trage,
nicht vertraun
auf diese alte, einem Körper dargebotene
Sonne des Worts,
oder mein nackter Mund ist's,
duftend nach dir,
geschäftig für dich, der dich fortsetzt.
So lang, daß es Morgen wird.
Aber ich spüre nicht diesen Rücken aus Lehm,
aus Sternen, ausgeschüttet auf meine Schultern,
den ganzen Leib, Brust und Hände.
Denn mir ist ohne dich
der Körper erfroren, und das Hemd wird mir
früher schmutzig.

Ein Storch sitzt immer noch auf dem Turm
aus Lehmziegeln und Honig, heute, da es später,
da es nächtiger, da es Johannisnacht ist,
begegne ich Sisyphos wieder,
der Sand macht und Zeit.
Der Tag ist schon gekommen, suchend,
ein kalter Pudel,
meinen Tisch aus Asche und Schläfe.
Hierher, zu entblößen einen Körper
und zu zeugen, ein wenig,
von seiner Jugend.

Und schon ist alles in Ordnung.
Schon brach die Decke zusammen
und die Schnelle, mit der ich kam,
um auszuruhn in dem mir kurz bemessenen Raum
des Üblichen.
So von Erlösung zu sprechen, so zu fallen
ist üblich.

Und ich trachtete, mich zu legen in den Gaumen
des Mannes, in seinen Kopf aus meinen Zeiten,

ich möchte stark seinen Fächer bewegen,
doch kann ich, nach einer Halbtagereise der Seele,
nur Meines noch singen, nicht gerecht,
wie betäubt von dem Ackersmann, der ich bin,
wie fortgerissen über die Schleuder hinaus.
Wißt aber, daß ich die Pflanze von innen liebe,
auf meine Luft verzichte im Vogel
und laufen lasse die Ameise,
die von meiner Sohle lebt.
Ich weiß von Selbstliebe so viel
wie von Liebe.
Dem wird die Tür unteilbar,
der unter den Sternen weint,
eine Tat, dem Nicht-Sterben ähnlich,
einsam geh ich, so langsam, bis von der Stirne
das Leben gekehrt ist.
Deshalb hebt sich ein Mund in meiner Rippe,
die, sag ich, unschuldig nie sein wird
noch tot.

Dahin, dahin die Junisonnenblume,
meine Freunde werden müde, mir zu sagen:
Schreibe mir einen Brief,
und niemand hört zu und niemand klatscht Beifall,
sie sehen nicht, daß zerbrochen die Wabe
zweier Insekten, dieser Liebe,
zerfetzt von ihrem Schnabel, das grüne Blatt,
in Aufruhr mein Wasser, meine Zähne,
daß mir eine zu sein nicht gelingt.
Wenn aber ein Mann etwas von mir erkennt
in seinem weißen Punkt,
ausgleichen mag er dann die Geschichte
dieses nackten, dieses freiwilligen Schwätzers.
Aus: *El barco de agua,* 1974.

Wenn ich schöne Mathematik lerne

Hier muß man plärren,
denn dies ist ein großes Gewitter.
Der schwarze Himmel im März ist ein Sonntagnachmittag
mit Kakao und viel Umtrieb zu Hause.

Unsere Addition liefert solche Ergebnisse,
und ich sage, der Rechenmeister ist ein ruhiger,
unparteiischer Mann, verliebt in den Vers,
der ihm die Feder nicht sprengt.
Und wenn das Ergebnis fünf ist,
ziehst du fünf ab und sagst, der Rest ist,
was bleibt. Und weiter.
Oder er bringt heraus, wenn eine Liebe dir erschienen ist,
ein Fleck, ist gleich deiner eigenen Kehrseite:
Einsamkeit.
Aus: *Habitable*, 1979.

Das Experiment

José Luis Castillejo

Geboren am 7. September 1930 in Sevilla als Sohn einer liberalen Adelsfamilie. Nach dem Jurastudium tritt er 1955 in den diplomatischen Dienst ein, der ihn nach Washington, Algier und Bonn führte. Von 1974–1979 ist er Generalkonsul in Stuttgart, zur Zeit spanischer Botschafter in Lagos. Selbst Sammler moderner Kunst (Leihgaben auch an deutsche Museen), beginnt er 1966, in der renommierten amerikanischen Kunstzeitschrift ART INTERNATIONAL Artikel über moderne Kunst zu veröffentlichen. Auch sein Essayband *Actualidad y participación* beschäftigt sich vorwiegend mit zeitgenössischer Kunst. Ab 1966 hat er erste Kontakte zur Gruppe »zaj«, der er 1967 beitritt. Diese Gruppe ist die erste bedeutende spanische Avantgarde-Formation, die nicht nur ausländische Einflüsse aufnimmt, sondern auch selbst über Spanien hinaus wirkt. Ihre Hauptbereiche waren Aktionsmusik und experimentelle Literatur (auch visuelle Musik). Sie war 1964 von den drei Musikern J. Hidalgo, W. Marchetti und R. Barce gegründet worden. Die Anthologie *A Zaj Sampler* (New York 1967) bringt bereits Arbeiten von Musikern und Schriftstellern (Castillejo, Cortés, Cuadrado, Hidalgo, Marchetti, T. Marco und De Vicente). Die ersten von der Gruppe herausgegebenen Bände sind zugleich die beiden ersten Bücher Castillejos, sie sind erfüllt von dem neodadaistisch-konkreten Geist, der in der Avantgardedichtung der sechziger Jahre seinen Höhepunkt erreicht. Der zweite Band (*La política*, 1968) hat eine deutlich engagierte Haltung und erinnert in mancher Hinsicht an die *Textbücher* von Heissenbüttel. 1969 veröffentlicht Castillejo als Manifest *Die neue Schrift*. Darin nimmt er eine Grundidee Gertrude Steins auf (»Ich schreibe mit den Augen, und nicht mit den Ohren oder dem Mund«), deren Werk er zum Teil ins Spanische übersetzt hat. Mit »*The Book of i's*« (1960) beginnt er eine weder lesbare noch sprechbare Schrift zu entwickeln, die sich nach mathematischen und musikalischen Gesetzmäßigkeiten richtet. Ab *El libro de las dieciocho letras* verzichtet diese Schrift auf Vokale (lat. vocalis = tönend, redend). Mitte der siebziger Jahre wendet er sich von dieser »nueva escritura« ab und versucht, die »nicht geschriebene Schrift« oder die »Sprache der Wirklichkeit« zu entwickeln, wobei er Ideen von Lacan und Pasolini aufgreift. Er befindet sich damit in einer dritten Phase: nach der des Symbols und der des Zeichens (= Signo) nennt er diese Phase jetzt die des Symptoms (Psychoanalyse und Soziologie).

*Werke**

La caída del avión en el terreno baldío, zaj, Madrid 1967 (Experiment) – *la política*, zaj, Madrid 1968 (Experiment) – *Actualidad y participación. Una filosofía contemporánea*, Editorial Tecnos, Madrid 1968 (Essays) – *The Book of i's*, Selbstverlag, Konstanz 1969 (Experiment) – *Die neue Schrift*, Selbstverlag, Bonn 1969 (Manifest) – *El libro de las dieciocho letras*, Selbstverlag, Madrid 1969 (Experiment) – *Modern Writing*, Selbstverlag, Madrid 1970 (Essay) – *El libro de la letra*, Selbstverlag, o. O. o. J. (Madrid 1974?) (Experiment) – *A Book of a Book*, Selbstverlag, o. O. o. J. (Stuttgart 1976?) (Experiment).

* Ab 1976 fehlt es an sicheren bibliographischen Angaben, da die vorhandenen nicht verifizierbar sind.

Die neue Schrift

Meine Bücher wollen der Beginn einer wirklichen Schrift sein. In den westlichen Sprachen sind die grafischen Zeichen, die Schrift, der Schaffung des gesprochenen Wortes untergeordnet; die Schrift entbehrt der Autonomie, der Freiheit und ist dem Monolog oder Dialog unterworfen; sie ist nur ein Mittel für die Sprache.
Nach der Legende soll die alphabetische Schrift entstanden sein, als Moses, der Stotterer war, ein gesprochenes Wort in verschiedene Laute aufteilte und jedem Laut ein oder mehrere Schriftzeichen oder Buchstaben zuordnete. Diese Buchstaben sind keine Zeichnungen mehr, das Alphabet befreit die Schrift von der Malerei, ordnet sie jedoch dem Wort unter.
Die Loslösung der Schrift von der Malerei stellte einen so großen Fortschritt dar, daß das neue Abhängigkeitsverhältnis der Schrift von dem Klang niemandem Anlaß zur Besorgnis gab, und erst heute beginnen wir uns zu fragen, ob es notwendig ist, diese Abhängigkeit der Schrift von dem gesprochenen Wort als etwas Endgültiges aufrechtzuerhalten. Meine Antwort auf diese Frage lautet, daß das gegenwärtige Abhängigkeitsverhältnis der Schrift von dem gesprochenen Wort heutzutage nicht notwendig ist und dekadente Erscheinungsformen hervorruft, die in unserer Zeit als »nouvelle vague« (»Neue Welle«)-Literatur gelten.
Die Schrift muß ihren Moses finden, aber diesmal braucht es kein Stotterer des gesprochenen Wortes zu sein, sondern vielleicht einer des geschriebenen Wortes. Gertrud Stein hätte dieser Stotterer der Schrift sein können, aber sie kam nicht so weit.
Die Dienstbarkeit der Sprache wird kein Ende finden, solange immer dekadentere Formen für jenen geschriebenen Wortschwall erarbeitet werden, den wir Literatur nennen, möge es sich dabei um traditionelle Formen oder die »nouvelle vague« handeln, oder solange nach falschen Lösungen gesucht wird, wie sie von den beiden Feinden der Schrift vorgeschlagen werden: das heißt von dem McLuhanismus und der konkreten Poesie.
McLuhan spielt in diesem Jahrzehnt die gleiche traurige Rolle wie Spengler in den Jahren nach dem Ersten Weltkrieg, jedoch bietet er uns anstelle eines dekadenten Pessimismus einen einfachen Konformismus und Neoprimitivismus an. Er will uns wieder »in Stämme einteilen« und zu »mündlichen Menschen« machen, das heißt, er will

die Schrift durch die Trommel des Stammes oder der Diskotheken ersetzen.
Die konkrete Poesie ist eine andere Form des Neoprimitivismus, denn sie will die Schrift wieder der Malerei unterordnen, ohne jedoch andere Dienstbarkeiten aufzugeben. Die konkrete Poesie läßt ein konformistisches »Potpourri« von Ton, Malerei und Anekdote etc. etc. entstehen. Sowohl der McLuhanismus als auch die konkreten Dichter wollen alle Medien in einigen konfusen »Intermedia« auflösen.
Die Abhängigkeit der Schrift von der Sprache teilte die Schrift in zwei Teile: die Prosa und die Poesie. Es gab Dichter und Prosaschriftsteller, jedoch keine »Schreiber«. Die Prosa ist die Form des Schreibens, die dem Zweck, ja sogar jener jedem Utilitarismus ausgelieferten Form, der Beschreibung, untergeordnet ist. Die Poesie ist die Schrift, die der Musik, dem Klang der Worte untergeordnet ist. Die Musik wurde, von Mallarmé bis Cage, als die »Befreierin« der Schrift hingestellt; Cage verwandelte die Zwischenräume in der Schrift zu musikalischen Intervallen und versuchte, alle Aspekte des Lebens in Musik umzusetzen. Er ging dabei so weit, daß man ihn einer ehrgeizigen Frivolität beschuldigen kann. Die wirkliche Schrift muß sich von diesen »Befreiern« befreien und ihre Identität durch eine radikale Selbstkritik und eine Kritik der übrigen Medien durch einen Prozeß der Bejahungen und der Verneinungen finden. So muß sie sich beispielsweise darum bemühen, nicht der Verführung jener pseudogegenwärtigen oder pseudozukünftigen Typografie zu unterliegen, die inspiriert ist von jener kleinbürgerlichen Form des Ästhetizismus, wie ihn das Bauhaus verkörperte, eine Einrichtung, die die revolutionären Ideen des Konstruktivismus und des Suprematismus kleiner und inhaltslos werden ließ.
Der absolute Liberalismus, der Kult der Sichtbarmachung des Schriftmaterials, wie ihn die gegenwärtigen minimalistischen Schriftsteller (Darboven, André) ausüben, zerstört oder trivialisiert die Macht des Geschriebenen, etwas auszusagen. Er ist eine andere Form des aktuellen Kultes der Leere, obwohl diese Leere überfüllt ist von materiellen Gegenständen. Die Sensibilität des Wortes strebt nach einer Verbalisierung des Raumes, sie will ihn mit Geräuschen oder Gegenständen erfüllen, sie sagt uns jedoch nichts.
Meine Schrift erfaßt die Wirklichkeit als einen Vorgang, als eine Reihe von Augenblicken der Vorwegnahme oder der Kulmination. Sie strebt danach, eine freie, bedeutungsvolle Einheit zu schaffen, in der alles seinen Wert besitzt und ein Dominieren vermieden wird. Der Raum und der Buchstabe messen sich gegenseitig ihren Wert zu, ohne daß eines das andere beherrscht. Außerdem sollte sich die Schrift von der Schrift trennen, und zwar nicht notwendigerweise bei dem psycholo-

gischen Entstehungsprozeß, sondern vielmehr bei dem eigentlichen geschriebenen Werk.

Es ist dekadent, sich der Sprache zu bedienen, um sie mit einem Wust trivialer Sachverhalte vollzustopfen, wie die berühmte Tasse Schokolade von Proust, oder sie in eine enzyklopädische Oper der menschlichen Gelehrsamkeit zu verwandeln, wie Joyce es tat.

Bonn 1969

Das ist die Zahl Eins

1111111111111111111111111111111111111111111111
1111111111111111111111111111111111111111111111
1111111111111111111111111111111111111111111111
1111111111111111111111111111111111111111111111
1111111111111111111111111111111111111111111111
1111111111111111111111111111111111111111111111
1111111111111111111111111111111111111111111111
1111111111111111111111111111111111111111111111
1111111111111111111111111111111111111111111111
1111111111111111111111111111111111111111111111
1111111111111111111111111111111111111111111111
1111111111111111111111111111111111111111111111
1111111111111111111111111111111111111111111111
1111111111111111111111111111111111111111111111
1111111111111111111111111111111111111111111111
1111111111111111111111111111111111111111111111
1111111111111111111111111111111111111111111111
1111111111111111111111111111111111111111111111
1111111111111111111111111111111111111111111111
1111111111111111111111111111111111111111111111
1111111111111111111111111111111111111111111111
1111111111111111111111111111111111111111111111
1111111111111111111111111111111111111111111111

Aus: *la caída del avión en el terreno baldío*, 1967.

JOSE LUIS CASTILLEJO

A Page from »The Book of Twenty Letters«

rj mrj mr mjr jm jr mrj rmj mr mj rmj mjr mj rm jrj mjr jrm rj

mjr jm rmj mjr mr jm jrm jmr jr mr jmj rjm rm rj mrj rm rj mjr

jm rm rjr mj mjr jm rmj rmr jm rj mr mjr jm rj rm jmj rj mj rm

rjr jr mjm rj mjr jrj mj rmr jm rm jmr mj rj mrm rm rmj mr jmj

mr jm rjr mj rjr rm rmj mjr jr jmr mj mjr jmj mr jrm jmj mj rm

jrm rj rjm rj mjm rj rmr mjm jm rmj mjr jm rm rjr mj mr jr mjr

mj rm jmr mj rjm rj mjr jrm rm jmr mr jmr jm rmr jr jrj rmj rj

rmr jr jmj rj mrj mjr mj mrm rm jmr jm rjr jm rjr mj mr jr mjm

jr mr jmj rm jrm rjr jr mjm rj rmj mr jmr jmj mr jrm rmj mr mj

mjr jm rmr jm jrj mjr jm rjr mr jm rmj rj mr mrj rm jmj mr jrm

jr mr mjr mr jrj mr jmr mjm rj rmr jrm jr jmj mr mjr jmj mj mr

mjr jm rmr mjm rm jmr jm rjm rm jm rm rmj rj mj rjr jrj mr jrj

rm jr jmj rj rmj rmr jm rmr jm jr jm rmj rj mr mj mrm rj mr jm

jrm jm rmj rjm rj rmj rm rjm rj mr jmj mj mr jmr mj rjm rj rmr

mj rmr jr jrm rj mjr jmr jm rj mrj mr jrm rjm jm jmr mr jmr jm

(Unveröffentlicht)

Zwei Seiten aus »Libro de las dieciocho letras«

p g g p g p g p p g p g p g p g g p g p p g p g p g g p g p

g p p g p g p g g p g p g p g g p g p p g p g p p g p g p g

p g p p g p g p g p g g p g p g p g p g p p g p g p p g p g

g p g p p g p g p g g p g p g g p g g p g p p g p g p p g p

g p p g p p g p g p g g p g p g p g p p g p g p p g p g p g

p g g p g p g p p g g p g g p g p p g p p g p g p g p p g p

g p g p g g p g g p g p g p g g p g p p g p p g p g p g p g

p g g p g p p g p g p g g p g p g g p g p p g p g p g g p g

p g p g p p g p g p g g p g p g p p g p p g p g p g g p g p

g p g p p g p g p p g p g p g p g p g g p g p g g p g p p g

p g p g p p g p p g p g p g g p g p g p p g p g p g g p g p

g p g p p g p p g p g p g g p g p g p g p p g p g p p g p g

g p g g p p g p g g p g p g g p g g p g g p g p p g p g g p

g p p g g p p g p g g p g p g g p g g p g p p g p g g p g p

g p g g p g p g p p g p g g p g p g p p g p g p g g p g p g

t s t t s t s t s t s s t s t t s t s s t s t t s t t s s t

s t s t s s t s s t t s s t s t t s s t s t s t s t s s t s

t s t t s s t s t s s t s t s s t s t s s t s s t s t s s t

s t t s t s t t s t s s t s t t s t t s t s t t s t s s t s

t s t s t t s t s s t t s t s s t s t s t s t s t s t t s t

t s t s t s t s t s s t s t s s t t s s t s t t s t t s s t

s t t s t s t t s t s t s s t s s t s t s t t s t s s t s t

t s t t s t t s t s t t s t s s t s t s t s s t s t t s s t

s t s s t s t s t t s t s t t s t s s t s t s s t t s t t s

t s t s s t s t t s t s t t s t s s t s t s t t s t s t s t

s t t s t s s t s t s t t s t s t t s t s s t s t s s t s t

t s t s t t s t s t t s t s t t s t s t s t s t s s t s t s

t s t t s t s t t s s t s t s s t s t s t t s s t s t s t s

s t s t t s s t s s t s t s s t s t s t s s t s t t s t s t

t s t s t s t s t s s t s t s t s t s s t s t s t s t s t s

Aus: *El libro de la dieciocho letras*, 1971.

Eine Seite aus »El libro de la letra«

Aus: *El libro de la letra*, 1974.

Francisco Pino

Am 18. Januar 1910 in Valladolid geboren, ist er der Senior dieser Anthologie. Aber Francisco Pino ist gleichzeitig einer ihrer jüngsten Autoren, denn sein erstes experimentelles Buch *Poemas económicos* erschien 1969. Zu dieser Zeit beginnt sein zweites literarisches Leben oder »Crisis«, wie er es nennt, im Gegensatz zu seiner ersten konventionellen Phase »Curso«. Er studierte in Valladolid Jura und gründete in jungen Jahren die literarischen Zeitschriften MESETA (1928/29), DDOOSS (1931) und A LA NUEVA VENTURA (1934). In diesen Zeitschriften veröffentlichten damals junge Dichter wie Lorca, Alberti und der auch aus Valladolid stammende Jorge Guillén. Pino war daher verwandter Dichter und Verbreiter der legendären Generation von 1927. In den drei Zeitschriften spiegelte sich der Avantgardismus jener Zeit wider, der Surrealismus. In den ersten Gedichten Pinos zeigt sich neben surrealistischen Elementen ein spezifischer Rhythmus, etwas wie die verbale Knappheit der deutschen Expressionisten. In diesen Jahren studiert er in London, wo er Blake ins Spanische übersetzt; außerdem hält er sich oft in Frankreich auf. Pino lebt in Valladolid und leitet dort ein Handelsunternehmen seiner Familie. Er ist sich seiner Isolierung bewußt und davon überzeugt, daß das Wichtigste am literarischen Schaffen der »Erfahrungs- und Schöpfungsakt und nicht seine Ergebnisse oder Folgen« sind. So gibt er die meisten seiner Bücher in kleinen Auflagen im Selbstverlag heraus. Neuerdings aber wird Pinos Werk über den begrenzten Kreis der Experimentalisten hinaus bekannt und auch kommerziell verlegt. Er ist Herausgeber einer periodischen Publikation CARPETA (»ART MAIL«). Pino bedient sich aller Mittel des Experimentalismus (von diskursiven bis zu visuellen, sowohl zwei- wie auch dreidimensional) und versucht dabei, »das Ausdrückbare ›unauszudrücken‹«, wie es die experimentelle oder materielle Poesie verlange, im Gegensatz zur idealistischen, die stets versuche, das Unausdrückbare auszudrücken.

Werke (nur experimentelle)

Textos económicos, Relieve, Valladolid 1969 (Lyrik) – *Solar*, Libros N. O., Madrid 1970 (experimentelle Texte) – *Quince poemas fotografiados*, Selbstverlag, Valladolid 1971 (Experiment) – *Poema*, Selbstverlag, Valladolid 1972 (experimentelles Buch) – *Hombre, Canción*, Selbstverlag, Valladolid 1973 (experimentelles Buch) – *Octaedro mortal*, Selbstverlag, Valladolid 1973 (experimentelles Buch) – *Bloques*, Selbstverlag, Valladolid 1974 (Experiment) – *La salida*, El Toro de Barro, Carboneras de Guadazaón/Cuenca 1974 (Lyrik) – *Terrón, cántico*, Selbstverlag, Valladolid 1974 (experimentelles Buch) – *Realidad*, Selbstverlag, Valladolid 1976 (Experiment) – *Ventana Oda*, Selbstverlag, Valladolid 1976 (experimentelles Buch) – *el júbilo*, Selbstverlag, Valladolid 1976 (Experiment) – Ohne Titel (»*Cuadrángulo blanco y negro*«), Selbstverlag, Valladolid 1977 (experimentelles Buch) – *Algo a Jorge Guillén*, Selbstverlag, Valladolid 1977 (Experiment) – *Antisalmos*, Hiperión, Madrid 1978 (Lyrik) – *Nada más que mirar*, Entregas de la Ventura, Madrid 1980 (Lyrik).

Übersetzt von *Cristina Fernández Reumann* (siehe S. 220).

Über industrielle Ansprüche

Wenn
die
Sonne
untergeht
ist es sinnlos sie zu bitten daß sie uns beleuchte
bis
die
Nacht
vorbei ist
IST ES SINNLOS SCHEINWERFER ODER LAMPEN ANZUMACHEN
wir
werden
die Dunkelheit
mehr spüren
die
uns umgibt
bis die Nacht vorbei ist
ist es
sinnlos
uns
mit
unseren
Dingen
zu trösten
wenn die Sonne untergeht
denn
nur
Ihre
Dinge
Ihre
Dinge
ach,
bis die Nacht vorbei ist

Aus: *Textos económicos,* 1969.

Die Nase des Ibn Abbad von Ronda

Nariz
Nasus
Nosis
Naso
Nase
Nose
Nez
Nas
Nos

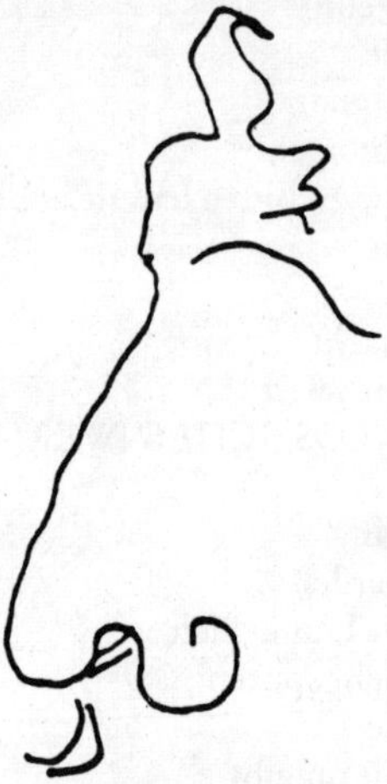

ziraN
susaN
sisoN
osaN
esaN
esoN
zeN
saN
soN

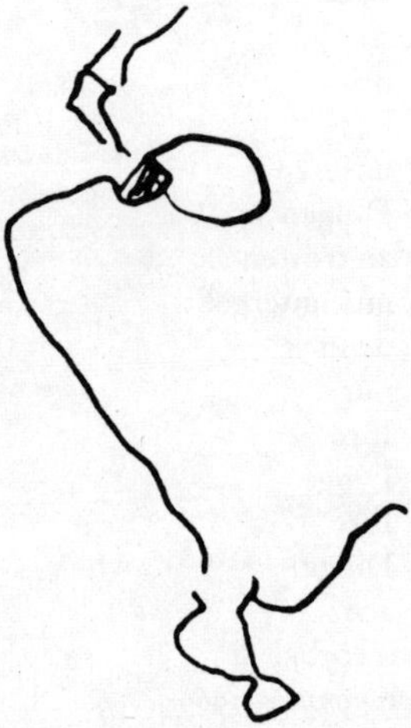

Aus: *Solar*, 1970.

Mensch Lied

Aus: *Hombre, Canción*, 1973.

Sterbliches Oktaeder

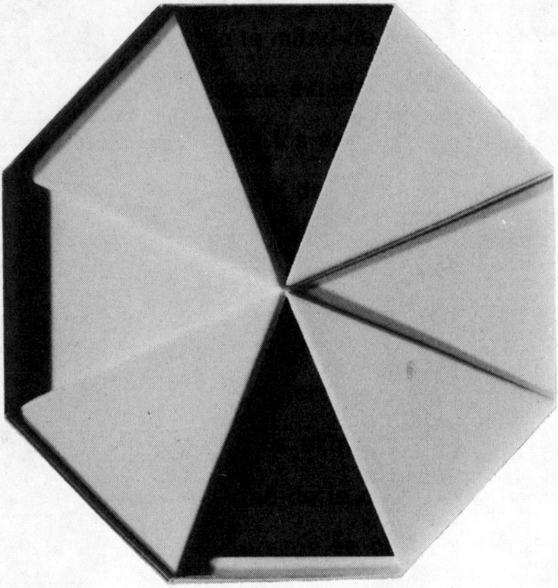

Aus: *Octaedro mortal reloj de arena*, 1973.

Bilderbogen

Aus: *Carpeta. Grises*, 1976.

Antipsalm dessen der sich schlafen legt

Siehe der müde Mann hat sich ins Gras gelegt, am Ufer des Duero, zwischen die Pappeln. Oben ist der Mond und auch unten ist der Mond, im Fluß. Zwischen dem einen und dem anderen Mond ist das Geäst der Pappeln. Die Zweige der Pappeln zeichnen Zeilen auf den Anorak des Mannes. Es sind Verse. Sie tönen und tönen nicht. Der Mann, der sich ins Gras gelegt hat, spürt, wie sie ihn in das Vergessen schreiben, wie sie ihn zurückziehen; er hört sie heimlich davongehen; er hört sie gehen; er schläft ein, er schläft, er dhrräfdd.
Das Geäst der Pappeln im Mondlicht, läßt die Konsonanten verschwinden, und es herrscht das Geräusch des r, die tiefe Weichheit des w, das traumhafte d, das k, das die Ankunft des Schlafes zurückhält und das y, das ihn sanft und unpersönlich werden läßt. Mitten in der leichten Bewegung der farblosen Blätter und dem Licht, das sie kaum abzeichnet, entsteht eine andere schimmernde Sprache. Auf diese Traumsprache beziehe ich mich; auf diese dichterische. Kaum ...

Letzter Antipsalm

1. Geliebte Kinder
stets geliebte Kinder
2. es ist schwer
nähere zeitlichere
Worte zu finden

3. geliebte Kinder
stets geliebe Kinder
4. es ist schwer
entferntere unzeitlichere
Worte zu finden

5. geliebte Kinder
stets geliebte Kinder
6. der Mond ist oben
darunter.

Ar'ddid'arrvvo v'ir'arr

1. Keridod' ikkod'
d'ievvv're keridod' ikkod'
2. ed' div'id'irr er'kor'ddrar
oddrad' vv'arravrad' vvad' vv'
rod'ivvad' vvad' ddevvvv'
orarred
3. keridod' ikkod'
d'ievvvv're keridod' ikkod'
4. ed' div'id'irr er'kor'ddrar
oddrad' vv'arravrad' vvad'
rrekkar' ad'
vvad' ir'ddevvvv' orarred'
5. keridod' ikkod'
dievvvv're keridod' ikkod'
6. rra rrur'a ed'dda ariva
devakko

Aus: *Antisalmos*, 1978.

Joan Brossa

Er wurde am 19. Januar 1919 in Barcelona als Sohn eines Graveurs geboren. Brossa besucht eine höhere Handelsschule, ohne jedoch den Abschluß zu machen. 1938 wird er republikanischer Soldat an der Front bei Lérida. Zugleich macht er seine ersten schriftstellerischen Versuche. Nach der Rückkehr nach Barcelona beginnt er, Lyrik zu schreiben. 1941 lernt er Joan Miró kennen. Seine ersten Gedichte (surrealistische Sonette) veröffentlicht er 1943. In diese Phase fällt die Freundschaft mit Antoni Tàpies und Brossas großer Einfluß auf Tàpies »magische Zeit«. 1944 tritt er mit den ersten Theaterstücken hervor. 1948 gründet Brossa mit den Malern Tharrats, Tàpies, Ponç und Cuixart sowie dem Kritiker Arnald Puig die wichtige surrealistische Zeitschrift DAU AL SET, in der er auch einige Gedichte publiziert. Während der fünfziger Jahre lebte er vom heimlichen Verkauf durch die Zensur verbotener in Lateinamerika erschienener Bücher. Seit mehr als dreißig Jahren ist Brossa freier Schriftsteller und Nur-Autor und nimmt damit unter den in dieser Anthologie vertretenen Autoren eine Ausnahmestellung ein. Seine lyrische Produktion bis 1970 füllt bereits drei Bände mit mehr als 2000 Seiten. Darüber hinaus schrieb er hunderte kleiner dramatischer Werke, die er selbst als »Szenische Poesie« bezeichnet, und realisierte eine große Anzahl von Objektgedichten. Vor 1970 war er auch in Katalonien fast unbekannt; so erscheint er auch nicht in J. A. Goytisolos Anthologie *Poetas catalanes contemporáneos* (1968), wohl aber in der mustergültigen *Antologia de la Literatura Catalana* von 1980. 1951 veröffentlicht er *Em va fer Joan Brossa* (1973 aus dem Katalanischen ins Spanische übersetzt von A. SANCHEZ ROBAYNA), womit der bis heute fortwirkende Einfluß der simplizistischen und mathematisierenden Lyrik des Brasilianers João Cabral de Melo Neto beginnt, der damals als brasilianischer Konsul in Barcelona lebte und mit Brossa befreundet war. Er schrieb auch das Vorwort zu *Em va fer Joan Brossa*. Seither schreibt Brossa eine Art »Folge von Bruchstücken der Wirklichkeit, die er im Rohzustand beläßt«, unter Verzicht auf jegliche Metaphern und andere rhetorische Effekte in der Machart des Hyperrealismus. Mit fortschreitender Abkehr vom Diskursiven gelangt er zunächst zu Gedichten aus wenigen Worten, dann zu visuellen und schließlich zu Objektgedichten. Brossa ist einer der wenigen spanischen experimentellen Dichter (Beginn 1957; das erste visuelle Buch von ihm erscheint jedoch erst 1969), die vorwiegend

»synchron« arbeiten, gegenüber der üblichen »Diachronie« oder Sukzessivität. Sein metaphorischer visueller Mechanismus führt nicht vom Begriff zur Wirklichkeit, sondern vom Objekt zur Idee. Lyrik und Theater von Brossa sind vielfach ins Schwedische, Deutsche, Amerikanische, Italienische, Französische, Englische und ins Spanische übersetzt worden.

*Werke**

Em va fer Joan Brossa, Cobalto, Barcelona 1951 (Lyrik) [Spanische Ausgabe: *Me hizo Joan Brossa* (Übersetzer und Herausgeber: A. S. Robayna), Sabaei, Las Palmas de Gran Canaria 1973] – *Poemes civils*, Editorial R. M., Barcelona 1961 (Lyrik) – *10 poemes*, Ariel, Barcelona 1969 (Experiment) – *Fregoli*, Sala Gaspar, Barcelona 1969 (experimentelle Lyrik mit Lithos von Antoni Tàpies) – *El saltamartí*, Ocnos, Barcelona 1969 (Lyrik) – *Poesía rasa*, Ariel, Barcelona 1970 (erste Lyriksammlung [1943–1959]) – *Poemes per a una oda*, Barcelona 1970 (Experiment) – *Calç i rajoles*, Barcelona 1971 (Theater) – *Vivàrium*, Edicions 62, Barcelona 1971 (Prosa) – *Càntic de càntirs*, Edicions 62, Barcelona 1972 (Lyrik) – *Pluja*, Barcelona 1973 – *Cappare*, Barcelona 1973 – *La Barba del cranc*, Edicions 62, Barcelona 1974 (Lyrik) – *Teatre complet I*, Edicions 62, Barcelona 1974 (Theater) – *Novel.la*, Llibres del Mall, Barcelona 1975 (Experiment) – *Poemes visuals*, Edicions 62, Barcelona 1975 (Experiment) – *Accions musicals* (1962–1968), Llibres del Mall, Barcelona 1975 (Musiktheater) – *Teatre complet II*, Edicions 62, Barcelona 1975 (Theater) – *Maneres*, Barcelona 1976 (Lyrik) – *Poemes de seny i cabell*, Ediciones Ariel, Barcelona 1977 (zweite Lyriksammlung [1960–1963]) – *Sextines 76*, Llibres del Mall, Barcelona 1977 (Lyrik) – *Teatre complet III*, Edicions 62, Barcelona 1978 (Theater) – *Poemes objecte*, Edicions 62, Barcelona 1978 (Experiment) – *Antologia de poemes de revolte*, 1943–78, Edicions 62, Barcelona 1979 (Anthologie) – *Antologia poetica* (1941–78) (Herausgeber: Pere Gimferrer), Barcelona 1979 (Anthologie) – *Teatre complet IV*, Edicions 62, Barcelona 1980 (Theater) – *Rua de llibres*, Ariel, Barcelona 1980 (dritte Lyriksammlung [1964–1970], Herausgeber: Alfred Sargata).

* Es handelt sich hier nur um einen Versuch, die vollständige Bibliographie des Werkes von Brossa zu erstellen.

Übersetzt von *Cristina Fernández Reumann* (siehe S. 220).

Ein Mann niest

Ein Mann niest
Ein Auto fährt vorbei
Ein Händler läßt den eisernen Rolladen herunter
Eine Frau geht vorbei mit einer Karaffe voll Wasser
Ich gehe zu Bett
Das ist alles.

Zahnhinterhalt

Aus einer langen Stange, die als Stiel dient,
kommt eine weitere Stange, die einen Arm bildet,
an dem die Münze (oder die Medaille) befestigt ist, die auf die Zähne
fällt, wenn die Mausefalle bereit ist.

Kiki

Kiki als Zahnarzt:
Guten Tag, Herr Kaiman.

Aus: *Em va fer Joan Brossa*, 1951.

Élégie pour le Che

A B   D   F

G   I J K L

M N O P Q R

S T U V W X

Y Z

Aus: *Quadern de poemes*, 1969.

Anfang des Anfangs

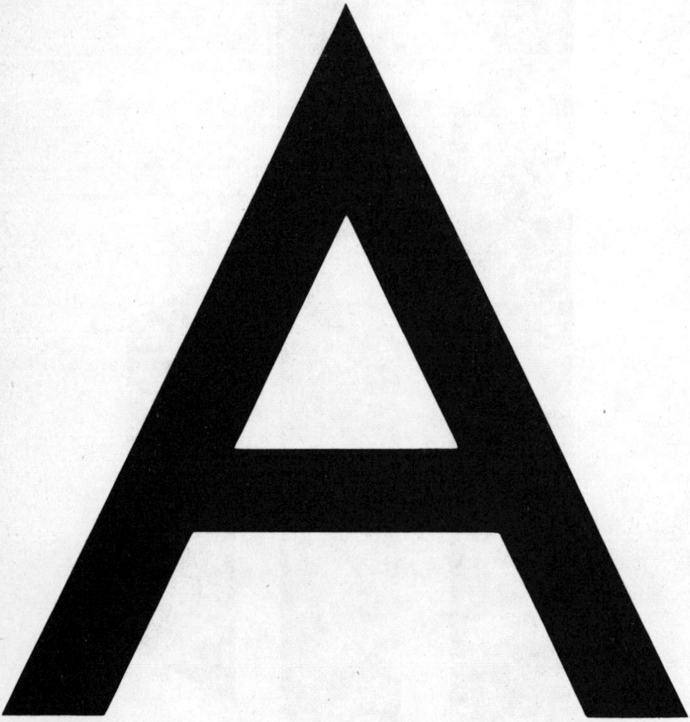

Aus: *Mostra de comunicatio actual*, 1972.

Crepuscule

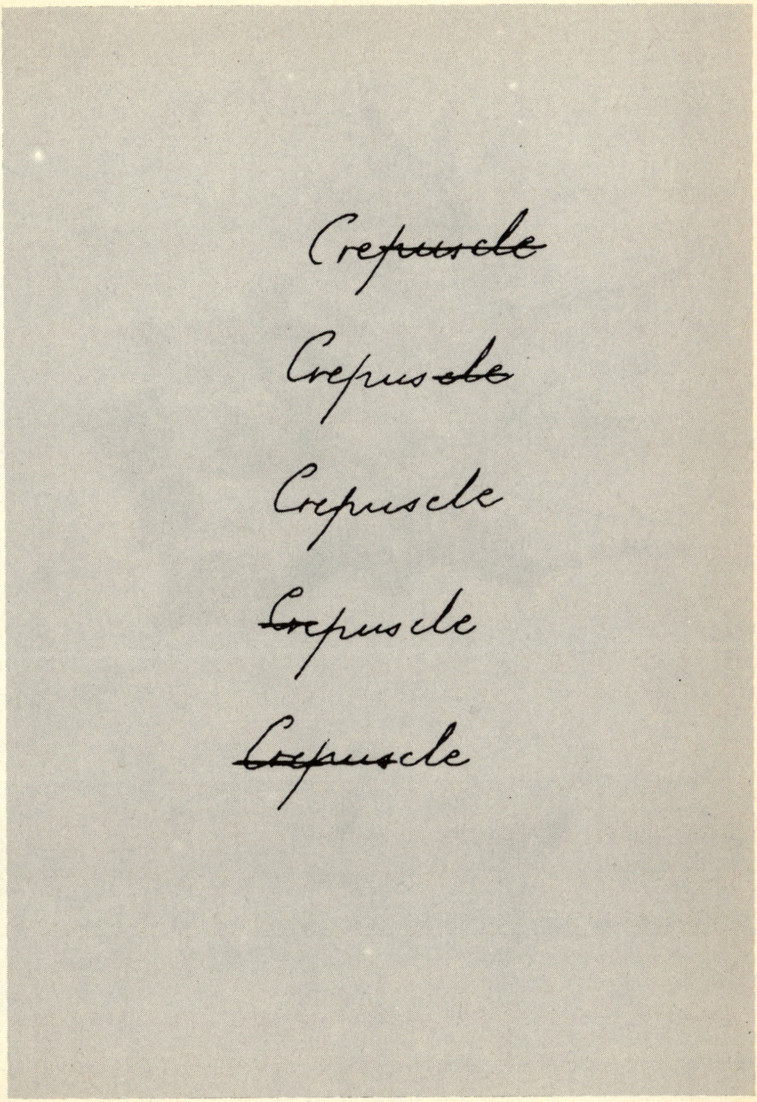

Aus: *Poemes de seny i cabell*, 1977.

Die Blätter

Aus: *Poemes objecte*, 1978.

Fernando Millán

Er wurde am 24. August 1944 im andalusischen Villarrodrigo als Arbeiterkind geboren. Im Zuge der Bevölkerungsbewegungen der spanischen Nachkriegszeit zieht seine Familie nach Madrid um. Dort studiert er mehrere Semester Philologie. Früh beginnt er konventionelle Lyrik zu veröffentlichen. Der Einfluß der musikalischen Gruppe »zaj« aus Madrid, das Milieu des auf Erneuerung gerichteten Vereins »Juventudes Musicales« und vor allem das Vorbild des uruguayischen Dichters Julio Campal brachten ihn sehr jung (1964) zur experimentellen Literatur, zuerst als Mitglied der von Campal gegründeten Gruppe »Problemática 63«. Nach dem plötzlichen Tod Campals (1968) wurde er Mitbegründer und Hauptakteur der Gruppe N. O. Über diese Gruppen beginnt Millán die experimentelle Poesie zu aktivieren durch die Herausgabe von Büchern, Plakaten und Karten, die Organisation von Veranstaltungen und Ausstellungen visueller Poesie, durch Vortragszyklen, Kontakte und Zusammenarbeit mit der internationalen Avantgarde. In der Zeitschrift LABRIS (Antwerpen, Dezember 1969) wird das erste kollektive N. O.-Manifest veröffentlicht. Millán beteiligt sich an zahlreichen internationalen Anthologien experimenteller Poesie. Er wohnt bei Madrid und hat in verschiedenen Verlagen und als Berufsfotograf gearbeitet. Er übersetzte zwei Lyrikbände Tristan Tzaras ins Spanische. In seinen experimentellen Anfängen schrieb er eine synkopierte, an Cummings erinnernde Lyrik. Nach sehr unterschiedlichen Versuchen auf dem Gebiet der experimentellen Lyrik konzentriert er seine Aufmerksamkeit auf drei Bereiche: die Fotografie (Montage), das, was er »Kryptographie« oder konstruktivistische Verbergung bestimmter Aussagen nennt, und der chaotische oder multidimensionale Text, eine Technik, in der er einen langen, bisher nur fragmentarisch veröffentlichten Roman verfaßt hat. In seinem letzten Buch »Prosae« (1980) entwickelt er die »Mythogramme« oder »synkretische écriture« weiter, die die mehrdeutige und kryptographische Komplexität des Bildes (oft ein weiblicher Akt) darstellt. Daneben steht die im Wort oder in irgendeinem Zeichensystem ausgedrückte abstrakte Landschaft des Begriffs. Er ist Herausgeber der Zeitschrift MATAPHORA (Literatur, Kunst, Intermedia).

Werke

este protervo zas, libros N. O., Madrid 1969 (experimentelle Texte) – *textos y antitextos*, Parnaso-70, Madrid 1970 (Experiment) – *Mitogramas*, Editorial Turner, Madrid 1978 (Experiment) – *Prosae*, Garsi, Madrid 1980 (Experiment).

Übersetzt von *Cristina Fernández Reumann* (siehe S. 220).

etcetera für c. c. cummings

er – wenn
er auch
wäre ein . . . –
sagte in/oder für ein weißes Dorf
denn – o
du hast zuviel!
und
er kehrte zurück
etcetera

Aus: *este protervo zas*, 1969.

Antitext

Aus: *textos y antitextos*, 1979.

Zurückkehren

Aus: *Mitogramas*, 1978.

FERNANDO MILLAN

Palimpsest

Aus: *Mitogramas*, 1978.

T wie Toro

Aus: *Mitogramas*, 1978.

Kälte

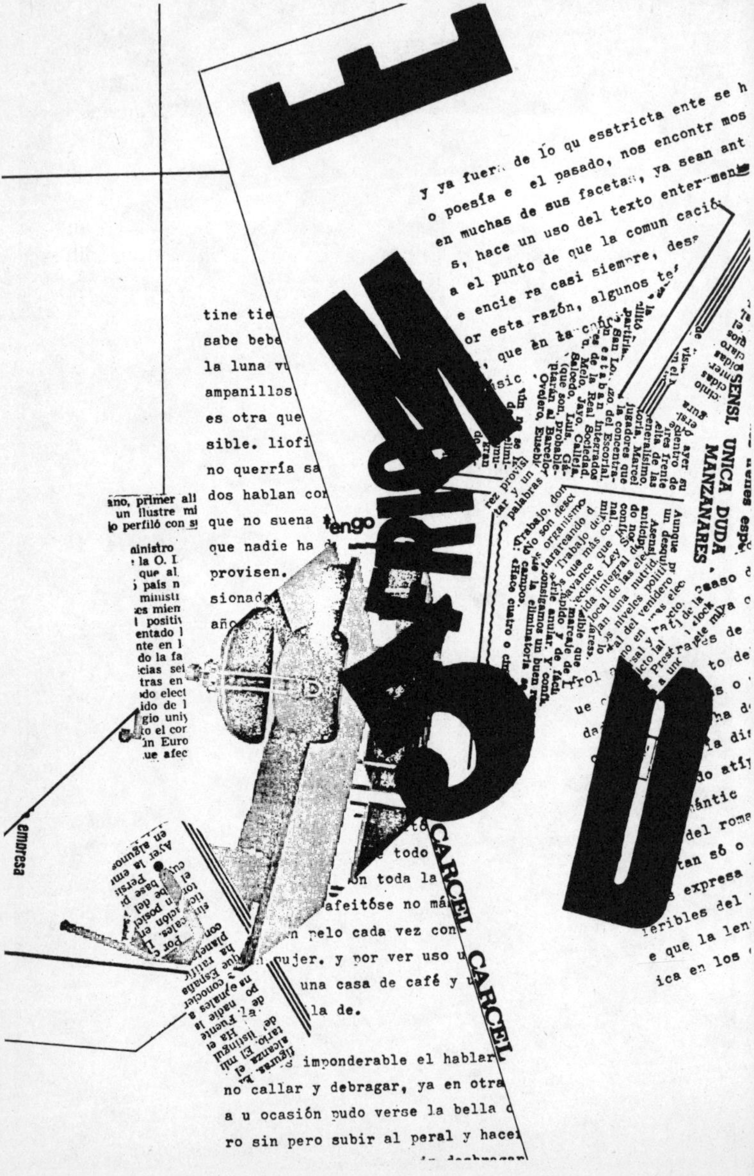

Aus: *Mitogramas*, 1978.

Felipe Boso

Geboren am 1. Juni 1924 in Villarramiel de Campos/Altkastilien, einer kleinen Gerberstadt, als Sohn eines Gerbers wie Hugo Ball, der auch in sein berühmtes phonetisches Gedicht »Karawane« neben anderen das Phantasiewort »bosso« einbezieht. In Santiago de Compostela studierte er Philologie, mehrere Semester Jura und Philosophie in Salamanca und Madrid, in Bonn noch Geographie, Geologie und Völkerkunde. Boso lebt schon länger in der BRD als in Spanien. Er begann früh zu schreiben und zu veröffentlichen, entscheidet sich später jedoch für eine wissenschaftliche Laufbahn. In den 50er Jahren veröffentlicht er verschiedene Beiträge (Geographie und Völkerkunde) in spanischen und deutschen Fachzeitschriften. Heute ist er als freier Übersetzer tätig. Ende der 60er Jahre beginnt er eine neue literarische Aktivität. 1970 veröffentlicht Felipe Boso den ersten und bisher einzigen Lyrikband. Seine Arbeiten erscheinen vor allem in Zeitschriften und Anthologien. Er ist Herausgeber und Mitherausgeber von Anthologien spanischer (1972, 1972, 1978) und deutscher (1980) moderner Literatur, darunter die bis jetzt umfangreichste Sammlung spanischer visueller Poesie. Er hat eine vermittelnde und verbindende Funktion zwischen den verschiedenen Gruppen und Strömungen sowie isolierten Figuren der experimentellen Szene Spaniens. Sein Schaffen ist zugleich diskursiv und visuell, er versucht, die Sprache mittels der Sprache selbst zu »entschütten«.

Werke

T de Trama, La Isla de los Ratones, Santander 1970 (Lyrik).

In AKZENTE (4/72) *Avant-propos* und Auswahl experimenteller Dichter (29 Autoren) aus Spanien. In der gleichen Zeitschrift zusammen mit Ricardo Bada Sondernummer (5/78) über heutige Literatur Spaniens (Prosa/Hörspiel/Lyrik).

Übersetzt von *Cristina Fernández Reumann* (siehe S. 220).

Regengedicht

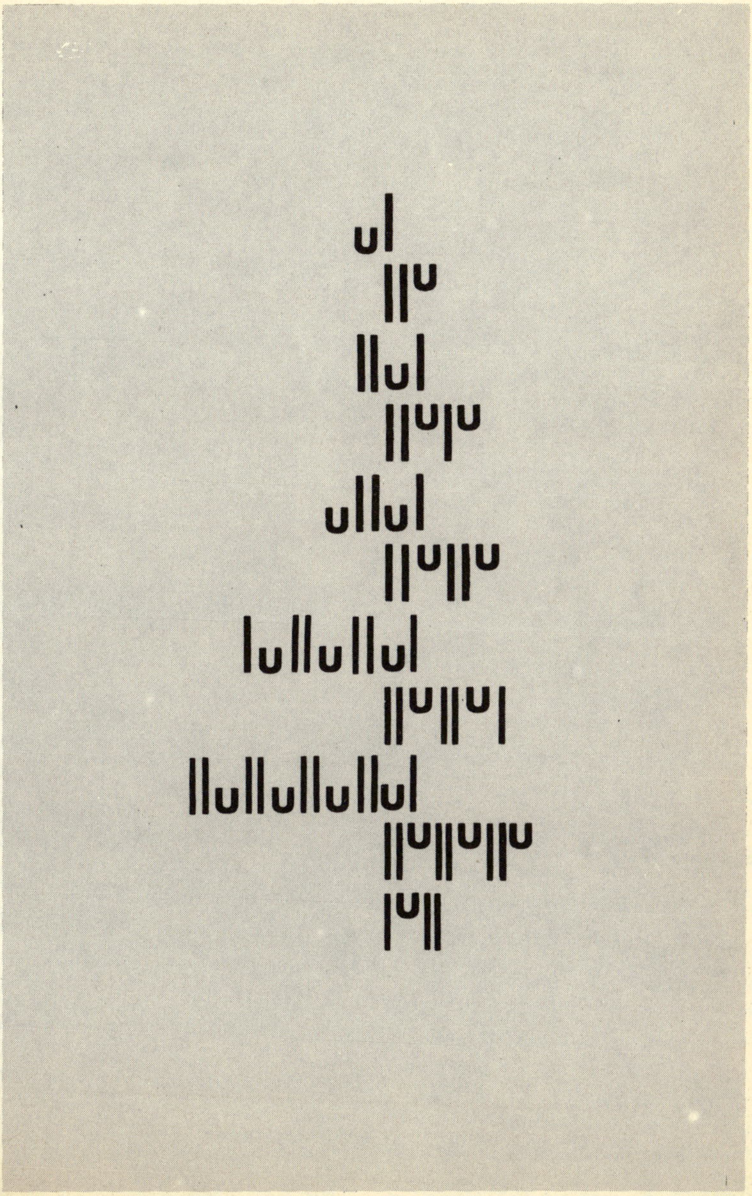

Aus: *Poesía Hispánica*, Nr. 233, 1972.

Abstrakt/Konkret

(Unveröffentlicht)

Pounds Equation

Für Ricardo Bada

Ein Käfig ist
wenn man die ganze Welt draussen hat.

Eine Zelle ist
wenn man die ganze Welt drinnen hat.

Mein Käfig
ist eine Zelle.

(Unveröffentlicht)

Urteil und Vollstreckung

(Unveröffentlicht)

Oder ein Gedicht

jeden tag ein wort
weniger sagen

immer langsamer
sprechen
bis endlich das aussprechen
eines wortes jahre dauert

die stimmbänder
gebrauchen
um die zunge mundtot zu machen

nur sagen sagen
und es geringsagen

das wort nichts sagen
und es sehen

unsagen

wie ein wasserfall
schweigen

nicht auf den letzten tag warten
um das letzte wort zu sagen

denn das letzte wort
wird das erste im himmelreich sein

Aus: *dos poemas para antje, in Papeles de Son Armadans, Nr. 239,* 1976.

Flugblätter

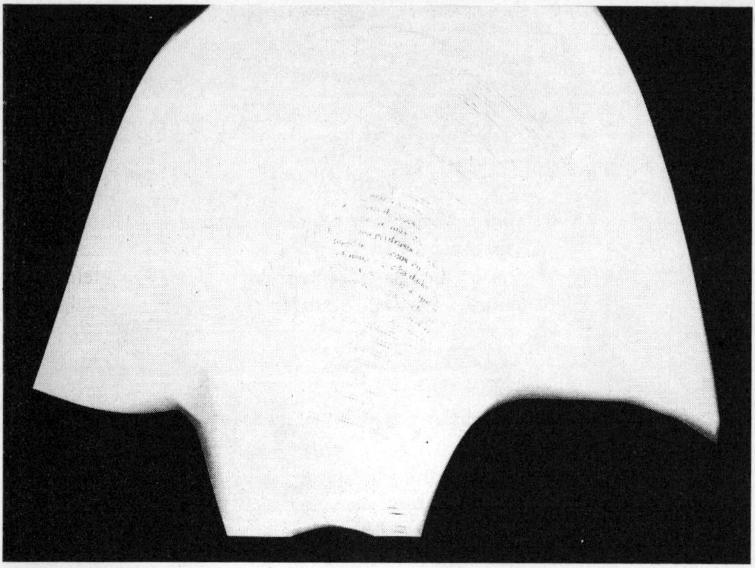

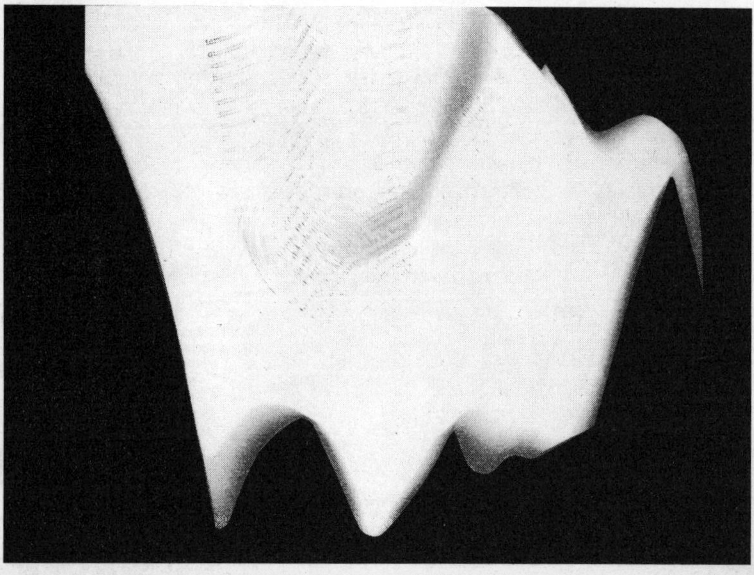

(Unveröffentlicht)

J. C. Jiménez Aberásturi

Geboren in San Sebastián (Baskenland) am 12. April 1945. 1965 beginnt er ein Philologiestudium in Saragossa, wo er ein Jahr später Julio Campal und FERNANDO MILLAN, die beiden experimentellen Dichter der ersten Stunde, kennenlernt. Er schließt sich der Gruppe N. O. an. Von 1968–1970 studiert er Geschichte an der Sorbonne, wo er die Licence ablegt. Ab 1970 setzt er das in Saragossa unterbrochene Studium fort. 1969 erscheinen seine ersten visuellen Arbeiten in einer kleinen Anthologie der Gruppe N. O. Sein Werk ist verstreut in spanischen und nicht-spanischen Zeitschriften und Anthologien. Seit 1960 Beteiligung an diversen Ausstellungen visueller Poesie. Bislang gibt es von ihm keine selbständige Buchveröffentlichung. Jiménez de Aberásturi ist Gründer und Herausgeber der auf Geschichte und Soziologie des Baskenlandes spezialisierten Zeitschrift SAIOAK, außerdem Gründer und Leiter des »Centro de Documentación de Historia Contemporánea del País Vasco« innerhalb der Gesellschaft für baskische Studien »Eusko Ikaskuntza«. Jiménez de Aberásturi hat jetzt eine Buchhandlung in San Sebastián. Sein literarisches Werk ist fast ausschließlich visueller Natur und zeichnet sich durch seine Strenge, fast Härte der Absicht und des Ausdrucks aus. Innerhalb der spanischen experimentellen Poesie ist sein Werk ein Phänomen mit spezifisch unverfälschten baskischen Akzenten. Diese Eigenschaften zeigen sich auch in der Plastik und Graphik eines Chillidas. Die hier abgedruckten Arbeiten Jiménez de Aberásturis spiegeln deutlich die heutige Wirklichkeit des Baskenlandes wider. Sie sprechen, indem sie schweigen. Wie die redenden Steine. Wie die Waffen.

J. C. Jimenez Aberasturi

Zeit und Raum im Baskenland

BT

Aus: *Kantil, Nr. 15*, 1979.